岭南文献丛书 左鹏军◎主编

陈伯陶诗文集校注

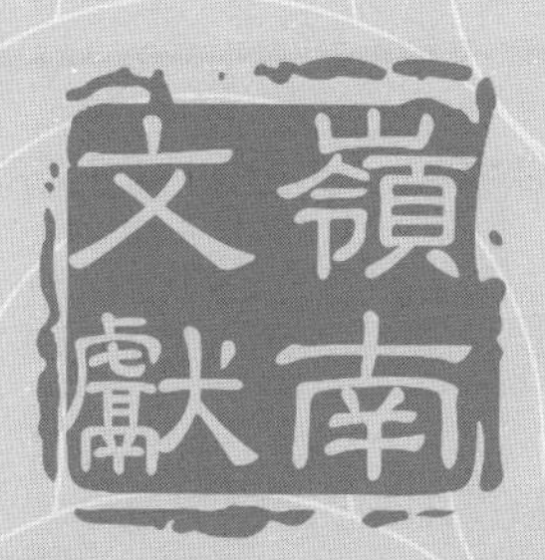

〔清〕陈伯陶 著

卢晓丽 校注

中山大學出版社
SUN YAT-SEN UNIVERSITY PRESS

·广州·

图书在版编目（CIP）数据

陈伯陶诗文集校注／（清）陈伯陶著；卢晓丽校注．—广州：中山大学出版社，2021.12
（岭南文献丛书/左鹏军主编）
ISBN 978-7-306-07375-4

Ⅰ.①陈… Ⅱ.①陈… ②卢… Ⅲ.①中国文学—近代文学—作品综合集 Ⅳ.①I215.02

中国版本图书馆CIP数据核字（2021）第255833号

CHEN BOTAO SHIWEN JI JIAOZHU

出 版 人：王天琪
策划编辑：嵇春霞 徐诗荣
责任编辑：林梅清
封面设计：曾 斌
责任校对：赵 冉
责任技编：靳晓虹
出版发行：中山大学出版社
电 话：编辑部 020-84110283，84113349，84111997，84110779，84110776
发行部 020-84111998，84111981，84111160
地 址：广州市新港西路135号
邮 编：510275 传 真：020-84036565
网 址：http：//www.zsup.com.cn E-mail：zdcbs@mail.sysu.edu.cn
印 刷 者：佛山家联印刷有限公司
规 格：787mm×1092mm 1/16 39.5印张 753千字
版次印次：2021年12月第1版 2021年12月第1次印刷
定 价：136.00元

本书是广东省普通高校人文社会科学重点研究基地、广州市人文社会科学重点研究基地华南师范大学岭南文化研究中心的项目成果

岭南文献丛书

出 版 说 明

一、本丛书是继“岭南学丛书”“岭南文化丛书”之后，华南师范大学岭南文化研究中心策划出版的又一套岭南文化研究系列著作，旨在从文献整理与研究角度反映本基地研究人员近年取得的学术成果，为岭南文化研究提供有价值的基本文献及参考资料。

二、本丛书涵盖岭南各时期重要作者的代表性著作，但根据岭南文献的时代特点及本丛书的主要学术领域，大致以明清两代至民国时期的文学文献为主，尤以诗词文献为中心，必要时兼及其他时期及其他领域或文体，以突出本丛书之选题特色与主要用意。

三、本丛书所依据底本，以早、全、精为遴选原则，选择各书最佳版本，以其他版本为参校本；同时，以相关总集所收作品、别集所录相关文献为参校本；对于未曾刊行或集外散佚之作，亦着力搜求并以集外作品形式编入集后，力图呈现作者创作全貌。

四、本丛书根据文学文献整理的一般原则进行校勘：凡有讹、脱、衍、异文等情况则出校，以备参考；校勘记置于各篇（首）作品之下，以便复核。

五、注释以注明典故、人名、地名、典章制度、疑难词语为主。原作援引古人字句者注明书名出处；人名注其生平简况，暂无从考订者，予以说明；古今地名相异者注其今名，古今同名者一般不注，难以考证者亦予以说明；疑难词语注其词意，并适当征引文献以为例证。同篇中同一词语，前注后不注；异篇中同一词语，后出者注明参阅前篇篇名，以便查检。

六、为便于阅读，校勘、注释符号置于所注字词之后，唯释整句者置于句末。校勘记用圆括号标出，注释用方括号标出，以示区别。原书作者正文中所作自注及其他说明文字，仍置于原位置，而以不同字体字号区别。书中所附与他人唱和等文字，随原作排列，不予改动。

七、本丛书一律使用现代简体字，在不影响阅读理解的前提下，原书繁体字、异体字、俗体字等均改为通用简体字；避讳字及其他特殊用字，均改为现代规范简体字。

八、原书序、跋、题词、传记等均置于原处，按原次序排列，以保持原书面貌；编校者所编作者年表、所汇集他人评论与评语等相关文献资料，分类归入集末附录，以备研究参考。

九、本丛书所收各种著作基本遵循上述原则，以示丛书体例要求的统一性；同时，根据各书具体情况，可以有所变通，以体现各书的不同特点及各书校注者的研究特色，以反映本丛书价值特色、方便读者阅读使用为目标。

目　录

瓜庐诗剩　卷上

瓜庐诗剩　卷下

瓜庐文剩　卷一

瓜庐文剩　卷二

瓜庐文剩　卷三

瓜庐文剩　卷四

瓜庐文剩　外编

附　　录

凡　例

一、本书所据底本为民国二十年（1931）版铅印线装本《瓜庐诗剩》上下卷，《瓜庐文剩》四卷外编一卷（书中简称“底本”）。参校本为陈伯陶手稿《陈文良公集》（此本为影印本，香港学海书楼2001年版），此书中包括《殿试策》抄稿（文中称“抄稿”）、《扈随日记》手稿、《陈文良公诗》手稿、《七十述哀一百三十韵》手稿（文中称“《述哀诗》手稿”），以及散见于陈伯陶《东莞县志》《胜朝粤东遗民录》《宋东莞遗民录》《明季东莞五忠传》等书的诗文。底本有疏漏处，据各手稿本勘补，有脱、讹、衍处，必出校记，所从者必有版本依据，不擅自增删。

二、本书体例大体保持底本原貌，底本《瓜庐诗剩》卷上卷首有陈宝琛《清故荣禄大夫江宁提学使陈文良公墓志铭》、张学华《江宁提学使陈文良公传》、张学华《瓜庐诗剩序》及汪兆镛《题辞》，今将其归为书末附录之中。其余诗文部分均按照底本体例排列，前为《瓜庐诗剩》上下卷，后为《瓜庐文剩》四卷外编一卷。

三、附录一为笔者从《陈文良公诗》手稿中所辑录的《瓜庐诗剩》集外诗七十余首。附录二的《扈随日记》为陈伯陶随慈禧太后和光绪帝西狩回銮期间日记的手稿，今将其整理、标点，附于书末，以备查考。笔者所整理的年表及诸序文、墓志等归之附录三。

四、底本无注，本书加以注释，以注典故、疑难词语为主。引用古人旧注，必注明书名出处。无古注者，再施以解释，时或疏通句意。对部分诗文的写作时间及写作背景、缘由加以考证，归入标题注之中。对部分诗文牵涉的史事、人物加以考证者，皆归入文下各条注之中。相同词在不同篇目中出现，只注前者，后出者注明参见前篇篇名。

五、陈伯陶诗文中原有小字自注，本书皆以楷体标出，并加括号以区别。注释地名时，古地名详注其今所在地，古今同名者不注。书中凡引用古人字句，皆注明出处。陈伯陶诗文中字句皆保持底本原貌。

六、书中凡用“□”替代者，皆为底本、手稿中因墨色堆积无法辨认之处。

前　言

近代中国最大的变迁即清帝逊位，民国建立。如果说春秋战国时期孔夫子担忧诸侯混战和分封制度的解体会导致礼乐文化的崩坏和道德秩序的失衡，那么近代中国这前所未有之变局在深受正统儒学影响的知识分子看来则是真正的礼崩乐坏。清朝覆亡之后，一些效忠清室的朝臣、官吏、学者或隐居乡里，或寄居海外，余生以保存传统文化和整理乡邦文献为职责，逐渐形成清遗民群体。其中，广东一带以陈澧东塾学派为核心的学人，通过同乡和师友门生的关系，在清末时得以据中央朝廷为官，连清亡后政治上仍倾向清室，成为坚持忠清的遗民。这些清季广东遗民包括梁鼎芬、温肃、汪兆镛、吴道镕、张其淦、张学华、陈伯陶、赖际熙、朱汝珍等。民国后他们通过修史，辑录历代遗民录，以及撰写地方志以示其眷恋旧朝之志。目前学界对于晚清遗民群体的研究成果颇丰，不复赘述，但对于清季广东遗民群体及个案的研究多有不足。本书将对清季广东遗民陈伯陶现存的诗文进行整理、校勘、注释、辑佚，梳理其生平状况，并系以年表；对陈伯陶手稿《扈随日记》进行整理、点校，并将其放在本书的附录中，以期为晚清广东遗民群体及陈伯陶个案研究提供一份完整翔实的资料，为近代岭南文学及学术的研究提供文献参考。

一、陈伯陶及其诗文集概况

陈伯陶为清末广东东莞籍官员，光绪十八年（1892）探花，曾任职皇家翰林院及南书房，多次担任地方乡试学官，并出使日本考察学务。与清末朝廷重臣翁同龢、张之洞、孙寿州、戴鸿慈等多有交集，与粤籍京官李文田、陈昭常、张其淦、张学华、温肃、朱汝珍等过从甚密。并亲历戊戌变法、庚子事变、甲午战争、辛亥革命等一系列近代史上重要的历史事件，在废除科举、清末新政的一些具体事务中屡次建言献策。览其一生行藏，可窥时代风云。关于其生平概况，此处只做简要介绍，详细情况可参考陈宝琛《清故荣禄大夫江宁提学使陈文良公墓志铭》、张学华《江宁提学使陈文良公传》以及笔者所整理的《陈伯陶年表》。另外，陈伯陶崇尚实学，诗集中的作品多是对其亲历之事有感而发，文集部分为奏章、游记、序跋、考证、墓志、碑铭等。对其诗文集进行系统的搜集整理可为从事近代文学研究的学者提供文献资料的支撑，研究其诗文对于拓展近代文学的研究范围亦具有重要的意义，其诗文资料对研究近代史中一些具体事件或有补益。本书在此对以上几方面略做介绍，以期读者能对陈伯陶其人其文形成一个整体的印象。

（一）陈伯陶生平

陈伯陶（1855—1930），字象华，一字子砺，晚号九龙真逸，广东东莞中堂凤涌人。自幼勤学，十岁通五经，稍长执业于陈东塾先生，学益进。光绪五年（1879）补县学生，举乡试第一。光绪十五年（1889）考取内阁中书，充咸安教习，馆李文田家中。光绪十八年（1892）壬辰科进士，一甲第三名及第，授翰林院编修，历任国史馆协修、纂修、总纂，文渊阁校理，武英殿协修、纂修，及云南、贵州、山东乡试正副考官等。庚子事变，慈禧太后携光绪帝奔陕西，陈伯陶从广东东莞起程赴西安随员，庚子之役和议成后，随帝后还京。后参与纂修《国史儒林文苑传》。光绪三十二年（1906），学部奏派赴日本考察学务，回国后出任江宁提学使，在任期间创办方言学堂和暨南学堂，专心学务，崇尚实学。光绪三十四年（1908），任江宁布政使，未几，弃官归里。辛亥九月，革命军攻占广州，携家移居香港红磡，后丁母忧，移居九龙官富场，署所居曰“瓜庐”，以东陵侯种瓜青门外以自况。壬戌（1922）十月，溥仪大婚，千里迢迢从香港入京，亲往叩贺，并报效一万圆为用。晚年与在港故旧创设学海书楼，开坛讲经，并著录遗民录、整理方志以见志。

陈伯陶孙陈绍南编《代代相传·陈伯陶纪念集》中登载有陈伯陶墓地照片，其中一幅旁有“陈伯陶的墓地是经过两年寻觅才找到的风水山丘，坐落东莞”等字。但东莞只有陈伯陶故居，并无墓地。照片中墓地实为今广州黄埔区萝岗街道黄陂村金峰岭处陈伯陶墓，碑文云：“于乙亥年三月廿四日葬君于广州长安市小金峰之阳。”即为此地。墓碑上刻有“清赐进士及第授荣禄大夫予谥文良江宁提学使陈公伯陶墓”，旁边石柱上刻有“陈探花第”四字。

（二）陈伯陶诗文集概况

1. 陈伯陶诗文集版本状况

目前所见陈伯陶诗文集版本惟广东省立中山图书馆（简称“省图”）藏《瓜庐诗剩》上下卷、《瓜庐文剩》四卷外编一卷，据张学华所作《瓜庐诗剩序》称：“陈文良公《瓜庐诗剩》二卷，哲嗣眉世兄将以付刊，而属为之序。”落款为“辛未十月”，可知为民国二十年（1931）版本。《瓜庐文剩》在整本书的宽高和版心、鱼尾、边框、每页行数及每行字数上均与《瓜庐诗剩》相同，应为同一次刊印的版本。陈伯陶生前将其诗文编定，去世后其子将之付刊，其《七十述哀一百三十韵》诗中自注：“幽忧无聊，因著书见志……并裒平日诗文为《瓜庐文剩》四卷，《瓜庐诗剩》四卷。”陈伯陶对自己诗文的辑录编定一直持续到去世的前一年，《瓜庐诗剩》卷上《书灯》诗中自注：“余壮岁以前诗多不存稿，此四诗乃童时先君子冬馆课题命作。由今观之，亦诗谶也，存之。（己巳春自记）”己巳年为民国十八年（1929），陈伯陶于民国十九年（1930）去世。且《瓜庐诗剩》所收诗作均按照作者创作时间依次排列，卷下末有诗《恩安萧石（瑞麟）予癸巳所得士也己巳四月自滇南造访九龙赋此奉赠》，可知所收录诗作的创作时间可至民国十八年（1929），距陈伯陶去世仅一年。据上文所述，该诗集收录的作品最早为童时壮岁以前，故较为完整全面地收录了作者一生的诗作。《瓜庐文剩》按照文体排列，有奏章、游记、序跋、考证、墓志、碑铭等。再者，笔者在省图发现的《陈文良公集》（影印本）一书中收录有《陈文良公诗》手稿，其中未收进《瓜庐诗剩》者有七十余首，经整理后附于文末附录之中，可为补充。

陈伯陶所著《瓜庐诗剩》上下卷，为铅印线装本，民国二十年（1931）版本，省图藏，封面为后补，上有“黄荫普先生赠书”印章。卷首有篆书“瓜庐诗剩”四字，左下角钤有“念萱堂藏”蓝色印。又有陈伯陶遗像一帧，像两旁有吴道镕题词：“公之学博而通，儒术致君，侍从雍容；公之声销，其志无穷厝大，深忧百感填胸。览公之像，推见本衷，盖始愿作良臣而卒于蹇蹇匪躬，故述累千三百言，不得已而以著书。终观易名之论，定信天听之惟聪。辛未正月馆同学愚弟吴道镕拜题。”无目录，有陈宝琛《清故荣禄大夫江宁提学使陈文良公墓志铭》、张学华《江宁提学使陈文良公传》以及张学华为《瓜庐诗剩》所作的序和汪兆镛的题辞。正文第一页右上角钤有“黄氏忆江南馆藏印”印章，右下角钤有“黄荫普印”印章，黑鱼尾，正文页框高 16.8 厘米，宽 12.2 厘米，每页 11 行，每行 21 字。东莞市图书馆藏有《瓜庐诗剩》上卷，但已残漏，无陈宝琛《清故荣禄大夫江宁提学使陈文良公墓志铭》、张学华《江宁提学使陈文良公传》，无下卷。经比对，与省图所藏为同一版本。正文第一页有“邓寄芳”藏印，为东莞市图书馆建馆时省图所赠。再者，香港中文大学图书馆所藏《瓜庐诗剩》上下卷，与省图及东莞市图书馆所藏均为同一版本。另外，王伟勇主编《民国诗集丛刊》（文听阁图书有限公司 2009 年版）第一编收录有陈伯陶《瓜庐诗剩》两卷，为此版本的影印本。

陈伯陶著《瓜庐文剩》四卷外编一卷，为铅印线装本，民国二十年（1931）版本，省图藏。封面后补，第一卷卷首刊有篆书“瓜庐文剩”四字，目录十页。目录页第一页右下角及第二卷、第三卷、第四卷正文第一页右下角均有“黄梅花屋所藏”钤印，黄梅花屋为番禺陈融斋名，可知此书曾为陈融收藏。黑鱼尾，正文页框高16.8厘米，宽12.2厘米，每页11行，每行21字。东莞市图书馆藏有《瓜庐文剩》四卷外编一卷，第一卷封面封条上有南海桂坫所题楷书大字“瓜庐文剩”，下有小字“桂坫题”，旁钤有“桂坫”印。经比对，与省图所藏为同一版本。香港中文大学所藏《瓜庐文剩》四卷外编一卷亦为同一版本。林庆璋主编《民国文集丛刊》（文听阁图书有限公司2008年版）收录有陈伯陶《瓜庐文剩》四卷外编一卷，为此版本的影印本。

2.《瓜庐诗剩》卷数考辨

省图所藏《瓜庐诗剩》为卷上、卷下两卷，且卷上收录有张学华撰《瓜庐诗剩序》（以下称《序》）：“陈文良公《瓜庐诗剩》二卷，哲嗣眉世兄将以付刊，而属为之序。”可知书稿刊印时为二卷。但陈宝琛《清故荣禄大夫江宁提学使陈文良公墓志铭》（以下称《墓志》）：“著有《瓜庐文剩》《诗剩》（《瓜庐诗剩》）各四卷。”张学华《江宁提学使陈文良公传》（以下称《传》）：“所作诗文有《瓜庐文剩》四卷外编一卷，《瓜庐诗剩》四卷。”两者均记载为四卷。且陈伯陶在《七十述哀一百三十韵》（以下称《述哀诗》）诗中自注曰：“并裒平日诗文为《瓜庐文剩》四卷，《瓜庐诗剩》四卷。”亦为四卷。其中张学华《传》为陈伯陶去世后所作，《序》为民国二十年诗稿付刊时所作，前后相距仅为一年，所记载的卷数却不同。张学华作《传》时应根据陈伯陶本人的记载，故为四卷，作《序》时应是根据书稿刊印时的实际情形，为二卷，且笔者所见省图藏本确为上、下二卷。假若张学华作《序》时所记卷数有疏失，刊印时为四卷，后因保存不善或其他原因只存两卷，那笔者所见版本不应以卷上、卷下名卷数，应为卷一、卷二、卷三、卷四。名卷上、卷下者，诗稿刊印时即为二卷。故知张学华《序》所载为确。

陈伯陶在《述哀诗》自注中记载为四卷。陈伯陶作《述哀诗》时间为民国十三年（1924），此后直至去世的前一年，陈伯陶不断对其作品进行编选、修订。《瓜庐诗剩》卷上《书灯》诗中自注：“余壮岁以前诗多不存稿，此四诗乃童时先君子冬馆课题命作。由今观之，亦诗谶也，存之。（己巳春自记）”己巳即为民国十八年（1929），陈于民国十九年（1930）去世。《瓜庐诗剩》卷下末有诗《恩安萧石（瑞麟）予癸巳所得士也己巳四月自滇南造访九龙赋此奉赠》亦为后来所作并收入诗集中。且《陈文良公集》收录的《扈随日记》手稿中多处可见删选痕迹。据此推知陈伯陶《瓜庐诗剩》最初的手稿原稿可能为四卷（以下称“原稿”），陈对其删减、增补、修订后定稿为二卷（以下称“定稿”）。他去世后其子刊印其诗文集时正是根据其最后的定稿，故为二卷。陈宝琛作《墓志》及张学华作《传》时，《瓜庐诗剩》还未付刊，故不察，仍以陈伯陶自记诗文著作卷数为据。后来增修的各方志沿其误，均记为四卷。从原稿四卷到定稿二卷，作者删减了哪些诗作又增补了多少，因数据缺乏不得而知。但省图所藏《陈文良公集》（影印本）一书中收录有《陈文良公诗》手稿，其中有七十余首诗《瓜庐诗剩》未见收录，疑为四卷原稿中删减的部分。笔者将其搜集整理后附于文末附录之中，可参阅。

3.《陈文良公集》简介

《陈文良公集》为陈伯陶手稿的影印本（香港《学海书楼丛书》第三种，学海书楼2001年版，广东省立中山图书馆藏）。包括《陈伯陶先生传略》、陈福霖撰《陈伯陶先生手稿〈扈随日记〉前言》、陈伯陶进士殿试考卷抄稿《殿试策》、陈伯陶《扈随日记》手稿、《陈文良公诗》手稿、《七十述哀一百三十韵》手稿。《陈伯陶先生传略》采自陈绍南编《代代相传·陈伯陶纪念集》。其中《扈随日记》主要记述清末庚子事变时慈禧太后携光绪帝西狩、回銮事宜，为重要的历史文献，可与吴永《庚子西狩丛谈》互为印证。笔者今将其整理、点校，附于文末，以期为研究清末庚子事变史实提供参考。《扈随日记》中收录的部分诗作，《瓜庐诗剩》卷上亦有收录，可互为参校。《陈文良公诗》手稿部分前文已作交代，在此不复赘述。《七十述哀一百三十韵》手稿部分可与《瓜庐诗剩》中的原诗互为参校。

二、陈伯陶的忠节观

清季遗民和历史上历代遗民的不同之处是，他们是封建王朝的最后一代遗民。民国建立，君主专制政治随之结束，代之以民主共和制。王朝循环的局面终结，天下不再是一家一姓之天下，不事二姓不再被尊为高风亮节而成为影响社会和谐的迂腐行径。他们逐渐被边缘化，为历史的浪潮所淹没。正因为如此，他们在退隐之后才不断地通过各种方式强调自己“忠于清室”的正当性和合理性，通过修史、编遗民录等来强化自己的政治认同感。汪兆镛编《元广东遗民录》宣扬忠君思想，陈伯陶辑《胜朝粤东遗民录》《宋东莞遗民录》赞赏节义的风尚，均为此而发。陈伯陶身处清末，这种历史传统与现实情状的碰撞使其原先已存在的忠君之志得以强化，并在清亡之后始终坚守自己的信念，不为外物所动。除此以外，岭南历史上忠贞节义的传统、父母师友的勉励，也促使他亲身践履忠于旧朝、不事二姓的忠节观念。

（一）岭南节义传统的影响

陈伯陶《宋东莞遗民录序》曰：

《邑志》称宗室子秋晓（必瑑）于国亡后西走大奚，东走甲子，每望崖山，则伏地大哭。大奚山在官富场南，吾意当时邑之遗佚若秋晓者，必皆黄冠草屦，抚冬青之树，招朱鸟之魂，相与崎岖踯躅，哭拜于是间。[1]

《宋东莞遗民录》撰述了以宋宗室子弟赵秋晓为首，并二十余名宋东莞遗民的事迹，他们或隐姓埋名，或处偏僻之乡野，其不忘旧朝之心志对陈伯陶不无砥砺。陈伯陶认为赵秋晓为东莞遗民之首，其以身许国之忠心百折不回，不在宋谢翱之下，只是因为身处偏僻一隅，才不为人所知。他辑录广东岭南一带历代遗民录，正是要使乡邦志士之忠义大节彰于后世，也是借历史上有相同命运的乡贤勉励自己。在清亡后避居香港时，他召集在港故旧聚宋王台，以凭吊赵秋晓生日为名，感叹自身遭遇，表达对清室的怀念之情。明末清初，岭南遗民众多，较著名的如陈邦彦、陈子壮、张家玉皆忠烈之士，他们的忠义事迹在广东一带流传甚广。陈伯陶《胜朝粤东遗民录序》曰：

明季士大夫敦尚节义，死事之烈，为前史所未有，盛矣哉……而粤之陈文忠、张文烈、陈忠愍三臣振臂一呼，义兵蜂起，于时破家沉族者踵相继也……至若何吾驺、黄士俊、王应华、曾道唯、李觉斯、关捷先等虽欠一死，后皆终老岩穴，无履新朝者……此亦可见吾粤人心之正，其敦尚节义，浸成风俗者，实为他行省所未尝有也。呜呼！明季去今二百七十余年耳，今何如耶！序成，掷笔为之三叹不已。[2]

他们在时间上距离陈伯陶更近，可以看到的材料也更多，陈伯陶不遗余力地多方搜集资料，以求全面准确。《瓜庐文剩》卷一有《与丁伯厚前辈书》，从此文可以看到他在撰修遗民录过程中曾多次向同道好友问询，考订史实，查缺补漏。这种辑录史料背后的心志，正是他多年来涵蕴于心的忠节大义。通过重新辑录，追怀明季岭南一带遗民事迹，体会他们对故国的拳拳之忠、对异族的反抗之烈，陈伯陶对自己此时的坚守愈加坚定。

（二）师友的砥砺

其师李文田在国家处于危亡之秋时犯颜上疏，《瓜庐文剩》卷四有《先师

① 〔清〕陈伯陶：《瓜庐文剩》卷四，民国二十年（1931）铅印线装本，广东省立中山图书馆藏，第7页。

② 《瓜庐文剩》卷四，第7页。

李文诚公传》：

> 先生虽以文学受上知，然忧国致身之忱，不避嫌疑，不计祸害，迨是月杪遂又起用恭亲王之请。[1]

另一位老师袁昶在庚子事变之前的义和团事件之中冒死进谏，而终致被处斩。陈伯陶有《先师袁忠节像赞》：

> 庚子神拳，厥惟祸始。师独廷诤，寇深身死。昔师语我，眢井是求。尸于柴市，我涕横流。维浙三忠，师实佼佼。国瘁人亡，痛心狂狡。[2]

他们不计个人得失甚至性命以求有益于国的忠烈之风使陈伯陶感佩不已。在之后的国家覆亡、乱象丛生的时局中，陈伯陶和一些同道的友人如张其淦、张学华、吴道镕等均以先辈师长的忠君爱国之遗风互相砥砺，选择了为清王朝尽忠守节，坚贞不二。

（三）母亲的言传身教

陈伯陶早年失怙，母亲叶氏在他的成长过程中起了很重要的作用。在人生的很多关键时刻，他往往听取母亲的意见。《先妣叶太夫人墓志》：

> 忆咸丰甲寅，不孝在妊时，红巾贼何六破邑城，先君赴制军告变，贼怒，购先君三千金。母因奉祖母刘跄踉奔避增城之仙村。其冬，邑令华廷杰命先君练乡团办贼，地方稍靖。逾岁，母返里，三月，不孝生焉。逮光绪庚子，不孝官京师，值拳匪之变，两宫西狩，不孝欲奔行在，不得进。次于怀柔，盗杀怀柔令，不孝阖门几及于难。以母之倚闾也，跄踉回粤，母愠曰："食人禄者忧人忧，尔弟在家，尔待我何为不孝？"因复赴行在，遂随员还京师。宣统辛亥，湖北变起，时不孝乞养回籍。九月，革军入邑城，围居第，不孝因复跄踉奉母奔避于香港。越二年，母病笃，语不孝曰："我年八十五，死无所恨，惟尔以我故，不能效忠国家，至为隐憾，然孔子云：'行在孝经。'我所愿子孙不仕，咸敦孝道而已。"[3]

---

① 《瓜庐文剩》卷四，第 44 页。
② 《瓜庐文剩》卷四，第 52 页。
③ 《瓜庐文剩》卷四，第 72 页。

甲寅年天地会红巾军作乱，陈母叶氏避乱增城仙村。多年后避居香港，陈母谈起昔日甲寅之惊险事，仍神态自若。陈母在天地会事件中的处变不惊、在义和团事件中对陈伯陶忠先于孝的训导、在避居香港后以及临终前均嘱陈氏不仕民国而敦行孝道的身教言传，自小至大均对陈伯陶忠君爱国的忠节观念影响甚巨。

（四）不尚空谈，亲身践履

在时势、师友、乡贤传统的影响之下，再加上自小熟读儒家经典，陈伯陶对圣人经传中的忠君传统已深谙于心。故陈伯陶在清亡之后拒绝民国政府征召，避居香港，著书见志，亦可见其忠君之义并非只在其胸中笔下，而是以自己的实际行动去亲身践履。《瓜庐诗剩》卷下《七十述哀一百三十韵》自注：

> 同年，熊（秉三）希龄为内阁总理，及龙济光为粤督军，张鸣岐为粤省长，时并致函电见招，以利禄饵余，余不之答。[①]

陈伯陶并非没有机会出仕民国，但他在个人利禄和忠君大义之间选择了后者，并以此作为晚年之精神依托。陈伯陶认为忠节之观并非要以身殉国，后死之人不仕新朝，心向故国，修史著书以存志，亦不失为一种合乎忠节的行为。他把自己和同道友人撰地方志、修遗民录等行为称为“植民彝、扶世教”，认为这是遗民应该担负的责任。其为赖际熙所作《增城县志序》曰：

> 自明而后，《增志》续有修纂，而崇祯辛巳及国朝康熙癸卯、癸丑三志总其役者，则卢休庵（弼）一人。休庵尝从唐王入闽，桂王时复官监察御史，国亡不仕，放浪山水间，因自号休庵。观所为癸卯、癸丑志序既自言身隐焉，文又自称编氓朽质，其志节比之希声、叔祥固无多让。而于《增志》，独不惜以垂暮之年勉力为之者，其亦叔赝植民彝、扶世教之苦衷也欤！赖君荔垞，余馆中旧友也。辛亥之后与余同窜迹海滨，昕夕聚首，时余方受邑人之托，为《莞志》未成，而赖君以所纂《增志》见示，且嘱为序言，以弁简端。余惟陈隋之世及宋开宝间，莞与增郡县治尝合，故风俗之醇朴与士夫之敦尚节义大略相同，而增则菊坡之勋业，甘泉之理学尤蔚然为世所宗。世道陵夷，异端蜂起，赖君生是乡，步先正之典刑，

---

① 〔清〕陈伯陶：《瓜庐诗剩》卷下，民国二十年（1931）铅印线装本，广东省立中山图书馆藏，第56页。

作中流之砥柱，其纂是编，盖与叔膺、休庵同此志也。①

陈伯陶认为历代东莞、增城县志的撰辑，多赖遗民，并期许赖际熙能承续“植民彝、扶世教”的传统，撰修方志以敦尚节义。陈伯陶自己亦辑录有《胜朝粤东遗民录》四卷、《宋东莞遗民录》二卷、《明季东莞五忠传》二卷，又辑《袁督师遗稿》三卷，附《东江考》四卷、《西部考》二卷，又增补《陈琴轩罗浮志》五卷，重纂《东莞县志》九十八卷。在港时考证了宋王台为南宋端宗而非幼帝赵昺驻跸之所、侯王庙侯王即为南宋功臣杨亮节。此后与在港遗老聚宋王台祭祀南宋遗民赵秋晓生日，时有唱和之作，辑为《宋台秋唱》一卷。并在溥仪大婚时不远千里入京叩贺，报效一万圆为用。1928 年清东陵被盗，陈伯陶联合其同道好友联名上书各军阀，要求缉匪严办。凡此种种，皆是亲践其忠节之大义。

（五）陈伯陶忠节观之内涵

陈伯陶《致高云麓（振宵）书》曰：

当日中国奸民知列圣仁厚，不能加以无道，遂亦借专制之说煽惑狂愚，以成其造乱之计。夫我中国数千年来君制之善，始于尧舜，而确定于孔子。而自秦汉以后，贤圣之君继作，尤莫盛于本朝。故辛亥禅位后，汹汹者遂进，而诋諆孔子，使君制不复生，而永绝我中兴之望。夫有君之利，智者知之，愚者不知也……继思我朝得天下之正，过于汤武，而其禅天下之公，同符尧舜，三代而后，一姓之废兴夐乎莫尚，而累世深仁厚泽，愚民犹到今，称之何嫌？何疑？而以专制为讳，今让国十余年矣！而大盗与暴民之专制日以益酷，势不至于人将相食不止。②

陈伯陶认为清朝政权为儒家正统，是仁义的象征，而辛亥革命推翻清政府则是“以暴易仁”，他在另一篇文章《伯夷颂》里也表达过类似的观点，认为由此而带来的后果是“暴民之专制日以益酷……人将相食不止”。他将民主共和之风潮视为洪水猛兽，将清朝的覆亡归责于朝廷未能遵行圣人之治，却主张实行新政、变法、开议院、废科举等（陈伯陶有文《民权辨》《自由辨》，可参看）。他的忠节观背后，是对君主专制政权的眷恋，也是对有着几千年历史

① 《瓜庐文剩》卷四，第 11 页。
② 《瓜庐文剩》卷一，第 59 页。

的君权的覆灭和近代民权观念兴盛的一种抗拒。“中华民国”（1912—1949）的建立，推翻的不只是一家一姓之天下，而是数千年的皇权政治。如果说前代遗民强调的是自己不事二姓的忠贞，而对于清季遗民来说，再无一姓、二姓之说，而是整个君主专制政治体制走到了尽头，与之相关的文化礼仪开始边缘化。这对于大半生以来接受儒学教化，并以之为安身立命的基础的陈伯陶来说，可谓是深创剧痛。他不断地抗拒，甚至口诛笔伐，无不把西学入侵、新政的推行视为异端，并以之为亡国的直接动因。因此，其在退隐之后履行的忠节之举亦带有与现实的政治秩序相抗衡的意味。

再者，陈伯陶为岭南名儒陈澧的执业弟子。近代以陈澧为代表的东塾学派师承乾嘉朴学，但同治光绪以来，国事日非，乾嘉考据之学日益式微，而讲求微言大义、经世致用的今文经学兴起。近代广东处于东西文化的交汇点上，经世致用之学风气尤盛。时人所言：

> 康先生之经学，应用的经学，若陈东塾先生，乃纯粹的正统经学。[①]

但在此大背景下，东塾学派仍训诂校勘，坚持传统，不为时所动。其学风门风均对陈伯陶有着深刻影响。陈伯陶身处近代西学东渐之浪潮之下，对异域思想文化采取拒斥不纳的态度、对孔孟之学及儒学正统的坚守以及清亡后的尽忠守节，皆与此有着内在的深层联系。

三、陈伯陶的诗文创作

本书搜集陈伯陶收录于《瓜庐诗剩》上下卷、《瓜庐文剩》四卷外编一卷之中的诗文，再加上笔者所搜集的集外诗七十余首，基本上能够较为完整地收录陈伯陶的诗文著作。《瓜庐诗剩》上下卷收录陈伯陶从童时随父陈铭珪在酥醪观读书起直至其去世前的诗作。《瓜庐文剩》主要收录陈伯陶从中进士入朝为官直至去世为止所作的文章，按照文体分为四卷：卷一为奏、论；卷二为游记；卷三为考辨、人物传记、碑刻；卷四为序跋、墓志、赞、碑铭。陈伯陶的诗文创作虽不如他的史学著作那样广为人知，但对了解其生平经历和内在精神世界有着重要的作用，其诗作多记录其生平，具有一定的史料参考价值。其文章题材丰富，多为应用文，如奏议、传记、碑铭之类，为实事而作，雅洁简奥。

---

① 杨寿昌：《陈子褒先生遗集序》，载《广东文征续编》（第一册），广东文征编印委员会1986年版，第370页。

（一）陈伯陶诗文内容概述

1. 叙一生行谊，以诗存史

陈伯陶《瓜庐诗剩》上下卷收录其诗歌将近四百首，时间跨度从童时试课至垂暮之年，记录了他跌宕起伏的一生。从戊戌变法、甲午战争、庚子事变到辛亥革命、清帝退位、民国建立，其诗作均有反映。读其诗，不仅可见其个人之心曲，更可见时代之变迁。张学华在《瓜庐诗剩序》中曰：

> 公平生大节不必以诗传，晚年著述亦不欲以诗传，顾其出处，踪迹略可考见。当夫人值承明出膺使命，輶轩所历，两入滇黔，一登泰岱，凭眺山川，流连吊古，皆以助其摅写。洎车驾西巡，麻鞋奔问，涉华岳，渡河洛瀍涧，足迹半天下，情来兴往，纸墨遂多，此一时也。甲午庚子而后，海波，朝局蜩螗；社稷忧乱之篇，香山感时之作，俯仰太息，情见乎词。及视学金陵，敷政之余，吟事不废，而积薪厝火，隐患已深，九讽忧时，五噫去国，此又一时也。辛亥以远，桑海既易，管宁避地，焦先结庐；栖迟寂寞之乡，闻讯渔樵之侣。时与二三故旧登宋王之台，访杨侯之庙，野哭唏嘘，谷音亢慨，尝击竹而碎石，或呵壁而问天，此又一时也。嗟乎！春明回首，陵谷惊心，只此数十年间，世运之迁流，人事之变幻，皆得于公诗。①

张序所评可谓中肯。陈伯陶诗作题材多样，有记游、应制、酬唱、咏史、歌行等。早期多以风光记胜为主，亦包括忧生之叹。中后期主要转向朋友酬唱、黍离之痛。陈伯陶在被派往云南任乡试副考官途中所作诗有四十余首，多为记述沿途风光，亦有关心民生之作。如《定兴早发》：

> 晓来秣马似星驰，雨洗郊原万绿滋。
> 宿麦蛙声鸣鼓吹，两堤柳色树旌旗。
> 高粱坼甲栽应早，十里垂芒刈独迟。
> 闻说灾黎来晋邑，九重何以释忧思。②

诗中前几句描写雨后郊原的清新明丽，“高粱坼甲”“十里垂芒”预示了

① 见本书附录三。
② 《瓜庐诗剩》卷上，第5页。

丰收的年景，心境平和愉快；后两句话锋突转，表达了担心山西的灾害、愿为君分忧的心情，体现了身为翰林官员的陈伯陶对民生疾苦的关注。他在甲午战争签订《马关条约》时写有《乙未六月书事》，在庚子事变时写有《庚子七月感事十首》和《哭袁重黎先生》。《哭袁重黎先生》诗曰：

> 日惨云愁菜市边，缁帷噩耗与谁传。
> 青山独往悲同日，黄卷相从记去年。
> 血污苌弘终出地，魂招宋玉祇呼天。
> 帝关虎豹人难叩，洒泪何能到九泉。[①]

诗中所记为庚子事变时其师袁昶因直言谏诤义和团一事而被处斩事，“菜市边”指出袁昶是在菜市口受刑，而作者此时往怀柔避乱，噩耗传来，其痛心欲狂之状可以想见。中间用了苌弘化碧、宋玉招魂之典，来表达忠臣冤屈终会大白于天下之意，末句写君心难测、处境险厄之忧。随慈禧太后及光绪帝西狩时写有《圣驾西巡歌十首》。从西安回銮途中所作诗歌有三十余首，如《骊山三首》《温泉行》《洛阳道中杂感二首》等。辛亥革命避居香港时写有《避地香港作》《红磡新居成移家感赋二首》。五言长诗《七十述哀一百三十韵》自述生平，从咸丰年间出生时逢太平天国之乱至民国时溥仪大婚入京叩贺，事无巨细，自注部分丰富详审，对平生所经历的重要事件做了具体全面的交代，或可补史之疏漏。

2. 因事而作，有感而发，以文证史

陈伯陶《瓜庐文剩》四卷外编一卷共收录文一百三十余篇，始于光绪十八年（1892）中进士在京为官之后直至去世之前。按文体依次排列为四卷。陈伯陶崇尚实学，摒弃浮文丽赋，故其所作之文均朴实恳切，为文之风格可见作者之性情。文以奏议、碑铭、考辨等应用文体居多，因事而作，不为空言。其《谒江宁圣庙谕诸生文》曰：

> 古之学适古之用，今之学亦当适今之用。使三古圣人生今之世，亦必自变其学科，盖学求致用，无古今中外，其理一也……诸生诚知学科虽变，宗旨不变，而息邪说，拒淫辞，一以孔孟为归本，学司有厚望焉。[②]

虽是训诫诸生之作，亦可视为陈伯陶自己的为文之宗旨。《瓜庐文剩》四卷

① 《瓜庐诗剩》卷上，第59页。
② 《瓜庐文剩》卷二，第1页。

文均以孔孟之学为旨归，奏议篇章均牵涉时事，考辨皆有实据，精审恰切。如卷一《奏请起用恭亲王折》是甲午战争时期，陈伯陶为挽救危局、奏请重新起用恭亲王一事所作；《呈掌院大学士议贡院宜修复》是废科举前夕为修复贡院一事而作；《上张野秋尚书书（一）》为反对废除科举一事作；《与李柳溪侍郎书》为粤东禁赌一事所作；《与丁伯厚前辈书》《与萧绍庭书》均为撰修遗民录搜集史料事宜而作。文中所述均为近代史上一些重要事件之过程，陈伯陶身为翰林官员，参与了这些国家要事的决策过程，并积极建言上策。其中一些奏章、疏议对清末时事有详细的反映，可资研究近代史者参证，以补史之不确之处。

卷二多为记游之作，其中《游慈恩寺记》《游终南五台记》《观骊山温泉记》《游华山玉泉院记》《游伊阙记》《吹台唱和记》为庚子事变之后，陈伯陶随慈禧太后、光绪帝从西安回銮途中游历名胜，故作文以记之。《日本雅乐稽古所观舞记》《游日本箱根记》为光绪三十二年（1906）赴日本考察学务时所作。《九龙宋王台新筑石垣记》为宣统三年（1911）避居香港时重修宋王台所作，事涉考证。《壬戌北征记》为 1922 年溥仪大婚时陈伯陶入京叩贺时所作，记事颇为详审，自注部分对当时时事细节涉及较多，亦可证史。

卷三、卷四为考辨及碑铭之文。《〈周礼〉〈孟子〉公侯伯子男封地里数异同考》《〈礼记〉所记虞夏殷礼考》为考证三礼之作。陈伯陶精通中医，其《张仲景生卒时代考》《寒食散实出仲景考》为中医考证文献，可供后来者研究中医学史参证。《魏和公游粤年月考》考证魏礼游粤的具体时间，其余《〈水经注〉罗浮山辨》《书〈过墟志〉后》等文章，皆考辨精深博洽、事出有据。还有一部分序文类文章，如《胜朝粤东遗民录序》《宋东莞遗民录序》叙广东历代遗民忠义之举，以古鉴今，其深哀剧痛，缘事而发。如《宋东莞遗民录序》：

> 余尝登宋王台，眺海山之苍苍，海水之茫茫，慨然想秋晓诸人往来邱墟禾黍间，未尝不俯仰古今，为之涕泗滂沱，而不能已也。

（二）陈伯陶诗文的创作特色

近代岭南文坛名家辈出，诗歌方面有梁鼎芬、罗惇曧、曾习经、黄节等，风格清幽苍峭。汪辟疆《近代诗派与地域》一文曰：

> 顾岭南诗学，雄直之外，亦有清幽苍峭近于闽赣派者，如梁鼎芬之幽秀，罗惇曧之骏快……黄节之深婉，曾习经之浓至，潘博之清丽，黄孝觉

之清警，则以久居京国，与闽赣派诗人投份较深，思深旨远，质有其文，与岭南派风格迥乎异趣。是又于雄直之外自辟蹊径者也。[①]

汪辟疆认为岭南诗学以雄直为主导，但兼有清峻深婉之异趣，风格多样。学术、文章方面，以陈澧为核心的东塾学派则一枝独秀，继承乾嘉朴学的余绪，训诂考据，成就斐然。后人评价曰：

东塾著书言学不言政，出其门者多朴学及淹雅之士。[②]

陈伯陶作为陈澧的执业弟子，其文深受东塾学派门风的影响，精于考据，质实恳切，言之有物。其诗作既有岭南诗派的雄直之气，又具岭南四家诗之深幽峻峭之风格。

1. 风格多样，清雄与自然兼具

陈伯陶诗作在艺术风貌上不拘一格，既有悲歌慷慨、清雄峻峭的咏史记事之作，又有自然恬淡、风韵天成的写景歌咏。如《袁督师墓》：

受命平台日，先朝此寇仇。
兴亡关一代，功罪付千秋。
蓟北孤坟在，辽东战垒休。
升平三百载，惆怅动边愁。[③]

诗叙明东莞忠臣袁崇焕事。时《马关条约》割辽东半岛，而袁崇焕曾任职辽东边关，镇守宁远，故思其人，以古鉴今。首联交代其受命剿灭夷寇；颔联评价功过，视野开阔；颈联对仗工整，气势浑厚；尾联以如今边关失守而朝廷却无如袁崇焕一般忠臣良将结束，发无法为国分忧之叹，悲慨沉郁，余音不绝。其另一首诗《幽州大盗行》：

凤凰麒麟世莫识，枭鸟破镜人所射。
阴气贼戾郁不伸，泄为大盗死圣人。
昂昂七尺躯，父母此遗体。

① 张一兵、周宪：《汪辟疆诗学论集》（上册），南京大学出版社2011年版，第86页。
② 吴道镕：《澹庵文存》卷一，1937年（民国二十六年）铅印本。
③ 《瓜庐诗剩》卷上，第38页。

胡为不自爱，以兹受鞭棰。
千鞭万棰噤不呼，一呼痛楚旁人愚。
忽然翻身走免脱，草闲漉漉人头血。
幽州城内多狭斜，楼中娼妇色胜花。
黄金堆案买一笑，岁岁供给由官家。
穰穰蚊子昼伏夜，雷蜘蛛结网隐于檐。
隈同行兄弟好身手，昔为虎伥今雉媒。
晨鸡喔喔星烂烂，卧枕宝刀怀铁弹，
嗟尔大盗何所逃，门外官军如猬毛。[①]

语言急切明快，颇有雄直之气。但陈伯陶诗中还有一部分自然恬淡之作，如《板坝塘晓望》：

水曲环罗带，峰高列画屏。
荒村一夜雨，万壑烧痕青。
榕叶低团屋，芦花近覆汀。
幽栖随处好，何事感飘萍。[②]

景物描写清新明丽，雨后万壑青翠欲滴。芦花榕叶、底屋水汀，皆乡野之中常见之景物，作者随手拈来，看似毫无匠痕，寓清幽于散淡之中，引人遐思。

2. 频繁用典，以学识为诗

陈伯陶个性严谨端正，饱读诗书，学问精深。这种自身的素养反映在诗歌当中，便是喜用典以显博学。如《无题四首》其一：

汉家专宠李夫人，老病恹恹忽变嗔。
宫锦百重深自障，明珠十斛委如尘。
凤雏奏曲声难好，鸩鸟为媒谊岂亲。
谁乞长生三岛药，海隅波浪暗伤神。[③]

八句之中，几乎句句有典，如“宫锦百重”“明珠十斛”“凤雏”“鸩鸟为媒”

---

① 《瓜庐诗剩》卷上，第 44 页。
② 《瓜庐诗剩》卷上，第 23 页。
③ 《瓜庐诗剩》卷上，第 24 页。

“长生三岛药”“海隅波浪”等。不仅如此，一些典故会在不同诗作中被反复引用，比如“沧海横流”，作者曾在多首诗中用此典，稍显重复。

张学华《瓜庐诗剩序》：

公尝语余：“早岁学诗，得东塾先生指授，始解诗法。”[①]

《七十述哀一百三十韵》自注亦曰：

陈东塾先生澧与先严交好，先生掌教邑之龙溪书院，先严命执贽为弟子。生平经学词章，略知门径，亲炙于先生为多。[②]

陈伯陶少时执业于陈澧，作诗之法，亦得陈澧指授。他们都倾向取法宋诗，以学人之识为诗。陈澧诗风清劲峻峭，这与他以学人为本、余事为诗的诗学观念互相渗透。陈澧《与王俊之书》之四曰：

作诗写字，但能不俗可矣，若求工妙，让专门者为之。专门者不可无其人，我辈则未暇为此也。若夫著述之体，切宜留意，宜洁净，宜平实，简而明，简而不漏，详而不支不烦，学古而不㬥古，有法而不囿于法，此则学人之著述，非才人之词章所可同日而语者。[③]

虽云著述之体，但学人为诗，其学术思想不免渗透于诗。其诗作中平实、重理性思的风格可视为学识对诗歌作品的渗透。张学华在《瓜庐诗剩序》中也表达过类似的观点：

公隐居后注《孝经》以讽世，录遗民而见志。凡所撰著，咸具微旨，诗亦其绪余耳。[④]

陈伯陶在其诗作中亦表现出同样的特点，以学人之学识思致为诗。如《荆门陆象山祠堂》：

---

① 见本书附录三。
② 《瓜庐诗剩》卷下，第49页。
③ 《陈澧集》（第一册），上海古籍出版社2008年版，第179页。
④ 见本书附录三。

象山泉水似鹅湖，曾见先生教泽濡。
讲学既能分义利，著书何苦辨禅儒。
经传鹿洞终分派，道悟龙场又合符。
千古异同纷聚讼，几人真实下工夫。①

3. 雅洁平实，记事明晰，考证精审

自从清初黄宗羲、顾炎武提倡汉学，音韵、文字、训诂、金石等考据之学便开始兴盛，乾嘉时期发展到鼎盛的阶段。因为注重实证，这个学术流派又被称为"朴学"，形成以惠栋为首的吴派和以戴震为首的皖派。咸丰、同治以后，朴学逐渐衰落，但一些地区仍然坚持承续乾嘉朴学之余绪。如湘鄂之王先谦，苏皖之缪荃孙，岭南之阮元、陈澧。东塾学派以陈澧为首，继承了正统的乾嘉朴学，其门人弟子多受其影响。而陈伯陶作为陈澧的弟子更是坚守朴学求实求精的学风，这种严谨端正的学风对陈伯陶的文章风格影响巨大。陈伯陶文语言精练，条理清晰。如《上张野秋尚书书（一）》：

科举于国家有四利，而学堂适相反。何谓四利，一曰公、二曰溥、三曰不劳、四曰不费。试官衡文，暗中摸索，苞苴不行，囊锥自见，是谓公。少小读书，即图进取，拔尤一士，弦诵千家，是谓溥。负笈从学，陈箧揣摩，各务精勤，毋烦董劝，是谓不劳。輶轩博采，棘闱合试，供亿无多，官私易办，是谓不费。若学堂则否，其教员习于学生，与其父兄事必不公；其校舍限于人数，与其经费势必不溥；其教授管理与学科必慎择而时督之，如是则必劳；其堂室器具与薪修必备设而丰给之，如是则必费。②

陈述科举于国四利，条理明畅，辞到意达，用语准确、精练，不为文辞所累。一些牵涉考证的文章力求精审，如《魏和公游粤年月考》：

考海南地接钦州之龙门岛，时为明靖氛将军邓耀所据。《屈翁山文集》云："岛中有两郡王、一巡抚、六部监司、知府以下数十人。"而《元功垂范》云："庚子年，剿龙门，邓耀遁走。"疑和公承故人之招，欲往龙门岛。元孝知大兵已往剿，故《珠崖歌序》有"不能为谋，安能止

① 《瓜庐诗剩》卷上，第52页。
② 《瓜庐文剩》卷一，第41页。

之”语，诗则有“愿祝安而往，速而还”语，当时遗老行踪、心事如此。彭躬庵为和公诗序云：“和公有兄弟、友朋、文章之乐，恒郁郁不得志，则身之海南，更渡琼。既至，值兵变，杀人狼藉，祸汹汹，且不得测，则阖户，更为海南道中诗，其辞隐约不敢明言之耳。”《魏叔子诗集》有《辛丑季冬怀季弟在琼州》诗云：“一去十九月，绝不念乡里。”盖其冬和公仍寓琼州，不即返。而元孝《送和公归宁都》诗云：“穷海访人兵后去，孤身携剑雪中归。”则和公是岁季冬当返广州。①

陈伯陶考据魏礼游粤年月时，史料搜罗细致准确，叙述不蔓不枝，语言简洁。而陈伯陶多篇文章均具有考据之风，摒弃华辞丽句，为文只求达意。当然，他也有一部分游记序跋写景抒怀，但抒情颇有节制，合乎《论语》所云“乐而不淫，哀而不伤”的审美传统。

广东自古以来僻处岭外，远离京师，文化学术一直处于落后状态。自唐代张九龄开始崛起，明代陈白沙与王阳明分席而讲，粤中学统遂得立。之后，由于清兵南下及清前期文字狱，广东文化学术曾一度停滞。但道光后朴学的兴起及东塾学派的形成，培养了大批学人，其文化学术有逾越中原之势。梁志文《三水梁太公重游泮水征诗文启》：

吾粤自阮文达以制府而躬讲学，粤士被其教泽，咸同以降，粤学之盛，度越中原。②

在近代西学东渐，传统的学术、文章日渐式微之际，作为粤籍官吏、学人，陈伯陶的诗文创作秉承东塾学派严谨精微的学风，诗作清雄悲慨，文章雅洁平实。对其诗文著作进行整理辑录和注释不仅可为清季广东遗民研究提供可资佐证的史料素材，亦可为近代岭南文学及学术的研究提供翔实完备的文献资料。

---

① 《瓜庐文剩》卷三，第22页。
② 《广东文征续编》（第一册），第338页。

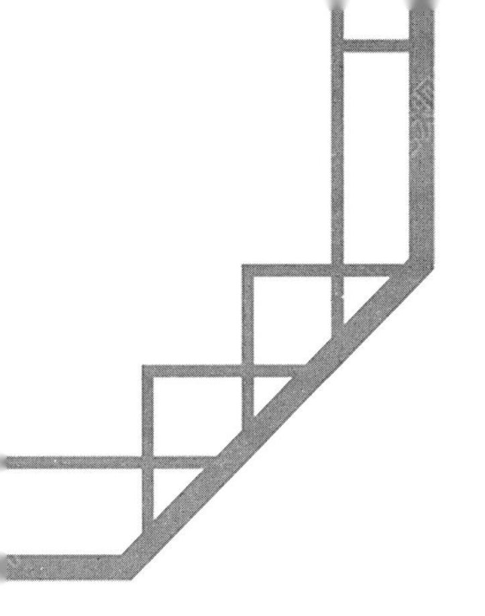

瓜庐诗剩　卷上

题陶渊明采① 菊图

渊明本达士，不受尘网羁。弃官归田园，痛饮拚忍饥。典衣[1]作重九[2]，尊酒力不辞。尊酒曷不辞，东篱花满枝。凌秋有佳色，寄兴良在兹。翳翳景将入，高歌谁与期。愿为首阳薇[3]，不作商山芝[4]。悠悠千载上，贞节真我师。②

【校】

①采：《陈文良公诗》手稿作“赏”，从底本。

②贞节真我师：《陈文良公诗》手稿作“高蹈使我思”，从底本。

【注】

[1] 典衣：指饮酒。〔唐〕白居易《晚春沽酒》有“卖我所乘马，典我旧朝衣。尽将沽酒饮，酩酊步行归”句。

[2] 重九：重阳，农历九月初九日。〔晋〕陶渊明《九日闲居》诗序：“余闲居，爱重九之名。秋菊盈园，而持醪靡由。”《徐霞客游记·滇游日记三》：“九月初九日……是日为重九，高风鼓寒，以登高之候。”

[3] 首阳薇：典出《史记·伯夷列传》：“武王已平殷乱，天下宗周，而伯夷、叔齐耻之，义不食周粟，隐于首阳山，采薇而食之。”后用来比喻坚守气节的人。

[4] 商山芝：商山四皓。《史记·留侯世家》：“顾上有所不能致者四人。”〔唐〕颜师古注：“四人，谓园公、绮里季、夏黄公、甪里先生，所谓商山四皓也。”《汉书·张良传》亦有载。〔唐〕杜甫《喜晴》有“千载商山芝，往者东门瓜”句。

白　燕

闲抛绵羽度城隈，辽海[1]风霜阅几回。华屋已非休问讯，茅斋无恙且归来。沾泥柳絮衔时落，带雨梨花掠处开。一树榆烟春社[2]散，乌衣门巷[3]莫徘徊。

【注】

［1］辽海：泛指辽河以东的沿海地区。〔唐〕杜甫《后出塞》有“云帆转辽海，粳稻来东吴”句。

［2］春社：古时于立春后祭祀土神，祈丰收，谓之春社。《礼记·明堂位》：“是故，夏礿、秋尝、冬烝、春社、秋省，而遂大蜡，天子之祭也。”〔汉〕郑玄注：“春田祭社。”

［3］乌衣门巷：此处指豪门望族居住之地。《景定建康志》：“乌衣巷在秦淮南。晋南渡，王、谢诸名族居此，时谓子弟为乌衣诸郎。”余嘉锡《世说新语笺疏》：“有往来者云：‘庾公有东下意。’或谓王公：‘可潜稍严，以备不虞。’王公曰：‘我与元规虽俱王臣，本怀布衣之好。若其欲来，吾角巾径还乌衣，何所稍严。’〔南朝梁〕刘孝标注引《丹阳记》：‘乌衣之起，吴时乌衣营处所也。江左初立，琅邪诸王所居。’”

老　马①

短鬣萧梢剧可怜，春郊无复着先鞭[1]。相逢湖上骑驴日，苦忆山南射虎[2]年。饱食未应忘秣饲，横行犹欲试鞍鞯。美人散尽将军老，太息追随落照前。

【校】

①《陈文良公诗》手稿《老马》共四首，此诗为其中第四首。

【注】

［1］先鞭：行事占先一步。典出《世说新语·赏誉》：“刘琨称祖车骑为

朗诣，曰：‘少为王敦所叹。’”〔南朝梁〕刘孝标注引《晋阳秋》：“刘琨与亲旧书曰：‘吾枕戈待旦，志枭逆虏，常恐祖生先吾着鞭耳！’”

［2］射虎：典出《史记·李将军列传》：“广所居郡，闻有虎，尝自射之。及居右北平，射虎，虎腾伤广，广亦竟射杀之。”〔宋〕辛弃疾《水调歌头·文字觑天巧》：“插架牙签万轴，射虎南山一骑，容我揽须不?”

书　灯

纸窗深处影荧荧，一点寒光比聚萤[1]。校字客传天禄阁[2]，读书人想少微星[3]。披帷生怕风侵座，映案偏宜雪满庭。何事长檠照珠翠[4]，白头珍重守遗经。［余壮岁以前诗多不存稿，此四诗乃童时先君子冬馆课题命作。由今观之，亦诗谶也，存之。（己巳春自记）］

【注】

［1］聚萤：典出《晋书·车胤传》：“车胤，字武子，南平人也。曾祖浚，吴会稽太守。父育，郡主簿。太守王胡之名知人，见胤于童幼之中，谓胤父曰：‘此儿当大兴卿门，可使专学。’胤恭勤不倦，博学多通。家贫不常得油，夏月则练囊盛数十萤火以照书，以夜继日焉。”

［2］天禄阁：汉初藏书之地。《汉宫殿疏》云：“天禄、麒麟阁，萧何造。以藏秘书，处贤才也。”刘向、刘歆和扬雄曾先后校书于此。

［3］少微星：喻指处士、隐士。《史记·天官书》：“廷藩西有隋星五，曰少微，士大夫。”〔唐〕司马贞《史记索隐》：“《春秋合诚图》云‘少微，处士位’。又《天官占》云‘少微一名处士星’也。”《晋书·天文志》亦有载。

［4］珠翠：借指盛装女子。〔清〕赵翼《陪松崖漕使宴集九峰园》诗：“是日轻阴半寒暖，满湖珠翠纷往回。”

乙丑腊月入值内阁道中遇雪[1]

瘦马冲寒入禁城，城中积雪望逾明。谁知天上黄金阙[2]，尽化人间白玉京[3]。万瓦迎风飘组练[4]，九衢[5]和雨踏瑶琼。春来信有丰年瑞[6]，粟俸侏儒[7]得此生。（是日领俸米。）

【注】

［1］此诗作于清光绪十五年（1889）腊月，据〔清〕陈宝琛《清故荣禄大夫江宁提学使陈文良公墓志铭》及〔清〕张学华《江宁提学使陈文良公传》，陈伯陶于乙丑年（即此年）考取内阁中书，充咸安教习，诗名中所云“入值内阁”即指此事。

［2］黄金阙：道家称天上有黄金阙，为仙人所居之地。此处借指天子所居的宫阙。典出《史记·封禅书》：“此三神山者，其傅在勃海中，去人不远；患且，则船风引而去。盖尝有至者，诸仙人及不死之药皆在焉。其物禽兽尽白，而黄金银为宫阙。”

［3］白玉京：指天帝所居之地。《魏书·释老志》：“道家之原，出于老子。其自言也，先天地生，以资万类。上处玉京，为神王之宗；下在紫微，为飞仙之主。千变万化，有德不德，随感应物，厥迹无常。”〔唐〕李商隐《五言述德抒情诗一首四十韵献上杜七兄仆射相公》有“帝作黄金阙，仙开白玉京”句。

［4］组练：指将兵的武装军容。《左传·襄公三年》：“使邓廖帅组甲三百，被练三千以侵吴。”〔唐〕孔颖达疏引〔汉〕贾逵曰：“组甲，以组缀甲，车士服之；被练，帛也，以帛缀甲，步卒服之。”

［5］九衢：四通八达的道路。〔战国楚〕屈原《楚辞·天问》：“靡蓱九衢，枲华安居。”〔汉〕王逸注：“九交一道曰衢。”

［6］丰年瑞：〔南朝宋〕谢惠连《雪赋》有“盈尺则呈瑞于丰年，袤丈则表沴于阴德”句，后以“丰年瑞”喻冬月之雪。

［7］侏儒：《礼记·王制》：“喑聋、跛躃、断者、侏儒、百工，各以其器食之。”〔汉〕郑玄注：“侏儒，短人也。”此处为自谦之辞。

消　雪

起来叉手立前轩，残雪将消日渐暾[1]。晓岫峨眉才见影，春泥鸿爪[2]已无痕。檐抛碎溜声犹续，衾袭凝寒气未温。惭愧袁安高卧[3]稳，欲营一饱自开门。昨宵庭院尚飞霙，暖入林梢鹊噪[4]晴。万斛玉尘[5]吹渐尽，千寻银海扫将平。阶前幽草融无迹，窗外梅花落有声。待诏公车[6]谁最喜，道中东郭一先生[7]。

【注】

[1] 暾：《广韵》："音炖，日始出。"〔宋〕苏辙《送吴思道道人归吴兴二绝》有"一去吴兴十五年，一寸闲田晓日暾"句。

[2] 春泥鸿爪：雪泥鸿爪。〔宋〕苏轼《和子由渑池怀旧》："人生到处知何似，应似飞鸿踏雪泥。泥上偶然留指爪，鸿飞那复计东西?"后以"雪泥鸿爪"比喻事情过后留下的痕迹。

[3] 袁安高卧：《后汉书·袁张韩周列传》〔唐〕李贤注引《汝南先贤传》曰："时大雪积地丈余，洛阳令身出案行，见人家皆除雪出，有乞食者。至袁安门，无有行路。谓安已死，令人除雪入户，见安僵卧。问何以不出。安曰：'大雪人皆饿，不宜干人。'令以为贤，举为孝廉。"后比喻虽然处境窘困但仍坚守气节的行为。

[4] 鹊噪：谓喜兆。《禽经》："灵鹊兆喜。"〔晋〕张华注："鹊噪则喜生。"

[5] 万斛玉尘：传说中仙家的食物。《太平广记》："叟曰：'君输我海龙神第七女发十两，智琼额黄十二枚，紫绢帔一副，绛台山霞实散二庾，瀛洲玉尘九斛，阿母疗髓凝酒四钟，阿母女态盈娘子跻虚龙缟袜八緉，后日于王先生青城草堂还我耳。'"

[6] 公车：汉代以公家车马接应应举之人，后因以"公车"为举人应试的代称。《后汉书·丁鸿传》："永平十年诏征，鸿至即召见，说文侯之命篇，赐御衣及绶，禀食公车，与博士同礼。"〔唐〕李贤注："禀，给也。公车，署名，公车所在，因以名。诸待诏者，皆居以待命，故令给食焉。"

[7] 东郭一先生：指汉代东郭先生，后喻指贫寒而有才华之人。典出《史记·滑稽列传·东郭先生传》。

除　　夕[1]

长安久住经除夕，独饮三杯益惘然。七十年华惊半逝，[2]八千道里感孤眠。手僵懒做宜春帖[3]，俸薄难留压岁钱。如此清寒身渐老，合将勋业让前贤。

【注】

[1] 此除夕应指乙丑年［即清光绪十五年（1889）］除夕，陈伯陶于乙丑年（1889）腊月入值内阁，前文有诗《乙丑腊月入值内阁道中遇雪》，自此至光绪十八年（1892）中壬辰科进士为止一直在京城任职，直到光绪十九年（1893）出任云南乡试副考官时才离京。而陈伯陶诗作均按照时间顺序编排，后文有诗《凤城新年词八首》《庚寅五月出都道中作》，庚寅年即1890年，据此可推断此为乙丑年（1889）除夕。

[2] 七十句：陈伯陶生于清咸丰五年（1855），距离作此诗时（1889年除夕）已三十四年，故曰七十过半。

[3] 宜春帖：旧时在立春或春节时剪“宜春”字样贴于窗户、器物之上，以示迎春。〔南朝梁〕宗懔《荆楚岁时记》：“立春之日，悉剪彩为燕，戴之，帖‘宜春’二字。”

凤城[1]新年词　八首

宜春帖子烂门前，春色皇州独占先。夜半欢声腾爆竹，六街都作太平年。

牡丹秾艳腊梅香，烘就唐花[2]满画堂。更喜今年冰雪少，雕盘浓放水仙王。

鱼龙百戏[3]任纷陈，吐火吞刀[4]技艺新。试向人丛观角觝，娉婷疑是汉宫人。

琉璃厂[5]畔气熊熊，玳瑁明珠百货充。贫士遍观真眼福，不须羞摸阮囊[6]空。

星球火树闹连宵，炮打连珠月下烧。闻说宫中行乐好，鳌山[7]万点彻云霄。

金吾[8]禁弛冶游增，满路笙歌竞沸腾。素月暖天人不觉，街头争看上元灯。

锦带罗裙金凤翘，白云观里互招邀。谁言妇女无颜色，北地燕支[9]胜六朝。

春城何处最关情，一曲梨园入耳清。终怪北腔含杀伐，莫教歌舞侈升平。

【注】

[1] 凤城：京城的美称。〔唐〕杜甫《夜》诗："步檐倚杖看牛斗，银汉遥应接凤城。"〔清〕仇兆鳌《杜诗详注》注引赵次公曰："秦穆公女吹箫，凤降其城，因号丹凤城。其后言京城曰凤城。"按：此处应指清光绪十六年(1890)新年，陈伯陶于乙丑年（1889）腊月入值内阁，直到光绪十八年(1892)中进士，期间一直在京任职。可参见《除夕》标题注。

[2] 唐花：温室内培养的花卉。〔清〕王士禛《居易录谈》："今京师腊月即卖牡丹、梅花、绯桃、探春，诸花皆贮暖室，以火烘之，所谓堂花，又名唐花是也。"

[3] 鱼龙百戏：旧时杂耍节目。〔唐〕张说《侍宴隆庆池》诗有"鱼龙百戏分容与，凫鹢双舟较泝洄"句。

[4] 吐火吞刀：古时杂技。〔汉〕张衡《西京赋》："吞刀吐火，云雾杳冥。"〔晋〕干宝《搜神记》卷二："其人有数术，能断舌复续、吐火……其吐火，先有药在器中，取火一片，与黍糖合之，再三吹呼，已而张口，火满口中。"

[5] 琉璃厂：北京城南街名。元朝在此建琉璃窑，故名。〔清〕富察敦崇《燕京岁时记·厂甸儿》："厂甸在正阳门外二里许，古曰海王村，即今工部之琉璃厂也。街长二里许，廛肆林立，南北皆同。所售之物以古玩、字画、纸张、书帖为正宗，乃文人鉴赏之所也。"

[6] 阮囊：指手头拮据。《韵府群玉》："阮孚持一皂囊，游会稽。客问：'囊中何物？'曰：'但有一钱看囊，恐其羞涩。'"

［7］鳌山：堆成巨鳌形的灯山。〔宋〕周密《干淳岁时记·元夕》："元夕二鼓，上乘小辇，幸宣德门观鳌山。擎辇者皆倒行，以便观赏。山灯凡数千百种。"

［8］金吾：古官名，负责皇帝大臣的警卫、仪仗等事务，是掌管治安的武职。《汉书·百官公卿表》："中尉，秦官，掌徼循京师，有两丞、候、司马、千人。武帝太初元年更名执金吾。"〔唐〕颜师古注引〔汉〕应劭曰："吾者，御也，掌执金革以御非常。"师古曰："金吾，鸟名也，主辟不祥。天子出行，职主先导，以御非常，故执此鸟之象，因以名官。"

［9］燕支：即胭脂。〔南朝陈〕徐陵《玉台新咏序》："南都石黛，最发双蛾；北地燕支，偏开两靥。"

题黎二樵[1]先生像①

我读二樵诗，二樵诗境超尘凡。生平足不越州里，嗜好于世殊酸咸。[2]缒幽凿险抉灵怪，峭壁千仞磨刀镵。仙才鬼才[3]合一手，风霜刻露烟云衔。拼将万象纳齑粉[4]，直使大造穷镌劖。披图今睹瓅子骨，角巾半幅尘�衫。山肩菱□髭断极，矫若老鹤栖松杉。苦吟长吉貌松似，岂有指爪长掺掺。②当年唱和者谁子，药房虚舟并石帆。药房才力夸富健，铿锵上欲追韶咸。其余二子亦卓荦，俗艳一例同锄芟。先生苍头异军起，尽脱畦径开机缄[5]。鳌掷鲸呿[6]斗瑰诡，醉吟不受史与监。我瞻遗像重景仰，草堂诗卷披瑶函。瓣香前哲本有事，奈此卓绝同寒严。③寸心呕锦[7]岂易学，一指染鼎[8]徒为馋。品题敢步李南涧，君不见，东西樵石高岩岩。

【校】

①《陈文良公诗》手稿原题作"题黎二樵先生小像"，从底本。

②披图六句：底本无，今据《陈文良公诗》手稿补。

③瓣香二句：底本无，今据《陈文良公诗》手稿补。

【注】

［1］黎二樵：黎简（1747—1799），字简民，号二樵。广东顺德弼教村人，清乾嘉年间著名诗人、书画家。一生未仕，以卖文教馆为生。《清史稿·列传二百七十二·文苑二》："黎简，字简民，顺德人。十岁能诗。益都李文

藻令朝阳，见简诗，曰：‘必传之作也。’劝令就试。学使李调元得其拟昌黎石鼎联句，奇赏之。补弟子员，人号之曰黎石鼎。久之，膺选拔。寻丁外艰，遂终于家，足不逾岭。海内名流，钦其高节。袁枚负盛名，游罗浮，邀与相见，谢不往也。著《五百四峰草堂诗文抄》。所与交同邑张锦芳、黄丹书，番禺吕坚皆以诗名。”

［2］嗜好句：〔唐〕韩愈《酬司门卢四兄云夫院长望秋作》诗：“云夫吾兄有狂气，嗜好于俗殊酸咸。”

［3］仙才鬼才：《清文献通考·经籍》六十九：“宋景文诸公在馆，尝评唐人诗云：‘太白仙才，长吉鬼才。’”

［4］齑粉：粉末状物。《明史·李善长传》：“当元之季，欲为此者何限，莫不身为齑粉，覆宗绝祀，能保首领者几何人哉？”

［5］机缄：机关开合，亦指气数、气运。《庄子·天运》：“天其运乎？地其处乎？日月其争于所乎？孰主张是？孰维纲是？孰居无事推而行是？意者其有机缄而不得已邪？”〔唐〕成玄英疏：“机，关也；缄，闭也……谓有主司关闭，事不得已。”

［6］鳌掷鲸呿：比喻气势浩大。〔清〕宋荦《漫堂说诗》三：“至于杜之海涵地负，韩之鳌掷鲸呿，尚有所未逮。”

［7］寸心呕锦：典出〔唐〕李商隐《李贺小传》：“背一古破锦囊，遇有所得，即书投囊中。及暮归，太夫人使婢受囊出之，见所书多，辄曰：‘是儿要当呕出心始已耳。’”后比喻作诗文呕心沥血。

［8］一指染鼎：典出《左传·宣公四年》：“楚人献鼋于郑灵公。公子宋与子家将见，子公之食指动，以示子家，曰：‘他日我如此，必尝异味。’……及食大夫鼋，召子公而弗与也。子公怒，染指于鼎，尝之而出。”

宿白云观[1]同张寓荃[2]同年（其淦）作

软红十丈隔都门，幽径斜通小有天[3]。厨上清斋留过客，枕边春梦付游仙。龙门[4]衍派征前代，鹤观[5]移居感往年。何事罗浮[6]不归去，浊泥长涴出山泉。

【注】

［1］白云观：道教著名寺观之一。在今北京市西便门外，唐开元二十七

年（739）建，初名“天长观”，金改名“太极宫”，丘处机更名为“长春宫”，明洪武二十七年（1394）更名“白云观”。今观为清乾隆二十一年（1756）重修。

［2］张寓荃：即张其淦（1859—1946），广东东莞人，字豫泉，清末学者、官员，甲午恩科进士，曾任职翰林，官至安徽提学使。辛亥革命后隐居上海，闭门著述。为陈伯陶同乡、挚友。著有《松柏山房骈体文钞》《梦痕仙馆诗钞》《元代八百遗民诗咏》《明代千遗民诗咏》等。

［3］小有天：道家洞府名。《太平御览》卷四十引《太素真人王君内传》：“王屋山有小天，号曰小有天，周回一万里，三十六洞天之第一焉。”

［4］龙门：余嘉锡《世说新语笺疏》：“‘李元礼风格秀整，高自标持，欲以天下名教是非为己任。后进之士，有升其堂者，皆以为登龙门。’南朝梁刘孝标注引《三秦记》曰：‘龙门，一名河津，去长安九百里。水悬绝，龟鱼之属莫能上，上则化为龙矣。’”

［5］鹤观：〔宋〕苏轼在广东惠州所建。〔宋〕赵与时《宾退录》卷一：“子厚居柳筑愚溪，东坡居惠筑鹤观，若将终身焉。”

［6］罗浮：指罗浮山，在广东省东江北岸，〔晋〕葛洪曾在此山修道，为道教第七洞天。

庚寅五月出都道中作[1]

才醒别酒去都门，初日瞳昽散晓烟。七八里程青草外，两三椽屋绿杨边。居人共汲村旁井，野老长耕墓畔田。正是客心[2]枨触处，悠悠车马指前川。

【注】

［1］此诗作于光绪十六年（1890）五月，陈伯陶于光绪十五年（1889）腊月入值内阁，直到光绪十八年（1892）中壬辰科进士，其间一直在京城任职。

［2］客心：游子之情。〔南北朝〕谢灵运有“沮漳自可美，客心非外奖。常叹诗人言，式微何由归”句。

癸巳五月初一日闻典试滇南之命恭纪[1]

释褐[2]刚逾岁，（壬辰岁五月初一日传庐授职，至是刚满一年。）星轺[3]又载奔。三长[4]惭史笔，五善[5]感辎轩[6]。大理天劚石，昆明地涌源。瑰奇搜未得，何以答君恩。

公车怀五上，（自己卯乡荐后，五上公车，乃始通籍。）使节喜双移。（时正主考为吴雁舟前辈，余为之副。）既得持衡[7]日，当思饮墨时。天章承北阙，云彩望南陲。莫遣遗珠者，仍教怨有司。

【注】

[1] 此诗作于光绪十九年（1893）五月初一，陈伯陶奉命为滇南典试副考官，此时距其科考登第入翰林已有一年，故诗中有“释褐刚逾岁”句。《翁同龢日记》“光绪十九年癸巳五月朔”条目下有载：“晴，热如三伏……是日放云贵试差。始脱帽。开节赏。云南：吴家瑞、陈伯陶。贵州：刘福姚、陈璧。”（陈义杰整理《翁同龢日记》第五册，中华书局2006年版），吴家瑞即诗中自注的“吴雁舟”是也，“雁舟”为其字。此次南行于五月十一起程，《翁同龢日记》“光绪十九年癸巳五月初十日”条目下载：“晴，郁蒸，晚更甚，戌初黑云西北起，惊雷急电，疾风甚雨，凡四刻过，雨三寸余矣，颇凉……归卧，咏春来。写对，为陈子砺明日即发矣。”陈子砺即陈伯陶。到达云南约初秋八月，历时约三月之久，后文有诗《八月初二日至云南省城皇华馆》《初至滇南》可证。

[2] 释褐：指进士及第授官职。〔宋〕高承《事物纪原·旗旐采章·释褐》：“太平兴国二年正月十二日，赐新及第进士诸科吕蒙正以下绿袍靴笏，非常例也。御前释褐，盖自是始。”

[3] 星轺：使臣星。典出《后汉书·方术列传上·李合》：“李合，字孟节，汉中南郑人也。父颉，以儒学称，官至博士。合袭父业，游太学，通五经。善河洛风星，外质朴，人莫之识。县召署幕门候吏。和帝即位，分遣使者，皆微服单行，各至州县，观采风谣。使者二人当到益部，投合候舍。时夏夕露坐，合因仰观，问曰：‘君发京师时，宁知朝廷遣二使邪?’二人默然，惊相视曰：‘不闻也。’问何以知之。合指星示云：‘有二使星向益州分野，故

知之耳。'"

[4] 三长:《旧唐书·刘子玄传》:"史才须有三长,世无其人,故史才少也。三长,谓才也,学也,识也。"

[5] 五善:《论语·八佾》:"子曰:'射不主皮。'"〔东汉〕马融注:"射有五善焉,一曰和志,体和;二曰和容,有容仪;三曰主皮,能中质;四曰和颂,合雅颂;五曰兴武,与舞同。"

[6] 輶轩:旧时使臣的代称。《文选·张协〈七命〉》:"语不传于輶轩,地不被乎正朔。"〔唐〕李善注引《风俗通》:"秦周常以八月輶轩使采异代方言,藏之秘府。"

[7] 持衡:指执掌权柄。《北齐书·文宣帝纪》:"昔放勋驰世,沉璧属子;重华握历,持衡拥璇。"

初至良乡[1]

奉命滇南去,征途阻且长。西山[2]青不断,相送到良乡。

【注】

[1] 此诗作于光绪十九年(1893),为陈伯陶奉命至滇南主持典试的南行途中、初出京都之时。良乡:地名,是北京通往西南的门户。自秦朝以后,历朝都在此建县,称"良乡县",今属北京市。

[2] 西山:为今北京市西郊群山的总称。

涿　鹿[1]

匹夫有天下,亘古或一二。如何枭獍[2]徒,却逞鸿鹄志[3]。帝图既不授,京观[4]迭相累。缅怀作俑人,蚩尤实祸始。当其倡乱时,铁头表奇异。五兵[5]此焉铸,弧矢遂失利。匪惟猴而冠[6],实亦虎生翅[7]。一朝里开雾,千古野绝辔。肩髀既已分,空余气成彗。涿鹿轩辕都,在昔战争地。十家虽已芜,百篇[8]尚犹记。寄言庶民贪,莫漫说刘李。

【注】

［1］此诗作于光绪十九年（1893），陈伯陶奉命至滇南主持典试，时至河北涿鹿。涿鹿：地名，在今河北省涿鹿县南。《庄子》："然而黄帝不能致德，与蚩尤战于涿鹿之野，流血百里。"〔唐〕成玄英疏："涿鹿，地名，今幽州涿鹿郡是也。"

［2］枭獍：亦作"枭镜"，比喻忘恩负义之人。《汉书·郊祀志》："祠黄帝用一枭破镜。"〔三国魏〕孟康注："枭，鸟名，食母；破镜，兽名，食父。"

［3］鸿鹄志：典出《史记·陈涉世家》："陈涉少时，尝与人佣耕，辍耕之垄上，怅恨久之，曰：'苟富贵，毋相忘。'庸者笑而应曰：'若为庸耕，何富贵也？'陈涉太息曰：'嗟乎，燕雀安知鸿鹄之志哉？'"

［4］京观：古时征战，胜者集敌人尸首，封土成冢。《左传·宣公十二年》："君盍筑武军，而收晋尸以为京观。"〔晋〕杜预注："积尸封土其上，谓之京观。"

［5］五兵：泛指兵器。《周礼·夏官·司兵》："掌五兵五盾。"〔汉〕郑玄注引〔汉〕郑司农云："五兵者，戈、殳、戟、酋矛、夷矛也。"

［6］猴而冠：沐猴而冠，比喻虚有其表。《史记·项羽本纪》："项王见秦宫皆以烧残破，又心怀思欲东归，曰：'富贵不归故乡，如衣绣夜行，谁知之者！'说者曰：'人言楚人"沐猴而冠"耳，果然。'"

［7］虎生翅：如虎生翼，比喻强者更强。

［8］百篇：代指《尚书》。《文选·孔安国〈尚书序〉》："典谟训诰誓命之文凡百篇。"〔唐〕张铣注："如此之类，惣有百篇，此略举之。"

易水怀古[1]

信陵醉梦张禄[2]逋，秦如虎狼天所扶。祖龙[3]死后亡者胡，天意又定强秦诛。当时刘项已匹夫，易水相送胡为乎。樊於期[4]头督亢图，惜哉庆卿[5]剑术疏。假令一掷中其颅，秦廷将相君扶苏。李斯[6]本属荀卿徒，蒙恬万里长城如。六王既毕都西都，会荡毒蛰征鲁儒[7]，山东安有篝狐呼。

【注】

［1］此诗作于光绪十九年（1893），陈伯陶奉命至滇南主持典试，时至河北易县。易水：水名，源出河北省易县境内。荆轲入秦，燕太子丹在此地与其

饯别。《战国策·燕策三》："风萧萧兮易水寒，壮士一去兮不复还。"

［2］张禄：战国时期范雎的化名。《史记·穰侯列传》："于是魏人范雎自谓张禄先生，讥穰侯之伐齐，乃越三晋以攻齐也，以此时奸说秦昭王。"

［3］祖龙：指秦始皇。《史记·秦始皇本纪》："秋，使者从关东夜过华阴平舒道，有人持璧遮使者曰：'为吾遗滈池君。'因言曰：'今年祖龙死。'"〔南朝宋〕裴骃《史记集解》引〔三国魏〕苏林曰："祖，始也；龙，人君象。谓始皇也。"

［4］樊於期：战国时秦国将领，避罪奔燕。燕太子丹使荆轲刺秦王，荆轲谋以樊於期头与督亢地图献秦王，俟机刺杀，樊於期遂自刎。事迹见于《战国策·燕策三》《史记·刺客列传》。

［5］庆卿：即荆轲。《史记·刺客列传》："荆轲者，卫人也。其先乃齐人，徙于卫，卫人谓之庆卿，而之燕，燕人谓之荆卿。"

［6］李斯：战国末期楚国上蔡人，后为秦相。师从荀子，学成入秦，协助秦王灭六国，统一天下，并参与了制定法律，统一车轨、文字、度量衡等。后为赵高所忌，于咸阳被处以腰斩。事见《史记·李斯列传》。

［7］鲁儒：儒家学者。〔清〕顾炎武《答徐公肃书》："不忘百姓，敢自托于鲁儒；维此哲人，庶兴哀于周雅。"

定兴早发[1]

晓来秣马似星驰，雨洗郊原万绿滋。宿麦[2]蛙声鸣鼓吹，两堤柳色树旌旗。高粱拆甲栽应早，十里垂芒刈独迟。闻说灾黎来晋邑，（时黄慎之前辈奉命赈山西，载饥童数百人回北直。）九重何以释忧思。

【注】

［1］此诗作于光绪十九年（1893），陈伯陶奉命至滇南主持典试的南行途中。此行五月十一起程，因下文有"十里垂芒刈独迟"句，故知约作于五月中下旬。定兴：县名，今属河北省。旧为范阳县黄村店，金大定六年（1166）置定兴县，自元至清均属保定府。

［2］宿麦：冬麦。《汉书·武帝纪》："遣谒者劝有水灾郡种宿麦。"〔唐〕颜师古注："秋冬种之，经岁乃熟，故云宿麦。"

刘　伶　墓[1]

从来痛饮说刘伦，荷锸相随不顾身。幸是生时千石醉，墓前浇酒更何人。

【注】

［1］此诗作于光绪十九年（1893），陈伯陶奉命赴滇南主持典试，时经河北保定徐水县（今徐水区）。刘伶墓：刘伶墓有三处，此处指河北保定徐水县刘伶墓，清乾隆年间安肃知县谢昌言重修，并建有酒德亭，后被毁，碑记尚存。《晋书·刘伶传》："刘伶，字伯伦，沛国人也。身长六尺，容貌甚陋。放情肆志，常以细宇宙齐万物为心。澹默少言，不妄交游，与阮籍、嵇康相遇，欣然神解，携手入林。初不以家产有无介意。常乘鹿车，携一壶酒，使人荷锸而随之，谓曰：'死便埋我。'其遗形骸如此。"

郭隗故里[1]

燕昭思报齐，冀得天下士。先生进密谋，谓请从隗始。[2]巍巍黄金台[3]，骥足[4]致千里。七十二齐城，一朝下折棰。[5]可怜太子丹，为计不出此。倾身结刺客，万金求利匕。桓桓樊将军，函首入秦市。[6]劫盟事不就，国灭身亦死。我行经郭村，回首望易水。[7]长虹落日边，飒飒悲风起。

【注】

［1］此诗作于光绪十九年（1893），陈伯陶奉命赴滇南主持典试的南行途中。郭隗故里：故址在河北保定满城县郭村，有郭隗故里碑，清康熙四十七年（1708）重修。郭隗，战国燕人，协助燕昭王招贤纳士，治理国家，后燕国逐渐强大。事见《史记·燕召公世家》。

［2］先生二句：《战国策·燕策一》："燕昭王收破燕后即位，卑身厚币，以招贤者，欲将以报雠。故往见郭隗先生曰：'齐因孤国之乱，而袭破燕。孤极知燕小力少，不足以报。然得贤士与共国，以雪先王之丑，孤之愿也。敢问以国报雠者奈何？'郭隗先生曰：'……今王诚欲致士，先从隗始；隗且见事，

况贤于隗者乎？岂远千里哉？’于是，昭王为隗筑宫而师之。乐毅自魏往，邹衍自齐往，剧辛自赵往，士争凑燕。”

［3］黄金台：《文选·鲍照〈放歌行〉》：“岂伊白璧赐，将起黄金台。”〔唐〕李善注：“《上谷郡图经》曰：‘黄金台，易水东南十八里，燕昭王置千金于台上，以延天下之士。’”

［4］骥足：比喻有才能的人。《三国志·蜀书·庞统传》：“庞士元非百里才也，使处治中、别驾之任，始当展其骥足耳。”

［5］七十二二句：指郦食其劝说齐王田广以七十余城降汉事。事见《史记·郦生陆贾列传》。折棰，原指折断马杖，后用来比喻轻易地制敌取胜。

［6］桓桓二句：见《易水怀古》“樊於期”条。

［7］我行二句：易水，见《易水怀古》“易水”条。按：易水在满城县郭村西北，此次滇南之行先经易水，后至郭村，故曰“回首望易水”。

定州道中[1]

车轮马足互骈阗[2]，千里皇畿地势便。雉堞[3]相望燕赵国，鸿沟分划宋辽边。浮云西北山为塞，积潦东南水作田。莫唱中间能避世，驿楼今日靖烽烟。（刘制军长佑在直隶任时，曾作官堆，驻兵以护送行人，今已毁撤。）

【注】

［1］此诗作于光绪十九年（1893），陈伯陶奉命赴滇南主持典试，先行保定，后经定州。定州：位于河北省中部，与保定相邻，帝尧封唐国之地，战国初为中山国，汉时置中山郡，北魏道武帝改为定州，唐代为定州或博陵郡。

［2］骈阗：亦作“骈田”，指聚集在一起。〔晋〕潘岳《西征赋》：“华夷士女，骈阗逼侧。”

［3］雉堞：城上短墙，泛指城墙。《周礼》郑玄注：“雉，长三丈，高一丈。”《左传》〔晋〕杜预注：“堞，女墙也。”

晚至恒山驿王筱丹大令（家瑞）馆之龙兴寺丈室[1]

竟日奔波数邮传[2]，马蹄蹴铁尘吹面。昏黄又到古常山[3]，喜得僧房息疲倦。僧房花木一尘无，幽翠袭裾凉拂扇。方袍长老出迎门，怪我星驰急如箭。入门盥漱茶瓯罢，散步相随览前殿。隋碑宋像屹犹存，（寺有隋开皇碑，宋开宝铜观音像。）摩挲[4]千载同奔电。何年重建金刹开，栋桷高骞藻流绚。[5]壁间画手似吴生，鬼伯龙王貌千变。[6]须臾灯上鼓钟鸣，梵音[7]不断归禽啭。人生弹指[8]一刹那，顾我尘劳却心羡。揽衣无语且归去，幽菽冷蔬晚开膳。膳罢铺床伸脚眠，枕间梦蝶[9]长依恋。明朝驱马复南行，回首招提几时见。

【注】

［1］此诗作于光绪十九年（1893），陈伯陶奉命赴滇南主持典试，由定州至正定县。王筱丹，其人事迹待考。龙兴寺，又称“大佛寺”，位于今河北省石家庄市正定县境内。原为东晋时后燕慕容熙的龙腾苑，隋时恒州刺史王孝改为寺院，称“龙藏寺”。唐代自觉禅师造一金铜观音大像。宋太祖开宝四年（971），敕移寺域至今地，铸千手千眼菩萨像并加以扩建，改称“龙兴寺”。金大定二十年（1180），在寺东建造佛顶尊胜陀罗尼石钟。之后历代屡次重修，仍多保持宋制。康熙四十九年（1710）赐额“龙兴寺”，并沿用至今。

［2］邮传：指驿馆。〔清〕赵翼《送邑侯高松亭调任宿迁》诗：“邮传连三省，漕渠过万艘。”

［3］古常山：古恒山。常山之名最早出现在《战国策》，属赵国，汉武帝封五岳，为避文帝刘恒讳，改恒山为常山。故址在今石家庄市元氏县境内，今北岳恒山位于山西浑源。与古恒山地域不同。

［4］摩挲：消磨。〔明〕陈继儒《读书镜》卷一：“大抵著书，上者羽翼世道……又次者资辅聪明，又次者摩挲岁月。”

［5］何年二句：金刹，此处指佛寺。栋，房屋的正梁。桷，方形的椽子。高骞，高举。〔宋〕陆游《系舟下牢溪游三游洞诗》：“下入裂坤轴，高骞插青冥。”

［6］壁间二句：吴生，指唐代画家吴道子。〔唐〕杜甫《冬日洛城北谒玄

元皇帝庙》诗："画手看前辈，吴生远擅场。"鬼伯，指阎王。龙王，统领水族之神。《华严经·世主妙严品》："复有无量诸大龙王，所谓毗楼博叉龙王，娑竭罗龙王，云音妙幢龙王……如是等而为上首，其数无量，莫不勤力，兴云布雨，令诸众生，热恼消灭。"

[7] 梵音：梵呗。〔南朝梁〕慧皎《高僧传·经师论》："咏经则称为转读，歌赞则号为梵音。"又，〔唐〕宋之问《奉和幸三会寺应制》："梵音迎漏彻，空乐倚云悬。"

[8] 弹指：佛家多用来比喻时间短暂。〔唐〕王维《六祖能禅师碑铭》："饭食讫而敷坐，沐浴毕而更衣，弹指不流，水流灯焰，金身永谢，薪尽火灭。"

[9] 梦蝶：典出《庄子·齐物论》："昔者庄周梦为蝴蝶，栩栩然蝴蝶也；自喻适志与，不知周也；俄然觉，则蘧蘧然周也。"后多用以比喻人生虚幻。

龙兴寺铜佛[1]

（寺本名龙藏，后改龙兴，国朝易今名。佛像高七丈有三尺，据宋乾德、端拱二碑，寺旧有铜像，周世宗毁而铸钱。至开宝时复造，元萨都剌有《镇阳龙兴寺铜观音像》诗）

柴家天子锐征伐，未捣严山通蜀物。水衡告匮铁冶空，却铸铜钱坏铜佛。[2]一朝夹营光烛天，黄袍点检升殿前。涂膏衅血不复省，又铸铜佛糜铜钱。[3]回忆金仙辞汉[4]地，莲花恍惚中成字。遇显即毁宋即兴，[5]慧眼邓明留谶记。（宋乾德碑称周世宗毁像时，莲花中有"遇显即毁，遇宋即兴"八字。）金绳未委金瓯碎，[6]钱施长生记元代。（寺有元秦王伯颜夫人施长生钱碑。）显德泉刀[7]已不流，法身七丈依然在。如何一劫[8]经千龄，地布黄金[9]事缈冥。珠璎宝髻尽飘坠，佛面剥蚀生铜青。老僧对之双泪零，我为转语僧试听。如来支解本无相，请公细诵《金刚经》[10]。（寺僧意定吁请合肥李相重修铜佛与寺，以工费浩大而止。）

【注】

[1] 龙兴寺铜佛：龙兴寺，参见《晚至恒山驿王筱丹大令（家瑞）馆之龙兴寺丈室》标题注。寺内大悲阁所供铜观音像，原为唐代自觉禅师所造，五代战乱，上半身毁于兵火，其余部分毁于后周显德年间，毁佛像用于铸钱。

北宋开宝四年（971）宋太祖驻跸正定时，命在寺内铸造千手千眼大悲菩萨铜像，扩建寺院建筑。今铜像身体部分和胸前合十的手臂均为宋代所造，其余四十臂为清代重装的木质手臂。

［2］柴家四句：指后周显德二年，世宗柴荣下令拆毁寺庙，毁坏佛像以获得铜和金银用于铸钱的事件。《旧五代史·周书·世宗纪》："显德二年九月丙寅朔，诏禁天下铜器，始议立监铸钱。"又，《五代会要》："显德二年九月，敕云：'今采铜兴冶，立监铸钱，冀便公私，宜行条制。今后除朝廷法物、军器、官物及镜，寺观内钟磬、钹、相轮、火珠、铃铎外，其余铜器，一切禁断。'"

［3］又铸句：指宋太祖赵匡胤下令铸造大悲菩萨铜像事。

［4］金仙辞汉：《全唐诗》："魏明帝青龙元年八月，诏宫官牵车西取汉孝武捧露盘仙人，欲立置前殿，宫官既拆盘，仙人临载，乃潸然泪下。唐诸王孙李长吉遂作《金铜仙人辞汉歌》：'茂陵刘郎秋风客，夜闻马嘶晓无迹。画栏桂树悬秋香，三十六宫土花碧。魏官牵车指千里，东关酸风射眸子。空将汉月出宫门，忆君清泪如铅水。衰兰送客咸阳道，天若有情天亦老。携盘独出月荒凉，渭城已远波声小。'"

［5］遇显句：传说在佛像毁坏之时，佛身内有"遇显即毁，遇宋即兴"八字。《真定府龙兴寺大悲阁记》："宋兴，太祖皇帝开宝二年，讨晋不庭，驻跸真定，召群僧而问焉，得像之□□本末，欲徙置城中，不可，且言像坏之时，有文在其中，曰'遇显即毁，遇宋即兴'。于是，召遣中使，相地于龙兴寺佛殿之北，将复建阁铸铜像以慰镇人之意。"

［6］金绳句：金绳，佛经中离垢国用以分别界限的金制绳索，《法华经》："国名离垢，琉璃为地，有八交道，黄金为绳，以界其侧。"金瓯，比喻疆土或国土的完整，《南史·朱异传》："尝夙兴至武德合口，独言：'我国家犹若金瓯，无一伤缺。'"此处指宋末国土沦丧，异族入侵之实。

［7］泉刀：指古代钱币。《周礼·天官·外府》："掌邦布之入出。"郑玄注："布，泉也。其藏曰泉，其行曰布。取名于水泉，其流行无不遍。"又，《史记·平准书》："农工商交易之路通，而龟贝金钱刀布之币兴焉。"司马贞索隐："刀即钱，以其形如刀，故曰刀，以其利于人也。"

［8］一劫：佛家语，天地一成一败谓一劫，亦指很长的一段时间。《隋书·经籍志四》："天地之外，四维上下，更有天地，亦无终极，然皆有成有败。一成一败，谓之一劫。"

［9］地布黄金：相传释迦牟尼成道后，孤独长者用大量黄金购置舍卫城南祇陀太子园地，建筑精舍，请释迦说法。《法显记》曰："宿卫精舍东北六

百里，毗舍祛母作精舍，请佛及借此处，故在秖洹舍大园落，有二门。一门东向，一门北向，此园即须达长者布金钱买地处也。精舍当中央，佛住此处最久。说法度人，经行坐处，亦尽起塔，皆有名字。”

［10］金刚经：佛家经典《金刚般若波罗蜜经》的简称。

忆荔枝[1]

岭南[2]有佳果，厥名为荔枝[3]。开花二月节，结子五月时。卢橘杨梅[4]远不逮，北人此味那得知。试为订嘉谱，一一名可推。增城挂绿[5]品最贵，罗岗桂味[6]味亦奇。（罗冈，村名。在番禺。）其中肉厚甘且脆，有若糯米蒸成糍。（糯米糍[7]，荔枝名。）次者焦核[8]兼蛇皮，最多黑叶[9]及怀枝[10]。河豚腹腴江鳐柱，妙喻令我馋涎垂。忆我长夏江之湄，黄梅雨过熏风吹。炎官向日张火伞，珠排星缀纷累累。海山仙子各列侍，翠羽明珰光陆离。嫣然一笑绛襦解，鸡头肉缀冰雪肌。我时欢接不自持。饮我白玉醴，酌我赪霞卮。醍醐灌顶未足喻，润澈骨髓凉心脾。须臾赤虬丹凤各起舞，恍惚世界成琉璃。自从服官燕京陲，五载未见倾城姿。[11]酢梨酸枣不上口，紫奈朱樱空尔为。况兹触暑行万里，体烦内热尤足悲。何年休沐[12]得归去，使我日啖三百吟坡诗。[13]

【注】

［1］此诗作于光绪十九年（1893），陈伯陶奉命赴滇南主持典试途中。此行路途迢迢，又值溽暑（五月初起程，至八月初到达），途中因起思乡之情，故忆荔枝。谢创志《东莞诗词俗曲研究·读莞人诗琐记》中载有《陈伯陶爱吃荔枝》一文，可参阅。

［2］岭南：又称“岭外”“岭表”，指中国南方五岭以南的地区，即今广东、广西、海南一带。古为百越之地，秦末汉初为南越国的辖地，《晋书·地理志》称桂林、南海、象郡为“岭南三郡”。

［3］荔枝：果树名，亦指它的果实，原产于岭南一带。〔晋〕嵇含《南方草木状》卷下：“荔枝树，高五六丈余，如桂树，绿叶蓬蓬，冬夏荣茂，青华朱实，实大如鸡子，核黄黑似熟莲，实白如肪，甘而多汁，似安石榴。”又，〔清〕屈大均《广东新语·木语·荔枝》：“荔枝以腊而萼，以春而华，夏至而翕然子赤，生于木而成于火也。皮红肉白而核覆纯丹，火包其外复孕其中也。肉白为金，金为内外火所炼，故味醇和而甘。”

［4］卢橘杨梅：卢橘，金橘，产于中国南部，〔明〕李时珍《本草纲目·果二·金橘》："此橘生时青卢色，黄熟则如金，故有金橘、卢橘之名。"杨梅，果树名，此处指它的果实，味酸甜，可食，产于江南一带。〔清〕陈淏子《花镜·花果类考·杨梅》："每遇雨肥水渗下，则结实必大而甜，若以桑树接杨梅则不酸。"

［5］增城挂绿：荔枝佳品，产于广东增城。〔清〕屈大均《广东新语·木语·荔枝》："挂绿爽脆如梨，浆液不见，去壳怀之，三日不变。"〔清〕吴应逵《岭南荔枝谱》："蒂旁一边突起稍高，谓之龙头；一边突起较低，谓之凤尾。熟时红绿相间，一绿线贯到底，故名。"

［6］罗岗桂味：荔枝佳品，又名"桂枝""带绿"，因有桂花味而得名，以番禺罗岗所产最为著名。〔清〕吴应逵《岭南荔枝谱》："桂味产番禺萝冈洞（今属广州市郊）牛首山最盛。"

［7］糯米糍：荔枝佳品。〔清〕吴应逵《岭南荔枝谱》："水晶丸俗名糯米糍，出于番禺鹿步司之北村。"即今黄埔区南岗笔岗村（又称"笔村"）。笔村糯米糍与罗岗桂味、增城挂绿有"荔枝三杰"之称。

［8］焦核：荔枝品名，肉多核小。〔清〕周亮工《闽小记·水晶丸》："相传荔枝去其宗根，用火燔过植之，生子多肉而核如丁香，如六畜去势则易肥也。漳浦人多用此法，以其火燔，故名'焦核'。"

［9］黑叶：又名"乌叶"，荔枝品名。以其叶色浓绿近黑故名。〔清〕屈大均《广东新语·木语·荔枝》："其甜曰上糖，酸曰上水，三月熟者曰三月青，四月熟者曰犀角子，七夕曰七夕红，而大熟于小至。以蝉鸣为候应，此时熟者曰金钗子，实大核小，昔人解金钗而得其种，或谓即黑叶也。荔枝叶青绿，此独黑，故曰黑叶……黑叶又以番禺古坝所产为上。"

［10］怀枝：荔枝品名，即尚书怀荔枝。〔清〕赖际熙《增城县志》（民国十年版）："湛文简公昔从枫亭怀核以归，所谓尚书怀者也。"湛文简公即湛若水，明嘉靖年间礼、吏、兵三部尚书。

［11］自从二句：考陈伯陶生平，于光绪五年（1879）乡试考取举人，光绪十五年（1889）考取内阁中书，充咸安教习，自此在京为官。光绪十八年（1892）中进士。而作此诗时为光绪十九年（1893）五月至八月间，距离起初入京时间约五年，且陈伯陶在光绪十五年腊月入值内阁之前已入京，故诗中曰"五载未见倾城姿"。

［12］休沐：指休假。《初学记》卷二十："休假亦曰休沐。《汉律》：'吏五日得一下沐。'"

［13］使我句：宋代苏轼有咏荔枝诗，如其《食荔枝二首》其二云："罗

浮山下四时春，卢橘杨梅次第新。日啖荔枝三百颗，不辞长作岭南人。”

豫　让　桥[1]

十丈长虹北郭门，当年豫让[2]此衔冤。三呼未饮仇人血，一死难酬国士恩。河畔马嘶怀旧迹，市中客过识英魂。摩笄山石遥相望，凭吊无端拭涕痕。

【注】

［1］此诗作于光绪十九年（1893），陈伯陶奉命赴滇南主持典试，途经河北邢台。豫让桥有两处，一为河北邢台翟村，一为山西太原赤桥村，考陈伯陶此次出行路线，此处应为河北邢台县翟村的豫让桥，抗日战争时期毁于战火。〔宋〕潘自牧《纪纂渊海》：“豫让桥在府（顺德府，今河北邢台）北，豫让刺赵襄子伏此桥下。”又，明《顺德府志》：“襄子祠在县治西。明知府张延廷、知县朱诰建……豫让祠在县文庙后。”

［2］豫让：战国晋人，为智伯家臣。赵、韩、魏灭智伯后，豫让用漆涂身，吞炭致哑，谋刺赵襄子未遂，为赵襄子所捕，临死求赵襄子衣服，拔剑击斩，以示为主复仇，后伏剑自杀。事见《战国策·赵策一》《史记·刺客列传》。

题邯郸[1]　二首

道过邯郸日影移，午饥犹未作晨炊。人言富贵如春梦，不熟黄粱[2]亦不知。

门外山光绿到墙，门前舆马去苍黄。吕生不语卢生睡，（观中卢生塑一卧像。）更有谁醒梦一场。

【注】

［1］邯郸：古地名。今河北省邯郸市。春秋时卫地，后属晋。赵敬侯自晋阳徙都邯郸。秦置邯郸郡。三国、魏、晋改名为广平郡，隋开皇中改置县，

唐、宋、金、元因之。

［2］黄粱：黄粱梦。〔唐〕沈既济《枕中记》所记故事，卢生在邯郸遇道士吕翁，自叹穷困，吕翁探囊中以枕授之。时主人正蒸黄粱，卢生梦入枕中，享尽荣华富贵，醒时黄粱尚未熟。后多用来比喻人生虚幻。《太平广记·异人·吕翁》亦有载。

由磁州至彰德道中作[1]

漳水[2]东流注浊河[3]，漳南雄镇[4]郁嵯峨。山连上党浮云远，地入中州[5]淑气多。赵国佳人工鼓瑟，邺城才子[6]快当歌。于今旧俗消磨尽，惆怅临风唤奈何。

【注】

［1］此诗作于光绪十九年（1893），陈伯陶奉命赴滇南主持典试，此时由河北进入河南。磁州：磁县，古称“磁州”，今属河北省邯郸市，位于河北省南端，与河南以漳河为界。彰德：即今河南省安阳市，《资治通鉴·后汉纪》称后晋天福三年（938），相州城设置彰德军节度使后，彰德一名始出现。《金史·地理志》载，金明昌三年（1192）金政府升相州为府，取名“彰德府”。明清两代，彰德府隶属河南省。民国初立时撤销安阳县，划其辖区为彰德府，1913年，彰德府辖区正式定名为“安阳县”，隶属河南省河北道。

［2］漳水：漳河古名漳水，有南北两条。北方一条源出山西，流经河北河南之间，有清漳河与浊漳河两源，两源在河北西南合漳村汇合后称“漳河”。另一条在湖北境内，发源于南漳县三景庄，流经远安、荆门，于当阳市两河口与沮河汇流为沮漳河再经枝江、荆州区于沙市注入长江。此处应指北漳水。〔北魏〕郦道元《水经注》：“浊漳水出上党长子县西发鸠山，漳水出鹿谷山，与发鸠连麓而在南。《淮南子》谓之发苞山，故异名互见也。左则阳泉水注之，右则伞盖水入焉。三源同出一山，但以南北为别耳。”

［3］浊河：指黄河。〔北魏〕郦道元《水经注·河水》：“河水浊，清澄一石水，六斗泥……是黄河兼浊河之名矣。”《山海经·北山经》：“漳水出焉，东流注于河。”

［4］漳南雄镇：此处应指彰德，即今河南省安阳市。

［5］中州：古称豫州为“中州”。《尚书·禹贡》分天下为九州，河南一

带属豫州。

［6］邺城才子：指以曹氏父子和建安七子为中心的邺下文人集团。邺城故址在今河北临漳和河南安阳之间。

邺中怀古　四首

袁刘豚犬各纷纷，天下英雄自属君。[1]精舍读书曾几日，高台行乐又斜曛。中原霸业三分鼎，末路奸谋九锡文[2]。赤壁烽烟[3]遗恨在，征南题碣负将军。[4]

当涂魏阙谶文垂，谁应青宫出震期。谲谏已曾思贾诩[5]，谗言何自构丁仪[6]。猜嫌日积黄初赋[7]，痛哭相随白马诗[8]。本是同根煎太急[9]，西陵松柏尚余悲。

昔年射鹿[10]见深情，太息登朝志气盈。宫禁尚书多妾御。园林负土半公卿，浮河石马[11]惊张掖。辞汉金人[12]涕洛京，膝上托孤偏梦梦[13]。坐令狼顾日纵横。

邺下争传大讨曹，况教犺犊据戎韬[14]。禁中人语鸡栖树[15]，境外童谣马食槽。妄信老臣真啜粥，可怜公族竟投刀。私门营立犹前辙，回首繁阳有旧劳。

【注】

［1］袁刘二句：袁，指袁绍。刘，指刘表。天下英雄，此处指曹操。

［2］九锡文：古代帝王赐予权臣的诏书，内容多为歌功颂德之词。〔清〕赵翼《廿二史札记·九锡文》："每朝禅代之前，必先有九锡文，总叙其人之功绩，晋爵封国，赐以殊礼，亦自曹操始。其后晋、宋、齐、梁、北齐、陈、隋皆沿用之。其文皆铺张典丽，为一时大著作，故各朝正史及南北史俱全载之。"

［3］赤壁烽烟：指赤壁之战，孙刘联军以火攻大破曹军，曹操退回北方，此战形成了三国鼎立的局面。事见〔晋〕陈寿《三国志》。

［4］征南句：指赤壁之战后曹操南征孙吴，折损大将夏侯渊事。事见

〔晋〕陈寿《三国志》。

［5］贾诩：字文和。三国时期曹操的谋士，原为董卓的部将，后依张绣，官渡之战前劝张绣归降曹操，后助曹操平定汉中。在曹魏继承人问题上，他以袁绍、刘表为戒，劝谏曹操不可废长立幼。曹丕继位后封为魏寿乡侯，黄初四年（223）去世，谥肃侯。《唐会要》：“魏晋以贾诩之筹策、贾逵之忠壮、张既之政能、程昱之智勇、顾雍之密重、王浑之器量、刘惔之鉴裁、庾翼之志略，彼八君子者。”

［6］丁仪：字正礼，三国时期曹魏文士，偕其弟丁廙与曹植私交甚好，拥护曹植做魏王世子，曹丕继位后被满门抄斩，著有《刑礼论》。曹植有《又赠丁仪王粲》诗。事见〔晋〕陈寿《三国志》、〔魏〕鱼豢《魏略》。

［7］黄初赋：指曹植的《洛神赋》，黄初为魏文帝曹丕的年号，《洛神赋》首句为“黄初三年”，故名。〔元〕倪瓒有“晓梦盈盈湘水春，翠虬白凤照江滨。香魂莫逐冷风散，拟学黄初赋洛神”诗。

［8］白马诗：此处指曹植的《白马篇》。

［9］同根煎太急：典出〔南朝宋〕刘义庆《世说新语·文学》：“文帝尝令东阿王七步中作诗，不成者行大法。应声便为诗曰：‘煮豆持作羹，漉菽以为汁。萁在釜下然，豆在釜中泣。本自同根生，相煎何太急？’帝深有惭色。”

［10］射鹿：指曹操许田射鹿一事，事见〔南朝宋〕裴松之《三国志注》：“初，刘备在许与曹公共猎。猎中，众散，羽劝备杀公，备不从。”

［11］石马：典出《西京杂记》：“余所知陈缟，质木人也，入终南山采薪还，晚，趋舍未至，见张丞相墓前石马，谓为鹿也，即以斧挝之，斧缺柯折，石马不伤。”

［12］辞汉金人：见《龙兴寺铜佛》“金仙辞汉”条。

［13］梦梦：指昏乱不明。《诗·小雅·正月》：“民今方殆，视天梦梦。”〔唐〕陆德明《经典释文》：“梦，莫红反，乱也。”〔宋〕朱熹《诗集传》：“梦梦，不明也。”

［14］戎韬：原指兵书《六韬》，相传为姜太公作。后多以指称兵法韬略。

［15］鸡栖树：语本《三国志·魏书·刘放传》“帝独召爽与放”。〔南朝宋〕裴松之注引〔晋〕郭颁《世语》：“放、资久典机任，献、肇心内不平。殿中有鸡栖树，二人相谓：‘此亦久矣，其能复几？’”

欧阳文忠公墓[1]

颍川风土旧盘桓，故垄岧峣[2]屹尚存。一代文章唐吏部[3]，千秋史笔汉龙门[4]。辨奸未肯夸先觉，议礼何心媚至尊。我读丰碑怀盛德，蚍蜉撼树[5]莫轻论。

【注】

[1] 此诗作于光绪十九年（1893），陈伯陶奉命赴滇南主持典试，此时已到达河南新郑。欧阳文忠公墓：指北宋著名文学家、史学家、政治家欧阳修墓，故址在今河南新郑市辛店镇欧阳寺村。

[2] 岧峣：岧，也作“岹”，高耸貌。《曹子建集·九愁赋》：“践溪隧之危阻，登岧峣之高岑。”

[3] 唐吏部：指唐韩愈，韩愈曾任吏部侍郎，故称。

[4] 汉龙门：指汉司马迁，司马迁出生于陕西龙门，故称。〔北周〕庾信《哀江南赋》：“信生世等于龙门，辞亲同于河洛。”〔清〕倪璠注：“迁生龙门，太史公留滞周南，病且卒，而子迁适反，见父子于河洛之间。”

[5] 蚍蜉撼树：比喻自不量力。语本〔唐〕韩愈《调张籍》诗：“李杜文章在，光焰万丈长。不知群儿愚，那用故谤伤。蚍蜉撼大树，可笑不自量。”

道中烦暑诸果有可喜者戏作小诗　四首

人从赤阪[1]来，头痛更身热。快斫单于头，饮此满腔血。（西瓜）

池间水苍玉，霜刀剥其皮。皎皎如团雪，苏卿[2]冷啮时。（荸荠）

相如方病肺，[3]买赋本无聊。忽拜黄金赐，能教渴顿消。（沙果）

土饭不充肠，旷然思辟谷。谁知臣朔饥，[4]得遇瑶池熟。（桃）

【注】

[1] 赤阪：西域地名，酷热。《文选·鲍照〈苦热行〉》："赤阪横西阻，火山赫南威。"〔唐〕李善注："《汉书·西域传》：杜钦曰：'又历大头痛、小头痛之山，赤土、身热之阪。令人身热无色，头痛呕吐。'"

[2] 苏卿：指西汉苏武，苏武字子卿，故称。〔宋〕文天祥《题〈苏武忠节图〉》诗之一："苏卿更有归时国，老相兼无去后家。"

[3] 相如句：指司马相如患消渴疾事。事见《史记·司马相如列传》："相如口吃而善著书。常有消渴疾。"

[4] 谁知句：指东方朔偷桃的传说。典出〔晋〕张华《博物志》，《列仙传》《汉武故事》亦有载。

卧 羊 山[1]

乱石卧纵横，如羊旧得名。路缘青草暗，陂倚夕阳明。惜矣轺车迅，难为蜡屐[2]行。茆庵容小住，仙诀问初平[3]。

【注】

[1] 此诗作于光绪十九年（1893）陈伯陶奉命赴滇南主持典试的南行途中。据上文《欧阳文忠公墓》一诗，已行至河南新郑，下文有诗《过南阳白水村》，可推路线应为从新郑到南阳，中间须经过平顶山市，据上可知此处为河南平顶山市叶县卧羊山。清同治己巳（1869），叶县知县欧阳霖在此建黄文节公祠，祠内有黄庭坚书法作品《幽兰赋》碑刻十二块，考〔清〕欧阳霖《叶县志》，黄庭坚在任叶县尉期间，曾游历卧羊山并在磨崖题字，今不存。卧羊山流传王乔赶羊化石之说。诗中曰"仙诀问初平"，将此处卧羊山当作仙人黄初平"叱石成羊"之处。据《太平广记·神仙七·黄初平》卷七，黄初平之卧羊山在浙江金华，宋《金华赤松山志》亦有载，此处为同名借用。

[2] 蜡屐：借指悠闲的生活。典出《世说新语·雅量》："祖士少好财，阮遥集好屐，并恒自经营，同是一累，而未判其得失。人有诣祖，见料视财物。客至，屏当未尽，余两小簏箸背后，倾身障之，意未能平。或有诣阮，见自吹火蜡屐，因叹曰：'未知一生当箸几量屐？'神色闲畅。于是胜负始分。"《晋书·阮籍传》亦有载。

[3] 初平：指传说中的仙人黄初平，相传在浙江金华修道得仙，金华赤

松山中卧羊山有“叱石成羊”传说。事见《太平广记》。

高文通[1]墓

潍水潆洄迥绝尘，文通渔钓昔沈沦。死难就屈能伸节，生不求荣且辱身。蜗角虚名[2]抛岁月，蝇头微利[3]苦形神。累累邱垄嗟同尽，谁似当年一逸民。

【注】

［1］高文通：高凤，字文通，东汉南阳人。事见《后汉书·逸民列传》：“高凤，字文通，南阳叶人也。少为书生，家以农亩为业，而专精诵读，昼夜不息。妻尝之田，曝麦于庭，令凤护鸡。时天暴雨，而凤持竿诵经，不觉潦水流麦。妻还怪问，凤方悟之。其后遂为名儒，乃授业于西唐山中。邻里有争财者，持兵而斗，凤往解之，不已，乃脱巾叩头，固请曰：‘仁义逊让，奈何弃之！’于是争者怀感，投兵谢罪。凤年老，执志不倦，名声著闻。太守连召请，恐不得免，自言本巫家，不应为吏，又诈与寡嫂讼田，遂不仕。建初中，将作大匠任隗举凤直言，到公车，托病逃归。推其财产，悉与孤兄子。隐身渔钓，终于家。”高文通墓在今河南平顶山市叶县。

［2］蜗角虚名：比喻无谓的争夺。《庄子集释》：“惠子闻之而见戴晋人。戴晋人曰：‘有所谓蜗者，君知之乎？’曰：‘然。’有国于蜗之左角者曰触氏，有国于蜗之右角者曰蛮氏，时相与争地而战，伏尸数万，逐北旬有五日而后反。”〔晋〕郭象注：“诚知所争者若此之细也，则天下无争矣。”〔唐〕成玄英疏：“蜗之两角，二国存焉。蛮氏触氏，频相战争，杀伤既其不少，进退亦复淹时。此起譬也。”

［3］蝇头微利：比喻微小的利益。〔宋〕苏轼《满庭芳》词：“蜗角虚名，蝇头微利，算来着甚干忙？事皆前定，谁弱又谁强？”

过南阳白水村

（村在南阳县南七十里，亦名贵人乡，相传为光武故里）

谶文[1]刘秀为天子，白水真人[2]应时起。关内传闻杀国师，绛衣举事心应喜。昆阳[3]雷声屋瓦飞，呼沱霜雪水流澌。不信人谋信天助，攀龙附凤纷来归。代汉当涂[4]岂尔述，井蛙[5]之见奚须诘。何事威仪复汉官，翻同符命谈新室[6]。当时图纬[7]动贤愚，非圣无法法所诛。赤符[8]王梁已作辅，白首桓谭空著书。

【注】

［1］谶文：指预示性的图或文字。

［2］白水真人：汉代钱币的别称。《后汉书·光武帝纪论》："及王莽篡位，忌恶刘氏，以钱有金刀，故改为货泉，或以货泉文字为白水真人。"

［3］昆阳：昆阳县，今属河南叶县。地皇四年（23），新汉两军在昆阳决战，刘秀一举击败王莽，为日后建立东汉奠定基础。

［4］当涂：指居于重要职位的人。

［5］井蛙：比喻目光短浅的人。《庄子·秋水》："井蛙不可以语于海者，拘于虚也。"虚，所居之处。

［6］新室：王莽篡汉，称其新朝为"新室"。《汉书·律历志下》："王莽居摄，盗袭帝位，窃号曰新室。"

［7］图纬：图谶和纬书。《后汉书·张衡传》："自中兴之后，儒者争学图纬，兼复附以訞言。"

［8］赤符：指汉朝的符命。〔北周〕庾信《周上柱国宿国公河州都督普屯威神道碑铭》："昔者受律赤符，韩信当乎千里。"〔清〕倪璠注："《史记》：'刘季为沛公，旗帜皆赤。由所杀蛇白帝子，杀者赤帝子，故上赤。''受律赤符'，言信拜大将，受汉符命也。"

卧龙冈武侯祠[1]

（祠在南阳县西南）

豺虎纵横汉祚颓，卧龙冈[2]上起风雷。中兴早定三分局，北伐犹劳十倍才。萧相[3]勋名藏石室[4]，元侯[5]姓字冠云台[6]。天心已去人谋绌，回首荒祠过客哀。

【注】

［1］武侯祠：此处指河南南阳卧龙岗之武侯祠，位于今河南省南阳市城西卧龙岗上。始建于魏晋时期，为了纪念三国时期著名政治家、军事家诸葛亮。据《明嘉靖南阳府志校注》、清康熙年间《龙岗志》所载，诸葛亮殁后，其故将黄权在南阳卧龙岗建庵祭祀，称“诸葛庵”，晋镇南将军刘弘为之立碣，唐宋时文人士子诗篇中多有吟咏，以后历代屡有修葺。

［2］卧龙冈：即卧龙岗，地名，在河南南阳市西，为三国时期著名政治家、军事家诸葛亮隐居之处。唐宋时建祠以作纪念，元初遭战火，殿宇焚毁，大德年间重建，清康熙时发现“卧龙岗十景”石刻，有增建。祠内有宋代岳飞书写的前、后《出师表》，今建有博物馆、汉画馆、汉碑亭。

［3］萧相：指汉丞相萧何。〔晋〕陆机《汉高祖功臣颂》：“无知睿敏，独昭奇迹，察侔萧相，贶同师锡。”

［4］石室：古时藏书籍档案处。《史记·太史公自序》：“周道废，秦拨去古文，焚灭《诗》《书》，故明堂石室，金匮玉版，图籍散乱。”

［5］元侯：此处指朝廷重臣。《左传·襄公四年》：“三《夏》，天子所以享元侯也，使臣弗敢与闻。”〔晋〕杜预注：“元侯，牧伯。”〔唐〕孔颖达疏：“牧是州长，伯是二伯，虽命数不同，俱是诸侯之长也。”

［6］云台：汉明帝时因追念前世功臣，图画邓禹等二十八将于南宫云台。后用来指纪念功臣名将之所。

道中晓行

道远日弥促，晨兴敢告劳。露痕舆背重，灯影马蹄高。倦仆暗中语，荒鸡空外号。[1] 蘧蘧[2] 残梦觉，初日上林皋。

【注】

[1] 荒鸡句：荒鸡，三更前啼叫的鸡，旧时以为不祥之兆。〔宋〕苏轼《召还至都门先寄子由》诗："荒鸡号月未三更，客梦还家得俄顷。"

[2] 蘧蘧：悠然自得貌。《庄子·齐物论》："昔者庄周梦为蝴蝶，栩栩然蝴蝶也。自喻适志与，不知周也。俄然觉，则蘧蘧然周也。"

襄樊道中[1]

汉水滔滔去不留，坚城分峙握咽喉。[2] 车驰宛洛[3] 通中土，舟下荆吴[4] 控上流。故垒风云经百战，崇祠日月各千秋。英雄割据今何在，野渡寒烟生远愁。

【注】

[1] 此诗作于光绪十九年（1893）陈伯陶奉命赴滇南主持典试的南行途中。时由河南南阳至湖北襄阳。

[2] 汉水二句：襄阳、樊城合称"襄樊"，分别位于汉水南北两岸，历代均为经济军事要地，故曰"坚城分峙握咽喉"。

[3] 宛洛：指今南阳和洛阳，后借指名都。《文选·谢朓〈和徐都曹〉》："宛洛佳遨游，春色满皇州。"〔唐〕张铣注："宛，南阳也；洛，洛阳也。"

[4] 荆吴：先秦时吴、楚两国，后泛指长江中下游地区。〔晋〕陆机《辩亡论》上："谋无遗谞，举不失策，故遂割据山川，跨制荆吴，而与天下争衡矣。"

渡　汉　水[1]

汉水如天半渡时，东南一望渺无涯。源通嶓冢[2]春流急，派下荆门[3]夕浪迟。花草至今怜解佩[4]，鱼龙终古护沉碑。我来欲赋《襄阳乐》[5]，争奈江声日夜迟。

【注】

[1] 汉水：水名，为长江最长的支流，流经陕西、湖北，与长江、淮河、黄河合称为“江淮河汉”。《诗经·周南·汉广》：“汉有游女，不可求思。汉之广矣，不可泳思。”

[2] 嶓冢：山名，又称“汉王山”，位于今陕西省汉中市宁强县境内，古称为汉水源头。《尚书·禹贡》：“嶓冢导漾，东流为汉；又东，为沧浪之水；过三澨，至于大别，南入于江。”〔北魏〕郦道元《水经注·漾水》曰：“嶓冢以东水皆东流。嶓冢以西水皆西流，故以嶓冢为分水岭。”

[3] 荆门：今归为湖北省荆门市，位于湖北省中部，毗邻江汉平原，自商周以来，历代都在此设置州县，囤积兵粮，为军事要地。

[4] 解佩：解下佩带的饰物。典出〔汉〕刘向《列仙传·江妃二女》：“江妃二女者，不知何所人也，出游于江汉之湄，逢郑交甫，见而悦之，不知其神人也，谓其仆曰：‘我欲下请其佩。’……遂手解佩与交甫。”

[5]《襄阳乐》：为南朝清商西曲歌之一，以乐曲产生地作为曲名，后代文人多有拟作。〔宋〕郭茂倩《乐府诗集·襄阳乐》题解引述《古今乐录》：“《襄阳乐》者，宋随王诞之所作也，诞始为襄阳郡，元嘉二十六年仍为雍州刺史，夜闻诸女歌谣，因而作之，所以歌和中有‘襄阳来夜乐’之语也。”

岘山[1]歌吊羊杜[2]二公

万山西来玄鹤[3]翔，势若缟翼双分张。翩然下饮汉江水，岘山露顶烟苍苍。羊公爱山如爱鹤，暇日登山启山酌。山头南望俯荆吴[4]，屈指青旗[5]将入洛[6]。镇南继至追游躅，樽俎折冲[7]闻破竹[8]。功成未肯勒磨崖，却瘗丰碑阅陵谷。陵迁谷改碑何在，千载悠悠嗟好事。君不见，羊公片石没荆榛，更无故老为垂泪。犹忆习家池[9]馆开，山公一日醉几回。当时行乐却相笑，今日亦复生青苔。唯有汉江春酒绿，年年高拍岘山来。

【注】

[1] 岘山：山名，亦称“岘首山”。位于湖北襄阳之南，临汉水，为襄阳南部要塞。《晋书·羊祜传》：“祜乐山水，每风景，必造岘山，置酒言咏，终日不倦。”

[2] 羊杜：指晋羊祜、杜预，二人先后镇襄阳，有德政，并称之。《苏轼诗集·襄阳古乐府三首》其三：“使君朱旆来翻翻，人道使君似羊、杜。”旧题〔宋〕王十朋注引子仁曰：“羊祜、杜预皆镇襄阳，有德政。”

[3] 玄鹤：黑色的鹤。〔晋〕崔豹《古今注·鸟兽》：“鹤千岁则变苍，又二千岁变黑，所谓玄鹤也。”

[4] 荆吴：见《襄樊道中》“荆吴”条。

[5] 青旗：借指帝王的车驾、师旅。〔北周〕庾信《答赵王启》：“都尉青旗，实时春色。”〔唐〕倪璠注：“此言赵王出师，载青旗，与春同色也。”

[6] 入洛：语本《晋书·陆机传》：“至太康末，与弟云俱入洛，造太常张华。华素重其名，如旧相识，曰：‘伐吴之役，利获二俊。’”

[7] 樽俎折冲：语本〔汉〕刘向《新序·杂事一》：“仲尼闻之曰：‘夫不出于樽俎之间，而知千里之外，其晏子之谓也，可谓折冲矣。’”后比喻不用武力，在宴席交谈中制伏对方。

[8] 破竹：比喻顺势而下，畅通无阻。《晋书·杜预传》：“昔乐毅借济西一战以并强齐，今兵威已振，譬如破竹，数节之后，皆迎刃而解，无复着手处也。”

[9] 习家池：指欢宴之处。余嘉锡《世说新语笺疏》：“‘任诞’，南朝梁刘孝标引《襄阳记》：‘汉侍中习郁于岘山南，依范蠡养鱼法作鱼池，池边有高堤，种竹及长楸，芙蓉菱芡覆水，是游燕名处也。山简每临此池，未尝不大醉而还，曰：“此是我高阳池也！”’襄阳小儿歌之。”

寄舍弟子淑[1]　六首

衡阳少征雁，江干足鲤鱼。殷勤语鲤鱼，为我寄尺书。[2]书中何所道，兄弟汝与予。不道行役苦，不道会面疏。行役有程期，会面当岁除。开书仔细看，所道知何如。

罗浮有精舍，乃在梅花村[3]。石泉响风雨，淙淙环院门。苍崖夹两旁，上插浮云根。老父昔在时，寒梅伴朝昏。[4]梅枯院亦废，冷落同荒墩。勿负老父心，重理屋与樊。幽栖傥得遂，此境当桃源[5]。

荔枝三百树，老父手所植。树成未遍尝，使我泪沾臆。去年霜雪大，[6]（岭南无雪，惟去年十一月下旬大雪，众木多萎折。）果熟不堪食。珍重荐寝门，兼馈老母[7]侧。余当请所与，勿漫私自殖。事亲贵养志，前贤有遗则。

七月十七日，老母悬帨[8]辰。贫家乏精馔，跽起惭嘉宾。惟当集姻娅[9]，兼或邀四邻。但令母心欢，缛节非所珍。嗟我宦游子[10]，觞豆[11]手未亲。逶迤上北山，抚景潜酸辛。

叔父性勤朴，终身力南亩。口谈种树经，手持一杯酒。酒酣视浮云，荣辱两无有。为我候叔父，跽问平安否。洞庭春色佳，若下清酝[12]厚。归当致数瓶，劝之饮一斗。

科名身外物，举世欢其荣。我弟性疏懒，皓首恐无成。无成亦何伤，但恐忝所生。[13]春卿[14]侈印绶，长孺藐金籯。努力事稽古，勿为时辈轻。

【注】

［1］此诗作于光绪十九年（1893）陈伯陶奉命赴滇南主持典试的南行途中，时已至襄阳。此行路途遥远，作者于旅途中起思乡之情，惦念亲人，叮嘱其弟，因成篇。据陈伯陶纂《东莞县志·人物略·陈铭珪》（民国十六年版本）："子伯陶……仲夔，字子淑，甲午举人，候选教谕。"其父陈铭珪有二子，陈伯陶为长子，次子仲夔，即诗中所称子淑。

［2］殷勤二句：指由他乡寄回的书信。《乐府诗集·相和歌辞十三·饮马长城窟行之一》："客从远方来，遗我双鲤鱼。呼儿烹鲤鱼，中有尺素书。"

［3］梅花村：地名，位于广东博罗罗浮山飞云峰下，因梅树成林，故名。〔清〕屈大均《广东新语·山语·罗浮》："梅花村在山口，前对麻姑、玉女二峰，深竹寒溪，一往幽折，人多以艺梅为生，牛羊之所践踏，皆梅也。"按：陈伯陶父陈铭珪曾在延祥寺旁修筑梅花仙院，与弟子读书论道其中。陈铭珪著有《梅花村事迹考》，考证梅花村事迹颇详，附刻于其所著《浮山志》中（收录于陈伯陶编《聚德堂丛书》），可参阅。

［4］老父二句：据陈伯陶纂《东莞县志》（民国十六年版本）所载，陈伯陶父陈铭珪，字京瑜、友珊，广东东莞凤涌人，肄业于粤秀书院，咸丰壬子科副贡。学识渊博，以家居授徒讲学为生，中年后隐居罗浮，并在山上修筑酥醪观和梅花仙院。著有《长春道教源流》《浮山志》《荔庄诗存》等，均收录于陈伯陶所辑《聚德堂丛书》中。

［5］桃源：桃花源的省称，典出〔晋〕陶渊明《桃花源记》。

［6］去年句：指光绪十八年（1892）广州一带下雪。宣统《南海县志》："清朝光绪十八年（1892）十一月二十七、二十八日，大雪，平地积雪寸余。"民国《清远县志》："光绪十八年（1892）十一月，二十七日微雪，二十八、二十九两日大雪，平地积雪二寸余，为百年所未见。"据各县志所载，此次下雪的地区还包括广州、番禺、增城、东莞等。按：道光《广东通志》："岭以南无雪，霜亦不常见。"广东地区地处亚热带，冬日无雪为常事，但也有偶然飞雪之时，道光《广东通志》多次记载广州下雪，从南宋以来，有十几次之多。

［7］老母：陈伯陶母叶氏，东莞芝茂公之女，二十岁嫁于陈伯陶之父陈铭珪，温良恭俭，通晓大义，对陈伯陶影响颇深。陈伯陶《瓜庐文剩》中《先妣叶太夫人墓志》有云："先君家素贫，虽举壬子乡贡，常授徒远方，母养姑睦娣，家政井井，祖母刘每语不孝，啧啧称母贤。"

［8］悬帨：古时称女子诞生。帨，旧时女子所带的佩巾。语本《礼记·内则》："子生，男子设弧于门左，女子设帨于门右。"

［9］姻娅：有婚姻关系的亲戚。《左传·昭公二十五年》："为父子、兄弟、姑姊、甥舅、昏媾、姻娅，以象天明。"〔晋〕杜预注："婿父曰姻，两婿相谓曰娅。"

［10］宦游子：出外做官的人。〔唐〕岑参《送郑堪归东京汜水别业》诗："对酒风与雪，向家河复关。因悲宦游子，终岁无时闲。"

［11］觞豆：古时盛酒肴之具，后泛指宴席。

[12] 清酤：清酒。〔明〕袁宏道《短歌行》："酌君易州之清酤，披君吴阊之纤缟。"

[13] 但恐句：所生，指生身父母。《诗·小雅·小宛》："夙兴夜寐，无忝尔所生。"

[14] 春卿：《周礼》中春官为六卿之一，掌邦礼，后称礼部长官为"春卿"。

襄阳杜工部墓[1]

（墓在岘山西麓）

太白[2]卒醉沈，少陵[3]真饿死。痛哉两诗人，所遇乃如此。我行襄阳道，凭眺岘山趾。岘山临汉江，风日本清美。当时谪仙人[4]，筑山为曲垒。高挽北斗杓，长吸汉江水。江流怨羁客，浮天没涯涘。飘飘饥凤坠，白酒送《蒿里》[5]。谁欤此招魂，故垄岘西峙。魂兮傥归来，应挟骑鲸子[6]。

【注】

[1] 杜工部，即唐代诗人杜甫。杜工部墓位于襄阳城南岘山西，唐大历五年（770）冬，杜甫病逝湖南，其后人自河南巩县前往奔丧，路经此处，邑人为纪念他，于此建衣冠冢。

[2] 太白：指唐代诗人李白，字太白。《全唐文》卷四百三十七李阳冰《唐李翰林〈草堂集序〉》："李白字太白，陇西成纪人，凉武昭王暠九世孙。"

[3] 少陵：指唐代诗人杜甫，其祖籍杜陵，自号"少陵野老"，世称"杜少陵"。〔唐〕韩愈《石鼓歌》："少陵无人谪仙死，才薄将奈石鼓何！"

[4] 谪仙人：指唐诗人李白。《新唐书》卷二百二《文艺列传·李白》："天宝初，南入会稽，与吴筠善，筠被召，故白亦至长安。往见贺知章，知章见其文，叹曰：'子，谪仙人也！'言于玄宗，召见金銮殿，论当世事，奏颂一篇。帝赐食，亲为调羹，有诏供奉翰林。"

[5]《蒿里》：古时挽歌。〔晋〕崔豹《古今注·音乐》："《薤露》《蒿里》，并丧歌也。出田横门人。横自杀，门人伤之，为之悲歌，言人命如薤上之露，易晞灭也；亦谓人死魂魄归于蒿里……至孝武时，李延年乃分为二曲，《薤露》送王公贵人，《蒿里》送士大夫庶人，使挽柩者歌之，世呼为挽歌。"

[6] 骑鲸子：指唐诗人李白。〔唐〕杜甫《送孔巢父谢病归游江东兼呈李

白》："几岁寄我空中书，南寻禹穴见李白。"〔清〕仇兆鳌注："南寻句，一作'若逢李白骑鲸鱼'。骑鲸鱼，出《羽猎赋》。俗传太白醉骑鲸鱼，溺死浔阳，皆缘此句而附会之耳。"后用为咏李白之典。

荆门道中[1]

逶迤上坡陁，纵横出林杪。不知地势高，但觉群峰小。阴崖蔽人家，炊烟翠微袅。灵境[2]未可窥，一声啼谷鸟。

【注】

［1］此诗作于光绪十九年（1893）陈伯陶奉命赴滇南主持典试的南行途中，时由襄阳至荆门。荆门：地名，位于湖北省中部，境内多山地，毗邻江汉平原，北通京豫，南达湖广，古时为军事要地。荆门在夏商属荆州，西周分属权国、鄀国，春秋、战国时属楚，汉置当阳县，唐代始立荆门县。今属荆门市。

［2］灵境：指名山胜境。〔南朝梁〕江淹《杂体诗·效谢灵运〈游山〉》："灵境信淹留，赏心非徒设。"

郢中[1]怀古　二首

荆台[2]百万出雄狮，谁信怀王势不支。岂料细腰[3]啼郑袖[4]，空闻烂舌断张仪[5]。武关[6]日落愁青盖，云梦[7]春寒怅翠旗。见说灵均吟泽畔[8]，荃兰迷复实堪悲。

方城[9]萧瑟霸图空，剩有微词宋玉[10]工。巫峡凄迷神女雨[11]，兰台飒爽大王风[12]。批鳞[13]莫继离骚后，尝胆[14]宁闻醉梦中。回首秦娥歌舞处，江南哀怨总无穷。

【注】

［1］郢中：郢都，春秋战国时期楚国首都郢，借指古楚地。据《史记·楚世家》："文王熊赀立，始都郢。"故址在今荆州市一带。

［2］荆台：古时楚国高台，故址在今湖北省监利市北。〔汉〕刘向《说苑·正谏》："楚昭王欲之荆台游，司马子綦进谏曰：'荆台之游，左洞庭之波，右彭蠡之水，南望猎山，下临方淮，其地使人遗老而忘死，人君游者尽以亡国，愿大王勿往游焉。'"

［3］细腰：典出《墨子·兼爱中》："昔者，楚灵王好士细腰，故灵王之臣皆以一饭为节。"又，〔南朝陈〕徐陵《〈玉台新咏〉序》："楚王宫内无不推其细腰。"

［4］郑袖：战国时期楚怀王的宠妃，有姿容，性狡黠。事见《史记·楚世家》《史记·张仪列传》《战国策·楚策四》。

［5］张仪：战国时期著名外交家、谋略家，主张连横的外交策略，游说入秦，后为秦相，出使游说各国，使各国纷纷连横亲秦，秦王封为武信君。事见《史记·张仪列传》《史记·秦本纪》。

［6］武关：地名，位于今陕西省商洛市丹凤县东武关河北，战国时秦楚分界处，与函谷关、萧关、大散关并称"秦之四塞"。楚怀王三十年（前299），秦昭襄王遗书诱楚王，约会于此，执以入秦。〔唐〕杜牧《题武关》诗："碧溪留我武关东，一笑怀王迹自穷。"

［7］云梦：古薮泽名，后借指古时楚地。《周礼·夏官·职方氏》："正南曰荆州，其山镇曰衡山，其泽薮曰云梦。"〔汉〕郑玄注："衡山在湘南，云梦在华容。"

［8］灵均吟泽畔：指屈原被放逐事。事见《史记·屈原贾生列传》《楚辞·渔父》。

［9］方城：春秋时楚北的长城。由今河南方城县，循伏牛山，北至今邓州市。为古九塞之一。

［10］宋玉：战国时期楚国人，辞赋家，曾为楚顷襄王大夫，流传作品有《九辩》等。

［11］神女雨：指楚王与巫山神女事。事见《文选·宋玉〈高唐赋·序〉》《文选·宋玉〈神女赋·序〉》。

［12］大王风：指帝王的雄风。语本《昭明文选·宋玉〈风赋〉》："有风飒然而至，王乃披襟而当之曰：'快哉此风，寡人所与庶人共者邪！'宋玉对曰：'此独大王之风耳，庶人安得而共之？'"

［13］批鳞：传说龙喉下有逆鳞径尺，有触之必怒而杀人。此处暗指屈原直言犯上。语本《战国策·燕策三》："秦地遍天下，威胁韩、魏、赵氏，则易水以北，未有所定也，奈何以见陵之怨，欲批其逆鳞哉？"

［14］尝胆：指战国时期越王勾践卧薪尝胆，立志灭吴事。事见《史记·

越王勾践世家》。

由江陵[1]渡江至孱陵[2]驿

大江浮晓日，烟水白茫茫。路脱三巴[3]险，波沿七泽[4]长。云边飞雁骛，树杪出帆樯。欲问维舟处，孱陵不可望。

【注】

[1] 江陵：地名，位于今湖北省中部偏南，荆州市一带，古称“七省通衢”。

[2] 孱陵：湖北荆州公安县的前称。汉高祖五年（前202）命名为孱陵，汉建安十四年（209）刘备改孱陵为公安。

[3] 三巴：古地名，今属四川嘉陵江、綦江以东的大部分地区。〔晋〕常璩《华阳国志·巴志》：“建安六年，鱼复蹇允白璋争巴名，璋乃改永宁为巴郡，以固陵为巴东，徙羲为巴西太守，是为三巴。”

[4] 七泽：据传古时楚有七处沼泽，后以泛称楚地湖泊。〔汉〕司马相如《子虚赋》：“臣闻楚有七泽，尝见其一，未睹其余也。臣之所见，盖特其小小者耳，名曰云梦。”

澧江[1]舟中作

鼓楫下津关[2]，随波渡碧湾。夕阳低在水，云影远疑山。隔浦幽兰绿，沿溪细竹斑。江流不入粤，羁客[3]几时还。

暮色不可遏，苍然大合围。橹声随月下，帆影带烟飞。忽遣归与兴，相忘静者机。沧浪渔父曲[4]，倚棹听依稀。

【注】

[1] 澧江：即澧水，湖南四大水系“沅湘资澧”之一的澧江。因屈原诗“沅芷澧兰”又名曰“兰江”。位于今湖南省西北部，流经湖南、湖北两省边

界，西、南以武陵山与沅水为界，北以湘鄂丛山与清水江分流，东临洞庭湖。

［2］津关：水陆要隘处的关口。〔北魏〕郦道元《水经注·淮水》："淮中有洲，俗号关洲，盖津关所在，故斯洲纳称焉。"

［3］羁客：指旅客、旅人，这里是作者自指，因旅途中忽起怀乡之情。〔南朝宋〕鲍照《代棹歌行》："羁客离婴时，飘摇无定所。"

［4］沧浪渔父曲：典出《楚辞·渔父》："渔父莞尔而笑，鼓枻而去，歌曰：'沧浪之水清兮，可以濯吾缨；沧浪之水浊兮，可以濯吾足。'遂去，不复与言。"后指劝人审时度势，豁然面对现实之意。渔父所歌之曲并非屈原首创，而是春秋战国时期在楚地流传的古语歌，《孟子·离娄章句》："孟子曰：'不仁者可与言哉？安其危而利其菑，乐其所以亡者。不仁而可与言，则何亡国败家之有？有孺子歌曰："沧浪之水清兮，可以濯我缨；沧浪之水浊兮，可以濯我足。"孔子曰："小子听之！清斯濯缨，浊斯濯足矣，自取之也。"夫人必自侮，然后人侮之；家必自毁，而后人毁之；国必自伐，而后人伐之。'"

桃源洞歌[1]

人生不获居瀛洲[2]，高揖安期[3]拍浮邱。犹当遁迹商山幽，采芝四皓[4]相与俦。鲍辒鱼车[5]涕未收，白蛇[6]血剑狐鸣篝。世上兴亡自卒卒，山中甲子[7]长悠悠。桃源仙人去不留，搴裳避秦如避仇。箧内诗书读邹鲁[8]，田间阡陌耕殷周。当时不知项与刘，魏晋攘夺奚烦忧。洞门一闭经千秋，桃花自开水自流。武陵渔父瓜皮舟，[9]灵境[10]偶接难再求。却疑鸡犬拔宅去，归住五城十二楼[11]。不然岁久亦通道，菊花冷落龙蛇湫。我闻海外更九洲，徐福[12]巨舶冲涛头。神山风引不可到，童男丱女[13]啼啾啾。又闻蓬莱[14]失左股，随波飘传成罗浮[15]。瑶草琪花[16]日应长，铁桥[17]石室[18]谁为游。达人观世同一沤，桂山招隐神为谋。山河龙战笑蛮触[19]，日月驹迅悲蜉蝣[20]。嗟余漂泊水上鸥，屡欲归卧荒山陬。桑海迁变无时休，桃源之地今置邮。勾漏[21]丹砂[22]计未售，侧身南望风飕飕。

【注】

［1］此诗作于光绪十九年（1893）陈伯陶奉命赴滇南主持典试的南行途中，时由澧江逆水而行，过湖南常德桃源县。按：此诗咏〔晋〕陶渊明《桃花源记》之桃园，关于陶渊明桃花源记原型到底在哪里，学界有多种说法，

一说为湖南省常德市桃源县中的桃花源。

[2] 瀛洲：传说中的仙山。《列子·汤问》："渤海之东，不知几亿万里……其中有五山焉，一曰岱舆，二曰员峤，三曰方壶，四曰瀛洲，五曰蓬莱。"

[3] 安期：传说中的仙人，曾习黄帝老子之说，卖药东海边。〔晋〕葛洪《抱朴子·内篇·极言》："又刘向所记列仙传亦言彭祖是仙人也。又安期先生者，卖药于海边，琅琊人传世见之，计已千年。秦始皇请与语，三日三夜。其言高，其旨远，博而有证，始皇异之，乃赐之金璧，可直数千万，安期受而置之于阜乡亭，以赤玉一量为报，留书曰，复数千载，求我于蓬莱山。始皇遣使者数人入海，未到蓬莱山，辄逢风波而还。"《史记·乐毅列传》、〔汉〕刘向《列仙传》亦有载。

[4] 采芝四皓：见《题陶渊明采菊图》"商山芝"条。

[5] 鱼车：古时贵族乘坐的车，以鱼皮为饰。

[6] 白蛇：古剑名。〔五代〕马缟《中华古今注·刀剑》："吴大帝有宝剑六：其一曰白蛇。"

[7] 甲子：甲，天干的首位；子，地支的首位。古代以天干和地支递次相配，如甲子、乙丑、丙寅之类，统称"甲子"。从甲子起至癸亥止，共六十，故又称为"六十甲子"。后泛指岁月、光阴。〔唐〕杜甫《春归》诗："别来频甲子，倏忽又春华。"

[8] 邹鲁：邹，孟子故乡；鲁，孔子故乡。后借指孔孟。此处指孔孟所著的典籍。

[9] 武陵句：指〔晋〕陶渊明《桃花源记》中武陵人乘小舟发现世外桃源事。瓜皮舟：一种简陋小船。《北堂书钞》卷一三七引〔晋〕王璿《杂讼》："瓜皮船本图以仓卒用之耳，宁可以深入敌境耶！"

[10] 灵境：见《荆门道中》"灵境"条。

[11] 五城十二楼：旧时称神仙的居所。《史记·孝武本纪》："方士有言：'黄帝时，为五城十二楼，以候神于执期，命曰迎年。'"〔南朝宋〕裴骃《史记集解》引〔汉〕应劭曰："昆仑玄圃五城十二楼，此仙人之所常居也。"

[12] 徐福：即徐市。《史记·秦始皇本纪》："齐人徐市等上书，言海中有三神山，名曰蓬莱、方丈、瀛洲，仙人居之。请得斋戒，与童男女求之。于是遣徐市发童男女数千人，入海求仙人。"《史记·淮南衡山列传》："又使徐福入海求神异物。"〔清〕梁玉绳《史记志疑》卷三四："徐市又作福者，市与芾同，即黻字，语转又为福，非徐有两名。"

[13] 童男丱女：童男，指男孩。丱女，指幼女。〔唐〕白居易《海漫漫》

诗：“不见蓬莱不敢归，童男丱女舟中老。”

［14］蓬莱：古时传说中的仙山，后泛指仙境。《史记·封禅书》：“自威、宣、燕昭使人入海求蓬莱、方丈、瀛洲，此三神山者，其傅在勃海中。”

［15］罗浮：见《宿白云观同张寓荃同年（其淦）作》“罗浮”条。

［16］瑶草琪花：指仙界的花草。周实《岁暮杂感》诗：“野萝山鬼愁人世，瑶草琪花宴众仙。”

［17］铁桥：此处指广东罗浮山中的石梁，因形似桥，故称。〔宋〕苏轼《游罗浮山示儿子过》诗：“铁桥石柱连空横，杖藜欲趁飞猱轻。”自注：“山有铁桥、石柱，人罕至者。”

［18］石室：此处指神仙洞府。〔汉〕刘向《真君传》：“赤松子者，神农时雨师也……数往昆仑山中，常止西王母石室中，随风雨上下。”

［19］蛮触：见《高文通墓》“蜗角虚名”条。

［20］蜉蝣：虫名，生存期极短，后比喻微小的生命。《诗·曹风·蜉蝣》：“蜉蝣之羽，衣裳楚楚。”《毛传》：“蜉蝣，渠略也，朝生夕死。”

［21］勾漏：山名，位于今广西北流市，其中山峰林立，溶洞勾曲穿漏，故名。为道家三十六小洞天的二十二洞天。《晋书·葛洪传》：“以年老，欲炼丹以祈遐寿，闻交址出丹，求为勾漏令。”

［22］丹砂：即朱砂，色深红。古时修道之人用以炼丹，中医可入药，也可作颜料。〔晋〕葛洪《抱朴子·金丹》：“凡草木烧之即烬，而丹砂烧之成水银，积变又还成丹砂。”

辰龙关[1]

道入辰龙关，忽与奇境乱。遝峰不知名，峭壁矗如削。路回启天枢[2]，豁尽锁地钥。攒青束笋尖，擘丹散莲萼。阳崖互拱揖，阴岭细连络。初疑千佛会，宝髻挂璎珞[3]。倏讶群仙翔，青旄引鸾鹤[4]。嵚崎[5]不一状，蹇步[6]屡迁却。想当鸿荒初，天帝鼓炉橐。抟土未成坏，聚铁偶铸错[7]。神工失融冶，鬼斧恣劖凿。至今崖嶂间，断斫快锋锷。雄关插嵯峨，众壑森束缚。石奇忽扑面，地逼难立脚。经过汗若挥，回顾魂犹愕。

【注】

［1］辰龙关：地名，位于今湖南常德与怀化交界地带沅陵县，古属界亭

驿。《沅陵县志》(清同治十二年版):“辰龙关县东百三十里,关外万峰插天,峭壁数里,谷经盘曲,仅容一骑。”

[2] 天枢:指北斗第一星。《星经》卷上:“北斗星……第一名天枢,为土星。”

[3] 璎珞:用珠玉做成的佩饰。《南史·夷貊传上·林邑国》:“其王者着法服,加璎珞,如佛像之饰。”

[4] 鸾鹤:鸾与鹤,相传为神仙所乘,后借指神仙。〔南朝宋〕汤惠休《楚明妃曲》:“骖驾鸾鹤,往来仙灵。”

[5] 嵚崎:亦作“嵚奇”,险峻貌。〔汉〕王延寿《王孙赋》:“生深山之茂林,处崭岩之嵚崎。”

[6] 蹇步:指步履艰难。

[7] 铸错:典出《资治通鉴·唐昭宗天佑三年》:“全忠留魏半岁,罗绍威供亿,所杀牛羊豕近七十万,资粮称是,所赂遗又近百万;比去,蓄积为之一空。绍威虽去其逼,而魏兵自是衰弱。绍威悔之,谓人曰:‘合六洲四十三县铁,不能为此错也!’”〔宋〕胡三省注:“错,鑢也,铸为之;又释错为误。罗以杀牙兵之误,取铸错为喻。”后指造成重大的不可挽回的错误。

马鞍塘

山径如修蛇,盘旋入云表。苍苍云中君[1],招手松篁杪。黛色扪嶜岑[2],铁棱穿窅窱。岈然洞门开,青嶂纷缭绕。缘陂禾黍[3]高,绝顶茅茨小。幽人不可寻,远目送飞鸟。[4]

【注】

[1] 云中君:古时传说中的仙君,语本《楚辞·九歌》及《汉书·郊祀志》。

[2] 嶜岑:高峻幽深貌。《文选·张衡〈南都赋〉》:“幽谷嶜岑,夏含霜雪。”〔唐〕李善注:“嶜岑,高峻之貌。”

[3] 禾黍:禾与黍,后借指粮食作物。《史记·宋微子世家》:“麦秀渐渐兮,禾黍油油。”

[4] 远目句:〔三国魏〕嵇康《赠秀才入军》有“目送归鸿,手挥五弦”句。

夜宿马底驿[1]

灯影萧条驿馆空，烟岚云壑两溟蒙[2]。松杉飒沓[3]千山雨，鸳鹤悲鸣五夜风。久别愁心生落叶，新秋凉气入征蓬。滇南道里今过半，[4]回首京华[5]尚梦中。

【注】

［1］马底驿：地名，位于今湖南省沅陵县东北。

［2］溟蒙：小雨纷纷，〔元〕张昱《船过临平湖》诗："只因一霎溟蒙雨，不得分明看好山。"

［3］飒沓：象声词，此处指风吹松杉之声。〔南朝齐〕谢朓《和刘西曹〈望海台〉》："差池远雁没，飒沓群凫惊。"

［4］滇南句：此诗作于光绪十九年（1893）陈伯陶奉命赴滇南主持典试的南行途中。此行由京城至云南，时过马底驿。马底驿在今湖南怀化沅陵。京城至云南已行程过半，故曰。

［5］京华：指京城，因京城为物品繁盛、人才聚集之地，故称。

松　溪　塘

驿道横翠微，直上贯天宇。湿云恋峰尖，纷纷散如缕。疾风驱云来，洒面作飞雨。崩崖擘千尺，急溜腾万弩。松篁答暗鸣，石梁滑吞吐。对此清心魂，徘徊过亭午[1]。

【注】

［1］亭午：指正午。〔晋〕孙绰《游天台山赋》："尔乃羲和亭午，游气高褰。"

沅陵[1]道中

空林转苍翠，凉意袭萧森。风定泉争响，云开岭半阴。野花飞绛雪，山果绽黄金。忽听樵歌起，迢迢度碧岑[2]。

【注】

［1］沅陵：地名，隶属于今湖南怀化市，位于湖南省西北部，沅水中游，毗邻桃源。战国时属楚地，秦时置黔中县，汉高祖时始置沅陵县，属武陵郡。

［2］碧岑：指青山。〔唐〕杜甫《上后园山脚》诗："自我登陇首，十年经碧岑。"

由辰州[1]至沅州[2]

青天一线入辰沅，崖谷中开别有村。古峒尚传盘瓠[3]俗，空祠谁吊伏波[4]魂。千寻岭险连云峻，九曲江流挟雨奔。如此崎岖行不得，那堪回首望中原。

【注】

［1］辰州：古地名，即今湖南省怀化市沅陵县，位于湖南省西北部。

［2］沅州：古地名，因沅水而名，位于今湖南省西部，南朝陈、唐、北宋时曾置沅州府。

［3］盘瓠：古时高辛氏畜犬，毛五彩，时犬戎入侵，帝募能得犬戎吴将军头者，妻以少女。后盘瓠衔其头来，帝即以女配之。事见《后汉书·南蛮传》、〔晋〕干宝《搜神记》。

［4］伏波：汉将军名号，西汉路博德、东汉马援都受封为伏波将军。事见《史记·卫将军骠骑列传》《后汉书·马援传》。

山路紫薇花[1]盛开

茆屋萧条石径斜，惊人秾艳紫薇花。两崖积翠过新雨，几树轻红斗晚霞。未解逢迎当驿路，可怜开落在山家。禁垣[2]移植经千里，惆怅芳林感岁华。

【注】

［1］紫薇花：花木名，亦称“满堂红”，夏秋之间开花，淡红紫色或白色。〔明〕何景明《查城十五夜对月》诗：“去年当此夜，坐对紫薇间。”

［2］禁垣：指皇宫的城墙，亦指宫中。

宿玉屏县[1]程调元大令言同治三年苗匪之乱屠城极惨感赋[2]

荒城萧瑟噪鸺鹠[3]，犹记群蛮浊乱秋。通道枉劳庄蹻[4]虑，进兵偏老马援[5]谋。钢刀毒渍溇中水，铜柱坚摧晳下州。坐使居民日流血，万人冢上压云愁。（苗匪破城时，杀三万余人，至今城中有万人冢十七所。）

【注】

［1］玉屏县：今为玉屏侗族自治县，隶属于贵州省铜仁市，位于贵州省东部，舞阳河南岸，明朝为平溪堡，清朝雍正五年（1727）置玉屏县。

［2］此诗作于光绪十九年（1893）陈伯陶奉命赴滇南主持典试的南行途中，时由湖南怀化至贵州玉屏。按：关于同治三年（1864）苗民屠城之事，《玉屏侗族自治县志》（1993年版）载：“同治三年十一月七日夜，县城毁于兵火，‘房屋灰烬，民死过半’。”考《平定贵州苗匪纪略》，此次事件应是咸同年间苗民暴动首领张秀眉联合清咸丰五年（1855）天柱县（位于玉屏县东南）侗族暴动首领姜映芳部下与清兵征战时取道玉屏，攻城之后大肆屠城，其状甚惨。同治元年（1862）姜映芳起义军曾与湘军在玉屏县西郊大战，湘军惨败（参见民国版《贵州通志·前事志》）。姜映芳在同治元年（1862）被清军杀害于贵州铜仁，余部由陈大禄率领（参见光绪《天柱县志·兵灾纪

略》)。此次事件由张秀眉率领苗民起义军联合以陈大禄为首的姜映芳余部侗族起义军与清军作战而起，因以张秀眉为主导，故称之为“苗匪之乱”。

[3] 鸺鹠：亦作“鸺留”，鸱鸮的一种，外形和鸱鸮相似，但头部没有角状的羽毛。捕食鼠、兔等，古时常视为不祥之物。《太平御览》卷九二七引《庄子》：“鸺鹠夜撮蚤，察毫末；昼瞑目，不见丘山，殊性也。”

[4] 庄蹻：战国时期楚国将军。曾率领军队顺长江而上，夺取巴郡和黔中郡以西的地区，并使它归属楚国，为秦、汉时期在云南设置郡县打下基础。当时，楚王派庄蹻率军通过黔中郡向西南进攻，经过沅水，攻克且兰，征服夜郎国，一直到滇池一带。因秦楚不断争夺黔中郡，庄蹻归路不畅，便“以其众王滇，变服从其俗以长之”。事见《史记·西南夷列传》《汉书·西南夷两粤朝鲜传》《后汉书·南蛮西南夷列传》。

[5] 马援（前14—49）：字文渊，扶风茂陵人，东汉开国功臣之一。天下统一之后，东征西讨，西破羌人，南征交趾，官至伏波将军，封新息侯，人称为“马伏波”。《后汉书·马援列传》：“马援字文渊，扶风茂陵人也。……又交址女子征侧及女弟征贰反，攻没其郡，九真、日南、合浦蛮夷皆应之，寇略岭外六十余城，侧自立为王，于是玺书拜援伏波将军，以扶乐侯刘隆为副，督楼船将军段志等南击交址。”

初到黔中

闻道黔中险，凉秋事远征。乱山侵地窄，高树截云平。路跨虹腰过，人从鸟背行。我来还自喜，三日已逢晴。（贵州谚云：天无三日晴，地无三里平。）

鸡鸣关

晓度鸡鸣关，鸣鸡若相待。宿雾沈四山，茫茫白如海。关门倚绝壁，下瞰沅江汇。江流啮谽谺[1]，石骨坠磊磈。却疑老蛟怒，喷浪杂珠琲。路盘悬崖下，弯环袅虹采。欹仄[2]仅容躯，战兢或摇腿。生平戒垂堂，冒险心自毁。何事陟高深，空令鬓毛改。

【注】

［1］谽谺：山石险峻貌。〔唐〕独孤及《招北客文》："其北则有剑山巉巉，天凿之门，二壁谽谺，高岸嶙峋。"

［2］攲仄：亦作"攲侧"，指倾斜。〔唐〕柳宗元《永州万石亭记》："步自西门，以求其墟，伐竹披奥，攲仄以入，绵谷跨溪，皆大石林立。"

贵州镇远县山水佳处也道中浏览目不暇给漫成一章

南行苦厌山，既过不复省。忽来镇远县[1]，惬心遇灵境。初经盘石塘，山势森秀挺。回翔凤鸾高，蹲伏虎豹猛。石岩纷无数，深窈不可诇。疑有神物[2]居，蒙茸[3]偃茆梗。飞流擘绝壁，气动毛发冷。飘然笋舆过，洒淅[4]抱虚警。逶迤入东关，泉壑更幽迥。人家俯深硐，晓汲莫须井。门前列黛螺，晚妆愈明靓。沅江西南来，拗怒[5]不得逞。阴崖忽破裂，激浪去溭淟[6]。横溪卧长虹，下瞰见舴艋。澄潭荡飞桨，碧碎群玉影。山县本无城，屋庐自修整。其南俯清江，其北倚绝岭。是时风雨过，层岚豁烟景。万壑吹笙箫，千峰搢圭珽。恍惚天帝居，百神奉朝请。吾宗百里宰[7]，（县令陈芝生葆恩，广西临桂人，原籍广东高要。）仙吏庶相并。莫嫌食禄薄，且幸游踪骋。何当结精庐，相与习闲静。

【注】

［1］镇远县：今隶属于贵州省黔东南苗族侗族自治州，处于贵州高原东部武陵山的崇山峻岭之中。位于湘黔两省的怀化、铜仁和黔东南接壤交汇之处，有"黔东门户"之称。古时镇远为五溪蛮和百越人聚居的结合部。民国版《贵州通志》："宋理宗宝祐六年（1258）十一月，宋诏：'新筑黄平，赐名镇远州，吕逢年晋一秩。'"镇远之名始于此。

［2］神物：指神仙。《史记·孝武本纪》："上即欲与神通，宫室被服不象神，神物不至。"

［3］蒙茸：指草木葱茏。〔宋〕苏轼《后赤壁赋》："履巉岩，披蒙茸。"

［4］洒淅：寒栗，畏惧。《资治通鉴·唐武宗会昌六年》："适近我者非太尉邪？每顾我，使我毛发洒淅。"

［5］拗怒：愤怒不平状。〔清〕龚自珍《送徐铁孙序》："则如岭之表，

海之浒，磅礴浩汹，以受天下之瑰丽，而泄天下之拗怒也。”

［6］瀴溟：指水杳远的样子。《文选·木华〈海赋〉》：“经途瀴溟，万万有余。”〔唐〕李善注：“瀴溟，犹绝远杳冥也。”

［7］百里宰：指县令。〔唐〕李白《赠张公洲革处士》诗：“长揖二千石，远辞百里君。”〔清〕王琦注：“百里君，谓县令。”亦称“百里宰”。按：此处作者自注为县令陈芝生，因与陈伯陶同姓，故曰“吾宗”。

渡镇阳江

（江即沅水上流）

渺渺波流几滥觞[1]，迢迢山路更回肠。我行九渡沅江水，不觉穷源到镇阳。（由常德起陆至施秉县，盖九渡沅江水矣。）

【注】

［1］滥觞：指江河发源处水很小，仅可浮起酒杯。〔北魏〕郦道元《水经注·江水一》：“江水自此已上至微弱，所谓发源滥觞者也。”

夜坐偏桥驿[1]

缺月坠幽林，四山寂如睡。何处木鱼声，灯光破烟寺。羁人起惆怅，衣袂袭凉吹。

【注】

［1］偏桥驿：偏桥位于贵州南部，是古时从中原入滇的交通要枢。《镇远府志》（乾隆五十六年版本）：“偏桥，前阻重江，后枕巨麓，与郡所屏蔽，此郡之西援也。”洪武十七年（1384）二月，贵州宣慰使奢香夫人以偏桥为中心，开置驿道，设立偏桥驿站。《镇远府志》（乾隆五十六年本）：“黔置驿，自明霭翠，霭翠请于明，原置驿赎罪，制：‘可。’遂置八驿，以通西南。”

过月潭寺[1]

（寺门额曰云梯月窟，在黄平州东坡塘之东）

路转山腹拆，画图天为开。忽惊云树里，鞺鞳声如雷。天帝谪玉龙，下坠层崖隈。蜿蜒散鳞甲，琐屑霏琼瑰[2]。野庵闷幽邃，古柏陵崔嵬[3]。风微叶不动，暗香静中来。老僧面壁[4]坐，蒲团滋绿苔。喧寂两不闻，定心若寒灰。

【注】

［1］月潭寺：位于今黔东南自治州黄平县飞云崖之上。明正统八年（1443）始建，曾多次遭受自然灾害损坏，明万历年间及清咸丰年间两次毁于战争，后历代屡次增修扩建。有“黔南第一洞天”之称。历代文人墨客多有题咏，保留着丰富的诗文、联语、摩崖、碑碣。〔明〕王阳明《月潭寺公馆记》：“天下之山，聚于云贵，云贵之秀，萃于斯崖。”

［2］琼瑰：次于玉的石。《诗·秦风·渭阳》：“何以赠之，琼瑰玉佩。”《毛诗故训传》（简称《毛传》）：“琼瑰，石而次玉。”

［3］崔嵬：指有石的土山。《诗·周南·卷耳》：“陟彼崔嵬，我马虺隤。”《毛传》：“崔嵬，土山之戴石者。”

［4］面壁：此处指坐禅，面向墙壁，端坐静修。

观　音　崖

（崖在平越州之黄花塘下，有石潭）

侧足下石潭，瞥眼洗尘眯。崖逼如悬钟，石剥似追蠡[1]。上蟠苍天垠，下裂厚地底。长虹一线卧，晓镜双奁启。日光瀹玻璃，人影渺稊米[2]。渊渟不可测，神怪敢相抵。道人心本空，礼佛首频稽。遂资象教力，坐使蛟涎洗。我当汲长瓢，一为嗽芳醴。

【注】

［1］追蠡：指时间久远而剥蚀的钟器。

[2] 稊米：指小米。《庄子·秋水》："计中国之在海内，不似稊米之在太仓乎。"

牟珠洞[1]

（洞在且兰[2]城西十余里，且兰今贵定县）

天公有意逞奇怪，炼石抟泥鼓炉鞴。千年魑魅[3]不得藏，尽肖真形人莲界。初行洞口若瓮宽，仰视天光同井隘。范铜[4]一柱独枝樘[5]，积铁四围纷刻绘。恍惚牟尼说法时，祇园大启无遮会[6]。宝塔绣幢各掀舞，蛮君鬼伯群趋拜。昙花[7]变现迦叶[8]翻，狂象调驯毒龙[9]蜕。谁言佛教阻荒遐，却有神工施狡狯。侧身下睨更惊诧，伸手前扪或狼狈。阴房黝黑冻石脂，隧道幽寒吹地籁。老僧然炬导穷探，软足欲行心自戒。赤尾文狐竞博吞，血牙雄虺争噤龂[10]。颇疑菩萨下酆宫[11]，百万髑髅泣绀盖。僧言窍穴本玲珑，洞腹穿胸出无外。气凝焰冷不敢前，怕有蛟螭起相害。我观造物真豪肆，如此奇踪闷蓊荟。初至能令耳目惊，经过始觉心神快。不操慧剑握灵珠，谁伏群魔空四大[12]。

【注】

[1] 牟珠洞：亦名"凭虚洞"。位于今贵定县清定桥村，因洞中有钟乳石形如释迦牟尼手中的牟珠而得名。洞中阴河、暗竹、石笋、石钟、石鼓、石佛，庄严妙丽，有"黔中第一洞天"之称。前有雷鸣洞，洞麓有飞瀑，明清以来，文人墨客多有题咏。

[2] 且兰：战国至汉初时古国名，汉时改建为牂牁郡，故址在今贵定、黄平、都匀、福泉一带。〔晋〕常璩《华阳国志·南中志》："周之季世，楚威王遣将军庄蹻，泝沅水出且兰以伐夜郎，以牂牁系船……因名且兰为牂牁国。"《后汉书·南蛮西南夷列传》："初，楚顷襄王时，遣将庄蹻从沅水伐夜郎，军至且兰，椓船于岸而步战。既灭夜郎，因留王滇池。以且兰有椓船牂牁处，乃改其名为牂牁。牂牁地多雨潦，俗好巫鬼禁忌，寡畜生，又无蚕桑，故其郡最贫。"《贵州省黄平县地名志》曰："元鼎六年，平且兰，改建牂牁郡，黄平旧州为郡治所在。"

[3] 魑魅：古时称能害人的山泽神怪，泛指鬼怪。《汉书·王莽传》："敢有非井田圣制，无法惑众者，投诸四裔，以御魑魅。"〔唐〕颜师古注："魑，

山神也。魅，老物精也。”

［4］范铜：以模子浇铸铜。

［5］枝樘：亦作“枝掌”。指建筑物中起支撑作用的梁柱。《文选·王延寿〈鲁灵光殿赋〉》：“芝栭攒罗以戢舂，枝掌杈枒而斜据。”〔唐〕李周翰注：“枝掌，梁上交木也。”

［6］无遮会：“无遮大会”的省称。指佛教举行的以布施为主要内容的法会，每五年一次。无遮，指宽容一切，平等看待一切。〔唐〕玄奘《大唐西域记·摩腊婆国》：“居宫之侧建立精舍……每岁恒设无遮大会，招集四方僧徒，修施四事供养。”

［7］昙花：“优昙钵花”的简称，花白色，多在夜间开放，时间很短，供观赏，原产美洲，我国云南等地亦有生长。佛教以为优昙钵开花是佛的瑞应，称为“祥瑞花”。

［8］迦叶：一般指大迦叶，名“摩诃迦叶”，释迦殁后佛教结集三藏时，为召集人兼首座。中国禅宗又说他是传承佛法的第一代祖师，西土二十八祖之始祖。

［9］毒龙：佛曾为大力毒龙，残害众生。受戒以后，忍受剥皮，小虫食身，以至命终，后成佛。事见《大智度论》卷十四。后以此比喻妄心。

［10］噤龂：切齿怒恨貌。

［11］酆宫：周文王宫。在今陕西西安市鄠邑区北。《左传·昭公四年》：“成有岐阳之搜，康有酆宫之朝。”〔晋〕杜预注：“酆在始平鄠县东，有灵台，康王于是朝诸侯。”

［12］四大：道家以道、天、地、人为四大。《老子》：“道大，天大，地大，王大。域中有四大，而王居其一焉。人法地，地法天，天法道，道法自然。”朱谦之：王，当作“人”。

溪山一曲亭[1]

（亭在贵州省城西门外）

溪山曲绕亭，滇郡此西征。落日一千里，秋风十八程。乱峰攒剑戟，远壑响琴笙。引领望乡国，云深无限情。

【注】

[1] 溪山一曲亭：位于今贵州省贵阳城西出口，川滇大道要冲头桥之上，本为迎送亭，风景颇佳，清人陈文正为亭题名叫“溪山一曲亭”，并撰写楹联：“送别河头，说道一声去也，叹万里长驱，过桥便入天涯路；迎来道左，盼将今日归哉，喜故人见面，握手怀疑梦里身。”事见《贵州通志》（民国版）。

黔郡

黔郡青天上，何年实启疆。山川罗鬼国[1]，风雨獠人乡。僰道通巴隘，牂牁[2]入粤长。西行开六诏[3]，东去接三湘[4]。旧俗传盘瓠，[5]雄封溯夜郎[6]。冠裳空袭汉，版籍[7]不归唐。圣德恢无外，皇舆控大荒。丹砂频献贽，椎结[8]并来王。属者中兴会，曾闻小丑狂。覆军痛刘尚[9]，持节侮张匡[10]。地险劳征伐，民顽竞陆梁[11]。殷勤语边吏，好为重循良。

【注】

[1] 鬼国：此处指边远地区的少数民族。《文选·扬雄〈赵充国颂〉》：“遂克西戎，还师于京；鬼方宾服，罔有不庭。”

[2] 牂牁：古时为且兰，汉时改为牂牁群。见《牟珠洞》“且兰”条。

[3] 六诏：唐初分布在洱海周围少数民族部落经过相互兼并，最后形成蒙嶲诏、越析诏、浪穹诏、邆赕诏、施浪诏、蒙舍诏六个大的部落，称为“六诏”。后唐王朝扶持蒙舍诏统一六诏，建立以洱海为基地的南诏国，诏主皮罗阁被封为云南王。事见《新唐书·南蛮列传》。

[4] 三湘：泛指湘江流域及洞庭湖地区。语本《太平寰宇记·江南西道十四·全州》〔唐〕李白《江夏使君叔席上赠史郎中》诗：“昔放三湘去，今还万死余。”

[5] 旧俗句：盘瓠，见《由辰州至沅州》“盘瓠”条。〔唐〕刘知几《史通·断限》：“北貊起自淳维，南蛮出于盘瓠。”又，〔清〕魏祝亭《荆南苗俗记》：“荆南辰州，与黔邻界毗所，崇冈万迭，绵亘二百余里，中悉为苗窟，苗系出盘瓠。”古人将南蛮及苗人看作盘瓠的后代。

[6] 夜郎：指夜郎国，西南地区古国名。故址在今贵州、云南、四川部分地区，汉时西南夷中最大的国家，临牂牁江，汉朝灭亡南越国后，夜郎国开始入朝，武帝封为夜郎王。汉成帝河平二年（前27）夜郎举兵反汉，汉朝派

兵诛灭，夜郎国亡，后改设郡县。事见《史记·西南夷列传》《汉书·西南夷两粤朝鲜传》《后汉书·南蛮西南夷列传》。

［7］版籍：版图、疆域。

［8］椎结：亦作“椎髻”，指形似椎的发髻，后多指少数民族地区的装扮。《汉书·李陵传》：“两人皆胡服椎结。”〔唐〕颜师古：“结读曰髻，一撮之髻，其形如椎。”

［9］刘尚：此处指东汉武威将军刘向，汉宗室子弟，初担任郡县地方官，后任大司马吴汉的副将，官至武威将军，参与平定隗嚣、公孙述的西征之战，此后多次平定西北羌族和西南夷等少数民族的纷争。东汉建武二十三年（47）十二月，南郡蛮夷叛乱，刘尚率军平叛，东汉建武二十四年（48）一月，在沅水阵亡。事见《后汉书·吴汉传》《后汉书·冯异传》。

［10］张匡：汉成帝时大中大夫，时夜郎王兴，句町王禹、漏卧侯俞，为争夺人口，剑拔弩张，刀兵相见。于是汉政府派大中大夫张匡为使，前往“持节和解”，劝导争战各方停战言和。事见《史记·西南夷列传》。

［11］陆梁：嚣张，猖獗。《三国志·魏书·高贵乡公髦传》：“朕以寡德，不能式遏寇虐，乃令蜀贼陆梁边陲。”

安　庄　坡[1]

（在镇宁州西十余里）

险道通五尺，[2]盘旋上峰巅。凭高一以眺，目眩心茫然。群岭从西来，嵯峨高刺天。初疑万马奔，奋鬣[3]争腾骞[4]。又疑群龙斗，流血相蜿蜒。我闻楚庄蹻[5]，此道西入滇。不知凿空时，几费鞭山鞭。艰险未敢辞，临风怀昔贤。

【注】

［1］安庄坡：位于今贵州省镇宁县黄果树镇安庄坡村。即为下文五尺道之南夷道，途经贵州安顺，镇宁县安庄坡村隶属安顺市，即此地。

［2］险道句：此处应指五尺道，亦称“滇僰古道”或“僰道”，是连接云南与内地的古官道。秦统一中国时为控制夜郎、滇地而修建，由于山势陡峭，开凿艰难，道路仅宽五尺，故称“五尺道”。道从蜀南下经僰道（今四川宜宾）、朱提（今云南昭通）到滇池。到汉代称为“僰青衣道”：由蜀出发，沿

着青衣江水而下，经过夹江至乐山，又循岷江而下至僰道。青衣道至宜宾后分途：一为南夷道，即从僰道继续南行至夜郎（今贵州安顺）地区，再往南可至今广东南海；另一条接着秦代修筑的五尺道，通往滇池地区。事见《史记·西南夷列传》《汉书·西南夷两粤朝鲜传》。按：此处应指汉时南夷道，从僰道南行可至夜郎，今为贵州安顺，作者自注“在镇宁州西十余里”，镇宁今为镇宁布依族苗族自治县，隶属于安顺市。

［3］奋鬣：指兽、畜奋发或狂怒。〔三国魏〕曹植《七启》：“哮阚之兽，张牙奋鬣。”

［4］腾骞：指飞腾。〔宋〕秦观《叹二鹤赋》：“彼有啄乎广莫之野，饮于清冷之渊，随林丘而止息，顺风气而腾骞，一鸣九皋，声闻于天。”

［5］庄蹻：见《宿玉屏县程调元大令言同治三年苗匪之乱屠城极惨感赋》“庄蹻”条。

断　崖

（崖在镇宁州西十余里，不详其名）

断崖擘雷斧，豁若颐颔张。岝崿崿阻飞雨，磝硠回太阳。怪石悬空垂，槎枒细而长。妖狐挂朽骨，饥鸢衔枯肠。离离满绝壁，欲堕不敢望。何时波谷民，鼓臂崖之旁。黝垩[1]纷白黑，圬涂杂丹黄。千年色未剥，绚烂成文章。我欲执椽笔[2]，题榜于上方。惜无凌风翼，引领空傍徨。

【注】

［1］黝垩：黑色和白色。《礼记·丧服大记》：“既祥，黝垩。”〔唐〕孔颖达疏：“黝，黑色，平治其地令黑也。垩，白也，新涂垩于墙壁令白。”

［2］椽笔：指大手笔。典出《晋书·王珣传》：“时帝雅好典籍，珣与殷仲堪、徐邈、王恭、郗恢等并以才学文章见昵于帝。及王国宝自媚于会稽王道子，而与珣等不协，帝虑晏驾后怨隙必生，故出恭、恢为方伯，而委珣端右。珣梦人以大笔如椽与之，既觉，语人云：‘此当有大手笔事。’俄而帝崩，哀册谥议，皆珣所草。”

永宁州[1]道中

山石崎岖响马蹄，故乡回首路应迷。群山万壑趋东去，何事征人独向西。

【注】

［1］永宁州：今为贵州省关岭布依族苗族自治县西南永宁镇。元初置，明洪武十六年（1383）复置，属普定府。嘉靖十一年（1532）迁治所到关索岭千户所（今关岭布依族苗族自治县）。万历四年（1576）移驻安南卫城（今晴隆县），万历十一年属安顺府。天启时又移治查城（今关岭布依族苗族自治县西南永宁镇）。1913年改为“永宁县”，次年改名“关岭县”。

老 鹰 岩

山路盘如弓，力弯仅及寸。随坡百千转，仆马俱委顿。苍苍万仞岩，巃嵸[1]吁可叹。决地起角鹰，垂翅翳天半。溟蒙烟雨中，仰面不堪看。南行屡险恶，舆坐更孤闷。摧毛笼鸟悲，煦沫[2]辙鱼困。如何强弩末[3]，复此劲革贯。御风[4]愧无术，缩地[5]嗟莫问。绝岭苦攀跻，迢迢怅云汉。

【注】

［1］巃嵸：山势高峻貌。〔北魏〕杨衒之《洛阳伽蓝记·闻义里》：“高山巃嵸，危岫入云，嘉木灵芝，丛生其上。”

［2］煦沫：用唾沫互相润湿，比喻困境中互相帮助。语本《庄子·大宗师》：“泉涸，鱼相与处于陆，相呴以湿，相濡以沫。”

［3］强弩末：比喻力量已经衰弱。典出《史记·韩长孺列传》：“安国曰：‘千里而战，兵不获利。今匈奴负戎马之足，怀禽兽之心，迁徙鸟举，难得而制也。得其地不足以为广，有其众不足以为强，自上古不属为人。汉数千里争利，则人马罢，虏以全制其敝。且强弩之极，矢不能穿鲁缟；冲风之末，力不能漂鸿毛。非初不劲，末力衰也。击之不便，不如和亲。’群臣议者多附安国，于是上许和亲。〔南朝宋〕裴骃《史记集解》引〔汉〕许慎曰：‘鲁之缟

尤薄。'”

[4] 御风：语本《庄子·逍遥游》：“夫列子御风而行，泠然善也，旬有五日而后反。”〔唐〕成玄英疏：“姓列，名御寇，郑人也。与郑繻公同时，师于壶丘子林，著书八卷。得风仙之道，乘风游行，泠然轻举，所以称善也。”

[5] 缩地：传说中化远为近的神仙之术。典出《神仙传·壶公传》：“房有神术，能缩地脉，千里存在，目前宛然，放之复舒如旧也。”

普安[1]道中

竟日陟孱颜[2]，征人未得闲。客程多遇雨，驿舍总依山。格桀荒陂鸟，侏离[3]古峒蛮。輶轩[4]无可语，不是学痴顽[5]。

【注】

[1] 普安：指普安县，今隶属于贵州省黔西南布依族苗族自治州，毗邻晴隆县，位于贵州省西南部乌蒙山区。春秋战国时期，属夜郎国，汉时为牂牁郡，宋时始名“普安”，明洪武时设普安府，随置普安卫，隶云南布政司。

[2] 孱颜：指山岭险峻貌。〔唐〕李绅《逾岭峤止荒陬抵高要》诗：“周王止化惟荆蛮，汉武凿远通孱颜。”

[3] 侏离：指西南部少数民族的乐舞。《周礼·春官·鞮鞻氏》“掌四夷之乐”〔唐〕贾公彦疏引《孝经纬·钩命决》：“西夷之乐曰侏离。”

[4] 輶轩：此处指使臣。《文选·张协〈七命〉》：“语不传于輶轩，地不被乎正朔。”〔唐〕李善注引《风俗通》：“秦周常以八月輶轩使采异代方言，藏之秘府。”

[5] 痴顽：此处指不合流俗。〔唐〕王建《昭应官舍》诗：“痴顽终日羡人闲，却喜因官得近山。”

初至滇南[1]

胜境关[2]前过客留，（平彝县[3]东有胜境关。）滇南风物望中收。山川割据唐蒙舍，郡国毗连汉益州[4]。荒服[5]地形多列嶂，初秋天气已重裘。碧鸡金马[6]知何处，憔悴王褒[7]万里游。

【注】

[1] 此诗作于光绪十九年（1893）奉命滇南典试南行途中，时由贵州入云南。

[2] 胜境关：亦称“界关”。位于平彝县（今富源县）东南滇黔交界的山脊上，是元、明、清以来，由黔入滇的重要关隘，被称为“入滇第一关”。

[3] 平彝县：今为富源县，位于云南省东部，东邻贵州盘州市。汉时称“平夷县”，晋代时改为“平蛮县”，元顺帝时改名“亦佐县”，明永乐年间实行卫所制后将“亦佐县”改名为“平夷卫”，清康熙时，改为“平彝县”。

[4] 汉益州：一般指三国蜀汉时益州，包含今四川（川西部分地区）、重庆、云南、贵州、汉中大部分地区，治所在蜀郡的成都。益州地名古已有之，汉武帝十三州之一，是巴人和蜀人生活的地方。秦国吞并巴蜀，汉武帝时在全国设十三刺史部，四川地区为益州部，州治在雒县。三国时期刘备曾在此建立蜀汉政权。

[5] 荒服：古时五服之一，指边远地区。《尚书·禹贡》：“五百里荒服。”孔传：“要服外之五百里，言荒又简略。”又，《史记·周本纪》：“夷蛮要服，戎翟荒服。”

[6] 碧鸡金马：传说中的神物。《汉书·郊祀志下》：“或言益州有金马、碧鸡之神，可醮祭而致，于是遣谏大夫王褒使持节而求之。”《后汉书·南蛮西南夷列传·邛都夷》：“青蛉县禺同山有碧鸡、金马，光景时时出见。”又，《文选·左思〈蜀都赋〉》：“金马骋光而绝景，碧鸡倏忽而曜仪。”〔唐〕吕延济注：“金马、碧鸡，神物也。”

[7] 王褒：字子渊，西汉宣帝时著名辞赋家，蜀人。后得到汉宣帝召见，曾任谏大夫，著有《洞箫赋》等辞赋16篇。曾奉命回益州祭祀传说中的“碧鸡金马之宝”，著有《移金马碧鸡文》。

过关索岭[1]怀诸葛武侯[2]

（岭在寻甸州，上有武侯祠堂）

汉朝承相事南征，铜鼓[3]声喧岭上营。故垒风云时列阵，荒山草木尚疑兵。七擒[4]有策驱驰远，六伐[5]无功泣涕并。蜀土未安期尽瘁，何曾垂老得躬耕。

【注】

［1］关索岭：关索岭，简称“关岭”，位于贵州省关岭布依族苗族自治县东北面，踞灞陵河西岸，山石险峻，自古以来为滇黔两省通道上的要隘。相传蜀汉诸葛亮南征时，将军关索曾驻军于此，故名。

［2］诸葛武侯：三国蜀丞相诸葛亮谥忠武，后人称之为“武侯”。

［3］铜鼓：古时西南少数民族所使用的乐器，俗称“诸葛鼓”。〔宋〕范成大《桂海虞衡志·志器》：“铜鼓，古蛮人所用。南边土中时有掘得者，相传为马伏波所遗，其制如坐墩而空其下。满鼓皆细花纹，极工致。四角有小蟾蜍。两人舁行，以手拊之，声全似鞞鼓。”

［4］七擒：指诸葛亮南征时七擒孟获事。事见《三国志》〔南朝宋〕裴松之注引《汉晋春秋》。

［5］六伐：指蜀汉丞相诸葛亮六次出祁山北伐，均无功而返事。事见〔晋〕陈寿《三国志》。

嘉利泽[1]

（在嵩明州南、杨林驿之东北，《方舆纪要》谓之罗婆泽）

忽睹罗婆泽，南行豁远眸。锦屏千嶂晓，冰镜一泓秋。水国仍开罫，山人解操舟。晚来投宿处，鱼稻足淹留。

【注】

［1］嘉利泽：亦名“嘉丽泽”或“杨林泽”。位于今云南省嵩明县杨林镇，为滇中典型的沼泽湿地，野生动植物种类丰富。《大明一统志·云南府山川》：“嘉丽泽在嵩明州东南十五里，方圆百余里。因水灌民田，鱼供民食，故名。”

八月初二日至云南省城皇华馆[1]

皇华[2]载道此停骖，飒飒凉飙起暮岚。不觉商秋换炎夏，直从燕北到滇南。半生岁月多忙度，万里风尘实饱谙。精力已疲才识拙，可能搜采尽梗枏。

【注】

［1］黄华馆：即皇华使者所居之地，一般设在贡院旁边，即各地方乡试主考、副主考的接待之所。清光绪年间设提督学政（别称“学台”），会同督抚主管全省的教育、科举考试等事务，其衙门就设在皇华馆。云南黄华馆为明弘治十二年云南府创建贡院时所建。按：陈伯陶此次奉命典试滇南，于光绪十九年（1893）五月十一从京城出发，历经河北、河南、湖北、湖南、贵州，跨汉江，渡阮水，于光绪十九年（1893）八月初二到达云南省城，共计约八十一天。

［2］皇华：《诗经·小雅·皇皇者华·序》：“《皇皇者华》，君遣使臣也。送之以礼乐，言远而有光华也。”后因以皇华为典，赞颂奉命出使者。

滇闱校阅毕赋呈吴雁舟[1]前辈暨分校诸君陈檠门前辈（庆禧）田建侯（亮动）王伯藩（懋昭）两同年郑紫绶（崇敬）冯养清（慎源）李玉墀（▮）王洁之（永廉）黄次高（毓崧）四首

棘闱[2]岑寂罢衡文[3]，银烛烧残夜已分。且喜滇南鹏奋翮，敢云冀北马空群。[4]无瑕竞献荆山玉[5]，尽垩奚烦郢匠斤[6]。试向五星明处望，未救蚕蚁负辛勤。

相期入彀[7]尽英雄，冰鉴[8]高悬忆至公。举业文章经夏课，主司头脑漫冬烘。呕心信有囊中锦，[9]焦尾[10]应怜爨下桐。回首名场多毾㲪，几番流涕对秋风。

碧鸡金马[11]孰舒翘，五色祥云怅绛霄。不信相投似崔瀣，翻然错认在颜标。[12]珠遗赤水[13]光难闷，剑没丰城[14]气未销。幸有欧阳明巨眼，肩随犹获采兰苕[15]。

碧油帘幙护沉沉，八俊分罗筵盍簪。（云南共分八房。）牖下真龙期共好，隍中幻鹿费重寻。焚香荐士三千卷，煮酒论文一片心。屈指榜花[16]期不远，可能真契感苔岑[17]。（时定九月初五日发榜。）

【注】

［1］吴雁舟：即吴家瑞，此次滇南典试主考官，陈伯陶为副考官。本书《癸巳五月初一日闻典试滇南之命恭纪》诗中自注曰“时正主考为吴雁舟前辈，余为之副”，又，《翁同龢日记》“光绪十九年癸巳五月朔”条目下有载：“晴，热如三伏……是日放云贵试差。始脱帽。开节赏。云南：吴家瑞、陈伯陶。”（陈义杰整理：《翁同龢日记》第五册，中华书局2006年版。）

［2］棘闱：科举取士时的考场。唐时试士，用棘围住考试院防止作弊，故称。〔宋〕黄庭坚《博士王扬休碾密云龙同事十三人饮之戏作》诗：“棘围深锁武成宫，谈天进士雕虚空。”

［3］衡文：此处指主持科举考试。〔清〕刘大櫆《前工部左侍郎张公墓志铭》：“上尝称公谨饬，屡畀以衡文之任。”

［4］敢云句：典出〔唐〕韩愈《〈送温处士赴河阳军〉序》：“伯乐一过冀北之野，而马群遂空。夫冀北马多天下，伯乐虽善知马，安能空其群耶？解之者曰：‘吾所谓空，非无马也，无良马也。伯乐知马，遇其良，辄取之，群无留良焉。苟无良，虽谓无马，不为虚语矣。’”此处指通过科举考试选拔人才。

［5］荆山玉：因和氏璧出自湖北荆山，后人称之“荆山玉”，语本《韩非子·和氏》。

［6］郢匠斤：郢匠挥斤，比喻纯熟高超的技艺。典出《庄子·徐无鬼》：“郢人垩慢其鼻端，若蝇翼，使匠石斫之。匠石运斤成风，听而斫之，尽垩而鼻不伤，郢人立不失容。”

［7］入彀：《庄子·德充符》：“游于羿之彀中。”〔唐〕成玄英疏：“其矢所及，谓之彀中。”又，〔南汉〕王定保《唐摭言·述进士上篇》：“文皇帝

(指唐太宗) 修文偃武，天赞神授，尝私幸端门，见新进士缀行而出，喜曰：'天下英雄入吾彀中矣!'" 后人以"入彀"比喻人才被笼络网罗，亦指应进士考试。

[8] 冰鉴：本指古时冷藏器物的器具，后引申为明察。《周礼·天官·凌人》："春始治鉴，凡外内饔之膳羞鉴焉，凡酒浆之酒醴亦如之。祭祀共冰鉴，宾客共冰。"〔汉〕郑玄注："鉴如甄，大口，以盛冰，置食物于中，以御温气。"

[9] 呕心句：此处用李长吉苦心作诗之典比喻古时士子为科举考试终日苦读，呕心沥血。〔唐〕李商隐《李贺小传》："背一古破锦囊，遇有所得，即书投囊中。及暮归，太夫人使婢受囊出之，见所书多，辄曰：'是儿要当呕出心始已耳。'"

[10] 焦尾：琴名。《后汉书·蔡邕传》："吴人有烧桐以爨者，邕闻火烈之声，知其良木，因请而裁为琴，果有美音，而其尾犹焦，故时人名曰'焦尾琴'焉。"

[11] 碧鸡金马：见《初至滇南》"碧鸡金马"条。

[12] 不信二句：唐崔沆主持乾符二年（875）进士科考试，榜中录取考生崔瀣。同时被录取的同姓考生中，崔瀣与崔沆最为相知。时人有"座主门生，沆瀣一气"之说。颜标，唐大中年间甲戌科状元，科考时主考官以为他是颜真卿后人，当时藩镇割据，主考为了勉励忠烈，取颜标为状元，至谢恩之日才知颜标出身贫寒，与鲁郡公颜真卿并无瓜葛。典出〔宋〕钱易《南部新书》、〔宋〕王谠《唐语林》。按：此句是陈伯陶身为科举考试考官，告诫自己应慧眼识珠，公平公正。

[13] 珠遗赤水：典出《庄子·天地》："黄帝游乎赤水之北，登乎昆仑之丘而南望，还归遗其玄珠。"

[14] 剑没丰城：晋张华闻雷焕深通纬象，乃邀与共观天文。焕说斗牛之间有紫气，是"宝剑之精，上彻于天耳"，并谓剑在豫章丰城。张华乃补焕为丰城令，雷焕上任后掘地四丈，得双剑，一曰龙泉，一曰太阿。后斗牛间气不复见焉。事见《晋书·张华传》。后以此为典，谓杰出人才有待发现。

[15] 采兰茝：比喻选拔俊逸。《晋书·皇甫谧传》："陛下披榛采兰，并及蒿艾，是以皋陶振褐，不仁者远。"

[16] 榜花：唐宣宗大中以后，礼部取士发榜，每年录取姓氏冷僻者二三人，谓之"色目人"，亦谓之"榜花"。语本〔宋〕钱易《南部新书·丙集》。

[17] 苔岑：指志同道合的朋友。〔晋〕郭璞《赠温峤》诗："人亦有言，松竹有林。及余（尔）臭味，异苔同岑。"

古柏次内监试石晋卿[1]前辈（鸿韶）韵二首

滇闱深处几经年，虬干萧森起暮烟。等是莱公[2]遗爱在，庶须移植玉堂前。（晋卿前辈癸未散馆，改官山西，今官云南。）

瘴乡饱阅风霜老，试院高盘岁月增。不学新阴植桃李，[3]后雕清节本棱层。

【注】

[1] 石晋卿：石鸿韶，字晋卿，广西象州县人，少时从郑献甫读书。于清光绪六年（1880）中进士，先任翰林院庶吉士，后任山西长子县知县。光绪二十四年（1898）升任云南楚雄永昌府知府。

[2] 莱公：指宋代寇准，因曾封莱国公，故称"莱公"。〔宋〕王辟之《渑水燕谈录·事志》："莱公初及第，知归州巴东县。"

[3] 不学句：典出〔汉〕刘向《说苑·复恩》："简子曰：'唯贤者为能报恩，不肖者不能。夫树桃李者，夏得休息，秋得食焉。树蒺藜者，夏不得休息，秋得其刺焉。今子之所树者，蒺藜也，自今以来，择人而树，毋已树而择之。'"

【附原作】

合抱轮囷不计年，惯陵霜雪拂云烟。文章惊世知无分，长伴朱衣琐院前。

漫嗤哲匠迟回顾，且喜名场阅历增。酣战无声尘境远，托根应属最高层。

初别云南途中寄谭中丞[1]序初年伯（钧培）

又别滇池[2]去，清霜客路零。遥怜呜咽水，相送短长亭[3]。好友珍屏石，慈亲杖茯苓[4]。归装如许重，说与使君[5]听。

【注】

［1］谭中丞：即谭钧培，贵州镇远人，清朝咸丰九年（1859）举人，同治元年（1862）进士，授翰林院编修。历任江西道按察御史、山东按察使、湖南按察使、江苏布政使兼漕运总督、湖北巡抚、广东巡抚、云南巡抚和云南总督等。处事果断，关心民生疾苦，发展教育事业，曾在云南建经正书院。按：滇南典试之后，陈伯陶由云南返粤回乡。后文有《宿双甸河怀吴雁舟前辈》诗，诗中自注曰："时雁舟请假回湘，陶请假回粤，是日在滇南胜境关话别。"

［2］滇池：指昆明湖，亦称"昆明池""滇南泽"。在云南省昆明市西南。昆明湖从西南海口流出为螳螂川，为金沙江支流普渡河上源。《史记·西南夷列传》："蹻（庄蹻）至滇池，方三百里。"〔唐〕张守节正义引《括地志》："滇池泽在昆州晋宁西南三十里。其水源深广而（末）更浅狭，有似倒流，故谓滇池。"

［3］短长亭：古时城外大道旁，五里设短亭，十里设长亭，为行人休憩或送行饯别之所。〔北周〕庾信《哀江南赋》："十里五里，长亭短亭。"

［4］茯苓：指寄生在松树根上的植物，中医可入药。《淮南子·说山训》："千年之松，下有茯苓。"〔汉〕高诱注："茯苓，千岁松脂也。"

［5］使君：古时对州郡长官的尊称。此处指谭钧培，此时谭任云南总督，故称。

题陈圆圆[1]出家遗像

艳词谁唱《圆圆曲》[2]，老去头陀[3]同槁木。一个蒲团[4]百八珠，当时歌舞颜如玉。吴濞[5]相从四十年，破家亡国总堪怜。闲来应悔君王误，玉几金床不得眠。

【注】

［1］陈圆圆：原姓邢，名沅，字圆圆，明末清初江苏武进（今常州）人。为吴中名优，“秦淮八艳”之一。崇祯末年被田畹锁掳，后被转送吴三桂为妾。相传李自成攻破北京后，手下刘宗敏掳走陈圆圆，吴三桂遂引清军入关。吴三桂入滇后，穷奢侈欲，陈圆圆日渐失宠，遂辞宫入道。〔明〕李季《天香阁随笔》曰其“布衣蔬食，礼佛以毕此生”。事见《清史列传·吴三桂》、〔清〕刘健《庭闻录》。

［2］《圆圆曲》：明末清初诗人吴伟业所作歌行体长诗，叙陈圆圆、吴三桂事。

［3］头陀：梵文的音译，本意为“抖擞”即去掉尘垢烦恼，后泛指僧人。〔南朝齐〕王屮《头陀寺碑文》：“以法师景行大迦叶，故以头陀为称首。”

［4］蒲团：僧人坐禅跪拜时用的圆形草垫子。〔宋〕苏轼《谪居三适·午窗坐睡》诗：“蒲团盘两膝，竹几阁双肘。”

［5］吴濞：“吴王刘濞”的省称。汉景帝时，刘濞曾发动吴楚等七国之乱，为周亚夫所平。此处指吴三桂。

清溪洞赋呈贾退庵大令（汝让）

我来曾访牟珠洞[1]，每怪天公呈奇弄。谁知归道过清溪，更有灵区[2]扫昏雺。入门幽闷启琳宫[3]，绝壁㗁硿撑铁瓮。密树低回白日寒，层崖倒结阴冰冻。如斯胜境未跻攀，翻笑来时太倥偬。山林遗逸世岂乏，所贵搜奇同凿空。君不见，爨僰[4]当年文教开，英材远并南琛[5]贡。凌云作赋学相如，[6]异义注经传叔重。[7]旄牛边徼讵无人，金马神灵会动众。贾君为政本清平，暇日登临构飞栋。寄言教化比文翁[8]，莫遣征求失高风。

【注】

［1］牟珠洞：见《牟珠洞》“牟珠洞”条。

［2］灵区：奇美之地。〔明〕宋濂《宝盖山实际禅居记》：“衢之龙游县北三十五里有山曰宝盖，川媚山明，而林樾郁苍，俨与灵区奥壤相埒。”

［3］琳宫：仙宫，亦指道观、殿堂。《初学记》卷二三引《空洞灵章经》：

“众圣集琳宫，金母命清歌。”

[4] 爨僰：古时我国西南地区的两个少数民族。〔元〕姚燧《挽云南参政张显卿》诗之三：“自非威信结夷蛮，祠庙谁修爨僰间。”

[5] 南琛：古时南方产的珍宝，常用来朝贡。《宋书·夷蛮传》：“太祖以南琛不至，远命师旅。泉浦之捷，威震沧溟；未名之宝，入充府实。”

[6] 凌云句：西汉文人司马相如作《大人赋》呈武帝，帝“飘飘有凌云之气”。《史记·司马相如列传》：“相如既奏大人之颂，天子大说，飘飘有凌云之气，似游天地之间意。”

[7] 异义句：叔重，即许慎（约58—约147，一说约30—约121），字叔重，东汉时期汝南郡召陵县，著有《说文解字》《五经异义》。终生倡导古文经学，并于儒家五经研习精深。

[8] 文翁：汉庐江舒人。汉景帝时为蜀郡守，颇好教化，在任上兴学官，免除入学者的徭役，蜀郡自是文风大振，教化大兴。见《汉书·文翁传》。

宿双甸河怀吴雁舟前辈

（时雁舟请假回湘，陶请假回粤，是日在滇南胜境关话别）

关前歧路惜离群，回首空亭话夕曛。四十来年初识面，八千里外共论文。南行我问牂牁水，东去君寻梦泽云[1]。此夜寂寥无可语，朔风寒叶不堪闻。

【注】

[1] 梦泽云：即云梦泽，古时对湖北省江汉平原上的湖泊的总称，先秦时期楚国名为“云梦”的楚王的狩猎区。《周礼·职方》“荆州”：“其泽薮曰云梦。”《史记·货殖列传》：“江陵故郢都……东有云梦之饶。”

雨行平彝道中

滇黔之道，蛮烟瘴雨，岂不曰苦，念我老母。（一解）陟彼嶙峋，蒙蒙白云，故乡几千里，伤哉倚门[1]。（二解）泥淖满陂，舆夫乏饥，彼亦人子，日午不得哺糜[2]。（三解）天公不开霁，茆屋如洗，且渐将息，爱我肤体[3]。

（四解）

【注】

［1］倚门：指父母望子归来的殷切之心。典出《战国策·齐策六》：“王孙贾年十五，事闵王。王出走，失王之处。其母曰：‘女朝出而晚来，则吾倚门而望；女暮出而不还，则吾倚闾而望。’”

［2］哺糜：亦作“餔糜”，指吃粥。《古诗源·东门行》：“他家但愿富贵，贱妾与君共餔糜。”

［3］爱我肤体：语本《孝经·开宗明义》：“身体发肤，受之父母，不敢毁伤，孝之始也。”陈伯陶著有《孝经说》四卷。

暮投山村　四首

落叶隐孤村，天寒早闭门。濛蒙烟雨里，鸡犬不闻喧。

曲径踏苍苔，昏黄觅宿来。主人能爱客，旁舍特为开。

我本山中住，泉流偶出山。山人不相识，迎立满柴关[1]。

故里迢遥隔，居幽约略同。遥知今夕梦，飞度万山中。

【注】

［1］柴关：指柴门。〔唐〕刘长卿《送郑十二还庐山别业》诗：“浔阳数亩宅，归卧掩柴关。”

兴义[1]道中

绝巘千盘远目遮，瘴乡一去旅怀赊。草鞋油笠驱驮客，石壁茆檐卖饭家。夹道藤阴森铁刺，缘陂果实结丹砂。蛮花犵鸟惊心处，愁绝征人鬓欲华。

【注】

［1］兴义：地处滇、桂、黔三省交界，今设兴义市，隶属黔西南布依族苗族自治州，有“三省通衢”之称。南与广西的西林、隆林两县隔江相望，西与云南的罗平、富源两县毗邻，南盘江经过境内。战国时属夜郎国，秦代属象郡，西汉元鼎时属牂牁郡。

兴义[1]晓行

客行候初旭，鸟道[2]上危峰。水落阴崖冷，烟涵毒草浓。渐闻餐饭减，相劝薄裘重。瘴疠[3]全收未，归期逼孟冬[4]。（士人称霜降后瘴气渐少，故南归过此。）

【注】

［1］兴义：见《兴义道中》“兴义”条。

［2］鸟道：本指鸟迁徙的路线，引申为险峻的山路。〔唐〕李白《蜀道难》诗：“西当太白有鸟道，可以横绝峨眉巅。”

［3］瘴疠：指瘴气，南方山林中的湿热之气，有毒，可致病。《桂海虞衡志》：“瘴，两广惟桂林无之，自是而南，皆瘴乡矣。”又，〔唐〕杜甫《闷》诗：“瘴疠浮三蜀，风云暗百蛮。”

［4］孟冬：指冬季的第一个月，农历十月。《礼记·月令》：“孟冬之月，日在尾。”

板坝塘晓望

水曲环罗带，峰高列画屏。荒村一夜雨，万壑烧痕青[1]。榕叶低团屋，芦花近覆汀。幽栖[2]随处好，何事感飘萍[3]。

【注】

［1］烧痕青：烧痕，野火的痕迹。此处指山上草色青青。〔宋〕苏轼《正月二十日往岐亭》诗：“稍闻决决流冰谷，尽放青青没烧痕。”

[2] 幽栖：幽僻的居处，或指隐居。〔唐〕王昌龄《过华阴》诗："羁人感幽栖，窅映转奇绝。"

[3] 飘萍：此处指行踪漂泊不定。〔唐〕杜甫《东屯月夜》诗："抱疾飘萍老，防边旧谷屯。"

由黔之粤循盘江[1]北麓行道中作

（江为贵州、广西分界处）

黔南粤北[2]道难行，此地经过百感生。石笋惊人奇鬼立，树根碍路毒蛇横。山笼瘴气烟无迹，江转浑流浪有声。休怪鹧鸪[3]啼不断，天涯游子滞归程。

【注】

[1] 盘江：此处指南盘江，古时称温水或盘江。发源于云南曲靖乌蒙山余脉马雄山东麓，为珠江源流。自贵州省望谟县蔗香村以上称南盘江，流至贵州省望谟县蔗香村双江口纳入北盘江，称"红水河"。其中新寨至蔗香一段为广西与贵州的界河。〔魏〕郦道元《水经注·温水》："温水出牂柯夜郎县，县故夜郎侯国也，唐蒙开以为县，王莽名曰同亭矣。温水自县西北流，径谈槁，与迷水合。水西出益州郡之铜濑县谈虏山，东径谈槁县，右注温水。温水又西径昆泽县南，又径味县，县故滇国都也。"

[2] 黔南粤北：陈伯陶滇南典试之后由云南返粤，途径广西、贵州至粤北，再继续南行，故云。

[3] 鹧鸪：中国南方留鸟，诗文中常用来表示思乡。《文选·左思〈吴都赋〉》："鹧鸪南翥而中留，孔雀綷羽以翱翔。"〔宋〕刘逵注："鹧鸪，如鸡，黑色，其鸣自呼。或言此鸟常南飞不止。豫章已南诸郡处处有之。"

苗　　疆[1]

近识苗疆路，南通粤海[2]涯。耕人种罂粟，[3]贾客市棉花。晚食须防蛊，朝行却畏蛇。不知流寓者，何事便为家。（地多两粤人流寓。）

【注】

[1] 苗疆：古时称苗族等少数民族居住的地方，位于中国西南，包括滇、黔、蜀、湘、桂、渝等省区市。为中国大陆的中部，地势多山，地形险要，自古以来就是重要的边防要塞。

[2] 粤海：中国南部广东一带，或作为广东、广州的代称。康有为《过虎门》诗："粤海重关二虎尊，万龙轰斗事何存？"

[3] 耕人句：罂粟，草本植物，花红、白、紫色，果实球形，可制鸦片。按：咸丰以前种植极少，1858 年《中英通商章程善后条约》签订后，种植罂粟获得官方许可，光绪初年各地方官吏鼓励种植以济军饷。〔清〕朱寿朋《光绪朝东华录》："中国如四川、陕、甘、云、贵、山西、江淮等处，皆为产出最盛之区，各省鸦片烟地，几如鳞比。"

渡盘江[1]

（从兴义府坡脚至八渡三日，俱循盘江。行过盘江为西隆旧州，南行至百色，导西洋江，江至浔州，与盘江合，东流入于粤东）

三日盘江送我行，盘江南渡入山城。临行试酌盘江水，归去浔州[2]好见迎。

【注】

[1] 盘江：见《由黔之粤循盘江北麓行道中作》"盘江"条。

[2] 浔州：地名。今属广西壮族自治区东南部桂平市。秦始皇平定岭南后，置桂林、南海、象三郡，浔州属桂林郡。唐贞观七年置浔州，下辖桂平、陵江、大宾、皇化四县，"浔州"之名始于此。

客中晚望

萧瑟秋来意，苍茫独立身。[1]夕阳霜后叶，衰鬓[2]镜中人。重以悲行役，因之念老亲。故乡千里外，凭眺自伤神。

【注】

[1] 苍茫句：〔唐〕杜甫《乐游园歌》："此身饮罢无归处，独立苍茫自咏诗。"

[2] 衰鬓：指年老鬓发疏白。〔唐〕卢纶《长安春望》诗："谁念为儒逢世难，独将衰鬓客秦关。"

归途杂诗　四首

邮亭[1]迢递逐人行，关吏[2]相看意颇轻。惟有青山如旧识，驿途无处不逢迎。

夕阳茆店卸征鞍，野老相求菜把难。竹箸瓦盆聊一饱，本来粗粝腐儒[3]餐。

霜凝孤枕更长宵，一点寒灯伴寂寥。戍鼓[4]不鸣人语散，朔风[5]残叶自萧萧。

荒山雾重起行迟，仆马相随趁晓曦。最喜途中无个事，笋舆[6]高卧好吟诗。

【注】

[1] 邮亭：驿馆，投送文书之处。《汉书·薛宣传》："过其县，桥梁邮亭不修。"〔唐〕颜师古注："邮，行书之舍，亦如今之驿及行道馆舍也。"

[2] 关吏：指守关口的官吏。《韩非子·内储说上》："卫嗣公使人为客过关市，关市苛难之，因事关市以金，关吏乃舍之。"陈奇猷集释："关吏，关市之属吏也。"

[3] 腐儒：《荀子·非相》："故《易》曰：'括囊，无咎无誉。'腐儒之谓也。"〔唐〕杜甫《江汉》诗："江汉思归客，乾坤一腐儒。"

[4] 戍鼓：边防驻军的鼓声。〔南朝梁〕刘孝绰《夕逗繁昌浦》诗："隔山闻戍鼓，傍浦喧棹讴。"

[5] 朔风：北风，寒风。〔三国魏〕曹植《朔风》诗："仰彼朔风，用怀魏都。"

［6］笋舆：竹舆，竹轿。〔宋〕王安石《台城寺侧独行》诗：“独往独来山下路，笋舆看得绿阴成。”

晓　起

荒店不成眠，归梦坠泱漭[1]。朝来忽惊破，门外马蹄响。征人各起行，我仆戒前往。深谷天明迟，露痕刮萧爽[2]。林疏缺月下，水定微烟上。曈曈[3]初旭高，万象渐开朗。即此忘尘劳，怡然惬幽赏。

【注】

［1］泱漭：昏暗不明。《文选・谢朓〈京路夜发〉诗》：“晓星正寥落，晨光复泱漭。”〔唐〕李善注：“泱漭，不明之貌。”

［2］萧爽：凉爽，凄清。〔元〕刘祁《游西山记》：“见白云数缕出东山，延布南岭上，状如飞龙蜿蜒，山中露气萧爽。”

［3］曈曈：日出时明亮貌。〔宋〕王安石《余寒》诗：“曈曈扶桑日，出有万里光。”

无题　四首

汉家专宠李夫人[1]，老病恹恹忽变嗔。宫锦百重深自障，明珠十斛[2]委如尘。凤雏[3]奏曲声难好，鸩鸟为媒[4]谊岂亲。谁乞长生三岛药[5]，海隅波浪暗伤神。

门楣高处女萝[6]攀，姻娅无端竞造关。始信蛾眉来众口，可怜鼙鼓动愁颜。尘扬已复惊沧海，[7]冰陷犹闻倚泰山。怪底童男东渡去，楼船[8]千里引风还。

东风似虎扑林皋，柳弹花残更怒号。含刺黄蜂真有毒，传书青鸟[9]总无旁。左家娇女[10]虚支拄，卫国佳人倏遁逃。棋局本来输一着，跳梁休怨小猲奴。

纷纷狮吼入房帏，宋玉东墙[11]未敢窥。堪叹鹊巢已鸠占[12]，须知兔死更狐悲[13]。胭脂夺后无颜色，胶漆投时有别离。惆怅辽西难梦到，枉教枝上打莺儿。[14]

【注】

[1] 李夫人：李延年之妹，妙丽善舞，得幸于汉武帝。早卒，帝乃图其形挂甘泉宫，思念不已，请方士少瓮为之招魂。事见《汉书·外戚传上·孝武李夫人》。

[2] 明珠十斛：典出《本事诗·情感》："唐武后时，左司郎中乔知之有婢名窈娘，艺色为当时第一。知之宠爱，为之不婚。武延嗣闻之，求一见，势不可抑。既见即留，无复还理。知之痛愤成疾，因为诗，写以缣素，厚赂阍守以达。窈娘得诗悲惋，结于裙带，赴井而死。延嗣见诗，遣酷吏诬陷知之，破其家。诗曰：'石家金谷重新声，明珠十斛买娉婷。昔日可怜君自许，此时歌舞得人情。君家闺阁不曾难，好将歌舞借人看。富贵雄豪非分理，骄奢势力横相干。别君去君终不忍，徒劳掩袂伤红粉。百年离别在高楼，一旦红颜为君尽。'时载初元年三月也。四月下狱，八月死。"

[3] 凤雏：古曲名，即《凤将雏》。《新唐书·礼乐志》："又有《吴声四时歌》《雅歌》《上林》《凤雏》《平折》《命啸》等曲，其声与辞皆讹失。十不传其一二。"

[4] 鸩鸟为媒：典出〔战国楚〕屈原《离骚》："吾令鸩为媒兮，鸩告予以不好。"又，〔唐〕李商隐《中元作》："有娀未抵瀛洲远，青雀如何鸩鸟媒。"

[5] 长生三岛药：指秦始皇遣徐福入海外仙山求取长生不老药事。事见《史记·秦始皇本纪》《史记·淮南衡山列传》。

[6] 女萝：即松萝，附生在松树上，丝状。《诗·小雅·頍弁》："茑与女萝，施于松柏。"《毛传》："女萝，菟丝，松萝也。"

[7] 尘扬句：喻世事变化极快或时间久远。典出《神仙传·麻姑》："麻姑自说云：'接待以来，已见东海三为桑田。向到蓬莱，水又浅于往者会时略半也。岂将复还为陵陆乎？'方平笑曰：'圣人皆言，海中复扬尘也。'"

[8] 楼船：古代的一种大型战船，因船上建有重楼，故曰"楼船"。《释名》："其上屋曰庐，像庐舍也。其上重屋曰飞庐，在上故曰飞也。又在其上曰爵（雀）室，于中候望之如鸟爵之警视也。"又，《史记·平准书》："是时越欲与汉用船战逐，乃大修昆明池，列观环之。治楼船，高十余丈，旗帜加其

上，甚壮。”

[9] 青鸟：传说中为西王母传信的神鸟。《山海经·西山经》：“又西二百二十里，曰三危之山，三青鸟居之。”〔晋〕郭璞注：“三青鸟主为西王母取食者，别自栖息于此山也。”

[10] 左家娇女：〔晋〕左思《娇女诗》有“吾家有娇女，皎皎颇白皙”之句。

[11] 宋玉东墙：〔战国楚〕宋玉《登徒子好色赋》谓宋玉东邻有一女，姿容姣好，登墙窥视宋玉三年而宋玉不为所动。后因以比喻多情女子。

[12] 鹊巢已鸠占：《诗经·召南·鹊巢》：“维鹊有巢，维鸠居之。之子于归，百两御之。”

[13] 兔死更狐悲：指为同盟的不幸死亡而悲伤。典出《宋史·李全传》。

[14] 惆怅二句：〔唐〕金昌绪《春怨》诗：“打起黄莺儿，莫教枝上啼。啼时惊妾梦，不得到辽西。”

续无题　四首

霓旄羽葆望蓬莱，又见长鲸跋浪开。妒妇踞津[1]原可怕，孝娥沈水[2]更堪哀。珠宫贝阙[3]啼冤魂，锦缆牙樯换劫灰。太息辽东城廓改，令威化鹤[4]不归来。

海城楼阁望仙同，谁置龚妃宝帐中。费去金钱高北斗，销残铁戟任东风。渐台[5]坐守曾教汝，织室潜奔实负公。回首化城[6]归变灭，扶桑[7]惟见日轮红。

鹤唳风声[8]惨断魂，春来棋劫不堪论。刘郎[9]未许天台人，吴客[10]偏从月窟奔。填海禽[11]飞忧石尽，渡河公去叹流浑。泥中婢[12]贱翻逢怒，敢说归来舌尚存。

乘槎海上继张骞，[13]长袖翩翩善舞旋。嫫母[14]捧心疑献丑，贞姬剺面自求全。迢遥弱水[15]三千里，辛苦天孙[16]百万钱。今日但期残喘续，空帏垂泪死相捐。

【注】

［1］妒妇踞津：晋刘伯玉妻段氏性妒，伯玉尝诵《洛神赋》，曰："娶妇如吾无憾矣！"其妻恨曰："君何得以水神美而轻我？我死，何愁不为水神？"乃投水而死，后称其投水处为"妒妇津"。妇人渡此津，必坏衣毁妆，风波大作。事见〔唐〕段成式《酉阳杂俎·诺皋记上》。

［2］孝娥沈水：指岳飞女李孝娥殉节投井事。据〔宋〕岳珂《金陀续编》所载，岳飞有一女孝娥。孝娥自幼聪颖，通书史知大义。父先死于冤狱，她恸哭欲绝。含愤叩阙上书，被逻卒所阻，怨恨之下，抱着父亲生前留给她的银瓶投井。〔明〕田汝成《西湖游览志》："银瓶娘子闻王下狱、哀愤骨立，欲叩阙上书，而逻卒婴门，不能自达，遂抱瓶投井死。"

［3］珠宫贝阙：指龙宫水府。《楚辞·九歌·河伯》："与女游兮九河，冲风起兮横波。乘水车兮荷盖，驾两龙兮骖螭。登昆仑兮四望，心飞扬兮浩荡。日将暮兮怅忘归，惟极浦兮寤怀。鱼鳞屋兮龙堂，紫贝阙兮朱宫。"〔汉〕王逸注："言河伯所居，以鱼鳞盖屋，堂画蛟龙之文，紫贝作阙，朱丹其宫，形容异制，甚鲜好也。《文苑》作珠宫。"

［4］令威化鹤：典出《搜神后记》："丁令威，本辽东人，学道于灵虚山。后化鹤归辽，集城门华表柱。时有少年，举弓欲射之。鹤乃飞，徘徊空中而言曰：'有鸟有鸟丁令威，去家千年今始归。城郭如故人民非，何不学仙冢垒垒。'遂高上冲天。今辽东诸丁云其先世有升仙者，但不知名字耳。"

［5］渐台：台名。在湖北省江陵县东。楚昭王出游，留夫人于渐台之上。江水大至，台崩，夫人流而死。事见〔汉〕刘向《列女传·楚昭贞姜》。

［6］化城：幻化的城郭。佛教用以比喻小乘境界。佛欲使一切众生都得到大乘佛果。然恐众生畏难，先说小乘涅盘，犹如化城，众生中途暂以止息，进而求取真正佛果。〔南朝宋〕谢灵运《缘觉声闻合赞》："厌苦情多，兼物志少。如彼化城，权可得宝。诱以涅盘，救尔生老。"

［7］扶桑：本指神话中的树名，传说日出于扶桑之下，又指日出处。《楚辞·九歌·东君》："暾将出兮东方，照吾槛兮扶桑。"〔汉〕王逸注："日出，下浴于汤谷，上拂其扶桑，爰始而登，照曜四方。"

［8］鹤唳风声：形容极度惊慌，自相惊扰。《晋书·谢玄传》："坚众奔溃，自相蹈借投水死者不可胜计，淝水为之不流。余众弃甲宵遁，闻风声鹤唳，皆以为王师已至。"

［9］刘郎：指东汉刘晨。相传刘晨和阮肇入天台山采药，为仙女所邀，留半年，求归，抵家子孙已七世。事见《太平广记》《幽明录》。

［10］吴客：指吴刚，传说被天帝惩罚在月宫伐桂。〔唐〕段成式《酉阳

杂俎·天咫》："旧言月中有桂，有蟾蜍，故异书言，月桂高五百丈，下有一人常斫之，树创随合。人姓吴名刚，西河人，学仙有过，谪令伐树。"

［11］填海禽：指精卫填海。《山海经·北山经》："又北二百里，曰发鸠之山，其上多柘木。有鸟焉，其状如乌，文首、白喙、赤足，名曰精卫，其鸣自詨。是炎帝之少女名曰女娃，女娃游于东海，溺而不返，故为精卫，常衔西山之木石，以堙于东海。漳水出焉，东流注于河。"

［12］泥中婢：典出〔南朝宋〕刘义庆《世说新语·文学》："郑玄家奴婢皆读书。尝使一婢，不称旨，将挞之。方自陈说，玄怒，使人曳诸泥中。须臾，复有一婢来，问曰：'胡为乎泥中？'答曰：'薄言往诉，逢彼之怒。'"

［13］乘槎句：传说天河与海通，有人居海渚者，年年八月见有浮槎去来，不失期，遂立飞阁于查上，乘槎浮海而至天河，遇织女、牵牛。此人问此是何处，答曰："君还至蜀郡访严君平则知之。"后至蜀，君平曰："某年月日有客星犯牵牛宿。"正是此人到天河时。事见〔晋〕张华《博物志》卷十。〔南朝梁〕宗懔《荆楚岁时记》所载，汉张骞奉命出使西域等河源，乘槎经月，到一城市，见有一女在室内织布，又见一男子牵牛饮河，后带回织女送给他的支机石。

［14］嫫母：古时丑女。《荀子·赋》："闾娵、子奢莫之媒也；嫫母、力父，是之喜也。"〔唐〕杨倞注："嫫母，丑女，黄帝时人。"

［15］弱水：由于水道浅不通舟楫，用皮筏济渡，古人认为是水弱不能载舟，因称"弱水"。古时称弱水者甚多，《尚书·禹贡》："黑水西河惟雍州，弱水既西。"《山海经·西山经》："劳山，弱水出焉，而西流注于洛。"

［16］天孙：织女星。《史记·天官书》："婺女，其北织女。织女，天女孙也。"〔唐〕司马贞《史记索隐》："织女，天孙也。"

由九子潭[1]入罗浮

荒原经夏雨，乘兴[2]问仙津。田水横穿路，云阴近逐人。红垂山果熟，缘洗陇苗新。采药[3]人归去，相随话隐沦。

【注】

［1］九子潭：今为九潭，位于惠州、增城、东莞交界处，今惠州市博罗县境内，毗邻罗浮山。

[2] 乘兴：兴会所至。〔南朝宋〕刘义庆《世说新语·任诞》："王子猷居山阴，夜大雪……忽忆戴安道。时戴在剡，即便夜乘小船就之，经宿方至，造门不前而返。人问其故，王曰：'吾本乘兴而行，兴尽而返，何必见戴？'"

[3] 采药：此处指隐居避世。《后汉书·逸民列传·庞公》："后遂携其妻子登鹿门山，因采药不反。"

初至罗浮赠梅花仙院[1]杨道人

（道人名至澄，湖南人）

蚩尤[2]雾塞三神岛，海上爰居避风早。南行左股访蓬莱，直上瑶台[3]拾瑶草[4]。瑶草春生茁紫茸，瑶台云气青蒙蒙。仙人服饵得仙去，挥斥白鹤鞭黄龙[5]。黄龙白鹤相对语，招我梅花院中主。院中铁脚杨道人，戟手书符辟蛇虎。自言壮岁历戎行，杀贼不减王铁枪[6]。（道人善使铁棒，发捻之乱，曾隶曾文正鲍武襄部下）要钱惜死得官去，独乘白云归帝乡。[7]帝乡迢迢不可至，美人醇酒非吾事。缘衣[8]倒挂缟衣[9]迎，且拉师雄[10]作游戏。近闻东海方扬尘[11]，辽城鹤[12]声不复闻。我语道人且勿尔，君不见，楼船[13]汉有杨将军[14]。

【注】

[1] 梅花仙院：陈伯陶父陈铭珪因潘耒所说延祥寺附近为梅花村故址，曾在此筑室，曰"梅花仙院"。但后来发现与〔宋〕赵汝驭《罗浮山行记》中所载不合，作《梅花村事迹考》附在其所编《浮山志》中（陈伯陶编《聚德堂丛书》有收录）。光绪中，观渐毁，陈伯陶迁建于山左麓，今俱废。《寄舍弟子淑六首》："罗浮有精舍，乃在梅花村。石泉响风雨，淙淙环院门。苍崖夹两旁，上插浮云根。老父昔在时，寒梅伴朝昏。梅枯院亦废，冷落同荒墩。勿负老父心，重理屋与樊。幽栖傥得遂，此境当桃源。"即为陈伯陶叮嘱其弟修葺已废弃的梅花仙院。

[2] 蚩尤：此处指雾气。相传蚩尤与黄帝决战时雾塞天地。

[3] 瑶台：传说中神仙的居处。〔晋〕王嘉《拾遗记·昆仑山》："昆仑山有昆陵之地，其高出日月之上。山有九层……第九层山形渐小狭，下有芝田蕙圃，皆数百顷，群仙种耨焉。傍有瑶台十二，各广千步，皆五色玉为台基。"

[4] 瑶草：传说中的香草。〔汉〕东方朔《东方大中集·与友人书》：

“不可使尘网名缰拘锁，怡然长笑，脱去十洲三岛，相期拾瑶草，吞日月之光华，共轻举耳。”

［5］黄龙：传说中的动物，古人认为是帝王的瑞征。《艺文类聚·瑞应图》卷九十八：“黄龙者，四龙之长，四方之正色，神灵之精也。能巨细，能幽明，能短能长，乍存乍亡。王者不漉池而渔，则应和气而游于池沼。”“舜东巡狩，黄龙负图，置舜前。”

［6］王铁枪：王彦章，五代时后梁朱温的将领，历迁刺史、防御使至节度使。骁勇有力，作战时常为先锋，号称“王铁枪”。后为李存勖所擒，宁死不降，被杀害，享年六十一岁。事见《旧五代史·王彦章传》《新五代史·死节传·王彦章》。

［7］独乘句：《庄子集释·外篇·天地》卷五下：“封人曰：‘始也我以女为圣人邪，今然君子也。天生万民，必授之职。多男子而授之职，则何惧之有！富而使人分之，则何事之有！夫圣人，鹑居而鷇食，鸟行而无彰；天下有道，则与物皆昌；天下无道，则修德就闲；千岁厌世，去而上仙；乘彼白云，至于帝乡；三患莫至，身常无殃；则何辱之有！’”〔唐〕成玄英疏：“精灵上升，与太一而冥合，乘云御气，届于天地之乡。”

［8］缘衣：此处指燕居之服。《周礼·天官·内司服》：“掌王后之六服：袆衣、揄狄、阙狄、鞠衣、展衣、缘衣，素沙。”〔汉〕郑玄注：“此缘衣者实作褖衣也。褖衣，御于王之服，亦以燕居。”

［9］缟衣：白绢衣裳。《礼记·王制》：“殷人哻而祭，缟衣而养老。”〔汉〕郑玄注：“殷尚白而缟衣裳。”

［10］师雄：指隋开皇年间赵师雄，此两句指的是赵师雄迁罗浮遇梅花仙之事。〔唐〕《龙城录》：“隋开皇中赵师雄迁罗浮，一日天寒日暮，在醉醒间，因憩仆车于松林间酒肆傍舍，见一女子淡妆素服出迓师雄。时已昏黑，残雪对月色微明，师雄喜之与之语，但觉芳香袭人，语言极清丽。因与之扣酒家门，得数杯相与饮。少顷有一绿衣童来，笑歌戏舞亦自可观。顷醉寝，师雄亦懵然，但觉风寒相袭久之。时东方已白，师雄起视乃在大梅花树下，上有翠羽啾嘈相顾，月落参横，但惆怅而尔。”

［11］东海方扬尘：见《无题四首》“尘扬句”条。

［12］辽城鹤：见《续无题四首》“令威化鹤”条。

［13］楼船：见《无题四首》“楼船”条。

［14］杨将军：指汉武帝时将领杨仆，今河南洛阳新安县人，曾东移函谷关、南下平叛、并出征朝鲜。西汉时设楼船军，汉武帝任其为楼船将军。事见《史记·朝鲜列传》《汉书·酷吏传·杨仆传》。

龙君伯鸾[1]（凤镳）拟筑松风亭[2]于梅花仙院[3]岭上次东坡原韵[4]

坡公昔醉罗浮村，松风亭下栖吟魂。[5]风流歇绝八百载，翠衣缟袂啼朝昏。我来酒田眷仙躅，手剪荒径锄废园。龙君好事补亭子，更使岩壑回春温。亭成贯酒作幽赏，入怀月色[6]长清暾。灵妃[7]粲然启玉齿，钧天广乐[8]调云门[9]。寒梅自芳松自舞，与君哑哑相笑言。南飞元鹤倘见过，试酹桂酒倾山尊。

【注】

[1] 龙君伯鸾：龙凤镳，字伯鸾，号澄庵，广东顺德大良人，清末书法家、藏书家，官至员外郎，与李文田交好。〔清〕梁鼎芬《节庵集》中收有《赠龙伯鸾》诗多篇，著有《广雅堂诗集》，并整理〔元〕汪大渊著作《知服斋丛书》。

[2] 松风亭：松风亭古已有之，年久已毁损，此处为龙凤镳重修。〔宋〕王象之《舆地纪胜·惠州·松风亭》："在弥陁寺后山之巅，始名峻峰，植松二十余株，清风徐来，松声如涛，因谓之松风亭。"〔宋〕苏轼有《十一月二十六日松风亭下梅花盛开》《松风亭记》等诗文。

[3] 梅花仙院：见《初至罗浮赠梅花仙院杨道人》"梅花仙院"条。

[4] 次东坡原韵：指〔宋〕苏轼《十一月二十六日松风亭下梅花盛开》诗韵："春风岭上淮南村，昔年梅花曾断魂。岂知流落复相见，蛮风蜑雨愁黄昏。长条半落荔枝浦，卧树独秀桄榔园。岂惟幽光留夜色，直恐冷艳排冬温。松风亭下荆棘里，两株玉蕊明朝暾。海南仙云娇堕砌，月下缟衣来扣门。酒醒梦觉起绕树，妙意有在终无言。先生独饮勿叹息，幸有落月窥清樽。"参见《苏轼全集校注》（河北人民出版社2010年版）。

[5] 坡公二句：此一联是指苏东坡迁惠州时曾作《十一月二十六日松风亭下梅花盛开》一诗，自伤身世。

[6] 入怀月色：《世说新语·容止》："时人目夏侯太初'朗朗如日月之入怀'，李安国'颓唐如玉山之将崩'。"

[7] 灵妃：宓妃。《文选·郭璞〈游仙诗〉之二》："灵妃顾我笑，粲然启玉齿。"〔唐〕李善注："灵妃，宓妃也。"

[8] 钧天广乐：指仙乐。《史记·赵世家》："赵简子疾，五日不知人……

居二日半，简子寤。语大夫曰：‘我之帝所甚乐，与百神游于钧天，广乐九奏万舞，不类三代之乐，其声动人心。’”

［9］云门：周用于祭祀天神的乐舞。相传为黄帝时作。《周礼·春官·大司乐》：“以乐舞教国子。舞《云门》《大卷》《大咸》《大磬》《大夏》《大濩》《大武》。”〔汉〕郑玄注：“此周所存六代之乐，黄帝曰《云门》《大卷》。黄帝能成名万物，以明民共财，言其德如云之所出，民得以有族类。”

游黄龙洞[1]

青松夹路隅，苍石缘岩隈。龙龙两耳响，炯炯双眸开。素练影飘扬，碧鉴光渟洄。面上洒飞雨，脚底腾奔雷。天风酣笙竽，地谷碎琼瑰。下有潜虬[2]应，上无飞鸟回。长桥跨砰訇[3]，古观凌崔嵬[4]。登临幽意惬，仰俯中情哀。甘泉[5]已云逝，庞公[6]不复来。（洞有四贤祠[7]，湛甘泉所建。又有庞公精舍，公名嵩，南海弼唐乡人，甘泉弟子，尝筑室读书于此。）缁衣谁涤尘，石臼空流杯。唯有鸣琴水，犹绕读书台。

【注】

［1］黄龙洞：〔明〕王希文《罗浮山志》：“黄龙洞在山之南孤青峰上，旧名金沙洞，洞南汉主有天华宫在焉，因梦黄龙起于宫廷，遂改曰黄龙洞，洞中巨石如门，左为含阳门，右为云起门，亦绝胜地也。”（《广州大典·史部地理类》第十四册，广州出版社 2015 年版，第 413 页）

［2］潜虬：潜龙，多比喻有才能而不被重用之人。《文选·谢灵运〈登池上楼〉诗》：“潜虬媚幽姿，飞鸿响远音。”〔唐〕李善注：“虬以深潜而保真，鸿以高飞而远害。今已婴俗网，故有愧虬鸿也。”

［3］砰訇：鸟飞振翅之声。《文选·张衡〈西京赋〉》：“奋隼归凫，沸卉砰訇。”〔唐〕吕延济注：“砰訇，鸟奋迅声。”

［4］崔嵬：有石的土山。《诗·周南·卷耳》：“陟彼崔嵬，我马虺隤。”《毛传》：“崔嵬，土山之戴石者。”

［5］甘泉：此处指明湛若水，字符明，号甘泉，广东增城人，历任礼部侍郎，南京礼、吏、兵三部尚书。少师事陈献章，后与王守仁同时讲学，各立门户，学者称之为“甘泉先生”，著有《湛甘泉集》。

［6］庞公：指庞嵩，字振卿，学者称“弼唐先生”。湛甘泉弟子，曾讲学

罗浮山中，于天华仙洞建有庞嵩精舍。

［7］四贤祠：〔明〕王希文《罗浮山志》："四贤祠在弼唐精舍上三间，甘泉先生所建，以祀濂溪周先生、豫章罗先生、延平李先生、白沙陈先生，巡按洪垣记，甘泉先生每岁有奠。"（《广州大典·史部地理类》第十四册，广州出版社2015年版，第413页）

老人峰歌赠龙君伯鸾[1]（凤镳）

南溟秋分掩金魄，南极[2]丙缠光四射。腾精飞入蓬莱宫，化作老人峰上石。蓬莱四百环峰峦，老人一峰天外尊。石楼端坐背伛偻，脚下罗列皆儿孙。山中列仙吾最老，玉女麻姑[3]安足道。南交[4]葛令乞丹砂，东海安期献瓜枣[5]。龙君学道兼好奇，手持藜杖步若飞。黄龙洞里拾级上，御风直与鸿蒙归。峰头老人相顾笑，孺子近来知道要。五老[6]吾并庐山高，八公[7]汝变淮南少。更闻上界有三峰，海潮气与神湖通。劝君饱啖山桃去，又化鸡窠一老翁。

【注】

［1］龙君伯鸾：见《龙君伯鸾（凤镳）拟筑松风亭于梅花仙院岭上次东坡原韵》"龙君伯鸾"条。

［2］南极：此处指南极老人星。《史记·天官书》："狼比地有大星，曰南极老人。"〔唐〕张守节正义："老人一星，在弧南，一曰南极，为人主占寿命延长之应。"

［3］麻姑：神话中仙女。〔晋〕葛洪《神仙传·麻姑》："汉孝桓帝时，神仙王远，字方平，降于蔡经家。……即令人相访。……麻姑至矣，来时亦先闻人马箫鼓声。既至，从官半于方平，麻姑至，蔡经亦举家见之。是好女子，年十八九许，于顶中作髻，余发垂至腰。其衣有文章，而非锦绮，光彩耀目，不可名状，入拜方平。……宴毕，方平、麻姑命驾升天而去。"

［4］南交：指交趾。《尚书·尧典》："申命羲叔，宅南交。"〔宋〕蔡沉传："南交，南方交趾之地。"

［5］安期献瓜枣：此处指仙道。《艺文类聚·灵异部上·仙道》卷七十八："汉武内传曰。李少君。字云翼。齐国临淄人。好道。入泰山采药。修绝谷全身之术。遇安期生。少君疾困。叩头乞活。安期以神楼散一匕与服之。即

愈。乃以方干上。言臣能凝澒成白银。飞丹沙成黄金。金成服之。白日升天。身生朱阳之翼。艳备员光之异。竦则凌天。伏入无间。控飞龙而八遐遍。乘白鸿而九陔周。冥海之枣大如瓜。钟山之李大如瓶。臣以食之。遂生奇光。师安期授臣口诀。是以保万物之可成也。于是上甚尊敬。为立屋第。”

［6］五老：传说中的五星之精。《竹书纪年》卷上：“率舜等升首山，遵河渚，有五老游焉，盖五星之精也。”又，《拾遗记·虞舜》卷一：“虞舜在位十年，有五老游于国都，舜以师道尊之，言则及造化之始。舜禅于禹，五老去，不知所从。舜乃置五星之祠以祭之。其夜有五长星出，熏风四起，连珠合璧，祥应备焉。”

［7］八公：汉淮南王刘安门客有才高者八人号称“八公”。《史记·淮南衡山列传》：“淮南王安为人好读书鼓琴，不喜弋猎狗马驰骋，亦欲以行阴德拊循百姓，流誉天下，时时怨望厉王死，时欲畔逆，未有因也。及建元二年，淮南王入朝。素善武安侯，武安侯时为太尉，乃逆王霸上，与王语曰：‘方今上无太子，大王亲高皇帝孙，行仁义，天下莫不闻。即宫车一日晏驾，非大王当谁立者！’淮南王大喜，厚遗武安侯金财物。阴结宾客，拊循百姓，为畔逆事。”〔唐〕司马贞《史记索隐》载《淮南要略》云：“赡养士数千，高才者八人，苏非、李尚、左吴、陈由、伍被、毛周、雷被、晋昌，号曰‘八公’也。”

华首台[1]追怀天然和尚[2]

知公早岁戴儒冠[3]，何事披缁入戒坛。六代传衣关慧悟，百年弹指寓悲酸。旧君暗泣龙髯[4]远，弟子争逃象教[5]宽。今日胜朝遗老尽，故山灵塔暮云寒。

【注】

［1］华首台：亦称“华首寺”，南朝梁武帝时建，位于罗浮山西南麓。明万历年间，罗浮山佛教有十八寺，华首寺被称为“第一禅林”。

［2］天然和尚：名函昰，别字天然。广东番禺人，明末清初佛教高僧，在广东一带影响颇大。早年习儒，以求经邦治国，后入佛，曹洞宗第三十四传，曾于罗浮山华首台开堂讲法，著有《天然禅师语录》，汪宗衍有《明末天然和尚年谱》著其生平。由于身处明末清初，时局动荡，天然和尚同情并庇

护抗清人士，一些节义之士如陈邦彦、陈子壮、张家玉等纷纷与之交往，屈大均亦曾投其门下。

［3］儒冠：古时儒生戴的帽子。据天然弟子今辩之《天然昰和尚行状》以及汤来贺所作《天然昰和尚塔志铭》，天然和尚早期习儒，年十七得补博士弟子员，志在精研世典，克成通儒。崇祯十三年（1640）初，入庐山，祝发为僧。

［4］泣龙髯：典出《史记·封禅书》："黄帝采首山铜，铸鼎于荆山下。鼎既成，有龙垂胡髯下迎黄帝。黄帝上骑，群臣后宫从上者七十余人，龙乃上去。余小臣不得上，乃悉持龙髯。龙髯拔，堕，堕黄帝之弓。百姓仰望黄帝既上天，乃抱其弓与胡髯号，故后世因名其处曰鼎湖，其弓曰乌号。"此处指明朝覆灭，君亡国败。

［5］象教：释迦牟尼离世，诸弟子想慕不已，刻木为佛，以形象教人，故称佛教为"象教"。按：此句谓明清易代，世乱宗衰，故国之遗臣志士隐退其山乃至皈依佛门以安身，和尚皆坦然收之，并为之庇护。

暮归华首台[1]

归禽宿已尽，逋客行未至。促步上层峦，寒冲暮烟碎。松阴翳昏黑，疏星吐峦翠。泠泠木鱼声，烟外掩山寺。

【注】

［1］华首台：见《华首台追怀天然和尚》"华首台"条。

访罗雪谷高士[1]（清）不遇

（高士善指头画，以布衣游公卿间。尝东渡日本，日人见其画法，惊为天授。晚岁失明，隐居罗浮山之白鹤观）

吾爱罗高士，逍遥遗世情。只身轻万里，一指妙群生。有鹤幽栖足，无灯内照明。茆庵寻不见，云外响松声。

【注】

［1］罗雪谷高士：即罗清，字雪谷，今广州番禺人。工指头画，所作兰竹梅石，颇有古风。同治年间曾弃家学游日本。传世作品有同治九年（1870）作《兰、竹、石图》轴（指画）；光绪十二年（1886）作《崇山纳凉图》轴（指画），今藏广州美术馆。

游冲虚观[1]

冲虚古仙观，云是稚川[2]居。双燕偶遗履，九丹[3]长著书。宁劳刺史驾，相顾野人庐。逸迹谁能侣，追随愧跛驴[4]。

【注】

［1］冲虚观：位于罗浮山朱明洞麻姑峰下，南临白莲湖，为晋葛洪所建，后晋安帝在此建“葛洪祠”，唐玄宗天宝年间扩为“葛仙祠”，宋元祐二年（1087）哲宗赐额改为“冲虚观”。〔明〕王希文《罗浮山志》：“冲虚观在延祥寺东七里，今独存此观。”（《广州大典·史部地理类》第十四册，广州出版社2015年版，第413页）

［2］稚川：晋葛洪，字稚川。

［3］九丹：指道教中服后可长生的丹药。即丹华、神符、神丹、还丹、饵丹、炼丹、柔丹、伏丹、塞丹。〔晋〕葛洪《抱朴子·金丹》：“九丹者，长生之要，非凡人所当见闻。”

［4］跛驴：瘸驴，常比喻平庸之人。〔晋〕葛洪《〈抱朴子内篇〉序》：“欲戢劲翮于鷦鹩之群，藏逸迹于跛驴之伍。”

寓酥醪观[1]中作　六首

不到酥醪洞，于今近十年。硐花迎客笑，溪犬傍人眠。饭煮青精[2]滑，羹调玉版[3]鲜。更斟神女酿，小饮意悠然。

径险人难至，山深旧有名。过门惊虎迹，倚树变禽声。迭嶂岚光合，高林暑气清。晚来幽意足，斜照入茅坪。

归云栖不定，弥漫失高峰。海鹤[4]传更箭，天鸡[5]应晓钟。谷幽迟日出，岭秃任霞封。回首人间世，神山一万重。

北庵传故址，[6]几辈羽人[7]居。晓露锄灵药[8]，宵星读道书。过从新识洽，洒扫旧巢虚。春梦谁能醒，黄仙庶起予[9]。

灵境昔曾觏，幽寻今莫违。石蟠茏竹大，云养菌芝[10]肥。瘗鹤添新冢，栽松长旧围。多惭五色雀[11]，相导复前飞。

拟作归山计，登临首重回。几人齐鲍葛，此地信蓬莱。礼斗瑶台闷，烧丹石灶开。俗缘嗟未了，何日洗心来。

【注】

［1］酥醪观：罗浮山观名，位于罗岭之北，浮山之西。〔清〕陈铭珪《浮山志》：“酥醪观在浮山之北最深处，为葛稚川北庵，《集仙传》称安期生与神女会玄邱，酣玄碧之香酒，醉后呼吸水露，皆成酥醪，以是名焉。自佛子凹至此八里，高逾外间数百丈。海丰令林寅榜曰：‘风侔怀葛’，盖回顾尘世已隔万重山矣。观后满山植松竹，回云翳日，白昼生寒，深碧中行，绿天无际。又有老梅古桂花，时仙香可餐。”（《广州大典·史部地理类》第十四册，广州出版社2015年版，第577页）

［2］青精：指青精饭，道家所食。〔清〕厉荃《事物异名录·南烛草》：“青精……又曰墨饭草，以其可以染黑饭也。故黑饭亦名青精。”

［3］玉版：笋的别名。〔宋〕惠洪《冷斋夜话·东坡作偈戏慈云长老》：“（苏轼）尝要刘器之同参玉版和尚……至廉泉寺烧笋而食，器之觉笋味胜，问此笋何名，东坡曰：‘即玉版也。此老师善说法要，能令人得禅悦之味。’于是器之乃悟其戏。”

［4］海鹤：〔唐〕杜甫《寄常征君》诗：“楚妃堂上色殊众，海鹤阶前鸣向人。”〔清〕仇兆鳌注引《西京杂记》：“海鹤，江鸥。”

［5］天鸡：神话中天上的鸡。〔南朝梁〕任昉《述异记》卷下：“东南有桃都山，上有大树，名曰‘桃都’，枝相去三千里。上有天鸡，日初出，照此木，天鸡则鸣，天下鸡皆随之鸣。”

［6］北庵句：酥醪观原为晋葛洪所建北庵故址，后易名“酥醪观”。

［7］羽人：道家学仙，因称道士为“羽人”。《楚辞补注·远游》卷五：“闻至贵而遂徂兮，忽乎吾将行。仍羽人于丹丘兮，留不死之旧乡。朝濯发于汤谷兮，夕晞余身兮九阳。”〔汉〕王逸注《山海经》：“有羽人之国，不死之民。或曰人得道，身生毛羽也。”

［8］灵药：传说中的仙药，服之可长生。《海内十洲记·长洲》：“长洲，一名青丘……一洲之上，专是林木，故一名青丘。又有仙草，灵药，甘液，玉英，靡所不有。”

［9］起予：启发自己。《论语·八佾》：“子曰：‘起予者，商也，始可与言《诗》已矣。’”〔三国魏〕何晏集解引〔汉〕包咸曰：“孔子言子夏能发明我意，可与共言《诗》。”

［10］菌芝：灵芝。《列子·汤问》：“朽壤之上有菌芝者，生于朝，死于晦。”

［11］五色雀：鸟名。〔明〕陈梿《罗浮志·杂志》：“罗浮有五色雀，各被方色，非时不见。若士大夫将游山，则先翔集，寺僧以此为候。其尤可爱者，朱蓝正色，若朝服焉。铁冠黑色者，司其进止。”

听严道人鼓琴

（道人名至垣，号斗枢，香山人，少游欧美，学成归，不娶，隐罗浮之酥醪观。精琴理，甘肃拔贡王某闻其名，重茧至罗浮，学之三月乃去。余寓酥醪观，道人为一再鼓琴，意有枨触，因成此诗）

伯牙[1]不渡海，安得移我情。纵有山虚水深处，善手亦复难成声。云涛雪浪，刺舟走万里，此曲未许凡耳听。道人少年有奇气，北驭风轮南日辔。足迹几穷五大洲，回车却向蓬莱逝。蓬莱分擘知几年，铁桥[2]石楼高插天。中有仙灵来往于其间，天鸡[3]未鸣，神雀[4]不喧，清宵泬寥[5]理琴弦。理琴弦，谱琴调，一弹缟鹤翔，再鼓青猿啸。泠泠幽涧泻重泉，飒飒松风吹万窍。小弦廉折沧浪[6]清，中有渔者歌濯缨[7]，响答樵唱音丁丁。大弦春温鸟声乐，衔芦[8]归雁沙中落。腷膊相呼避矰缴[9]，是时山窗山月白。万籁沉沉起寒色，忽焉荡汩中窅冥，水仙动操谁能识。（是夕道人所奏一为《渔樵问答》，一为《雁落平沙》，一自制曲，云即《水仙操》。）去年我自燕都回，[10]东海正尔飞黄埃，闻君奏此心增欷。君不见，韶石台[11]，熏风一曲[12]被九垓，重华去后无明徽。鼓鼙钲铎聒人耳，乃自百千万亿里鲸波蛟穴之中来，成连先生[13]妙解事，岂知世有螳蝉机，愿君勿复做此操，使我更动雍门哀[14]。

【注】

[1] 伯牙：春秋时期精于琴艺者。传说伯牙学琴三年不成，后至东海蓬莱山，闻海水、林鸟之声，有所感，乃援琴而歌，从此琴艺大进，终成天下妙手。琴曲《水仙操》《高山流水》，相传为他所作。见〔汉〕蔡邕《琴操·水仙操》。此处陈伯陶将严道人视为知音好友，自比伯牙与钟子期。

[2] 铁桥：罗浮山中有石梁，形如桥，故称。〔宋〕苏轼《游罗浮山示儿子过》诗："铁桥石柱连空横，杖藜欲趁飞猱轻。"自注："山有铁桥、石柱，人罕至者。"

[3] 天鸡：见《寓酥醪观中作六首》"天鸡"条。

[4] 神雀：瑞鸟。《文选·王褒〈四子讲德论〉》："神雀仍集，麒麟自至。"〔唐〕刘良注："神雀，瑞鸟。"

[5] 泬寥：清旷貌。《楚辞·九辩》："泬寥兮天高而气清。"〔汉〕王逸注："泬寥，旷荡空虚也。"

[6] 沧浪：古水名。《尚书·禹贡》："嶓冢导漾，东流为汉。又东为沧浪之水。"孔传："别流在荆州。"

[7] 濯缨：见《澧江舟中作》"沧浪渔父曲"条。

[8] 衔芦：雁口含芦草用以自卫。《淮南子·修务训》："夫雁顺风以爱气力，衔芦而翔，以备矰弋。"〔汉〕高诱注："衔芦所以令缴不得截其翼也。"

[9] 矰缴：系有丝绳、射飞鸟的短箭。〔晋〕陶渊明《归鸟》："晨风清兴，好音时交；矰缴奚施，已卷安劳。"

[10] 去年句：指陈伯陶光绪十九年（1893）出任云南乡试副考官，从京城至云南，事毕后请假返粤之事。诗中称为"去年"，可知此诗应作于光绪二十年（1894）。

[11] 韶石台：此处指韶石，山岩名，旧属韶州。传说舜游登此石，奏韶乐，故名。〔北魏〕郦道元《水经注·溱水》："其高百仞，广圆五里，两石对峙，相去一里，小大略均，似双阙，名曰韶石。"

[12] 熏风一曲：相传舜唱《南风歌》，有"南风之熏兮"句，后因指《南风歌》。事见《孔子家语·辩乐》。

[13] 成连先生：春秋时琴师，传说伯牙曾学琴于成连先生。《太平御览·乐部十六·琴中》卷五百七十八："《乐府解题》曰：'《水仙操》。伯牙学琴于成连先生，三年不成。至于精神寂寞，情之专一，尚未能也。成连云："吾师方子春今在东海中，能移人情。"乃与伯牙俱至蓬莱山留宿，伯牙曰：

“子居习之，吾将迎师。”刺船而去，旬时不返。伯牙近望无人，但闻海水洞滑崩澌之声，山林窅寞，群鸟悲号，怆然而叹曰：“先生将移我情！”乃援琴而歌。曲终，成连回刺船迎之而还。伯牙遂为天下妙矣。’”

［14］雍门哀：雍门子周鼓琴令孟尝君泫然泣涕事。事见〔汉〕刘向《说苑·善说》卷十一。

赠胡柳溪道人　二首

飘然鹤驾[1]返仙乡，丹客真诠羽客[2]装。白骨红颜参已透，始知人世有韩湘[3]。

长生大道本无为，会见龙降虎伏时。唯有机心[4]除不尽，日斜犹筭劫余棋。（道人善弈。）

【注】

［1］鹤驾：〔汉〕刘向《列仙传·王子乔》：“王子乔，周灵王太子晋也。好吹笙，作凤鸣。游伊洛闲，道士浮丘公接上嵩山。十余年后，来于山上，告桓良曰：‘告我家，七月七日待我缑氏山头。’果乘白鹤驻山颠，望之不得到，举手谢时人而去。”

［2］羽客：羽人，仙人。参见《寓酥醪观中作六首》“羽人”条。

［3］韩湘：韩湘子，传说中八仙之一，自小学道，吕洞宾度之登仙。〔唐〕段成式《酉阳杂俎·广动植》、〔前蜀〕杜光庭《仙传拾遗》均载其事迹。

［4］机心：机巧功利之心。《庄子集释·外篇·天运》：“子贡南游于楚，反于晋，过汉阴，见一丈人方将为圃畦，凿隧而入井，抱瓮而出灌，搰搰然用力甚多而见功寡。子贡曰：‘有械于此，一日浸百畦，用力甚寡而见功多，夫子不欲乎？’为圃者卬而视之曰：‘奈何？’曰：‘凿木为机，后重前轻，挈水若抽，数如泆汤，其名为槔。’为圃者忿然作色而笑曰：‘吾闻之吾师：“有机械者必有机事，有机事者必有机心。”机心存于胸中，则纯白不备；纯白不备，则神生不定；神生不定者，道之所不载也。吾非不知，羞而不为也。’子贡瞒然惭，俯而不对。”〔唐〕成玄英疏：“有机动之务者，必有机变之心。”

宗人香池命使来酥醪观[1]特惠荔枝

六年奔走风尘里，每忆荔枝摇食指[2]。浮沉人海尔何为，归去故山疑为此。故人知我住浮峤，特走层城三十里。晶盘璀璨献神丹，中具坎离[3]与丁癸。星冠霞帔[4]纷照眼，玉液琼浆滑流齿。元邱酣宴阅千年，更噀酥醪成露水。[5]仙人服饵世岂喻，仙山佳果尤甘美。君不见，瓜枣尝新东海翁，蟠桃荐熟瑶池使。罗浮荔枝似冬青，竺法真疏昔所纪。定知此物九还丹，特与吾生三洗髓[6]。松窗[7]饱啖过百颗，仙仙乎归我心喜。回首京华触热人，含酸尚荐杨梅子。

【注】

［1］酥醪观：见《寓酥醪观中作六首》“酥醪观”条。

［2］摇食指：典出《左传·宣公四年》：“楚人献鼋于郑灵公。公子宋与子家将见。子公之食指动，以示子家，曰：‘他日我如此，必尝异味。’及入，宰夫将解鼋，相视而笑。公问之，子家以告。及食大夫鼋，召子公而弗与也。子公怒，染指于鼎，尝之而出。”

［3］坎离：坎、离本为《周易》的两卦，道教以“坎男”借指汞，内丹家谓为人体内部的阴精；以“离女”借指铅，内丹家谓为人体内部的阳气。语本《易·说卦》。

［4］星冠霞帔：指道士服，星冠为道士帽，霞帔为道士衣服。〔明〕唐寅《嗅花观音图》诗：“办取星冠与霞帔，天台明月礼仙真。”

［5］更噀句：见《寓酥醪观中作六首》“酥醪观”条。

［6］洗髓：修道者谓洗去凡髓，修成仙骨。〔汉〕郭宪《洞冥记》卷一：“吾却食吞气已九千余岁，目中瞳子色皆青光，能见幽隐之物，三千岁一反骨洗髓，二千岁一刻骨伐毛，自吾生已三洗髓五伐毛矣。”

［7］松窗：临松之窗，多指书斋。〔宋〕辛弃疾《贺新郎·题傅君用山园》词：“堪笑高人读书处，多少松窗竹阁。”

登飞云峰[1]

罗浮四百卅二峰，高者飞云上摩空。两山风雨忽离合，时有云气生蓬蓬。朱明洞[2]深杳无底，云将下喝龙潭龙。云龙[3]追逐出上界，绝顶之胜谁能穷。我来正当朱夏[4]节，梯援直上游鸿蒙。神湖潮溢石楼闭，咫尺相对云千重。闻昔搴云入横岳，正直特感昌黎翁[5]。云中君[6]亦笑我憨，鉴我潜祷驱丰隆[7]。回飙[8]讯扫众峰现，日光解驳[9]射两瞳。其阳老人戏玉女，翠挽云鬟双蓬松。其阴迭嶂绚云母，势与瑶石争巃嵸[10]。璇房琼室七十二，指顾乃变金银宫。蓬莱顶上不易到，即到亦没云海中。森然动魄更下拜，壮观何幸前贤同。须臾荡胸肤寸合，铁桥[11]石柱迷失踪。云师[12]送我急归去，雨声万壑鸣笙钟[13]。

【注】

［1］飞云峰：〔清〕赖洪禧《浮山新志》："罗山绝顶曰飞云，高三千六百丈，浮山绝顶更在飞云西北，曰上界三峰，与飞云并侍。"（《广州大典·史部地理类》第十四册，广州出版社2015年版，第530页）

［2］朱明洞：〔明〕王希文《罗浮山志》："朱明洞在冲虚观之东，上荆榛不可入。嘉靖甲申，泉翁治之，得洞口巨石刻古人书'朱明洞'三字，翁复大书刻焉。创造馆堂落成，翁自为文记之。"（《广州大典·史部地理类》第十四册，广州出版社2015年版，第413页）

［3］云龙：《周易注疏·乾》卷一："九五曰：'飞龙在天，利见大人，何谓也？'子曰：'同声相应，同气相求。水流湿，火就燥，云从龙，风从虎，圣人作而万物睹。本乎天者亲上，本乎地者亲下，则各从其类也。'〔唐〕孔颖达疏：'龙是水畜，云是水气，故龙吟则景云出，是云从龙也。虎是威猛之兽，风是震动之气，此亦是同类相感，故虎啸则谷风生，是风从虎也。'"

［4］朱夏：夏季。《尔雅·释天》："夏为朱明。"〔三国魏〕曹植《槐赋》："在季春以初茂，践朱夏而乃繁。"

［5］昌黎翁：指唐韩愈，韩愈世居颍川，常据先世郡望自称昌黎（今河北省昌黎县）人。

［6］云中君：传说中的神名。语本《楚辞·九歌·云中君》，《汉书·郊祀志》亦有载。王逸、颜师古注为云神。

［7］丰隆：雷神。《楚辞补注·离骚经》卷一："吾令丰隆乘云兮，求宓

妃之所在。”〔汉〕王逸注：“丰隆，云师，一曰雷师。”〔宋〕洪兴祖补注：“张衡《思玄赋》：‘丰隆軯其震霆，云师霴以交集。’则丰隆，雷也。”

[8] 回飆：亦作“回飙”，指旋风。〔汉〕贾谊《惜誓》：“临中国之众人兮，托回飙乎尚羊。”

[9] 解驳：离散间杂。〔清〕钱谦益《游黄山记》之三：“云气解驳，如浪文水势。”

[10] 巃嵸：聚集貌。《文选·傅毅〈舞赋〉》：“车骑并狎，巃嵸逼迫。”〔唐〕李善注：“巃嵸，聚貌。”

[11] 铁桥：见《听严道人鼓琴》“铁桥”条。

[12] 云师：云神。《楚辞·离骚》：“吾令丰隆乘云兮，求宓妃之所在。”〔汉〕王逸注：“丰隆，云师。”

[13] 笙钟：谓陈设于东方之钟乐。《仪礼·大射》：“设乏西十北十，凡乏用革，乐人宿县于阼阶东，笙磬西面，其南笙钟。”〔汉〕郑玄注：“笙，犹生也。”〔清〕胡培翚正义引〔清〕褚寅亮曰：“东为阳中，万物以生，故东方曰笙钟、笙磬。”

浮山草木杂咏　十二首

芝[1]

（酥醪观后山，岁出芝，数十茎）

元邱地深邃，云气养神芝。抱朴今遗饵，幽人得疗饥。

人　参

上药产山中，年深乃可茹。东坡与斜川，莫漫移根去。

菖　蒲

菖蒲十二节，服食岂无功。难得姚成甫，相随千岁翁。

石仙桃

（生阴崖中，色青碧，蒂蟠根须，上有三四叶，似桃而短。以小盆养之，可供爱玩）

海人饱山桃，云是仙所种。如何石上生，但作盆中玩。

黄　精

（出丫髻峰，有大如臂者）

黄精大如臂，乃出丫髻峰。久服轻身日，黄仙或可逢。（丫髻峰下为黄仙洞。）

野　姜

（亦称仙姜，干之坚如铁，气味极辛，治风寒有奇效）

野姜通神明，仙种着灵异。吃蒜却仙人，道开笑多事。

云雾茶[2]

（生绝顶石崖中）

山茶生绝顶，涤暑有奇功。怪底逍遥子，茶庵住白云。

酥醪菜

（即菘菜，以产酥醪洞，故名洞。氓亦干之，以馈亲友）

水露花酥醪，蒙蒙洒畦町。晚来烂菘心，饭熟酒初醒。

绿云草

（蔓生细叶，鳞次碧蓝色，泰西人来游，诧为罕见，取盈筐而去）

云母峰头草，春晴色更熏。仙姑疑尚在，双鬓绿如云。

丹竹

茏葱不可寻，筼筜还满谷。何必道州泷，奇干产丹竹。

万寿藤

万寿藤为杖，登山宜老翁。赠君同佛面，万壑总号风。

酥醪观古桂[3]

灵根浸酿泉，花老亦堪酿。桂酒实仙方，试寻铁桥工。

【注】

[1] 芝：灵芝。〔清〕陈铭珪《浮山志》："欻吸地灵，是生神草如云斯，荟蒸而成芝，菌蠢骈罗，离奇攒簇，或十余茎，或三五经，大小不一，作紫黑色，奕奕有光，真诰所云服之得仙。未遇师傅，则不可知，而以治饮食中毒奇验。"（《广州大典·史部地理类》第十四册，广州出版社2015年版，第588页）

[2] 云雾茶：〔清〕陈铭珪《浮山志》："云雾茶采自飞云峰顶应无凭，浮山高逾于外不知几千百丈，四时云雾咫尺，不辨茶山。佛凹所莳之茶皆悬崖陡绝处石窍出，云漫山塞谷，是即所谓云雾茶。每采摘近春分谷雨前后，微火妙焙，气味和平。茶品不在阳羡下，能去腥腻，除烦恼。"（《广州大典·史部地理类》第十四册，广州出版社2015年版，第588页）

[3] 酥醪观古桂：〔清〕陈铭珪《浮山志》："酥醪观在浮山之北最深处，为葛稚川北庵……观后满山植松竹，回云翳日，白昼生寒，深碧中行，绿天无际。又有老梅古桂花，时仙香可餐。"（《广州大典·史部地理类》第十四册，广州出版社2015年版，第577页）

温静云道人为话参访名山诸迹　三首

（道人名理文，住酥醪观）

崆峒[1]禹穴[2]昔曾闻，万里朝参喜见君。蛇虎独行应避路，凤鸾孤往本离群。九州岛遍踏芒鞋月，五岳分携布袖云。今日归来何所悟，药炉长对气氤氲。（寓酥醪洞十余日，地旷心遐，情不忍舍，近将下山去矣。山猿涧鸟，临别怆然，赋此志慨。）

已作桃源[3]十日留，洞天清闷且盘游。龙蛇山泽人间险，鸡犬田园物外秋。岩隐有人思鬼谷[4]，陆沈[5]何处望神州。金丹未合仙梯远，一落尘区易白头。

瑶轩将别故迟迟，欲订归期未有期。梧几永怀南郭[6]隐，草堂长愧北山移[7]。丹崖碧树来时路，幽涧清泉去后思。何日相从句漏令，白云深处结茆茨。

【注】

［1］崆峒：此处指山洞、洞窟。〔唐〕王化清《游石室新记》："高要郡北十五里有石室，诡怪万状，崆峒其中。"

［2］禹穴：传为夏禹的葬地。在今浙江省绍兴之会稽山。《史记·太史公自序》："二十而南游江、淮，上会稽，探禹穴。"〔南朝宋〕裴骃《史记集解》引〔三国魏〕张晏曰："禹巡狩至会稽而崩，因葬焉。上有孔穴，民闲云禹入此穴。"

［3］桃源：指桃源洞。〔清〕陈铭珪《浮山志》："酥醪有数洞，桃源洞乃东南一小洞也，洞中胜处每逢桃花，其下为径口塘，人家夹水而居，溪清石出，澮沱沦涟，奥上绿竹，瞻之斐然，风日闲美，山水澄鲜。"（《广州大典·史部地理类》第十四册，广州出版社2015年版，第223页）

［4］鬼谷：鬼谷子，春秋战国时期纵横家之鼻祖，因常入山修道，隐居鬼谷，自称"鬼谷先生"。《史记·苏秦列传》《史记·张仪列传》均有载。

［5］陆沈：比喻隐居。《庄子·则阳》："方且与世违而心不屑与之俱，是陆沉者也。"〔晋〕郭象注："人中隐者，譬无水而沉也。"

[6] 南郭：此处指南郭子綦。典出《庄子·齐物论》："南郭子綦隐机而坐，仰天而嘘，苔焉似丧其耦。颜成子游立侍乎前，曰：'何居乎？形固可使如槁木，而心固可使如死灰乎？今之隐机者，非昔之隐机者也。'"

[7] 北山移：指〔南朝齐〕孔稚珪《北山移文》的省称。

游茶山黄仙洞[1]次龙君伯鸾[2]韵寄怀张豫泉[3]同年

（茶山观，豫泉同年所葺营也。近因散馆改官，浩然思归，而来书乃劝余出山，因作此奉寄）

何处谱幽弄，幽涧弹砰粼。何处靓晚妆，晚峰画蛾蓁。茶山古深邃，仄径蒙菅榛。紫蝶花上晒，玉犬[4]松间狺。徜徉两游客，彳亍[5]来青畇。不虑猿鹤怨[6]，时与烟霞亲。淙淙云碓泉，洗我尘中巾。亭亭鸦髻峰，舒我世上嚬。黄仙一招手，玉洞容抽身。（茶山东为玉洞，今称水东洞。）念我同年友，流滞京城闉。荆山泣璞玉，[7]下里悲阳春。[8]徒令讪毛义[9]，未得从刘晨[10]。近闻赋归来，重辟三径湮。石壁退娱谢，兰陵终老荀。作传比高士，著书附逸民[11]。誓将赤两足，涉此朱明甸。如何万里外，寄我瑶缄[12]纫。不讥我小草[13]，荐为清庙苹。陆机[14]北至洛，杜陵[15]西入秦。终焉困仓雀，岂谓游薮麟。行当访丹诀，来伴山中人。

【注】

[1] 茶山黄仙洞：〔清〕赖洪禧《浮山新志》："晋黄野人，稚川隶。冲虚观有野人庐，似与茶山无涉，今洞口石坊勒曰'黄仙古洞'。从此登涉，水光树影，中约三百步即仙祠，内有仙像俨然。考山志唐王体靓植茶成园，称王野人。世俗王黄不辨，此间植茶，误王为黄，亦未可知。又南汉黄励，亦号野人。腰悬玉瓢，投药救病，随手辄愈，本山道人代传医药，抑或因是而肖像以祀与？然是洞幽僻绝尘，颠崖邃□，一水飞流，多时贤题勒。"（《广州大典·史部地理类》第十四册，广州出版社2015年版，第531页）

[2] 龙君伯鸾：见《龙君伯鸾（凤镳）拟筑松风亭于梅花仙院岭上次东坡原韵》"龙君伯鸾"条。

[3] 张豫泉：张其淦，字豫泉。广东东莞人，清末学者、官员，甲午恩科进士，曾任职翰林，官至安徽提学使。辛亥革命后隐居上海，闭门著述。为

陈伯陶同乡，挚友。著有《松柏山房骈体文钞》《梦痕仙馆诗钞》《元代八百遗民诗咏》《明代千遗民诗咏》等。

［4］玉犬：仙犬。〔南朝梁〕任昉《述异记》卷上：“济阳山麻姑登仙处，俗说山上千年金鸡鸣，玉犬吠。”

［5］彳亍：小步走。《文选·潘岳〈射雉赋〉》：“彳亍中辍，馥焉中镝。”〔唐〕张铣注：“彳亍，行皃，中少留也。”

［6］猿鹤怨：〔南朝齐〕孔稚珪《北山移文》〔唐〕李周翰注：“此因山言之，故托猿鹤以寄惊怨也。”

［7］荆山句：见《滇闱校阅毕赋呈吴雁舟前辈暨分校诸君陈檠门前辈（庆禧）田建侯（亮动）王伯藩（懋昭）两同年，郑紫绶（崇敬）冯养清（慎源）李玉墀（垚）王洁之（永廉）黄次高（毓崧）四首》“荆山玉”条。

［8］下里句：下里、阳春均为古曲名。《文选·宋玉〈对楚王问〉》：“客有歌于郢中者，其始曰《下里巴人》，国中属而和者数千人，其为《阳阿》《薤露》，国中属而和者数百人，其为《阳春》《白雪》，国中属而和者不过数十人。”〔唐〕李周翰注：“《下里巴人》，下曲名也。《阳春》《白雪》，高曲名也。”

［9］毛义：字少节，东汉庐江人，以孝称。《后汉书·刘平等传序》：“东汉毛义家贫，以孝出名，府檄召义为守令。义捧檄色喜。后其母死，辞职不干。”

［10］刘晨：相传刘晨、阮肇入天台山采药而遇仙女，与之结为夫妇，半载后返家，子孙已过数代。干宝《搜神记》、刘义庆《幽明录》均有载。

［11］逸民：避世隐居之人。《论语·微子》：“逸民：伯夷、叔齐、虞仲、夷逸、朱张、柳下惠、少连。”〔三国魏〕何晏集解：“逸民者，节行超逸也。”又，《汉书·律历志序》：“周衰官失，孔子陈后王之法，曰：‘谨权量，审法度，修废官，举逸民，四方之政行矣。’”〔唐〕颜师古注：“逸民，谓有德而隐处者。”按：逸民又称遗民，陈伯陶退居之后，著有《宋东莞遗民录》《明季东莞五忠传》《胜朝粤东遗民录》录载历朝遗民事迹，以明其志。

［12］瑶缄：此处指信札。〔唐〕王勃《宇文德阳宅秋夜山亭宴序》：“遂令启瑶缄者，攀胜集而长怀；披琼翰者，仰高筵而不暇。”

［13］小草：此处指茶叶。〔宋〕张祁《答人觅茶》诗：“内家新赐密云龙，只到调元六七公；赖有家山供小草，犹堪诗老荐春风。”

［14］陆机：字士衡，西晋时吴郡人。太康十年（289），陆机与其弟陆云来到洛阳，文才倾动一时，受到张华赏识，名气大振。时有“二陆入洛，三张减价”之说。事见《晋书·陆机传》。

[15] 杜陵：因杜甫在诗文中常自称“杜陵野老”“杜陵布衣”等，故以杜陵代指杜甫。实则杜甫为襄阳人，因其十三世祖杜预为京兆杜陵人，故称。按：陆机至洛为干仕，杜甫入秦为官，而身逢国家顷乱，均无善终。此两句以二人境遇作比，此中可见陈伯陶在时事日非之际于仕隐之间，犹疑不定。

重游白鹤观[1]

闲云去住本无期，何处幽居我所思。桑下浮屠三宿[2]后，松间白鹤再来时。在山泉石应长好，濒海干戈[3]自不知。便欲相从赋招隐[4]，紫芝[5]深谷正逶迤。

【注】

[1] 白鹤观：〔明〕王希文《罗浮山志》：“白鹤观在冲虚观东葛仙东山庵基。”（《广州大典·史部地理类》第十四册，广州出版社2015年版）

[2] 三宿：世俗的爱恋之情。《后汉书·郎顗襄楷列传》：“又闻宫中立黄老、浮屠之祠。此道清虚，贵尚无为，好生恶杀，省欲去奢。今陛下嗜欲不去，杀罚过理，既乖其道，岂获其祚哉！或言老子入夷狄为浮屠。浮屠不三宿桑下，不欲久生恩爱，精之至也。天神遗以好女，浮屠曰：‘此但革囊盛血。’遂不眄之。其守一如此，乃能成道。今陛下淫女艳妇，极天下之丽，甘肥饮美，单天下之味，奈何欲如黄老乎？”〔唐〕李贤注：“言浮屠之人寄桑下者，不经三宿便即移去，示无爱恋之心也。”

[3] 干戈：指战争。〔晋〕葛洪《抱朴子·广譬》：“干戈兴则武夫奋，《韶》《夏》作则文儒起。”

[4] 赋招隐：指招隐赋。〔宋〕洪兴祖《楚辞补注·招隐士》：“《招隐士》者，淮南小山之所作也。昔淮南王安，博雅好古，招怀天下俊伟之士。自八公之徒，咸慕其德，而归其仁，各竭才智，著作篇章，分造辞赋，以类相从，故或称小山，或称大山。其义犹《诗》有《小雅》《大雅》也。小山之徒，闵伤屈原，又怪其文升天乘云，役使百神，似若仙者，虽身沉没，名德显闻，与隐处山泽无异，故作《招隐士》之赋，以章其志也。”

[5] 紫芝：亦作“商山芝”，指商山四皓。见《题陶渊明采菊图》“商山芝”条。

夏夜书怀　二首

炎歊[1]夕未敛，群动喧嚶嚶。清风飒然至，万瓦无人声。念彼白书间，众生各劳形。森然此夜气，偃息全汝生。劳逸势既均，血气乃得平。嗟余独何事，兀坐逾鸡鸣。

虚名集众恶，志圆行已卑。拙艺徇众好，形敝神亦疲。人生百年内，运斡如飙驰[2]。胼胝[3]救一口，所饱乃细微。胡不适已适，而与世推移[4]。达哉庄叟言，拙哉渔父辞。

【注】

[1] 炎歊：亦作“炎熇”，指暑热。〔明〕张煌言《暑夜独坐》诗：“炎熇如酷吏，入夜气犹蒸。”

[2] 飙驰：疾速飞驰。〔宋〕苏轼《昭陵六马唐文皇战马也琢石象之立昭陵前客有持此石本示予为赋之》：“飙驰不及视，山川俨莫回。”

[3] 胼胝：手掌脚底因劳动而生的茧子。《荀子·子道》：“夙兴夜寐，耕耘树艺，手足胼胝，以养其亲。”

[4] 与世推移：随世道变化，以合时宜。《楚辞·渔父》：“圣人不凝滞于物，而能与世推移。”

蚝　田[1]　行

粤江[2]浑浑春涨来，江流怒冲虎门[3]开。朝潮夕汐相挽推，渗漉斥卤[4]成涂泥。蚝田千顷青无涯，田间万瓦鱼鳞排。士人莳蚝若苗稊，我界尔疆别町畦。海水漫漫去复回，三日五日蚝结胎。瓦石黏连灿珠玑，白壳紫唇如蛤蜊。螺蚶蚬蚌争潜滋，数月礌砢[5]纷成堆。夏秋飓母[6]施淫威，白浪如山黑云颓。簸舞鲛蜃翻龟蠵，万蚝口噤息不吹。有似禾偃交颠跻，风回潮落出耘耔。洲中俯啄千凫鹥，整理参错起沈埋。喙张舌翕回生机，三年养就霜降肥。牛车辇取琼与瑰，捶以钝槌划利锥。[7]浮浮深甑日夜炊，椒盐芥酱姜葱醯。辛盘[8]细和滋味齐，质如玉肪膏玉脂。腹中结绿嚼更佳，江鳐河豚未足希。岂复更瞰猪羊鸡，立冬上市干曝宜。倒囷而出满载归，厥田上上获不赀。箫鼓报赛迎天妃，我乡百亩常苦饥。高田旱干水溢低，十载八载休锄犁。安得移家住海湄，白鱼赤米饱妇儿。

【注】

［1］蚝田：人工养蚝的田。〔清〕李调元《南越笔记·蚝》："东莞新安有蚝田，与龙穴洲相近，以石烧红散投之，蚝生其上，取石得蚝。"

［2］粤江：珠江的旧称。

［3］虎门：地名。位于广东省东莞市西南，珠江出海口，有大虎山、小虎山相对如门，故名。中外船舶之入广州者，必由香港入珠江，经虎门，始达广州。

［4］斥卤：盐碱地。〔宋〕吴曾《能改斋漫录·辨误三》："咸薄之地，名为斥卤。"

［5］礌砢：众多，聚集。〔唐〕陆龟蒙《太湖石》诗："他山岂无石，厥状皆可荐。端然遇良工，坐使天质变。或裁基栋宇，礌砢成广殿。或剖出温瑜，精光具华瑱。"

［6］飓母：飓风将至时的云晕，亦指飓风。〔唐〕刘恂《岭表录异》卷上："南海秋夏间，或云物惨然，则见其晕如虹，长六七尺。比候则飓风必发，故呼为飓母。"

［7］捶以句：《晋书·祖纳传》："君汝颍之士，利如锥；我幽冀之士，钝如槌。持我钝槌，捶君利锥，皆当摧矣。"

［8］辛盘：五辛菜。〔晋〕周处《风土记》："元日造五辛盘，正元日五熏炼形。"注："五辛，所以发五脏气。"

虎门[1]感事　四首

圣代怀柔被八垓，南溟地尽虎门开。九重使者乘槎去，万国诸夷贡篚[2]来。犀甲即今明组练[3]，蜃精何日涌楼台。将军横海垂垂老，眼见明珠起祸胎。

毒雾迷天海涨波，群蛮狙伏逞干戈。汉家铜柱[4]虚分界，宋室金缯[5]竟议和。烈士死绥[6]今代有，庸臣专阃古来多。横江铁锁[7]如何用，回首帆樯密似梭。

鸩舌[8]何因渐变夷，朝廷互市许波斯。关门矗矗惊飞牡，江水滔滔叹漏卮。岂有陆梁轻小丑，曾闻海禁重明时。梯航詟慓天威远，头白遗民有所思。

天险悠悠溪大瀛，年来骄虏互纵横。南交犀象途多梗，东海鲸鲵浪未平。珠浦茫茫拌弃地，潢池蠢蠢又称兵。[9]帝阍高远谁能叩，一夜忧时白发生。

【注】

[1] 虎门：见《蚝田行》“虎门”条。

[2] 贡篚：此处指进贡。《尚书·禹贡》：“厥贡漆丝，厥篚织文。”〔唐〕孔颖达疏：“篚是入贡之时盛在于篚。”

[3] 组练：见《乙丑腊月入值内阁道中遇雪》“组练”条。

[4] 汉家铜柱：铜制的界桩。《后汉书·马援列传》：“援将楼船大小二千余艘，战士二万余人，进击九真贼征侧余党都羊等，自无功至居风，斩获五千余人，峤南悉平。”〔唐〕李贤注引《广州记》曰：“援到交址，立铜柱，为汉之极界也。”又，《水经注·温水》：“《林邑记》曰：‘建武十九年，马援树两铜柱于象林南界，与西屠国分汉之南疆也。土人以其流寓，号曰马流，世称汉子孙也。’”

[5] 金缯：金银财物。罗正纬《滦州革命纪实》：“讵知海禁洞开，外人环伺，夕贡金缯，晨输土地。”此两句谓汉时国力强盛，国界直到象林以南，而今国力衰弱，赔款议和于外族，国土沦丧。

[6] 死绥：死于战事者。《三国志·魏书·武帝纪》：“《司马法》：‘将军死绥。’”〔南朝宋〕裴松之注引〔晋〕王沉《魏书》：“绥，却也。有前一尺，无却一寸。”

[7] 横江铁锁：《晋书·王濬传》：“太康元年正月，濬发自成都，率巴东监军、广武将军唐彬攻吴丹杨，克之，擒其丹杨监盛纪。吴人于江险碛要害之处，并以铁锁横截之，又作铁锥长丈余，暗置江中，以逆距船。先是，羊祜获吴间谍，具知情状。濬乃作大筏数十，亦方百余步，缚草为人，被甲持杖，令善水者以筏先行，筏遇铁锥，锥辄着筏去。又作火炬，长十余丈，大数十围，灌以麻油，在船前，遇锁，然炬烧之，须臾，融液断绝，于是船无所碍。二月庚申，克吴西陵，获其镇南将军留宪、征南将军成据、宜都太守虞忠。壬戌，克荆门、夷道二城，获监军陆晏。乙丑，克乐乡，获水军督陆景。平西将军施

洪等来降。乙亥，诏进濬为平东将军、假节、都督益梁诸军事。”

［8］鴂舌：指语言难懂。《孟子·滕文公上》：“今也南蛮鴃舌之人，非先王之道。”〔汉〕赵岐注：“鴃，博劳鸟也。”

［9］潢池句：潢池弄兵，指叛乱，造反。《汉书·循吏传·龚遂》：“海濒遐远，不沾圣化，其民困于饥寒而吏不恤，故使陛下赤子盗弄陛下之兵于潢池中耳。”

南山村陈氏齐居

幽斋闲极目，莽莽海云昏。晚日红翻壁，秋潮绿到门。天澄孤塔出，风急远帆奔。估客[1]归何早，年来盗贼繁。

【注】

［1］估客：指行商。〔南朝宋〕刘义庆《世说新语·文学》：“闻江渚间估客船上有咏诗声。”

乙未六月书事[1]

汉代罢珠崖，胜朝弃南越。彼皆陋蛮夷，不忍疲征伐。前贤有论断，腐儒敢称述。赤嵌[2]互巨浸，郑氏[3]昔遗孽。虎穷负地险，螳奋抗天钺。鼾睡警粤闽，疲奔苦江浙。相持廿余载，乃得犁其穴。皇风渐融畅，民俗变狂猘。险道久已通，行省近云设。东人[4]尔何狡，中夏[5]乃敢猾。争桑肇句骊，[6]破竹及辽碣。[7]庙谟重敦盘，廷议寝师孑。行成委金缯，请地让瓯脱。熙朝二百年，濒海十万室。田横岛[8]既辟，冯亭[9]路中绝。侧闻忠义民，内激肝肠热。蹈海不两帝，[10]戴天[11]无二日。鸡笼筑层城，鹿耳[12]塞双阙。誓将赤心队，更扫红毛[13]窟。接迹扶余王，永执箕子节。邮传事岂信，远望心转怛。弹丸[14]本孤悬，凶焰难遽遏。势同会稽保，望切秦廷乞。愤气激霁云，呼声惨仓葛。外无蚍子援，终恐虫沙[15]没。缅维失地律，实亦覆车辙。晋祸羌胡吞，宋患燕云割。夜郎久内向，赤子赖提挈。如何玉斧划，一任金瓯缺。群伦既解瓦，大错真铸铁。而况舆图巩，未许关牡拔。圣人所经营，外服匪荒忽。近忧撤垣墉，远虑斗房闼。谁为叫帝阍，献此狂夫说。

【注】

［1］据诗题，此诗作于光绪二十一年（1895）六月。同年三月二十三日，中日在日本马关签订《马关条约》，割地赔款，诗为陈伯陶有感于此事而作。

［2］赤嵌：指赤嵌城，亦作“红毛城”。为古城名。1653年荷兰殖民者筑普罗文查（Provintia）城于今台湾地区台南市，华人称为“赤嵌城”。1661年郑成功收复台湾，改置承天府。

［3］郑氏：此处指郑成功。按：作此诗前一年，中日甲午海战，北洋水师全军覆没，乙未（1895年，即作此诗同一年），清政府与日本签订《马关条约》，割让台湾及澎湖列岛一带，故在此称郑氏。

［4］东人：此处指日本。

［5］中夏：指华夏，中国。《文选·班固〈东都赋〉》：“目中夏而布德，瞰四裔而抗棱。”〔唐〕吕向注：“中夏，中国。”

［6］争桑句：争桑，此处指边境不宁。《史记·吴太伯世家》：“初，楚边邑卑梁氏之处女与吴边邑之女争桑，二女家怒相灭，两国边邑长闻之，怒而相攻，灭吴之边邑。吴王怒，故遂伐楚，取两都而去。”句骊，此处指朝鲜。按：中日甲午战争实因朝鲜内乱而起，故曰。自清光绪十一年（1885）签订中日《天津会议专条》，日本开始在朝鲜取得了与清政府对等的地位，至光绪二十一年（1895）的中日《马关条约》，清政府正式废绝中朝宗藩关系，日本逐渐控制了朝鲜。

［7］破竹句：指光绪二十一年签订中日《马关条约》，清政府割让辽东半岛给日本。

［8］田横岛：多指忠烈之士的亡身处。秦末，原齐贵族田横起事，自立为齐王。汉朝建立，横率部下五百人逃亡海岛。高祖召之，横不欲臣服，于途中自杀。其部下闻之，悉于岛上自杀。事见《史记·田儋列传》。

［9］冯亭：战国时期韩国长平人，任上党郡守，秦韩交战，韩国欲割让上党与秦，冯亭不肯，率部下降赵，引发长平之战，冯亭于此战中阵亡。事见《史记·赵世家》。

［10］蹈海句：指南宋末，崖山海战失败，宰相陆秀夫背宋幼帝赵昺赴海而死。事见《宋史·陆秀夫传》《宋史·帝昺本纪》

［11］戴天：比喻仇恨极深。语出《礼记·曲礼上》：“父之仇，弗与共戴天。”〔宋〕罗大经《鹤林玉露》卷八：“我国家之于金虏，盖百世不共戴天之仇也。”

［12］鹿耳：即鹿耳门，在今台湾地区台南市安平港北。1661年，郑成功率大军驱逐荷兰侵略者，自此登陆，后湾内淤浅，海道亦废。今为平陆。亦省作“鹿耳”。〔清〕丘逢甲《夏夜与季平萧氏台听涛追话旧事作》：“如闻鹿耳鲲身畔，毅魄三更哭义旗。”

［13］红毛：本指荷兰，后亦指西洋人。〔清〕俞正燮《癸巳类稿·澳门纪略跋》：“圣祖仁皇帝康熙五十五年十月辛亥圣训云：朕访闻海外有吕宋、噶啰巴两处地方。噶啰巴乃红毛泊船之所，吕宋乃西洋泊船之所，彼处藏匿盗贼甚多。”

［14］弹丸：此处指日本国土狭小。

［15］虫沙：此处指战败。〔晋〕葛洪《抱朴子》：“周穆王南征，一军尽化，君子为猿为鹤，小人为虫为沙。”

送黄植庭[1]中丞（槐森）开府云南次杨蓉浦[2]年伯（颐）韵

凤阁乌台耳目臣，川黔扬历几经春。五华节钺[3]开蛮府，八桂屏藩简帝宸。（中丞由桂藩升滇抚。）衮衮新亭[4]名士宴，萧萧灞岸使车尘。纶巾羽扇多谋略，会播天威辑远人[5]。滇海皇华旧税驂[6]，遗闻曾省职方函。汉家通道三巴外，唐室穷兵六诏南。臼象昔偕林邑贡，碧鸡今向益州探。丹砂心赤咸归化，好励贪泉一勺甘。骊歌一曲别神京，柳色如烟拂去旌。竹马正迎贤吏驾，布帆犹趁故乡程。（中丞入滇，拟由海舶取道粤中。）壮猷报国期方叔[7]，流涕忧时愧贾生。今日海氛连缅越，筹边宜究外夷情。

【注】

［1］黄植庭：黄槐森（1829—1902），字作銮，号植庭，广东省广州府香山县黄梁镇荔枝山（今属广东珠海市）人，清同治元年（1862）举进士，授翰林庶吉士，在翰林院国史馆编纂清史，先后任直隶大顺广道、四川川北道、云南迤东道、贵州按察使、护理巡抚、广西布政使、广西巡抚、云南巡抚等。按：此诗应为黄槐森由广西升任云南巡抚时陈伯陶所作。

［2］杨蓉浦：杨颐（1824—1899），号蓉浦，广东茂名城西广潭村人。十六岁为学使戴熙赏识，补为生员。清道光二十一年（1841）受学使李崇阶器重，以优行贡成均，携带进京。后回乡参理地方政务。同治四年（1866）举

进士，为翰林院庶吉士，清光绪十八年（1892）任都察院左都副御史。后历任任兵部左侍郎、工部右侍郎、武乡试校射大臣等。著有《观稼堂诗抄》《高州府志》《茂名县志》等。

［3］节钺：符节和斧钺，古时授予将帅为权力的标志。《孔丛子·问军礼》："天子当阶南面，命授之节钺，大将受，天子乃东面西向而揖之，示弗御也。"

［4］新亭：古亭名，故址在今江苏省江宁县南。〔南朝宋〕刘义庆《世说新语·言语》："过江诸人，每至美日，辄相邀新亭，借卉饮宴。周侯中坐而叹曰：'风景不殊，正自有山河之异！'皆相视流泪。唯王丞相愀然变色曰：'当共勠力王室，克复神州，何至作楚囚相对！'"

［5］远人：指远方外族之人。《周礼·春官·大司乐》："以安宾客，以说远人。"《论语·季氏》："故远人不服，则修文德以来之。"

［6］税骖：典出《礼记·檀弓上》："孔子之卫，遇旧馆人之丧，入而哭之哀，出，使子贡税骖而赙之。"

［7］方叔：周宣王时贤臣。《诗·小雅·采芑》："显允方叔，征伐𤞤狁，蛮荆来威。"〔汉〕郑玄笺："方叔先与吉甫征伐𤞤狁，今特往伐蛮荆，皆使来服于宣王之威，美其功之多也。"

【附原作】

帝廑边陲简重臣，八驺邂逅凤城春。来从桂管趋金阙，喜及花朝拜紫宸。百粤衣冠陈广宴，五华父老望清尘。卅年录录空相见，青眼多惭负故人。滇池曾驻使君骖，英簜重来饰画函。（公赴迤东道，任甫抵滇，擢贵州臬司。）人历川黔留辙迹，（公曾任川北道。）地连缅越控西南。犬牙形胜筹边熟，鸡足雄奇按部探。会见盟蛮摅伟略，高台千载说棠甘。（嵩明州有盟蛮台，诸葛征南所筑。）五载旬宣别帝京，（公开藩粤西五年。）长安今又饯双旌。春光澹沱重三节，驿路威夷一百程。谊洽枌榆增气象，心期竹帛慰平生。赠言讵敢希前哲，吮墨徒留惓惓情。

送江孝通[1]农部（逢辰）之武昌

（应制府张香涛之招，故有是行）

金门[2]此别意如何，惆怅春游二月初。古寺卸骑燕市马，（君前日骑马游西山诸寺。）异乡行食武昌鱼[3]。依人王粲崎岖日，忧国长沙[4]痛哭余。君到荆南见开府，匡时应上数行书。

【注】

[1] 江孝通：江逢辰（1859—1900），字孝通，号密庵，广东归善县人。曾从梁鼎芬游学于丰湖书院、广雅书院。受梁举荐，得到张之洞的赏识，入为张的幕僚。曾任教于湖北尊经书院。光绪十八年（1892）中进士，任户部主事，甲午战起，京城官员各自逃窜，江独居职守，岿然不动，为国忧愤，以致咯血。1900年，江逢辰因守母孝而哀毁病卒。有《江孝通文集》行世。见梁志文《江君墓碣》。按：与陈伯陶为同年进士。

[2] 金门：古时学士待诏之处。《史记·滑稽列传》："金马门者，宦（者）署门也。门傍有铜马，故谓之曰'金马门'。"按：江孝通因与陈伯陶为同年进士，同待诏金马门，故曰。

[3] 武昌鱼：三国吴嗣主孙晧从建业迁都武昌，丞相陆凯进谏，疏中引童谣："宁饮建业水，不食武昌鱼。"事见〔晋〕陈寿《三国志·吴书·陆凯传》。

[4] 长沙：指西汉贾谊。文帝时贾谊被谪为长沙王太傅，故称。

丰台[1]芍药歌

丰台花，红嫣紫姹如云霞。人言芍药此最盛，洛阳牡丹[2]未足夸。我游正当婪尾节，花事阑珊不堪说。千畦尽摘入城来，畦间剩蕊纵横开。金带围争输相府，玉盘盂[3]尚覆经台。停车细向畦丁话，未信此花从贱卖。畦丁释担为我言，移根昔自维扬村。维扬地暖燕都寒，八月薙枝避霜雪。栽培辛苦逾牡丹，牡丹开早兹开晚。开殿春光殊婉娩，却忆朱门贺岁时。坐上牡丹花照眼，魏紫姚黄[4]盛洛阳。白金十本中人产，此花艳放丰台边。名与牡丹相后先，吁嗟一花值一钱。

【注】

［1］丰台：今为北京市丰台区。商、周时，丰台地区属古北京——蓟城的郊野。西周地属蓟国，春秋战国地属燕。清末丰台镇以东、大红门以北划为北京城属区。

［2］洛阳牡丹：古时无牡丹之名，统称为“芍药”。唐代以后始有牡丹之称，宋代中州以洛阳牡丹为冠，在蜀以天彭为冠。世谓牡丹为花王，芍药为花相。见〔唐〕韦绚《刘宾客嘉话录》、〔宋〕高承《事物纪原·草木花果·牡丹》、〔宋〕陆游《天彭牡丹谱·花品序》。

［3］玉盘盂：指白芍药。《苏轼诗集》卷十四：“《玉盘盂并引》其一：‘东武旧俗，每岁四月，大会于南禅、资福两寺。以芍药供佛，而今岁最盛。凡七千余朵，皆重跗累萼，繁丽丰硕。中有白花，正圆如覆盂，其下十余叶，稍大，承之如盘，姿格绝异，独出于七千朵之上。云：得之于城北苏氏园中，周宰相莒公之别业也。而其名甚俚，乃为易之。’”

［4］魏紫姚黄：牡丹的两个名贵品种，亦省作“魏姚”。〔宋〕梅尧臣《和石昌言求牡丹栽》：“莫问西都品，存吾旧友评，会应包萼吐，可与魏姚并。”

游冯氏怡园

（园为广州太守冯君子立兄弟别业，太守时已归道山）

出城眼界豁，天阔青无边。平郊二十里，直到冯家园。园中植红药，间以黄牡丹。绿畦洒清风，五色纷相鲜。主人几昆仲，太守知最贤。兹来问安否，两载归重泉。忆君宦粤时，试我正童年。忽忽若昨日，顾镜惊华颠。步登揽秀亭，西山俯阑干。闻有全真者，抱云山中眠。安得弃簪组[1]，相从蹑飞仙。

【注】

［1］簪组：冠簪和冠带，此处借指官宦。〔唐〕王维《留别丘为》诗：“亲劳簪组送，欲趁莺花还。”

雨后夜归

深夜雨暂歇，空林人独行。地兼云月色，车带水泥声。旅店微留火，谯楼[1]乱报更。关门鸡唱早，驱马向重城。

【注】

［1］谯楼：城门上的瞭望楼。〔晋〕陈寿《三国志·吴书·吴主传》："诏诸郡县治城郭，起谯楼，穿堑发渠，以备盗贼。"

都门与谭彤士太守（国恩）话旧并送之粤西　四首

闻君使绝域，六载去京畿。海外方旋节，辽阳已合围。纵横计不遂，和战事全非。回首珠盘会，惊尘尚满衣。

昔别不相及，兹来欢与同。朔方[1]梅子雨，东海鲤鱼风[2]。薄酒愁中醉，新诗乱后工。沧桑感时变，相对意何穷。

炎荒瘴疠地，况复逼蛮陬[3]。驯象虚王贡，飞鸢动旅愁。陆梁[4]前代发，边戍几时休。铜柱[5]瞻南极，嗟君此宦游。

短策不堪赠，轻装知欲行。长途游子兴，歧路故人情。桂岭云如墨，梧江水独清。愿君宏远略，西粤著循名。

【注】

［1］朔方：北方。《尚书·尧典》："申命和叔，宅朔方，曰幽都。"〔宋〕蔡沈集传："朔方，北荒之地。"

［2］鲤鱼风：指秋风。〔唐〕李商隐《河内诗二首》其二："后溪暗起鲤鱼风，船旗闪断芙蓉干。"〔清〕冯浩引《提要录》："鲤鱼风，乃九月风也。"

[3] 蛮陬：《文选·左思〈魏都赋〉》："蛮陬夷落，译道而通。"〔宋〕张载注："陬落，蛮夷之居处名也。一名聚居为陬。"

[4] 陆梁：见《黔郡》"陆梁"条。

[5] 铜柱：见《虎门感事四首》"汉家铜柱"条。

袁督师[1]墓

（墓在京都广东义园）

受命平台[2]日，先朝此寇仇。兴亡关一代，功罪付千秋。蓟北孤坟在，辽东战垒休。升平三百载，惆怅动边愁。

【注】

[1] 袁督师：指袁崇焕（1584—1630），字元素，广东东莞石碣人。明万历四十七年（1619）进士，明末蓟辽督师。曾任职辽东边关，得孙承宗器重，镇守宁远。明崇祯二年（1629）击退皇太极，解京都之围，后以叛国罪被处死。可参看陈伯陶《明季东莞五忠传·袁崇焕传》卷上（广东人民出版社2013年版，第7页）。陈伯陶辑有《袁督师遗稿》三卷。

[2] 平台：古台名，在河南商丘市东北。汉梁孝王筑，并曾与邹阳枚乘等游于此。《史记·梁孝王世家》："梁孝王大治宫室，为复道，自宫连属于平台三十余里。"〔唐〕司马贞《史记索隐》："如淳云：'在梁东北，离宫所在'者，按今城东二十里临新河，有故台址，不甚高，俗云平台，又一名修竹苑。"按：明思宗朱由检曾于平台召见袁崇焕，重新启用，袁崇焕自称将以复辽。

送龙伯鸾[1]司马（凤镳）之官皖中

皖公山[2]色郁嵯峨，此去迢迢奉檄过。十载风尘行未已，一麾江海兴如何。鞠陵墓上秋无遍，朱邑祠前夕照多。往事已非陈迹在，荒原立马好吟哦。

【注】

[1] 龙伯鸾：见《龙君伯鸾（凤镳）拟筑松风亭于梅花仙院岭上次东坡

原韵》“龙君伯鸾”条。

[2] 皖公山：亦称“潜山”“天柱山”。位于今安徽省潜山县西北。〔唐〕李白《江上望皖公山》诗：“奇峰出奇云，秀木含秀气。清宴皖公山，巉绝称人意。”

送吴雁舟前辈（嘉瑞）之官黔中

地狭天低日易曛，黔中道险昔尝闻。皇华[1]驿骑才经我，甘雨轺车[2]又送君。溪水北流通楚泽，甸山西上接滇云。临风忽忆胡巡抚，（谓胡文忠。）蛮獠交讧此治军。

【注】

[1] 皇华：见《八月初二日至云南省城皇华馆》“皇华”条。

[2] 轺车：奉命出使者所乘之车。〔唐〕王昌龄《送郑判官》诗：“东楚吴山驿树微，轺车衔命奉恩辉。”按：陈伯陶于光绪十九年（1893）奉命出使为云南乡试副考官，吴雁舟为正考官。故曰。

西山歌送张豫泉[1]同年（其淦）之官黎城[2]

西山[3]插天凤城[4]西，西风飒爽烟岚低。君来谒选期攀跻，攀跻未及得官去。西山酿雪留君住，阴云淡日缠幽并。西山送君行几程，苍龙[5]掉尾横北平。白蛇中断开井陉，太行昂头势峥嵘。出入赵魏驰麾旌，前驱万马喑不鸣。君行欲住山亦住，金鞭玉蹬回黎城。县小山环列，未信西山与君别，愿君长饮山中雪。

【注】

[1] 张豫泉：见《游茶山黄仙洞次龙君伯鸾韵寄怀张豫泉同年》“张豫泉”条。

[2] 黎城：地名，今为黎城县，隶属山西长治市，古时称“黎侯国”，地处晋、冀、豫三省交界，有“三省通衢”之称。

［3］西山：此处指北京市西郊群山的总称。因张其淦官山西，陈伯陶送之京郊西山为别。

［4］凤城：见《凤城新年词八首》“凤城”条。

［5］苍龙：古代二十八宿中东方七宿的总称。《国语·周语中》：“夫辰角见而雨毕，天根见而水涸。”〔三国吴〕韦昭注：“辰角，大辰苍龙之角。角，星名也。”

豫泉同年将别出折扇索画因题长句以叙两年聚散踪迹且订归隐之约

去年幞被[1]罗浮去，直到茶山最深处。（*君在罗浮之茶山洞，筑屋数椽，为读书之所。*）茶山松桧森参天，中有万丈飞来泉。奔云如马挟飞雨，漂洗白练茅亭边。二樵[2]怛化香石[3]死，（*黎简、黄培芳两君皆工画。*）此景离合谁为传。君时濩落[4]留金门，山中寄君归来篇。归云入山泉自出，青猿缟鹤啼潺湲。电光一霎年华改，忽忽萍逢燕市里。西山招手不能前，何怪蓬莱渺云海。君今棒檄驰三晋，斗大山城絷羁靮。太行连云西北来，夸娥负出高崔嵬。雪花漫天白皑皑，羊肠九折车轮摧。谢公蜡屐几曾至，葛令丹砂何有哉。问君此行胡介介，折迭扇头要我画。我画不能工，我诗亦凡庸。嗟我与君如巨蛩，可怜劳燕分[5]西东。西山留我对晴雪，太行送君冲朔风。他时把臂罗浮路，茶山云壑同君住。回首幽并衣上尘，好借飞泉浣缁素[6]。

【注】

［1］幞被：意为整理行装。《晋书·魏舒传》：“入为尚书郎。时欲沙汰郎官，非其才者罢之。舒曰：‘吾即其人也。’幞被而出。”按：陈伯陶典试云南事毕，曾返粤，游罗浮。

［2］二樵：指黎简。参见《题黎二樵先生像》“黎二樵”条。

［3］香石：指黄培芳。清广东香山人，字香石，号粤岳山人，嘉庆九年（1804）副贡生。道光二年（1822）补武英殿校录官，与张维屏、谭敬昭称“粤东三子”，亦工书画。著有《香山志》一卷、《重修肇庆府志》二十二卷、《春秋左传翼》三十卷、《岭海楼诗文钞》、《浮山小志》、《云泉随记》、《香石诗话》等。

［4］濩落：谓沦落失意。〔唐〕韩愈《赠族侄》诗：“萧条资用尽，濩落

门巷空。”

[5] 劳燕分：比喻别离。《乐府诗集·杂曲歌辞八·东飞伯劳歌》：“东飞伯劳西飞燕，黄姑织女时相见。”

[6] 缁素：指僧俗，僧徒衣缁，俗众服素，故称。〔北魏〕郦道元《水经注·颍水》：“水中有立石，高十余丈，广二十许步，上甚平整。缁素之士，多泛舟升陟，取畅幽情。”

连日风寒庭菊皆悴室中独否感赋

狼藉西风悴菊枝，重帘深院到迟迟。寒温异候因谁改，枯菀同时贵自知。陶令归来[1]能寄傲，潘郎干没岂延期。（潘岳《野菊赋》有“既延期而永寿”之句。）穷秋剩有凌霜节，寄语先生好护持。

【注】

[1] 陶令归来：〔晋〕陶渊明有《归去来兮辞》抒归隐之志。

丙申长至后四日馆中诸同年消寒雅集次顾亚蘧（瑗）夏润枝（孙桐）韵呈刘葆真（可毅）汪颂年（诒书）俞伯钧（鸿庆）汪子渊（洵）刘伯崇（福姚）吴䌹斋（士鉴）伍叔葆（铨萃）并柬顾愚溪前辈（璜）

寸园居士文章手（亚蘧自号），濯濯丰神比春柳。玉堂禁体[1]赋新诗，韵事依然寄欧九。强将白雪属下里，却听黄钟[2]惭瓦缶[3]。诸公衮衮[4]尽时彦，大雅愔愔殊俗偶。座中倜傥夏子乔，忽发危言惊下走。初虞新法变荆公，旋虑斯文丧鲁叟。誓从张翰早抽身，不学冯唐甘白首。我闻其语转忉怛[5]，试进一词为劝诱。即今闭塞遂成冬，直北风声作雷吼。霜林叶脱白草枯，松柏青青凋独后。就令层冰塞天地，已见微阳生泽薮。整顿乾坤仗豪俊，维持名教资师友。虚徐携手非此时，安事逃名耕谷口[6]。公孙愧居汲黯上，相如会出廉颇右。朝廷相士亦有真，不似九方忘牝牡[7]。他年公等列台省，勋业千秋垂不朽。袁安大雪高卧[8]难，宋璟阳春行脚有。如我碌碌虽不才，木天簪笔追随久。元和圣德庆历贤，定有诗篇和鸣玖。然松先生忠孝身，归洁晨餐荐春韭。何时再起为苍生，更会群公推祭酒。因君寄诗道问讯，到日迎门先拥帚帚。

【注】

［1］禁体：遵守一定的禁例而写作的诗。大略为不得运用通常诗歌中常见的名状体物字眼，意在难中出奇。参阅〔清〕赵翼《陔余丛考·禁体诗》。

［2］黄钟：古时打击乐器，为庙堂所用。〔明〕宋濂《凤阳府新铸大钟颂》："濂闻先王之世，金部有七，黄钟乃乐之所自出，而景钟又为黄钟之本。所谓景钟，大钟也。"

［3］瓦缶：小口大腹的瓦器。《易·坎》："用缶。"〔三国魏〕王弼注："处坎以斯，虽复一樽之酒，二簋之食，瓦缶之器，纳此至约，自进于牖，乃可羞之于王公，荐之于宗庙，故终无咎也。"

［4］衮衮：说话滔滔不绝。《竹林七贤论》："张华善说《史》《汉》，裴逸民叙前言往行，衮衮可听。"

［5］忉怛：悲痛。《文选·王粲〈登楼赋〉》："心凄怆以感发兮，意忉怛而憯恻。"〔唐〕李周翰注："忉怛，犹凄怆也。"

［6］谷口：此处指隐居之处。谷口为古地名，在今陕西淳化西北。秦时于此置云阳县。〔唐〕李白《赠韦秘书子春》诗："谷口郑子真，躬耕在岩石。"〔清〕王琦注引《雍录》："谷口在云阳县西四十里，郑子真隐于此。"

［7］九方忘牝牡：指伯乐推荐九方皋为秦穆公相马，三月后于沙丘求得之。穆公问为何马，回答说是"牡而黄"，穆公派人去看，却是"牝而骊"，于是责备伯乐。伯乐叹息说："若皋之所观，天机也。得其精而忘其粗，在其内而忘其外；见其所见，不见其所不见；视其所视，而遗其所不视。若皋之相马，乃有贵乎马者也。"事见《列子·说符》。

［8］袁安大雪高卧：见《消雪》"袁安高卧"条。

【附亚蘧原作】

梁园雪花大如手，春光潜入隋堤柳。然松先生发兴豪，（渔溪兄号然松居士，人皆呼为然松先生。）置酒繁台作九九。称觞为寿戏莱衣，仰天起舞歌秦缶。酒酣落笔纵高咏，李杜达夫相与偶。北望春明在何许，但见尘土东华走。绝裾自昔鄙太真，持竿久已仪庄叟。夜深风雨话连床，老去苏门同白首。（兄筑园于苏门山左，与予有偕隐之约。）膏粱冰蘖战未胜，褊衷倏被浮名诱。山人一去猿鹤惊，禅关无复蒲牢吼。朅来索米上长安，鸡尸自分居牛后。士龙大笑睹缠须，东方射覆嗤窭薮。海外岂无逐臭夫，寰中难觅同心友。那知风举与云摇，萍梗相逢笑开口。诸公礌砢济时才，大吕金镛振朝右。会看乘传采风诗，驿路光辉腾四牡。九十人中年最少，荒芜学殖甘衰朽。啸台旧约不敢忘，（孙登啸台在苏门。）玉堂于我复何有。人生聚散只须臾，当前觞咏乌能久。天风淅淅掠条枝，玉屑蒙蒙碎琼玖。剖冰忽得金尾鱼，登盘香溢黄牙韭。击鲜会食且为乐，莫负樽前一杯酒。请君火速赋新诗，为我频挥扫愁帚。

【附润枝原作】

咄咄男儿好身手，低项穷年写编柳。浮沈人海到黄槁，那识禅瀛更环九。官闲无事但拄笏，岁晚相劳宜息缶。喁喁辙间一呴沫，落落城隅数侪偶。赁廛近或隔牛鸣，折简时还戒马走。徒惭饱粟金门隐，难逐啖芝商颜叟。摆脱尘埃强作达，日饮唯应效犀首。主人跌宕意自奇，酒兵再接敌能诱。醉豪著纸尤低昂，大吕黄钟巨鲸吼。座上衮衮皆贤隽，掉鞅词坛互先后。吁嗟方今急求才，骈阗辇毂实渊薮。雕龙坚白多异同，泾渭之间视其友。自从变法议蜂起，炎炎欲执腐儒口。尼山俎豆几从祧，巴鸾文字尊行右。吾侪占毕守故株，何异键关失枢牡。百年人物在眉睫，几辈英英真不朽。君且心存招隐篇，驽下如吾复何有。秋风莼鲈①话乡国，此味相违殊未久。愿言努力耐岁寒，聊当同心贻佩玖。杲杲檐前初放梅，簌簌盘中待剪韭。年凋景急去如矢，会数礼疏还借酒。作诗报君一笑粲，莫诮千金自享帚。

【校】

①底本作“莼驢”，不通。疑为“莼鲈”，“驢”为“鲈”（鱸）的误写。

大雪后出行城南

元穹暗惨云四垂，喳喳老鸦绕树飞。破屋雪深一尺厚，居人瑟缩长啼饥。貂裘公子骢马肥，健儿俊仆纷追随。马蹄蹴冰不知冷，相约赏雪城南陂。兴酣置酒高亭边，红炉翠釜[1]开锦筵。宾客醉舞皆神仙，共言来岁当丰年。梁麦青青不在眼，道旁僵仆[2]吁可怜。君不见，寡妻孤子行索索，雪中走君乞一钱。

【注】

［1］翠釜：精美的炊器。〔唐〕杜甫《丽人行》："紫驼之峰出翠釜，水精之盘行素鳞。"

［2］僵仆：倒下。《战国策·秦策四》："刳腹折颐，首身分离，暴骨草泽，头颅僵仆，相望于境。"〔宋〕鲍彪注："僵，偾；仆，倒也。"

寄张豫泉[1]同年

（腊月初旬，游城南回，得豫泉书及诗二章，牢骚抑郁，情见乎辞。因作此诗，以广其意）

穷冬步城阙，极目眺郊坰[2]。众卉萎已尽，松柏[3]何青青。上枝战广莫，（《易纬》："冬至，广莫风至。"）下根破元冥[4]。天地畀正气，神仙与修龄。匠石一回顾，万牛献王庭。不知几风雪，磨练成此形。灼灼牡丹艳，猗猗幽兰馨。此品玉堂贵，花蕊娇亭亭。可怜地窖中，炕火无时停。美人西南天，寄我双玉瓶。风沙污颜色，顾影怜娉婷。报君一尺素[5]，晚节勿凋零。不见浣纱女，吴宫驾辎軿[6]。

【注】

［1］张豫泉：见《游茶山黄仙洞次龙君伯鸾韵寄怀张豫泉同年》"张豫泉"条。

［2］郊坰：郊外。〔晋〕葛洪《抱朴子·崇教》："或建翠翳之青葱，或射勇禽于郊坰。"

［3］松柏：两树皆长青，凌霜犹茂，为操守坚贞的象征。此处为勉励挚友张其淦保持操守。

［4］元冥：水神名。《山海经·海外北经》"北方禺强"。〔晋〕郭璞注："字符冥，水神也。"

［5］尺素：指书信。《文选·古乐府〈饮马长城窟行〉》："客从远方来，遗我双鲤鱼。呼儿烹鲤鱼，中有尺素书。"〔唐〕吕向注："尺素，绢也。古人为书，多书于绢。"

［6］辎軿：辎车和軿车，有屏蔽。《汉书·张敞传》："礼，君母出门则乘辎軿。"〔唐〕颜师古注："辎軿，衣车也。"

十二月十五日复雪

檐风呜呜响金缴，雪销未销玉箸落。瓦上野狸走郭索[1]，篱角荒鸡啼腷膊。阴霾陡合死灰色，碎点纷纷止还作。冷官朝起情绪急，瓦炉不温羊裘薄。敲泉煮茗冰璀错[2]，两手僵裂如束缚。室庐深深尚如此，何况山前冻杀雀。忽忆夏秋河决时（是年永定河决），男呼女号天惨悲。秃鹙千群立荒陂，身无裳衣面垢黧。不知此冻更诉谁，抑作沟瘠[3]流天涯。皇天阳消无计量，所望雪销溪壑回春姿。

【注】

［1］郭索：此处指寒冷颤抖貌。〔元〕吕起猷《又用昙字韵》："竹委长身寒郭索，松埋短发老瞿昙。"

［2］璀错：光泽闪耀貌。〔宋〕梅尧臣《韩持国遗洛笋》诗："金刀璀错截嫩节，铜驼不与大梁赊。"

［3］沟瘠：沟中瘠，省作"沟瘠"。指因贫困而死于沟壑之人。语本《荀子·荣辱》："是其所以不免于冻饿，操瓢囊为沟壑中瘠者也。"

题冯邵峻（懿德）四时花声图

春兰秋菊不同时，撮合冯君笔一枝。忽忆南游柔佛国[1]，莲花十月吐清池。（新嘉坡，古柔佛国也，四时如夏。甲午十月往游，时群花盛开，池莲尤茂，故云。）

【注】

［1］南游柔佛国：陈伯陶《瓜庐诗剩》下《七十述哀诗一百三十韵》诗中自注曰："甲午夏日，人瞰我无备，攻朝鲜……时高阳李先生鸿藻闻英人助日，命余往南洋觇之，且拟奏遣余不可谓此密侦事，当备资微服往。十月抵新嘉坡，具得英人实情，电告高阳。"据此可知甲午十月陈伯陶曾往新加坡。

幽州大盗行

（丙申冬，官军获康小八[1]，直隶大盗也。感而赋此）

凤凰麒麟[2]世莫识，枭鸟破镜[3]人所射。阴气贼戾郁不伸，泄为大盗死圣人。昂昂七尺躯，父母此遗体。胡为不自爱，以兹受鞭棰。千鞭万棰噤不呼，一呼痛楚旁人愚。忽然翻身走兔脱，草闲漉漉人头血。幽州城内多狭斜，楼中娼妇色胜花。黄金堆案买一笑，岁岁供给由官家。穰穰蚊子昼伏夜，雷蜘蛛结网隐于檐。隈同行兄弟好身手，昔为虎伥[4]今雉媒[5]。晨鸡喔喔星烂烂，卧枕宝刀怀铁弹。嗟尔大盗何所逃，门外官军如猬毛。

【注】

［1］康小八：光绪年间活跃于京津两地的大盗，号称“康八太爷”，时人称之为“康小八”，是清代最后一个被凌迟处死的罪犯。

［2］凤凰麒麟：凤凰，传说中百鸟之王，雄为凤，雌为凰，羽毛五色，声如箫乐。麒麟，传说中的一种仁兽，形如鹿，头有角。此两者皆为祥瑞之物，和后文枭鸟破镜做对比。

［3］枭鸟破镜：枭鸟、破镜（亦作“破獍”）皆为凶恶之物，此处指大盗康小八。《史记·孝武本纪》：“古者天子常以春秋解祠，祠黄帝用一枭、破镜。”〔南朝宋〕裴骃《史记集解》引〔三国魏〕孟康曰：“枭，鸟名，食母。破镜，兽名，食父。黄帝欲绝其类，使百物祠皆用之。”

［4］虎伥：诱导猛虎食人的鬼物，比喻助恶为虐。典出《太平广记》引〔唐〕裴铏：“此是伥鬼，被虎所食之人也，为虎前呵道耳。”

［5］雉媒：猎人驯养用以诱捕野雉的雉。〔宋〕黄庭坚《大雷口阻风》诗：“鹿鸣犹念群，雉媒竟卖友。”

丁酉[1]元旦早朝

瑞气朝浮宝鼎烟，太和门里笋班联。霜华冷袭貂裘薄，日影光流雉扇[2]圆。阶下台官严序位，殿前宫监肃鸣鞭。微臣一命[3]天颜远，不敢陈书学鲍宣[4]（是日日食）。

【注】

［1］丁酉：考陈伯陶生平，此处应为光绪二十三年（1897）。

［2］雉扇：帝王的仪仗用具。〔晋〕崔豹《古今注·舆服》："雉尾扇起于殷世，高宗时有雊雉之祥，服章多用翟羽。周制以为王、后、夫人之车服，舆车有翣，即缉雉羽为扇翣，以障翳风尘也，汉朝乘舆服之。后以赐梁孝王。魏晋以来无常，惟诸王皆得用之。"

［3］一命：周时官阶从一命到九命，一命为最低。《周礼·地官·党正》："一命齿于乡里。"〔唐〕贾公彦疏："一命，谓下士。"

［4］鲍宣：字子都，西汉渤海高城（今河北盐山东南）人。哀帝时，为谏大夫，敢于上书直言，抨击时政，其秉性耿直，"常上书谏争，其言少文多实"。事见《汉书·鲍宣传》。

陈简持[1]观察（昭常）随张樵野[2]侍郎（荫桓）奉使伦敦贺英主享国六十载之期回粤后即之官滇中赋赠

脱颖锥囊[3]世罕俦，乘风今日出神州。瑶池远谒西王母[4]，玉节[5]亲随博望侯[6]。八月回槎通粤海，五云飞盖入蛮陬。知君定有筹边略，不负环瀛[7]万里游。

【注】

［1］陈简持：陈昭常（1868—1914），字简持，一字平叔，广东新会潮连乡巷头村（今属江门市）人。清光绪二十年（1894）中进士，授翰林院庶吉士、散馆一等编修等职，后改任刑部主事，候选道员，随驻英大使出洋，遍游英、德、法、俄、美、日诸国，考察洋务。回国后历任云南总督、长春知府、吉林省巡抚、吉林都督等。著有《廿四花风馆诗词钞》《廿四花风馆文集》。按：《清史稿·邦交二·英吉利》："时（清光绪）二十三年正月也，是年英主维多利亚在位六十年，命张荫桓前往致贺。"张荫桓参加英女王在位六十年庆典在光绪二十三年（1897），时陈昭常为随行，陈伯陶此诗应作于是年。

［2］张樵野：张荫桓（1837—1900），清末大臣，字樵野，广东南海人。纳资为知县，迁至道员，光绪二年（1876）权山东登莱青道。后授安徽徽宁池太广道，迁按察使，三品京堂，命值总理各国事务衙门。中日甲午战争中曾与邵友濂为全权大臣赴日谈判。戊戌变法时，调任管理京师矿务、铁路总局，倾向变法。详见《清史稿·张荫桓传》。

［3］脱颖锥囊：指人的才能显示出来。语出《史记·平原君虞卿列传》："平原君曰：'夫贤士之处世也，譬若锥之处囊中，其末立见。'毛遂曰：'臣乃今日请处囊中耳。使遂蚤得处囊中，乃颖脱而出，非特其末见而已。'"

［4］西王母：传说中的仙人。《山海经·西山经》："西王母，其状如人，豹尾虎齿而善啸。"又，《穆天子传》卷三："乙丑，天子觞西王母于瑶池之上，西王母为天子谣。"

［5］玉节：玉制的符节。古时天子、王侯的使者持以为凭。《周礼·地官·掌节》："守邦国者用玉节，守都鄙者用角节。"

［6］博望侯：指张骞，因出使西域，抗击匈奴，功勋卓著，被汉武帝封为"博望侯"。

［7］环瀛：指宇宙、世界。《史记·孟子荀卿列传》："中国名曰赤县神州……中国外如赤县神州者九，乃所谓九州岛也。于是有裨海环之，人民禽兽莫能相通者，如一区中者，乃为一州。如此者九，乃有大瀛海环其外，天地之际焉。"

芦　沟　桥[1]

浑流脚底响奔雷，臬臬长虹跨水隈。万里辎轩天外去，八方冠盖日边来。弃繻[2]谁识终童[3]志，题柱[4]人思犬子才。仆仆征尘今再过，道旁津吏莫相猜。

【注】

［1］芦沟桥：又称"卢沟桥"，在北京广安门西，跨永定河上。建于金，清初重建。全桥由十一孔石拱组成。桥旁石栏上共刻石狮子485个，姿态生动。按：陈伯陶奉命出使为贵州乡试考官时，途径卢沟桥，因作此诗。

［2］弃繻：典出《汉书·终军传》："初，军从济南当诣博士，步入关，关吏予军繻。军问：'以此何为？'吏曰：'为复传，还当以合符。'军曰：'大

丈夫西游，终不复传还。’弃繻而去。”

［3］终童：终军，济南人，字子云。少好学，年十八选为博士弟子。武帝任为谒者给事中，累擢谏议大夫。后奉命赴南越（今两广地区）说南越王入朝。南越王愿举国内属而其相吕嘉不从，举兵杀王及终军。死时年仅二十余，时称“终童”。事见《汉书·终军传》。

［4］题柱：指官员受到皇帝赏识。东汉灵帝时，长陵田凤为尚书郎，仪貌端正。入奏事，“灵帝目送之，因题殿柱曰：‘堂堂乎张，京兆田郎。’”事见〔汉〕赵岐《三辅决录》卷二。

晚至良乡

傍晚良乡去，荒城远目劳。人行平野小，塔倚夕阳高。狭道缘车辙，惊尘人鬓毛。苍黄投驿馆，暮色敛林皋。

张桓侯井[1]

古甃清冷鉴人影，道旁碑揭桓侯井。桓侯居近楼桑村[2]，大耳儿[3]来戏井边。桑树童童若车盖，桓侯盥漱先迎拜。洗马空潭逐真主，（涿北城西有洗马潭，相传桓侯洗马处。）孙曹眼底俱奴虏。一朝提挈入西川，鱼水君臣[4]将熊虎。当时礼士迈昔贤，无端碧血[5]光冲天。吁嗟乎！西川火井[6]熸不然。

【注】

［1］张桓侯井：张桓侯，三国时蜀将张飞，蜀汉后主刘禅于景耀三年（260）追谥张飞为桓侯。桓侯井在今河北涿州市境内。

［2］楼桑村：楼桑里。汉末刘备故里，在今河北省涿州市境。刘备少时，宅东南角有桑树，高五丈余，遥望如车盖。备与诸小儿在树下戏言：“吾必当乘此羽葆盖车。”后称此地为“楼桑里”。事见《三国志·蜀书·先主传》。

［3］大耳儿：指刘备。刘备耳大，能自顾见之，故称。《后汉书·吕布传》：“（曹操）乃命缓布缚。刘备曰：‘不可，明公不见吕布事丁建阳、董太师乎？’操颔之。布目备曰：‘大耳儿最叵信！’”

[4] 鱼水君臣：比喻君臣相得。语本《三国志·蜀书·诸葛亮传》："〔先主〕于是与亮情好日密。关羽、张飞等不悦，先主解之曰：'孤之有孔明，犹鱼之有水也，愿诸君勿复言。'"

[5] 碧血：忠臣志士之血。《庄子·杂篇·外物》："外物不可必，故龙逢诛，比干戮，箕子狂，恶来死，桀纣亡。人主莫不欲其臣之忠，而忠未必信，故伍员流于江，苌弘死于蜀，藏其血，三年而化为碧。"〔唐〕成玄英疏："碧，玉也。子胥苌弘，外篇已释。而言流江者，忠谏夫差，夫差杀之，取马皮作袋，为鸱鸟之形，盛伍员尸，浮之江水，故云流于江。苌弘遭谮，被放归蜀，自恨忠而遭谮，遂刳肠而死。蜀人感之，以匮盛其血，三年而化为碧玉，乃精诚之至也。"

[6] 火井：产可燃天然气的井，古时多用以煮盐。《文选·左思〈蜀都赋〉》："火井沉荧于幽泉，高焰飞煽于天垂。"〔宋〕刘逵注："蜀郡有火井，在临邛县西南。火井，盐井也。"

杨椒山[1]先生墓

（墓在定兴县东引村，近北河）

奋臂撄豺虎，先生勇有余。非关臣胆壮，所望帝心虚。死激代夫疏[2]，生贻诫子书[3]。忠魂亦何恨，归骨近乡闾。（先生容城人。）

【注】

[1] 杨椒山：杨继盛（1516—1555），字仲芳，号椒山，直隶容城人（今河北保定容城县）。明嘉靖二十六年（1547）进士，授南京吏部主事，后任兵部员外郎。因弹劾仇鸾议和下狱，贬为狄道典史。后历任兵部员外郎、刑部员外郎、兵部武选司员外郎。因上《请诛贼臣疏》奏劾严嵩十大罪状，被削职下狱，杀害于西市。穆宗时追谥"忠愍"。事见《明史·杨继盛传》。

[2] 代夫疏：指杨继盛上《请诛贼臣疏》奏劾严嵩之事。

[3] 诫子书：杨继盛临刑前写给妻儿的家书。《皇明经世文编》辑有《杨椒山集》收录有《愚夫谕贤妻张贞》和《父椒山谕应尾应箕两儿》，合称为《谕妻谕儿卷》。

过顺水

昔闻铜马帝[1]，遇险此崖边。将勇宜思怯，兵轻岂计全。赤符[2]终祚汉，铁骑始收燕。王业艰难甚，临风为怆然。

【注】

[1] 铜马帝：汉光武帝刘秀。《后汉书·光武帝纪上》："光武击铜马于鄡……悉将降人分配诸将，众遂数十万，故关西号光武为铜马帝。"

[2] 赤符：汉朝的符命，汉为火德，火色赤，故称。〔北周〕庾信《周上柱国宿国公河州都督普屯威神道碑》："昔者受律赤符，韩信当乎千里。"〔清〕倪璠注："《史记》：'刘季为沛公，旗帜皆赤。由所杀蛇白帝子，杀者赤帝子，故上赤。''受律赤符'，言信拜大将，受汉符命也。"

由定州至新乐道中咏柳

曾记中山[1]驿路长，两旁垂柳自成行。征人销尽轮蹄铁，依旧柔条绾夕阳。

绿荫迢递静飞埃，西去恒山复五台。寄语行人莫攀折，当年曾迓翠华[2]来。

【注】

[1] 中山：古国名，春秋末年鲜虞人所建，在今河北省定州市、唐县一带，后为赵所灭。参阅〔清〕全祖望《经史问答》卷八。

[2] 翠华：天子的旗帜或车盖，以翠羽为饰。《文选·司马相如〈上林赋〉》："建翠华之旗，树灵鼍之鼓。"〔唐〕李善注："翠华，以翠羽为葆也。"

重过龙兴寺[1]宿意定上人丈室次前韵

词曹[2]星使[3]夸乘传，未简滇黔忧在面。我行万里一归来，回首西南飞鸟倦。每论夏日坐蒸甑，却愿秋风遗羽扇。岂期磨砺守命宫，脱身又作离弦箭。輶轩远指夜郎乡，[4]驿路重经梵王殿。长眉开士忆停云，屈指流年惊瞥电。牺牛[5]入庙被文绣，宝龟在椟增藻绚。世俗相看衣锦荣，达人自骇真机变。此间花木翳禅房，禽声念佛幽林啭。性定如观白月明，相空岂作青云羡。嗟余滥厕玉堂班，妄念欲调金鼎膳。駪駪[6]四牡苦奔驰，鼎鼎百年虚系恋。他时香界[7]话因缘，正恐尘劳再相见。

【注】

［1］龙兴寺：见《晚至恒山驿王筱舟大令（家瑞）馆之龙兴寺丈室》标题注。按：因陈伯陶上次出使云南时曾馆宿龙兴寺丈室，此次出使贵州，又经过此地，故曰“重过龙兴寺”。

［2］词曹：指文学侍从之官。〔唐〕高适《送柴司户充刘卿判官之岭外》诗：“月卿临幕府，星使出词曹。”

［3］星使：古时认为天节八星主使臣事，因称帝王的使者为“星使”。〔唐〕刘长卿《贾侍郎自会稽使回》诗：“江上逢星使，南来自会稽。”

［4］輶轩句：輶轩，古时代指使臣。夜郎，古时我国西南地区古国名。在今贵州省西北部及云南、四川二省部分地区。按：因陈伯陶此次出使贵州，为古夜郎国的地域，故曰。

［5］牺牛：古代祭祀用的纯色牛。《礼记·曲礼下》：“天子以牺牛，诸侯以肥牛。”

［6］駪駪：众多疾行貌。《诗·小雅·皇皇者华》：“駪駪征夫，每怀靡及。”《毛传》：“駪駪，众多之貌。”〔清〕马瑞辰《通释》：“《说文》：‘侁，行貌。’”

［7］香界：指佛寺。〔明〕杨慎《丹铅总录·琐语》：“佛寺曰香界。”

过赵佗[1]故里

山鬼见形蛇媪哭，中原捷足驱秦鹿[2]。桂林南海病任嚣[3]，真定老夫坐黄屋[4]。虎战龙争开汉土，剖符[5]通使相劳苦。铁骑曾闻困白登，楼船讵肯窥横浦。淮阴国士耻较量，眼中岂有长沙王。咄哉野鸡老且悖，敢绝市牝来南荒。高皇侧室虽龙种，好畤大夫宁足恐。当年北面拜朝台，区区只为先人冢。后来割据谁与同，仲谋炉火真英雄。蛮夷倔强间亦有，君不见，赤嵌[6]立国朱成功[7]。

【注】

[1] 赵佗（前240—前137）：恒山郡真定县（今河北正定县）人，原为秦朝将领，与任嚣南下攻打百越。秦末大乱时，赵佗割据岭南，建立南越国。为南越国第一代皇帝，号称“南越武帝”。赵佗故里在今河北省正定县境内。事见《史记·南越列传》《汉书·西南夷两粤朝鲜传》。

[2] 秦鹿：比喻帝位。《昭明文选·论二·王命论》〔唐〕李善注引太公《六韬》曰：“取天下若逐野鹿，得鹿，天下共分其肉。”《史记·淮阴侯列传》卷九十二：“对曰：‘秦之纲绝而维弛，山东大扰，异姓并起，英俊乌集。秦失其鹿，天下共逐之，于是高材疾足者先得焉。’”〔南朝宋〕裴骃《史记集解》：“张晏曰：‘以鹿喻帝位也。’”

[3] 任嚣：秦朝将领。与赵佗领兵平定岭南，首任南海郡尉，并节制岭南南海、象郡、桂林三郡，故称“东南一尉”。秦末战乱时，任嚣病重，遂让赵佗代行南海郡尉并为之谋划据险地立国，以抵抗侵犯。事见《史记·南越列传》《汉书·西南夷两粤朝鲜传》。

[4] 黄屋：古时帝王所用的黄缯车盖。《史记·秦始皇本纪》：“子婴度次得嗣，冠玉冠，佩华绂，车黄屋。”〔南朝宋〕裴骃《史记集解》引〔汉〕蔡邕曰：“黄屋者，盖以黄为里。”

[5] 剖符：剖竹。古时帝王分封诸侯、功臣时，以竹符为信，剖分为二，君臣各执其一，后以“剖符”“剖竹”为分封、授官之称。《战国策·秦策三》：“穰侯使者操王之重，决裂诸侯，剖符于天下，征敌伐国，莫敢不听。”

[6] 赤嵌：见《乙未六月书事》“赤嵌”条。此处指台湾。

[7] 朱成功：指郑成功，明末将领，曾击败荷兰驻军收复台湾，明隆武

帝赐明朝国姓“朱”，赐名“成功”。故又称“朱成功”。

过冯唐[1]墓下作

汉帝忧匈奴，边圉求颇牧[2]。赏轻罚太重，空自意巨鹿。由来廉耻将，不受刀笔辱。微公发帝聪，魏尚岂收录。如何百代下，往事不可复。将军拥旌旄，天子为推毂[3]。伍符[4]半缺额，市租入私蓄。权贵遗苞苴，战士苦藜朴。胡来不能御，屡败逃显戮。汉廷吏执法，驭将未为酷。赏重罚太轻，何由阃外[5]肃。天阍[6]九重远，微贱隔忠告。缅彼泉下人，嘉言叹攸伏。

【注】

［1］冯唐（生卒年不详）：西汉代郡人，以孝称。汉文帝时为中郎署长，曾劝谏文帝赦免魏尚，被任命为车骑都尉。武帝时匈奴犯边，帝广征贤良，冯唐再次被举荐，但因年逾古稀，遂任命其子冯遂为郎。冯唐墓位于今河北内丘县大孟村镇。事见《史记·张释之冯唐列传》《汉书·张冯汲郑传》。

［2］颇牧：战国时赵国大将廉颇、李牧。〔汉〕扬雄《法言·重黎》：“或问冯唐面文帝，得廉颇、李牧不能用也，谅乎？曰：‘彼将有激也，亲屈帝尊，信亚夫之军，至颇牧，曷不用哉？’”

［3］推毂：古时帝王任命大将时须推车前进，称为“推毂”。《史记·张释之冯唐列传》：“臣闻上古王者之遣将也，跪而推毂，曰阃以内者，寡人制之；阃以外者，将军制之。”

［4］伍符：古时行军时各伍互保的符信。《史记·张释之冯唐列传》：“夫士卒尽家人子，起田中从军，安知尺籍伍符。”〔唐〕司马贞《史记索隐》：“伍符者，命军人伍伍相保，不谷奸诈。”

［5］阃外：朝廷或国境以外。《晋书·陶侃传》：“阃外多事，千绪万端，罔有遗漏。”

［6］天阍：帝王宫殿之门。〔清〕陈梦雷《耿又朴年兄以三绝句见慰走笔步韵志感》：“索米长安亦圣恩，途穷难望叩天阍。”

过　泜　水[1]

生平刎颈交，饮恨在泜水。[2]不料贯高贤，翻为赵王死。

【注】

[1] 泜水：即今泜河，在河北省南部，源出河北内丘县西北，东流入滏阳河。《史记·张耳陈余列传》："汉三年……遣张耳与韩信击破赵井陉，斩陈余泜水上。"

[2] 生平二句：指张耳、陈余初为生死交，后破裂，张耳协助韩信杀陈余于泜水之事。事见《史记·张耳陈余列传》。

重过邯郸观　二首

征轺今日又长途，晓夜奔驰仆马痡。我与卢生[1]同一梦，可怜无复睡工夫。

身外浮名举世嗤，贪瞋未了自成痴。人生大梦[2]谁能觉，只此句留是醒时。

【注】

[1] 卢生：〔唐〕沈既济《枕中记》载，卢生在邯郸客店遇道士吕翁，生自叹穷困，翁授之枕，生梦入枕中，享尽富贵荣华，醒时黄粱尚未熟，因叹人生虚幻如梦。

[2] 大梦：比喻人生。《庄子·齐物论》："方其梦也，不知其梦也。梦之中又占其梦焉，觉而后知其梦也。且有大觉而后知此其大梦也。"

宿邺城[1]驿怀张豫泉[2]同年（其淦）

朝发滏水阳，暮宿邺城下。邺城带漳流，回波饮我马。漳流滥何许，迢迢太行野。缅怀黎城宰[3]，百里膺民社。漳水清且涟，酌瓢一输泻。太行郁嵯峨，游屐两潇洒。琴堂有余暇，吏治饰风雅。宁知风尘客，触热面生赭。前月君书来，愤激念中夏。债台百层高，强敌非久假。计臣急征敛，酷吏肆喑哑。荷锄辍丁壮，数钱惊女姹。鞭笞出膏血，国势忧解瓦。催科寓抚字，前哲实心写。誓将注下考，不忍虐孤寡。再四读君书，幽忧不能舍。君如渤海龚[4]，我愧雒阳贾[5]。鸡鸣抚枕叹，星落烛将灺。西望不见君，悲歌泪盈把。

【注】

[1] 邺城：古都城，故址在今河北临漳、河南安阳一带。为曹魏、后赵、冉魏、前燕、东魏、北齐六朝都城，曹魏时三曹七子曾在此雅集。

[2] 张豫泉：见《游茶山黄仙洞次龙君伯鸾韵寄怀张豫泉同年》“张豫泉”条。

[3] 黎城宰：此处指张其淦，时张其淦在山西黎城为官，故称。本书有《西山歌送张豫泉同年（其淦）之官黎城》可参看。

[4] 渤海龚：指龚遂。典出《汉书·龚遂传》：汉宣帝时，渤海年荒，民多带持刀剑为盗。龚遂为渤海太守，“见齐俗奢侈，好末技，不田作，乃躬率以俭约，劝民务农桑……民有带持刀剑者，使卖剑买牛，卖刀买犊。曰：‘何为带牛佩犊？’”

[5] 雒阳贾：即洛阳贾，指贾谊，洛阳人，文帝时任博士，迁太中大夫，后贬为长沙王太傅，曾上书主张文帝重农抑商。

北齐　二首

闻道淮南入健康，宫中行乐未渠央。荒村已作贫儿乞，却把龟兹与较量。

回首平阳又溃围，关西追骑尽如飞。君王自唱《无愁曲》[1]，翟茀[2]袆衣并辔归。

【注】

[1]《无愁曲》：古乐府杂曲歌名。传为北齐后主所倡作。《北齐书·幼主纪》："（后主）乃益骄纵，盛为《无愁》之曲，帝自弹琵琶而唱之。"

[2] 翟茀：古时贵妇所乘之车。车帘两边以翟羽为饰。《诗·卫风·硕人》："翟茀以朝。"《毛传》："翟，翟车也，夫人以翟羽饰车。茀，蔽也。"

老　农[1]　曲

赤云酿旱热如煮，老农泪枯不成雨。北来使者尘涨天，马蹄敲火铁欲穿。道长马饥衔脱口，喷沫一嘶田畔走。田泥龟坼苗叶黄，蹴踏[2]纵横如拉朽。老农侧睨神惨伤，恨不移官道河中央。

【注】

[1] 老农：经验丰富的农夫。《论语·子路》："樊迟请学稼，子曰：'吾不如老农。'"

[2] 蹴踏：亦作"蹴蹋""蹴蹹"，践踏，摧残。〔唐〕张说《大唐陇右监校颂德碑》："后以胡马入洛，蹴蹹千里。"

织　妇　词

布裙椎髻无颜色，轧轧鸣机窗下织。织成缣素一匹余，细缕凝光雪不如。良人救饥货入市，小女无袴男无襦。昨日大官门外过，锦障[1]被马奚奴[2]坐。停梭含颦与夫语，何不应差官里去。

【注】

[1] 锦障：古时用以遮挡风尘的锦制屏幕。〔南朝宋〕刘义庆《世说新语·汰侈》："君夫作紫丝布步障碧绫里四十里，石崇作锦步障五十里以敌之。"

［2］奚奴：此处指奴仆。《周礼·天官·序官》："奚三百人。"〔汉〕郑玄注："古者从坐男女没入县官为奴，其少才知以为奚，今之侍史官婢。或曰：奚，宦女。"

猛　虎　行[1]

猛虎山中作人卜，月晕风腥飞食肉。家家鸣钲[2]云有虎，户外悬锥不能拒。羸男弱女哭声悲，县官出钱呼猎师。猎师但解射麋鹿，毒矢强弓空尔为。嗟尔麋鹿！足伎伎，尾促促，两角叉牙不能触。旋毛黄瘦虎噬余，猎师何苦杀尔躯。深丛猛虎行负隅，前导狐狸后狼摽。呜呼猎师见猎喜，丽龟一发麋鹿死。胡不效没金饮羽熊渠子[3]。

【注】

［1］猛虎行：乐府曲名。《乐府诗集·相和歌辞六·猛虎行》〔宋〕郭茂倩题解："古辞曰：'饥不从猛虎食，暮不从野雀栖。野雀安无巢，游子为谁骄。'"

［2］鸣钲：敲击钲以警戒。〔明〕沈璟《义侠记·奇功》："听鸣钲，解奸徒向高唐远行。"

［3］没金饮羽熊渠子：熊渠子为古时善射者。《韩诗外传》卷六："昔者，楚熊渠子夜行，寝石，以为伏虎，弯弓而射之，没金饮羽，下视，知其为石。"

吴季子挂剑[1]处

昔年吴札赠徐君，宿草荒凉剑影寒。秋水神龙归变化，晓风啼鸟尚悲酸。千金为寿生前易，一诺全交死后难。回首雨云翻覆地，有人凭吊泪阑干。

【注】

［1］吴季子挂剑：春秋时，吴王少子季札封于延陵，称"延陵季子"。他出使路过徐国，徐国国君很爱他的剑。季札已心许，准备回来时再送给他。等到回来时，徐君已死，季札就把剑挂在徐君墓上，表示对亡友守信。事见

〔汉〕刘向《新序·杂事》。

汉少傅桓公[1]墓

首山山下读残碑，变服临丧记昔时。弟子数传卿相贵，经生一代帝王师。绛帷[2]教授儒风起，丹陛敷陈治法垂。讲学自关天下计，蔚宗何事著微辞。

【注】

［1］汉少傅桓公：指桓荣，字春卿。东汉初年沛郡龙亢（今安徽怀远县龙亢镇）人。后拜博士朱普为师，刻苦自励，终成学业。光武帝时被任命为议郎，入宫教授太子刘庄，后历任为博士、太子少傅、太常等。汉明帝刘庄即位后，尊桓荣以师礼，去世后赐冢茔于首阳山之南。事见《后汉书·桓荣丁鸿列传》。

［2］绛帷：亦作“绛帐”，师门或讲席的敬称。《后汉书·马融传》：“融才高博洽，为世通儒，教养诸生，常有千数……居宇器服，多存侈饰。常坐高堂，施绛纱帐，前授生徒，后列女乐，弟子以次相传，鲜有入其室者。”

叶令仙人[1]歌

缑岭笙哀鹅管折，王子颠毛白如雪。玉皇丹诏谪世间，双凫堕空不得还。闻道东巡汉天子，桃实[2]未华方朔死。拟携龙种养天池，万众攀髯[3]飞不起。归来衙鼓涩弗喧，帝命浮邱召精魂。黄芽[4]仙骨岂长世，玉棺[5]一闭三千春。

【注】

［1］叶令仙人：指仙人王子乔，曾为叶县令。事见《后汉书·方术列传上·王乔》卷八十二：“王乔者，河东人也。显宗世，为叶令。乔有神术，每月朔望，常自县诣台朝。帝怪其来数，而不见车骑，密令太史伺望之。言其临至，辄有双凫从东南飞来……或云此即古仙人王子乔也。”

［2］桃实：典出《汉武故事》：“（王母）因出桃七枚，母自啖二枚，与帝五枚，帝留核着前，王母问曰：‘用此何为？’上曰：‘此桃美，欲种之。’

母笑曰：‘此桃三千年一著子，非下土所植也。’”

［3］攀髯：传说黄帝铸鼎于荆山下，鼎成，有龙下迎，黄帝乘之升天，群臣后宫从上者七十余人。余小臣不得上龙身，乃持龙髯，而龙髯拔落，并堕黄帝之弓。百姓遂抱其弓与龙髯而号哭。事见《史记·封禅书》。

［4］黄芽：《参同契》卷上：“玄含黄芽，五金之主。”〔宋〕俞琰：“玄含黄芽者，水中产铅也。铅为五金之主，在北方玄冥之内，得土而生黄芽。黄芽，即金华也。”

［5］玉棺：此处指升仙。《后汉书·方术列传上·王乔》：“天下玉棺于堂前，吏人推排，终不摇动。乔曰‘天帝独召我耶？’乃沐浴服饰，寝其中，盖便立覆……或云此古仙人王子乔也。”

汉光武庙中古柏歌

（庙在裕州柳林镇[1]，汉堵阳地）

原陵[2]朽柏摧作薪，柏梁[3]劫后成灰尘。荒祠葱郁尚佳气，老干婆娑如有神。居民相戒勿剪伐，过客一见惊轮囷。铜柯苦战昆阳雨，香叶遥接春陵春。春风秋雨逾千载，柯叶四时长不改。忆昔翠华临堵乡，醴泉[4]溢井歌旋凯。（庙前有井，相传帝征邓奉董䜣时，井水溢出，以供军饮。）灵根下浸虬髯黑，黛色上滋鸾尾彩。耿耿元精应列星，森森正气通真宰。我闻泰山庙，老柏郁苍苍。武皇封禅瘗青玉，祭坛驰道遥相望。又闻锦城路，翠柏阴祠堂。鱼水君臣[5]有遗爱[6]，迄今拔地参天长。真人白水[7]钟符瑞，此树栽培亦天意。赤心贯节麟凤姿，青盖盘空龙虎气。中兴帝业岂偶然，日月重光二百年。时危过此三叹息，[8]悲风惨淡霾苍烟。

【注】

［1］裕州柳林镇：今为河南方城县境内。

［2］原陵：东汉光武帝刘秀之陵。《后汉书·显宗孝明帝纪》：“（中元二年）三月丁卯，葬光武皇帝原陵。”〔唐〕李贤注引《帝王纪》：“原陵方三百二十步，高六丈，在临平亭东南，去洛阳十五里。”

［3］柏梁：柏梁台，汉时台名，属未央宫，后遭火灾，屋宇焚毁，只剩高台。《史记·孝武本纪》：“其后则又作柏梁、铜柱、承露仙人掌之属矣。”

［4］醴泉：甘美的泉水。《礼记·礼运》：“故天降膏露，地出醴泉。”

［5］鱼水君臣：见《张桓侯井》“鱼水君臣”条。

［6］遗爱：古之德行高尚之人。《左传·昭公二十年》：“及子产卒，仲尼闻之，出涕曰：‘古之遗爱也。’”〔晋〕杜预注：“子产见爱，有古人之遗风。”

［7］真人白水：白水真人，古钱币的别称。典出《后汉书·光武帝纪》：“明年，方士有夏贺良者，上言哀帝，云汉家历运中衰，当再受命。于是改号为太初元年，称‘陈圣刘太平皇帝’，以厌胜之。及王莽篡位，忌恶刘氏，以钱文有金刀，故改为货泉。或以货泉字文为‘白水真人’。后望气者苏伯阿为王莽使至南阳，遥望见春陵郭，唶曰：‘气佳哉！郁郁葱葱然。’及始起兵还春陵，远望舍南，火光赫然属天，有顷不见。初，道士西门君惠、李守等亦云刘秀当为天子。其王者受命，信有符乎？不然，何以能乘时龙而御天哉！”

［8］时危句：陈伯陶过此地时正值清末庚子之乱前几年，时局将乱，民不聊生，因而缅怀光武刘秀，希望能有光武帝刘秀一样强有力的英雄豪杰挽大厦之将顷，使帝国中兴。故为叹息。

雨卧宛城[1]驿

孤馆一灯明，羁人梦不成。疏林长夜雨，万叶作秋声。瘦马疲千里，荒鸡逼五更。悠悠淯阳水[2]，相送复南行。

【注】

［1］宛城：古城名，位于今河南南阳市宛城区境内，南阳白河（古称“淯水”）北岸。春秋时楚国在此建立宛邑，宛之名，自此始。

［2］淯阳水：即淯水，河南南阳境内白河的古称。

襄阳道中望鹿门山[1]怀庞公

庞公[2]隐鹿门，道胜士所趋。床下拜伏龙，儿子畜凤雏。德操既兄事，元直亦吾徒。洪钟发高论，四座咸嗫嚅。岂惟巢由志[3]，要有英雄图。咄彼刘景升[4]，大牛十倍刍。所豢不致远，但足充庖厨。鹦鹉翔江州，狂言受阴屠。焉能致鸿鹄，一一归罿罦。我行岘山道，东望首踟蹰。松径久寂寥，岩扉谁与娱。缅怀大耳儿[5]，群贤许驰驱。采药独不反，悠悠增长吁。

【注】

［1］鹿门山：原名“苏岭山”，在湖北省西北襄阳城东南，临汉江，与岘山隔江相望。清同治本《襄阳县志》：“汉建武中，帝与习郁（巡游苏岭山）梦见山神（两只梅花鹿），命郁立祠于山，上刻二石鹿夹道口，百姓谓之鹿门庙，遂以庙名山。”后有庞德公不受刘表数次宴请，携其妻栖隐鹿门。今山东麓建有庞公祠。唐孟浩然、皮日休曾先后隐于此。

［2］庞公：〔晋〕皇甫谧《高士传》：“庞公者，南郡襄阳人也，居岘山之南，未尝入城府，夫妻相敬如宾。荆州刺史刘表延请不能屈，乃就候之曰：‘夫保全一身，孰若保全天下乎？’庞公笑曰：‘鸿鹄巢于高林之上，暮而得所栖；鼋鼍穴于深渊之下，夕而得所宿。夫趣舍行止，亦人之巢穴也，且各得其栖宿而已，天下非所保也。’因释耕于垄上，而妻子耘于前。表指而问曰：‘先生苦居畎亩，而不肯官禄，后世何以遗子孙乎？’庞公曰：‘世人皆遗之以危，今独遗之以安，虽所遗不同，未为无所遗也。’表叹息而去。后遂与其妻子登鹿门山，因采药不反。”

［3］巢由志：指隐逸之志。巢由指巢父和许由，传为尧时隐士，尧让位于二人，不受。《汉书·薛方传》：“尧舜在上，下有巢由。”

［4］刘景升：刘表，字景升。详见〔晋〕陈寿《三国志·魏书·刘表传》。

［5］大耳儿：刘备，刘备耳大，能自顾见之，故称。详见《张桓侯井》“大耳儿”条。

大　堤　曲

郎家襄城西，妾家大堤下。城西沟水注，堤东百尺杨。丝绾郎马，郎马青骢迎妾归，春风燕子相追飞。今日送郎大堤去，秋蝉恻恻鸣树枝。汉江水中有赤鲤鱼，南过夏口浔阳岸，为妾觅郎寄尺书。尺书达，愁脉脉。郎踪水上萍，妾心堤下石。

荆门[1]发蛟

荆门州西万叠山，山下出泉流作渊。雄蛇雌雉遗腥涎，化为蛟卵巨若盆。沈伏回湍一千年，丁酉季夏日甲申。四山无风热如燔，阴云陡合黑磐磐。老蟂飞出云之端，两目瞲瞲瞥鬣斑。屏翳丰隆[2]相后先，阿香[3]为御金蛇鞭。雷公下击飓母掀，一滴之水银潢翻。乳蛟破壳尾蜿蜒，八十一鳞身未全。欲飞旋堕泥中蟠，老蟂牛鸣接上天。从以五蛇及九鲲，螺蛤鰕蛭鲂鲔鳣。三千六百鱼腾骞，祝融[4]驾龙走朱垠。炎官[5]弃伞随南奔，羲和[6]鞭日不得前。倒跨金乌入虞泉[7]，防神社鬼怒切龈。赤脚跳踔洪流边，昔之沃衍今汗漫。呼汹荡潏兼砰訇，左决大堤右平原。排墙倒屋摧桷椽，屋里牛羊暨鸡豚。筐筥釜鬵方与圆，漂没水府供盘飧。阳侯[8]饕餮[9]大嚼吞，呜呼湫底神龙神。入为渊潜出兴云，沛为甘雨福我民。害物者诛玉律文，黑龙见杀河之濆。尔蛟上应角木垣，二十有八星最尊。胡乃一出张凶残，得无虎豹守天关。玉瑱[10]黈耳帝弗闻，我来荆门驻征轩。遇此沈灾增概叹，季秋伐蛟月令传。古法已入秦坑焚，千金投璧澹台贤。饮飞血剑勇绝伦。长桥除害周将军，惜哉今又无其人。地维崩拆倒狂澜，会见黔首成鱼鼋。作诗聊用苏惊魂，灾变无时不可论。

【注】

[1] 荆门：荆州。〔唐〕王维《寄荆州张丞相》诗："所思竟何在？怅望深荆门。"〔清〕赵殿成笺注："唐人多呼荆州为荆门。"

[2] 屏翳丰隆：屏翳、丰隆均为云神名。〔汉〕王逸注《楚辞·九歌·云中君》曰："云神，丰隆也，一曰屏翳。"

[3] 阿香：传说中推雷车的神女。《初学记》卷一引《续搜神记》："义兴人姓周，永和中出都。日暮，道边有一新草小屋，一女子出门望见周。周曰：'日暮求寄宿。'向一更中，闻外有小儿唤：'阿香，官唤汝推雷车。'女乃辞去。"

[4] 祝融：帝喾时的火官，后尊为火神，命曰祝融。《国语·郑语》："夫黎为高辛氏火正，以淳耀敦大，天明地德，光照四海，故命之曰'祝融'，其功大矣。"

[5] 炎官：神话中的火神。〔唐〕吴筠《游仙》诗之一："赤帝跃火龙，炎官控朱鸟。"

［6］羲和：驾御日车的神。《初学记》卷一引《淮南子·天文训》："爰止羲和，爰息六螭，是谓悬车。"原注："日乘车，驾以六龙，羲和御之。"

［7］虞泉：传说为日没处。《淮南子·天文训》："日至于虞渊，是谓黄昏。"

［8］阳侯：传说中波涛之神。《战国策·韩策二》："塞漏舟而轻阳侯之波，则舟覆矣。"〔宋〕鲍彪注："说阳侯多矣。今按《四八目》，伏羲六佐，一曰'阳侯'，为江海。盖因此为波神欤？"

［9］饕餮：传说中一种贪残的怪物，后以比喻贪得无厌者。《神异经·西南荒经》："西南方有人焉，身多毛，头上戴豕，贪如狼恶，好自积财，而不食人谷，强者夺老弱者，畏群而击单，名曰饕餮。"

［10］玉瑱：古人冠冕上垂在两侧以塞耳的玉器。《诗·墉风·君子偕老》："玉之瑱也，象之揥也。"《毛传》："瑱，塞耳也。"

老莱子[1]故里

山下老莱村，经过日渐昏。何堪乘传去，叱驭效王尊。[2]

【注】

［1］老莱子：春秋末年楚国隐士。《史记·老子韩非列传》："或曰：老莱子亦楚人也，著书十五篇，言道家之用，与孔子同时云。"

［2］叱驭句：指报效国家，不畏艰难。《汉书·赵尹韩张两王传·王尊》："王尊字子赣，涿郡高阳人也。少孤，归诸父，使牧羊泽中。尊窃学问，能史书……涿郡太守徐明荐尊不宜久在闾巷，上以尊为郿令，迁益州刺史。先是，琅邪王阳为益州刺史，行部至邛郲九折阪，叹曰：'奉先人遗体，奈何数乘此险！'后以病去。及尊为刺史，至其阪，问吏曰：'此非王阳所畏道邪？'吏对曰：'是。'尊叱其驭曰：'驱之！王阳为孝子，王尊为忠臣。'尊居部二岁，怀来徼外，蛮夷归附其威信。"

荆门陆象山[1]祠堂

象山泉水似鹅湖，曾见先生教泽濡。讲学既能分义利，著书何苦辨禅儒。经传鹿洞[2]终分派，道悟龙场又合符。千古异同纷聚讼，几人真实下工夫。

【注】

［1］陆象山：陆九渊（1139—1193），字子静，抚州金溪（今江西省金溪县）人，南宋孝宗乾道八年（1172）进士。因讲学于象山书院，学者称为“象山先生”。陆九渊为宋明两代“心学”的开山之祖，与朱熹齐名，但见解多有不合。明王守仁继承发展其学，成为“陆王学派”，著有《象山先生全集》。

［2］鹿洞：白鹿洞书院，位于江西省九江市的庐山东北玉屏山南，虎溪岩背后，是北宋六大书院之一。南宋朱熹曾在此讲学，并邀请观点不同的陆九渊来书院研习论道。

重过桃花源[1]

碧溪重上武陵舟，两度桃源得暂游。按籍久非秦郡县，纪年空忆晋阳秋。居民冰玉疑遗种，客路风尘数去邮。尺宅寸田今赋税，人间何处有丹邱[2]。

【注】

［1］桃花源：见《桃源洞歌》标题注。

［2］丹邱：传说中神仙所居之地。《楚辞·远游》：“仍羽人于丹丘兮，留不死之旧乡。”〔汉〕王逸注：“丹丘昼夜常明也。”

初秋见驿舍中虫豸　五首

蟋　蟀

孤馆荔墙阴，声从草际寻。迢迢悲夜永，恻恻学秋吟[1]。别路王孙兴，寒闺懒妇心。况怀军国事，听此泪沾襟。

萤　火[2]

流萤出葭苇，白露已成霜。不料惊秋节，偏能弄未光。星边犹闪烁，月下稍微茫。晓漏行将尽，君应畏太阳。

蚊

草舍暗斜晖，雷声响四围。翻身避蒲扇，插觜透绵衣。麝炷宵焚鼎，蝉纱晓下帏。沉沉五侯宅，知尔不能飞。

蝉

万树作秋声，哀蝉何处鸣。翳形寒叶老，送响暮云平。翼为吟风薄，肠因饮露清。螳螂莫相搏，我与世无争。

蜻　蜓

江上蜻蜓小，翻飞两岸间。点波浑不定，依草似长闲。羽翼本微细，风烟愁往还。如何玉川子[3]，欲借叩天关。

【注】

[1] 秋吟：〔汉〕王褒《圣主得贤臣颂》："蟋蟀候秋吟，蜉蝣出以阴。"

[2] 萤火：萤火虫。《诗·豳风·东山》："熠耀宵行。"《毛传》："熠耀，磷也。磷，萤火也。"

[3] 玉川子：唐代诗人卢仝的号。《新唐书·卢仝传》："仝自号玉川子，尝为《月蚀诗》以讥切元和逆党。"卢仝有《蜻蜓歌》："黄河中流日影斜，水天一色无津涯，处处惊波喷流飞雪花。篙工楫师力且武，进寸退尺莫能度。吾甚惧。念汝小虫子，造化借羽翼。随风戏中流，翩然有余力。吾不如汝无他，无羽翼。吾若有羽翼，则上叩天关。为圣君请贤臣，布惠化于人间。然后东飞浴东溟，吸日精，撼若木之英，纷而零。使地上学仙之子，得而食之皆长生。不学汝无端小虫子，叶叶水上无一事，忽遭风雨水中死。"

初入黔中

极目西南路渺茫，秋光相引入黔疆。云阴千里雨旸色，露气四山松柏香。泉响每疑琴动操，峰尖时讶剑生铓。征途到处堪乘兴，莫认罗施[1]作异乡。

【注】

[1] 罗施：指古时贵州境内的罗施鬼国。〔清〕顾祖禹《读史方舆纪要·贵州四》："蜀汉建兴三年，诸葛武侯南征，牂牁帅济火积粮通道以迎，武侯表封罗甸国王，居普里。"又，《贵州名姓志》："蜀汉称罗甸国，唐称罗甸鬼主，宋元称罗施鬼国。"

题张翊卿观察（胜严）出徼图

请缨[1]壮志矢平蛮，曾历扶南万叠山。地纪伏波铜柱[2]外，人如定远[3]玉关还。犬羊自昔兵端易，犀象于今贡道艰。感事忧时重展卷，知君鞍马不能闲。

【注】

[1] 请缨：指自告奋勇请求杀敌。《汉书·终军传》载："南越与汉和亲，乃遣军使南越，说其王，欲令入朝，比内诸侯。军自请：'愿受长缨，必羁南越王而致之阙下。'"

[2] 伏波铜柱：指伏波将军马援在像林立铜柱为界。《后汉书·马援列

传》："援将楼船大小二千余艘，战士二万余人，进击九真贼征侧余党都羊等，自无功至居风，斩获五千余人，峤南悉平。"〔唐〕李贤注引《广州记》曰："援到交址，立铜柱，为汉之极界也。"《水经注·温水》引《林邑记》曰："建武十九年，马援树两铜柱于象林南界，与西屠国分汉之南疆也。土人以其流寓，号曰马流，世称汉子孙也。"

[3] 定远：东汉班超封定远侯，时人称"班定远"。

别黔城后道中作

黔江秋老整行装，细雨冥蒙去驿长。险道屡过成坦易，奇峰惯见转寻常。崖间散点寒松翠，垄畔全收晚稻黄。风景不殊[1]途路熟，此身忘却是他乡。

【注】

[1] 风景不殊：《晋书·王导传》："过江人士，每至暇日，相要出新亭饮宴。周颛中坐而叹曰：'风景不殊，举目有江河之异。'皆相视流涕。惟导愀然变色曰：'当共勠力王室，克复神州，何至作楚囚相对泣邪！'众收泪而谢之。"此处有国土破碎之叹。

自黔中归谒袁重黎先生[1]（昶）于芜湖道署中先生出富春溪山卧游图嘱题走笔赋此

我本罗浮采樵子，误落京华尘网里。命宫磨蝎[2]谁得知，两度西南行万里。西南胜境说滇池[3]，黔中岩洞亦足奇。穷荒跌宕讵不快，奈此烟瘴霾边陲。前年归去盘江过，滩掠鸟蛮胆几破。今年一舸下沅江，清浪滩头舞掀簸。飞鸢站站浔水没，悲雁迢迢湘浦和。回首飞云四百峰，此身那许山中卧。昔闻富春渚[4]，高风溯严陵[5]。千岩万巘汉时绿，九十六濑澄江澄。西湖明靓比西子，我昔见之双眼明。（乙丑岁曾游西湖。）溪山如此不一往，选胜有愧方元英[6]。重黎先生钓游罢，山上鹤猿纷劝驾。烟波久滞志和[7]舟，石壁空怀灵运舍。卧游一卷装成轴，顾我题诗刻椽烛。我从罗甸[8]瘴中来，忽见此图看不足。滩长七里画岂到，渺渺江天挂蒲幅。其间远岭点苍烟，两乳垂垂想天目。

往读水经注苕水，径罗浮乃知会稽。罗浮即天目，于中亦有大石楼。峰高北望洞庭口，南望富春江水流。流观动我沧州兴，我自山人鱼鸟性。桐君[9]药箓不可求，葛令丹砂会须请。先生熊轩[10]金虎符[11]，筹兵转饷帝所需。神州勠力此焉奇，鬼谷退身那得娱。纵令谢公赌棋墅，未许贺监乞镜湖[12]。图名卧游[13]有深意，管蠡[14]讵敢窥区区。繄余远秉滇黔节，未算曾经山水窟。出山小草[15]况贻嘲，只应归弄罗浮村里梅花月。

【注】

［1］袁重黎先生：即袁昶（1846—1900），字爽秋，一字重黎，浙江桐庐人。清末大臣、学者。光绪二年（1876）进士，历官户部主事、总理衙门，办理外交事务，后历任江宁布政使、光禄寺卿、太常寺卿。光绪二十六年（1900），直谏反对用义和团排外而被清廷处死，同时赴刑的还有许景澄、徐用仪等四人，史称“庚子五忠”。《辛丑条约》签订后，清廷为其平反，谥忠节。著有《浙西村人初集》等。事见《清史稿·列传二百五十三》。

［2］磨蝎：星宿“磨蝎宫”的省称。旧时星象，谓平生常遭挫折者为遭逢磨蝎。〔宋〕苏轼《东坡志林·退之平生多得谤誉》：“退之诗云：‘我生之辰，月宿南斗。’乃知退之磨蝎为身宫，而仆乃以磨蝎为命，平生多得谤誉，殆是同病也。”

［3］滇池：见《初别云南途中寄谭中丞序初年年伯钧培》“滇池”条。

［4］富春渚：富春江畔。〔清〕吴伟业《毛子晋斋中读吴匏庵手抄宋谢翱西台恸哭记》诗：“言过富春渚，登望文山哭。”

［5］严陵：严光，字子陵，省称“严陵”。东汉会稽余姚人。少曾与汉光武帝刘秀同游学。刘秀即帝位后，光变姓名隐遁。刘秀遣人觅访，征召到京，授谏议大夫，不受，退隐于富春山。后人称他所居游之地为“严陵山”“严陵濑”“严陵钓台”等。事见《后汉书·逸民列传》。

［6］方元英：《全唐文》卷八百二十载孙郃《方元英先生传》：“先生新安人，字雄飞。章八元即先生外王父也。广明中和间为律诗，江之南未有及者。始谒钱塘守姚公合，公视其貌陋，初甚侮之。坐定览卷，骇目变容而叹之。先生一举不得志，遂游于会稽，渔于鉴湖，与郑仁规、李频、陶详为三益友。弟子宏农、杨弇、释子居远。及卒，弇编其诗，请舍人王赞之为序。赞序云‘张祐升杜甫之堂，方干入钱起之室’云。”

［7］志和：张志和，字子桐，唐代诗人，浙江金华人。历任翰林待诏、左金吾卫录事参军、南浦县尉等职。后弃官，隐居于太湖苕溪与霅溪一带，扁舟垂纶，渔樵为乐。

［8］罗甸：见《初入黔中》“罗施”条。

［9］桐君：传说为黄帝时医师。曾采药于浙江省桐庐县的东山，结庐桐树下。人问其姓名，则指桐树示意，遂被称为“桐君”。〔南朝梁〕陶弘景《〈本草〉序》：“又云，有桐君《采药录》说其花叶形色。”

［10］熊轩：熊车，有伏熊形横轼的车。汉时为公、列侯所用。〔南朝梁〕元帝《玄览赋》：“应鸣鞞于龙角，覆缇幕于熊车。”

［11］金虎符：古时表明身份的凭证。《文选·潘勖〈册魏公九锡文〉》：“授君印绶、册书，金虎符第一至第九。”〔唐〕吕向注：“金虎、竹使符，汉家符名。”

［12］贺监乞镜湖：贺监，贺知章尝官秘书监，故称。《新唐书·隐逸列传·贺知章》：“贺知章字季真，越州永兴人。……肃宗为太子，知章迁宾客，授秘书监。……天宝初，病，梦游帝居，数日寤，乃请为道士，还乡里，诏许之，以宅为千秋观而居。又求周宫湖数顷为放生池，有诏赐镜湖剡川一曲。既行，帝赐诗，皇太子百官饯送。”

［13］卧游：指欣赏山水画以代游览。《宋书·宗炳传》：“（宗炳）好山水，爱远游……有疾还江陵，叹曰：‘老疾俱至，名山恐难遍睹，唯当澄怀观道，卧以游之。’凡所游履，皆图之于室，谓人曰：‘抚琴动操，欲令众山皆响。’”

［14］管蠡：“管窥蠡测”的略语。比喻见识狭小。

［15］出山小草：余嘉锡《世说新语笺疏·排调》：“谢公始有东山之志，后严命屡臻，势不获已，始就桓公司马。于时人有饷桓公药草，中有‘远志’。公取以问谢：‘此药又名“小草”，何一物而有二称？’谢未即答。时郝隆在坐，应声答曰：‘此甚易解：处则为远志，出则为小草。’谢甚有愧色。桓公目谢而笑曰：‘郝参军此过乃不恶，亦极有会。’南朝梁刘孝标注引《本草》曰：‘远志一名棘宛，其叶名小草。’”

题宋徽宗杏花村图卷　五首

宝箓宫中白日闲，君王绿笔迈荆关。凭谁商摧诗中画，雪后柔条女儿山。（郭思《画意》称：“先子尝诵秀句，可画者首举羊士谔，诗云：‘女儿山头春雪消，路旁仙杏发柔条。心期欲去知何日，怅望回车下野桥。’”思于崇观中曾应制作《山海图》，徽宗此卷似仿其意为之。）

一去青城远恨赊，上河无复旧繁华。春风不渡临榆塞，何处村庄著杏花。

盥栉难承一日欢，桐棺朽木[1]恸回銮。奉华堂上金题秘，多恐刘妃[2]不忍看。（卷上有天下一人押铃以御书之宝，右角上有奉华堂印。宋高宗刘贵妃所居曰奉华堂，掌御前书画，盖南宋时仍藏内府也。陶宗仪《辍耕录》："徽陵发掘后，棺中惟朽木一段。"）

沧桑阅尽劫灰存，图印犹留胜国痕。不信柳庄能相背，又留殷鉴与神孙。（卷左角上有文渊阁印，右角下有尚宝司卿柳庄袁忠彻家藏印。忠彻字静思，珙之子。传其相人术，与珙俱识成祖于潜邸，盖先藏忠彻家后，献之内府也。《列朝诗传》：明宣宗游戏翰墨，不减宣和。）

国亡家破两堪悲，文采风流忆盛时。恰称道君图绘好，一篇东涧老人[3]诗。（卷后有钱谦益题七古一篇，末署崇祯戊寅五月朔日，诗见《初学集》中。）

【注】

[1] 桐棺朽木：桐棺即桐木做的棺材，表示薄葬。此指靖康之乱，宋徽宗、钦宗二帝为金人所掳，徽宗赵佶被囚禁九年，终不堪折磨死于五国城，葬于河南广宁。宋金和议后，迁葬浙江绍兴。事见《宋史·徽宗本纪》。

[2] 刘妃：宋徽宗宠妃，出身低微，为徽宗所幸，宣和三年（1121）薨逝，追赠"明节皇后"。事见《宋史·列传第二·后妃下》。

[3] 东涧老人：指钱谦益，字受之，号牧斋，晚号蒙叟、东涧老人，苏州常熟人。学者称"虞山先生"。

题米元晖[1]山水大轴

城中不见青山色，赤日亭亭居逼侧。忽然云气滃虚堂，一峰兀立云中央。青林白屋江岸长，渺若清晓行潇湘[2]。潇湘洞庭云物怪，我昔过之如见画。是真是画谁得知，但觉凉过风雨快。吁嗟乎！王俭泼墨今不传，古来传者襄阳颠。房山思白筋髓尽，想见米家一笔仙乎仙。元晖晚值承明里，墨戏[3]淋漓过老子。（元晖晚过光尧，此轴题绍兴八年三月二日米友仁写，盖供奉时作。）七尺生绡八百年，邱壑[4]胸中长不死。后来赏鉴题者谁，逃虚老人徐少师。（此轴上题五言古一篇，款署逃虚老人。考李西涯集，知即姚广孝，盖晚年自号。）云烟过眼忽我属，我对此图看不足。无根树拂鸿蒙云，（邓椿画继敷文秘重其画，虽亲旧间无缘得之，众嘲曰："解作无根树，能为鸿蒙云。如今供奉也，不肯与闲人。"）故乡又忆罗浮麓。门前车马涨黄埃。吁嗟乎！何时卷图归去来[5]。

【注】

［1］米元晖：米友仁（1074—1153），字元晖，祖籍山西太原，迁襄阳（今属湖北），定居润州（今属江苏镇江），系北宋书画家米芾长子，世称"小米"。承继并发展米芾的山水画技法，奠定"米氏云山"的山水画笔法，画雨后山水烟雨蒙蒙、变幻空灵，为时人所称。

［2］潇湘：指湘江，其水清深，故名。《山海经·中山经》："帝之二女居之，是常游于江渊，澧沅之风，交潇湘之渊。"

［3］墨戏：随兴而成的写意画。《宣和画谱·墨竹诗意图》："阎士安，陈国宛丘人，家世业医，性喜作墨戏，荆榛枳棘，荒崖断岸，皆极精妙。"

［4］邱壑：比喻深远的意境。〔清〕钱泳《履园丛话·艺能·摹印》："譬诸画家，无胸中邱壑，以稿本临模，终是下乘。"

［5］归去来：〔晋〕陶渊明作《归去来兮辞》示隐逸之意，后以为归隐之典。《晋书·隐逸传·陶潜》："执事者闻之，以为彭泽令……郡遣督邮至县，吏白：'应束带见之。'潜叹曰：'吾不能为五斗米折腰，拳拳事乡里小人邪！'义熙二年解印去县，乃赋《归去来》。"

伍叔葆[1]编修同年（铨萃）告假南归为尊人星南翁谭恭人八十一双寿预祝明春重逢花烛征诗

极南自古说仙都，仙眷如公旷代无。丹灶炼砂贻葛令，琼筵行酒侍麻姑。云霞海屋长增算，风月江门得并娱。更有大罗天上咏，清歌一曲凤将雏[2]。

仙乡日月乐无涯，转盼明春迨吉期。芳桂正看成列后，夭桃又喜著华时。画眉狼藉归鸿案，彩服斑斓起凤池[3]。传语兕觥[4]休尽醉，洞房还有合欢卮。

【注】

[1] 伍叔葆：伍铨萃，字选青，号叔葆。广东新会人。清光绪十八年(1892)壬辰二甲十二名进士，散馆授编修。光绪二十七年，充广西副考官。外官至湖北郧阳知府。庚子事变西狩随员，著有《北游日记》。按：与陈伯陶同年进士。

[2] 凤将雏：古曲名。《晋书・乐志下》："凤将雏歌者，旧曲也。应璩百一诗云'言是凤将雏'，然则其来久矣。前溪歌者，车骑将军沈充所制。"又，《古今乐录》："吴声十曲。一曰子夜。二曰上柱。三曰凤将雏。四曰上声。五曰欢闻。六曰欢闻变。七曰前溪。八曰阿子。九曰丁督护。十曰团扇郎。并梁所用曲。凤将雏以上三曲。古有歌。今不传。"

[3] 凤池：〔唐〕杜佑《通典・职官三》："魏晋以来，中书监令掌赞诏令，记会时事，典作文书，以其地在枢近，多承宠任，是以人因其位，谓之'凤凰池'焉。"

[4] 兕觥：古时盛酒的器具。《诗经・小雅・桑扈》："兕觥其觩，旨酒思柔。彼交匪傲，万福来求。"

庚子七月[1]感事　十首

国耻群思雪，谋谟况懿亲。如何戴白帽，翻欲仗黄巾[2]。失地曹征鬼，依人虢降神。明明龟鉴在，往诉总逢瞋。

传闻枢密使，宣抚往南垂。宰相真蓝面，渠魁[3]问赤眉[4]。众狙宁可说，单骑竟何之。何事亡胡谶，归来尚不疑。

皇华方致馆，白刃倏交闾。谁献徙戎论，先行逐客书。负隅撄猛虎，沸鼎烂游鱼。使者知何罪，欃枪急扫除。

雷声殷城角，巷战陷重围。困兽[5]原能斗，连鸡[6]讵不飞。攻坚成下策，据险昧先机。太息中兴将，无端自挫威。

羽檄纷旁午，援兵落垡（地名）过。九重文露布[7]，十万剑横磨。鬼卒[8]岂能用，人妖知奈何。忠贤旧藩尽，朝野殷忧多。

关门飞牡去，杀气海云阴。不信降幡竖，虚传敌舰沈。覆军忘自昔，挑衅竟从今。消息传来恶，悲同漆室吟。

败信知难掩，津门[9]战血殷。炮车[10]飞似雨，楼橹撼如山。壮士张拳尽，将军裹革还。群胡知大至，铙吹入京关。

深仇殊赵宋，此举竟何名。通敌防秦桧，乘城恃郭京。更闻骈首戮，端为逆鳞撄。蟊贼讧如此，椎胸气不平。

大事忽焉去，谁能为国谋。苍黄挈室遁，辛苦望门投。风鹤[11]连朝警，沙虫一旦休。四方瞻靡骋，吾计岂淹留。

胡骑[12]行如鬼，妖星帝座明。悬知下殿走，终胜莅坛盟。豆粥人争尽进，麻鞋我独征。昼号兼夜哭，跧伏愧偷生。

【注】

［1］庚子七月：指清末庚子国变。光绪二十六年（1900），英、美、法、俄、德、日、意、奥八国联军，于是年六月，由英国海军中将西摩尔率领，从天津租界出发，向北京进犯。最后导致清政府陷入空前灾难，中国险遭瓜分，主权彻底沦丧。1900 年为中国农历庚子年，史称“庚子国变”。事见《清史稿·德宗本纪》。

［2］黄巾：东汉末年张角所领导的农民起义军，因头包黄巾而得名。借指作乱者，寇盗。此句意为慈禧曾想利用义和团的力量来抵抗外国。

［3］渠魁：首领。《尚书·胤征》：“歼厥渠魁，胁从罔治。”孔传：“渠，大。魁，帅也。”〔唐〕孔颖达疏：“‘歼厥渠魁’，谓灭其元首，故以渠为大，魁为帅，史传因此谓贼之首领为渠帅，本原出于此。”

［4］赤眉：汉末以樊崇等为首的农民起义军，以赤色涂眉为标志。《汉书·王莽传下》：“赤麋闻之，不敢入界。”〔唐〕颜师古注：“麋，眉也。以朱涂眉，故曰赤眉。”

［5］困兽：困兽犹斗，比喻处于绝境仍竭力挣扎。典出《左传·定公四年》：“困兽犹斗，况人乎?”

［6］连鸡：缚在一起的鸡。此处谓清廷内部分裂，互相倾轧，行动不一致。《战国策·秦策一》："诸侯不可一，犹连鸡之不能俱上于栖之明矣。"〔宋〕鲍彪注："连谓绳系之。"

［7］露布：征讨的檄文或文书。〔清〕赵翼《陔余丛考·露布》："自贾洪作此讨曹操后，遂专用于军事。"

［8］鬼卒：此处指义和团。

［9］津门：天津的别称。天津因地处畿辅门户，故名"津门"。庚子国变时八国联军从天津进犯北京。

［10］炮车：古时用以载炮的战具。《清文献通考·兵十六》："演放五百斤及千斤炮位，较四百斤炮位立靶稍远。车上演放，势必摇动，难以得准。嗣后换用土台演放，较炮车实为稳妥。"

［11］风鹤："风声鹤唳"的省称，此处指战争的消息。〔清〕顾炎武《与汤圣弘书》："向有栖迹华山愿，因烽火乍传，暂居汾曲。近者风鹤稍宁，而关中二三君子重理前说，将建考亭书院。"

［12］胡骑：此处指入侵的外国军队。

哭袁重黎[1]先生

日惨云愁菜市[2]边，缁帷噩耗与谁传。青山独往悲同日，（时寓怀柔。）黄卷相从记去年。血污苌宏[3]终出地，魂招宋玉祇呼天。帝关虎豹人难叩，洒泪何能到九泉。

【注】

［1］袁重黎：见《自黔中归谒袁重黎先生（昶）于芜湖道署中先生出富春溪山卧游图嘱题走笔赋此》"袁重黎先生"条。按：庚子事变时，袁昶因直谏反对利用义和团力量对付外国而被清廷处斩，同时被杀的还有兵部尚书徐用仪、户部尚书立山、吏部侍郎许景澄、内阁学士联元，史称"庚子五忠"。《辛丑条约》签订后光绪帝为之平反。《清史稿·列传二百五十三》："清代优礼廷臣，罕有诛罚。拳祸既起，忠谏大臣骈首就戮，岂独非帝意哉？观用仪诸人所论事势利害，昭昭如此，乃终不能回当轴之听，何其昧焉？世传大节，并号'五忠'，不数日而遂昭雪，允哉！"

［2］菜市：袁昶及五人均在菜市口被处斩。

［3］苌宏：亦作“苌弘”。苌弘被周人杀死，死后三年，其血化为碧玉。后以指屈死者。事见《左传·哀公三年》。《庄子·外物》：“人主莫不欲其臣之忠，而忠未必信，故伍员流于江，苌弘死于蜀，藏其血三年，而化为碧。”

初秋避地怀柔县[1]中　四首

南归真路绝，逃难朔方来。山杂多云雨，城空半草莱。暮烽楼上赫，晓角枕边哀。极目家书断，愁肠九日回。

乱离时有几，跋涉事多艰。地瘠愁饥饿，交新喜往还。蜉蝣[2]过日月，豺虎满河山。西狩迢迢远，何人慰圣颜。

胡歌隐都市，倾耳更酸辛。甑破[3]顾何益，棋输劫愈频。往来防溃卒，消息问逃人。回首长安道，风生铁马尘。

悲来念师友，幽愤讵能平。鸡肋味逾薄，鸿毛命早轻。拊心忠孝节，垂泪死生情。多少恩私报，哦诗愧北征。

【注】

［1］怀柔县：今为怀柔区，北京市的远郊区。地处燕山南麓，位于北京市东北。南连顺义、昌平，北接河北省赤城县、丰宁县、滦平县。按：此诗应作于光绪二十六年（1900），是年七月庚子事变起，八国联军攻占北京城，慈禧太后携光绪帝西逃，陈伯陶时在京，遂往怀柔避难。《瓜庐诗剩》卷下《七十述哀诗一百三十韵》诗中自注曰：“开战后，余料两宫必西狩，先寄孥于京北之怀柔县。联军至，余只身出至怀柔，急欲随员而丧其资，怀柔令焦聚五立奎，山东人，颇礼余，因求假三百金，焦诺而款不时至。”可为佐证。

［2］蜉蝣：此处比喻生命之微小脆弱。《诗·曹风·蜉蝣》：“蜉蝣之羽，衣裳楚楚。”《毛传》：“蜉蝣，渠略也，朝生夕死。”

［3］甑破：余嘉锡《世说新语笺疏·黜免》：“‘邓竟陵免官后赴山陵。’南朝梁刘孝标注引《郭林宗别传》曰：‘钜鹿孟敏，字叔达，敦朴质直。客居太原，杂处凡俗，未有所名。尝至市买甑，荷儋堕地坏之，径去不顾。适遇林宗，见而异之，因问曰：“坏甑可惜，何以不顾？”客曰：“甑既已破，视之何

益?”林宗赏其介决，因以知其德性，谓必为美士，劝令读书。游学十年，遂知名，三府并辟，不就。东夏以为美贤。’”

武关[1]吊楚怀王

武关何岧峣，犬牙错秦楚。丹江划其南，徙岭复东拒。奔流坼赤壤，撞击若漂杵。树垒摩苍穹，嵯嶪如设虡。兵家论地险，罙入至深阻。但将重门闭，岂借百夫御。缅想六国时，战守重边圉。负嵎奋哮虎，斗穴资勇鼠。嬴吞与芊搏，不知几年所。太息怀王愚，入此会樽俎。不从三闾[2]谏，乃听子兰语。北面朝章台，低头入囹圄。江汉南服雄，百万起徒旅。虚闻呼报越，忽复忘在莒[3]。遂令虎狼都，六合肆包举。我行上雒中，陟此色犹沮。感叹值时危，临风屡延伫。

【注】

[1] 武关：见《郢中怀古》“武关”条。

[2] 三闾：指屈原。屈原曾任三闾大夫，故称。《后汉书·孔融传》：“忠非三闾，智非鼂错，窃位为过，免罪为幸。”〔唐〕李贤注：“即屈原也，掌王族三姓，曰昭、屈、景，故曰‘三闾’。”

[3] 在莒：春秋时，齐国发生内乱，公子小白流亡于莒，返国后登君位，是为桓公。后因称往昔所受的困厄为“在莒”。

夕次商州　二首

商于六百此停骖，忧患余生愧不堪。老我驰驱成底事，莫嘲快捷出终南[1]。

风尘澒洞道途艰，驷马高车意态闲。商皓[2]无心仍为汉，几人富贵欲归山[3]。

【注】

[1] 快捷出终南：终南捷径。《大唐新语·隐逸》：“卢藏用始隐于终南山

中，中宗朝垒居要职。有道士司马承祯者，睿宗迎至京，将还，藏用指终南山谓之曰：‘此中大有佳处，何必在远！’承祯徐答曰：‘此仆所观，乃仕宦捷径耳。’藏用有惭色。”

［2］商皓：见《题陶渊明采菊图》“商山芝”条。

［3］归山：指退隐。〔唐〕白居易《早送举人入试》诗：“春深官又满，日有归山情。”

商州道中观刈麦

下地麦已黄，高地蔬犹绿。虽无十斛收，尚可称半熟。腰镰日卓午，背汗炎歊酷。浓云黝然过，清风洒林谷。回头语妇子，飒爽如新浴。仍岁苦凶荒，胼胝[1]惯手足。山田不上水，晴雨喜相续。所愿天公怜，救死得饘粥。

【注】

［1］胼胝：见《夏夜书怀》“胼胝”条。

饥　儿　行

（过麻涧，见道中饥儿，大者八九岁，小者五六岁，哀赠此诗）

大儿面如猴，小儿胫如鹤。干腊无人形，相负行郭索[1]。问儿何为瘦若此，父兮母兮饥已死。父母未死时，儿饥有食儿不知。一朝瞑目卧沟壑，耳中不闻儿啼饥。骄阳当空匍匐过，午道逢舆马。来叩头诉饥苦，大儿号咷刚逢怒，小儿泣血[2]终无语。吁嗟饥儿谁复怜，曷不随父母归黄泉。

【注】

［1］郭索：见《十二月十五日复雪》“郭索”条。

［2］泣血：指极度悲痛而无声哭泣。《礼记·檀弓上》：“高子皋之执亲之丧也，泣血三年，未尝见齿。君子以为难。”〔汉〕郑玄注：“言泣无声如血出。”

饥 妇 行

道旁攲侧[1]三间屋，瓦釜折铛[2]床折足。寡妇垂头色惨凄，孤儿怀内呱呱哭。停车问寡妇，几时别汝夫。手中黄瘦儿，朝夕得饱无。寡妇向我言，本有三壮儿。两儿饥已死，委弃荒山陂。朔风怒号撼枯树，空房瑟缩无衣絮。我夫忍饥出门去，不知流转今何处。朝食糠秕夕草根，借问寡妇孤儿安得存。一家死徙已将尽，君不见，昨日长官行振门外书饥民。

【注】

[1] 攲侧：歪斜摇晃貌。〔唐〕杜甫《瘦马行》："绊之欲动转攲侧，此岂有意仍腾骧。"

[2] 折铛：折脚铛，省作折铛。指断脚锅。〔清〕钱谦益《送瞿稼轩给事南还》诗："橛头船里新茶灶，折脚铛边旧佛龛。"

过 秦 岭[1]

迢遥驿路八千程，秦岭屏开拱帝京。十丈尘红知日近[2]，万重山翠尚云横。紫芝[3]东去幽人[4]谷，细柳西驰故将营。[5]今我临风独惆怅，几时耕稼遇休兵。

【注】

[1] 秦岭：亦称"秦山""终南山"，位于今陕西省境内。《三秦记》："秦岭东起商雒，西尽汧陇，东西八百里。"〔唐〕韩愈《左迁至蓝关示侄孙湘》诗："云横秦岭家何在？雪拥蓝关马不前。"

[2] 知日近：典出〔南朝宋〕刘义庆《世说新语·夙惠》："晋明帝数岁，坐元帝膝上。有人从长安来，元帝问洛下消息，潸然流涕。明帝问何以致泣？具以东渡意告之。因问明帝：'汝意谓长安何如日远？'答曰：'日远。不闻人从日边来，居然可知。'元帝异之。明日集群臣宴会，告以此意，更重问之。乃答曰：'日近。'元帝失色，曰：'尔何故异昨日之言邪？'答曰：'举目

见日，不见长安。’”

［3］紫芝：亦称“木芝”，生于山地枯根上，可入药。道教以为仙草。〔汉〕王充《论衡·验符》：“建初三年，零陵泉陵女子傅宁宅，土中忽生芝草五本，长者尺四五寸，短者七八寸，茎叶紫色，盖紫芝也。”

［4］幽人：幽隐之人。〔清〕顾炎武《与胡处士庭访北齐碑》诗：“策杖向郊坰，幽人在岩户。”

［5］细柳句：指细柳营。汉文帝时，周亚夫为将军，屯军细柳。帝自劳军，至细柳营，因无军令而不得入。于是使使者持节诏将军，亚夫传令开壁门。既入，帝按辔徐行。至营，亚夫以军礼见，成礼而去。帝曰：“此真将军矣！曩者霸上，棘门军，若儿戏耳！”事见《史记·绛侯周勃世家》，〔唐〕张守节《史记正义》引《括地志》云：“细柳仓在雍州咸阳县西南二十里也。”

七　盘　坡[1]

螺髻耸巑岏[2]，蛇行上七盘。练飞沈谷底，梯转入云端。秦岭[3]眉间出，蓝田[4]掌上看。溟蒙烟不尽，何处是长安。

【注】

［1］七盘坡：亦称“七盘岭”。位于今四川广元东北与陕西宁强的交界处，为四川陕西间重要关隘之一。〔唐〕岑参《醴泉东溪送程皓元镜微入蜀》诗：“蜀郡路漫漫，梁州过七盘。”

［2］巑岏：山峰高峻耸立。《楚辞·刘向〈九叹〉》：“登巑岏以长企兮，望南郢而窥之。”〔汉〕王逸注：“巑岏，锐山也。”

［3］秦岭：见《过秦岭》“秦岭”条。

［4］蓝田：蓝田县。位于陕西省渭河平原南部、秦岭北麓、渭河支流灞河上游。秦置县，以产美玉闻名。〔汉〕班固《西都赋》：“陆海珍藏，蓝田美玉。”

蓝田道中

（时陕西旱饥）

蓝水清泠涧底回，蓝田无雨起黄埃。田家尽说丰年好，多谢仙人种玉[1]来。

【注】

［1］种玉：典出〔晋〕干宝《搜神记》："杨公伯雍，雒阳县人也，本以侩卖为业，性笃孝，父母亡，葬无终山，遂家焉。山高八十里，上无水，公汲水作义浆于阪头，行者皆饮之。三年，有一人就饮，以一斗石子与之，使至高平好地有石处种之，云：'玉当生其中。'杨公未娶，又语云：'汝后当得好妇。'语毕，不见。乃种其石，数岁，时时往视，见玉子生石上，人莫知也。有徐氏者，右北平著姓女，甚有行，时人求，多不许；公乃试求徐氏，徐氏笑以为狂，因戏云：'得白璧一双来，当听为婚。'公至所种玉田中，得白璧五双，以聘。徐氏大惊，遂以女妻公。天子闻而异之，拜为大夫。乃于种玉处四角，作大石柱，各一丈，中央一顷地名曰'玉田'。"

过泄湖闻杜鹃野老告予此望帝也以秦灭蜀而悲语虽误会实怆余心因本其意为作一诗[1]

我行驱车过泄湖，杜鹃哀鸣林内呼。巴蜀西通几何世，至今啼血[2]胡为乎。君不闻，虎狼之国人性殊，血人于牙自古无。五丁力士供前驱，剑阁崔嵬开坦涂。珠玉岷峨尽西走，闭关雄戟愁万夫。君失势兮龙为鱼，白龙鱼服[3]困豫且。鹳鹆[4]之馈空姝姝，啄人大屋头白乌。岂无精卫[5]苦追逐，力欲填海海不枯。天津桥上啼呜呜，印鉴不远真前车。呜呼！杜鹃岂为此，使我揽涕心踟蹰。

【注】

［1］庚子之变，帝京失守，慈禧太后携光绪帝西逃，诸臣流散，国几亡

矣。陈伯陶欲奔随西安护驾，因母病重乃返粤，途经此地，触景生情，欲借望帝失国之恨魄，以浇心中块垒。

［2］啼血：杜鹃啼血。旧题〔晋〕张华注《禽经》：“巂周，子规也（按，即杜鹃）。”《注》：“夜啼达旦，血渍草木。”〔晋〕阚骃《十三州志》：“其后有王曰杜宇，称帝，号望帝。……有一死者名鳖令，其尸亡至汶山却是更生，见望帝，帝以为蜀相，时巫山壅江，蜀地洪水，望帝使鳖令凿巫山治水，有功。望帝自以德薄，乃委国禅鳖令，号曰开明。遂自亡去，化为子规。故蜀人闻鸣曰：‘我望帝也。’”

［3］白龙鱼服：典出〔汉〕刘向《说苑·正谏》：“吴王欲从民饮酒。子胥谏曰：‘不可。昔日白龙下清泠之渊，化为鱼，渔者豫且，射中其目，白龙上诉天帝。天帝曰：“当是之时，若安置而形。”对曰：“化为鱼。”天帝曰：“鱼固人之所射也，若是，豫且何罪?”今君弃万乘之位，而从布衣之士饮酒，臣恐有豫且之患。’王乃止。”

［4］鸜鹆：即鸜鹆、鸲鹆。《春秋·昭公二十五年》：“有鸜鹆来巢。”杨伯峻注：“鸜同鸲，音劬。鸜鹆即今之八哥，中国各地多有之。”

［5］精卫：语出《山海经·北山经》：“发鸠之山，其上多柘木。有鸟焉，其状如乌，文首、白喙、赤足，名曰精卫，其鸣自詨。是炎帝之少女名曰女娃，女娃游于东海，溺而不返，故为精卫，常衔西山之木石，以堙于东海。”

左笏卿[1]侍卿（绍佐）诗来订归隐罗浮之约次韵奉答　四首

左公经世彦，垂老欲归山。宝剑非小试，金丹期大还。有盟同息壤[2]，相约叩玄关。但挹浮邱袂，高风或可攀。

昔去罗浮路，云梯百丈斜。经文窥石室，泉味酌金砂。（罗浮有晋单道开石室，又黄龙洞泉，俗名金砂水。）构患逢京邑，离居怅海涯。故山猿鹤[3]怨，兰径长蓬芭。

避地疑无地，全天别有天。仙家屣尘俗，佛法镜因缘。我友江门子，（谓家简持观察。）能参曹洞禅[4]。迩来真解脱，蓬岛思飘然。

虚无归路近，凫舄几人来。君本同方朔，名曾重上台。长饥悲廪粟，浩劫感池灰。勾漏[5]吾师在，相期揖老莱。

【注】

［1］左笏卿：左绍佐（1847—1927），字季云，号笏卿，别号竹笏生，湖北广水太平乡左家河人。清光绪六年（1880）取进士，授翰林院庶吉士。历任刑部主事、员外郎、郎中，都察院给事中，军机章京，监察御史，广东南韶连兵备道兼管水利事等。1914 年黎元洪荐入国史馆。著有《蕴真堂集》《竹笏斋词钞》《竹笏日记》等。

［2］息壤：栖止之地。〔清〕龚自珍《桐君仙人招隐歌》："两家息壤殊不远，江东浙东一棹堪洄沿。"

［3］猿鹤：隐逸之士。〔清〕方文《饮从兄撍公民部》诗："猿鹤岂无干禄意，江关只恐厌人稠。"

［4］曹洞禅：即曹洞宗，佛教禅宗五家之一。唐禅宗六祖慧能传弟子行思，行思传希迁，希迁传药山，药山传云岩，云岩传良价。良价住瑞州洞山，作《宝镜三昧歌》，传本寂，住抚州曹山，故称"曹洞宗"。

［5］勾漏：指晋葛洪，曾为勾漏令。《晋书·葛洪传》："以年老，欲炼丹以祈遐寿，闻交址出丹，求为勾漏令。"

【附原作】

葛公炼丹处，乃在罗浮山。哑虎近犹伏，飞鸾殊不还。今君亦何事，云际置松关。他日朱明洞，藤萝许共攀。老至逢时乱，苍茫暮景斜。闻君擅白业，妙眼识丹砂。大药非无命，孤生亦有涯。玄亭湛寂寥，容得几侯芭。琅玕三万字，沥血照青天。应有垂堂戒，非无出世缘。吴门梅福疏，曹洞惠能禅。一往云深处，桃源信杳然。洞府名山接，真人数往来。会闻司马子，今日往天台。白发枯成雪，丹心死著灰。参同宜可问，我辈岂蒿莱。

家简持[1]观察（昭常）闻笏卿约归隐罗浮同作四首次韵奉答

乱离惊老丑，误我是儒冠。世事云翻覆，功名雪散抟。青山常兴发，白水讵盟寒。自顾知无补，登临愧谢安。

闻君负奇气，蒿目[2]为时伤。方丈拿舟远，空同倚剑长。波涛驰宦海，风雨战词场。何事甘枯槁，相寻白兔方。

传道神仙眷，翱翔戏上清。联袂宿桃洞，并辔主蓉城[3]。君是陈同甫[4]，人如宋子京[5]。他时渡江接，应取玉华名。（君将有姑苏纳宠之行，故云。）

老辈左元放[6]，嬴粮今见寻。悬知生世苦，不及入山深。抱朴论丹诀，参同证道心。迟君粱熟后，把臂上瑶岑。

【注】

［1］家简持：即“陈简持”，因与作者同姓，故称。见《陈简持观察（昭常）随张樵野侍郎（荫桓）奉使伦敦贺英主享国六十载之期回粤后即之官滇中赋赠》“陈简持”条。

［2］蒿目：极目远望。语本《庄子·骈拇》：“今世之仁人，蒿目而忧世之患。”

［3］蓉城：传说中的仙境。〔清〕袁枚《随园诗话》卷七：“后任死，伏魄时《口号别亲友》云：‘见说群仙同抗手，迟余受代主蓉城。’”

［4］陈同甫：指南宋陈亮，原名汝能，后改名陈亮，时称“龙川先生”。宋光宗绍熙四年（1193）举进士第一，授建康军节度判官厅公事。力主抗金，曾上书论国事，两次被诬入狱。

［5］宋子京：宋祁（998—1061），字子京，北宋文学家、史学家。天圣二年进士，授值史馆。历官龙图阁学士、史馆修撰、知制诰。曾与欧阳修等合修《新唐书》。

［6］左元放：指东汉末年左慈，字符放。少习五经，通星纬。身逢汉末乱世，乃叹曰：“值此衰运，官高者危，财多者死。当世荣华，不足贪矣。”

乃学道术，葛洪《抱朴子·金丹篇》载左慈是葛玄之师，传其《太清丹经》三卷，及《九鼎丹经》《金液丹经》各一卷。事见《后汉书·方术列传》。

【附原作】

大隐金门客，巍峨獬豸冠。不成斩张禹，未合访陈抟。世运夷初旦，心期岁共寒。终南今在望，捷径愧长安。守拙宁论命，忧危只自伤。道衰吾尚健，心短发偏长。且觅愚公谷，同登选佛场。如闻抱朴子，驻景有神方。昔访西王母，骖鸾达太清。光明水精域，飘渺化人城。我欲操金简，归来献玉京。下方殊未悟，避世且逃名。家与洞天近，贤师导我寻。龙蛇今道蛰，猿鹤此山深。有甚埋轮愤，全消击楫心。酥醪期共饮，玉女伫遥岑。

雨中同简持[1]游终南小五台归后绘图纪事简持出诗索和因次其韵

西来何处一支筇，极目终南紫翠重。万谷笙钟风雨会，半生立屐雪泥[2]踪。公和长啸真鸣凤，东野相随宛化龙。如此狂言君莫笑，仙山游戏本难逢。

【注】

[1] 简持：见《陈简持观察（昭常）随张樵野侍郎（荫桓）奉使伦敦贺英主享国六十载之期回粤后即之官滇中赋赠》“陈简持”条。

[2] 雪泥：“雪泥鸿爪”的略语。〔宋〕苏轼《和子由渑池怀旧》有句曰：“人生到处知何似？应似飞鸿踏雪泥。”

【附原作】

天风策策手扶筇，会上天门第四重。又到元都寻旧隐，忽逢微雨散游踪。羡君高举同孤鹤，愧我安禅制毒龙。欲把丹青留息壤，罗浮山路会相逢。

太白酒楼

（楼在西安城内景龙观侧，今改名明德）

谪仙[1]仙去已千年，寂寂长安市上眠。西极几时星堕地，南楼依旧月流天。开筵痛饮人皆醉，倚槛狂歌我欲颠。裘马屡空添白发，销愁差幸酒如泉。

【注】

［1］谪仙：指李白。〔唐〕孟棨《本事诗·高逸》："李太白初自蜀至京师，舍于逆旅。贺监知章闻其名，首访之。既奇其姿，复请所为文。出《蜀道难》以示之。读未竟，称叹者数四，号为'谪仙'。"

笏卿再以两扇索画群仙笙鹤来去追随之象并赠以诗奉答一首

左公天外发奇想，招手蓬莱与方丈。蓬莱弱水路三千，中有畸人龟鹤年。徐福[1]引船不得至，君独尻轮神马登。降于其颠闻君玩，丹经大药长不死。朝餐昆仑霞，夕饮玉池水。婴儿神室养已成，织女云车[2]伫相俟。东瀛清浅今几秋，南溟左股为罗浮。金巘瑶岑三万六千丈，君将拉我从之游。我今北极依行在，君亦西台鸣剑佩。共此栖迟金马门，何时腾踔青牛[3]背。团团两白扇，嘱我图列仙。神仙中人岂易见，试取君貌相寻研。君不闻，避秦辅汉商山翁，松下逍遥巾屦同。紫芝眉宇[4]君酷肖，想君皓发衰颜红。又不闻，谪仙小谪人间世，采石[5]骑鲸[6]偶游戏。斗酒百篇君似之，想君锦袍谒天帝。群仙笙鹤知何处，精气潜通自来去。他年羽翼巢神山，霓旌绛节去不还。不知凡夫画扇相携碧霄上，抑或弃掷黄埃间，请君一语顽石顽。

【注】

［1］徐福：见《桃源洞歌》"徐福"条。

［2］云车：仙人的车乘，仙人以云为车，故称。《淮南子·原道训》："昔者冯夷、大丙之御也，乘云车入云蜺，游微雾。"

[3] 青牛：神仙道士的坐骑。〔汉〕刘向《列仙传》："老子西游，关令尹喜望见有紫气浮关，而老子果乘青牛而过也。"

[4] 紫芝眉宇：称颂人德操清正高洁。《新唐书·卓行传·元德秀》："元德秀字紫芝，河南人。质厚少缘饰……德秀善文辞，作《蹇士赋》以自况。房管每见德秀，叹息曰：'见紫芝眉宇，使人名利之心都尽。'"

[5] 采石：指采石矶。《新唐书·文艺传·李白》："（李白）尝乘月与崔宗之自采石至金陵，着宫锦袍坐舟中，旁若无人。"

[6] 骑鲸：见《襄阳杜工部墓》"骑鲸子"条。

【附原作】

君不见，罗浮万叠云中山。君不见，陈侯洒落人中仙。仙人作画世岂有，遂令云山落吾手。酥醪观前松几株，参天老干铁不如。凉涛入耳疑有无，冥冥空翠沾人裾。对面高峰插天起，瀑布界道天河水。喷沫终年雪片飞，垂绅百丈虹倚长。昆仑华池理本玄，山灵现象良自然。怪石齐作狮象势，相逢说法知不顽。石间云气常来往，松根之人作何想。若然是我在松根，且当携锄寻茯苓。又闻朱明洞天连括苍，中有羽客长翱翔。每至夜深百籁寂，半空天乐声琅琅。陈侯陈侯更有两白扇，请君随意写一图。群仙笙鹤来，著我玩月长松下一图。群仙笙鹤去，著我亦作骑鲸者。

自题所作罗浮铁桥障子赠简持

（时简持将之官桂林）

蓬莱南徙风雨黑，两山插天合不得。仙人鞭石[1]架长桥，裊裊垂虹一千尺。横空欲度猿猱愁，下有喷薄珠泉流。谁欤手携绿玉杖，倒跨暗虎逍遥游。简兮我友王乔侣，曾入桂林追桂父[2]。他年投砚一归来，曾饮酥醪招玉女。[3]君不见，葛稚川丹成阖室俱上仙，勾漏丹砂君拾取，攫身携我飞云巅。

【注】

[1] 仙人鞭石：典出〔晋〕伏琛《三齐略记》："秦始皇作石桥于海上，欲过海看日出处。有神人驱石，去不速，神人鞭之，皆流血，今石桥犹赤色。"

[2] 桂父：传说中的仙人。〔汉〕刘向《列仙传·桂父》："桂父者，象

林人也，色黑而时白时黄时赤。南海人见而尊事之。常服桂及葵。”

［3］曾饮句：〔清〕恽敬《酥醪观记》：“安期生与神女会于元邱，醉后，呼吸水露，皆成酥醪。此廋词也，取之名观，不知所自始。”

苦热行

赤云火燎苍天死，坠地日轮[1]鞭不起。秦中黔首走且僵，浃背汗流成血水。鳞鳞万室蒸甑炊，扑面蚊蝇鸣旱雷。沈李浮瓜[2]食不得，焰光吐口青虹霓。我欲凌霄生两翅，发狂大叫翻抢地。阴阳为炭大钧炉，上下八方那可避。忽忆西南大白山，积雪万古封孱颜。中有灵湫黑弯环，神龙瞑目蟠其间。龙兮龙兮我语汝，胡不念，焦头烂额苦奋鬣，泛洒天河雨，一洗人间酷吏暑。

【注】

［1］日轮：指太阳。〔北周〕庾信《镜赋》：“天河渐没，日轮将起。”

［2］沈李浮瓜：消夏的果品。〔三国魏〕曹丕《与朝歌令吴质书》：“浮甘瓜于清泉，沉朱李于寒水。”

长安市上购得方于鲁天孙云锦墨二规感而有作

忆我童蒙初，学书衫袖黑。淋漓绾春蚓，取用及乌贼。颇怪褚河南，纸笔必精择。亦闻韦仲将[1]，墨法未曾识。自从上公车[2]，学射天人策[3]。相期倚马试，不效雕虫刻。人言读卷者，所重在书格。苟无垂露姿，坐铩抟风翮。穹碑龟趺拓，新冢兔豪积。勾骊海外纸，似茧而不译。胶浓涩难入，烟淡黯无色。虽拼手作胝，终费血常沥。点漆待一螺，相随市精墨。奚超与潘谷，代远不复得。传有方建元，墨谱犹记忆。规萬圭斑佩，五象穷巧历。何品最称奇，九元并三极。徕松炧其英，峄桐熸厥液。鱼胞净弥熟，龙剂光可晰。流传四百载，坚质若鷖石。购求新安肆，研试翰林宅。藏兼豹囊[4]贵，洒比金壶惜。从容九华殿，客卿有奇画。燕京浩劫至，道丧及文籍。焚掠先金缯，弃掷等瓦砾。太息布橐中，一丸苦难觅。何期长安市，获此两拱璧。文云于鲁制，乙酉之七夕。其阴灿列星，其阳天女织。下有牵牛人，脉脉一水隔。明窗弄柔翰，光黝射蟾魄。云笺有余馥，瓦砚无留迹。含李复超罗，品骘真靡忒。近闻议科举，文字须变革。兹物恐无用，何人爱成癖。贵时百朋珍，贱日一钱值。况余久濩落，于世无裨益。忽忽磨墨人，萧萧鬓将白。大业惭豹皮，微官叹鸡肋。会当学杨子，且自守玄默。

【注】

［1］韦仲将：韦诞（179—253），字仲将，京兆（今陕西西安）人。三国魏书法家，擅长各种书体，善制墨，与张芝笔、左伯纸并称“三绝”，伏膺于张伯英，兼邯郸淳之法。见《三国志·魏书·刘劭传》陈寿注。

［2］公车：《后汉书·丁鸿传》：“永平十年诏征，鸿至即召见，说文侯之命篇，赐御衣及绶，禀食公车，与博士同礼。”〔唐〕李贤注：“禀，给也。公车，署名，公车所在，因以名。诸待诏者，皆居以待命，故令给食焉。”

［3］天人策：指天人三策。武帝即位，举贤良文学之士前后百数，而仲舒以贤良对策。以“天人感应”说为其对策要旨，所对凡三，世称“天人三策”。事见《汉书·董仲舒传》。

［4］豹囊：豹皮袋，藏墨可防潮。〔唐〕冯贽《云仙杂记·养砚墨笔纸》：“养墨以豹皮囊，贵乎远湿。”

长安城南别简持

离亭一斗醉如泥，此去蓝关夕照低。明月相随江上下，归云常在岭东西。三秋霄汉开鸿羽，万里关河响马蹄。极目乐游原[1]上路，羁愁无限草萋萋。

【注】

［1］乐游原：亦称“乐游苑”，古苑名。故址在今陕西省西安市南郊。唐时为长安城内地势最高地。本为秦时的宜春苑，汉宣帝时改建乐游苑。〔唐〕李商隐有《登乐游原》诗：“向晚意不适，驱车登古原。夕阳无限好，只是近黄昏。”

过杜曲[1]怀少陵[2]

经过杜曲地，怅望终南天。荷芰一渠水，桑麻百亩田。相逢老农圃，因话好林泉。太息少陵叟，流离又剑川。

【注】

［1］杜曲：地名。在今陕西省西安市东南，樊川流经其间。唐大姓杜氏世居于此，故名。

［2］少陵：指杜甫。见《襄阳杜工部墓》“少陵”条。

圣驾西巡[1]歌　十首

古月[2]无端动甲兵，六飞于迈壮西京。华山南控秦关隘，渭水东流汉苑清。

灞桥东畔警和銮，华盖高骞得纵观。麦饭壶浆齐贡献，万人歌舞入长安。

形势依然建屋瓴，故宫呵护有神灵。南山不让西山翠，独拱皇居作外屏。（秦抚修督抚两署俱为行宫，驾至，乃住北院。院久旷，相传狐仙所居，盖先为扫除，以俟临幸也。）

谁道崤函[3]今昔殊，神区天府似燕都。山雄太白长凝雪，泉涌昆明欲作湖。（昆明湖久涸，三月间忽水涌数尺余。）

虎节[4]龙旗卷暮云，羽林卫重有殊勋。骁腾冀北千群马，烨赫山西十万军。

菲服卑宫圣德该，权呼代北汉文来。后宫曳地无罗绮，何独经营惜露台。

百僚刍米给官家，才脱麻鞋乐事赊。拾橡负薪那可比，御街从未见牛车。（百官奔行，在每月俱给有津贴及马干银两。）

汤旱何忧已七年，江淮漕挽竞争先。饥民共饱神仓粟，[5]遗老还分内府钱。（陕西旱已数年，乘舆至，后发内帑及江淮漕粮振济。）

甘泽谣成慰圣怀，铺棻[6]垂颖[7]隰原皆。百神奉职龙湫起，何俟邯郸出铁牌。（五六月间，大雨时行，御制太白山祈雨感应碑文，立之庙中。）

回銮一路有辉光，帐殿帷宫接汴梁。八骏如龙归去易，小民偏上挽留章。（上谕七月十九日回銮，以秦民挽留，改期八月二十四日。）

【注】

［1］圣驾西巡：指庚子国变，慈禧太后携光绪帝西逃至西安事。事见《清史稿·德宗本纪》。

［2］古月：胡字的隐语，指胡人。此处指外国，庚子事变时，八国联军从天津租界出发，进犯北京城，故曰。

［3］崤函：亦作“崤崡”。崤山和函谷，自古为险要的关隘。函谷东起崤山，故以并称。〔汉〕张衡《西京赋》：“左有崤函重险，桃林之塞。”

［4］虎节：周时山国使者所持符节，此处泛指符节。《周礼·地官·掌节》：“凡邦国之使节，山国用虎节，土国用人节，泽国用龙节，皆金也。”〔汉〕郑玄注：“使节，使卿大夫聘于天子诸侯，行道所执之信也。土，平地也。山多虎，平地多人，泽多龙，以金为节铸象焉。”

［5］饥民句：清光绪二十六年（1900）慈禧携光绪帝西狩，从北京至西安，沿路曾赈丽水县、福州等处水灾，赈陕西荒。《清史稿·德宗本纪》：“（光绪二十六年九月）乙未，赈陕西荒。丙申，免陕西咸宁等县逋赋。”

［6］铺棻：繁多茂盛貌。《文选·班固〈西都赋〉》：“五谷垂颖，桑麻铺棻。”〔唐〕李善注：“《尔雅》曰：‘铺，布也。’”〔汉〕王逸《楚辞》注曰：“纷，盛貌也。棻与纷，古字通。”

［7］垂颖：禾穗下垂，此处意为谷物丰收。《文选·张衡〈思玄赋〉》：“既垂颖而顾本兮，亦要思乎故居。”〔唐〕吕向注：“颖，穗也。”

喜梁节庵[1]前辈（鼎芬）至

楚泽秦关隔暮烟，何期空谷足音[2]传。横流沧海[3]成千劫，小别京华过廿年。痛饮未除豪士气，谐谈多说圣人篇。艰难宏济吾儒事，铁汉无须让昔贤。

【注】

［1］梁节庵：梁鼎芬（1859—1919），字星海，号节庵，广东番禺人。晚清学者、藏书家。光绪六年（1880）进士，授编修。历任知府、按察使、布政使，曾因弹劾李鸿章，名震朝野。应张之洞聘，主讲广东广雅书院和江苏钟山书院，后任溥仪的毓庆宫行走。诗词多慷慨愤世之作，与罗惇曧、曾习经、黄节并称“岭南近代四家”。《清史稿·梁鼎芬传》有载。

［2］空谷足音：比喻难得的言论。《庄子·徐无鬼》：“夫逃虚空者……闻人足音跫然而喜矣。”〔唐〕成玄英疏：“忽闻他人行声，犹自欣悦。”

［3］横流沧海：指社会动荡不安。典出《晋书·王尼传》：“洛阳陷，避乱江夏。时王澄为荆州刺史，遇之甚厚。尼早丧妇，止有一子。无居宅，惟畜露车，有牛一头，每行，辄使子御之，暮则共宿车上。常叹曰：‘沧海横流，处处不安也。’俄而澄卒，荆土饥荒。尼不得食，乃杀牛坏车，煮肉啖之。既尽，父子俱饿死。”

八月十五夜玩月　二首

（时居行宫西）

连宵阴雨暗寒空，沉瘵初醒月正中。薄霭渐看双阙敛，清光还望九州同。[1]云边雁足[2]书长断，天上《霓裳》[3]曲未终。独倚阑干瞻北极，托根无地恨秋蓬。

褶叠纤云卷绛河，团圉人怅九霄多。栖枝不定愁乌雀，[4]窃药长生[5]感素娥。如此高寒盛玉宇，无端涕泪似金波。去年今夕燕京里，地老天荒唤奈何。

【注】

［1］清光句：〔宋〕陆游《示儿》："死去元知万事空，但悲不见九州同。王师北定中原日，家祭无忘告乃翁。"按：作此诗时陈伯陶已从东莞赶往西安随员，此时山河破碎，帝都失守，陈伯陶借此表达了收复国土的愿望。

［2］雁足：系于雁足的书信。语出《汉书·苏武传》："昭帝即位。数年，匈奴与汉和亲。汉求武等，匈奴诡言武死。后汉使复至匈奴，常惠请其守者与俱，得夜见汉使，具自陈道。教使者谓单于，言天子射上林中，得雁，足有系帛书，言武等在某泽中。使者大喜，如惠语以让单于。单于视左右而惊，谢汉使曰：'武等实在。'"

［3］《霓裳》：指《霓裳羽衣曲》，传为唐玄宗所作，唐朝宫廷大曲，唐歌舞的集大成之作，后失传。《唐会要》载此曲乃唐玄宗根据西域传入的乐曲《婆罗门曲》改编。

［4］栖枝句：古时以鸟雀择木而栖比喻贤才择主而事。曹操《短歌行》有"月明星稀，乌鹊南飞。绕树三匝，何枝可依"之句。按：陈伯陶父陈铭珪中年以后问道于罗浮，著有《长春道教源流》，陈伯陶深受其父影响，早有夙愿归隐罗浮，前文中有诗《豫泉同年将别出折扇索画因题长句以叙两年聚散踪迹且订归隐之约》《左笏卿侍卿（绍佐）诗来订归隐罗浮之约次韵奉答四首》可参阅。再者入仕以来时局混乱，朝中倾轧，民生凋敝，更时时起归隐之意。此处意为在做官与归隐之间摇摆不定。

［5］窃药长生：指嫦娥窃长生药奔月事。《淮南子·览冥训》："譬若羿请不死之药于西王母，姮娥窃以奔月，怅然有丧，无以续之。何则？不知不死之药所由生也。是故乞火不若取燧，寄汲不若凿井。"〔汉〕高诱注："姮娥，羿妻。羿请不死之药于西王母，未及服之，姮娥盗食之，得仙，奔入月中，为月精也。"

发西安度灞桥[1]作

又别长安去，秋风度灞桥。飞蓬声簌簌，垂柳影萧萧。日暵帷宫丽，尘吹辇路遥。独行徐按马，未许四蹄骄。

【注】

［1］灞桥：原作霸桥，位于西安市城东。春秋时期，秦穆公称霸西戎，遂修此桥，故称"灞桥"。据《三辅黄图·桥》："霸桥，在长安东，跨水作

桥。汉人送客至此桥，折柳赠别。”

骊山[1]　三首

居然赫赫灭宗周，南望骊山涕泗流。裂帛有声娱艳妇，举烽[2]无计召群侯。龙漦[3]孕姒童谣验，鹑首[4]分秦帝眷休。太息孱王迁雒后，苍天如梦总悠悠。

阿房突兀忆秦时，宫女如花乐不支。仙术长生蓬岛误，鬼谋将死滈池[5]知。金棺未许重泉锢，玉玺俄惊驰道[6]驰。惟有儒坑遗骨在，千秋樵牧护残碑。

温泉赐浴属唐家，一曲《霓裳》[7]过客嗟。湫底黄虬方喷雪，苑中白鹿自衔花。倾城在昔怜飞燕[8]，坠井何人笑丽华[9]。惆怅马嵬坡上路，金钗钿合[10]委尘沙。

【注】

［1］骊山：亦名“郦山”。在今陕西省西安市临潼区城南，因古骊戎居此而得名。《汉书·刘向传》：“秦始皇葬于骊山之阿，下锢三泉，上崇山坟，其高五十余丈，周回五里有余。”

［2］举烽：谓周幽王烽火戏诸侯事。事见《史记·周本纪》。

［3］龙漦：神龙所吐唾沫，后比喻祸国殃民的女子。语本《史记·周本纪》，夏朝衰落时，有二神龙止于王庭，“夏帝卜杀之与去之与止之，莫吉。卜请其漦而藏之，乃吉。”及周厉王之末，发而观之，漦流于庭，化为玄鼋。后宫童妾遇之而孕，生褒姒。周幽王宠褒姒，欲杀申后所生太子而立褒姒子伯服，引起申戎之乱，西周因此而亡。

［4］鹑首：本为星次名，指朱鸟七宿中的井宿和鬼宿，后以为秦之分野，秦地。〔宋〕沈括《梦溪笔谈·象数一》：“天文家‘朱鸟’，乃取象于鹑。故南方朱鸟七宿，曰鹑首、鹑火、鹑尾是也。”又，《汉书·地理志下》：“自井十度至柳三度，谓之鹑首之次，秦之分也。”

［5］滈池：水神名。《史记·秦始皇本纪》：“使者从关东夜过华阴平舒道，有人持璧遮使者曰：‘为吾遗滈池君。’因言曰：‘今年祖龙死。’”〔南朝

宋〕裴骃《史记集解》:“服虔曰:‘水神也。’”〔唐〕司马贞《史记索隐》:“服虔云水神,是也。江神以璧遗滈池之神,告始皇之将终也。”

[6] 轵道:《史记·秦始皇本纪》:“子婴即系颈以组,白马素车,奉天子玺符,降轵道旁。”〔南朝宋〕裴骃《史记集解》引〔三国魏〕苏林曰:“亭名。在长安东十三里。”

[7]《霓裳》:见《八月十五夜玩月二首》“《霓裳》”条。

[8] 飞燕:指赵飞燕,汉成帝皇后,身轻善舞。《汉书·外戚传下·孝成赵皇后》:“孝成赵皇后,本长安宫人……学歌舞,号曰飞燕。”

[9] 丽华:张丽华,南朝陈后主妃子,性聪慧,色端丽。陈亡,为长史高颎所杀。事见《南史·陈书·列传第二》。

[10] 金钗钿合:传说中唐玄宗与杨贵妃定情的信物。〔唐〕陈鸿《长恨歌传》:“进见之日,奏《霓裳羽衣曲》以导之;定情之夕,授金钗钿合以固之。”

温 泉 行

女丁士壬成水仙,帝命骊山掌温泉。泉芳而滑宜洗湔,阴火[1]潜沸清冷渊。凑肤泄汗沉疴痊,在昔李唐天宝年。君臣娱乐纷流连,华清宫殿凌紫烟。三十六所莲汤莲,君来十月靡龙旃。太真妃子[2]黄金钿,秦虢二姨[3]珠翠鲜。绥绥雄狐相后先,猪龙[4]无角丐洗钱。同川而浴吁可怜,金蟆已化长虬跧。瑶池郁律犹管弦,祸水如血腥闻天。帝使二臣①纠其愆,投畀豺虎南山边。黑龙云气空中旋,荡涤垢秽成清涟。我行过之心惘然,此说有味前贤传。(张燕公《温泉说》深以淫乐为戒,似有先见者。)濯肌沐发岂不便,慎勿亵此流涓涓。

【校】

①臣:《扈随日记》手稿作“神”,从底本。

【注】

[1] 阴火:指地火或地热。〔唐〕杜甫《奉同郭给事汤东灵湫作》诗:“阴火煮玉泉,喷薄涨岩幽。”〔清〕仇兆鳌《杜诗详注》注引张华《博物志》:“凡水源有硫磺,其泉则温,故云阴火若煮。”

[2] 太真妃子:指唐玄宗李隆基的妃子杨玉环,曾受令出家,号太真。事见《新唐书·杨贵妃传》。

［3］秦虢二姨：唐玄宗时杨贵妃的姐姐秦国夫人和虢国夫人的并称。

［4］猪龙：龙首的猪，指安禄山。〔宋〕范成大《题开元天宝遗事四首》其三：“忽报猪龙掀宇宙，阿瞒虚读相书来。”

周处故里[1]

力除三害[2]慰乡邻，周处当年勇有神。今日读书已无益，斩蛟射虎更何人。

【注】

［1］周处故里：故址在今江苏省宜兴市芳桥，秦汉时称“阳羡”。秦始皇二十六年（前221）置阳羡县，属会稽郡。隋代废义兴郡，改阳羡县称“义兴县”，属常州。

［2］三害：晋周处少年时危害乡里，时人把他同南山虎、长桥蛟并称为“三害”。《晋书·周处》：“处自知为人所恶，乃慨然有改励之志，谓父老曰：‘今时和岁丰，何苦而不乐邪？’父老叹曰：‘三害未除，何乐之有？’处曰：‘何谓也？’答曰：‘南山白额猛兽，长桥下蛟，并子为三矣！’”

华州[1]道中

寥落州城少华边，茫茫今昔叹前贤。荒祠郭令生秋草，故里莱公起暮烟。扪虱[2]孰谈王霸略，堕驴[3]人想太平年。无端百感心头集，惆怅东流见渭川。

【注】

［1］华州：古州治名。约略位于今陕西省渭南市华州区境内及周边地区，因州境内有华山而得名。

［2］扪虱：前秦王猛少年时很穷苦。东晋大将桓温兵进关中时，他去谒见，一面侃侃谈天下事，一面在扪虱，旁若无人。事见《晋书·苻坚载记下·王猛》。

［3］堕驴：〔宋〕王称《东都事略·隐逸传·陈抟》：“（陈抟）尝乘白驴

欲入汴，中涂闻太祖登极，大笑坠驴，曰：‘天下于是定矣！’”

望西岳[1]

太一终南远势遒，峥嵘西岳俯秦州。晴空半挂苍龙雨，灏气高乘白帝[2]秋。十丈瑞莲窥玉井，千年灵药访丹邱。金风[3]凉冷罗云卷，好上天门汗漫游。

【注】

［1］西岳：华山，五岳之一。《尚书·舜典》：“西巡狩至于西岳。”〔唐〕孔颖达疏：“西岳，华山。”

［2］白帝：神话中主西方之神。《周礼·天官·大宰》：“祀五帝。”〔唐〕贾公彦疏：“五帝者，东方青帝灵威仰，南方赤帝赤熛怒，中央黄帝含枢纽，西方白帝白招拒，北方黑帝汁光纪。”

［3］金风：秋风。《文选·张协〈杂诗〉》：“金风扇素节，丹霞启阴期。”〔唐〕李善注：“西方为秋而主金，故秋风曰金风也。”

谒岳庙

莲花峰下启崇祠，行客经过有所思。学道陈抟[1]刚醒后，上①书李靖[2]尚微时。风霜已蚀秦朝柏，缣璧谁收汉代碑。犹忆先皇巡幸日，羽林摩戛盛威仪。

【校】

①上：《息随日记》手稿作“献”，从底本。

【注】

［1］陈抟：（871—989），字图南，号扶摇子，赐号“希夷先生”，北宋道家学者、奉黄老之学。曾同麻衣道者隐居华山云台观，游历于华山、武当山之间。宋太宗赵光义曾召见陈抟，赐“希夷先生”称号。事见《宋史·隐逸

上·陈抟传》。

［2］李靖（571—649）：字药师，雍州三原（今陕西三原县东北）人。隋末唐初将领，善于用兵，长于谋略，原为隋将，后效力李唐。曾南下平萧铣、辅公祏，北灭东突厥，西破吐谷浑，为唐朝的建立发展立下战功。事见《旧唐书·李靖传》。

游华山玉泉院[1]

侵晨入华山，策马越榛莽。旭日射阳崖，溜痕划仙掌[2]。逶迤至阴麓，琳宇惬幽赏。树卧山亭高，泉奔石船响。惜哉希夷翁[3]，瞑睡遂长往。生平快登眺，道术诚所向。回首望峰尖，金萼凌泱漭。天梯悬铁锁，径险不可杖。叹息遽言旋，征途掉尘鞅。

【注】

［1］《瓜庐文剩》卷二收录有《游华山玉泉院记》，可参阅。

［2］仙掌：汉武帝为求仙，在建章宫神明台上造铜仙人，舒掌捧铜盘玉杯，以承接天上的仙露，后称承露金人为“仙掌”。参阅《三辅黄图·建章宫》。

［3］希夷翁：指陈抟，号希夷先生。见《谒岳庙》“陈抟”条。

杨太尉[1]墓

西风十里华阴程，太尉荒坟草棘青。大鸟有时栖墓树，夕阳无语下邮亭。辞金暮夜人应笑，请剑昏朝帝岂听。寂寂飨堂谁遣祭，空将汉诏勒碑铭。（墓前有飨堂三间，甚逼窄①。）

【校】

①甚逼窄：此三字底本无，据《扈随日记》手稿补。

【注】

［1］杨太尉：此处应指唐代玄宗朝宰相杨国忠，杨贵妃同曾祖兄，安史

之乱时为部下所杀。事见《新唐书·杨国忠传》。

潼关[1]道中

形势天然锁钥牢，秦封百二称神皋。涡盘千里黄河曲，壁削三峰华岳高。沃野铺棻开夏甸，雄关穿线入秋毫。连云战略逾飞鸟，今古兴亡首重搔。

【注】

[1] 潼关：关隘名，东汉时设，故址在今陕西省潼关县东南，处陕西、山西、河南三省要冲，素称险要。〔北魏〕郦道元《水经注·河水四》："河在关内，南流，潼激关山，因谓之潼关。"

荆山　二首

荆山铸鼎[1]记轩辕，炼食丹砂上帝阍。闻道乌号弃黎首，乘鸾归去有婵媛。

鼎湖流水碧弯环，当日骑龙去不还。何事万灵风雨夜，又将弓剑拜桥山。

【注】

[1] 荆山铸鼎：相传黄帝在荆山铸鼎，鼎成而黄帝升天。《史记·封禅书》："黄帝采首山铜，铸鼎于荆山下。鼎既成，有龙垂胡须下迎黄帝。黄帝上骑，群臣后宫从上者七十余人，龙乃上去。余小臣不得上，乃悉持龙须，龙须拔，堕，堕黄帝之弓。百姓仰望黄帝既上天，乃抱其弓与胡须号。"

函谷关[1]

我来桃林塞[2]，东过函谷关。关门倚绝岸，下有涧水环。缅想六国时，聚兵构秦患。秦王利长距，虎视崤渑间。逡巡不敢进，兵甲一何孱。岂无鸡鸣客，偷盗防诘奸。亦有怀璧夫，间道趋连山。当时重关隘，雄戟森豺貘。时平险亦失，戍守安且闲。吁彼抗尘子，辘辘车轮殷。

【注】

[1] 函谷关：关名，秦置，古关在今河南灵宝市境。后移至今河南新安县境内。《元和郡县图志·陕州》："秦函谷关在汉弘农县，即今灵宝县西南十一里故关是也。今大路在北，本非钤束之要。汉武帝元鼎三年，杨仆为楼船将军，本宜阳人，今福昌县也。耻居关外，上疏请以家僮七百人徙关于新安，武帝从之，即今新安县东一里函谷关是也。"

[2] 桃林塞：今河南灵宝以西，陕西潼关以东地区，传为周武王放牛处。《尚书·武成》："偃武修文，归马于华山之阳，放牛于桃林之野，示天下弗服。"又，《元和郡县图志·陕州》："潼关，在县东北三十九里，古桃林塞也，春秋时晋侯使詹嘉处瑕以守桃林之塞是也。"

陕州夜雨

孤馆陕州城，萧条客自惊。暗云沈岭阪，飞雨挟河声。东道驰千里，西风憾五更。鸡鸣前路去，怅望是朝晴。

客途晚霁

远山开晚霁，客路骋吟鞭[1]。积雨润流涧，晴云低下田。飞尘随地尽，垂柳得天怜。极目昏鸦集，人家起暮烟。

【注】

［1］吟鞭：诗人的马鞭，多指行吟诗人。〔宋〕陈亮《七娘子·三衢道中作》："卖花声断蓝桥暮，记吟鞭醉帽曾经处。"

峡石驿

君山如群蛇，腾踔啮河腋。其北雄砥柱[1]，其南盘峡石。关门层峦抱，轨道两崖擘。古来争战地，崤陵[2]此其厄。我行风雨交，单骑惊险窄。颓云压嵯峨，恍若列战栅。危砠积铁黑，崩岸坠骨白。山鬼时复嗥，阴森舌犹咋。黾池[3]真翼奋，函谷亦吭搤。戍守更中央，谁能抵其隙。太息墙垒隳，萧条过荒驿。

【注】

［1］砥柱：亦名"三门山"。位于今河南省三门峡市，黄河中流，因整治河道，山已被炸毁。〔北魏〕郦道元《水经注·河水四》："砥柱，山名也，昔禹治洪水，山陵当水者凿之，故破山以通河，河水分流，包山而过，山见水中若柱然，故曰砥柱也。"

［2］崤陵：即崤山，亦名"嵚崟山"。在河南省洛宁县北，山分东西二崤，中有谷道，阪坡峻陡，为古代军事要地。参阅《元和郡县图志·河南道一·永宁》。

［3］黾池：古地名，即今河南省渑池县。《汉书·地理志上》："宜阳，在黾池有铁官也。黾池，高帝八年复黾池中乡民。景帝中二年初城，徙万家为县。"

崤陵[1]道中杂诗

山泥已滑滑，山阪更绵绵。驽骀[2]负重载，踯躅安得前。客子盼秋晴，农人盼秋雨。天公两不管，风怒狂如虎。疲马向风鸣，朝来困几程。仆夫殊自乐，度曲妙秦声[3]。磊磊山上石，迢迢山下坡。今古此长陂，行人奈若何。

【注】

［1］崤陵：见《峡石驿》“崤陵”条。

［2］驽骀：劣马。《楚辞·九辩》：“却骐骥而不乘兮，策驽骀而取路。”

［3］秦声：指秦地音乐。《文选·杨恽〈报孙会宗书〉》：“家本秦也，能为秦声。”〔唐〕李善注：“李斯上书曰：‘击瓮扣缶，而呼呜呜快耳者，真秦声也。’”因崤陵古时属秦地，故曰。

过渑池秦赵会盟处怀蔺相如[1]

渑池鼓瑟[2]邯郸女，秦王如虎赵王鼠。呜呜瓦缶刑徒拊，秦王如鼠相如虎。虎臣[3]岂避廉将军，强秦所畏惟两人。当时璧返身在秦，汤镬[4]宁复爱此身。此身智谋兼勇决，十步匪徒溅颈血。不然卤莽何足为，君不见，荆轲匕首张良椎。[5]

【注】

［1］蔺相如：战国时期赵国大臣。赵惠文王时，秦向赵索要和氏璧，他奉命带璧入秦，在秦廷与秦王力争，终于完璧归赵。前279年，随赵王到渑池（今河南渑池县西）与秦王相会，使赵王不受屈辱，因功任为上卿。事见《史记·廉颇蔺相如列传》。

［2］鼓瑟：汉杨恽与其妻感情甚笃，于《报孙会宗书》中曰：“家本秦也，能为秦声。妇，赵女也，雅善鼓瑟。奴婢歌者数人，酒后耳热，仰天拊缶而呼乌乌。”

［3］虎臣：勇而有谋之臣。《诗·鲁颂·泮水》：“矫矫虎臣，在泮献馘。”此处指蔺相如。

［4］汤镬：古时用来烹煮犯人的大锅。《史记·廉颇蔺相如列传》：“臣知欺大王之罪当诛，臣请就汤镬。”

［5］荆轲句：此句意为张良、荆轲刺杀秦始皇的行为属于鲁莽之举，蔺相如所为勇而有谋，值得称道。

洛阳道中杂感　二首

洛邑天中大道开，峥嵘宫观绝尘埃。函观望气青牛去，竺国驮经白马来。柱史[1]五千成朽骨，①迦蓝四百付飞灰。②茫茫二鸟今何在，景教遗碑出草莱。

回首嵩邙别恨赊，名都佳丽没③尘沙。瑶光寺[2]里生④秋草，金谷园[3]中剩落花。洛水惊鸿[4]宁再世，缑山归鹤[5]已无家。遗民苦说金轮帝，伊阙岧峣驻翠华。

【校】

①柱史五千成朽骨：《扈随日记》手稿作“柱史千言身外绪”，从底本。

②迦蓝四百付飞灰：《扈随日记》手稿作“迦蓝一记劫余灰”，从底本。

③没：《扈随日记》手稿作“付”，从底本。

④生：《扈随日记》手稿作“悲”，从底本。

【注】

[1] 柱史：柱下史，代指老子。《高士传·老子李耳》：“老子李耳字伯阳……生于殷时，为周柱下史，好养经气……后周德衰，乃乘青牛去，入大秦，过西关。”

[2] 瑶光寺：北魏世宗（宣武帝）在洛阳所建的尼寺。房舍五百余间，妃嫔贵媛，多于此出家。见〔北魏〕杨衒之《洛阳伽蓝记·瑶光寺》。

[3] 金谷园：晋石崇于金谷涧中所筑的园馆。〔北魏〕郦道元《水经注·谷水》：“谷水又东，左会金谷水。水出太白原，东南流，历金谷，谓之金谷水。东南流，径晋卫尉卿石崇之故居也。石季伦《金谷诗集·序》曰：‘余以元康七年，从太仆卿出为征虏将军，有别庐在河南界金谷涧中，有清泉茂树，众果竹柏，药草蔽翳。’”

[4] 洛水惊鸿：指洛神。〔三国魏〕曹植《洛神赋》：“翩若惊鸿，婉若游龙。”

[5] 缑山归鹤：指王子乔修道升仙事。〔汉〕刘向《列仙传·王子乔》：“王子乔者，周灵王太子晋也。好吹笙，作凤凰鸣。游伊洛之间，道士浮丘公接以上嵩高山。三十余年后，求之于山上，见桓良曰：‘告我家：七月七日待

我于缑氏山巅。’至时，果乘白鹤驻山头，望之不得到，举手谢时人，数日而去。”

游伊阙[1]龙门山[2]

连冈横玉几，中断若双阙。香山[3]倏东靡，伊水恣北突。其西名龙门，相斗出嶵崒[4]。面披既疑削，足插恍遭刖。缅昔元魏初，造像穿石窟。千人运鬼斧，万穴镌佛骨。金轮起御宇，继踵复劖劂。蜂巢积层层，云窦高兀兀。穷荒本混沌，凿窍[5]真儵忽。想当全盛时，布施竞檀越[6]。神京贱金钱，乐国迷宝筏。含灵思正觉，燃指并截发。琳宫灼飞霞，瑞相开满月。遂使中州民，低头拜胡羯。蹉跎二千载，此事渐销歇。如来尽支解，象狮亦芜没。摧颓叹珠林，铲削愁玉碣。

【注】

［1］伊阙：位于今河南洛阳市南。即春秋周阙塞。因两山相对如阙门，伊水流经其间，故名。〔北魏〕郦道元《水经注·伊水》："伊水又北入伊阙。昔大禹疏以通水，两山相对，望之若阙，伊水历其间北流，故谓之伊阙矣。春秋之阙塞也。"按：《瓜庐文剩》卷二收录有《游伊阙记》，可参阅。

［2］龙门山：位于今河南省洛阳市南伊河两岸东、西山上，西山又名"龙门山"，古称"伊阙"，故又称"伊阙石窟"。开凿于北魏太和十八年(494)，即孝文帝迁都洛阳前后。主要为佛教洞窟造像，碑刻题记颇多。

［3］香山：今河南省洛阳市龙门山之东。唐白居易曾在此筑石楼，自号香山居士。

［4］嶵崒：《文选·班固〈西都赋〉》："岩峻嶵崪，金石峥嵘。"〔唐〕李善注："嶵，高貌也。"〔唐〕吕延济注："嶵崪、峥嵘，高峻貌。"

［5］凿窍：开通七窍。语本《庄子·应帝王》"南海之帝为儵，北海之帝为忽，中央之帝为浑沌。儵与忽时相与遇于浑沌之地，浑沌待之甚善。儵与忽谋报浑沌之德，曰：‘人皆有七窍，以视听食息，此独无有，尝试凿之。’日凿一窍，七日而浑沌死"。

［6］檀越：梵语，指施主。〔南朝梁〕沈约《齐禅林寺尼净秀行状》："及至就讲，乃得七十檀越，设供果，食皆精。"

游香山寺[1]有怀白太傅[2]

（寺右有白太傅祠堂）

洗心佛祖放姬蛮，白傅风流岂易攀。遗老固应尊洛社[3]，大名长自占香山。唱酬笑尔微之[4]弱，出处赢他玉局[5]间。诗卷未须藏寺内，而今传诵遍人间。

【注】

[1] 香山寺：河南省洛阳市西南龙门山上，后魏时建。〔唐〕白居易《修香山寺记》："洛都四郊，山水之胜，龙门首焉，龙门十寺，观游之胜，香山首焉。"

[2] 白太傅：白居易，晚年曾官太子少傅，故称。

[3] 洛社：指洛阳耆英会。宋文彦博与富弼、司马光等聚集洛阳高年者共十三人置酒相乐，称"洛阳耆英会"。事见《宋史·文彦博传》，司马光有《洛阳耆英会序》可参阅。

[4] 微之：指元稹，字微之。

[5] 玉局：指苏轼，因曾任玉局观提举，故称。《宋史·苏轼列传》："徽宗立，移廉州，改舒州团练副使，徙永州。更三大赦，遂提举玉局观，复朝奉郎。轼自元祐以来，未尝以岁课乞迁，故官止于此。建中靖国元年，卒于常州，年六十六。"

邙山[1]道中　二首

松柏摧残已作薪，珠襦玉匣[2]出荒榛。邙山多少英雄骨，都化三川路上尘。

平田何处葬金棺，禾黍秋风石碣残。惟有道旁翁仲[3]在，长身搢笏惠文冠。

【注】

[1] 邙山：即北邙山，位于今河南省洛阳市东北。汉魏以来，为王侯公卿归葬之处。

[2] 珠襦玉匣：古时帝王、贵族的殓服。《汉书·佞幸传·董贤》："及至东园秘器，珠襦玉柙，预以赐贤，无不备具。"〔唐〕颜师古注："《汉旧仪》云东园秘器作棺梓……珠襦，以珠为襦，如铠状，连缝之，以黄金为缕。要以下，玉为柙，至足，亦缝以黄金为缕。"亦作"珠襦玉匣"。

[3] 翁仲：传说秦始皇时，临洮有长人，长五丈，足迹六尺，工匠仿摹其形，铸成金人，称为"翁仲"。见《淮南子·泛论训》高诱注。后称铜像或石像为"翁仲"。

王辅嗣[1]墓

汉易崇图纬[2]，先生独不同。凭将玄妙理，一任廊清功。庄老虽游外，程朱得折中。至今遗墓下，千载式儒风。

【注】

[1] 王辅嗣：三国时王弼，字辅嗣，魏晋玄学的主要代表人物之一，少有文名，通辩能言，著有《老子注》《老子指略》《周易注》《周易略例》。事见《三国志·魏书·钟会传》裴松之注引《王弼别传》。

[2] 图纬：图谶和纬书。《文选·蔡邕〈郭有道碑文〉》："遂考览六经，探综图纬。"〔唐〕李善注："图，河图也。纬，六经及《考经》皆有纬也。"

渡洛水[1]

（地名黑石渡）

洛水日夜东，荡衍成膏腴。巩山逼相陀，崖岸郁以纡。坡陀黑石渡，佳景开画图。柳色扬翠旗，峰势群龙趋。宓妃[2]出游戏，跳荡双明珠。帐殿何嶙峋，朱扉暎山隅。方舟驾彩虹，坐待金辂驱。瑶水[3]有巡幸，玄圃足欢娱。谁述溪汭歌，雕墙重嗟吁。

【注】

[1] 洛水：古水名。即今河南省洛河。〔北魏〕郦道元《水经注·洛水》："洛水出京兆上洛县讙举山。"

[2] 宓妃：洛水神女。《文选·司马相如〈上林赋〉》："若夫青琴、宓妃之徒，绝殊离俗。"〔唐〕李善注引〔三国魏〕如淳曰："宓妃，伏羲氏女，溺死洛，遂为洛水之神。"曹植有《洛神赋》。

[3] 瑶水：即瑶池。传说中在昆仑山上，西王母所居。《史记·大宛列传》："昆仑其高二千五百余里，日月所相避隐为光明也。其上有醴泉、瑶池。"

老犍坡

（坡顶新建行宫①）

迢迢老犍坡，直上三十里。危峰当落日，极目穷远迩。冈峦悉破碎，草树互披靡。河水从北来，丝带流弥弥。布帆若鸥鹭，的的泛涯涘。缅想五老[1]游，星飞去何驶。回首望嵩岳，二室并南峙。三呼若可闻，苍茫暮烟紫。成皋与洛口，东西有遗垒。升平今几载，铲削遂如砥。层宫入青云，凭眺天颜喜。所虑秋风凉，霜露侵剑履。瑶台岂不乐，莫漫羁騄駬[2]。安得一封书，为报青鸟使[3]。

【校】

①坡顶新建行宫：《扈随日记》手稿作"行宫在坡顶"，从底本。

【注】

[1] 五老：传说中的五星之精。《竹书纪年》卷上："率舜等升首山，遵河渚，有五老游焉，盖五星之精也。"

[2] 騄駬：亦称"騄耳"，周穆王八骏之一。《竹书纪年》卷下："（周穆王）八年春，北唐来宾，献一骊马，是生騄耳。"

[3] 青鸟使：传说西王母有三青鸟代为取食报信，后以称信使。《山海经·西山经》："又西二百二十里，曰三危之山，三青鸟居之。"〔晋〕郭璞注："三青鸟主为西王母取食者，别自栖息于此山也。"

宿老犍坡上土室

长坡村店少，土室凿崇冈。置榻旁开穴，当门夹筑墙。短檠灯敛暗，高格月延光。坐久心弥怯，侵肌夜气凉。

九日[1]次郑州

尽日奔驰出郑州，伤心重九此淹留。一尊酩酊逢佳节，万里飘零作远游。倦马东嘶长路夕，惊鸿南向故园秋。遥怜母弟音书断，极目寒云自倚楼。

【注】

[1] 九日：指农历九月九日重阳节。《艺文类聚》卷四引〔南朝梁〕吴均《续齐谐记》："今世人每至九日，登山饮菊酒。"

中牟道中

中牟一百里，浩荡见寒芜。烟柳围平野，风沙拥大途。决河当昔①日，此地半成湖。耕稼今何似，人家竞纳租。

【校】

①当昔：《扈随日记》手稿作"思往"，从底本。

秋日登大梁城[1]楼

（时九月二十日，大雪初晴）

梁苑[2]萧条客远游，闲身无赖此登楼。万家雪色催寒景，千里云阴拥暮秋。燕市虎豺方构患，汴河鱼鳖夙担忧。休论赵宋兴亡事，朝士[3]西来尽①白头。

【校】

①尽：《扈随日记》手稿作“总”，从底本。

【注】

［1］大梁城：位于今河南开封一带，战国时期魏国的都城。《史记·秦始皇本纪》：“二十二年，王贲攻魏，引河沟灌大梁，大梁城坏，其王请降，尽取其地。”

［2］梁苑：西汉梁孝王所建的东苑。故址在今河南省开封市东南。规模宏大，供游赏驰猎，当时名士司马相如、枚乘、邹阳等均从之游。见《史记·梁孝王世家》。

［3］朝士：朝廷之士，泛称中央官员。〔汉〕陆贾《新语·怀虑》：“战士不耕，朝士不商，邪不奸直，圆不乱方。”

独酌后偶吟

乐趣酒微酣，无人只自谙。爪香留蟹腻，舌滑过茶甘。古画看逾信，新诗读每贪。闲身随处好，此味待禅参。

闻合肥傅相[1]薨逝感赋

大厦原难一木支，伤心元老更骑箕。河山孤注方危急，将相中兴靡孑①遗。功罪已成身后案，输赢谁下劫余棋。茫茫天意从堪识，极目神州想共悲。

【校】

①靡孑：《扈随日记》手稿作“泣憖”，从底本。

【注】

［1］合肥傅相：指李鸿章（1823—1901），晚清名臣，洋务运动的主要领导人之一，安徽合肥人，亦称“李合肥”。按：此诗为陈伯陶随慈禧太后、光绪帝西狩回銮途中所作。本书附录的《扈随日记》有收录，时间应为光绪二十七年十月初二日。

题元画高僧像[1]

（图左下角款字磨灭，然尚有“延祐三年十一月日题”九字可辨。商邱陈邦燮审定以为元祐者，误也。光绪辛丑十月随员东来，得之大梁肆上，因漫题此）

九州岛浪莽①双行脚，云水高僧应我谑。②开图忽睹老头陀，竹杖棕鞋无住著。顶圆似瓠偏嶙峋，眸子炯然光有神。疏眉高鼻口无齿，环穿大耳如车轮。袈裟挂身足不袜，偏袒左肩露胸骨。辛苦疑从雪岭来，蒲团石上随安歇。吴生[2]仙后龙眠[3]死，白描罗汉谁能此。国师苦忆八思巴，延祐三年题纸尾。当时海岛勤远征，佛钵舍利来占城。剧怜印度今末劫，金字经文填火坑。西藏犬牙争猰貐[4]，达利班禅空作祖。试寻菩萨洛迦山，景教流行遍东土。君不见，国初蒋虎臣，峨眉老衲称前身。地水火风何世界，卷图归去罗浮春。

【校】

①浪莽：《扈随日记》手稿作“风雪”，从底本。

②云水高僧应我谑：《扈随日记》手稿作“前世高僧我何作”，从底本。

【注】

[1] 此诗作于清光绪二十七年（1901）十月二十日，附录陈伯陶手稿《扈随日记》中有收录，可参阅。

[2] 吴生：此处指唐画家吴道子。

[3] 龙眠：宋著名画家李公麟的别号。公麟致仕后，归老于龙眠山，自号龙眠居士。〔宋〕苏轼《书林次中所得李伯时归去来阳关二图后二首》其一："龙眠独识殷勤处，画山阳关意外声！"

[4] 猰貐：传说中一种害人的兽。《淮南子·本经训》："逮至尧之时，十日并出，焦禾稼，杀草木，而民无所食。猰貐、凿齿、九婴、大风、封豨、修蛇皆为民害。"〔汉〕高诱注："猰貐，兽名也。状若龙首，或曰似狸，善走而食人，在西方也。"

题沈石田山水①[1]

空江澹悠悠，绝巘森古木。高人乐萧散，欹岸架茆屋。凭阑日无事，水石寄遐瞩。前峰削如笋，亭亭媚幽独。想彼盘礴初，寥天[2]恣游以。神光[3]入苍茫，墨妙洗凡俗。毋亦白石翁，脱影在尺幅。我行风尘里，对此乱心曲[4]。何日江上田，归耕逐樵牧。

【校】

①《扈随日记》手稿诗题为"题沈石田山水小幅"，从底本。

【注】

[1] 此诗作于清光绪二十七年（1901）十一月初七日，陈伯陶随慈禧太后及光绪帝从西安回銮途中。本书附录的陈伯陶手稿《扈随日记》中有收录。沈石田：明书画家沈周，字启南，号石田，吴门画派创始人，与文征明、唐寅、仇英并称"明四家"。事见《明史·隐逸传》。

[2] 寥天：指道教的虚无之境。《庄子·大宗师》："安排而去化，乃入于寥天一。"〔晋〕郭象注："安于推移，而与化俱去，故乃入于寂寥而与天为一也。"

[3] 神光：神异的灵光。《楚辞·王逸〈九思·哀岁〉》："神光兮颎颎，鬼火兮荧荧。"〔汉〕王逸注曰："神光，山川之精能为光者也。"《汉书·郊祀

志下》:“西河筑世宗庙，神光兴于殿旁，有鸟如白鹤，前赤后青。”

［4］心曲:《诗·秦风·小戎》:“言念君子，温其如玉。在其板屋，乱我心曲。”〔汉〕郑玄笺注:“心曲，心之委曲也。忧则心乱也。”

汴　　城[1]

汴城北望水沄沄，汴宋兴亡感暮云。三省竞崇王氏学，两河虚忆岳家军。金缯社稷无长计，花石园亭有异勋。痛饮黄龙[2]真恨事，幽燕胡马日成群。

【注】

［1］此诗作于清光绪二十七年（1901）十一月十二日，陈伯陶随慈禧太后及光绪帝从西安回銮途中。本书附录的陈伯陶手稿《扈随日记》中有收录，可参阅。

［2］痛饮黄龙：黄龙府，宋时金国的都城，今为吉林省农安县。《宋史·岳飞传》:“金将军韩常欲以五万众内附。飞大喜，语其下曰:‘直抵黄龙府，与诸君痛饮尔!’”

汴梁晓发简汪颂年编修（诒书）李柳溪编修（家驹）[1]

一声晓角汴城西，此去燕台[2]路欲迷。万里风沙原①上马，五更星月枕前鸡。行身尚自随书剑，绝塞微闻压鼓鼙。草木变衰冰雪壮②，长途差辛手同携。

【校】

①原:《扈随日记》手稿本作“河”，从底本。

②壮:《扈随日记》手稿本作“长”，从底本。

【注】

［1］此诗作于清光绪二十七年（1901）十一月十二日，陈伯陶随慈禧太

后及光绪帝从西安回銮途中。本书附录的陈伯陶手稿《扈随日记》中有收录，可参阅。

［2］燕台：指战国时燕昭王所筑的黄金台，故址在今河北省易县东南。见〔南朝梁〕任昉《述异记》。

渡黄河[1]

雪意黯寒空，河流去不穷。冰棱漂碎白，沙脊露浑红。树远低浮水，帆欹侧爱风。乱流人急济，伫立与谁同。

【注】

［1］此诗作于清光绪二十七年（1901）十一月十二日，陈伯陶随慈禧太后及光绪帝从西安回銮途中。本书附录的陈伯陶手稿《扈随日记》中有收录，可参阅。

李苾园师（端棻）赐环喜赋　二首[1]

玉门迢递暮云深，惆怅缁帷[2]泪不禁。变法自关天下计，爱才应鉴老臣心。奸谋世岂知安石，直道人犹重展禽。今日赐环[3]觇帝意，莫悲霜雪鬓毛侵。

回首离亭载酒过，天涯岁暮恸如何。十年京国虚传业，万里山川更荷戈。妖贼黄巾皇运厄，诤臣碧血旧交多。塞翁祸福原无定，且勿忧伤失养和。

【注】

［1］此诗作于清光绪二十七年（1901）十一月二十二日，陈伯陶随慈禧太后及光绪帝从西安回銮途中。本书附录的陈伯陶手稿《扈随日记》中有收录，可参阅，原题为“闻李苾园师赐环喜赋二首”。李苾园：李端棻（1833—1907），字苾园，贵州贵阳人。同治二年（1863）举进士，历任山西、广东、山东等省乡试主考官、云南学政、监察御史、刑部左侍郎、礼部尚书等，曾举

荐康有为、梁启超，支持戊戌变法。事见《清史稿·列传·李端棻》。

［2］缁帷：《庄子·渔父》："游乎缁帷之林。"〔唐〕成玄英疏："缁，黑也。尼父游行天下，讲《诗》《书》，时于江滨，休息林籁，其林郁茂，蔽日阴沉，布叶垂条，又如帷幕，故谓之缁帷之林也。"后以比喻高人贤士讲学。

［3］赐环：亦作"赐圜"。时放逐之臣，遇赦召还谓"赐环"。语本《荀子·大略》："绝人以玦，反绝以环。"〔唐〕杨倞注："臣有罪待放于境，三年不敢去，与之环则还，与之玦则绝，皆所以见意也。"按：李端棻因支持戊戌变法而被革职，流放新疆，于光绪二十七年（1901）赦回贵阳，故曰"赐环"。事见《清史稿·列传·李端棻》。

延津道中遇雪[1]

漠漠荒原起暮鸦，漫天寒雪舞交加。平铺大道飞长练，碎点疏林着细花。毡帽冲风怜客子，绳床烘火见人家。频年奔走成何事，清镜[2]明朝感鬓华。

【注】

［1］此诗作于清光绪二十七年（1901）十一月十三日，陈伯陶随慈禧太后及光绪帝从西安回銮途中。本书附录的陈伯陶手稿《扈随日记》中有收录，可参阅。延津，今为河南省新乡市延津县。

［2］清镜：明镜。〔南朝齐〕谢朓《冬绪羁怀示萧咨议虞田曹刘江二常侍》诗："寒灯耿宵梦，清镜悲晓发。"

十一月十三夜宿塔儿铺行宫之东同颂年柳溪玩雪[1]

万木槎枒如植铁，群鸦不飞踏枝折。茆檐风定峭无声，窗外平铺三寸雪。围炉煮酒不觉冷，共起开门看残月。月光晾地讶无影，仰视始知星斗没。深巷寒犬吠还歇，长途漫漫人迹灭。剧怜百室正酣眠，剩我三人耐严冽。行宫殿西塔势高，（西为大觉寺，唐之建福寺也，寺中有白马塔。）七宝层层纷点缀。金爵觚棱[2]冻欲栖，阶前石兽垂丝缬。翠华去后无人扫，一片虚明真玉阙。近闻驻跸在邯郸，楼宇高寒想清绝。滹沱北接燕山路，河冰欲合厚地裂。忆昔中兴铜马帝[3]，豆粥[4]亭边有仓卒。我皇神武继周宣[5]，启圣殷忧何用说。归来倚壁合眼睡，灯影不明炉不热。梦回酒醒雪已晴，试整毡车待晨发。

【注】

[1] 此诗作于清光绪二十七年（1901）十一月十三日，陈伯陶随慈禧太后及光绪帝从西安回銮途中。本书附录的陈伯陶手稿《扈随日记》中有收录，可参阅。

[2] 觚棱：宫阙转角处的瓦脊方角，亦借指宫阙。《文选·班固〈西都赋〉》："设壁门之凤阙，上觚棱而栖金爵。"〔唐〕吕向注："觚棱，阙角也。"

[3] 铜马帝：见《过顺水》"铜马帝"条。

[4] 豆粥：《后汉书·冯异传》："时天寒烈，众皆饥疲，异上豆粥。明旦，光武谓诸将曰：'昨得公孙粥，饥寒俱解。'"

[5] 周宣：即周宣王。〔汉〕陈琳《为曹洪与魏文帝书》："周宣之盛，亦仇大邦。"

过淇水[1]　二首

淇水汤汤响晚风，石桥一曲卧长虹。两岸绿竹填河尽，谁忆当年卫武公[2]。

水清石瘦鲫鱼肥，袅袅修竿下钓矶。我亦莼鲈秋兴发，可怜卫女苦思归。（淇县鲫鱼，著名佳品。）

【注】

[1] 此诗作于清光绪二十七年（1901）十一月十五日，陈伯陶随慈禧太后及光绪帝从西安回銮途中。本书附录的陈伯陶手稿《扈随日记》中有收录，可参阅。淇水：古水名，位于今河南省北部，黄河支流，发源于山西陵川。《诗·卫风·氓》："淇水汤汤，渐车帷裳。"

[2] 卫武公：春秋时期卫国国君。《国语·楚语上》："昔卫武公年数九十有五矣，犹箴儆于国，曰：'自卿以下至于师长士，苟在朝者，无谓我老耄而舍我，必恭恪于朝，朝夕以交戒我；闻一二之言，必诵志而纳之，以训导

我。'"〔三国吴〕韦昭注:"武公,卫僖公之子、共伯之弟武公和也。"

安阳道中[1]

霜风猎猎袭重裘,独卧骡车出相州。残雪已消冰未合,板桥低处见漳流。

荒村画境有无间,柳色萧条草色斑。一角夕阳明灭处,墨痕遥扫太行山。

【注】

[1] 此诗作于清光绪二十七年(1901)十一月十七日,陈伯陶随慈禧太后及光绪帝从西安回銮途中。本书附录的陈伯陶手稿《扈随日记》中有收录,可参阅。

自西安入都途中所见柳树皆枯老感赋　四首①[1]

长条髡尽复生稊,寥落垂丝泥地低。攀折几经春雨后,婆娑多在夕阳西。湘累[2]去国颜憔悴,汉节还朝意惨凄。回首河桥千万树,晓莺群散夜乌啼。

记曾络绎羽书来,系马枝条一半摧。雁背经霜寒有信,鸦巢失火劫成灰。上林起立知无望,大树[3]飘零亦可哀。惟有寸心刳不尽,金城流涕盼春回。

脱叶哀蝉岂忍闻,浮萍飞絮最怜君。移根怕说灵和殿,舒眼愁看灞上军。焦尾枯桐[4]鸾鹤操,苦心老柏麝兰熏。不材自分沟中断,一例摧残渭水渍。

征途相送入幽燕,曲罢皇荂倍黯然。瘿节固宜歌栲栳,纤腰无复舞回旋。滹沱暮雪迷前路,汾水秋风怅去年。稍喜依依来往地,林疏重睹②旧山川。

【校】

①《扈随日记》手稿诗题为"途中柳树半皆枯老感赋四首",从底本。

②林疏重睹:《扈随日记》手稿作"行人重眺",从底本。

【注】

［1］此诗作于清光绪二十七年（1901）十一月十八日，陈伯陶随慈禧太后及光绪帝从西安回銮途中。本书附录的陈伯陶手稿《扈随日记》中有收录，可参阅，原题为“途中柳树半皆枯老感赋四首”。

［2］湘累：指屈原。〔清〕孔尚任《桃花扇·沉江》：“那滚滚雪浪拍天，流不尽湘累怨。”

［3］大树：东汉大将冯异。《东观汉记·冯异传》：“异为人谦退，每止顿，诸将共论功伐，异常屏止树下，军中号‘大树将军’。”

［4］焦尾枯桐：指良琴。《后汉书·蔡邕传》：“吴人有烧桐以爨者，邕闻火烈之声，知其良木，因请而裁为琴，果有美音，而其尾犹焦，故时人名曰‘焦尾琴’焉。”

过邯郸观[1]　二首

（余两过邯郸观，俱在梦中，今似略醒矣）

丧乱[2]经年白发催，劳劳车马走尘埃。荆天棘地无逃处，岂为功名入梦来。

十亩归耕愿已违，穷途指点费仙机。几时梦醒罗浮去，不管人间有是非。

【注】

［1］此诗作于清光绪二十七年（1901）十一月十八日，陈伯陶随慈禧太后及光绪帝从西安回銮途中。本书附录的陈伯陶手稿《扈随日记》中有收录，可参阅。

［2］丧乱：形容时势或政局动乱。《诗·大雅·云汉》：“天降丧乱，饥馑荐臻。”

沙河旅舍中夜月[1]

亭亭窗上月，窥我窗下睡。窗棂纸如镜，簌簌响寒吹。布衾[2]振霜棱，展转不得寐。开门问汝月，汝曷知我意。知我趱长途，催我起幞被[3]。霜天群木冷，鉴我转幽媚。岭南万里外，清辉了无异。独惜闺中人，对汝翻流泪。沈吟倚剑坐，酒薄不能醉。登车见晨色，残雪犹在地。缺月殊有情，相送出途次。

【注】

［1］此诗作于清光绪二十七年（1901）十一月二十日，陈伯陶随慈禧太后及光绪帝从西安回銮途中。本书附录的陈伯陶手稿《扈随日记》中有收录，可参阅。

［2］布衾：布被。《汉书·叙传下》："布衾疏食，用俭饬身。"

［3］幞被：指用包袱裹束衣被。《晋书·魏舒传》："入为尚书郎。时欲沙汰郎官，非其才者罢之。舒曰：'吾即其人也。'幞被而出。"

开　元　寺[1]

（寺在顺德府城内东北隅）

寂寂开元寺，森森古柏旁。经传狮子国[2]，碑记马儿年。雪覆坛阴净，烟扶塔影圆。废兴弹指过，无事问金仙[3]。

【注】

［1］此诗作于清光绪二十七年（1901）十一月二十日，陈伯陶随慈禧太后及光绪帝从西安回銮途中。本书附录的陈伯陶手稿《扈随日记》中有收录，可参阅。开元寺，此处指河北邢台开元寺，又称"东大寺"，元忽必烈赐名为"大开元寺"，明时为"顺德府十二景"之一。

［2］狮子国：《大唐西域记》记载的僧伽罗国，《梁书》中称为"狮子国""狮子州"。

［3］金仙：指佛。〔唐〕李白《与元丹丘方城寺谈玄作》诗："朗悟前后

际，始知金仙妙。”〔清〕王琦《李太白诗集注》注曰：“金仙，谓佛。”

邢台道中雪叠前韵[1]

残月城边噪晓鸦，朔风吹面峭寒加。荒陂汹涌雪成浪，老树葳蕤[2]冰作花。粉墨披图开画本，尖叉斗韵[3]忆诗家。青青松柏知何似，终竟凋零阅岁华。

【注】

［1］此诗作于清光绪二十七年（1901）十一月二十一日，陈伯陶随慈禧太后及光绪帝从西安回銮途中。本书附录的陈伯陶手稿《扈随日记》中有收录，可参阅。

［2］葳蕤：委顿貌。《史记·司马相如列传》：“纷纶葳蕤，堙灭而不称者，不可胜数也。”〔唐〕司马贞《史记索隐》引〔汉〕胡广曰：“葳蕤，委顿也。”

［3］尖叉斗韵：尖、叉均为古诗中的险韵，旧时联句赋诗时以险韵竞胜称为“斗韵”。

过昔人墓道下[1]

十里长楸[2]道，累累古墓攒。霜磨翠柏瘦，风战白杨干。藏魄棺应化，铭勋石未刊。悬知学仙者，含笑立云端。

【注】

［1］此诗作于清光绪二十七年（1901）十一月二十一日，陈伯陶随慈禧太后及光绪帝从西安回銮途中。本书附录的陈伯陶手稿《扈随日记》中有收录，可参阅。

［2］长楸：高大的楸树，常种于道旁。《离骚·九章·哀郢》：“望长楸而太息兮，涕淫淫其若霰。”〔汉〕王逸注：“长楸，大梓。言己顾望楚都，见其大道长树，悲而太息。”

途中晓行[1]

月落荒原影渐微，晨烟如织望依稀。霜林篝火妖狐出，雪地寻粮野鸽飞。耳殷雷声惊吼吹，须凝冰点凛寒威。不知村老缘何事，欲乞壶浆懒启扉。

【注】

[1] 此诗作于清光绪二十七年（1901）十一月二十一日，陈伯陶随慈禧太后及光绪帝从西安回銮途中。本书附录的陈伯陶手稿《扈随日记》中有收录，可参阅。

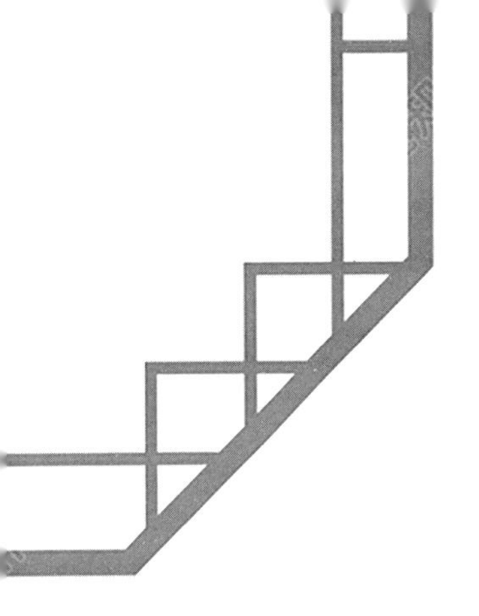

瓜庐诗剩　卷下

过献县[1]望河间献王[2]祠

（祠在县东十里）

葱茏古柏献王祠，被服如儒想见之。旷代傥逢周礼乐，遗民犹仰汉威仪[3]。梁园贫病多词客，楚国髡钳是老师。卓尔不群真大雅，执鞭[4]何自得追随。

【注】

［1］献县：今河北献县，西汉刘德受封为河间王，封地河北献县。

［2］河间献王：指西汉刘德（前171—前130），汉景帝刘启第二子，汉景帝前元二年受封为河间王，去世后谥献，又称“河间献王”。秦火之后，儒家经典多散佚，武帝时尊儒学，河间献王应时而起，搜罗遗篇残卷，广招名士，勘误订正，精心校理。《毛诗》《左传》均为其整理校正，流传至今。《隋书·经籍志》载称《周官》《礼记》亦为河间献王所献。事见《史记·五宗世家》《汉书·景十三王传》。

［3］汉威仪：典出《后汉书·光武帝纪上》：“更始将北都洛阳，以光武行司隶校尉，使前整修宫府。于是置僚属，作文移，从事司察，一如旧章。时三辅吏士东迎更始，见诸将过，皆冠帻，而服妇人衣，诸于绣镼，莫不笑之，或有畏而走者。及见司隶僚属，皆欢喜不自胜。老吏或垂涕曰：‘不图今日复见汉官威仪！’由是识者皆属心焉。”

［4］执鞭：此处指因仰慕而愿为之仆役。典出《史记·管晏传》赞曰：“假令晏子而在，余虽为之执鞭，所欣慕焉。”〔唐〕司马贞《史记索隐》：“太史公之羡慕仰企平仲之行，假令晏生在世，己虽与之为仆隶，为之执鞭，亦所欣慕。其好贤乐善如此。贤哉良史，可以示人臣之炯戒也。”

登景州开福寺塔吊彭孝女

[孝女名咏春，皖怀县人，父爵麟知景州。母柯氏病，刲臂和药以进，不瘳，复刲股进。母卒，柩停寺中，孝女悲恸，誓以身殉。哭奠毕，与妹登塔巅，以裙蒙首，坠及地，趺坐而逝，怀中有二书，述殉母之志。检遗箧，又有书以慰其父之悲思及告诫其妹，俱工楷。时同治十二年正月二十四日也，州人为立孝女祠寺中，以志景仰，妹今适陈润甫前辈（同礼）]

峨峨景州塔，高标插苍天。烈烈彭孝女，精爽追黄泉。黄泉誓见母，此志金石坚。稽颡母柩前，耸身灵塔巅。纤纤绣闼步，捷若龙蛇穿。是日天朗清，天门扫氛烟。玉女敛云衣，风姨[1]不敢颠。金母[2]珠络冠，引手空中骈。飘摇倏坠地，瞑坐趺青莲。至今景州内，啧啧称其贤。我愧辅轩使，登高赋兹篇。

【注】

[1] 风姨：传说中的司风之神。《北堂书钞》卷一四四引《太公金匮》："风伯名姨。"

[2] 金母：指西王母。《云笈七签》卷一一四："西王母者，九灵太妙龟山金母也。"

铁　公[1]　祠

（祠在济南大明湖上）

大明湖头朔风起，日落金盘沸湖水。湖水如油碧血凝，中有铁公崇庙祀。铁公昔抗靖难师，高皇有灵为守障。裂眦断龈屡出奇，誓罗燕子生致之。城上千岁呼若雷，天乎板下马已驰。两日捷书不复再，王孙燕啄令人悲。金川门前北兵入，城王焚死周公立。缞绖[2]绯衣蔓抄急，铮铮之铁气不慑。汤镬在前甘折拉，背坐弗随武士夹。忠魂霍霍光烛天，高皇电笑开阊阖[3]。济南得公真铁城，遗恨偏师捣北平。至今风雨灵旗[4]下，犹作渊渊战鼓声。

【注】

［1］铁公：铁铉（1366—1402），字鼎石，明朝邓（今河南邓州）人。历官山东布政使、兵部尚书，在靖难之变时不肯投降燕王朱棣，并召集士兵坚守济南，击退燕王朱棣，在朱棣夺位后被杀。事见《明史·铁铉传》。

［2］缞绖：缞，《说文》："丧服衣。"绖，《说文》："丧服带也。"缞绖指丧服，亦指服丧。

［3］阊阖：《楚辞·离骚》："吾令帝阍开关兮，倚阊阖而望予。"〔汉〕王逸注："阊阖，天门也。"

［4］灵旗：战旗。出征前必祭祷之，故称。《汉书·礼乐志》："招摇灵旗，九夷宾将。"〔唐〕颜师古注："画招摇于旗以征伐，故称灵旗。"

发济南留别闱中同事诸公

河上风秋使者车，归程南转问灵槎[1]。云阴浩浩连淮甸，山色蒙蒙望鹊华[2]。别路恍随关外雁，到家应见岭头花。他时尺素凭双鲤[3]，未必浮沉付海涯。

【注】

［1］灵槎：此处指船。〔唐〕杜甫《喜晴》："汉阴有鹿门，沧海有灵查。"〔清〕仇兆鳌《杜诗详注》注曰："引鹿门海槎，愧避世之已迟。"

［2］鹊华：桥名，在山东省济南市大明湖南岸。〔清〕阮元《小沧浪笔谈》卷一："鹊华在北，惜为城堞所掩，历山在南，苍翠万状。"

［3］双鲤：代指书信。语本《文选·饮马长城窟行》："客从远方来，遗我双鲤鱼。呼儿烹鲤鱼，中有尺素书。"

游灵岩寺[1]

玉符削四方，灵严窅以深。尘途日卓午，策马穷幽寻。逶迤望明孔（山名），天光洞瑶岑。朗然牟尼珠，不受尘垢侵。石梁架云壑，宝塔矗珠林。参差翠屏合，上插千霜镡。十里松上风，琅琅钟磬音。朗公不可见，灵迹传至今。怪石伏猛虎，清泉导仙禽。（山旧为符秦时竺僧朗所居，有白鹤导泉、二虎随行之异。）当年盛绀宇[2]，布地皆黄金。[3]谁识张巨和，静外无此心。（《水经注》：“朗尝从巨和游，巨和穴居，而朗大起殿舍。虽素饰不同，然并以静外见称。”）行宫郁崔嵬，高宗昔登临。中有爱山楼，碧瓦坠萧椮。南巡典已旷，西方教[4]亦沉。怊怅下山去，夕阳岩窦阴。

【注】

［1］灵岩寺：佛寺，始建于东晋，位于山东济南市西南泰山北麓。自晋代开始即有佛事活动，寺内有千佛殿、墓塔林、甘露泉等，岩幽壁峭、佛音袅绕。〔唐〕李吉甫编《十道图》，把灵岩寺与浙江天台山的国清寺、江苏南京的栖霞寺和湖北江陵的玉泉寺誉为“域内四绝”。

［2］绀宇：绀园。佛寺之别称。〔唐〕王勃《益州德阳县善寂寺碑》：“朱轩夕朗，似游明月之宫；绀宇晨融，若对流霞之阙。”

［3］布地皆黄金：即地布黄金，见《龙兴寺铜佛》“地布黄金”条。

［4］西方教：指佛教。〔隋〕王通《文中子·周公篇》：“或问佛，子曰：‘圣人也！’曰：‘其教如何？’曰：‘西方之教也。中国则泥。轩不可以适越，冠冕不可以之胡，古之道也。’”

摩　顶　松

（在灵岩寺中。相传唐玄奘往西域时，有小松，戏摩其顶曰：“东归日，枝当东指。”已而果然。其后有阁，亦相传为玄奘译经处）

岩间昔拄杖，塔下旋遗履[1]。惆怅译经台，松枝尚东指。

【注】

［1］遗履：指遗弃之履。〔唐〕蒋防《惜分阴赋》：“出处无瑕，故垂法于前贤；往来不遑，见遗履之莫顾。”

望岱

齐鲁途中走传车，秋空灵岱望偏赊。天门径曲通云气，日观峰高洗露华。秸席蒲轮[1]轩后老，袅蹄麟趾[2]汉皇夸。何当绝顶寻遗迹，封禅重论十二家。[3]

【注】

［1］蒲轮：用蒲草裹轮的车子，行时震动较小，古时常用于封禅或迎接贤士，以示礼敬。《汉书·武帝纪》："遣使者安车蒲轮，束帛加璧，征鲁申公。"〔唐〕颜师古注："以蒲裹轮取其安也。"

［2］麟趾：本指麟足，后引申为麟足马蹄之形的金锭。《汉书·武帝纪》："诏曰：'有司议曰，往者朕郊见上帝，西登陇首，获白麟以馈宗庙，渥洼水出天马，泰山见黄金，宜改故名。今更黄金为麟趾袅蹄以协瑞焉。'"〔唐〕颜师古注："应劭曰：'获白麟，有马瑞，故改铸黄金如麟趾袅蹄以协嘉祉也。'武帝欲表祥瑞，故普改铸为麟足马蹄之形以易旧法耳。"

［3］封禅句：古代帝王多于泰山封禅，故曰。

泰山松歌

泰山山上松五株，昔受秦爵五大夫[1]。龙僵虎仆几何世，松枝尚作盘空势。轩辕上升小白死，七十二君明堂毁。金泥玉检[2]谁登封，驰道西来惊祖龙[3]。祖龙中阪不得上，偃息松下虚惆怅。当时云外真仙人，饱饵松实三千春。大笑秦皇与汉武，骊山茂陵[4]一抔土。吁嗟尘世如转蓬，君不见，泰山山上松，年年战雨风。

【注】

［1］五大夫：指秦始皇所封的泰山松树。《史记·秦始皇本纪》："二十八年，始皇东行郡县，上邹峄山。立石，与鲁诸儒生议，刻石颂秦德，议封禅望祭山川之事。乃遂上泰山，立石，封，祠祀。下，风雨暴至，休于树下，因封

其树为五大夫。”

［2］金泥玉检：以水银和金为泥、用玉制成的检，指古时帝王封禅所用的书函。《太平御览》卷五三六引〔晋〕司马彪《续汉书·祭志》：“有玉牒十枚列于方石旁，东西南北各三，皆长三尺，广一尺，厚七寸。检中刻三处，深四寸，方五寸，有盖；检用金缕五周，以水银和金为泥。”

［3］祖龙：指秦始皇。见《易水怀古》“祖龙”条。

［4］骊山茂陵：骊山，秦始皇葬于骊山。茂陵，汉武帝刘彻的陵墓。

泰山山腰有飞泉泰安令毛菽畇[1]前辈（澄）筑亭其侧余名之曰酌泉并题小诗

架石小亭成，飞泉亭上鸣。使君时一酌，不改在山清。

【注】

［1］毛菽畇：毛澄（1843—1906），原名席丰，字叔云，四川仁寿人。光绪六年（1880）即以进士授翰林院庶吉士，以尊经而深得张之洞赏识，后赴山东任县令，其间三任泰安知县，有“泰山健吏”之誉。著述颇多，今仅存《稚澥诗集》。《清史稿》有载。

御 帐 坪[1]

（坪在泰山中陂，宋真宗驻跸处）

昔闻开御帐，曾此奉天书。未减澶渊[2]币，先乘岱岭车。扶疏秦树古，迢递汉坛虚。千里幽燕地，无人议扫庐。

【注】

［1］御帐坪：在泰山云步桥北。

［2］澶渊：古时湖泊，亦名“繁污”“繁渊”。故址在今河南省濮阳市西，春秋卫地。《春秋·襄公二十年》：“盟于澶渊。”〔晋〕杜预注：“澶渊在顿丘县南，今名繁污，此卫地。”

登　岱

岧峣岱顶旧行宫，此日登临眼界空。沧海万重归化外，白云千载散封中。西穷太华愁秦望[1]，北带长河叹禹功。犹忆吴门过白马，六飞[2]南幸八方同。

【注】

［1］秦望：秦望山，在今浙江省杭州市西南，相传秦始皇东巡时曾登上此山以望南海，故名。〔北魏〕郦道元《水经注·浙江水》："又有秦望山，在州城正南。为众峰之杰，陟境便见。"

［2］六飞：亦称"六骈""六蜚"。古代皇帝的车驾由六马驾驶，疾行如飞，故名。《史记·袁盎晁错列传》："今陛下骋六骈，驰下峻山。"〔南朝宋〕裴骃《史记集解》引〔三国魏〕如淳曰："六马之疾若飞。"

岱顶杂诗　八首

玉女池

龙娇风懒锁重帏，玉女池边剩落晖。何事嫁为西海妇，暴风疾雨灌坛[1]归。（泰山神女亦名玉女，或以为皇帝所遣玉女，非也。顾亭林引张华《博物志》为证，最确。）

【注】

［1］灌坛：〔晋〕张华《博物志》卷七："太公为灌坛令，武王梦妇人当道夜哭，问之，曰：'吾是东海神女，嫁于西海神童。今灌坛令当道，废我行。我行必有大风雨，而太公有德，吾不敢以暴风雨过，是毁君德。'武王明日召太公，三日三夜，果有疾风暴雨从太公邑外过。"原为地名，后用以代指有德行的地方官吏。

望　吴　峰

揽辔曾闻哭墓[1]哀，望吴何故陟崔嵬。开坛若演浮屠[2]法，定话山君[3]弭耳[4]来。

【注】

［1］哭墓：《礼记·檀弓下》："孔子过泰山之侧，有妇人哭于墓者而哀。夫子轼而听之。使子路问之曰：'子之哭也，一似重有忧者。'而曰：'然！昔者吾舅死于虎，吾夫又死焉，今吾子又死焉！'夫子曰：'何为不去也？'曰：'无苛政。'夫子曰：'小子识之，苛政猛于虎也。'"

［2］浮屠：亦作"浮图"，指佛。《后汉书·西域传·天竺》："其人弱于月氏，修浮图道，不杀伐，遂以成俗。"〔唐〕李贤注："浮图，即佛也。"

［3］山君：老虎。《说文·虎部》："虎，山兽之君。"《骈雅·释兽》："山君，虎也。"

［4］弭耳：帖耳。形容动物搏杀前敛抑之貌。〔南朝齐〕王琰《冥祥记》："虎弭耳下山，随者骇惧。"

月　观　峰[1]

嵯峨月观称神居，闻道仙人有石闾。翻怪秦皇不知处，去将东海伫云车。

【注】

［1］月观峰：位于泰山南天门西，与日观峰相对。

古登封台[1]

玉牒登封事可疑，求仙人笑汉皇痴。如何探策神房后，不见山头石起时。

【注】

［1］古登封台：清光绪年间《泰安县志》："古登封台在岳极巅，为七十二君封台，台右有碣，题此四字。"今泰山极顶玉皇庙内有《古登封台碑》。

丈　夫　峰

唐室升中石已刓，丈人峰顶孰盘桓。解嘲苦恨黄幡绰，五品[1]能迁郑镒官。

【注】

[1] 五品：五常。《书·舜典》："帝曰：'契，百姓不亲，五品不逊。'"孔传："五品谓五常。"〔唐〕孔颖达疏："品谓品秩，一家之内尊卑之差，即父母兄弟子是也。教之义、慈、友、恭、孝，此事可常行，乃为五常耳。"

青帝观

青帝宫前石气青，磨崖人诵泰山铭。祥符不及开元盛，恰似天书付六丁[1]。（观前大石壁刻唐开元纪泰山铭，其东为宋真宗大中祥符登泰山谢天书纪，二圣功德铭铲削殆尽。）

【注】

[1] 六丁：指丁卯、丁巳、丁未、丁酉、丁亥、丁丑。道教认为六丁为阴神，可用符箓召请，以供驱使。《后汉书·梁节王畅传》："从官卞忌自言能使六丁。"〔唐〕李贤注："六丁，谓六甲中丁神也。若甲子旬中，则丁卯为神，甲寅旬中，则丁巳为神之类也。役使之法，先斋戒，然后其神至，可使致远方物及知吉凶也。"

碧霞祠[1]

煌煌金阙碧霞祠，衅血涂膏自昔时。侥幸撰文方阁老，姓名磨灭少人知。（碧霞祠正殿五间，鸱吻檐瓦皆铜，士人谓之金殿。明万历间内监所建。前有铜碑二，其下截字已漫灭，无撰碑人姓名，惟存东阁大学士官衔。考聂鈫《泰山道里记》，乃知其为方从哲。）

【注】

[1] 碧霞祠：碧霞元君祠，泰山极顶南面。始建于宋大中祥符年间。〔清〕姚鼐《登泰山记》："亭西有岱祠，又有碧霞元君祠。皇帝行宫在碧霞元君祠东。"

日观峰

日观嶙峋矗碧空，翠华去后起悲风。东溟水阔蛟龙怒，愁煞扶桑[1]一抹红。

【注】

［1］扶桑：神话中的树名，传说日出于扶桑之下。《楚辞·九歌·东君》："暾将出兮东方，照吾槛兮扶桑。"〔汉〕王逸注："日出，下浴于汤谷，上拂其扶桑，爰始而登，照曜四方。"

岱顶观日出同泰安令毛萩昀[1]前辈（澄）

我家近接朱明麓，藜杖飞猱数游躅。南楼日观高亦齐，鸡一鸣时见朝旭。兹行乘传过泰山，更上峰头抱云宿。初看大野堕蟾魄[2]，忽讶寒门吐龙烛[3]。铁炉鼓轮色炎炎，铜鉴开奁光漉漉。郁华仙子亦游戏，似杖击球车转毂。瞥然下坼小跳丸，化作重轮挂旸谷[4]。须臾摩荡迸珠荷，依旧团圞成璧谷。（是夕所见，日初出时动荡不停，忽下坼一小日如跳丸，旋上迸为一。）夹乌立雀古亦有，两日并吞今所独。初出远近辨已难，如此奇观孰蒙告。细思东海万里深，巨浪千层簸坤轴。赤驭虽从若木回，绀鸦实自咸池[5]浴。投钱瓯底注水看，水涌钱浮有盈朒。临镜两光夹一光，墨经所喻宜三复。泰安县令毛仙翁，凫舄分飞同纵目。伸眉赏我衍谈天，更听天鸡[6]辨三足。少焉云扫众峰出，玉女青童靓如沐。金银宫阙阊阖[7]开，我欲凌风学黄鹄。朱明洞天会归去，子日亭边恣遐瞩。搏桑夜半有何奇，好作新诗追玉局[8]。

【注】

［1］毛萩昀：见《泰山山腰有飞泉泰安令毛萩昀前辈（澄）筑亭其侧余名之曰酌泉并题小诗》"毛萩昀"条。

［2］蟾魄：月亮的别名。〔唐〕元稹《纪怀赠李户曹》诗："华表当蟾魄，高楼挂玉绳。"

［3］龙烛：烛龙神所含之烛，后指太阳。《山海经·海外北经》曰："钟山之神，名曰烛龙，视为昼，暝为夜。"

［4］旸谷：传说中日出之处。《尚书·尧典》："分命羲仲，宅嵎夷，曰旸谷，寅宾出日。"孔传："旸，明也。日出于谷而天下明，故称旸谷。"〔唐〕孔颖达疏："日所出处，名曰旸明之谷。"

［5］咸池：传说中日浴处。《楚辞·离骚》："饮余马于咸池兮，总余辔乎扶桑。"〔汉〕王逸注："咸池，日浴处也。"《淮南子·天文训》："日出于阳谷，浴于咸池。"

［6］天鸡：天上的鸡。〔南朝梁〕任昉《述异记》卷下："东南有桃都山，上有大树，名曰'桃都'枝相去三千里。上有天鸡，日初出，照此木，天鸡则鸣，天下鸡皆随之鸣。"

［7］阊阖：见《铁公祠》"阊阖"条。

［8］玉局：指苏轼。见《游香山寺有怀白太傅》"玉局"条。

游后石坞

（坞在岱阴，相传玉女修真处有莲花洞、黄花洞诸胜，明季州人徐灵哉、王度尝读书于此）

岱阳盛宫观，岱阴人迹灭。谁知众峰背，石坞乃奇绝。初缘丈人顶，缒险下九折。盘空度岩腹，岈若洞门裂。嵯峨紫阁耸，弯环翠屏列。上蟠松吟虬，下削石积铁。阴森迷白昼，中有太古雪。纡徐扪绝壁，灵异更可说。莲瓣滴悬泉，黄花绽深穴。玉女去不归，泠泠响环玦。凭阑试南望，飞鸟去寥泬[1]。坡陀[2]出寸碧，掩映两峰缺。缅怀隐君子[3]，永与尘世诀。云寒炼仙骨，山寂味禅悦。感我宦游人，徘徊不忍别。

【注】

［1］寥泬：开阔清朗。《楚辞·九辩》〔汉〕王逸注："泬寥，旷荡空虚，静也。"

［2］坡陀：山势起伏貌。〔唐〕杜甫《北征》诗："坡陀望鄜畤，岩谷互出没。"

［3］隐君子：指隐士。《史记·老子韩非列传》："自孔子死之后百二十九年，而史记周太史儋见秦献公曰：'始秦与周合，合五百岁而离，离七十岁而霸王者出焉。'或曰儋即老子，或曰非也，世莫知其然否。老子，隐君子也。"

经　石　峪

（在岱阳，石坡陀数亩，许刻《金刚经》全卷，涧水冲激处多磨泐，相传为北齐人书。后人或刻《大学》一篇于上流以胜之，今佚）

昔闻汉石经，刻自鸿都[1]门。中郎好书法，宝贵如瑶琨。自从拓跋来，象教乃益尊。嵩洛[2]帝王都，经像漫崖垠。周隋逮李唐，兹风煽弥繁。岂无石经刻，佛说亦遍刊。《心经》玄奘译，金钱集右军[3]。至今习院体[4]，换骨同金丹。坡陀泰山峪，石磴流清泉。劖以金刚经，尺字书八分。相传高齐世，此地祇树园[5]。刻者大比邱，如是空我闻。徘徊玩书势，古拙含苍浑。鸿戏似钟隶，虎卧追王真。下视颜与徐，肥瘦瞋燕环。殷勤手自拓，集之五七言。磨泐虽不完，亦可悬楹间。黄庭换白鹅[6]，枣木谁为传。兹书北朝秀，异教非所论。何必寻泉源，玩彼大学篇。

【注】

［1］鸿都：汉代藏书之所。《后汉书·〈儒林传〉序》："乃董卓移都之际，吏民扰乱，自辟雍、东观、兰台、石室、宣明、鸿都诸藏典策文章，竞共剖散。"

［2］嵩洛：嵩山和洛水，因两者均近东都洛阳，故曰"嵩洛帝王都"。

［3］右军：指晋书法家王羲之，因曾任右军将军，故称。

［4］院体：书法流派之一。唐贞元中翰林学士吴通微工行草，体近隶，院中胥徒仿效其书，大行于世，称为"院体"。〔宋〕曾慥《类说》卷十五引〔宋〕张洎《贾氏谭录》："中土士人扎翰，多为院体。贞元中，翰林学士吴通微尝工行草院体，近吏故胥，放其书，大行于世，遗法至今。"

［5］祇树园：即祇园，后以指佛寺。印度佛教圣地之一，相传释迦牟尼成道后，憍萨罗国的给孤独长者用大量黄金购置舍卫城南祇陀太子园地，建筑精舍，请释迦说法。祇陀太子也奉献了园内的树木，故以二人名字命名。事见《大正新修大藏经·史传部三》。

［6］换白鹅：指王羲之写经换鹅事。《晋书·王羲之传》："又山阴有一道士，养好鹅，羲之往观焉，意甚悦，固求市之。道士云：'为写《道德经》，当举群相赠耳。'羲之欣然写毕，笼鹅而归。"

毛菽昀饷石鳞鱼

（鱼出泰山西溪黑龙潭，甚甘美）

黑龙潭中石鳞鱼，戢戢三寸四寸余。色如银青肉雪白，作羹入口甘而腴。毛君饷我意良厚，云此嘉品凡鳞殊。澄潭游泳深没底，养以石气无泥污。施罛设钓不易得，下有瞑睡龙衔珠[1]。我生海国足虾蟹，十年奔走江与湖。昨者济南驻轺传，河鲂河鲤充庖厨。南归一舸过沪渎[2]，霜刀待鲙松江鲈[3]。口哆颐张更见此，举箸欲食心踌躇。我闻常龙泰山神，（泰山神姓圆名常龙，见《龙鱼河图》。）畜扰神物山之隅。璧圭祷雨肤寸合，（黑龙潭之南为白龙池，邑人遇旱于此祈雨。）琴高[4]赤尾为先驱。兹鱼栖托得异穴，变服[5]岂料逢豫且。蛟龙窟改鳣鲔徙，暴殄或致灵湫枯。君如安邑礼仲叔[6]，口腹致累过在予。破卵刳胎古有禁，愿君勿听渔人渔。

【注】

［1］龙衔珠：《庄子·杂篇·列御寇》："人有见宋王者，锡车十乘，以其十乘骄稚庄子。庄子曰：'河上有家贫恃纬萧而食者，其子没于渊，得千金之珠。其父谓其子曰："取石来锻之！夫千金之珠，必在九重之渊而骊龙颔下，子能得珠者，必遭其睡也。使骊龙而寤，子尚奚微之有哉！"今宋国之深，非直九重之渊也；宋王之猛，非直骊龙也；子能得车者，必遭其睡也。使宋王而寤，子为齑粉夫！'"

［2］沪渎：古水名。指吴淞江下游近海处一段（今黄浦江下游）。因当地人民用"沪"在江海之滨捕鱼为业而得名。〔唐〕陆广微《吴地记》："（昆山县）东南一百九十里，有晋将军袁山松城，隆安二年筑，时为吴郡太守，以御孙恩军，在沪渎江滨，半毁江中。"

［3］松江鲈：松江所产的鲈鱼，肉嫩味美。《后汉书·方术传下·左慈》："操从容顾众宾客曰：'今日高会，珍羞略备，所少吴松江鲈鱼耳。'"

［4］琴高：此处指琴高鱼。宋时泾县琴溪的特产小鱼，传说为琴高于此所投药滓化生，故名。〔汉〕刘向《列仙传·琴高》："琴高，周末赵人，能鼓琴，为宋康王舍人，浮游冀州涿郡间。后与诸弟子期，入涿水取龙子，某日当返。至期，弟子候于水旁，琴高果乘鲤而出。留一月，复入水去。"

［5］变服：见《过泄湖闻杜鹃野老告予此望帝也以秦灭蜀而悲语虽误会

实怆余心因本其意为作一诗》“白龙鱼服”条。

［6］仲叔：指汉闵仲叔。《后汉书·周黄徐姜申屠列传》：“太原闵仲叔者，世称节士，虽周党之洁清，自以弗及也。党见其含菽饮水，遗以生蒜，受而不食。建武中，应司徒侯霸之辟，既至，霸不及政事，徒劳苦而已。仲叔恨曰：‘始蒙嘉命，且喜且惧；今见明公，喜惧皆去。以仲叔为不足问邪，不当辟也。辟而不问，是失人也。’遂辞出，投劾而去。复以博士征，不至。客居安邑。老病家贫，不能得肉，日买肝一片，屠者或不肯与，安邑令闻，敕吏常给焉。仲叔怪而问之，知，乃叹曰：‘闵仲叔岂以口腹累安邑邪?’遂去，客沛。以寿终。”

谢衍圣公[1]孔燕庭（令贻）惠圣墓蓍草[2]

巍然马鬣拜崇封，闻说灵蓍出灌丛。五十行年积愆过，一千余岁见神通。危身尚待询詹尹[3]，钳口曾闻惜遁翁。多谢上公持赠意，好将吾道问污隆[4]。

【注】

［1］衍圣公：指孔令贻，孔子第七十六代嫡孙，清光绪三年（1877）袭衍圣公。

［2］蓍草：古时用以占卜的草。〔唐〕刘长卿《岁日见新历因寄都官裴郎中》诗：“愁占蓍草终难决，病对椒花倍自怜。”按：此为孔子墓前蓍草。《清朝野史大观·清人逸事一·孔东塘出山异数记》：“孔林草木……惟楷木蓍草二种最著。”

［3］詹尹：楚辞中卜筮者之名。《楚辞·卜居》：“心烦虑乱，不知所从。往见太卜郑詹尹。”〔汉〕王逸注：“郑詹尹，工姓名也。”

［4］污隆：世道的兴衰。〔唐〕刘知几《史通·载言》：“国有否泰，世有污隆。”

谢曲阜令向笃生同年（植）惠楷木[1]杖

（楷木出孔林，子贡庐墓时手植，枯干犹存。今墓中多此木，他处则无）

孔林[2]嘉树无枳棘，赤心桧松黄肠[3]柏。其间楷木文且坚，谁欤种者端木贤。老干枯朽成铁石，新枝崭崭皆儿孙。有如夸父[4]植弃杖，化为邓林[5]翳虞渊。甘棠勿剪有遗爱，[6]社栎[7]不材匠石废。胡为此木自耻，不可雕刻以为杖。希杖朝君不见汉，孔光四辅尊明堂。灵寿[8]之杖相扶将，君不见，周于谨太学劳割袒，延年之杖相为伴。彼皆纯德享大龄，饰鸠不噎遵前典。我今行年逮知非，公独赠此何所为。我闻登木人歌狸首[9]，斑鲁叟叩胫警其顽。迩来新说灭伦纪，欲坏梁木颓泰山。逍遥负杖不可见，谁为伏背苔三千。杖乎杖乎我为此，惧趋亦趋兮，步亦步大夏，邛竹[10]非我与。他年结驷出相携，要使狼牻知撰屦。

【注】

[1] 楷木：即黄连木。《说文·木部》："楷，楷木也。孔子冢盖树之者。"

[2] 孔林：孔子及其后裔的墓园，在今山东曲阜市城北门外。〔元〕揭傒斯《孔林图诗》："尼山之下，有洙有泗；有蔚孔林，在泗之涘。"

[3] 黄肠：谓柏木，柏木芯黄，故称。

[4] 夸父：神话人物。《山海经·海外北经》："夸父与日逐走，入日。渴欲得饮，饮于河渭；河渭不足，北饮大泽。未至，道渴而死。弃其杖，化为邓林。"

[5] 邓林：传说为夸父杖所化。《列子·汤问》："夸父不量力，欲追日影，逐之于隅谷之际。渴欲得饮，赴饮河渭。河渭不足，将走北饮大泽。未至，道渴而死。弃其杖，尸膏肉所浸，生邓林。邓林弥广数千里焉。"

[6] 甘棠句：遗爱，为后人所追怀的德行、仁爱。《诗·召南·甘棠》："蔽芾甘棠，勿剪勿伐，召伯所茇。蔽芾甘棠，勿剪勿败，召伯所憩。蔽芾甘棠，勿剪勿拜，召伯所说。"《史记·燕召公世家》："召公之治西方，甚得兆民和。召公巡行乡邑，有棠树，决狱政事其下，自侯伯至庶人各得其所，无失职者。召公卒，而民人思召公之政，怀棠树不敢伐，歌咏之，作甘棠之诗。"

[7] 社栎：指不材之木。《庄子·人间世》："匠石之齐，至乎曲辕，见栎社树，其大蔽牛，絜之百围……曰：'散木也，以为舟则沉，以为棺椁则速

腐，以为器则速毁，以为门户则液樠，以为柱则蠹，是不材之木也，无所可用，故能若是之寿。'"

［8］灵寿：木名，即椐木。可为手杖。〔晋〕陆玑《毛诗草木鸟兽虫鱼疏·其柽其椐》："椐，樻。节中肿，似扶老。今灵寿是也。今人以为马鞭及杖。弘农共北山有之。"

［9］狸首：此处指原壤之歌。《礼记·檀弓下》："孔子之故人曰原壤，其母死，夫子助之沐椁。原壤登木曰：'久矣，予之不托于音也。'遂歌曰：'狸首之班然，执女手之卷然。'"〔唐〕孔颖达疏："言斫椁材文采似狸之首。"

［10］邛竹：竹名，产于西汉邛都县（今四川西昌市）。《文选·左思〈蜀都赋〉》："于是乎邛竹缘岭，菌桂临崖。"〔唐〕李善注："邛竹，出兴古盘以南，竹中实而高节，可以作杖。"

羊叔子[1]故里

（在新泰县西北羊流店）

人言羊氏子，兹地识金环。长大能骑马，名垂江汉间。须眉诸相好，裘带一身闲。佛说谁为正，钟灵本泰山。

【注】

［1］羊叔子：指晋羊祜，字叔子，泰山南城人。事见《晋书·羊祜传》。

过徂徕山怀石先生[1]

晨从泰山来，东过徂徕夕。不见徂徕山中人，但见徂徕山上石。徂徕山石天所劖，势与泰岱争岩岩。孤松石上长寻尺，下视竹柏材皆凡。竹溪风流推六逸[2]，巢父谪仙尤杰出。后来崛起石先生，常续联翩讲儒术。先生任道真狂狷，孔孟扬韩晢相见。颂德人传庆历诗，责难早著希文传。当年天子明圣姿，牵裾[3]折槛[4]无所施。可怜奸距脱不得，斫棺一诏令人悲。刚正自来衔者众，夔益勋华事如梦。但闻暮气刺寒蝉，岂有朝阳赏鸣凤[5]。膏明兰馥[6]为祸胎，泰山茅屋荒蒿莱。徂徕嵯峨石不转，惆怅先生归去来。

【注】

［1］石先生：石介，字守道，北宋初学者，宋理学先驱，创建泰山书院、徂徕书院，以《易》《春秋》教授诸生。“重义理，不由注疏之说”，开宋明理学之先声，世称“徂徕先生”。“泰山学派”创始人。著有《徂徕集》二十卷。欧阳修《徂徕石先生墓志铭序》云：“徂徕先生姓石氏，名介，字守道，衮州奉符人也。徂徕鲁东山，而先生非隐者也。其仕党位于朝矣，鲁之人不称其官而称其德。以为徂徕鲁之望，先生鲁人之所尊，故因其所居山以配其有德之称，曰徂徕先生者，鲁人之志也。”

［2］六逸：竹溪六逸。《新唐书·文艺传中·李白》：“（李白）更客任城，与孔巢父、韩准、裴政、张叔明、陶沔居徂来山，日沉饮，号‘竹溪六逸’。”

［3］牵裾：指直言相谏。魏文帝曹丕要从冀州迁十万户到河南去，群臣上谏，不听。辛毗再去谏，曹丕不答而入内，辛毗拉住他的衣裾。后来终于减去五万户。见《三国志·魏书·辛毗传》。

［4］折槛：汉槐里令朱云朝见成帝时，请赐剑以斩佞臣安昌侯张禹。成帝大怒，命将朱云拉下斩首。云攀殿槛，抗声不止，槛为之折。经大臣劝解，云始得免。后修槛时，成帝命保留折槛原貌，以表彰直谏之臣。见《汉书·朱云传》。

［5］朝阳赏鸣凤：凤鸣朝阳，比喻有才能的人为世所用。语本《诗·大雅·卷阿》：“凤皇鸣矣，于彼高冈，梧桐生矣，于彼朝阳。”〔汉〕郑玄注：“凤皇鸣于山脊之上者，居高视下，观可集止，喻贤者待礼乃行。”

［6］膏明兰馥：比喻人因有所为而自招其祸。语出《汉书·龚胜传》：“熏以香自烧，膏以明自销。”

新甫山[1]望仙台

（相传汉武封禅泰山时，山中见仙人迹，因建离宫，故名）

峨峨新甫山，亭亭山上柏。高台不可见，磊砢见崖石。崖倾石坠裂，幻作大人迹。荒哉汉武皇，谓此仙灵宅。飞廉与桂馆，[2]岌嶪插天碧。安期[3]本策士，方朔[4]亦执戟。仙人自游戏，了不住山泽。思子况筑台，长年更何益。我闻泰山下，蒿里[5]多鬼伯。促迫无贤愚，想将就泉穸。茂陵[6]知何处，秋风感行客。

【注】

［1］新甫山：山名，位于今山东省新泰市西北。《诗经·鲁颂·閟宫》："徂来之松，新甫之柏。是断是度，是寻是尺。松桷有舄，路寝孔硕，新庙奕奕。奚斯所作，孔曼且硕，万民是若。"

［2］飞廉与桂馆：飞廉、桂馆均为汉宫馆名，此处代指道观。《汉书·郊祀志下》："公孙卿曰：'仙人可见，上往常遽，以故不见。今陛下可为馆如缑氏城，置脯枣，神人宜可致。且仙人好楼居。'于是上令长安则作飞廉、桂馆、甘泉则作益寿、延寿馆，使卿持节设具而候神人。"

［3］安期：安期生，仙人，传说他曾从河上丈人习黄帝、老子之说，卖药东海边。事见《史记·乐毅列传》《列仙传》等。

［4］方朔：汉东方朔。事见《史记·滑稽列传·东方朔传》。

［5］蒿里：山名，相传在泰山之南，为死者葬所。《汉书·广陵厉王刘胥传》："蒿里召兮郭门阅，死不得取代庸，身自逝。"〔唐〕颜师古注："蒿里，死人里。"

［6］茂陵：汉武帝的陵墓，在今陕西省兴平市东北。

过沂河[1]

岱岳南开麓，沂河北导渠。波光浮汴泗，野色豁青徐。去客随霜雁，居人足海鱼。淮阳知不远，归路舍轺车。

【注】

［1］沂河：淮河支流，流经山东南部江苏北部，源出山东省沂源县。

郯城道中

海岱青齐尽，南行此地过。国传郯子旧，声杂楚人多。旅舍鸡鸣起，戎装马上驮。戒心缘伏莽[1]，长道勿蹉跎。

【注】

［1］伏莽：指潜伏的盗寇。《易·同人》："九三，伏戎于莽。"〔清〕黄

宗羲《阎公神道碑铭》："伏莽一发，必不可支。"

淮阳道中忆周衡甫同年（钧）范希淹同年（家祚） 二首

北雁呼群声正悲，东劳西燕去何之。故人一别无消息，惆怅淮南木落时。（周，淮安人；范，桂林人。闻寓清江浦。）

黄巾[1]云扰记燕京，卒卒刘屠各死生。（庚子之变，刘葆真可毅、屠静生寄两同年初传遇难。后闻屠幸生还，刘至今尚无踪迹，想不免矣。二君皆江南人。）若到山阳谈旧两，笛声哀怨不胜情。

【注】

[1] 黄巾：东汉末年张角所领导的农民起义军，因头包黄巾而得名。此处指义和团。

霜　柳

柳叶经霜映落晖，鹅黄一色故依依。风流莫笑徐娘[1]老，犹著当年金缕衣[2]。

【注】

[1] 徐娘：南朝梁元帝妃徐昭佩。《南史·后妃传下·梁元帝徐妃》："徐娘虽老，犹尚多情。"

[2] 金缕衣：金丝编织的衣服。〔南朝梁〕刘孝威《拟古应教》诗："青铺绿琐琉璃扉，琼筵玉笥金缕衣。"

空房弹琵琶

（镇江月夜，闻有独弹琵琶者，其声幽咽，因为此以写其悲）

空房弹琵琶，嘈切谁为悲。酒阑[1]灯作花，忆与君别时。君心琵琶弦，缓急妾自知。妾身琵琶柱，束缚不得移。何当明月下，一曲信风吹。吹入君耳边，慰君长相思。

【注】

［1］酒阑：酒筵将尽。《史记·高祖本纪》："酒阑，吕公因目固留高祖。"〔南朝宋〕裴骃《史记集解》引〔三国魏〕文颖曰："阑言希也。谓饮酒者半罢半在，谓之阑。"

逆风行丹徒河中　二首

丹徒水曲滞行舟，扑面南风客更愁。且买尖团[1]京口酒[2]，拌他三日到常州。

漕河潮落带腥咸，上纤船多燕尾衔。倦倚篷窗无个事，风前片片数来帆。

【注】

［1］尖团：尖脐和团脐，螃蟹的代称。〔宋〕苏轼《丁公默送蝤蛑》诗："堪笑吴兴馋太守，一诗换得两尖团。"

［2］京口酒：指名酒。〔唐〕罗隐《第五将军于余杭天柱宫入道因题寄》诗："瓦榼尚携京口酒，草堂应写颍阳书。"

惠山品泉忆罗浮卓锡[1]因成二绝

扬子江心淤作田，中泠无复吐清涟。（中泠泉近出田间，浑浊不可饮。）人间水记谁为订，第一还须让惠泉。

蓬莱左股是罗浮，卓锡泉甘日夜流。可惜茶神江上老，杖藜偏不到循州。

【注】

［1］卓锡：卓，植立；锡，锡杖，僧人外出所用。因谓僧人居留为卓锡。〔明〕郑仲夔《耳新·梵胜》：“师卓锡岑山，苦心实行。”

读平江吴氏两代孝子传略为颖芝前辈（荫培）作

（吴孝子仁荣，号彦钦，其子恩熙，号菡青，颖芝前辈祖若父也）

古传孝子刘更生，逮萧广汉事益明。郑缉宋躬撰述宏，后有作者仪式刑。其书虽没名可称，幽光潜德炳日星。繄两先生出延陵，前为彦钦后菡青。粤稽孝行古有征，施延色养半路亭。孟宗笋鲊供汤羹，长况得药由精诚。百年绵絮悲不胜，筑坟负土曰宗承。六十孺慕[1]何子平，彦钦事母相抗衡。老莱弄雏[2]比孩婴，缪斐侍疾天神惊。竺弥白兔伏在茔，萧国獐鹄游于庭。蔡顺陈遗利艰贞，菡青比之乃其朋。我闻至孝天所兴，百世俎豆闵与曾。万石君[3]家备宠荣，王氏佩刀累簪缨。高阳改里聿有声，况此梅里之耆英。群山联绵耸支硎[4]，带以湖水酏醴清。天章云烂特表旌，允矣流泽逾千龄。

【注】

［1］孺慕：此处指对父母的孝敬。《礼记·檀弓下》：“有子与子游立，见孺子慕者，有子谓子游曰：‘予一不知夫丧之踊也，予欲去之久矣，情在于斯，其是也夫。’”〔汉〕郑玄注：“丧之踊，犹孺子之号慕。”后谓对父母的哀悼、悼念。

［2］老莱弄雏：老莱子至孝，尝作婴儿状，以娱双亲。《太平御览·人事部五十四·孝中》卷四百一十三："师觉授《孝子传》曰：'老莱子者，楚人，行年七十，父母俱存，至孝蒸蒸，常着班兰之衣，为亲取饮上堂，脚胅，恐伤父母之心，因僵仆为婴儿啼。'"

［3］万石君：指汉石奋，后称一家多人做官者为"万石君"。事见《史记·万石张叔列传》。

［4］支硎：山名。在今江苏省苏州市西。晋高僧支遁隐居于此，因以支硎为号，山亦因支遁得名。参阅〔清〕顾祖禹《读史方舆纪要·江南六·苏州府》。

送宝瑞臣同年（熙）视学山西　二首

十年燕蓟鬓毛斑，通达如君喜往还。龙种自来尊帝胄，霓裳[1]同此列仙班。小知窥管非无见，大雅扶轮未敢攀。今日持衡三晋[2]去，会求英俊济时艰。

去岁星轺几巨公，滔滔南纪实文雄。恢将远识乘槎上，搜的奇才夹袋中。（君去岁典试湖北，得士独盛，为诸省之冠。）代国山川仍旧制，绛都民俗有遗风。由来纤啬[3]非长计，试取新知为发蒙。

【注】

［1］霓裳：神仙的衣裳。《楚辞·九歌·东君》："青云衣兮白霓裳，举长矢兮射天狼。"

［2］三晋：山西省的别称。

［3］纤啬：计较细微，悭吝。《管子·五辅》："纤啬省用，以备饥馑。"〔唐〕尹知章注："纤，细也。啬，吝也。既细又吝，故财用省也。"

赵芷孙同年（启霖）拟于汴闱分校后请假南归为其母蔡太宜人寿诗以送之

洞庭千里思依依，梁苑南行马若飞。背有灵萱开寿斝，心如寸草恋春晖[1]。畹兰洁白宜馨膳，宫锦斓斑是舞衣。[2]我亦高堂成鹤发，可堪长道寄当归。(时家慈电促南旋。)

【注】

[1] 春晖：喻慈母之恩。语出〔唐〕孟郊《游子吟》："谁言寸草心，报得三春晖？"

[2] 宫锦句：此谓仿效老莱子斑衣戏彩。《艺文类聚·人部四·孝》："《列女传》曰：'老莱子孝养二亲，行年七十，婴儿自娱，着五色采衣。尝取浆上堂，跌仆，因卧地为小儿啼，或弄乌鸟于亲侧。'"

题白岳图卷为支芰青前辈（恒荣）作

黄山白岳天下闻，我欲从之一问津。支公图卷适示我，使我对此融心神。披图窅窱见灵宅[1]，天门[2]詄荡吹垢氛。三姑五老各招手，玉屏绝顶高齐云。石鼓石钟两鞺鞳，香炉一气通天阍。层岩仄径耸楼观，中有邋遢真仙人。桃花潭洞渺可许，珠帘玉雨飘缤纷。愚山游记夙所诵，白岳小友宜匡君。往来未一见真面，卧游有愧宗少文。畴昔登临试略数，滇黔秉节穷崖垠。太华终南及嵩岳，往者凭眺随西巡。东行乘传陟泰岱，杖屦惜与支公分。我闻大江以南足灵境，金焦两点波沄沄。洞庭三茅[3]有窟穴，虎邱听法蹲嶙峋。西湖天竺更娟秀，潮来下瞰钱塘滨。当年蜡屐[4]亦曾至，惟此黄山白日欲到愁。无因蓬莱风引不可接，东望东海方扬尘。支公支公卷图自此去，使我侧身南顾，欲醉罗浮春。

【注】

[1] 灵宅：隐士或修道者的住所。〔唐〕刘禹锡《游桃源一百韵》诗：

“禁山开秘宇，复户洁灵宅。”

[2] 天门：天宫之门。《淮南子·原道训》：“昔者冯夷，大丙之御也……经纪山川，蹈腾昆仑，排阊阖，沦天门。”〔汉〕高诱注：“天门，上帝所居紫微宫门也。”

[3] 三茅：道家传说中的三神仙，即茅盈及其弟茅固、茅衷。据传为汉景帝时咸阳人，先后隐于句曲山（在今江苏句容市），得道成仙。见《茅山志》卷五。

[4] 蜡屐：涂蜡的木屐。〔宋〕苏舜钦《关都官孤山四照阁》诗：“他年君挂朱幡后，蜡屐邛枝伴此行。”

送尚会臣廉访同年（其亨）还山东

久住青齐帝所褒，初凉郊野送归旄。月华一片明湖湛，秋色千寻泰岱高。旧舍棠阴[1]须执法，新防竹楗念成劳。知君转眼三公贵，不待交情脱宝刀。

【注】

[1] 棠阴：比喻惠政或良吏的惠行。《史记·燕召公世家》：“召公之治西方，甚得兆民和。召公巡行乡邑，有棠树，决狱政事其下，自侯伯至庶人各得其所，无失职者。召公卒，而民人思召公之政，怀棠树不敢伐，歌咏之，作甘棠之诗。”

题何润夫前辈（乃莹）云林听泉图

目不睹泰山形，耳不闻雷霆声。噩然混沌太古上，庄生乃以全其生。君不闻，蚩尤旗[1]张五兵[2]始，毒雾迷漫九万里。头铜额铁手弓矢，野声呼汹血成水。又不闻，黄熊羽渊[3]激冲波，汤汤洪水江与河。神州陆沉[4]蛇虎多，刑天[5]干戚相戛摩。邈哉巢与由，洗耳[6]箕山幽。日月重明尚如此，何况苍天已死鬼哭声啾啾。何君何君尔从何处获灵胜，尽洗尘根返清净。出山泉水汩滔天，琴筑玑琤失清听。霓裳羽葆云中君，招我归卧山间云。一杯醉我罗浮春，何君何君傥将相从洞天去，下界蝇声何所闻。

【注】

［1］蚩尤旗：彗星名。古时以为此星出，必有征伐之事。《晋书·天文志中》："六曰蚩尤旗，类彗而后曲，象旗。"

［2］五兵：指战争。〔南朝梁〕刘孝标《〈金华山栖志〉序》："左元放称此山云：'可免洪水五兵，可合神丹九转。'"

［3］黄熊羽渊：传说鲧死后化为黄熊，入羽渊。《左传·昭公七年》："昔尧殛鲧于羽山，其神化为黄熊，以入于羽渊。"

［4］神州陆沉：指国土沦陷于敌手。〔南朝宋〕刘义庆《世说新语·轻诋》："桓公入洛，过淮泗，践北境，与诸僚属登平乘楼，眺瞩中原，慨然曰：'遂使神州陆沉，百年丘墟，王夷甫诸人，不得不任其责！'"

［5］刑天：《山海经·海外西经》："刑天与帝争神，帝断其首，葬之于常羊之山。乃以乳为目，以脐为口，操干戚以舞。"

［6］洗耳：意为厌闻污浊之声。〔晋〕皇甫谧《高士传·许由》："尧让天下于许由……由于是遁耕于中岳颍水之阳，箕山之下，终身无经天下色。尧又召为九州长，由不欲闻之，洗耳于颍水滨。"

春帖子词　三首

彩胜宜春结，桐枝置闰添。和风光禁苑，恩泽递茅檐。

太液池边散晓光，玉梅金柳占年芳。霞觞上寿慈颜喜，淑景还添爱日长。

位炳重离抚五辰，东郊鸾辂更寅宾。圣心无逸披图见，散作神州浩荡春。

又

（代徐颂阁师郙作）

春光回阆苑，瑞气霭璇宫。剑佩朝元至，旌旗映日红。

莺拂金衣啭上林，御园长奉翠华临。兰陔色养慈晖驻，报得三春寸草心。

农祥晨正泰阶平，四海于今偃甲兵。亿万斯年开盛治，独将庶政眷皇情。

又

（代张野秋前辈百熙作）

计闰添桐叶，先春泄柳梢。苍龙勤法驾，淑气满东郊。

太平腊鼓[1]动春雷，上苑繁花次第开。知道慈舆何乐处，屠苏[2]齐献万年杯。

圣心勤惕契昭融，庶务纷纭待执中。同轨同文今日始，会看八表慕华风。

【注】

［1］腊鼓：古人于腊日或腊前一日击鼓驱疫，曰腊鼓。《吕氏春秋·季冬》："命有司大傩旁磔。"〔汉〕高诱注："今人腊岁前一日击鼓驱疫，谓之逐除。"

［2］屠苏：亦作"屠酥"，药酒名。古代风俗，于农历正月初一饮屠苏酒。〔南朝梁〕宗懔《荆楚岁时记》："（正月一日）长幼悉正衣冠，以次拜贺，进椒柏酒，饮桃汤，进屠苏酒……次第从小起。"

又

（代张铁君前辈亨嘉作）

瑞雪连琼岛，祥烟拂玉筵。今朝和气洽，新数太平年。

迢递輶轩出九州岛，八瀛重译待咨谋。旧邦新命成周治，万国从兹拜冕旒。

西鲽东鹣喜自驯，深宫忧乐更同民。从知海不扬波日，中国群推有圣人。

题松竹梅图

（南斋供奉作）

青松翠竹老岩隈，冷艳偏从雪里开。等是岁寒标晚节，和羹[1]还待济时才。

【注】

［1］和羹：借指梅花。《尚书·商书·说命下》卷十："王曰：'来，汝说。台小子旧学于甘盘，既乃遁于荒野入宅于河。自河徂亳，暨厥终罔显。尔惟训于朕志，若作酒醴，尔惟曲糵；若作和羹，尔惟盐梅。尔交修予，罔予弃，予惟克迈乃训。'"《孔安国传》："盐咸梅醋，羹须咸醋以和之。"

题松芝图

（南斋供奉作）

松干千年拂紫冥，芝英三秀[1]养岩扃。云深石老无行迹，留与仙人饵茯苓[2]。

【注】

［1］三秀：灵芝草的别名，灵芝一年开花三次，故称。《楚辞·九歌·山鬼》："采三秀兮于山间，石磊磊兮葛蔓蔓。"〔汉〕王逸注："三秀，谓芝草也。"

［2］茯苓：寄生于松根之上，可入药，有镇静之效。《淮南子·说山训》："千年之松，下有茯苓。"〔汉〕高诱注："茯苓，千岁松脂也。"

太液同舟图寿张野秋[1]尚书（百熙）六十

波流拍拍鸣凫鹥，朱华碧荇相纷披。楼台倒影烂铺锦，中卧百尺青虹霓。披图此何界，云是太液池。兰舟一叶张翠帷，翰林供奉朝金闺。长沙寿星属领袖，并坐二陆鹓鸾姿。（谓凤石、伯葵两前辈。）岐海武林有雄彦，（谓张燮钧前辈、吴纲斋同年。）云龙上下相追随。伊余忝后进，幸与清容偕。（谓袁珏生年世讲。）瀛洲仙侣预跄济，就中一老真吾师。我闻南斋[2]初开始张氏，笃素堂赐瀛台西。当年陈说皆国计，记注一一垂忠规。（方望溪撰《张文端墓表》云："公所居，无赫赫名。及观《南书房记注》，然后知公在讲筵，凡生民利病，四方水旱，知无不言，上尝语执政某有古大臣风。"）研斋继踵赞大政，独任梁栋倾藿葵。（世宗赐张文和诗有"栋梁材不忝，葵藿志常存。大政资经画，吁谟待讨论"句。）后来工敏更谁擅，得天书法南华诗。此皆鱼藻光盛治，凤池[3]燕集如龙夔[4]。卓哉长沙足武库，入勤著作出度支。曲红风度燕国笔，事业岂独江陵齐。即今六十被圣慈，先佛二日生申期。匡时耆德[5]世所仰，九重天笑颁宸题。蓬莱万里得舟楫，会涉大水穷津涯。烟波钓徒[6]讵足侣，莫学老查蓑笠归卧长江湄。

【注】

［1］张野秋：张百熙（1847—1907），字埜秋，一字野秋，号潜斋，湖南长沙人。清末大臣，教育家。同治十三年（1874）进士，改翰林院庶吉士，先后历任山东乡试副考官、山东学政、国子监祭酒、广东学政、内阁学士、吏部尚书、户部尚书等职。在任期间曾主管京师大学堂事务。主持拟订《钦定大学堂章程》，改革学制，选派留学生出国深造，主要致力于教育管理。事见《清史稿·列传二百三十·张百熙》。

［2］南斋：清代南书房。位于北京故宫乾清宫西南隅，本为康熙帝早年读书处。后选派翰林院官员到里面当值，除应制撰写文字外，并遵照皇帝旨意起草诏令，一度成为发布政令的地方。雍正时军机处成立后，南书房已不参与政务，但仍为翰林入值的地方。详见中国第一历史档案馆所藏《南书房记注》。

［3］凤池：本为禁苑中池沼，后以指朝廷中掌管机要的机构。

［4］龙夔：龙与夔均为舜时的贤臣。〔唐〕韩愈《归彭城》诗："上言陈

尧舜，下言引龙夔。”

［5］耆德：指年高有德者。〔唐〕韩愈《论孔戣致仕状》：“忧国忘家，用意深远，所谓朝之耆德老成人者。”

［6］烟波钓徒：唐代张志和弃官后，隐居江湖，垂钓自娱，自称“烟波钓徒”。见《新唐书·隐逸传·张志和》。

又

（代陆凤石前辈润庠作）

君家云梦南，我家震泽东。两家足湖水，烟雨长溟蒙。君学张志和，我学陆龟蒙。叉鱼并斗鸭，此乐真无穷。自从公车来，雪泥印飞鸿。颇忆阏逢[1]岁，霓裳咏仙宫。我惭入洛誉，杏燕领春风。同年三百人，君实称巨公。道高侔伊吕[2]，策科追曲红。南斋[3]我入直，君至声气同。周旋十余载，石错资磨砻。玉泉汇西苑，夹镜垂长虹。池莲散霞绮，堤柳摇青葱。兰枻沙棠舟[4]，晨曦射曈曈。与君并袂人，玉佩声玲珑。后至五六人，文章皆世雄。同舟喜共济，各各输葵衷。顾君独卓荦，含謨吐孤忠。国计仿元和，新政陋元丰。誓将翼大猷[5]，精诚发天聪。君年始周甲，太液恩波融。两宫并赐寿，期君甫生崧。莫效张季鹰，莼鲈怅归篷。时危杖豪俊，济川有奇功。念我老无补，自号宜放翁。他时尚归去，扁舟五湖中。

【注】

［1］阏逢：十干中“甲”的别称。《淮南子·天文训》：“寅，在甲曰阏逢。”〔汉〕高诱注：“言万物锋芒欲出，拥遏未通，故曰阏逢也。”

［2］伊吕：伊尹、吕尚并称“伊吕”，后以此称辅弼大臣。《汉书·刑法志》：“故伊吕之将，子孙有国，与商周并。”

［3］南斋：见《太液同舟图寿张野秋尚书（百熙）六十》“南斋”条。

［4］沙棠舟：用沙棠木造的船，指游船。语本〔晋〕王嘉《拾遗记·前汉下》：“帝常以三秋闲日，与飞燕戏于太液池，以沙棠木为舟，贵其不沉没也。”

［5］大猷：治国大道。《诗·小雅·巧言》：“奕奕寝庙，君子作之；秩秩大猷，圣人莫之。”〔汉〕郑玄笺：“猷，道也；大道，治国之礼法。”

送张汉三[1]前辈（学华）之官登州　四首

骢马[2]名高御史衙，一麾出守[3]亦堪夸。玉泉香案须臾别，又到安期海上家。

翠阜重楼照眼新，年来蜃市幻成真。愿君教化通殊俗，不待精诚动海神。

童女三千岛国行，祖龙无计射长鲸。知君坐啸蓬莱阁，[4]极目神山一镜平。

政事堂中谠论[5]传，淮阳卧治岂徒然。长公五日匆匆守，归对延和撤炬莲。

【注】

［1］张汉三：张学华（1863—1951），字汉三，原籍江苏丹徒，后移居广东番禺，光绪十六年（1890）年进士，历任翰林院检讨、国史馆协修等，辛亥革命后寓居香港。长于诗文、书法，著有《暗斋文稿》《采薇百咏》等。

［2］骢马：骢马使，后代指御使。《后汉书·桓典传》：“（桓典）辟司徒袁隗府，举高第，拜侍御史。是时宦官秉权，典执政无所回避。常乘骢马，京师畏惮，为之语曰：‘行行且止，避骢马御史。’……在御史七年不调，后出为郎。”

［3］一麾出守：此处指朝官出为外任。〔南朝宋〕颜延之《五君咏·阮始平》：“屡荐不入官，一麾乃出守。”

［4］知君句：坐啸，指为官清闲。东汉成瑨少修仁义，笃学，以清名见，任南阳太守，用岑晊为功曹，公事悉委岑办理，民间为之谣曰：“南阳太守岑公孝，弘农成瑨但坐啸。”事见《后汉书·党锢列传序》。按：因张学华此次官登州，据光绪增修《登州府志》，明至清前期时登州治所为蓬莱，同治元年（1862）治所迁往烟台。诗中曰“坐啸蓬莱阁”为作者借用原治所蓬莱之名。

［5］谠论：正直之言。〔宋〕欧阳修《为君难论》：“忠言谠论，皆沮屈而去。”

赠别陈香轮给谏同年（庆桂）

都门久作比邻居，劳燕分飞重感予。万事撄心多难后，卅年回首故交疏。长饥孰继东方粟，少戆曾闻汲黯[1]书。他日淮阳资外治，罗浮休忆旧精庐。

【注】

［1］汲黯：汲黯字长孺，西汉时濮阳人。其家世为卿大夫，黯以父任，孝景时为太子洗马，后曾任荥阳令、中大夫、东海太守等，为人倨傲严正，忠直敢谏。事见《史记·汲黯传》。

得费晓楼[1]美人画扇梁伯伊吏部（志文）爱之戏题以赠

潇洒江南老画师，闲情赋后写仙姿。阳台暮雨来何许，洛水朝霞妙一时。闻道修容求獭髓[2]，反教伐性[3]怨蛾眉。禅心不作沾泥絮，便唤真真[4]那得痴。（伯尹有渴疾，余治之经年始痊，故末四语以为讽。）

【注】

［1］费晓楼：费丹旭（1802—1850）清代画家，字子苕，号晓楼，晚号偶翁，浙江乌程（今浙江省湖州市吴兴区）人。其父费宗骞擅画山水。费晓楼少时得家传，工写照，尤精仕女，秀润素淡，格调柔弱，自成一派。事见李浚之编《清画家诗史》。

［2］獭髓：獭的骨髓，相传与玉屑、琥珀和合，可作灭疤痕之用。〔晋〕王嘉《拾遗记》：“（孙和）舞水精如意，误伤夫人颊，血流污袴……医曰：‘得白獭髓，杂玉与琥珀屑，当灭此痕。’”

［3］伐性：指危害身心。语出《吕氏春秋·孟春》：“靡曼皓齿，郑卫之音，务以自乐，命之曰伐性之斧。”

［4］真真：指美人。〔唐〕杜荀鹤《松窗杂记》：“唐进士赵颜于画工处得一软障，图一妇人甚丽，颜谓画工曰：‘世无其人也，如可令生，余愿纳为

妻。’画工曰：‘余神画也，此亦有名，曰真真，呼其名百日，昼夜不歇，即必应之，应则以百家彩灰酒灌之，必活。’颜如其言，遂呼之百日……果活，步下言笑如常。”

寿张南皮[1]宫保（之洞）七十

天边昴纬焕星躔，汉水方城帝任专。武库[2]世推元凯[3]学，耆英人祝潞公年。镜囊待献千秋录，圭卣先荣万寿篇。绛帐再传殊自愧，愿将瓜枣进琼筵。（壬辰通籍，出袁重黎先生门下，于南皮为小门生。时方考察学务，东渡日本。）

【注】

［1］张南皮：张之洞（1837—1909），字孝达，号香涛。清流派首领，洋务派代表人物。出生于贵州兴义府（今安龙县），祖籍河北沧州南皮，亦称“张南皮”。同治二年（1863）二十七岁中进士第三名探花，授翰林院编修，历任教习、内阁学士、山西巡抚、两广总督、湖广总督、军机大臣等职。创办学堂，发展工业，为晚清中枢重臣。事见《清史稿·列传第二百二十四·张之洞》。按：据许同莘《张文襄公年谱》，张之洞生于清道光十七年（1837），因古人以虚岁论年龄，七十之寿应为清光绪三十二年（1906），实岁即为六十九岁。据张学华《江宁提学使陈文良公传》，陈伯陶于丙午年（1906）被派赴日本考察学务，陈伯陶《瓜庐诗剩》下《七十述哀诗一百三十韵》诗中自注曰：“丙午四月二十日，余奉旨开缺，以道员用，着署理江宁提学使，旋命往日本考察三月……六月中，余至日本文部省……十月，余至宁，具以告匋斋。”据此可知陈伯陶在日本时间为光绪三十二年（1906）四月至十月之间。本诗中自注曰：“时方考察学务，东渡日本。”可知此诗应作于清光绪三十二年（1906）。与前论张之洞七十之寿时间吻合。

［2］武库：称美人学识渊博，有才干。《晋书·杜预传》：“预在内七年，损益万机，不可胜数，朝野称美，号曰‘杜武库’，言其无所不有也。”

［3］元凯：指“八元八凯”。传说高辛氏有才子八人，称为“八元”；高阳氏有才子八人，称为“八恺”。此十六人之后裔，舜举之于尧，皆以政教称美。事见《左传·文公十八年》。

游芦之湖[1]

芦湖一棹泛凉秋，日落离宫生远愁。忽忆液池春草绿，瀛洲仙侣尚同舟。

白头羁客[2]更凭阑，雪色遥瞻富岳[3]寒。何似西湖比西子，烟鬟雾鬓镜中看。

【注】

[1] 芦之湖：位于日本神奈川县箱根町西方，背倚富士山，景致优美，湖中多黑鲈鱼和鳟鱼，为垂钓佳所。

[2] 羁客：羁旅之客。时陈伯陶在日本考察学务，故曰。

[3] 富岳：指富士山。

赠日本松方伯爵[1]　二首

久擅才名弱冠初，维新大业有谁如。黄金轻重操神算[2]，不待钻研管子书。

大藏群推第一功，蛉洲三岛妙金融。范蠡铸像人犹在，顾盼雄称矍铄翁。(时松方年七十。)

【注】

[1] 松方伯爵：疑即松方正义。松方正义（1835—1924），日本明治时期政治家、财政改革家，日本内阁总理大臣（首相），明治九元老之一。在任期间一直主导日本财政。曾于中日甲午战争后继任首相，1922年封公爵，卒于东京。按：据《寿张南皮宫保（之洞）七十》“张南皮”条，陈伯陶在日本考察时间应为光绪三十二年（1906），诗中自注曰“时松方年七十。”据松方正义生年推，松方虚岁七十之年应为光绪三十年（1904），与陈伯陶赴日本时间不合，疑七十并非确指，只是举其成数而已，按文中所推，松方时年应为虚岁七十二。

［2］操神算：因松方正义在任期间一直主持日本财政事务，故曰。

题▮斋[1]尚书（端方）所藏天发神谶碑

四世治太平，始历阳山石。成文理湖塞，天下乱湖开。天下平石函，刻字白且青。国山刊碑纪祥瑞，金策玉符登者四。石镜光发天谶彰，天玺[2]改元称帝赐。此碑天帝命大吴，一十有一同祯符。（《国山碑》第二十四行云："天谶彰石镜光者一十有一。"此文所称盖其一事也。）如椽大笔孰濡染，华核之文皇象书。当时图谶纷纷作，甘露凤凰俱伪托。岂知华里有妖言，青盖黄旗真入洛。岩山尘霾二千载，石分三段依然在。一朝焚比峄山碑[3]，宫墙野火沉光采。（此碑移江宁学宫后，嘉庆年间毁于火。）翁北平阮仪，征迩来传刻。矜龙腾定武，肥瘦本各异。茧纸谁复窥兰亭，匋斋尚书欧赵癖。驻节吴中获神迹，吴头楚尾远相携。铁锁江头诧词客，细侯竹马今重来。蒋山遗庙琱筵开，手持拓本出示我。喜似石豫观漕台，天命有归谁得僭。江流滚滚漫天堑，愿公更筑筹思亭，重刻兹碑作龟鉴。

【注】

［1］匋斋：端方（1861—1911），托忒克氏，字午桥，号匋斋，清末大臣，金石学家。满洲正白旗人，官至直隶总督、北洋大臣。戊戌变法时曾参与筹办农工商总局。精金石之学，珍藏金石碑帖甚富。后为川汉、粤汉铁路督办，入川镇压保路运动，为起义新军所杀。事见《清史稿·列传二百五十六·端方》。

［2］天玺：〔汉〕刘歆《西京杂记》卷四："元后在家，尝有白燕衔白石，大如指，坠后绩筐中。后取之，石自剖为二，其中有文曰：'母天地。'后乃合之，遂复还合，乃宝录焉。后为皇后，常并置玺笥中，谓为天玺也。"

［3］峄山碑：秦碑名。秦始皇二十八年（前219）巡行时登峄山所刻，颂赞秦的功德。后有二世诏辞，相传为李斯篆书，原刻石已佚。〔宋〕欧阳修《集古录跋尾·秦峄山刻石》："右秦峄山碑者，始皇帝东巡，群臣颂德之辞。至二世时丞相李斯始以刻石。今峄山实无此碑，而人家多有传者，各有所自来。"

家兰熏（琪）归为乃翁邦隽五十寿诗以美之

稽山富竹箭，浙水涵明珠。吾宗毓其秀，资禀与俗殊。我来官秣陵，得见千里驹。胸中罗豹韬[1]，手里握虎符[2]。湖海兹人豪，投笔羞为儒。侧闻严君行，家居味道腴。弦诵启东塾，肇革教诸雏。书数并令习，不独唯与俞。逮长舞象勺，气使雄千夫。六艺古有训，文武非两途。习斋与恕谷，后学真楷模。何必一先生，章句相暖姝。今腊适五十，张筵庆悬弧[3]。阶前列兰锜，舞蹈亦足娱。作诗美兰玉，义方信良图。

【注】

[1] 豹韬：古代兵书《六韬》篇名之一，相传为周吕尚所撰，后借指用兵的韬略。《淮南子·精神训》："故通许由之意，《金縢》《豹韬》废矣！"〔汉〕高诱注："《金縢》《豹韬》，周公、太公阴谋图王之书也。"

[2] 虎符：古代帝王授予臣下兵权和调发军队的信物，为虎形。唐时改用鱼符。

[3] 悬弧：古时家中生男，则于门左挂一张弓，后因称生男为"悬弧"。语本《礼记·内则》："子生，男子设弧于门左，女子设帨于门右。"

樊樊山[1]前辈（增祥）戏赋八指头陀同作　八首

何年烧指[2]礼迦维，支解如来认本师。四大皆空回只手，十方宏济当骈枝。灵椿阅岁弹时过，林桂闻香竖处知。等是六根宜断绝，不须合掌似僧祇。

闲持佛子语真空，八大山人号偶同。默数幡风周广莫，（八风始条风，终广莫风，见《白虎通》。）遥看镜月示秋中。（《楞严经》譬如以手指月示人。）法如可说天龙少，诗不劳叉岛佛工。闻道散花当浴诞，广筵非指喻无穷。

觉后晨钟不待撞，自攦倕巧证经窗。炼同德正还余四，（画继僧德正炼指供佛，两手止存四指，粗可执笔而画意自足。）产笑阿弥实少双。（《隋书·疏勒传》其王子字阿弥手足皆六指，产子非六指者，不育。）蹄蹴会怜神骏[3]远，爪张终见毒龙[4]降。念珠满百须除尽，但捻奇零绕佛幢。

览尽潇湘景色佳，丛林托钵足生涯。频年遇腊亲调粥，计日逢关自作斋。功德水清携汲绠，皖公山好着芒鞋。茅庵到处双趺稳，堪哂天全白足偕。

层冰坠指忆跻攀，两戒扶筇得往还。虎迹纵横摩浪诏，（《唐书·南蛮传》："先是有时傍矣，川罗识二族通号八诏，施浪诏其王亦八诏之裔，据石和城。"）螺纹缭绕见闽山。巨灵掌上扪应怯，黎姥峰前数尚慳。西去会游鸡足岭，好随金距上孱颜。

翻经莲社[5]拉群贤，不愧时名俊顾传。高揖刘安门内客，长携苏晋饮中仙。金身自信浑无坏，铁臂何须使必全。谁会龙华齐百衲，得公食指未论千。

无双题品戏缁林，游艺依然力足任。永字流传通笔法，旋宫相隔动琴音。折肱比汝医王现，长爪怜他鬼伯侵。犹记僧楼题咏遍，不教沈约擅清吟。

凭将梵住见禅宗，（梁武帝《游大爱敬寺诗》："梵住逾八禅。"）亥算僧年定许逢。合十证余罗汉果，围三量长大夫松[6]。披拳夙缺童时相，楰蚤如留病后容。直待涅盘双撒手，四生八苦了重重。

【注】

[1] 樊樊山：樊增祥（1846—1931），字嘉父，别字樊山，号云门，晚号天琴老人，湖北省恩施人。光绪进士，历任渭南知县、陕西布政使、护理两江总督。辛亥革命爆发，避居沪上。袁世凯执政时，官参政院参政。曾师事张之洞、李慈铭，为同光派的重要诗人。

[2] 烧指：指信佛者以身供养于佛，自烧其指，以示虔诚。〔南朝陈〕徐陵《东阳双林寺傅大士碑》："次有比邱慧海、菩提等八人，烧指供养。"

[3] 神骏：良马。〔晋〕王嘉《拾遗记·魏》："行数百里，瞬息而至。马足毛不湿。时人谓为乘风而行，亦一代神骏也。"

[4] 毒龙：恶龙。〔北魏〕杨衒之《洛阳伽蓝记·闻义里》："三日至不可依山，其处甚寒，冬夏积雪。山中有池，毒龙居之。"

[5] 莲社：佛教净土宗初立时所结之社。晋东林寺慧远与十八贤结社念佛，

因寺池有白莲，故称。《大正新修大藏经·净土立教志》："时远法师与诸贤结莲社以书招渊明……寻山陟岭必造幽峻，至庐山一见远公，肃然心伏，乃即寺筑台翻涅盘经，凿池植白莲，时远公诸贤同修净土之业，因号'白莲社'。"

［6］大夫松：见《泰山松歌》"五大夫"条。

李梅庵[1]（瑞清）言八指头陀乃左三指右五指也再作二首呈樊山

欲携锡杖礼西天，供佛先教两指然。断比霁云心更勇，剪如崔浩爪难全。（《北史·崔浩传》：浩父疾笃，剪爪祷斗极，请以身代。头陀亦孝子，故云。）门参不二[2]离真相，体示无亏袒右肩。公是楚人应尚左，竖将左手证乘禅。

尘世差池事不平，羡君掉臂自游行。三山五岳供提挈，八水双林悟死生。耳割乖龙[3]形偶似，螯持巨蟹愿难并。写经刺血终无碍，右手胝时十部成。

【注】

［1］李梅庵：李瑞清（1867—1920），字仲麟，号梅庵，江西临川人。书画家，教育家。清光绪二十年（1894）年进士，后为翰林院庶吉士。历任江苏候补道、江宁提学使、两江师范学堂监督（校长）、江宁布政使、学部侍郎，晚年流寓上海。

［2］不二：不二法门。《维摩诘所说经·入不二法门品》："尔时，维摩诘谓众菩萨言：'诸仁者，云何菩萨入不二法门？各随所乐说之。'会中有菩萨名法自在，说言：'诸仁者，生灭为二，法本不生，今则无灭，得此无生法忍，是为入不二法门。'……问文殊师利：'何等是菩萨入不二法门？'文殊师利曰：'如我意者，于一切法，无言无说，无示无识，离诸问答，是为入不二法门。'于是，文殊师利问维摩诘：'我等各自说已，仁者当说，何等是菩萨入不二法门？'时维摩诘默默无言。文殊师利叹曰：'善哉！善哉！乃至无有文字语言，是真入不二法门。'说是入不二法门品时，于此众中五千菩萨皆入不二法门得无生法忍。"

［3］乖龙：孽龙。〔宋〕黄休复《茅亭客话》卷五："世传乖龙者，苦于行雨，而多方窜匿，藏人身中，或在古木楹柱之内，及楼阁鸱甍中，须为雷神捕之。"

▌斋[1]尚书（端方）饷熊掌命同樊山各赋四十韵分得掌字

尚书喜宾客，嘉膳每相饷。金盘辍鱼鲙，翠釜出熊掌。云此关东来，实为异兽长。罴魋别种类，猵狘共狙犷。名将子路[2]呼，状与越椒仿。方冬蛰崖岩，及春走林莽。攀缘知力猛，扑坠由膘痒。深跧得石馆，却扫无粪坏。择肥时自舐，味隽世无两。辽人开猎围，虎穴执兵仗。爪攫赵简惊，手格汉文奖。射生应弦矢，割鲜染轮鞅。取以供君庖，购之费藏镪。燔炮付佳手，不熟记畴曩。晋灵怒宰夫，楚成祈逆党。抵谈究烹治，卧焠勤偃仰。要同蒸豘馈，方获烂羊赏。我闻尚书语，未食神已往。犀筋纷列筵，玉肪滑流盎。居然禁脔[3]饫，岂虑馋舌强。鸡跖[4]本非伦，龙鲊差佛仿[5]。翻笑邵陵王，求白空怏怏。生平戒饕餮，一饱亦凄惘。自从八珍[6]侈，思用二簋享。豚腴重驼峰，刳夭及麛吭。猩唇不能言，豹胎失其养。遂令据深丛，相率罗方丈。人生固有欲，物理亦想攘。皮美乃罪狐，齿坚实焚象。君观麝裂脐，一似鹤投鳖。谁甘人彘断，慰汝天鹅想。况闻庄生说，适河巫祝迋。择豚去亢鼻，卜牛祧白颡。时俗虽不祥，天年要无枉。尔桓如虎貔，非怪比蜩蛃[7]。渴共鹿饮泉，饥随狙拾橡。若无掌上珍，宓入口中爽。尚书性仁育，德心自克广。万钱嗤何箸，三面祝汤网。愿纳鲰生[8]言，吉凶犹影响。

【注】

［1］匋斋：见《题匋斋尚书（端方）所藏天发神谶碑》“匋斋”条。

［2］子路：指熊。〔南朝宋〕刘敬叔《异苑》卷三：“熊无穴，或居大树孔中。东土呼熊为‘子路’。”

［3］禁脔：此处指美味。《晋书·谢安传》附《谢混传》：“孝武帝为晋陵公主求婿，谓王珣曰：‘主婿但如刘真长、王子敬便足。如王处仲、桓元子诚可，才小富贵，便豫人家事。’珣对曰：‘谢混虽不及真长，不减子敬。’帝曰：‘如此便足。’未几，帝崩，袁山松欲以女妻之，珣曰：‘卿莫近禁脔。’初，元帝始镇建业，公私窘罄，每得一豚，以为珍膳，项上一脔尤美，辄以荐帝，群下未尝敢食，于时呼为‘禁脔’，故珣因以为戏。混竟尚主，袭父爵。”

［4］鸡跖：鸡足踵，古时视为美味。语本《吕氏春秋·用众》：“善学者若齐王之食鸡也，必食其跖数千而后足。”〔汉〕高诱注：“跖，鸡足踵。”

［5］佛仿：仿佛，约略。〔宋〕叶适《祭王木叔秘监文》："舟藏人往，徒载遗像；后生观之，犹得佛仿。"

［6］八珍：指珍馐美味。《周礼·天官·膳夫》："珍用八物。"〔汉〕郑玄注："珍，谓淳熬、淳母、炮豚、炮牂、捣珍、渍、熬、肝膋也。"

［7］蝄蜽：传说中山川之精。《国语·鲁语下》："木石之怪曰夔、蝄蜽。"〔三国吴〕韦昭注："蝄蜽，山精，效人声而迷惑人也。"

［8］鲰生：小生，此处为自谦之辞。

暮秋半山寺雅集呈樊樊山梁节庵两前辈陈伯严[1]吏部（三立）

九球亭榭自澄鲜，倦客登临一惘然。北府兵厨邀旧侣，东山妓[2]乐感中年。陵迁合息争墩气，寺老空谈舍宅缘。公去我来弹指事，莫将兴废问金仙。

【注】

［1］陈伯严：陈三立（1853—1937），字伯严，号散原，江西义宁（今修水）人，陈宝箴长子，近代同光体诗派重要代表人物。清光绪十五年（1889）进士，授吏部主事，戊戌政变后，与父陈宝箴一起被革职。1937 年卢沟桥事变后，日军欲招致陈三立任伪职，陈遂绝食五日，忧愤而死。

［2］东山妓：晋代谢安在东山畜养的女艺人。〔南朝宋〕刘义庆《世说新语·识鉴》："谢公在东山畜妓。简文曰：'安石必出。既与人同乐，亦不得不与人同忧。'"

送谭伯臣观察（启宇）之官河南　四首

秣陵相见契苔岑[1]，两载追随惬素襟。驺从只今南豫去，别情应与大江深。

滇南轺传数前游，会见山翁运幄筹。开府旌旗犹昨日，故应相继有韦侯。（君之先翁序，初，年伯尝开府云南，余使滇，时聚晤月余。）

季方难弟[2]叙同年，尊酒论文记日边。嵩雪衡云相望远，几时觞咏[3]更流连。（君弟芝云，近官湖南。）

生世浮萍本偶逢，赠言聊为豁心胸。苍生此日须霖雨，好向南阳起卧龙。

【注】

［1］苔岑：指志同道合的朋友。〔晋〕郭璞《赠温峤》诗："人亦有言，松竹有林。及余（尔）臭味，异苔同岑。"

［2］季方难弟：指两人才德俱佳，难分高下。〔南朝宋〕刘义庆《世说新语·德行》："陈元方子长文，有英才，与季方子孝先各论其父功德，争之不能决。咨之太丘。太丘曰：'元方难为兄，季方难为弟。'"

［3］觞咏：指饮酒赋诗。语本〔晋〕王羲之《兰亭集序》："一觞一咏，亦足以畅叙幽情。"

题焦山佳处亭冰壶诗石刻后即次其韵

（冰壶，宋赵溍别号。溍为少师忠靖公葵之子。此诗后题"咸淳壬申夏六月"。《宋史》称："咸淳七年十二月，淮东统领兼知镇江府，赵晋乞祠禄，不允。"诗盖乞祠禄后一年作也）

茅庵佳处至今存，惆怅江天日色昏。霜信北来知雁到，海潮东下有鲸吞。崖间置酒惊烽火，山上《移文》[1]怨鹤猿。闻道襄阳围正急，未应投劾卧云根。

【注】

［1］《移文》：指〔南朝齐〕孔稚圭《北山移文》的省称。

过钟山[1]下作

三百年来叹式微[2]，钟山王气已全非。云生隧道龙长去，草没宫城燕自飞。尚忆旌旗明采石，当时车马集皇畿。南京名号长如旧，那有遗民涕泪挥。

【注】

［1］钟山：紫金山，在今江苏省南京市东北。三国时期孙权避祖讳，更名“蒋山”，至宋复名“钟山”。

［2］式微：指《诗经·邶风·式微》：“式微式微，胡不归。”〔宋〕朱熹集传：“式，发语辞。微，犹衰也。”

重九日樊樊山前辈以诗招饮瞻园时方乞假送亲回籍两句未及属和复蒙祖饯因次原韵以志别怀

两载吟诗拜将坛，《骊驹曲》[1]唱不成欢。当年捧檄[2]缘将母，此日投簪暂罢官。岭上梅开枝向暖，江间枫落水生寒。布帆归去知无恙[3]，回首钟山眼倦看。

【注】

［1］《骊驹曲》：告别时所赋歌辞。《汉书·儒林传·王式》：“谓歌吹诸生曰：‘歌《骊驹》。’”〔唐〕颜师古注：“服虔曰：‘逸《诗》篇名也，见《大戴礼》。客欲去歌之。’〔三国魏〕文颖曰：‘其辞云“骊驹在门，仆夫俱存；骊驹在路，仆夫整驾”也。’”

［2］捧檄：指为母出仕。东汉人张奉见毛义将要去做任守令，并表现出很高兴的样子，因此而轻看他。后毛义母死，毛义遂不再出去做官，张奉才知毛义是为亲屈，感叹知他不深。事见《后汉书·刘平传》。

［3］无恙：布帆无恙。《晋书·文苑列传·顾恺之》：“恺之好谐谑，人多

爱狎之。后为殷仲堪参军，亦深被眷接。仲堪在荆州，恺之尝因假还，仲堪特以布帆借之，至破冢，遭风大败。恺之与仲堪笺曰：'地名破冢。真破冢而出。行人安稳，布帆无恙。'"

无题　四首

（庚戌四月）

东海扬尘[1]阅几时，寒闺恤纬泪如丝。七襄未了黄姑债，孤注长输白帝棋。鹦鹉能言憎小慧，杜鹃得气触新悲。琼楼玉宇原天上，太息罡风竟倒吹。

弹指华严那得成，蜃宫虚盼海云生。未逢王母蟠桃熟，又见童男采药行。珠泣鲛人[2]伤贱辱，石衔精卫诩忠诚。如何湫底虾蟆蛰，化作长蝌返玉京。

云窗雾阁事冥冥，痛哭狂夫醉未醒。岂有挥戈回落日，空闻酌酒劝长星。蝇淆墨白心难辨，蛙闹官私耳猒听。况复画师须贿赂，祇应遗世惜娉婷。

地老天荒孰与论，倚阑惆怅近黄昏。堂前蟢子[3]知常伏，局上猧儿[4]敢乱翻。聚铁事成终铸错，铄金口众勿呼冤。鸡鸣雨晦[5]何时旦，拥髻悲啼自闭门。

【注】

[1] 东海尘扬：比喻世事的变迁更徙。语出〔晋〕葛洪《神仙传·麻姑》。

[2] 珠泣鲛人：传说中的人鱼。〔晋〕张华《博物志》卷九："南海外有鲛人，水居如鱼，不废织绩……从水出，寓人家，积日卖绢。将去，从主人索一器，泣而成珠满盘，以与主人。"

[3] 堂前蟢子：蜘蛛的一种。也称"喜子""喜蛛"，古名"蟏蛸"。〔北齐〕刘昼《新论·鄙名》："今野人昼见蟢子者，以为有喜乐之瑞。"

[4] 局上猧儿：猧儿指小狗。〔唐〕段成式《酉阳杂俎·忠志》："上夏日尝与亲王棋，令贺怀智独弹琵琶，贵妃立于局前观之。上数枰子将输，贵妃放康国猧子于坐侧。猧子乃上局，局子乱，上大悦。"

[5] 鸡鸣雨晦：指身逢末世，处境艰难。语本《诗·郑风·风雨》："风

雨如晦，鸡鸣不已。”

庚戌五月陈请终养[1]

故山猿鹤有文移，况复高堂鬓已丝。老去渐思丹灶诀，归来应补白华[2]诗。觚棱北望成前梦，钟阜南行负夙期。今日罗浮芝术长，幸将灵饵报乌私。

【注】

[1] 陈宝琛《清故荣禄大夫江宁提学使陈文良公墓志铭》：“己酉五月，再署布政使。十一月实授江宁提学使，庚戌三月入觐，时摄政王监国，君有所陈，不之省请，假修墓，旋由粤督代奏，开缺养亲。”据此可知，陈伯陶乞终养时间应在庚戌三月以后，而张学华《江宁提学使陈文良公传》：“宣统乙酉，补授江宁提学使。公先迎养母太夫人在署，至是送亲归粤，入都陛见。时方厉行宪法，而异党潜滋，阴谋煽惑。公见时事日非，私忧窃叹，又以母老多病，遂乞终养归里。”未写明乞终养的具体时间。今据此诗，可知陈伯陶乞终养的具体时间应为庚戌（1910）五月。又，后文有《七十述哀诗一百三十韵》诗中自注曰：“庚戌三月，余至都时……余遂乞假省墓，五月即具呈粤督，袁海观树勋代奏，开缺养亲。”可为佐证。此两处记事与《墓志铭》所载甚合。

[2] 白华：此处作孝子之典，指陈伯陶愿为孝子奉养母亲。《诗·小雅·抑》：“《白华》等佚篇《诗序》，《白华》，孝子之洁白也……有其义而亡其辞。”白华，《诗经·小雅》中的篇名，据说用以咏孝子之洁白。

送尹翔墀编修（庆举）入都

羡君史笔擅三长[1]，又蹑飞凫返帝乡。万里神州方澒洞，十年词馆自回翔。时危共喜谈新法，俗弊仍思率旧章。此去彤廷[2]承顾问，虎羊皮质合商量。

【注】

[1] 三长：指史才三长。《旧唐书·刘子玄传》：“史才须有三长，世无其

人，故史才少也。三长，谓才也，学也，识也。”

［2］彤廷：指宫廷，汉时宫廷以朱漆涂饰，故称。〔汉〕班固《西都赋》：“于是玄墀扣砌，玉阶彤庭。”

同江霞公编修（孔殷）过天山草堂寄怀梁节庵前辈

（堂为节庵旧读书处）

草堂招隐有羊求[1]，长夏江村迟放舟。闻道新巢来海燕，更开旁舍狎沙鸥。台深莫使芭蕉翳，山小偏宜桂树幽。传语五噫[2]居庑客，武昌鱼好勿勾留。

【注】

［1］羊求：汉高士羊仲、求仲。〔晋〕陶渊明《归去来兮辞》：“三径就荒，松菊犹存。”〔唐〕李善注引〔汉〕赵岐《三辅决录》曰：“蒋诩，字符卿，舍中三径，唯羊仲、求仲从之游，皆挫廉逃名不出。”

［2］五噫：东汉梁鸿所作，全诗五句，句末均有“噫”字。《后汉书·逸民列传·梁鸿》：“因东出关，过京师，作五噫之歌，曰：‘陟彼北芒兮，噫！顾览帝京兮，噫！宫室崔嵬兮，噫！人之劬劳兮，噫！辽辽未央兮，噫！’”

珠江[1]对月

十年不见珠江月，今夕相看两愁绝。衣上黄沾塞北尘，鬓边白点江南雪，塞北江南归去来，岸桃提柳半新栽。珠江夜月年年在，西水东流不复回。（西江夏涨，俗谓之西水。）

【注】

［1］珠江：又名“粤江”，因流经广州海珠岛，故名“珠江”。东江、西江、北江的总称，发源于云贵高原乌蒙山系马雄山，注入南海。〔清〕顾祖禹《读史方舆纪要·广东二·广州府》：“（三江）江中有海珠石，是曰珠江。”

重过天山草堂

城居坐炊甑[1]，纳凉入江乡。扁舟弄早潮，的的涵星光。飘摇不觉远，忽复登草堂。堂前桂未华，堂后菊已荒。不见堂中人，独立心傍徨。开轩挹朝爽，清露涵方塘。湛湛冰雪色，洗我热中肠。愿言念君子，远在天一方。何时理归棹，散发同徜徉。

【注】

［1］炊甑：陶制蒸器。〔唐〕白居易《食笋》诗："置之炊甑中，与饭同时熟。"

六月二十六日感赋

昔年儤直侍先皇，瑶圃欢传万寿觞。戏衍鱼龙[1]供奉曲，坐陪鹓鹭[2]尚书行。（旧制，万寿听戏，筵宴惟尚书及内廷诸臣得与，侍郎则否。）八珍精馔罗清殿，七宝雕盘出上方。（是日听戏，诸臣俱颁有盘赏。）今日孤臣余涕泪，那堪重着赐衣凉。

【注】

［1］鱼龙：古时一种百戏杂耍的名称，能变化鱼和龙。《汉书·西域传赞》："设酒池肉林以飨四夷之客，作《巴俞》都卢、海中《砀极》、漫衍鱼龙、角抵之戏以观视之。"〔唐〕颜师古注："鱼龙者，为舍利之兽，先戏于庭极，毕乃入殿前激水，化成比目鱼，跳跃漱水，作雾障日，毕，化成黄龙八丈，出水敖戏于庭，炫耀日光。"

［2］鹓鹭：此处比喻班行有序的朝官。《隋书·音乐志中》："怀黄绾白，鹓鹭成行。文赞百揆，武镇四方。"

题张铁桥[1]画鹰

国初善画马[2]，铁桥世所称。宁知写生手，笔妙无不能。试观此图上，石崖立苍鹰。愁胡目炯炯，意态何崚嶒[3]。平原鸟雀空，叶脱霜气凝。暂张厉搏击，直入层云层。忆君少壮日，四海方沸腾。枭鸾混六合，地坼天亦崩。君行入八闽，致身翼中兴。义师值鸷鸟，勇气虞潭增。时穷忽垂翅，故里归羸縢[4]。霜前失俊捷，有若被冻蝇。(《铁桥年谱》:"崇祯甲申，年三十八。乙酉秋，游闽。丙戌春，曹公能始荐之。隆武着御营兵部试用，五月与张翰科家玉南归，练兵至潮州，招抚镇平，赖其肖得万人。八月闻郑平侯撤三关，守大事溃，兵食不支，遂与家玉归里。")兹图岂少作，眦裂翮有棱。精爽见峰尖，志制云中鹏。当时铜龙骏（铁桥蓄有骏马，名曰铜马），骁杰乃其朋。凌霄计不遂，叹息天瞢瞢。

【注】

［1］张铁桥：张穆（1607—1683），字尔启，号穆之，又号铁桥，东莞茶山人。张穆少年时倜傥任侠，工诗画，善击剑，性好养马，曾用百金买名马，取名曰"铜龙""鸡冠赤"，擅画马、鹰，沉郁苍凉，自成一格。晚年隐居茶山，不再出，游于江湖之间，好仙道。明末清初岭南遗民陈恭尹、屈大均等均与之交。

［2］善画马：张铁桥以画马而著称于时。〔清〕屈大均《广东新语》："（张铁桥）尝自名马曰铜龙，曰鸡冠赤，与之久习，得其饮食喜怒之精神与夫筋骨所在，故每下笔如生。"

［3］崚嶒：比喻特出不凡。〔明〕温璜《弟子问》："凡为文者，必有文章之骨，意象崚嶒。"

［4］羸縢：缠着绑腿布。《战国策·秦策一》："羸縢履蹻，负书担橐，形容枯槁，面目犁黑，状有归色。"

读陈独漉[1]集

覆巢破卵[2]祸相寻，更戴南冠作越吟。半壁未销亡宋恨，一篇时见报韩心。药亭[3]献赋非同调，竹垞[4]编诗实赏音。（竹垞收独漉诗入《明诗综》。）当日遗臣萧瑟意，道援堂[5]上是苔岑。

【注】

[1] 陈独漉：陈恭尹（1631—1700），字符孝，晚号独漉子，又号罗浮布衣，汉族，广东顺德县（今佛山市顺德区）龙山乡人。著名抗清志士陈邦彦之子。清初诗人，与屈大均、梁佩兰并称“岭南三大家”。

[2] 覆巢破卵：此处指破家亡国。

[3] 药亭：梁佩兰，号药亭，广东南海人。少时曾从学于陈恭尹父陈邦彦，入清后举进士，授翰林院庶吉士，后乞假归。此句谓梁佩兰后入仕清朝，名节不保，与陈恭尹等非同路人。

[4] 竹垞：清朱彝尊别号。因家有竹垞，故称。因《明诗综》为朱彝尊所编，其中收录有陈恭尹诗作，故曰。

[5] 道援堂：为明末清初屈大均堂号，屈大均著有《道援堂集》。此句意谓屈大均坚贞不屈，誓不仕新朝，与陈恭尹志同道合。

避地香港[1]作

瓜牛庐[2]小傍林扃，海上群山列画屏。生不逢辰聊避世，死应闻道且穷经。熏香自烧怜龚胜[3]，藜榻将穿慕管宁[4]。惆怅阳阿晞发[4]处，那堪寥落数晨星。

【注】

[1] 避地香港：据陈宝琛《清故荣禄大夫江宁提学使陈文良公墓志铭》及张学华《江宁提学使陈文良公传》，辛亥九月以后，广州城陷，陈伯陶避地香港，奉母居红磡，后移至九龙。

［2］瓜牛庐：亦省称“瓜庐”，本指简陋的住处，此处寓含“青门瓜”之意。《史记·萧相国世家》：“秦东陵侯，秦破，为布衣，贫，种瓜于长安城东，瓜美，故世俗谓之‘东陵瓜’。”陈伯陶诗文集《瓜庐诗剩》《瓜庐文剩》即取名于此，暗喻愿为布衣终老，不仕新朝之志。

［3］龚胜：西汉楚国彭城人，字君宾。少好学，通《五经》，哀帝时，征为谏大夫。数上书批评刑罚严酷，赋敛苛重。迁光禄大夫。后出为渤海太守，托病辞官。王莽秉政，归乡里，后被强征为太子师友、祭酒，不受，绝食而亡。《汉书·龚胜传》：“有老父来吊，哭甚哀，既而曰：‘嗟虖！薰以香自烧，膏以明自销。龚生竟夭天年，非吾徒也。’”

［4］管宁：字幼安，北海郡朱虚县人（今山东省安丘、临朐东南）。汉末大乱，避乱辽东，在当地只谈经典而不问世事，讲解《诗》《尚书》，谈祭礼、整治威仪等教化工作。魏文帝黄初四年（223）返。此后曹魏数次征召，不应命。事见〔晋〕陈寿《三国志·魏书·管宁传》。

［5］晞发：指高洁脱俗的行为。《楚辞·九歌·少司命》：“与女沐兮咸池，晞女发兮阳之阿。”宋遗民谢翱号晞发子，有《晞发集》存世。

清　　明

楼外江声杂雨声，惊心时节是清明。椎牛上墓知何日，飞鸟依人愧此生。异域栖迟身老病，故乡咫尺盗纵横。悲来莫问人间世，岂独思家梦不成。

红磡新居成移家感赋　二首

翩然浮海复居夷，避地能安足疗饥。莫笑章缝惊越俗，且欣鸡犬异秦时。卜邻我正思羊仲，将母人翻讶介推[1]。今夕灯前儿女乐，街头言语学侏离。

牵萝补屋更绸缪，风雨漂摇幸勿忧。人谓校书同马肆，天教终老得菟裘[2]。扫除一室谋非拙，突兀千间事已休。回首先人庐墓远，不堪家祀涕长流。

【注】

[1] 介推：介子推，春秋晋人。曾跟随晋公子重耳（文公）流亡各国十九年。文公还国为君后赏从亡者，介子推不言禄，后与母隐于绵山而终。事见《左传·僖公二十四年》。

[2] 菟裘：本为山东省泗水县，后以指告老归隐之处。《左传·隐公十一年》："羽父请杀桓公，以求大宰。公曰：'为其少故也，吾将授之矣。'使营菟裘，吾将老焉。"

【附张寓公和作】

我曾断发合居夷，申浦栖迟且忍饥。饮酒不销羁旅恨，行吟偏爱夕阳时。伯鸾[1]庑向尘中赁，贾岛门谁月下推。却喜故人书札至，稍苏病骨任支离。

杖履平安户自缪，羡君香海乐忘忧。分阴且运陶公甓，方寸常存白傅裘。碧落杳冥何用问，苍生涕泪几时休。管宁辽海[2]藏身地，自属人间第一流。

【注】

[1] 伯鸾：梁鸿，字伯鸾，家贫好学，不求仕进。与妻孟光共入霸陵山中，以耕织为业。夫妇相敬有礼。见《后汉书·逸民列传·梁鸿》。

[2] 管宁辽海：见《避地香港作》"管宁"条。

得寓公和诗再叠前韵却寄　二首

申浦居民杂夏夷，飘零君似凤皇饥。种亡稻蟹[1]知无日，味餍莼鲈[2]又一时。被发昔闻欣有叹，文身世已仲雍推。江关萧瑟情何限，岂独伤心远别离。

三星束楚赋绸缪，[3]邂逅无缘孰解忧。远道有时遗鲤素，空江何处觅羊裘[4]。梅花岭[5]上长相忆，桂树淮南且小休。我亦淹留归未得，于今沧海正横流[6]。

【注】

［1］稻蟹：吃稻的蟹。《国语·越语下》："今其稻蟹不遗种，其可乎?"〔三国吴〕韦昭注："蟹食稻。"

［2］莼鲈：〔南朝宋〕刘义庆《世说新语·识鉴》："张季鹰辟齐王东曹掾，在洛见秋风起，因思吴中菰菜羹、鲈鱼脍，曰：'人生贵得适意尔，何能羁宦数千里以要名爵!'遂命驾便归。俄而齐王败，时人皆谓为见机。"

［3］三星句：此处意为思念怀人。《诗经·唐风·绸缪》："绸缪束楚，三星在户。"

［4］羊裘：汉严光曾与刘秀同游学，后刘秀即帝位，严光隐居，披羊裘钓泽中。事见《后汉书·逸民列传·严光》。

［5］梅花岭：位于今江苏省扬州市。明万历年间，州守吴秀浚河积土成丘，丘上植梅，故名。明末，清兵攻破扬州，史可法死难，家人葬其衣冠于此。清时设梅花书院。《明史·史可法传》："可法死，觅其遗骸。天暑，众尸蒸变，不可辨识。逾年，家人举袍笏招魂，葬于扬州郭外之梅花岭。"

［6］沧海正横流：沧海横流，《春秋穀梁传注疏·引言·序》："孔子睹沧海之横流，乃喟然而叹曰：'文王既没，文不在兹乎?'"〔唐〕杨士勋疏："百姓散乱，似水之横流，今以为沧海是水之大者，沧海横流，喻害万物之大，犹言在上残虐之深也。"

次韵寓公九日　二首

无端蓬转寄香江，佳节登临自引觞。蜀客[1]不归非远志，楚狂[2]却曲是迷阳。萧条极目愁千里，富贵回头梦一场。忽忆旧时云物美，赋诗才尽更悲凉。(《南史·萧子显传》："天监六年，始预九日朝宴，独受旨云：'今云物甚美，卿何不斐然赋诗。'")

澒洞神州思弗禁，离忧[3]况复海般深。射熊馆里秋将老，戏马台边日易沈。石壁漫携灵运屐，霜天愁听女婴砧[4]。故人浪迹江湖上，知道尊前共此心。

【注】

［1］蜀客：指旅居在外之人。〔唐〕雍陶《闻杜鹃》诗："蜀客春城闻蜀

鸟，思归声引未归心。”

［2］楚狂：指楚狂接舆。《论语·微子》：“楚狂接舆歌而过孔子曰：‘凤兮凤兮，何德之衰！’”〔宋〕邢昺疏：“接舆，楚人，姓陆名通，字接舆也。昭王时，政令无常，乃披发佯狂不仕，时人谓之楚狂也。”

［3］离忧：遭受忧患。《史记·屈原贾生列传》：“离骚者，犹离忧也。”〔唐〕司马贞《史记索隐》引〔汉〕应劭曰：“离，遭也。”

［4］女媭砧：女媭指屈原的姐姐。《楚辞·离骚》：“女媭之婵媛兮，申申其詈予。”〔汉〕王逸注：“女媭，屈原姊也。”〔北魏〕郦道元《水经注·江水二》：“因名曰秭归……县北一百六十里，有屈原故宅，累石为屋基，名其地曰乐平里。宅之东北六十里，有女媭庙，捣衣石犹存。”

【附原作】

去年今日到申江，（旧岁九日，由皖到申，阅三日闻皖兵变。）黄菊初开懒举觞。每叹兴亡关气数，不堪风雨又重阳。匆匆岁月惊衰鬓，莽莽乾坤入战场。独把茱萸向城北，登高四顾色凄凉。

佳节思亲感不禁，萋迷五岭白云深。行吟泽国多秋色，太息神州易陆沉。短发自应羞落帽，长空勿听送清砧。子山新赋遗山句，迸入愁人此夜心。

足为刺伤不良于行　二首

迷阳[1]伤我足，却曲不能行。虎尾心常戒，鸿毛命自轻。麻鞋工部垢，革履尚书声[2]。过去浑如梦，支离[3]剩此生。

故人书札至，杖屦祝平安。抚髀惊将老，伤心怕受寒。智惭葵自卫，神幸璞能完。愿受王骀教，形骸粪土看。

【注】

［1］迷阳：带刺的灌木。《庄子·人间世》：“迷阳迷阳，无伤吾行。”〔清〕王先谦《庄子集解》：“谓棘刺也，生于山野，践之伤足，至今吾楚舆夫遇之犹呼迷阳踢也。”

［2］尚书声：指皇帝的近臣。《汉书·郑崇传》："郑崇字子游，本高密大族，世与王家相嫁娶。祖父以訾徙平陵。父宾明法令，为御史，事贡公，名公直。崇少为郡文学史，至丞相大车属。弟立与高武侯傅喜同门学，相友善。喜为大司马，荐崇，哀帝擢为尚书仆射。数求见谏争，上初纳用之。每见曳革履，上笑曰：'我识郑尚书履声。'"

［3］支离：谓不中用。《文选·谢灵运〈永初三年七月十六日之郡初发都诗〉》："良时不见遗，丑状不成恶；曰余亦支离，依方早有慕。"〔唐〕李善注引《七贤音义》："形体离，不全正也。"

前诗既成忆《礼记》之言再作一首

曾闻乐正语，跬步孝勿忘。何意发肤爱，而令荆棘伤。毒人多虿尾，险道甚羊肠。念我垂堂[1]母，周身慎自防。

【注】

［1］垂堂：比喻危险的境地。《汉书·袁盎传》："千金之子不垂堂，百金之子不骑衡。"〔唐〕颜师古注："垂堂，谓坐堂外边，恐坠堕也。"

溪　　行

瘦筇黄帽出通阛[1]，尽日溪头自往还。丛竹缭青摩诘树，群岚染赭大痴山。布帆落照江鸥远，茅屋西风野犊闲。如此天然好图画，未应吟眺异乡关。

【注】

［1］通阛：四通八达的街道。〔宋〕苏轼《南都妙峰亭》诗："新亭在东阜，飞宇凌通阛。"

壬子除夕[1]　二首

烛花和泪落筵前，腊酒初停思黯然。大陆正逢龙汉劫[2]，流光又过鼠儿年。未禳虚耗贫应速，欲卖痴呆性已偏。竟夕不眠非守岁，睡蛇[3]钩去学枯禅。

漫漫长夜怅晨光，桃梗[4]为人况异乡。夏甫独居惟土室，幼安危坐在藜床。缚船送鬼吾偏懒，祀灶刲羊世自忙。莫诮杜门行汉腊，残年烧尽惜熏香。

【注】

［1］此诗作于1912年除夕。

［2］龙汉劫：道教谓五劫之始劫。《隋书·经籍志四》："道经者，云有元始天尊，生于太元之先，禀自然之气，冲虚凝远，莫知其极。所以说天地沦坏，劫数终尽，略与佛经同。以为天尊之体，常存不灭。每至天地初开，或在玉京之上，或在穷桑之野，授以秘道，谓之开劫度人。然其开劫，非一度矣，故有延康、赤明、龙汉、开皇，是其年号。其间相去经四十一亿万载。"按：此时"中华民国"已成立，清朝覆亡，溥仪退位。这对清朝旧臣来说可谓天翻地覆，故曰"龙汉劫"。

［3］睡蛇：指烦忧不宁的精神状态。《遗教经论》："烦恼毒蛇，睡在汝心。譬如黑蚖，在汝室睡，当以持戒之钩，早摒除之。睡蛇既出，乃可安眠。"

［4］桃梗：桃木刻的木偶，旧时用以辟邪。《晋书·礼志上》："岁旦常设苇茭、桃梗、磔鸡于宫及百寺之门，以禳恶气。"

人　日[1]

厄运逢阳九[2]，羁栖窜海滨。此方原是鬼，今日尚为人。破碎三千界，飞腾六十春。家家镂华胜，相对更酸辛。

【注】

［1］人日：旧时称农历正月初七为人日。〔南朝梁〕宗懔《荆楚岁时记》：

“正月七日为人日。以七种菜为羹，剪彩为人或镂金箔为人，以贴屏风，亦戴之头鬓。又造华胜以相遗，登高赋诗。”

［2］阳九：道家谓天厄为阳九，地亏为百六。后以指灾荒或厄运。〔唐〕黄滔《融结为河岳赋》：“则有龟负龙擎，文籍其阳九阴六；共触愚移，倾缺其天枢地轴。”参阅《灵宝天地运度经》。

九龙山居作　二首

蓬蒿三径少人行，拟托幽居老此生。迷路东西逢子庆，在山南北法高卿。井华[1]近汲龙湫晓，云絮遥披鹤岭[2]晴。傍晚鲤鱼门外望，沧浪还喜濯尘缨[3]。

布衣早帽自徘徊，地比辽东亦痛哉。异物偶通柔佛国，（新架坡，古柔佛国，土人多航海往该埠。）遗民犹哭宋皇台[4]。惊风蓬老根常转，浮海桑枯叶已摧。欲学忘机狎鸥鸟，野童溪叟莫相猜。

【注】

［1］井华：井华水，清晨初汲的水。〔北魏〕贾思勰《齐民要术·法酒》：“秔米法酒：糯米大佳。三月三日，取井花水三斗三升，绢簁曲末三斗三升，秔米三斗三升。”石声汉《齐民要术今释》注：“清早从井里第一次汲出来的水。”

［2］鹤岭：仙道所居的山岭。〔南朝梁〕萧纲《应令诗》：“临清波兮望石镜，瞻鹤岭兮睇仙庄。”

［3］濯尘缨：此处指隐居。《楚辞·渔父》：“渔父莞尔而笑，鼓枻而去，歌曰：‘沧浪之水清兮，可以濯吾缨；沧浪之水浊兮，可以濯吾足。’遂去，不复与言。”

［4］宋皇台：香港九龙半岛宋皇台，旧传为南宋端宗及帝昺驻跸之所。陈伯陶有《九龙宋台新筑石垣记》考证台为南宋端宗驻跸之所，而非帝昺。

遝公戏呼余为九龙山人盖以王孟端[1]见比也诗以解嘲

自笑前身老画师，九龙深处偶栖迟。泛舟泖曲希元朗，（倪瓒晚易姓，名为溪元朗。）吹笛[2]车箱学大痴。谢迭山应来戏谑，（明谢晋工画山水，自戏称谢叠山，吴原博诗嘲之有谑语“空传谢叠山”句。）陈惊座合别嫌疑。生平不作争墩事，真逸[3]相呼副夙期。

【注】

［1］王孟端：王绂（1362—1416），明代著名画家。字孟端，号友石生，初隐九龙山，又号九龙山人、鳌叟。无锡（今属江苏）人。

［2］吹笛：此处为怀旧之意。〔晋〕向秀《思旧赋》序：“余与嵇康、吕安居止接近。其人并有不羁之才，然嵇志远而疏，吕心旷而放，其后各以事见法……余逝将西迈，经其旧庐，于时日薄虞渊，寒冰凄然，邻人有吹笛者，发声寥亮，追思曩昔游宴之好，感音而叹，故作赋云。”

［3］真逸：陈伯陶晚号九龙真逸。

登九龙城放歌

（九龙寨，土人呼之曰城）

鲤鱼风[1]紧鲛人[2]泣，鲤鱼门开巨鲸入。飞云盖海驾轰涛，直拍九龙城下湿。九龙之山高插天，九龙城与山钩连。龙头巃嵸列战格，下瞰澄碧环深渊。清时置戍防海贼，海贼未平夷患亟。已悲堠卒化虫沙[3]，复见疆臣弃鸡肋。石城何盘盘，凭眺惨我魂。千山鳞甲忽破碎，玄黄血溅群龙奔。迢迢南望衔舻舳，左走东瀛右西竺。回看直北是神州，堕地弓髯万人哭。城边野老长苦饥，我亦寓公歌式微。内蛇外蛇[4]斗未已，横流沧海[5]吾安归。吁嗟乎！横流沧海吾安归。

【注】

［1］鲤鱼风：指秋风。

[2] 鲛人：传说中的人鱼。〔晋〕张华《博物志》卷九："南海外有鲛人，水居如鱼，不废织绩……从水出，寓人家，积日卖绢。将去，从主人索一器，泣而成珠满盘，以与主人。"

[3] 化虫沙：指将卒战死。〔晋〕葛洪《抱朴子》："周穆王南征，一军尽化，君子为猿为鹤，小人为虫为沙。"

[4] 内蛇外蛇：此处内蛇指辛亥革命军及民国政府，外蛇指清末外国列强。

[5] 横流沧海：见《得寓公和诗再叠前韵却寄二首》"沧海正横流"条。

闇公跫公同澹庵[1]潜客[2]二老过九龙山居　四首

空石中有觙，不闻蚊虻声。跫然足音至，顿使耳目惊。我本麋鹿性[3]，山居遗世情。卅年堕尘网，梏拲被裾缨。寒花抱晚节，况比时运倾。绰约姑射山[4]，缥渺化人城。分非希有鸟，未许翔太清。控抢枋榆间，庶以得此生。兹山似仇池，福地世莫争。隐居复谈道，且与诸公盟。

李聃隐柱下[5]，蒙叟游漆园[6]。学礼有答问，卫道多寓言。德义世通家，隶也出圣门。荀非十二子，老庄不批根。奈何沟瞀[7]儒，直并释氏论。岂惟寡通识，亦昧河海源。暗跫两道人，近颇涉其藩。俱映日月辉，远穷天地根。黄冠与草服，古处誓与敦。玄谈得至契，足示迷者扪。

昔闻王彦方，避地渡辽水。桓桓曹征西，缥帛征不起。东夷感德化，相与撰杖履。管邴神龙姿，亦从卜邻比。我惭蹈海[8]节，穴室此栖止。澹潜二大老，乃乐风土美。介山负慈母，[9]鹿门[10]携妻子。云将赁新居，过我同栗里。世无桃花源，九夷幸勿鄙。他时鸡黍局，素心至可喜。

蒲涧安期境，罗浮稚川界。昔诵髯苏[11]诗，笠屐欲从迈。风尘何澒洞，名胜遭破坏。大泽蟠龙蛇，深丛聚蜂虿。杞狗茯苓龟，一一成馁败。兹来海滨地，造物辟灵怪。夕波浴蒙泛，朝露饮沆瀣。虽匪方壶居，胸次不芥蒂。乃知避秦者，徐市独愉快。愿言招四皓，搔首发深喟。

【注】

[1] 澹庵：吴道镕（1852—1936），广东番禺人，字玉臣，号澹庵。光绪六年（1880）进士，授编修，辛亥革命后，专心著述，不问世事。曾参与修纂《番禺县续志》，著有《澹庵诗存》《澹庵文存》等。

[2] 潜客：丁仁长，晚号潜客，广东番禺人。光绪九年（1882）中进士，入选翰林院庶吉士。光绪十二年散馆，授编修，任国史馆协修。辛亥革命后移居香港，番禺县续修县志时任总纂。

[3] 麋鹿性：指不为世俗所拘。〔宋〕苏轼《次韵孔文仲推官见赠》："我本麋鹿性，谅非伏辕姿。"

[4] 姑射山：《庄子·内篇·逍遥游》："藐姑射之山，有神人居焉，肌肤若冰雪，绰约若处子。不食五谷，吸风饮露。乘云气，御飞龙，而游乎四海之外。"

[5] 柱下：指老子曾为柱下史事。《高士传·老子李耳》："老子李耳字伯阳……生于殷时，为周柱下史，好养经气。"

[6] 漆园：庄子曾为漆园吏。《史记·老子韩非列传》："庄子者，蒙人也。名周，周尝为蒙漆园吏。"

[7] 沟瞀：指无知。《荀子·儒效》："甚愚陋沟瞀而冀人之以己为知也，是众人也。"〔唐〕杨倞注："沟，音寇，愚也。沟瞀，无知也。"

[8] 蹈海：指鲁仲连为避秦蹈海而死事。《史记·鲁仲连邹阳列传》："彼秦者，弃礼义而上首功之国也，权使其士，虏使其民。彼即肆然而为帝，过而为政于天下，则连有蹈东海而死耳，吾不忍为之民也。"

[9] 介山句：指介子推背母去绵山隐居事。绵山在山西省介休市东南，因介子推隐居此地，故又名介山。

[10] 鹿门：指湖北襄阳鹿门山，东汉庞德公曾携妻子隐居之地。

[11] 髯苏：指苏轼，以其多髯故称。〔宋〕苏轼《客位假寐》："同僚不解事，愠色见髯苏。"

【附潜客和作】

嘤鸣相应和，千里同一声。久别艰过逢，骤见喜且惊。忆昔游崔台，酒赋余豪情。江南理归榜，（真逸由江宁返，宴于菊坡精舍。）沧浪濯尘缨。欢悰能几何，埮黩天柱倾。龙川有大长，象郡无坚城。三年两构乱，海滨待谁清。卷施心不死，苕华念无生。方寸各箕颖，无让初何争。君独专一壑，息壤当先盟。

东陵岂炫瓜，彭泽非恋园。烈士多苦心，难与悠悠言。乘邪恣攫搏，锐欲朱其门。芬华不盈眦，灾祸相批根。鼎食亦鼎烹，得丧谁复论。且歌紫芝曲，还我桃花源。龟游甘曳泥，雉啄忘处藩。聊以远机辟，清净为道根。岩栖未厌邃，野屏期共敦。玄玄文五千，瞽籥安足扪。龙山好峰峦，龙湫冽泉水。灵境不终阏，津逮从此起。同侪推祭酒，（谓吴澹庵）先生命杖履。从来季重名，雅与孔璋比。（谓陈真逸）欣然挈家具，买邻得所止。花竹信娟靓，尤乐土风美。似闻十亩间，仍招二三子。树题交让枝，门署高阳里。五马旧谙径（谓伍叕公），传车时在鄗（谓张閤公）。何必定入林，闻遁色然喜。

逃空思避喧，乃堕群嚣界。飞车当门驰，日夜趣行迈。魂梦困掀簸，恐压坤轴坏。士女岂不都，空咏发卷虿。高浪怒搏人，床席险欲败。賈空者谁氏，举室駴遭怪。今晨果斯游，御风吸仙瀣。顿令耳目净，一洗胸芥蒂。颓晖惧莫挽，贪此数刻快。不合望荒台，苍凉发深喟。

潜客过山居后诗来索和次韵奉答　二首

穷海悲秋屡送归，问君何事访柴扉。宅殊鲁望饶甘菊，人似冬郎[1]见紫薇。对酒偶撩心绪恶，脱冠谁笑鬓毛稀。买山招隐[2]吾何敢，且学颐神台孝威。

停云八表已同昏，肆志相从绮与园。涧底菖蒲方士宅，溪边枸杞老人村。沈冥[3]世岂知梅尉，憔悴君休叹屈原。但使携家浮海至，此间犹可避尘喧。

【注】

［1］冬郎：指唐诗人韩偓。〔宋〕钱易《南部新书》：“韩偓，即瞻之子也，兄仪。瞻与李义山同年集中谓之韩冬郎是也。故题偓云：‘七岁裁诗走马成。’冬郎，偓小名。偓，字致光。”

［2］买山招隐：指隐居。〔南朝宋〕刘义庆《世说新语·排调》载：“支道林因人就深公买印山，深公答曰：‘未闻巢由买山而隐。’”

［3］沈冥：隐居无迹。〔汉〕扬雄《法言·问明》：“蜀庄沈冥，蜀庄之才之珍也，不作苟见，不治苟得，久幽而不改其操。”〔晋〕李轨注：“沈冥，犹玄寂，泯然无迹之貌。”

【附原作】

日日言归未得归，天教联袂款岩扉。连塍野色翻禾黍，带雨山光护蕨薇。琼笈参玄丹井冽，霓裳谱旧曙星稀。神龙一去空城郭，愁煞尊前老令威。

瘦日荒烟废垒昏，何人独乐此题园。气余湖海书千卷，家在罗浮月一村。天地无情任蛮触，邑居成聚待宁原。荔园半亩容招隐，鹅鸭比邻未觉喧。

得寓公九月五日沪上漫成次和潜客韵再迭奉寄　二首

一函今寄蜀当归[1]，计日应投海上扉。知尔未能忘汉腊[2]，此间原不食周薇。草堂逋客移长勒，莲社[3]高贤见莫稀。更欲劝君除绮语，山居素笈问龙威。

由来至道贵昏昏，销尽机心且灌园。顾我结庐居北渚，有人卜宅向南村。（澹庵、叒公先后居此。）饰巾[4]待老思陈实，凿室相从愧邴原。他日君来同汐社[5]，诗成应答海潮喧。

【注】

［1］当归：此处寓“应当归来”之意。

［2］汉腊：汉代祭祀名，此处指清朝。

［3］莲社：佛教结社，晋庐山慧远与十八贤结社念佛，时寺池有白莲，故称。

［4］饰巾：指以巾裹头，不入朝做官。《后汉书·陈寔传》：“大将军何进、司徒袁隗遣敦寔，欲特表以不次之位。寔乃谢使者曰：‘寔久绝人事，饰巾待终而已。’”

［5］汐社：宋遗民谢翱所创文社。〔宋〕方凤《谢君翱行状》：“谢翱后避地浙水东，留永嘉、括苍四年，往来鄞越复五年，大率不务为一世人所好，而独求故老与同志，以证其所得。会友之所名汐社，期晚而信，盖取诸潮汐。”

【附原作】

松柏山人久不归，寂寥篱菊对荆扉。东坡老去思尝荔，庾信羁栖赋食薇。厌听杜鹃频泪落，愁同乌鹊见星稀。近来颇得消闲法，一卷骈文效稚威。

秋风秋雨易黄昏，蝴蝶蘧然化漆园。桃梗似人悲逝水，梅花入梦返孤村。余生有几看双鬓，一死无名憾九原。便欲从君赋招隐，流萤不听比邻喧。

宋皇台怀古（并序）

九龙，古官富场地。明初置巡司，嘉庆间总督百龄筑寨，改名九龙。道光间复改官富巡司为九龙巡司，而官富场之名遂隐。其地东南有小山濒海，上有巨石，刻曰："宋王台。"《新安县志》以为帝昺驻跸于此。考明钱士升《南宋书》称："端宗景炎二年二月，帝舟次梅蔚，四月次官富场，九月次浅弯三地，俱新安县界，相去不远。"《宋史·二王纪》只云："至元十三年十一月，是次甲子门（在惠州），十四年十月刘深攻浅弯，是走秀山（今虎门）。"无次官富场之文。然《宋史·杜浒传》云："文天祥移屯潮州，使浒护海舟至官富场。"《元史·唆都传》云："至元十四年，塔出令唆都取道泉州泛海，会于广之富场。"（即官富场，史省文。）又云："唆都进攻潮州知府马发，不降，恐失富场之期，乃舍去。"皆景炎二年。当时遗臣奔赴，敌人会攻，并指兹地。《南宋书》所云当得其实，《二王纪》偶失载耳。逮至元十五年四月，端宗崩于硇州（即今大屿山），帝昺立，六月迁崖山，不再至兹地。然则台乃端宗驻跸之所，非帝昺也。《一统志》称："宋行宫三十余所，可考者四，其一为官富场。"《广州府志》则云："殿址犹存，今惟崖山最著，兹地改称九龙，世罕有知之者矣。"余登眺之暇，因为考证诸书以著其实。石刻旧称"宋王"，以史称二王而然，兹正之曰"宋皇"，盖使后之人无惑焉尔。

朔方白雁翔杭湖，五更头叫头白乌。龙爪合尊朝上都，遗二龙子[1]南溟逋。金甲神人斗胆粗，戈船[2]闽广相提扶。行宫草创三十所，富场梐枑闳规模。零丁惶恐[3]节义徙，麻衣草屦来于于。铁石忠肝一团血，誓徇块肉捐微躯。秀山疠疫井澳飓，当年弓剑号龙胡。不知天佑赵氏无，黄龙复隐硇州郛。浮沉袍服鱼腹见，[4]慈元殿下生青芜。兹台兀立海裔孤，西望崖山[5]血模糊。

化为朱鸟[6]张其咮，海潮不起群樵呼。皋羽所南足迹绝，遗黎老死云谁吁。君不见，临安宫禁啼鹧鸪，兰亭坏土冬青枯。建炎陵阙一朝尽，何况航海行崎岖。噫！庚申帝亡亦如此，和林草荒雪塞涂，彼送子英胡为乎？（元蔡子英为明太祖所得，不肯屈。太祖命有司送出塞，令从故主于和林。）

【注】

［1］二龙子：此处指宋端宗、帝昺。因元兵追迫，不得已入海，由泉州潮州至香港。事见《宋史·端宗本纪》。

［2］戈船：指战船。此处指宋末宋朝军队与元军在崖山（今广东江门市新会区崖门镇）进行的大规模海战，史称“崖山海战”。宋军溃败，南宋覆亡。事见《宋史·陆秀夫传》《宋史·端宗本纪》《宋史·张世杰传》。

［3］零丁惶恐：〔宋〕文天祥《过零丁洋》诗有“惶恐滩头说惶恐，零丁洋里叹零丁”之句。

［4］浮沉句：此句指崖山海战宋军溃败，宰相陆秀夫背负幼帝赵昺投海而死，葬身鱼腹。

［5］崖山：又名“崖门山”，位于今广东江门市新会区，地势险峻。宋朝置崖山寨，据守南海。宋元崖山海战战场是为此地，宋宰相陆秀夫背负帝昺于此地投海。参阅《广东通志·山川一》。

［6］朱鸟：南方之神。《太平御览》卷八八一引《河图》：“南方赤帝，神名赤熛怒，精名朱鸟。”

宋行宫遗瓦歌（并序）

官富场宋皇台之东有村名二王殿，景炎行宫旧基也。《新安县志》称：“土人因其址建北帝庙。”即此。今庙后石础犹存，其地耕人往往得古瓦，色赭黝，坚如石，虽稍粗朴，然颇经久。考景炎自福州航海，后由泉而潮而惠，颠沛至极，至二年二月次广之蓝蔚山，四月进次官富场。其时张镇孙复广州，文天祥、赵时赏等由梅州分复吉赣诸县，进围赣州。张世杰讨蒲寿庚，陈瓒应之复邵武军，淮兵在福州者，亦谋杀王积翁以应世杰，兵势颇振，故景炎得于其间，缮治宫室为久驻计。其后诸路皆溃，敌氛渐逼，遂败走秀山井澳间。至祥兴之世，崖山不守而宋亡矣。余获其一瓦，因作歌以纪之。

官富场前宋行殿，荒村废址青芜遍。野人耕地得遗瓦，赭黝相兼余碎片。赭如烈士歕赤血，黝似侍臣森铁面。当时燔埴善陶甄，却比范铜经冶炼。忆昔南迁景炎帝[1]，御舟次此夸形便。绍兴家法遵简约，崇政殿基亟营缮。槐树阴成鸱尾出，茅茨易尽鱼鳞见。但令风雨免漂摇，讵与云霞争藻绚。丞相忠肝泣上表，将军铁胆怒张拳。诏称南海马牛风，誓入中原龙虎战。建炎[2]中兴运岂再，景德[3]孤注事俄变。渡江泥马[4]不复神，赴海白鹇[5]谁更唁。可怜宫瓦碎慈元，遑问故都杭与汴。君不见，汉代鸳鸯栽作枕，魏家铜雀镌为砚。延年益寿辨当文，万岁千秋感奔电。凄凉故国哭杜鹃[6]，零落旧巢悲海燕。手揩此瓦重摩挲，惆怅遗基泪如霰。

【注】

［1］景炎帝：指宋端宗赵昰，其年号为景炎。

［2］建炎：南宋高宗赵构的第一个年号，靖康之变，宋徽宗和钦宗为金兵俘虏北去，赵构于次年五月初一在南京应天府（今河南商丘）即位，改元建炎。故曰“建炎中兴”。

［3］景德：宋真宗赵恒的年号，真宗于景德元年（1004）与辽建立“澶渊之盟”，遂得和解。

［4］泥马：宋高宗赵构为康王时再度使金，至磁州，宗泽以崔府君庙劝留，是夜人报庙中泥马衔车辇等物填塞去路。康王因止不前。事见《宋史·宗泽传》。

［5］白鹇：鸟名，又称“银雉”。《西京杂记》卷四：“闽越王献高帝石蜜五斛，蜜烛二百枚，白鹇、黑鹇各一双。”

［6］杜鹃：鸟名，相传为蜀王杜宇之魂所化，鸣声哀。《太平御览》卷一六六引〔汉〕扬雄《蜀王本纪》：“荆人鳖令死，其尸流亡，随江水上至成都，见蜀王杜宇，杜宇立以为相。杜宇号望帝，自以德不如鳖令，以其国禅之，号开明帝。”

宋皇台之北有杨太妃女晋国公主墓，《新安县志》称："公主溺死，铸金身以葬，故俗呼金夫人墓。"十年前碑址尚存，近因牧师筑教堂于上，遗迹湮灭矣，诗以吊之 五首

秀发金枝桃李妍，镇星降诞忆当年。赵家块肉真同体，蹈海先行作水仙。

三宫北去独南奔，回首端门有泪痕。柔福帝姬[1]同不反，（靖康之乱，柔福帝姬相随北狩，死于沙漠。）祇应精卫更衔冤。

宫禁援琴汪水云，莫言活国在和亲。（汪水云以善琴出入宫禁，元兵入临安，赋诗有若，说"和亲能活国"句。）天家一任金瓯[2]缺，尚得完贞铸此身。（文丞相《读王婉仪赴北题壁词续篇》有"算妾身，不愿似，天家金瓯缺"句。）

海阔三山定不归，挽词依旧出龙闱。会稽市上珠谁献，凄绝鲛宫泣太妃。（宋神宗挽公主词"海阔三山路，香轮定不归"，又"区区会稽市，无复献珠人"。）

景炎而后又祥兴，浪打崖山雾气蒸。惆怅白鹇齐赴水，更无麦饭[3]上疑陵。

【注】

[1] 柔福帝姬：宋徽宗赵佶第二十女，后为金人所掳。生于政和二年（1112），薨于绍兴十一年（1141）。《宋史·列传第七·公主》："柔福在五国城，适徐还而薨。静善遂伏诛。柔福薨在绍兴十一年，从梓宫来者以其骨至，葬之，追封和国长公主。"

[2] 金瓯：指国土。《南史·朱异传》："（武帝）尝夙兴至武德合口，独言：'我国家犹若金瓯，无一伤缺。'"

[3] 麦饭：指祭祀用的饭。〔宋〕刘克庄《寒食清明》诗："汉寝唐陵无

麦饭，山蹊野径有梨花。”

鹤岭散步　二首

城郭人民倏已非，令威[1]去后暮云飞。苍苔白石青松路，怅惘山头待鹤归。

斋厨煮石道人居，绛帕蒙头发未梳。一卷黄庭[2]随意写，更无鹅换右军书[3]。（岭上有石刻“鹅鹅”两大字。）

【注】

[1] 令威：指丁令威，传说中的神仙，学道于灵虚山，后化鹤归辽。事见《搜神后记·丁令威》。

[2] 黄庭：指《黄庭内景经》，道教经典。

[3] 鹅换右军书：指道士用鹅换王羲之书事。事见《晋书·王羲之传》。

题蹬公小园

荒园半亩隔尘阛，中有幽人自闭关。帘映花丛斜障日，磴移竹缺饱看山。瓶笙响处闻根净，棋劫争时袖手闲。莫说暮年萧瑟甚，壶公[1]巢父[2]尚人间。

【注】

[1] 壶公：传说中的仙人。〔北魏〕郦道元《水经注·汝水》：“昔费长房为市吏，见王壶公悬壶于市，长房从之，因而自远，同入此壶，隐沦仙路。”参见《后汉书·方术列传下·费长房》。

[2] 巢父：尧时的隐士。〔晋〕皇甫谧《高士传·巢父》：“巢父者，尧时隐人也，山居不营世利，年老以树为巢而寝其上，故时人号曰巢父。”

过逢春园　二首

路转荒城曲，幽栖别有天。墙东王避世[1]，窗北宋谈玄。井益腾秋雨，亭虚纳野烟。垂垂嘉果熟，海上喜流连。（园内植有南洋果，名流连。）

主人何所似，萧散紫溪翁。鸡彘齐民术，盐齑处士风。新畴瓜异色，小径桂成丛。莫话人间世，乡关劫火[2]红。

【注】

［1］墙东王避世：《后汉书·逸民列传·逢萌》："初，萌与同郡徐房、平原李子云、王君公相友善，并晓阴阳，怀德秽行。房与子云养徒各千人，君公遭乱独不去，侩牛自隐。时人谓之论曰：'避世墙东王君公。'"〔唐〕李贤注引〔三国魏〕嵇康《高士传》曰："君公明易，为郎。数言事不用，乃自污与官婢通，免归。诈狂侩牛，口无二价也。"

［2］劫火：兵火。〔清〕顾炎武《恭谒天寿山十三陵》诗："康昭二明楼，并遭劫火亡。"

大风雨欲渡海访智公不果

智公有道者，溷迹尘嚣中。谁辟招隐馆，授此雷次宗[1]。我志慕元晏，挚虞今不逢。为借一瓻书，渡海聊相从。侵晨出门去，雨气来蒙蒙。海鸟各奔避，江豚复吹风。归来抱膝坐，停云讽陶公[2]。八表既同昏，平陆真成江。遥知茅屋下，今雨慨亦同。晦鸣不改度，相见期从容。

【注】

［1］雷次宗：〔南朝梁〕沈约《宋书·隐逸传·雷次宗传》："雷次宗字仲伦，豫章南昌人也。少入庐山，事沙门释慧远，笃志好学，尤明三礼、毛诗，隐退不交世务。本州岛辟从事，员外散骑侍郎征，并不就。与子侄书以言所守，曰：'……自今以往，家事大小，一勿见关，子平之言，可以为法。'……后又

征诣京邑，为筑室于钟山西岩下，谓之招隐馆，使为皇太子诸王讲丧服经。次宗不入公门，乃使自华林东门入延贤堂就业。”

［2］陶公：指晋陶渊明。

谢闇公[1]饷茶笋

一笑开缄不自持，溪茶山笋远相贻。搜肠愧对清风使，合掌真参玉版师[2]。腊酒三杯微醉后，春蔬半把软炊时。廿年饱饫官家馔，至味于今始略知。

【注】

［1］闇公：指张学华。

［2］玉版师：笋的别名。〔宋〕苏轼《刘器之好谈禅戏语器之可同参玉板长老》诗：“丛林真百丈，法嗣有横枝。不怕石头路，来参玉板师。”〔清〕王文诰《苏文忠公诗编注集成总案》辑注：“《前燕录》：‘石季龙使人采药上华山，得玉版。’先生诗则借以喻笋也。”

谢澹庵饷笋并简閚公

苦笋休官谁硬派，鲁直谰言子瞻怪。我今蔬食已无官，玉版[1]真禅须受戒。筠篮两束土膏足，故人饷我深下拜。大如犊角养初成，小者兔毫锋未败。（一束名笔笋）清班[2]联玉纵无分，重价论金应不卖。菘羔楮鸡[3]那足道，取助盘飧当脔嘬。忽忆昌黎和侯作，前轩笋茁穿壁坏。蛇虺掀掀露头角，戈矛戢戢森器械。书生腹俭何所有，千亩渭川曾学画。若令得酒出槎枒，拄肚撑肠诧雄迈。腹上生松谢春梦，胸中成竹发秋噫。他时馋守见此诗，笑喷饭囊知一快。

【注】

［1］玉版：见《谢闇公饷茶笋》“玉版师”条。

［2］清班：多指文学侍臣。〔唐〕白居易《初授拾遗献书》：“岂意圣慈，

擢居近职……未申微功，又擢清班。”

［3］楮鸡：楮树之菌。〔宋〕黄庭坚《答永新宗令寄石耳》诗：“雁长天花不复忆，况乃桑鹅与楮鸡。”〔宋〕史容注：“东坡和陶诗云：‘老楮生树鸡。’当是黄耳菌之属。”

送寓公[1]之沪上　二首

申浦归帆阅几时，香江判袂复何之。（寓公回粤，至山居再宿阅月，赴沪邀饯不至，走送之香江。）三秋鲈鲙[2]怀张翰，一舸夷逐范蠡[3]。草拔卷葹[4]原不死，花残芍药又将离。岭南著籍真无分，愁绝筵前啖荔枝。

知君混俗比龙蛇，此去迢遥足叹嗟。天地长留巢父[5]卷，烟波还泛钓徒家。空劳望眼人千里，愿保吟身海一涯。到日名花流泪看，莫教重抱怨琵琶。

【注】

［1］寓公：指张其淦。

［2］鲈鲙：见《得寓公和诗再叠前韵却寄二首》“莼鲈”条。

［3］范蠡：春秋末年越人，曾助越王勾践灭吴，后游齐国，晚年隐居太湖山。事见《国语·越语下》、《史记·越王勾践世家》卷四十一。

［4］卷葹：草名。《尔雅·释草》：“卷施草，拔心不死。”〔晋〕郭璞注：“宿莽也。”〔清〕郝懿行义疏：“凡草通名莽，惟宿莽是卷施草之名也……按施，《玉篇》作葹。”

［5］巢父：见《题趸公小园》“巢父”条。

黎鬘公梁根公同过山居话旧两公俱侨寓天津前岁同至梁格庄奉安者也

官富场边落日黄，南冠[1]相对感沧桑。寓公久处托中露，（《诗·毛传》：“中露，卫邑名。”）高士长噫发北邙[2]。共听鹃声桥上雨，并攀龙驭阙前霜。素衣我亦蓬山侣，惆怅觚棱泪数行。

【注】

［1］南冠：南方人之冠。《左传·成公九年》：“晋侯观于军府，见钟仪，问之曰：‘南冠而絷者，谁也？’有司对曰：‘郑人所献楚囚也。’”

［2］北邙：即邙山，因在洛阳之北，故名。东汉、魏、晋的王侯公卿多葬于此。〔汉〕梁鸿《五噫歌》：“陟彼北芒兮，噫！顾览帝京兮，噫！”

读史　四首

（乙卯腊月）

汉家厄运乱蛙紫，人头畜鸣[1]剧秦始。伊周颂毕颂黄虞，十万儒巾不知耻。作奏封侯伯松巧，子云符命何足道。惟有挂冠神武门[2]，至今犹说知几早。君不见，天年自夭楚二龚，不如杜陵一蒋翁。

赤帝焰炉当涂高，国中谁复大讨曹。受金盗嫂网才俊，东汉节义轻鸿毛。九锡[3]既成文若死，季珪虬须空直视。当时巢毁卵不完，哀哉鲁国奇男子。君不见，鹿车牵挽归鹿门，我独以安遗子孙。

土上出金行者歌，阿公驾车东渡河。台中三狗[4]死狼顾，五马一槽知奈何。泰初彦伟相随殉，冀州名士虚相印。嗣宗酣醉那得全，当日保全因劝进。君不见，孙登长啸鸾凤音，嵇康内愧空鼓琴。

草生马腹乌啄目，娓娓金刀共兴复。寄奴[5]王者独英雄，醢杀彭韩何太酷。处怀期物由来有，负我乃闻非阿寿。何事江家乞食人，食前方丈真无负。君不见，渊明饥驱自出门，高攀寻契桃花源。

【注】

［1］人头畜鸣：指人的行为恶劣愚蠢。《史记·秦始皇本纪》：“（胡亥）诛斯去疾，任用赵高，痛哉言乎！人头畜鸣。”〔唐〕张守节正义：“言胡亥人身有头面，口能言语，不辨好恶，若六畜之鸣。”

［2］挂冠神武门：谓辞官，弃官。《南史·隐逸列传下》卷七十六：“（陶弘景）未弱冠，齐高帝作相，引为诸王侍读，除奉朝请。虽在朱门，闭影不交外物，唯以披阅为务。朝仪故事，多所取焉。家贫，求宰县不遂。永明十

年，脱朝服挂神武门，上表辞禄。”

［3］九锡：魏晋六朝掌政大臣夺取政权、建立新王朝率皆袭王莽谋汉先邀九锡故事，后以九锡为权臣篡位先声。此处指曹操篡汉。

［4］台中三狗：指何晏、邓飏、丁谧三人。语本《三国志·魏书·曹爽传》：“夷三族。”〔南朝宋〕裴松之注引《魏略》：“（丁谧）虽与何晏、邓飏等同位，而皆少之……故于时谤书，谓‘台中有三狗，二狗崖柴不可当，一狗凭默作疽囊’。三狗，谓何、邓、丁也。默者，爽小字也。其意言三狗皆欲啮人，而谧尤甚也。”

［5］寄奴：南朝宋高祖刘裕的小名。《宋书·武帝纪上》：“高祖武皇帝讳裕，字德舆，小字寄奴，彭城县绥舆里人，汉高帝弟楚元王交之后也。”

次韵闇公丙辰元旦[1]

春光撩我拂瓜庐，叹息龚生调太孤。新室[2]元年惊瞥过，（新莽始建国，元年以十二月朔日为元旦。）汉家腊日[3]敢含糊。（去岁，历书或以为腊月有三十日。）传闻角上争蛮触[4]，闷煞盘中转雉卢。独坐无聊须一醉，屠苏酒[5]尽且重沽。

【注】

［1］此诗作于民国四年（1915）年元旦，时陈伯陶六十一岁，寓香港九龙。闇公，指张学华。

［2］新室：王莽篡汉，国号为“新”，后因称其朝为“新室”。《汉书·律历志下》：“王莽居摄，盗袭帝位，窃号曰新室。”

［3］腊日：农历十二月初八，古为腊祭之日。〔汉〕应劭《风俗通·祀典·灶神》引〔汉〕荀悦《汉纪》：“南阳阴子方积恩好施，喜祀灶，腊日晨炊而灶神见。”

［4］蛮触：喻指为小事而争斗。典出《庄子·则阳》：“有国于蜗之左角者，曰触氏；有国于蜗之右角者，曰蛮氏。时相与争地而战，伏尸数万，逐北，旬有五日而后反。”

［5］屠苏酒：药酒名，古时于农历正月初一饮屠苏酒。

【附原作】

春风依旧到吾庐，抗首长吟兴不孤。花鸟向人犹旖旎，云山如梦总模糊。儿童笑乐还簪胜，邻舍欢呼正得卢。莫问义熙何甲子，但须强饮学屠沽。

再迭前韵

曾记承明入直庐，觚棱[1]回首梦魂孤。《文成》[2]贺岁阶前进，帖赐宜春座上糊。一自落花飘粪溷，那堪啼鸟劝壶卢。归休苦忆斜川老，深谷逃名未许沽。

【注】

［1］觚棱：见《十一月十三夜宿塔儿铺行宫之东同颂年柳溪玩雪》“觚棱”条。

［2］《文成》：舞乐名。《旧唐书·音乐志二》：“文宗庙乐请奏《文成》之舞，武宗庙乐请奏《大定》之舞。”

春雨再叠前韵怀闇公

雨气蒙蒙黯憋庐，清吟难遣客怀孤。云横远浦灯犹出，风袭幽窗纸半糊。并世喜随东野梦，闭门聊效玉川卢。遥知仲蔚[1]蓬蒿宅，滑踏春泥酒更沽。

【注】

［1］仲蔚：《高士传·张仲蔚》卷中：“张仲蔚者，平陵人也。与同郡魏景卿俱修道德，隐身不仕。明天官博物，善属文，好诗赋。常居穷素，所处蓬蒿没人，闭门养性，不治荣名。时人莫识，惟刘龚知之。”

丙辰正月六日与李君瑞琴张君鲁斋暨闔公智公同游沙田李君为言黎悦真居士拟筑静室山中悼古伤今慨然有作　三首

昔闻陶靖节，归休乐斜川。发春朋簪集，邀我游沙田。沙田在何许，涉行穷海边。翠巘互西东，中有陌与阡。草屋枕荒麓，稻畦泻清泉。亭亭望夫石，矗立南山巅。夫君不可见，泪目穷幽燕。我如老客妇，中情慨兰荃。念兹石不转，守节[1]师前贤。

周室昔代殷，溥天皆王土。食薇不食粟，夷叔节空苦。沙田本租界，要约载盟府。九十九年中，圣清尚为主。南服横鳣鲸，中原斗豺虎。尺地无干净，何方觅安堵。黄冠不归里，乌瞻此焉取。生当葺重茅，死当穴宿莽。

黎子斋绣佛[2]，度地筑茅庵。逶迤深谷间，树石侵云岚。缅怀曹洞宗，衣钵走岭南。天然祖心辈，花叶传经函。当时王陈屈，（谓说作乔生独漉翁山。）雷峰相聚谈。国破图自全，洗心面瞿昙[3]。居士岂有意，遗民夙所谙。寒泉荐秋菊，配食应同龛。灵运冀生天，我懒安敢贪。庶几白莲社[4]，斗酒容沉酣。

【注】

［1］守节：此处自比为贞妇，以示对旧朝眷恋并坚守节操之意。

［2］绣佛：用彩色丝线绣成的佛像。〔唐〕杜甫《饮中八仙歌》诗：“苏晋长斋绣佛前，醉中往往爱逃禅。”〔清〕仇兆鳌《杜诗详注》注曰：“《广弘明集》：‘宋刘义隆时，灵鹫寺有群燕共衔绣像，委之堂内。’据此，则绣佛之制久矣。”

［3］瞿昙：释迦牟尼的姓，代指佛。〔宋〕陆游《苦贫》诗：“此穷正坐清狂尔，莫向瞿昙问宿因。”

［4］白莲社：见《得寓公九月五日沪上漫成次和潜客韵再迭奉寄二首》“莲社”条。

后咏史　四首

火井重炎杀气高，风云蛇鸟见旌旄。人心未死行归汉，天位难干大讨曹。此日倚床惊读檄，当年揖座健横刀。中原北伐饶兵甲，谁谓南方地不毛。

玉垒铜梁且漫夸，军容如火照三巴。空闻下令悬鸡肋，岂有衔悲叱虎牙。东去连营通沔汉，北行问道出褒斜。区区割据原非策，莫学公孙井底蛙。

轲匕良椎事不成，潢池何故内称兵。蔡邕自昧王臣义，吕布原无父子情。闻道负人方按剑，谁呼误我在烧营。从知卧枕妖姬夜，玉儿金床梦数惊。

黄天当立语空传，乱世奸雄亦可怜。关内马儿真不死，汝南蛾贼又骚然。居炉火上谋虽谲，顾草庐中业岂偏。惆怅西方占太白，几时重见建安年。

丙辰正月十日太白纪巽

太白大闪闪，夕见西南隅。动摇出芒角，光与缺月俱。众星各掩耀，惟一相随孤。甘石术久废，谁测天官书。或云主兵起，所属滇黔都。其占南胜北，(《史记·天官书》：“太白出西南，南胜北方。”) 神州会邱墟。神州乱乙瘼，倏忽五载余。窃国者尽侯，窃钩谁复诛。紫极色黯惨，伧棓纵横舒。如何复出罚，流血盈郊衢。昊天未悔过，下民孰来苏。翘首望西南，月落增长吁。

题清湘老人画卷即次原韵

黄虎沈楚宗，血碧[1]湘水色。湘人哀王孙，黯惨西日仄。孑遗瞎尊者，象教籍宏力。玉步虽已更，香华自严饬。晚游江淮间，潇洒余戏墨。相逢雪个[2]翁，哭笑同莫测。鹫秃两奇颠，盘礴造元极。良工妙意匠，贫子惭耳食[3]。今观神逸品，苦行如可即。老夫梳白头，对此长太息。

【注】

[1] 血碧：血化为碧玉，多以称颂忠臣志士。语出《庄子·杂篇·外物》："苌弘死于蜀，藏其血，三年而化为碧。"

[2] 雪个：指明末清初书画家八大山人朱耷，号为雪个，江西南昌人，明宁献王朱权九世孙，明朝灭亡后落发为僧。清初画坛"四僧"之一，擅花鸟山水，画风苍劲恣肆。

[3] 耳食：指轻信传闻。《史记·六国年表序》："学者牵于所闻，见秦在帝位日浅，不察其终始，因举而笑之，不敢道，此与以耳食无异。"〔唐〕司马贞《史记索隐》："言俗学浅识，举而笑秦，此犹耳食不能知味也。"

【附清湘老人原作】

少年耽远游，山水助行色。一径出泱漭，何心顾倾仄。挥洒借豪素，嵌岩掷心力。自谓落落然，何烦假修饬。颠倒江海云，装取笔兴墨。邂迹来长干，本不用篮测。为佛茶一瓯，清冷犹未极。灯残借余月，瓶空且忘食。高人不自高，转欲下相即。雪心倘不忘，同觅好栖息。（按：雪心即雪个，故石城府王孙，世所称八大山人也。）

游杯渡寺[1]

（寺后有石岩，相传刘宋时杯渡禅师止此）

阴崖合十拥莲台，传道真禅渡海来。碧嶂千盘高耸髻，沧溟一苇[2]小如杯。幡垂雨气桄榔长，梵答潮声赑赑回。惆怅六朝弹指尽，山河举目有余哀。

【注】

[1] 杯渡寺：位于香港九龙半岛西南青山，为纪念杯渡禅师而建。《青山禅院大观》："青山有杯渡寺、青云观，久废，居士为之重建。"青山又名"屯门山"，陈伯陶《东莞县志》："广州图经，杯渡之山在东莞屯门，界三十八里。耆旧相传，昔日杯渡师来居屯门，因而得名。"

[2] 一苇：指小船。《诗·卫风·河广》："谁谓河广，一苇杭之。"〔唐〕孔

颖达疏："言一苇者，谓一束也，可以浮之水上而渡，若桴筏然，非一根苇也。"

游屯门青山赠陈春亭居士[1]　二首

浩劫茫茫塞大千，劳生何处息尘缘。回心愿学陈居士，管领青山阅岁年。（山有杯渡寺青云观，久废，居士为之重葺。）

道人旧隐是罗浮，布袜青鞋记昔游。今夕屯门东北望，铁桥[2]风雨夜猿悲。

【注】

［1］陈春亭居士：《青山禅院大观》："青山有杯渡寺、青云观，久废，居士为之重建。"中"居士"即为陈春亭居士，陈春亭原籍福建漳浦，初到香港时经商，致富后在九龙山各地设多处斋堂。信奉佛教，后隐居青山，募修青山寺。

［2］铁桥：见《听严道人鼓琴》"铁桥"条。

丙辰九月十七祀宋赵秋晓[1]先生生日次秋晓生朝觞客韵

翠旗虹旓海上槎，白鹇刷羽鸣荒遐。灵偃蹇兮帔赤霞，荐以莞香建溪茶。高台崨嶪属宋家，庚申帝亡势莫加。仰天电笑声謷牙，桑海变灭如空花[2]。桃实千年枣若瓜，蓬莱仙子回云车。翩然而去随翠华，崖山风雨归途赊。

【注】

［1］赵秋晓：陈伯陶《宋东莞遗民录》卷上有《赵必瑑传》："赵必瑑，字玉渊，号秋晓，邑之栅口人……咸淳元年，与父崇夔同登进士……必瑑释谒，授从事郎……德佑四年，惠州守文璧辟为郡从事，眷之如子侄。甫一月，以亲病告归……明年宋亡，遂退隐于邑之温塘村。"（陈伯陶《胜朝粤东遗民录·宋东莞遗民录》，上海古籍出版社2011年版）〔明〕陈琏《琴轩集》收录

有《赵秋晓墓表》（收于民国十九年版《聚德堂丛书》），可参看。

［2］空花：佛教中隐现视觉中的繁花状虚影。《楞严经》卷四："亦如翳人，见空中华；翳病若除，华于空灭。忽有愚人，于彼空华所灭空地，待华更生；汝观是人，为愚为慧?"

秋晓先生[1]生日并祀偕隐诸公次前韵

南溟一苇回灵槎，宝安隐君心不遐。清沁冰雪醉流霞，罗浮春酿荼山茶。逢崖块肉沈赵家，濮宗节苦世蔑加。公等倡和鸣璜[2]牙，灿灿丛菊霜中花。中田有庐场有瓜，畦以留夷并揭车。废兴莫问胡与华，海滨避世风涛赊。

【注】

［1］秋晓先生：见《丙辰九月十七祀宋赵秋晓先生生日次秋晓生朝觞客韵》"赵秋晓"条。

［2］鸣璜：古时朝聘祭祀丧葬上用的半璧形玉器，因其互相碰击而鸣响，故称。〔汉〕徐干《中论·法象》："是故先王之制礼也，为冕服采章以旌之，为佩玉鸣璜以声之，欲其尊也，欲其庄也，焉可懈慢也。"

寿赵直三（槐）七十　二首

古道今人少，如君合永年。励精仍日迈，抱朴得天全。三里名俱重，南川学独传。（君事亲孝，居丧，庐墓为时所称，平居讲学，规守宋儒，乡人化焉。）典型真足式，岂特酌乡先。

卅载论交久，相逢各老苍[1]。凋零明复社[2]，屹立鲁灵光。腊粥宜分惠，（君生辰在腊八日。）春醪喜共尝。祝君同伏胜，我辈更登堂。

【注】

［1］老苍：容颜苍老。〔唐〕杜甫《壮游》诗："脱落小时辈，结交皆老苍。"

［2］复社：明末江南的文学结社之一。明天启年间江南张溥、陈贞慧等结应社，崇祯六年又集合南北文社中人，会于苏州虎丘，取兴复绝学之义，成立复社，继东林党之后，以讲学批评时政。明亡时复社主要人物陈子龙等参与抗清，殉难，后被清政府解散。

春夜起坐

春寒睡苦短，推枕待天明。野火淡孤戍，村舂疏五更。风尖林鸟起，月黯路人行。老我心无事，敲门自不惊。

过青山晴雪庐丁潜客前辈诗先成次韵柬庐主人曹渔隐观察并吴晦庵张闇公两前辈　四首

青山宜大隐，燕处更超然。屋外松张盖，亭间竹挺鞭。生涯资煮海[1]，乐事在耕田。何必寻蓬岛，招携鹤上仙。

极目屯门路，南通急水门。山高出官富，（官富山在青山南，宋官富场即其麓。）寺老比王园。（广州有光孝寺，梁时名王园寺。）杯渡[2]浑无迹，槎穷亦有源。结庐深得地，浪波不闻喧。

旧于冀北野，曾见使君骢。岂料沧桑后，相逢衡泌[3]中。天边倦飞鸟，海上寄居虫。独往真长策，休嗟道已穷。

三五昔年少，于今成阿婆。风流前辈老，俗学小生多。东野期相逐，西山慨独哦。何时偕隐去，同着雪滩蓑。

【注】

［1］煮海：煮海水为盐。〔唐〕陆贽《议减盐价诏》："专煮海之利，以

为赡国之术。”

［2］杯渡：晋宋时僧人。《高僧传》卷十：“杯渡者，不知姓名，常乘木杯渡水，因而为目。初见在冀州，不修细行，神力卓越，世莫测其由来。尝于北方寄宿一家，家有一金象，度窃而将去。家主觉而追之，见度徐行，走马逐而不及。至孟津河，浮木杯于水，凭之度河，无假风棹，轻疾如飞，俄而度岸，达于京师。”

［3］衡泌：指隐居之地。语本《诗·陈风·衡门》：“衡门之下，可以栖迟，泌之洋洋，可以乐饥。”〔宋〕朱熹《诗集传》：“此隐居自乐而无求者之词。言衡门虽浅陋，然亦可以游息；泌水虽不可饱，然亦可以玩乐而忘饥也。”

【附原作】

楼居殊不恶，（到港后兼旬不出。）风御忽泠然。灵境杯曾渡，（屯门山即杯渡山，见蒋颖叔《杯渡山纪略》。）飞车电作鞭。漂流余皂帽，仄径入瓜田。（真逸所居曰“瓜庐”，在野田中，闇公、渔隐躬往要之，余辈停车迓之。）十丈黄尘外，真成半晌仙。

韩公遇风处，一发认屯门。（韩诗云峡山：“逢飓风下云，近岸指一发。”又云：“屯门虽云高，亦映波浪汲。”）却倚青山寺，平分绿水园。百年古榕石，一灯小桃源。鸡犬如相识，何由俗虑喧。

故侯好身手，豪色五花骢。溷迹鱼盐侣，脱身蛾焰中。乡关尚蛮触，人世总鸡虫。领取余甘味，（地产余甘，堆盘累累。）藏舟乐未穷。

屡作秋槎客，（自辛亥以来，九年之中侍大人到港者凡四。）惊呼春梦婆。壮怀随海尽，愁鬓得霜多。竟阻梯云约，（山僧以蓝舆迓三君，余与渔隐望崖而返。）聊为踞石哦。钓矶吾所爱，端合买烟蓑。（水心有亭，平旷宜人，是濠上观鱼处也。）

同苏次严舍人重过晴雪庐越日渔隐主人偕访李云衢道士陈春亭居士并邀邻里诸老同饮庐中次前韵　四首

青山重策杖，诗思复飘然。老马知前导，羸羊视后鞭。逶迤度松巘，容与下芝田[1]。信有斜川兴[2]，相携玉局仙。

主人能爱客，童仆喜迎门。鸡黍敦前约，莺花似故园。弃官彭泽叟，逃世武陵源。愿卜南村宅，长教避俗喧。

君侯家世好，鲍氏出乘骢。忽尔秋风起，翩然钓泽中。深逃嘲缝蝨，幻化慨沙虫。抵掌[3]谈终夜，多君善处穷。

紫芝招羽士，祇树访优婆。裙屐追随盛，杯盘礼数多。胜游尘外赏，佳句醉中哦。日暮矶头去，蹁跹舞鹭蓑。

【注】

［1］芝田：传说中仙人种灵芝的地方。〔三国魏〕曹植《洛神赋》：“尔乃税驾乎蘅皋，秣驷乎芝田。”

［2］斜川兴：位于今江西省星子、都昌二县，临鄱阳湖，晋陶潜曾游于此，作《游斜川》诗并序。

［3］抵掌：击掌，指谈话中因相得而兴奋。《战国策·秦策一》：“（苏秦）见说赵王于华屋之下，抵掌而谈。”

云庐主人从隐龙湫
次丁潜客晴雪庐韵奉赠　四首

龙湫吾旧隐，独处意萧然。顾我思投辖[1]，多君愿执鞭。松移宏景宅，瓜种邵平田[2]。山泽形容好，儒癯是列仙。

太邱遗范在，通德特名门。（君之先人蒙上赐“旌善表德”扁额。）难得元方御，来寻仲举园。陇耕真有耦，井汲幸同源。百里占星聚，微闻世外喧。

近传刘子骥，杜户避桓骢。拟索药囷去，相从桃洞中。吓应憎腐鼠[3]，号莫笑寒虫。他日浮家至，壶觞兴不穷。（刘君少弼与云庐主人书有“却聘相从”语。）

地僻气逾淑，狂风息孟婆。花开豆蔻嫩，子结石榴多。椎髻能偕隐，瑶笺喜共哦。樵青还解事，斟酌理渔蓑。

【注】

［1］投辖：指殷勤留客。《汉书·陈遵传》：“遵耆酒，每大饮，宾客满堂，辄关门，取客车辖投井中，虽有急，终不得去。”

［2］邵平田：指隐居者之田园。秦广陵人邵平，在秦亡后，种瓜长安城东之青门。《史记·萧相国世家》：“召平者，故秦东陵侯。秦破，为布衣，贫，种瓜于长安城东，瓜美，故世俗谓之‘东陵瓜’，从召平以为名也。”

［3］腐鼠：典出《庄子·秋水》：“惠子相梁，庄子往见之。或谓惠子曰：‘庄子来，欲代子相。’于是，惠子恐，搜于国中三日三夜。庄子往见之，曰：‘南方有鸟，其名为鹓鸰，子知之乎？夫鹓鸰发于南海而飞于北海，非梧桐不止，非练实不食，非醴泉不饮。于是鸱得腐鼠，鹓鸰过之，仰而视之曰：吓！今子欲以子之梁国而吓我邪？’”

屯门青山绝顶有石刻“高山第一”四大字下署“退之”昌黎韩公笔也曹渔隐拓勒山腰杯渡岩[1]下以贶观者为赋一首

青山如龙入溟海[2]，东鳞西爪云涛堆。其间崭崭头角出，直驾高浪浮蓬莱。谁欤咋指比登崋，昌黎一老投荒来。大书深刻留绝顶，海山得此真其魁。后之游者不获见，梯飙[3]磴薛空徘徊。番禺曹君颇好事，拓勒杯渡岩之隈。杯渡何时此卓锡[4]，远归南海乘莲杯。肉身虫出灵鬼灭，千年朽骨生青苔。公之敢谏烧佛骨，视宋高僧何有哉。屯门波恶自登陟，肯事默祷山云开。乃知大颠偶与语，不过遣闷资禅诙。孟简尚书佞佛者，讵谙求福自不回。我来兹山见石佛，（岩有石佛，相传为杯渡像。）笑彼膜拜争喧豗。斫头六祖死见梦，孰谓明镜无尘埃。惜哉此未立公庙，荐以南食蒲桃醅。摹传墨妙嵌寺壁，却恐摄取烦神雷。公骑龙去几桑海，胡僧莫漫谈劫灰[5]。石赤字青有磨泐，泰山北斗长崔嵬。吁嗟乎！泰山北斗长崔嵬。

【注】

［1］杯渡岩：位于香港九龙青山寺内。

［2］溟海：传说中的海名。《列子·汤问》：“终北之北有溟海者，天池也。”

［3］梯飙：指御风而行。〔唐〕韩愈《答张彻》诗：“磴藓汰拳局，梯飙飐伶俜。”

［4］卓锡：僧人居留为卓锡。〔明〕郑仲夔《耳新·梵胜》：“师卓锡岑山，苦心实行。”

［5］劫灰：劫火的余灰。〔南朝梁〕释慧皎《高僧传·汉洛阳白马寺竺法兰》卷一：“昔汉武穿昆明池底得黑灰。以问东方朔，朔云不委，可问西域人。后法兰既至，众人追以问之，兰云：‘世界终尽劫火洞烧，此灰是也。’”

赠酥醪观道士庞明辉

（庞时年七十余）

蓬莱洞古谢尘喧，学道谁曾悟本根。马祖[1]昔称居士慧，鹿门今仰德公尊。坛边符敕袪蛇虎，（辛亥后，观为土匪所残，师力为完复。）山上文移怨鹤猿。何日黄冠归里去，谷神同味五千言。

【注】

［1］马祖：星宿名。即房星，天驷星。《周礼·夏官·校人》："春祭马祖，执驹。"〔汉〕郑玄注："马祖，天驷也。"

黄端如处士

久住罗浮不记年，逍遥长作地行仙[1]。前身恍惚黄元道，啖肉餐鱼尽世缘。（宋黄元道至罗浮，遇五代时黄野人励饮石上泉，野人曰："汝服珍泉，滓秽已尽，宜别有所食。"取鱼肉与之。自此能啖生肉，时称为"啖肉先生"。）我昔罗浮托隐居，朱明曾拜野人庐。喜君名迹搜求偏，为补琴轩旧著书。（吾邑陈琴轩《罗浮志》间有未备，君搜名迹，助余增补。）

【注】

［1］地行仙：佛典中一种长寿的神仙。《楞严经》卷八："人不及处有十种仙：阿难，彼诸众生，坚固服饵，而不休息，食道圆成，名地行仙……阿难，是等皆于人中炼心，不修正觉，别得生理，寿千万岁，休止深山或大海岛，绝于人境。"

寿寓公六旬　二首

念君周甲寄天涯，投我琼瑶自寿诗。开府文章多感旧，铁崖歌咏每伤时。莼丝差幸知几早，瓜枣何嫌服食迟。东海扬尘休更问，且携仙子醉霞卮。

罗浮招隐话前尘，遥望峰头见老人。秘洞酥醪春酿日，故山松柏岁寒身。孙登[1]鸾啸音犹答，范蠡鸱夷[2]迹莫论。何似归来勾漏令[3]，鲍姑携手证仙真。

【注】

［1］孙登：魏晋时期隐士，号苏门先生，阮籍、嵇康曾求教于他。《三国志·魏书·嵇康传》〔南朝宋〕裴松之注引〔晋〕孙盛《晋阳秋》："康见孙登，登对之长啸，逾时不言。康辞还，曰：'先生竟无言乎?'登曰：'惜哉!'"

［2］鸱夷：范蠡曾号鸱夷。《史记·越王勾践世家》："范蠡浮海出齐，变姓名，自谓鸱夷子皮，耕于海畔，苦身勠力，父子治产。"〔唐〕司马贞《史记索隐》："范蠡自谓也。盖以吴王杀子胥而盛以鸱夷，今蠡自以有罪，故为号也。"

［3］勾漏令：指晋葛洪。《晋书·葛洪传》："（葛洪）以年老，欲炼丹以祈遐寿，闻交址出丹，求为勾漏令。"

壬戌十月重至南斋口占呈朱艾卿[1]少保袁珏生[2]朱聘三[3]两编修　四首

天禄[4]光分御炬莲，当时人道玉堂仙[5]。剧怜海上衔泥燕，故国辞巢十七年。

簪笔追随一载长，别来无几换沧桑。北风胡马南枝鸟，两地悲鸣总断肠。

门通西苑昔相过，太液[6]同舟笑语和。今日劫灰池底黑，禁中人已隔天河。

琼楼玉宇不胜寒，来日应知大是难。内翰一场春梦远，相逢休作梦中看。

【注】

［1］朱艾卿：朱益藩（1861—1937），字艾卿，号定园，江西萍乡人。光绪十八年（1892）授翰林院编修，官至湖南正主考，陕西学政，光绪、溥仪两代帝师，曾任北京大学第三任校长、著名书法家。

［2］袁珏生：袁励准（1876—1935），字珏生，号中州，河北宛平人。光绪二十四年（1898）进士。民国后任清史馆编纂，辅仁大学教授。工书画。

［3］朱聘三：朱汝珍（1870—1943），字玉堂，号聘三，广东清远人。光绪三十年（1904）末科榜眼，授翰林院编修。光绪三十二年（1906），被选派到日本东京法政大学读法律，后参与修订晚清商法。宣统元年（1909）被任命为法律馆纂修。辛亥革命后在紫禁城南书房行走，后寄寓香港。按：据诗题，此诗作于1922年10月，时溥仪大婚，陈伯陶从香港九龙乘船绕道北上进京，亲往叩贺，并献一万圆作为婚礼费用。时朱益藩、袁励准、朱汝珍三人均在紫禁城南书房供职，故相见。陈伯陶《瓜庐文剩》外编收录有《大婚趋朝进奉奏》可参阅。又，《瓜庐文剩》卷二《壬戌北征记》文："至殿门，南斋旧监朱义方引至西廊懋勤殿，朱少保及袁珏生（励准），朱聘三（汝珍）俱在直，为书福寿字，备诸进奉回赐。"文中自注曰："少保昔同直南斋，后兼毓庆宫行走，为师傅仍直南斋。珏生则于光绪乙巳与陶同考，直南斋者，自言国变后同直诸公。陆文端润庠以洪宪将改元，遇病不肯服药，遂薨。郑叔进沅则为洪宪内史。吴䌹斋士鉴虽寓京，不入直，其父子修庆坻闻之，急招之归。惟少保昕夕相对耳，计十八年矣，聘三近以当实录馆纂辑，差有劳乃命直南斋，现有三人，旧制南斋逼侧如代书多件，则至懋勤殿，故三人俱值此。"

［4］天禄：天赐的福禄。《尚书·大禹谟》："四海困穷，天禄永终。"

［5］玉堂仙：翰林学士的雅称。〔宋〕苏轼《舟行至清远县见顾秀才极谈惠州风物之美》诗："到处聚观香案吏，此邦宜着玉堂仙。江云漠漠桂花湿，海雨翛翛荔子然。"

［6］太液：此处指清太液池，即今北京故宫西华门外的北海、中海、南海三海。

题耆寿民[1]少府（龄）独立图

野旷天低望眼宽，更无人处自盘桓。秋原劲草知风疾，冬岭孤松阅岁寒。照水数茎添白发，倾阳一寸见心丹。微闻日暮吟《梁父》[2]，莫作三闾泽畔看。

【注】

［1］耆寿民：耆龄（1804—1863），字九峰，满洲正黄旗人。一字寿民，号蠖斋、无闷居士，道光十七年（1837）举人。历江西袁州等知府，咸丰七年（1857）升为巡抚，官至福州将军。

［2］吟《梁父》：指吟唱《梁甫吟》。《梁甫吟》，乐曲名，也作《梁父吟》。《乐府诗集·梁甫吟》："《蜀志》曰：'诸葛亮好为《梁甫吟》。然则不起于亮矣。'〔唐〕李勉《琴说》曰：'《梁甫吟》，曾子撰。'《琴操》曰：'曾子耕泰山之下，天雨雪冻，旬月不得归，思其父母，作《梁山歌》。'汉蔡邕《琴颂》曰：'梁甫悲吟，周公越商。'按，梁甫，山名，在泰山下，《梁甫吟》盖言人死葬此山，亦葬歌也。"

题温毅夫[1]副宪（肃）春心图卷　二首

太息金牛[2]道已通，空山啼血恨无穷。如何极目天津路，又见繁花遍地红。

报得春晖寸草心，魂销望帝复从今。剧怜游子风尘里，肠断三春泪满襟。

【注】

［1］温毅夫：温肃，广东顺德龙山人，光绪二十九年（1903）年进士，改翰林院庶吉士。后散馆授编修，继任国史馆、实录馆协修官。辛亥革命后曾奉旨在南书房行走，后因病归乡。

［2］金牛：古时传说有金精化牛之说，古人视为祥瑞。〔南朝梁〕任昉

《述异记》卷上："（洞庭山）上有天帝坛山，山有金牛穴，吴孙权时，令人掘金，金化为牛，走上山，其迹存焉。"

题阿字禅师送胡令正翁之官邓川州序册（胡名大定）

缁素[1]联翩颂长官，逸民[2]降志亦多般。寒塘莫漫诃元孝，绝世逃人大是难。（册中有梁寒塘梿、陈元孝恭尹、唐应运元楫、张铁桥穆、高望公俨诸遗老。）

【注】

[1] 缁素：僧和俗。僧徒衣缁，俗众服素，故称。

[2] 逸民：见《游茶山黄仙洞次龙君伯鸾韵寄怀张豫泉同年》"逸民"条。

七十述哀一百三十韵

开岁倏七十，纪年惟甲子。[1]回头观我生，涕泗不能已。忆我在妊时，黄巾祸桑梓。[2]先慈挟姑窜，[3]望门怯投止。昼行冲虎豺，暮宿穴荆杞。先严归召募，馘贼夷其垒。乙卯乱始平，挈家返乡里。（咸丰甲寅五月，红巾贼何六陷邑城，先严往省告变，闰七月，贼焚我乡居。先慈奉祖慈窜①增城之仙村，会邑令华樵云廷杰击贼中堂墟，招先严出办团练，搜积匪百余人，戮之，地方遂靖。乙卯正月，先慈乃返里。）三月十七日，吾降日中晷。始生綦羸弱，骨柔未充髓。乳哺经三年，鞠育母天只。五岁出就传，读书尽一纸。十岁通五经，亦略知微旨。是岁克金陵，中兴杖曾李。欃枪看电扫，日月占抱珥。人言上元运，甲子太平始。先严欣世治，趋庭[4]频诏鲤。勉我勤丹铅[5]，期我拾青紫[6]。携我入朱明[7]，研精石壁里。出从东塾[8]游，许郑追前轨。余力肆词章，复究文选理。（陈东塾先生澧与先严交好，先生掌教邑之龙溪书院，先严命执贽②为弟子。生平经学词章，略知门径，亲炙于先生为多。）乙亥游于庠，己卯乡大比。[9]褎然为举首，宾燕惊倒屣。（余赴乡燕时，监临裕泽生宽、学使吴子实宝恕颇垂青眼。东塾先生亦赠余联云："文章高似罗浮顶，科第连登会状元。"以余曾读书罗浮，而粤西陈莲史继昌亦于己卯、庚辰连捷三元也。）公车罢逾年，旋丧我祖妣。先严毁灭性，我杖不能起。屋前交丹旐[10]，屋内骈素几[11]。锥胸③瘥双鬓，痛结心下痞。（辛巳仲冬，祖慈弃世，先严哀毁骨立，遂见背，相去只十五日。）家贫慈亲瘁，舌耕奉滫瀡。弟妹婚嫁完，始复谋禄仕。乙丑用中书，壬辰成进士。廷对居第三，执笔官太史。[12]（余以所得馆穀为仲夔弟及季妹完婚嫁，乃复出会试，己丑试中书。文用说文，为汪柳门先生鸣銮所赏。壬辰廷试初置第一，后以宣抚司误书宣慰司抑十本外，翁叔平先生同龢诤之，谓此积④学士，乃改列第三。）中兴三十年，兵革久已弭。珠盘敦外交，琛舶安互市。祸生越南役[13]，相谓敌胆褫。武备既不修，文教讵能揆。咄咄日出国，擅场矜利觜。[14]黄海跋长鲸，白山荐封豕。吁嗟朝中贵，谓可笞折棰。伟哉李高阳，谋战重知彼。南洋英属岛，觇国惟我使。时维甲午秋，我行入朱泛。虽能得要领，奈此势披靡。媾合输金缯⑤，四海病疮痏。惆怅复还朝，悠愁⑥我心悝。（甲申之役，法人败于镇南关，遂乞和。逾年冬，曾劼刚侍郎纪泽自英俄还，孝钦太后问："外情若何？"曾言："外国鉴于法人愿敦和好，三十年间可免兵革。"孝钦喜，遂提海军费修颐和园。甲午夏，日人瞰我无备，攻朝鲜。提督叶志超败走平壤，犹报捷。[15]余告李仲约先生文田曰："败矣，乌有胜而退师数百里者？"已而平壤陷，日进兵义州，又败我海军于大东沟。先生因疏劾军机礼王世铎及北洋大臣李鸿章，而请起用恭王奕䜣，余亦合同馆十余人请戴少怀学士鸿慈领衔入奏。越日，恭王遂出总军机。时高阳李先生鸿藻闻英人助日，命余往南洋觇之，且拟奏遣余不可谓此密侦事，当备资微服往。十月抵新嘉坡，具得英人实情，电告高阳。诸侨民亦踊跃助饷，以英人阴禁之，乃止。旋闻旅顺、威海俱陷，日覆我海军[16]，余遂返粤。南洋酷热，余得暑湿病。乙未五月，病愈还京，时马关已签约矣。高阳谓余虚此一行，叹惋不置。）先皇亟变法，欲刷会稽耻。国亡人妖出，造膝得信委。遂令两宫间，交构成祸水。（戊戌春，工部主事某倡保国会[17]，日演说于粤东馆中。时余自贵州典试回，某招余入会，余匿不见。四月，恭忠亲王奕䜣薨。诸新进益用事，欲变夷服。孝钦闻之，怒语德宗曰："而欲令余穿革履耶？"其党谭嗣同谓为变政阻力，七月晦，袖手枪语袁世凯，令出带小站兵入围颐和园，袁伪诺之。越日，袁奉旨以侍郎候补，遂走天津，发其谋于北洋大臣荣禄，荣禄遣人告端王戴漪，达之孝钦。初四夜，孝钦还宫，抱德宗大哭，遂遣⑦兵捕谭等六人，戮⑧于市。十四日，谕旨谓变法之徒潜图不轨，乃有谋劫太后，陷害朕躬者，谓此也。先是李苾园先生端棻以某及谭列荐，刿升礼部尚书，余往贺而更以吊，及谭诛，先生在病假中，召余问计，余曰："检举可。”先生曰：“检举则雷霆迅下，命⑨不保矣，奈何？”余曰：“不检举能免雷霆乎？检举不失为君子，或幸邀宽典也。”先生曰：“然。”奏入，得遣戍，先生喜握余手道愧。后三年竟得赐环。）侧闻废立谋，外族颇訾訾。端王习神拳，愤欲将戎徙。烽火照甘泉，禁兵设兰锜。但攘外夷氛，不念王室毁。虏骑长驱来，神兵失所倚。仓黄下殿走，西去驰騄駬。[18]（孝钦德端王欲立其子溥儁，己亥冬，命荣禄访之李鸿章。时屡接外国及诸侨民电，请勿废立。李言此召外侮，持不可，乃只立溥儁为穆宗嗣，称大阿哥。拳匪者，白莲教余党也。其酋曰曹大师兄，有妖术，倡乱山东，巡抚袁世凯捕之，走直隶境，会端王。愤外人不助己，欲启衅矫诏，令强臣遇战不许言和。或告以拳术可避枪炮，试之验。因设坛演习邸中，诸拳匪遂焚教堂，毁铁路，拥入京城。五月二十四日端王命提督董福祥攻使馆。是夜，枪声如雨，流弹坠余家中，余登屋听之。既下，总理衙门章京关咏琴以镛过余曰：“使馆休矣。”余曰：“否，外人早有戒备，以余所闻，枪声连绵不绝者，我军进攻也。其砉然齐发者，外人还击也。我枪屡攻，闻砉声者即止，死伤多矣，而敌甚整暇，非旦夕可破⑩也。”七月二十日联军入京师，逾晨，两宫遂西出德胜门，宿昌平州之贯市。）我时奔怀柔[19]，翠华急追企。轮摧剧茹辛，粮绝惨呼癸。妖盗伏萑苻，杀人若蝼蚁。官吏被手屠，室家危卵累。经旬脱虎口，南望悲陟屺。（开战后，余料两宫必西狩，先寄孥于京北之怀柔县。联军至，余只身出至⑪怀柔，急欲随员而丧其资，怀柔令焦聚五立奎，山东人，颇礼余，因求假三百金，焦诺而款不时至。焦恶县中拳匪甚，捕不获。八月杪，匪酋张贯一与其党拔贡解某夜窬城，戕焦及官眷幕友凡十八人，余梦中惊觉，谓合家不免矣。侵晨，城守项桐封维扬至，余偕出晤诸绅民，告以祸福，令殓焦待检验，而命典史某报霸昌道兼请兵，兵未至，匪啸聚城中，日遣人持刀监余，不令出城。闰八月，总兵冯义和往剿匪，逃散。余告冯谓戕令者张解二人，即日斩解，已复擒张，弃于市。余被困计⑫十八日，旋闻两宫西幸长安，而仲夔弟书至，言先慈倚闾綦切，因挈家南归。）庚子建亥月，还家母前跪。谓当问官守，未⑬敢安床笫。先慈顾语我，忠孝理应尔。[20]为我缝征衣，为我幞行被。启途涉冬春，去去飞鸿驶。吴江溯汗漫，秦岭登剡牑。麻鞋抵长安，负担乃得弛。（余抵家后，禀命先慈，即赴行在。已启途矣，闻先慈病，复归。辛丑二月乃成行，四月始至长安。）长安汉唐都，天府实足恃。武关扼南隘，函谷雄东峙。东北拒井陉，德军挫于此。宜因行在所，先立陪京址。帝后即回銮[21]，亲贤兹赐履。燕城倘有变，龙兴亦虎视。草奏呈寿州，请代投谏匦。位卑不能达，祸至深拊髀。（余至长安，闻是春德瓦帅西犯，总兵刘光才扼井陉诸隘，败之。德军颇有夷伤，遂退，余因草奏请经营关内为陪京，呈掌院寿州孙先生家鼐代递，寿州谓和议大纲已定，外人又日促回銮，此策必不能行，抑不上。六月，戴侍郎鸿慈至行在，余告之故，戴复为疏，请立长安江陵为两陪都，而划分二十二行省为六大藩镇，疏入亦留中。）是秋和议[22]成，万乘旋玉趾。相随哭庙入，宗绪未中圮（回銮初定七月十九日，以合约未签押，改期八月二十四日。寿州奏派余为随员，奉旨着先期启程。九月中抵汴，十月初二日出城迎驾，时李文忠鸿章已薨，两宫留汴。十一月初四日复启銮，遂相随入京。）自兹复变法[23]，富强袭欧美。胶庠[24]讲新学，战陈师长技。纷纷谋国徒，抵掌或切齿。议院务偾成，制科骂顽鄙。我语戴南海，新政有臧否。刍荛[25]文所询，乡校侨勿毁。但能昌谔谔，岂致亡唯唯。议院聚众咻，恐或滋莠秕。我语张长沙，旧法勿桡骫。制科利寒畯，校舍长浮诡。若论教育溥，费钜官岂庀。不如试科学，陈篚任摩揣。南海韪我言，疏稿令代拟。自兹会议兴，采择成公是。长沙否我言，书上不屑以。自兹科举废，登进乱无纪。大海沸狂澜，中流孰为砥。誓将谢簪组[26]，归去亲耒耜。（回銮前四日，即下诏变法自强，还京后逐渐推行，设文武学堂，取法日德诸强国。迨甲辰冬，伍秩庸侍郎廷芳拟请开上下议院，商之南海戴侍郎鸿慈。戴以询余，余曰："中国民智未开，下议院成则横议蜂起，国事不可为矣！即上议院亦恐有流弊，不若因会议政务处而变通之，凡内政外交要件，政务处摘由片行，阁部九卿、翰林科道酌议，并传知属官论列代递。现谈新政者，侈言开议院，子产所谓防川大决，伤人必多，不如小决使导也。"戴是余言，令代拟奏稿，大致言会议有四益，曰收群策、曰励人才、曰折敌谋、曰息众谤，奏上允行。逾年，苏淮分省及日俄和议成，收复东三省，事皆下会议，军机政务处得择善而行。至丙午秋，下诏立宪，会议事乃止。其后仿上议院制立资政院，袁世凯遂借之移国矣，可概也。科举之废，始于癸卯春袁世凯奏请减额。是冬，政务处大臣长沙张野秋百熙议准，分三科递减。乙巳夏，袁复商之长沙南皮张制军之洞，请径废科举，勿令为学堂阻力。余谒长沙，极陈不可，复上书诤之，大致谓科举有四利：曰公、曰溥、曰不劳、曰不费，学堂则适相反。至教育之不能普及，财窘使然，非科举之咎。今欲求外国科学人才，不如变通科举，令为科学者各占一科，为策论经义者亦占一科。榜发，科学取十之五六，则士皆趋骛，私塾增⑭而游学众。数年之后，人才辈出，学堂亦可因之遍立。长沙不谓然，语人曰："彼欲得试差耳。"以余于癸巳、丁酉、壬寅曾典试滇、黔、山左也。八月，袁与南皮入奏，科举遂废。闻南皮初亦狐疑梁节庵鼎芬，谓公不奏请，必有先之者，遂⑮决。其后游学生多奖，翰林牙科⑯亦然。湖南王壬秋闿运赏检讨，自嘲云："已无齿录称同辈，且喜牙科步后尘。"名器亵矣。余时自居顽鄙，拟纂《国史馆儒林传》《宋学》三十二卷，《汉学》四十卷，成由总裁奏进，后即乞⑰假归。）南斋忽召试，入值岁乙巳。下车苑门开，问舟液池舣。时时得陈事，不必冠獬廌[27]。（孙寿州保送余试南斋，六月十六日，奉旨着在南书房行走。南斋在乾清门内之西，两宫驻海则入值，在万善佛殿由福华门入，乘舟渡中海至殿西。旧制编检奏事须掌院代递，南斋则否，且时召见，得面陈事。余值南斋只十阅月，蒙召见二次。于粤东赌盗两大害及游学生沾染恶习之弊，俱痛言之，两宫颇嘉纳焉。恭王溥伟尝至南斋，问高宗伐鬼方碑释文，同值不能答。余谓此即红崖碑，近人邹叔续汉勋著释文附会为殷高宗，恭王因向余取阅其书，且称余为淹博。）俄焉任提学，命访扶桑涘。倭奴我仇雠，利我国崩阤。阴令革命说，渐渍坏兰芷。莅官告匋斋，大祸在伊迩。学徒蔑君父，出柙真虎兕。扬徐历视校，崇实黜邪侈。诲以为周桢，诫以变淮枳。补救嗟末田，尸素愧无似[28]。（丙午四月二十日，余奉旨开缺，以道员用，着署理江宁提学使，旋命往日本考察三月，然后之官。时中国游学日本者万三千人，浙人章某创《民报》，倡言革命，学生风靡，日人不禁也。六月中，余至日本文部省，次官泽柳政太郎向余言，谓我国教育以忠君爱国为主，中学生革命排满思想非由各校中来，此饰说耳。日大学教员井上哲次郎告余，谓中国立宪必将生出狂潮，此盖有见。十月，余至宁，具以告匋斋制军端方。逾年六月，果有皖省徐锡麟之变。匋斋乃奏称："不逞之徒，倡言排满，宜速布告宪法，阴为消弭。"去岁匋斋与泽公考察政治⑱，归奏请立宪者也。余初莅官，谒庙为谕诸生文宣以崇实学、正人心为宗旨，既诸校省浮费十余万两。又⑲与美人传兰雅考察所聘日教习，知多敷衍，惟两江师范总教习松本孝次郎科学颇邃，性又勤挚，时勉诸生以忠孝毋忘国粹，日人恶之。丁未五月，以松本辞退本校平田西泽两教习，乃相率告领事船津辰一郎，致函制军请将松本撤退，余不允。船津电驻京林公使，转达制军，余告匋斋谓权自外操，有乖国体，学务亦必不振。会暑假，因遣松本回日本，诉之文部省⑳，文部谓："松本何爱中国而贼同胞?"松本曰："我所教系科学，其谓忠孝为国粹，则国文科宁人自教之，平田、西泽以怠，故辞退耳。"文部令转告兵部省㉑，事乃解。余因告匋斋谓日人叵测，武学堂诸教习尤不足信，匋斋为悚㉒然。余自是辞退日教习㉓而聘欧美教习，又推广实业高等诸㉔学堂，又㉕创设方言学堂，又招华侨学生至宁，设暨南学堂。英游历伯爵司世理及驻宁，德领事文硕颇函颂余，谓办学认真，前途未有㉖涯量。余暇时出巡府县，复为诸校审定学科，俾归纯正㉗。宁城粹敏女学其总教习为吕惠如，旌德世家女也，寡而敏于学。有彭令者，湖南人，匋斋抚湘时所赏拔，夤缘为该学监督，而阴遣私娼王雅仙挑吕，吕怒，辞职去，诸女生亦愤而罢学，诉于余。余告匋斋，谓男女有大防，女校不宜男监督。匋斋入彭谮，不之允，余力争之，匋斋后访得实，遂斥㉘。彭江宁顾某，余同年亚蘧、瑗之堂弟也。游学日本，奖翰林，及归娶，欲借学堂行文明结婚礼。其礼节则请仇某为主婚而退其父于来宾之列，余怒，移书责顾，谓若不遵旧制，即行参劾，顾惧而止。后余谒告归，侍郎唐蔚之文治修撰，张季直謇为序，饯余，谓余不遏甫达之新机，而亦未尝舍本而逐末，谓此。余官宁三载，戊申七月，莲溪继昌升皖抚，余署宁藩凡三阅月。宁藩向无预算表，余督书史为之，计岁入二百三十八万两，岁出二百四十七万两，岁不敷九万两。余曰新政繁兴，此后岁绌百数十万矣。又调查地丁一项，自文正定纳钱千八百文作库银一两，及当十铜圆行，民间照纳。而近日铜圆二千百余文方买得库银一两，江南州县大受陪累，新政多不行。余详匋斋，请奏改征银解银以纾官困，部中多江南人，驳不准。十月二十廿一日，两宫先后崩，时匋斋统新军，在湖北合操，宁城无一兵，余恐奸人为变，告藩司樊樊山增祥为之备。廿六日，革党熊成基攻皖城，宁人闻之[29]恐[30]，学生亦[31]星[32]散。樊窘急无策，余请电调提督张绍轩勋军，自江浦移驻下关，又电扬州运司赵渭卿滨彦备饷，而假为皖抚乱定之电播诸外，以镇人心，樊从余言。廿七晚皖电至，谓熊攻城一夕而败，宁遂获安，匋斋谓余有应变才，欲登荐牍。余阴察宁鄂诸新军，半皆革党，知乱将作，力辞。己酉五月，匋斋调北洋，樊护督印[33]，余再署宁藩两阅月。六月，先慈在署得吐血疾，久乃痊。江督张安甫人骏至，余遂请终养，张不允，乃请假三月，送亲回籍。九月，遂解任归。）己酉蒙实除，入觐天颜迟。孱王摄大政，鹿马蔽所指。太阿[29]任倒持，谠论憎逆耳。用斯求立宪，譬天伏而舐。遂归乞终养，供职事耕耔。（十一月，余奉旨着补授江宁提学使，并着来见。庚戌三月，余至都，时醇王摄政，诸亲贵出握重权，贪而瞶。军机张文襄之洞、戴文诚鸿慈已前卒，鹿定兴传霖又病笃，邀余诊视，知不起，余叹曰："国无人矣。"摄政召见时，余力陈国帑支绌，人情浮动，祸变将作[34]，亟宜预防。九年，立宪决，难办到摄政不之省，余遂乞假省[35]墓。五月即具呈[36]粤督袁海观树勋代奏，开缺养亲。）辛亥革军兴，寇攘借奸宄。人心既瓦解，天命岂顾諟。大盗总师干，移国不旋跬[30]。痛哉天下母，犹复握一玺。（粤督袁欲禁赌，赌饷六十万，袁加盐饷三十万，余三十万请余筹抵。未几，袁去任，将军增祺兼署，会赌商，增开安荣铺票贿咨议局议员，认可众大哗，余因请将军奏劾议员，径行禁贿[37]。廷议须筹抵，余筹之商人，盐饷外加土膏饷二十万，酒饷十万。既成，新督张坚伯鸣岐至，因恳之入奏。辛亥三月朔，遂一律禁赌，张招余入幕，余以母老辞。会铁路国有，事起，余知必召乱，请张奏劾盛宣怀并力争粤路归民，张怯不从。八月，湖北革军起，粤党人聚香港，潜行煽乱，张阴遣人与议和，令勿祸粤。九月朔，复邀余问计，余曰："公惟有备一死耳，余无可议者。"张曰："死何益?"余曰："否，公诚决死，率提督龙子丞济光诸军出备战而密捕党人，或可遏。"

张不能行。已而，将军凤山被炸，党人又伪传京奔陷帝，电张㊳，遂逃。是冬，革军蔓延，江宁亦破，袁世凯遂借议和逼隆裕太后逊位。南斋旧友袁珏生励准为余言："逊位事，隆裕初不允，袁奏称此权宜耳，随当复子明辟，故逊。后袁月上折跪安，犹称臣，逾数月，不复尔。隆裕悲愤因成疾。癸丑春，袁遣医往诊，以甘遂大戟诸毒药攻之，遂崩。"）我时窜海滨[31]，困辱在泥滓。急难拆弟昆，劬劳摧母氏。累然丧家狗，欲效自经雉。恸哭旅榇旁，偷生惭窳呰[32]。（张督逃后，革军至，余被困邑城三日，既得闲，即奉先慈窜香港之九龙。壬子四月，仲夔弟以疫卒。先慈吐血复作，癸丑二月见背。余时欲从殉，念旅榇未归，乃止。同年，熊秉三希龄㊴为内阁总理，及龙济光为粤督军，张鸣岐为粤省长，时并致函电见招，以利禄饵余，余不之答。幽忧无聊，因著书见志，成《胜朝粤东遗民录》四卷，《宋东莞遗民录》二卷，《明季东莞五忠传》二卷，又辑《袁督师遗稿》三卷，附《东江考》四卷，《西部考》二卷，又增补《陈琴轩罗浮志》五卷，重纂《东莞县志》九十八卷，并裒㊵平日诗文为《瓜庐文剩》四卷，《瓜庐诗剩》四卷，《宋台秋唱》一卷。）前年至京师，匍匐贺天喜。[33]愚诚献野芹，仁厚念丰芑。温室召坐谈，礼我如园绮。命我乘安舆，扶持下峻圮。谓我松有心，感悚增颡泚。微闻鬼蜮辈，集我青绳矢。人间此何世，海内孰知己。（庚申七月，余附温毅夫副宪肃献方物。壬戌十月，上大婚，余入京叩贺，报效一万洋圆。初五日，上召见，赐坐，谈一时许。上言近力行节俭，余因诵老子三宝，曰慈、曰俭、曰不为天下先之说，并数陈其义，上叹，以为格言。既出，命宫监扶下阶，上旋赐御容一方及紫禁城骑马，复令贝勒载涛朱少保益藩传谕，留直内廷，余以老辞归。时上赐高宗御用七宝金盒及御书"玉性松心"匾额一方。先是，各公使议觐见民国外交部，援皇室无与外国往来，例阻之。余告梁崧生尚书敦彦谓礼有私觌，此个人交际，不在例内，可商之㊶各公使，遂群入贺。自逊位后，外人隔绝十二年矣。其后闻民国中人颇有诋余为多事者。）今年入中元，天运尚屯否[34]。或言妻虞姚，岂复光夏祀。中兴诚渴盼，河清[35]恐难俟。乡人欲寿我，在我惟祈死。（余归后，拟撰《老子格言略释》及《老子注疏》进呈。去夏大病几死，书遂不成，近虽视息人间，仍事撰述，若书成上献㊷，目当瞑矣。）君亲未从殉，师友缺哀诔。（袁忠节先生昶、王文敏懿荣于庚子殉节，忠敏、端方、陆文烈、钟琦于辛亥殉节，余时并在患难中，不及哀挽，至今犹耿耿也。）会同首阳槁，不作灵光岿。作诗以述哀，寿者且休矣。（九龙真逸诗草。㊸）

（昔东塾先生年六十余，大病几死，病愈，因自述其著书行事，谓将以存吾真。余学业无成，海滨终老，兹诗及注虽云自述，实愧先生。然国难家屯，情不能已，聊同骚赋，用写哀思云尔。九龙真逸并记。）㊹

【校】

①窜：《述哀诗》手稿作“走”，从底本。

②赘：《述哀诗》手稿作“业”，从底本。

③胸：《述哀诗》手稿作“胃”，从底本。

④积：《述哀诗》手稿作“绩”，从底本。

⑤缯：底本原作“绘”，不通，疑刊刻时形近而误，据《述哀诗》手稿改。

⑥愁：《述哀诗》手稿作“悠”，从底本。

⑦遣：《述哀诗》手稿作“发”，从底本。

⑧戮：底本原作“截”，不通，据《述哀诗》手稿改。

⑨命：《述哀诗》手稿作“首领”，从底本。

⑩破：《述哀诗》手稿作“下”，从底本。

⑪出至：《述哀诗》手稿作“跳奔”，从底本。

⑫计：《述哀诗》手稿作“凡”，从底本。

⑬未：《述哀诗》手稿作“不”，从底本。

⑭增：《述哀诗》手稿作“兴”，从底本。

⑮遂：《述哀诗》手稿作“意遂”，从底本。

⑯翰林牙科：《述哀诗》手稿作“翰林即牙科毕业”，从底本。

⑰乞：《述哀诗》手稿作“告”，从底本。

⑱政治：《述哀诗》手稿作“外国”，从底本。

⑲又：《述哀诗》手稿作“旋”，从底本。

⑳文部省：《述哀诗》手稿作“文部”，从底本。

㉑转告兵部省：《述哀诗》手稿作“松本语兵部”，从底本。

㉒悚：《述哀诗》手稿作“骇”，从底本。

㉓日教习：《述哀诗》手稿作“日诸教习”，从底本。

㉔诸：《述哀诗》手稿作“两”，从底本。

㉕又：底本原作“于”，不通，据《述哀诗》手稿改。

㉖有：《述哀诗》手稿作“可”，从底本。

㉗归纯正：《述哀诗》手稿作“遵正轨”，从底本。

㉘斥：《述哀诗》手稿作“撤”，从底本。

㉙闻之：《述哀诗》手稿作“大恐”，从底本。

㉚恐：《述哀诗》手稿作“诸”，从底本。

㉛亦：《述哀诗》手稿作“多”，从底本。

㉜星：《述哀诗》手稿作“骇”，从底本。

㉝印：底本原作“卯”，不通，疑为刊刻时形近而误，据手稿本改。
㉞祸变将作：《述哀诗》手稿作“乱机已伏”，从底本。
㉟省：《述哀诗》手稿作“修”，从底本。
㊱具呈：《述哀诗》手稿作“呈请”，从底本。
㊲贿：《述哀诗》手稿作“赌”，从底本。
㊳电张：底本原作“张”，据手稿补。
㊴熊秉三希龄：底本原作“熊希龄”，据《述哀诗》手稿补。
㊵并衰：底本原作“衰”，据《述哀诗》手稿补。
㊶商之：《述哀诗》手稿作“传语”，从底本。
㊷上献：《述哀诗》手稿作“献阙”，从底本。
㊸九龙句：底本无，据《述哀诗》手稿补。
㊹昔东塾先生段：底本无，据《述哀诗》手稿补。

【注】

［1］开岁二句：据诗中自注，陈伯陶生于咸丰乙卯（1855）三月二十七日，作此诗时为民国甲子年（1924），因古人以虚岁论生日，故曰七十。按：下句曰“纪年惟甲子”，当时清朝已亡，无年号可纪年。陈伯陶不用民国纪年，而用天干地支纪年法，以示其旧朝遗民之志。

［2］黄巾句：此处指咸丰四年（1854），广东爆发的天地会反清暴动，因参加暴动者头裹红巾，世称“红巾军”。以陈开、李文茂为首，围攻广州城，历时二百三十二天，最终失败。时东莞有何六，广州有陈开、李文茂，肇庆有陈荣，韶州有陈义和，遥相呼应，克府州县城四十余座。同治《南海县续志》（卷二二）曰：“西至梧州、北至韶州、东至惠潮、南至高廉，贼垒相望，道路梗塞。”五月，何六在东莞石龙发起暴动，提出“拿龙（石龙）、捉虎（虎门）、削羊（广州）、拜佛（佛山），上西天”的口号，攻陷莞城，各地暴动首领“并遥推何六为首”。（详情参见陈伯陶《东莞县志·人物略·何六》，民国十六年版。）

［3］先慈句：陈伯陶《先妣叶太夫人墓志》：“咸丰甲寅，不孝在妊时，红巾贼何六破邑城，先君赴制军告变，贼怒，购先君三千金，母因奉祖母刘跄踉奔避增城之仙村。其冬邑令华廷杰命先君练乡团办贼，地方稍靖。逾岁，母返里，三月，不孝生焉。”可知广东天地会首领何六破城时，陈伯陶母叶氏曾避地增城仙村，此句所述即为此事。

［4］趋庭：指子承父教。《论语·季氏》：“（孔子）尝独立，鲤趋而过庭。曰：‘学诗乎?’对曰：‘未也。’‘不学诗，无以言。’鲤退而学诗。他日，

又独立，鲤趋而过庭。曰：‘学礼乎?’对曰：‘未也。’‘不学礼，无以立。’鲤退而学礼。”

［5］丹铅：点勘书籍用的朱砂和铅粉。亦借指校订之事。〔唐〕韩愈《秋怀诗十一首》其七：“不如觑文字，丹铅事点勘。”

［6］拾青紫：指获取高官显位。《昭明文选·对问设论辞序上·设论·解嘲》：“客嘲杨子曰：‘吾闻上世之士，人纲人纪，不生则已，生必上尊人君，下荣父母，析人之圭，儋人之爵，怀人之符，分人之禄，纡青拖紫，朱丹其毂。’”〔唐〕李善注引《东观汉记》：“印绶，汉制，公侯紫绶，九卿青绶。”

［7］朱明：此处指罗浮山朱明洞。

［8］东塾：指陈澧（1810—1882）。陈澧字兰甫，号东塾。广东番禺人，世称“东塾先生”。清道光十二年（1832）举人，先后受聘为学海堂学长、菊坡精舍山长。著有《东塾读书记》《汉儒通义》《声律通考》等。按：张学华《陈文良公传》云：“公少禀庭训，十岁毕五经，稍长，从陈东塾先生游学，益进。”以及陈伯陶诗文所记，可知陈伯陶曾受业于陈澧。

［9］乙亥二句：张学华《陈文良公传》：“光绪乙亥，补县学生。乙卯，举乡试第一。”即指此事。

［10］丹旐：丹旌，丧事时写有死者姓名的旗幡，竖于柩前或敷于棺上。〔唐〕韩愈《祭郑夫人文》：“水浮陆走，丹旐翩然。”

［11］素几：古时丧事中涂以白土的小几。《周礼·春官·司几筵》：“凡丧事，设苇席，右素几。”〔清〕孙诒让正义：“巾车、素车注云‘以白土垩车也’，此素几当与彼同；丧事略，故不漆也。”

［12］乙丑四句：陈宝琛《清故荣禄大夫江宁提学使陈文良公墓志铭》：“乙丑，考取内阁中书，壬辰，一甲第三名进士，授编修。”张学华《江宁提学使陈文良公传》：“乙丑，考取内阁中书，充咸安宫教习馆顺德李文诚公家，壬辰，成进士。廷试一甲第三人及第。”

［13］越南役：此处指“北黎事件”，清光绪十年（1884）四月，中法签订《中法会议简明条款》，规定中国自北越撤兵，但未确定具体日期。五月二十九日，法军七百人强行向谅山推进，至越南北黎的观音桥，迫使清军撤退或投降。清军派人到法营交涉，法军枪杀清军联络官，向清军营地发起攻击。清军还击，法军溃败（参阅《清光绪朝中法交涉史料》卷十三，《近代中国史料丛刊》第十五辑，文海出版社1966年版）。

［14］咄咄二句：此处日出国指日本。利觜指尖利的嘴。《文选·张衡〈东京赋〉》：“秦政利觜长距，终得擅场。”〔三国吴〕薛综注：“言秦以天下为大场，喻七雄为斗鸡，利喙长距者终擅一场也。”

［15］提督二句：光绪二十年（1894），朝鲜爆发东学党起义，清政府派叶志超、聂士成率兵入朝。日军亦增兵，遂起冲突。同年七月，日本军舰在朝鲜丰岛袭击清军运兵船，史称“丰岛海战”，此为甲午中日战争前奏。其后，日本又在成欢之战中袭击驻朝清军，清军溃败，叶志超弃守牙山，逃奔平壤。叶志超到达平壤后，向李鸿章谎报：“成欢之役屡胜，倭死二千多人，叶兵死二百余人。”李鸿章据此将牙山败逃说成是一路打败日军而转移至平壤，向清廷为其请功。参见戚其章《中日战争》第一册（《中国近代史资料丛刊续编》，中华书局1989年版）、《盛宣怀档案数据选辑·甲午中日战争》下册（上海人民出版社1979年版）。

［16］日覆我海军：指中日甲午战争。其时旅顺、威海陷落，北洋舰队全军覆没。详见戚其章《中日战争》第一册（《中国近代史资料丛刊续编》，中华书局1989年版）。

［17］保国会：光绪二十四年（1898）维新运动前夕，时局动荡，各省准备参加会试的举人聚集京师，经康有为、梁启超奔走，有御使李盛铎和康有为共同发起，召集各省举人在北京粤东会馆集会，宣布成立“保国会”，倡导变法图强。其成员较为复杂，梁启超曰：“当时集者，朝官自二品以下，以主言路词馆部曹，及公车数百人。”且“公车列者甚多”（《中国近代史资料丛刊·戊戌变法》第四册，上海人民出版社1957年版，第417、418页）。时国闻报刊登消息曰：“上至二三品大员翰詹科道，各部员郎主事各官，外至公车会试之人，下及于在京之行商坐贾，无不毕集。”（汤志钧《戊戌变法人物传稿》下册，中华书局1961年版）

［18］虏骑四句：此两句指庚子事变时，八国联军攻入京城，慈禧太后携光绪帝西逃事。本书附录陈伯陶手稿《扈随日记》，记慈禧太后与光绪帝西狩回銮事宜，可参看。

［19］怀柔：指北京城郊怀柔区，陈伯陶《瓜庐诗剩》上有《初秋避地怀柔县中》一诗可参阅。

［20］先慈二句：陈伯陶《先妣叶太夫人墓志》：“逮光绪庚子，不孝官京师，值拳匪之变，两宫西狩，不孝欲奔行在，不得进，次于怀柔，盗杀怀柔，令不孝阖门几及于难，以母之倚闾也，跄踉回粤，母愠曰：‘食人禄者忧人忧，尔弟在家，尔待我何为不孝？’因复赴行在，遂随员还京师。”

［21］回銮：本书附录陈伯陶《扈随日记》，载回銮诸事甚详，可参阅。

［22］和议：此处指庚子事变后清廷与西方诸国签订《辛丑条约》之事。

［23］变法：此处指清末新政。慈禧西狩回銮后，厉行新政、立宪、废除科举等一系列图强之新法。

［24］胶庠：此处指学校。周时胶为大学，庠为小学。《礼记·王制》："周人养国老于东胶，养庶老于虞庠。"

［25］刍荛：此处为自谦之辞，指浅陋的见解。《孟子·梁惠王下》："文王之囿方七十里，刍荛者往焉，雉兔者往焉，与民同之。"〔汉〕赵岐注："刍荛者，取刍薪之贱人也。"

［26］簪组：冠簪和冠带，借指官宦。〔明〕李东阳《张侍御世用藏山水图歌》："吾生早觉簪组累，十年邱壑成膏肓。"

［27］獬廌：指古代御史等执法官戴的獬豸冠。〔明〕陶宗仪《辍耕录·讥省台》："民间颇言其（御史大夫纳璘）贪……有人大书于台之门曰：'苞苴贿赂尚公行，天下承平恐未能；二十四官徒獬廌，越王台上望金陵。'"

［28］无似：谦辞，指不肖。《礼记·哀公问》："寡人虽无似也，愿闻所以行三言之道，可得闻乎？"〔汉〕郑玄注："无似，犹言不肖。"

［29］太阿：此处喻指权柄。《明史·阉党传序》："凶竖乘其沸溃，盗弄太阿。"

［30］旋跬：比喻时间极短。《新唐书·沙陀传》："王顷居达靼，危不免。必一朝去此，祸不旋跬，渠能及北虏哉！"

［31］我时窜海滨：张学华《陈文良公传》："辛亥，武昌难作。九月，广州城陷，党人蜂起，汹汹欲致，公乃走避香港，奉母居红磡。"辛亥革命起，陈伯陶携眷奔避香港，故曰。

［32］窳呰：亦作"窳呰"，指懒惰、苟且。〔明〕吕坤《造物》诗："扰扰世之人，安得不窳呰？"

［33］前年二句：此句谓溥仪大婚，陈伯陶从香港北上入京叩贺事。

［34］屯否：《易》中屯卦和否卦的并称，谓艰难困顿。〔汉〕王粲《初征赋》："逢屯否而底滞兮，忽长幼以羁旅。"

［35］河清：黄河水浊，少有清时，古人以河清为升平祥瑞之象征。《文选·张衡〈归田赋〉》："徒临川以羡鱼，俟河清乎未期。"〔唐〕吕延济注："河清喻明时。"此句谓世乱风衰，难以等到太平盛世的日子。

甲子除夕

曾闻巨寇靖长毛，甲子中兴盼目劳。岂谓黑山群贼至，翻令丹穴旧君逃。九重又见狐登座，[1]五族纷传马食槽。三百六旬都过尽，苍天如梦首频搔。

【注】

［1］九重句：九重指皇位。此句谓袁世凯称帝事。

题李孔曼（渊硕）甲子奔问记　二首

七十衰年老海滨，惊闻仙仗遂蒙尘。当时函电终无济，叹息微行又析津。

蜡书[1]驰告在先几，惭奉恩纶并赐衣。今日读君奔问记，荒山足茧更增欷。

【注】

［1］蜡书：封在蜡丸中的文书。《新唐书·郭子仪传》："大历元年，华州节度使周智光谋叛，帝间道以蜡书赐子仪，令悉军讨之。"

挽丁潜客前辈（仁长）　二首

丹陛妖星睒睒明，麻鞋君向析津行。南归肯学汪元量[1]，北上真同蔡子英。在莒尚闻忠谏人，（千秋节荣公送戏剧，以君谏罢演。）报韩方冀老谋成。如何天末骑箕去，不见重光返旧京。

济阳今日诵清芬，学行无双独重君。刻像世咸称孝子，传经人更号将军。殿中问难曾驰誉，（用《后汉书·丁鸿传》。）帝侧追从待论勋。（用《晋书·丁潭传》。）太息故乡城郭改，辽东归鹤[2]怅秋云。

【注】

［1］汪元量：字大有，号水云，钱塘（今浙江杭州）人。南宋末诗人、词人、宫廷琴师。宋度宗时以善琴供奉宫掖，临安陷，随三宫入燕。尝谒文天祥于狱中。后出家为道士，往来江西、湖北、四川等地，终老江湖。诗多纪国亡前后事，著有《水云集》《湖山类稿》等。

［2］辽东归鹤：指辽东丁令威得仙化鹤归里事。事见《艺文类聚·灵异

部上·仙道》卷七十八。

黄芗池七十寿诗以赠之　二首

七十年华力未衰，酒筹论岁亦豪哉。况兼闰午逢重庆，一饮须倾百四杯。

仙心佛肚老儒头，长向酥醪洞里游。无量酒兼无量寿，知君原是野人俦。

苏选楼七十双寿作诗赠之

苏选楼，吾老友，岁届古稀庆双寿。祖坡吟馆话坡公，君比坡公得天厚。坡公磨蝎[1]坐命宫，通义同安两丧偶。内翰一场春梦空，六十六年旋撒手。君一青衿老户牖，奇才未获惊朝右。金莲撤炬非所希，头白目昏短檠守。生平诗篇多漫兴，或规李杜兼韩柳。心香一瓣在髯苏，终日吟哦成老叟。老妻举案妍易丑，晚有小妻同扣扣。剧怜梦幻化朝云，天靳坡公一无有。苏选楼，结交久，嗟我与君遘阳九。蹉跎突过坡公年，我更吟诗落君后。姑为此篇酌黄耇，君家自酿真一酒。烹调花猪及竹鼬，子舍垂髫互趋走。似覆瓠壶欣老朽，且赋百篇饮一斗。高蹈桃源开笑口，任他白衣变苍狗[2]。诗成我但题，甲子丁卯六月辛丑。

【注】

[1] 磨蝎：星宿名。“磨蝎宫”的省称。旧时谓生平行事常遭挫折者为遭逢磨蝎。〔宋〕苏轼《东坡志林·退之平生多得谤誉》：“退之诗云：‘我生之辰，月宿南斗。’乃知退之磨蝎为身宫，而仆乃以磨蝎为命，平生多得谤誉，殆是同病也。”

[2] 苍狗：比喻世事变幻无常。〔唐〕杜甫《可叹》诗：“天上浮云似白衣，斯须改变如苍狗。”

碧峰杜兄于甲子暮春过九龙瓜庐赋此奉赠并祝其八秩开一大寿　二首

弱冠论交日，相期玉石攻。酌先一岁长，言臭两心同。弹指光阴迅，回头蚁梦[1]空。蹉跎七十载，髭白各成翁。

藜杖忽过我，见君为辗然。形癯增鹤寿，节劲老松年。孝友存心厚，贫穷励志坚。荣公真有道，九十颂华颠。

【注】

[1] 蚁梦：比喻空幻的梦境。事见〔唐〕李公佐《南柯太守传》。

寓公以戊辰七十生朝书怀诗寄示赋此奉祝　四首

喜君又届古稀年，世事如棋局屡迁。但使南阳甘菊水，任教东海涨桑田。弃官昔效陶彭泽，学道今同葛稚川。何日罗浮归隐去，苓龟杞狗别开筵。

少日论交两布衣，中年通籍[1]记依稀。云龙[2]上下常追逐，劳燕东西每散飞。沧海横流旋见厄，秋风飒起自知几。即今申浦遥相望，菰菜莼羹当采薇。

等身著作为忧时，闭户研精世岂知。乐府编成是诗史，礼堂写定亦经师。流离庾信休轻拟，清静杨雄莫浪疑。比似贞松长不改，青青高耸岁寒枝。

客岁高轩引凤雏，蓬门深幸忝葭莩。方期比屋栖三岛，忽漫回舟返五湖。洞口桃花谁得路，海中瓜枣近充厨。藜床[3]叹我垂垂老，未获过从倒玉壶。

【注】

[1] 通籍：指初做官，朝中有名籍。《汉书·元帝纪》："令从官给事官司

马中者，得为大父母父母兄弟通籍。"〔唐〕颜师古注引〔汉〕应劭曰："籍者，为二尺竹牒，记其年纪名字物色，县之宫门，案省相应，乃得入也。"

［2］云龙：喻朋友相得。〔清〕赵翼《余简稚存诗稚存答诗再简奉酬》："昔唐有韩孟，云龙两连翩。"

［3］藜床：指简陋的床榻。〔北周〕庾信《小园赋》："管宁藜床，虽穿而可坐，嵇康锻灶，既暖而堪眠。"

恩安萧石（瑞麟）予癸巳所得士也己巳四月自滇南造访九龙赋此奉赠

一别滇云卅七年，白头相见海桑边。穷愁自叹虞卿[1]老，词赋人称宋玉贤。（石斋有诗集见示。）事纪庚申成野史，岁逢辰巳定经笺。扬亭载酒予何敢，薪尽由来待火传。

【注】

［1］虞卿：战国名士，事见《史记·平原君虞卿列传·虞卿》："虞卿既以魏齐之故，不重万户侯卿相之印，与魏齐闲行，卒去赵，困于梁。魏齐已死，不得意，乃著书，上采春秋，下观近世，曰节义、称号、揣摩、政谋，凡八篇。以刺讥国家得失，世传之曰《虞氏春秋》。"〔唐〕司马贞《史记索隐》："魏齐，魏相，与应侯有仇，秦求之急，乃抵虞卿。卿弃相印，乃与齐闲行亡归梁，以托信陵君。信陵君疑未决，齐自杀。故虞卿失相，乃穷愁而著书也。"

石斋自其先王父五峰以来世能诗近出所为诗见示辛亥后多感事之作盖诗史也因题二绝归之

五峰家学有渊源，副墨[1]亲传雒诵孙。我愧升庵无巨眼，郭舟屋集敢评论。（《杨升庵诗话》："滇中诗人，永乐间称平居陈郭，郭名文，号舟屋，诗有唐风，三子远不及也。"）

昆明池底劫灰[2]沈，一卷新诗孰赏音。十八年来滇蜀事，遗山野史付行吟。

【注】

[1] 副墨：指笔墨文字。《庄子·大宗师》："闻诸副墨之子。"〔清〕王先谦《庄子集解》引〔清〕宣颖云："文字是翰墨为之，然文字非道，不过传道之助，故谓之副墨。"

[2] 劫灰：〔南朝梁〕释慧皎《高僧传·汉洛阳白马寺竺法兰》卷一："昔汉武穿昆明池底得黑灰。以问东方朔，朔云不委，可问西域人。后法兰既至，众人追以问之，兰云：'世界终尽劫火洞烧，此灰是也。'"

邓仲果法部得其先人铁香鸿胪八法之传近出其内子吴玉珍暨八龄女公子梅孙手书帖子见赠赋诗二首奉答

右军门第尽书家，天壤王郎[1]韶独赊。（黄长睿称王右军诸子书凝之得其韵。）闻说闺中推道蕴，簪花格好见才华。（《王羲之外传》："凝之妻谢道蕴，有才华，亦善书，为舅氏所重。"）

习书掣笔教娉婷，七岁临摹有典型。等是扫除羞涩态，笑他徐范十三龄。（明嘉兴女士徐范，十三龄能摹诸家书，李君实称其缩书《圣教序》，无一笔不肖，亦无一毫羞涩闺帏态。）

【注】

[1] 天壤王郎：〔南朝宋〕刘义庆《世说新语·贤媛》："王凝之谢夫人既往王氏，大薄凝之。既还谢家，意大不说。太傅慰释之曰：'王郎，逸少之子，人材亦不恶，汝何以恨乃尔？'答曰：'一门叔父，则有阿大、中郎。群从兄弟，则有封、胡、遏、末。不意天壤之中，乃有王郎！'"

石斋走富阳谒其师夏伯定水部（震武）于灵峰既归伯定以所著人道大义录诸书附赠赋寄

久仰灵峰识大名，一编相贶见高情。续经远法文中子，讲学人尊棘下生[1]。味剖马肝群喙息，礼诃狗曲四筵惊。明夷待访梨洲录[2]，爚乱须防处士横。（赵注《孟子》以纵横释横议，则横读平声。）

【注】

［1］棘下生：战国时聚集在棘下的齐国学者的通称。〔北魏〕郦道元《水经注·淄水》："郑玄答云：'齐田氏时，善学者所会处也，齐人号之棘下生，无常人也。'"

［2］梨洲录：黄宗羲号梨洲老人，学者称"梨洲先生"，著有《明夷待访录》等书。

张寓公明千遗民诗题词　二首

乐府篇章尽历朝，松江老铁让君超。如何旷代还相感，千首吟成客妇谣。

野史亭[1]中采访辛，遗山诗笔更如神。愿君续作《南冠录》，三百年来纪逸民。

【注】

［1］野史亭：金元好问之亭名。《金史·文艺传下·元好问》："晚年尤以著作自任，以金源氏有天下，典章法度几及汉唐，国亡史作，已所当任。时金国实录在顺天张万户家，乃言于张，愿为撰述，既而为乐夔所沮而止。好问曰：'不可令一代之迹泯而不传。'乃构亭于家，著述其上，因名曰'野史'……纂修《金史》，多本其所著云。"

题崇陵补种树图为吴兴刘翰怡京卿（承干）作

梁格庄前暮云黑，梁节庵魂招不得。当年蒲伏哭攀髯，十万青松手培植。[1]松柯改易岁月更，谁其补者刘京卿。金龙峪里郭驼至，佳气郁葱环宝城。（崇陵地名，金龙峪，在西陵内。）回忆东陵降虫孽，蟊贼食心松栎折。苍梧驭去遂不归，斑竹泪枯旋永诀。痛哉昌瑞山已童，劫贼近复开攒宫[2]。玉鱼濡沫竟出水，石马流汗长嘶风。（东陵山赐名昌瑞。光绪之季，忽生灾，虫自松身出，啮枝叶。神机营兵每日扑烧，数百斤不能尽，树枯死过半。逾三年而景皇帝崩，又三年而国变，又二年而景皇后崩。去岁戊辰夏，裕陵及普陀峪定，东陵遂被盗发，真虫孽也。）我见此图悲咄唶，刘后梁前昔于役。所幸西陵松路五云飞，王气千年接长白。

【注】

[1] 当年二句：崇陵为光绪帝陵寝，1914 年溥仪派梁鼎芬守护崇陵，梁以为崇陵无树，既不美观，又关风水，遂发动各亲贵遗臣捐款补栽，溥仪派梁负责植树浇灌事宜。此句即指此事。可参阅中国第一历史档案馆整理《清代西陵档案》。

[2] 攒宫：指皇帝、皇后的茔冢。此句指崇陵被盗事件。

题独漉子[1]听剑图（并序）

图有自赞云："有丈夫扼腕而行，童子捧剑以随，其后剑鸣鞘中，童子侧听而笑，此《独漉子听剑图》也。"独漉子为此图逾三十年，既五十矣而图之如初，其生平可概见也。乃自为赞，赞曰："五十年前非不可追，五十年后是未可知。以昔之图较于今，兹其中怀之耿耿者犹是，而两鬓之苍苍者渐非。庚申始春，恭尹漫题。"按：庚申为康熙十九年，其前三十年则顺治八年辛卯也。独漉以父忠愍，荫锦衣卫佥事，从桂王居肇庆。庚寅，桂王走梧州，至辛卯春，大兵下肇庆，桂王复走南宁。是岁，独漉间关入闽浙，间观变，此图所为作也。逾三年归里。戊戌秋复度岭，欲从桂王于滇，己亥抵湘潭，值大兵进剿，道绝。闻郑成功图金陵，乃往谒言事，寓芜湖参张煌言军。未几，成功师溃，煌言走徽宁山中，遂北行入汴。庚子南旋，过郑州，见大兵驱所获滇象入燕，知桂王已奔缅，自是不复出。及吴三桂反，移书尚之信，往招。康熙戊午秋，事发，被累下狱，逾年春，乃得释。又逾年为庚申，其复作此图者，时成功子经据台湾，仍称永历，且掠地闽粤间也。《拾遗记》称颛顼腾空剑，若四方有兵，指其方则克，未用时匣中常如龙虎吟，听剑之义盖取此图。旧有谢里甫诸跋，于论世皆不详，余故略述之，且为赋其事云。（参张煌言军移书尚之信，事见《龙山陈氏族谱》。）

朱明爝熄苍天死，腾空剑跃兵四起。谁听匣中龙虎吟，父为忠臣[2]子孝子。试数庚申前卅年，梧桐风倒崧台边。锦衣壮士刀斫石，仗剑独出追虞渊。滇象入燕此何世，蹉跎况复知非岁。湛卢去楚逆谋空，遐方讵有庚申帝。吁嗟身老志不酬，先生一剑又蒯缑[3]。如何拂拭出狱犴，尚复光芒冲斗牛。君不见，真人崛起提三尺，登城一挥头毕白。剑乎！且秘南山松石中，莫教再付眉间赤。（眉间赤父为晋君所杀，赤得父所藏剑于南山松石上，欲报晋君，事见《御览》所引《孝子传》。）

【注】

［1］独漉子：指陈恭尹，晚号独漉子，广东顺德龙山人。抗清志士陈邦彦之子。

［2］父为忠臣：此处指陈恭尹父陈邦彦，广东顺德人，世称“岩野先生”。南明抗清志士，“岭南三忠”之首。

［3］蒯缑：用草绳缠结剑柄。《史记·孟尝君列传》：“冯先生甚贫，犹有一剑耳，又蒯缑。”〔南朝宋〕裴骃《史记集解》：“言其剑把无物可装，以小绳缠之也。”

吴玉臣前辈重游泮水蒙御赐行为士表匾额赋呈一律

极南炯炯寿星明，行表儒宫赐命荣。复壁庀屯[1]传述作，上庠养老缅清平。礼行绵蕞[2]今何世，道重皋比昔有名。此日得舆占硕果，泮林应为变鸮声。

【注】

[1] 戹屯：指困苦艰难。《后汉书·赵岐传》："岐遂逃难四方，江、淮、海、岱，靡所不历。自匿姓名，卖饼北海市中。时安丘孙嵩年二十余，游市见岐，察非常人，停车呼与共载……藏岐复壁中数年，岐作《戹屯歌》二十三章。"

[2] 绵蕞：引绳为"绵"，束茅以表位为"蕞"，谓整顿朝仪典章。叔孙通欲为汉高祖创立朝仪，使征鲁生三十余人，叔孙通"遂与所征三十人西，及上左右为学者与其弟子百余人为绵蕞野外"，习肄月余始成。事见《史记·刘敬叔孙通列传》。

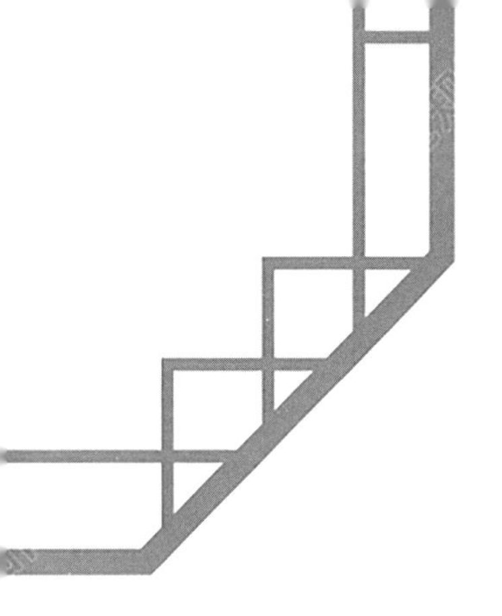

瓜庐文剩　卷一

奏请起用恭亲王折[1]

奏为边陲孔棘，倭寇方张，恳恩起用亲贤，以总中枢而纾外难，恭折仰祈圣鉴事。窃臣等念倭寇自六月以来渝盟启衅，牙山平壤迭次退守，[2]臣恭读八月日上谕，李鸿章总统师旅，是其专责，乃未迅赴戎机，是以日久无功，殊负委任等因，钦此。臣等伏思，李鸿章从前之统军屡胜者，当时有恭亲王亲总枢垣，为之调度，故能合群策群力，克奏肤功，非昔智而今愚、昔勇而今怯也。自咸丰以来，发捻回苗，诸匪迭肆猖狂，逮我皇太后垂帘听政，任用恭亲王俾之，运筹帷幄之间，决胜千里之外。四方大难，因以削平，其卓著勋劳，久在我皇太后、皇上洞鉴之中，固无庸臣等覼缕。第今日时艰孔亟，屡切宸廑，蠢尔倭人，遂滋边衅。枢臣中如礼亲王者，既鲜御戎之策，疆臣内如李鸿章者，亦生玩寇之心。中外臣民咸谓恭亲王智虑未衰，宜当重寄。夫李临淮出驭诸将，则壁垒为之改观；司马公入相中朝，则边陲不敢生事。况恭亲王懿亲重望，笃棐精忱，为百尔所具瞻，为外人所深惮，诚得我皇太后、皇上弃瑕录用，当必公忠体国，不弃前功，指示发踪，聿收后效。臣等按之时事，考之舆情，诚知外寇日深，兵机百变，非得老成炼达之恭亲王，未足以胜艰巨。我皇太后、皇上肯复置之闲散之地，不为起用，以收天下之心，而救一时之倭患乎？臣等受恩深重，苟知有济于事，不敢不言用，敢吁恳天恩，起用恭亲王俾管中枢以御外侮，庶少收桑榆之效，而纾我皇太后、皇上宵旰之忧。愚戆之见，谨冒死上陈，是否有当，伏乞皇太后、皇上圣鉴。谨奏。

光绪二十年八月二十九日

【注】

[1] 据题款，此折奏于光绪二十年（1894）八月二十九日，此时中日甲午战争已爆发，为挽救危局，清廷重新起用已被罢黜的恭亲王奕訢。在九月二十七日慈禧太后、光绪帝召见庆亲王奕劻及翁同龢、李鸿藻商量起用事宜之前，工部右侍郎李文田等联奏起用恭亲王。事见朱寿朋编《光绪朝东华录》第三册（中华书局1984年版）。又，陈宝琛《清故荣禄大夫江宁提学使陈文良公墓志铭》：“甲午边事，亟戴学士鸿慈合同馆数十人奏请起用恭忠亲王，君实主之。”

［2］牙山句：中日甲午战争陆战阶段，因朝鲜内乱，清廷与日本介入，屡起冲突，一八九四年七月，日军进犯牙山，清军不敌，败走平壤。至九月，日军攻平壤，清军惨败，退回中国境内，日本进一步控制整个朝鲜。详见《中国近代史资料丛刊·中日战争（二）》（上海人民出版社2000年版）。

遵旨密陈折[1]

奏为遵旨密陈，仰祈圣鉴事。上月二十一日军机大臣面奉谕旨，日俄两国已有和意，闻有在华盛顿两国直接开议之说，中国现在应如何因应，及将来接收东三省应如何善后办法，著政务处传知各衙门悉心筹划，各抒所见，密行具奏，钦此。臣惟因应之要，不外理与势两端，而势之所已屈，断非理之所能争。故必详度乎敌人用意之所存，与事势之所必至，然后返求诸己，有以行其抵拒之方。今日俄之战事方终，即中国之交涉伊始，现在俄势已戢，退入昌图。虽吉林、黑龙江诸地尚为所占，臣料日人此举，专为堵御强俄之计。开议之后必要俄尽返侵地，听彼交还，俄若低首下心，勉从日议，将来我与俄约因应非难。惟奉天一省为日人战胜所据，交还与否，尚未可知。若俄所侵黑吉两地复畀日人，则我之因应不在俄而在日，其事势之难，有非一二言所能罄者。臣敢披沥，为我皇太后、皇上陈之。臣惟日俄直接和议，非中立国所当豫闻，然东三省，我地也，日如与俄立约，阴行篡取，干预早则嫌于触犯，照会迟又无可挽回，其难一也。东三省既属战地，一日未和，一日未能交还。若和议已定，日欲交还，必须与我立约。夫以日之悉索敝赋，战俄而胜，揆之情理，于我岂曰无劳，日如以此索谢，何以应之？其难二也。日自维新以后，变而立宪，今虽其政府举而还我，若其国民念死绥之惨，助饷之艰，我之酬劳不满其意，政府讵能拂兆人之欲而全邻国之交？其难三也。日之拒俄，虽曰为我，亦自为也。东三省为俄所欲得，日如还我，亦必俟我之战守有备，然后退兵。我图富强需时尚远，收还何年？其难四也。然此犹谓日人之有意还我也。臣惟日人出万死一生之计以全力拒俄，士卒军储伤縻甚巨，今所战胜者，俄之侵地耳。海参威、哈尔宾固无恙也。日如索俄赔款，俄必不和，然兵凶战危，日人欲保全令名，必将迁就。但既和之后，战费万万于何取偿？环顾欧亚，势将及我。其难五也。或谓日之拒俄，名曰义战，岂宜取偿于我？不知日虽战胜，帑藏已空，大欲所存，必将阳冒仁义之名，阴行并吞之实。其声称还我者，始则以固圉难我，继则以代庖诱我。我如俯允，则以守备之弱而代任练兵，以粮饷之艰而代任筹款。外虽襄我国事，内实侵我主权。高丽前车，足为殷鉴，其难六也。欧洲强国，英俄为最，德法次之，虽耽耽视我，然以通商之故互相牵制，不利瓜分。今日人崛起东方，英与联盟德亦表同情于日，又法昔联俄，近与英睦美，为英种亦与日亲。日如侵我主权，但使列邦贸易一切如恒，仗义执言，谁为我助？况于托整顿中国之美名，行堵御强俄之实策乎？其难七也。然处万难之势，岂遂不筹因应之方？臣夙夜焦思，以为有当亟行者六：一宜布告列国，谓俄之驻兵满洲，此为公法所不容，亦非我国所默许，今之和议不能于我取偿。二宜照会日俄，凡和议上有关于东三省利权者，必须使中国预闻，否则侵我毫毛，亦难认可。三宜查明东三省官民所失，请日俄于和议既成后，妥为区画，无使中立国独受损伤。四宜饬东三省官吏振刷精神，整顿地方，以甦民气。五宜因东三省社堡团结，认真提倡，以固民心。六宜饬各督抚大臣，广筹兵饷，以为接收防守之备。以上六者，诚能于日俄未成议之先，早为措置，亦可少折阴谋。然日人挟战胜之威，苟以无道行之，此固难于樽俎折冲[2]也。臣阅日人报纸中有云："满洲之事，任日清两国决定者，将来交还立约，其势必直接交涉。"且逼我以代任练兵筹饷，合拒强俄，展转图维，支撑匪易。查泰西公例，局中干预之国，必视民心之向背为从违，若征求民意不肯相从，则我之反抗为有辞，而彼之威逼为无理。现在日俄议约未能遽定，交还战地，当在明年。臣谓宜于此时明降谕旨，变通会议，遇有大事，召阁部九卿翰林科道及属官等齐集政务处，俾得伸其公议之权，又本周礼外朝致民而询之法。因上海、广州各处诸商会为之设立，议事章程以次推行，遍及于十八行省，遇有大事，准其条陈，政务处备择。臣计日俄之和议既定，我国之议事会亦成。至时布告臣民，俾之力争，以复主权而消外侮。此亦因应之穷，抵御之善策也。至东三省收还之后，兵燹之余，百端待举，其要则在得人而已。区区管见，是否有当，谨缮折密陈。伏乞皇太后、皇上圣鉴。谨奏。

光绪三十一年五月日

【注】

[1] 此折奏于光绪三十一年（1905）五月，正值日俄战争刚刚结束，清廷就如何应对日俄战争及东三省问题征询大臣策略，故有此奏折。清光绪三十年（1904），日俄为争夺在中国东北的势力范围而在我国东三省境内爆发战争，清政府宣布中立，战争结束后日俄和谈。清光绪三十一年（1905）九月，日俄签订《日本和俄国和平条约》即《朴茨茅斯和约》，随后中日谈判，签订《中日会议东三省事宜条约》，清政府承认俄国让与日本在东北的各项权利。

详见朱寿朋编《光绪朝东华录》第三册（中华书局 1984 年版）及王彦威纂辑《清季外交史料》（书目文献出版社 1987 年版）

［2］樽俎折冲：见《岘山歌吊羊杜二公》“樽俎折冲”条。

请推广会议事例折[1]

（代戴鸿慈作）

奏为推广会议事。例以广忠益而济艰难，敬陈管见，仰祈圣鉴事。臣惟禹切昌言之拜，汤垂好问之箴。谋及卿士，箕子演于九畴[2]；询于刍荛[3]，诗人歌于《大雅》。从来独断则昧，兼听则聪，理乱之机，如响斯应。我朝开国之初，首崇议政[4]之设，康雍而后，规画加详，有事辙诏大学士六部九卿会议，法至善也。驯至于今，兹典久废，间或一举如先儒从祀孔庭之类，所司具稿，各官会衔，第循旧章，无关政要。惟上年设立政务处[5]，凡有新政，检核乃行，慎始图终，用意深远。然亦惟内外章奏，交与核覆而已，未闻举军国重务，联股肱之体而闳观听之规也。臣以为时至今日，觊觎日棘，交涉日繁，其间操纵之几，迎距之故，缓急之数，张弛之宜，经纬万端，情伪百出而事关密勿，非职司所属，虽亲贵不能悉其机缄[6]；论涉纷纭，非阅历有年，即台谏莫由中其肯綮。在枢臣非不公忠，自矢黾勉图功，然疲精敝神，日不暇给，纵称敏练，亦虑疏虞。且延访少则情不通；势力孤则守不定。或一约之失，贻累百年；或一界之差，蹙地千里，况乎重大，患可胜言？此臣所日夕殷忧而谓为当筹变计者也。顾论者鉴彼族之富强，惧舆情之壅塞，窃欲主张议院匡佐枢垣，事属创行，诚多窒碍。惟当更化之始，求宏济之方，莫若因会议事例变通而推广之。臣愚以为宜仿唐门下政事堂[7]之意，即以政务处为会议之所，自后凡内政外交，其有建革之大疑难之端，由该衙门请旨，敕下政务处，摘录事由，标明要领，片行阁部九卿，翰林科道，定期会议，速者三日五日，迟者十日，尤繁重者十五日，各抒所见，别纸录陈，并令传知属官，咸得论列。编检郎员以下条议，呈掌院堂官代递，其无所见者，听不必沿会衔之例，徒袭具文。届期由政务处大臣开诚布公，咨询前席，务使词无不尽，理得所安，然后舍短取长，受其成于政府，据实覆奏，仰候宸裁。群下有同寅协恭之休，皇上昭执两用中之美，达情宣德，裨益良多。综而论之，有四利焉：一曰收群策。谋于猝不若谋于豫，询于独不若询于同；豫则智虑周，同则取求富。在处囊锥者，既发摅其胸臆；而秉钧轴者，亦集益于宾僚，其利一也。一曰励人才。习于冗散，休戚若不相关；引与谋谟，才能皆思自效。人人有制治保邦之虑，即人人有忠君爱国之忱，是于询考之中，隐寓激扬之道，其利二也。一曰折敌谋。东西各国，首重民情。百官者，国民之表率也。师其合群之意，以为抵拒之方。无厌之求既可挟众情以相抗，违理之请亦可援公论以磋商，其利三也。一曰息群谤。自来局外之身每不谅局中之苦，捕风捉影，鼓舌摇唇，积疑忌于弓蛇[8]，逞游谈于市虎[9]。禁之则有防川[10]之患，纵之则有集矢[11]之忧。惟门户洞开，翕訿自息，处士无所施其横议，奸人莫得肆其流言，其利四也。顾或谓不密失身，大易所戒，属垣有耳，风诗所惩，不知访事集于都门，新闻腾于报纸，与其为掩耳盗铃之计，孰若收达聪明目之功。果其机密攸关，别宜慎秘，自可申明报律，禁彼谣传，固不必畏溺而自沈，因噎而废食也。臣闻上年侍郎伍廷芳有扩充会议之奏，本可无庸渎陈。再四思维，窃谓会数则难行，时促则不达，于筹议或有所未尽，是用不辞覼缕，不避雷同，复为此奏。傥蒙嘉纳。恳饬下政务处妥定章程，请旨施行，不胜悚惶，跂幸之至。伏乞皇太后、皇上圣鉴训示。谨奏。

光绪三十年十一月初日

【注】

[1] 庚子事变之后，清廷内外交困，为广开言路，集思广益，户部侍郎戴鸿慈提出，由各衙门请旨饬下政务处摘录事由，行知阁部、九卿、翰林、科道定期会议，各抒所见，别纸录陈，并传至属官，清廷也希望借此举凝聚人心，故下旨政务处议定章程上奏（参见《政务处议复议政章程折》，《汇报》1905年2月22日）。按：陈宝琛《清故荣禄大夫江宁提学使陈文良公墓志铭》："变法议起，或请开上下议院，戴侍郎以咨君，君曰：'不若，因会议政务处而变通之。'为拟奏稿列会议四益，曰收群策，曰励人才，曰折敌谋，曰息众谤，疏人报可。"陈伯陶此折即为此事代戴鸿慈作。

[2] 九畴：传说中天帝赐给禹治理国家的九类大法。《尚书·洪范》："天乃锡禹，洪范九畴，彝伦攸叙。初一曰五行，次二曰敬用五事，次三曰农用八政，次四曰协用五纪，次五曰建用皇极，次六曰乂用三德，次七曰明用稽疑，次八曰念用庶征，次九曰向用五福、威用六极。"

[3] 询于刍荛：指不耻于向地位低的人询问商议。《诗经·大雅·板》："先民有言，询于刍荛。"〔汉〕郑玄："古之贤者有言：有疑事当与薪采者谋之。"〔唐〕孔颖达疏："言询于刍荛，谓谋于取刍取荛之人。"

[4] 议政：清太宗崇德二年（1637）设议政大臣制，至乾隆五十七年

(1792) 裁撤。《清朝文献通考·职官考》卷七十二:“崇德二年,设立议政大臣。”《雍正会典》卷一:“国初于笃恭殿前列署十,为诸王议政之所。”

[5] 政务处:庚子事变之后,清廷颁布变法诏令,史称“清末新政”。成立以庆亲王为首的督办政务处以推行新政,任王文韶、鹿传霖等为督办政务大臣,张之洞、袁世凯等为参与政务大臣。光绪三十二年 (1906) 改为会议政务处。详见《续修四库全书》三百九十卷《清史纪事本末》。按:据《光绪政要》及《光绪朝东华录》,督办政务处设立于光绪二十七年 (1901),此折为光绪三十年 (1904) 所奏(文末题款),文中曰“惟上年设立政务处”即光绪二十九年 (1903) 设立,与史载不合。

[6] 机缄:原指机关开合,此处指事物的关键部分。语出《庄子·天运》:“天其运乎?地其处乎?日月其争于所乎?孰主张是?孰维纲是?孰居无事推而行是?意者其有机缄而不得已邪?”〔唐〕成玄英疏:“机,关也;缄,闭也……谓有主司关闭,事不得已。”

[7] 政事堂:指唐初政事堂制度。主要由尚书省、中书省、门下省要员在固定时间地点共同讨论军国大政,协调互济,最后由皇帝裁夺的制度。《全唐文》卷三百一十六〔唐〕李华《中书政事堂纪》:“政事堂者,自武德以来,常于门下省议事,即以议政之所,谓之政事堂,故长孙无忌起复授司空,房玄龄起复授左仆射,魏征授太子太师,皆知门下省事。”

[8] 弓蛇:杯弓蛇影,指自相惊扰。〔汉〕应劭《风俗通·怪神》:“杜宣夏至日赴饮,见酒杯中似有蛇,然不敢不饮。酒后胸腹痛切,多方医治不愈。后得知壁上赤弩照于杯中,影如蛇,病即愈。”

[9] 市虎:指流言。语出《韩非子·内储说上》:“庞恭与太子质于邯郸,谓魏王曰:‘今一人言市有虎,王信之乎?’曰:‘不信。’‘二人言市有虎,王信之乎?’曰:‘不信。’ ‘三人言市有虎,王信之乎?’王曰:‘寡人信之。’庞恭曰:‘夫市之无虎也明矣,然而三人言而成虎。今邯郸之去魏也远于市,议臣者过于三人,愿王察之。’”

[10] 防川:防止洪水泛滥。《左传·襄公三十一年》:“我闻忠善以损怨,不闻作威以防怨。岂不遽止?然犹防川。大决所犯,伤人必多,吾不克救也。”

[11] 集矢:此处指群起指摘。《左传·襄公二年》:“郑成公疾,子驷请息肩于晋。公曰:‘楚君以郑故,亲集矢于其目。’”〔晋〕杜预注:“谓鄢陵战,晋射楚王目。”〔唐〕孔颖达疏:“集,是鸟止之名;矢,有羽似鸟,故亦称集也。”

呈孙寿州中堂代奏请经营关内[1]

呈为条陈大计，乞密行代奏事。职窃维拳匪之变[2]，驾幸长安，国步艰虞，敌情叵测，宜筹至计，而诸臣以陕西贫瘠又遭奇旱，日盼回銮。虽和议可冀幸成，而战守曾无远虑，职窃忧之。夫王者建都必求形胜，古人有三京四京之制。职以为宜于此时经营关内，留作西京，以隐销列邦要挟之谋，而深维万世久安之策。何者？燕京左渤海，右太行，北枕长城，南面以制临天下。金元建国，天险足资，然自通商以来，渤海之险，敌与我共之矣。迨俄攘旅顺，英据威海，近又闻英人怂恿日本尽调兵船，迫俄废约，卧榻鼾睡[3]既难容忍，积薪厝火[4]讵得为安？此亟宜变计者也。关内为汉唐旧都，居天下上游，有高屋建瓴之势。近虽贫瘠，然苟立为都，会四方鳞萃，百货辐凑，南转江淮之粟，北输并晋之材，则贫者易富；修理沟洫，讲求树艺，复郑白之河渠，兴终南之陆海，则瘠者易饶。且敌人用兵，利于水不利于陆，利于平不利于险，利于速战不利于持久。若其逞志于我，势必越居庸井陉、天井虎牢、崤函武关诸隘，悬军深入，宿饱为难。观镇南关一役，法兵挫衄，遂以乞和。贾生谓秦人开关延敌，六国之师迁延而不敢进，以今论之，尤为形便。今乘舆西幸驻陕，经年会值灾荒，力图赈恤，职维救荒善政，有以工代赈之法，有移民就粟之法。若由潼关至樊城先修一转运铁路，但循坦途安铁轨，不求坚致，如是则工省而易成。河南南阳一带二麦丰稔，诚招关内之民，使出就役，比之散赈，其惠尤广。又秦中素称骁悍，如选其强壮，出固晋豫之防，修诸要隘，虽名就食，亦可阴勒以为兵。凡兹措置，在我不过行救荒旧法，而内可省国家之费，外亦可释敌人之疑。若和局大定，外患胥平，回銮之时，留一亲王驻陕，部署未尽诸事宜，并仿汉时移富民实关中之例，选满蒙诸大族分次入陕，而两宫亦以时巡幸。其间异时肘腋，兴戎六飞西迈，进可以战，退可以守，即和议亦易于成。此职所谓隐销列邦要挟之谋，而深维万世久安之策者也。刍荛之言，如其可采，伏乞密为代奏。谨呈。

光绪二十七年四月二十日

（伯陶始至西安即上此呈旋奉，上谕有择于七月十九日奉慈舆由河南直隶回京，语寿州中堂，览之，遂不复代奏。）

【注】

［1］陈伯陶《瓜庐诗剩》卷下《七十述哀诗一百三十韵》自注："余至长安，闻是春德瓦帅西犯，总兵刘光才扼井陉诸隘，败之。德军颇有夷伤，遂退，余因草奏请经营关内为陪京，呈掌院寿州孙先生家鼐代递，寿州谓和议大纲已定，外人又日促回銮，此策必不能行，抑不上。"此折即诗注中所曰呈孙寿州奏折。按：此时陈伯陶已从东莞赶往西安随员，清廷派李鸿章为全权大臣负责与俄和议事宜，欧美诸国为了既得的利益力促两宫回銮，故陈伯陶此议不被采纳。

［2］拳匪之变：指庚子事变，拳匪指义和团，此变因义和团而起，故曰。

［3］卧榻鼾睡：指防止别人侵犯自己的利益。语出〔宋〕李焘《续资治通鉴长编·太祖开宝八年》："上怒，因按剑谓铉曰：'不须多言，江南亦有何罪，但天下一家，卧榻之侧，岂容他人鼾睡乎！'铉皇恐而退。"

［4］积薪厝火：此处指暂得苟安。

呈掌院大学士议贡院宜修复[1]

呈为遵议修复贡院事。某月某日奉政务处照会，令会议修复京师贡院与否？贡院为乡会试及诸考试之用，前奉谕旨将乡会试中额三科递减，俟学堂确著成效，分别停止。职议以为科举之不停与学堂之确有成效，皆宜修复贡院，何也？科举不停，贡院自宜修复，此不待言者也。即学堂确有成效，科举遂停，查张之洞等所定大学堂章程云："高等学堂毕业，届期请简放主考会同督抚学政详加考试。大学堂分科大学毕业，届期奏请简放总裁会同学务大臣详加考试，考试之法，分内外二场，外场试就学堂试之，内场试另行择地扃试。拟比照拔贡、优贡例考两场。"夫既简放主考总裁，其郑重与科举等，从前拔贡试皆在贡院，既须另行择地扃试。是则修复贡院为近三科乡会试之用，亦即为他日大学堂内场试之用也。或谓大学堂毕业之试人数无多，不须贡院，是不然。查章程，大学堂毕业试分五等，而不列每等多寡额数，大学堂大学分八科四十六门，亦不列每科每门额数，在议章程时，本谓向学人多额数即宜推广，未能预定。惟各省高等学堂章程云："规制应容五百人以上方为合宜。"今以此数推之，一省高等学堂有五百人以上，毕业由主考试分五等，除下等留堂补习，最下等不留学外，以每等百人计之，计应升入大学堂者三百人。此三百人皆作为举人，除愿就州县选及作他学教员不愿升大学者，约各得半数计，实升大学堂者约百五十人，合十八行省计之，共二千七百人。大学堂分八科四十六门，每一专门学生五十人未足云盛，合计亦应有二千三百人。现在大学堂不及此数，然章程固云此暂借地试办，当一面新营学舍于规模建置，力求完善，早收实效，非谓其遂止于是也。且大学堂之设，效法泰西、日本。泰西各国大学堂甚多，不必论。即以日本而论，有东京、西京二大学堂，现尚欲增设东北、西南二大学堂，筹议未定。《李宗棠考察日本学校记》云："现在东京大学教员共二百四十余人，生徒养成者统计二千七八百人。"其西京大学想亦当称是。又《胡兆鸾西学备考》谓："泰西各国，惟法国上学一座师一百八十人，生九千三人。"上学即大学也。今中国只一大学堂，其必当有二三千人，额数亦明矣。且谕旨云："学堂确有成效，停止科举。"查章程云："大学堂以各项学术、艺能之人才足供任使为成效。"从前会试每科取士三百余人，而内外官进士出身者不及十之一，必兼用保举捐纳各途，今欲励天下之人才并出于学堂，不特科举须停，即保举捐纳亦当并停。然则三年毕业之试非比会试中额加两三倍，何足以供任使？非大学堂毕业与试者有二三千人，何以能中额加两三倍，不特此也。章程又云："中国地大民殷，非各省设立大学堂不可。"今先就京师设立大学堂一所，以为之倡，俟将来各学大兴，即择繁盛重要省份增设，并以渐推及于各省。然则学堂之成效必各省皆设有大学堂，《西学备考》云："英国上学十一座，生一万三千余人，德国上学二十一座，生二万余人，俄国上学八座，生二万五千余人，美国上学三十六座，生六万九千余人。"中国各省既兴大学堂，其学生亦当有此数。大学堂由主考考试，高等学堂生升入，将来毕业亦必与京师大学堂生一体，由总裁会试，如是则与试人数比从前科举更盛，断非有贡院不能容矣。或谓章程称四五年后，初次高等学堂毕业者每省至多不能过百人，少则二三十人，高等学如此，大学可知未必有此巨数，是亦不然。章程云："高等学堂以容五百人以上为合宜。"既有此额数，其间有事故，及经学堂考试汰去者皆随时补入，计毕业日约当有五百人。章程云四五年后，云初次，谓现在高等学不能容五百人以上，尔非谓将来也。要而论之，学堂宗旨无非欲使人人向学，向学人多则毕业与试之人自多，此必然之理。谓三年毕业之试，人数无多，此未著成效尔。如谓毕业人虽多，可严汰之，不必尽令与试，此尤不可。无论大学堂，即高等学堂其人皆历蒙养院，初等小学，高等小学及中学而来，积十六七年之用功，迭经考试，程度甚高。计其毕业，相去亦不甚远，若必摈之使向隅，岂惟非国家兴学育才之本意。且先试时严行沙汰，势必纷纷请托，令有力者得之，一介寒儒，将永无出身之路矣！流弊伊胡底耶！如其未著成效，学堂之人不足以供任使，取人于保举捐纳各途，仍不如取于科举一途，为公正而无弊。故曰贡院必宜修复也。是否有当，伏乞代移政务处，以备采择。谨呈。

【注】

[1] 据朱一新《京师坊巷志稿》卷上（北京古籍出版社1982年版），京师贡院始建于明代永乐乙未年，为元代礼部旧址。清代有所扩建，光宣年间由于年久失修，已破败不堪。庚子事变时又为战火所创。清光绪三十一年(1905)，《辛丑条约》议定科考停考五年期限已到，贡院修复遂提上日程。由于修复贡院所需资金甚巨，一些大臣建议缓考。时袁世凯、张之洞联奏要求科举分科递减（参见《奏请递减科举中额专注学校折》，廖一中、罗真容编《袁世凯奏议》中册，天津古籍出版社1987年版）。修复贡院事清廷内部分歧颇大，礼部及翰林院官员极力主张重修贡院，时河南巡抚陈夔龙递折请修复贡院（参见陈夔龙《请修复京师贡院折》，《近代中国史料丛刊·庸龛尚书奏议》奏议卷五）。但张之洞在致张百熙书信中认为贡院不应修复，因耗资巨大，繁费过多，希望张百熙出面阻止（参见苑书义《张之洞全集》第11册，河北人民出版社1998年版）。最终政务处议定缓修贡院，随后不久清廷即下谕废除科举。陈伯陶此折即为此事而作。

呈掌院大学士议苏淮不宜分者

呈为遵议苏淮分省[1]事。窃职恭读三十年十二月二十二日上谕及二月初九日政务处旨一道，仰见朝廷集思广益，有执中之美，而无反汗之嫌。职敢不自竭其愚，以供采择。查左都御使、陆润庠等原奏，称“自古经画疆里，必因山川扼塞，以资控制。设险守国，要在无事之时”，此言诚至当不易。乃其言苏省跨江而有淮徐，尚得力据上游之势。今画江而治，江苏仅存四府一州，地势平衍，形胜全失，此则南北战争时之形势，今六合统一，似不必规此为涉险之图。然以今日形势论之，苏淮两省亦有宜合而不宜分者，何也？自前明嘉靖以来海患[2]始，亟逮今日而环球大通，轮舶如织，天下之大势注重于海论者，莫不以海防为要务，而海患之输入内地者，由长江，即莫不以江防为要务。今以长江海口言之，自狼山福山以至江阴及圌山关、焦山、象山、都天庙等处皆设炮台防守，其间江面宽者百里，或仅十余里，水师、陆队处处留防，而统之以长江提督，督之以南洋大臣，诚重之也。夫沿江北岸属诸扬州，沿江南岸属诸镇江，至江之支流可达于海者，南则自镇江，以至吴淞，北则自扬州，以至淮安，其中港汊纷岐，不一而足。今若画江为治，形势相须，而事权不一，即控制不免疏虞。又江淮兵悍而饷艰，江苏饷足而兵脆，平时制置，既见为瑕，一旦有事，号令不相闻，声气不相通，指臂不相联，首尾不相应，此疆彼界，各为固圉之谋。即兵与饷亦不复相借，其关系大局，当匪浅鲜。古人设险守国，要在无事之时，故职以为湖北、云南既裁巡抚，即江苏巡抚似亦当议裁撤，以一两江总督之事权而固长江，北至淮安、南至吴淞之防务似不宜复设。江淮巡抚以多为牵制也，所谓宜合不宜分者，此也。若其他关系，原奏已详，不复赘论。区区管见，是否有当，伏乞代递政务处，以备采择。谨呈。

光绪三十一年二月十日

【注】

[1] 苏淮分省：在清末新政的政区变革中曾出现苏淮分省而治的提议，分后不久即合。事起于张謇的《徐州应建行省议》(《张謇全集》第一卷，江苏古籍出版社1994年版)，此文提议徐州应建省以抵制英、德侵犯。因清末漕运已停止，光绪三十年（1904）御史周树谟奏请裁撤漕运总督，政务处汇集议政，同意裁撤漕运总督，改为江淮巡抚，与江苏巡抚分治，归两江总督兼辖。清廷上谕批准，随后调恩寿为江淮巡抚，陆元鼎为江苏巡抚，苏淮分省而治。此举遭江苏京官士绅群起反对，清廷于三月二十七日上谕裁撤江淮巡抚，苏淮分省终弃。陈伯陶此折即为此所作。事详见朱寿朋编《光绪朝东华录》第五册（中华书局1984年版)、中国第一历史档案馆编《光绪宣统两朝上谕档》第三十一册（广西师范大学出版社1996年版)。

[2] 明嘉靖以来海患：指自明嘉靖年间起，倭寇骚扰中国东南沿海一带事。事详见《明世宗实录》卷一五四、《明史·朱纨传》。

电宪政编查馆请代奏修改粤东禁赌[1]章程

北京宪政编查馆王爷中堂钧鉴：粤东咨议局[2]以赌商，新增安荣铺票赌违章[3]，影射提议，禁止议员否决者三十五人，物议沸腾。议长员辞职，大半势将解散，业经增督宪纠劾惟是。粤民嫉赌若仇，盼禁若渴，赌饷为立宪国所无，又不合税法，本应禁绝，况土药税为度支大宗赔款所系，朝廷毅然一律禁种，不以筹抵延期。粤赌既筹抵有绪，而宣禁无期，全粤人民皆疑疆吏借词延宕，纷纷指摘，目下愤气填结，万口一词，恳求政府，奏请明降谕旨，一律禁绝，以顺舆情而符宪制。伯陶等查此次议员悖谬、选举不慎亦章程未备使然，如第六条案语何项为营业不正，未曾声叙，故业赌之苏秉枢、蔡念谟等俱得滥竽，一也。又第三十八条案语无应回避惩罚之文，故业赌议员凡议赌事俱敢于出席，二也。第三十九条案语本谓议员代表国民，故许其直抒己见，若赌为国民所深恶，议禁岂容反对，该议员敢于否决，盖恃有所发言论不受局外诘责之条，三也。又第五十八条至六十条案语虽有酌加惩罚之文，然大者不过除名，无褫职监禁之律，故刘冕卿等三十五人外间咸谓其受赌商运动，甘为射的，四也。凡此诸条，窃谓宜从修改以肃纪纲。至投票用无名单记法，流弊滋多，亦应改用记名投票并定举，主赏罚章程庶昭慎重，伯陶等备员咨议，有所闻见，理应上陈。伏乞据情代奏以除粤害，以维议局，无任迫悚之至。

【注】

［1］粤东禁赌：清末，广东赌风极盛。徐珂《清稗类钞》第十册："粤人好赌，出于天性，始则闱姓、白鸽票，继则番摊、山票，几于终日沉酣，不知世事。"（中华书局1986年版）清末新政以后，变本加厉，以致百业萧条，士绅名流及粤籍京官强烈要求禁赌。《旅京粤人筹议禁赌公启》："官开赌禁，百出赌术以诱百姓，故百姓相率辗转而为盗，以罹此陷井也。"（《申报》1909年9月24日第二版）清廷于光绪三十四年（1908）十月成立广东咨议局负责广东禁赌事宜。

［2］粤东咨议局：指广东咨议局，清宣统二年（1909）成立，议长易学清，副议长丘逢甲，主要负责广东禁赌事宜及提议关于广东教育、财政、经济等方面的各项议案，于1911年12月解散，历时两年余。

［3］安荣铺票赌违章：指安荣公司新增铺票发行，咨议局陈炯明等提议严禁，而遭到咨议局内部不同派别人员反对，粤籍京官曾联名上奏支持咨议局禁赌，以除粤害。详情参见《粤咨议局否决禁赌案之大风潮》（载《申报》1910年11月23日，第2版）。

俄约私议上

（辛丑十月初二日作）

俄人以枭雄[1]之姿，借虎视之势，既不得志于西，乃逞志于东，竭一国之财力，筑西伯利亚铁路以达于海。其觊觎我东三省非一日矣。英人忌之，乃煽日本并高丽以为北拒，于是有甲午之役。既而俄人调停其间，令我加偿三千万收回旅顺、大连湾诸地，日人不能违也。俄岂爱我哉！其意以为此我之外府，不欲日人鼾睡其侧而已，合肥为日所挫，身败名裂，思刷此耻。既知俄人注意之所在，遂决计联俄，当时俄索旅顺，合肥悍然与之而不顾。（梁震东诚为余言，俄索旅顺，时翁常熟及张樵野欲求助于英，合肥以为无益，常熟争之，遣震东往询英使，英使谓："人不能自立，虽上帝无由扶助。"震东遂回。时合肥已草约与俄，震东入见合肥，顾常熟及憔野，曰："何如约。"遂定。）其谋盖欲斗俄、日及英，使两虎俱伤，我得以休息而图存，虽复私仇，亦国计也。观英索威海，合肥亦与之，其用意可以想见，（德索胶州，合肥则不肯与。）至去岁祸首，诸人激成大变，几于无可收拾，非合肥所及料也。不得已而求成各国，各国乘战胜之威，多方恫愒，合肥因是与俄握手，阴为议东三省约，以散合从之心。其谋至深，其用心亦至苦，若其欲速画俄约者，则仍斗俄、日及英之故，智也。（闻杨子通星使在俄圣彼得堡与议约，俄德特氏苛索万分，合肥电杨，令酌量签押，后日人挟索还辽东，旧恨多方煽惑，杨遂托病，合肥复电杨，谓日人狡猾可恨云。）江鄂两督不知合肥之阴谋，受日、英之怂恿，起而抗争，日又恃其张之气，迫俄废约，于是俄约遂止。俄非畏日者，其殆以东三省驻兵未厚计，不如布置严密，可以为所欲为，此亦当合肥所见，及迨七月杪，十一国和约成，合肥复议俄约，闻俄皇自定四大款，迫我签押。（闻俄约四大款，一为俄兵驻东三省，就地筹饷。一为铁路归俄管理。一为两宫回銮后退还辽南地，奉天省明年退兵，余俟三年后酌还。一为山海关所驻俄兵永远不退。）江鄂两督复电奏力争，未几，合肥呕血薨。（合肥病时，电旨慰问，复电言："臣自甲午以来，所办和约多不合于天下臣民之心，近时事愈难办，亦不能佳，然一息尚存，当竭力为之，病无要紧，不必忧请两宫，路上珍重。"其言甚愤，盖为江鄂两督而发。）两宫改派王仁和为全权，仁和用意不知若何。（仁和于派全权时，力辞不胜任，上曰："朕予尔以事，如何敢辞?"仁和甚踧踖，荣相前为转圜，乃改署理。）鄙见以为仁和不能用合肥之策，以形便与俄，则我将受其敝。惟无合肥之高识重望而据以形便与俄，恐又滋江鄂之谤议，而启英、日之戎心。诗曰："人之云亡，邦国殄瘁。"[2]真合肥之谓矣！呜呼！合肥之欲斗俄、日及英，虽复私仇，亦国计也。诚师其意，酌为定约，而毋或依违，苟且于其间，我国前途庶有豸乎！崔盘石前辈以此议呈鹿滋轩、瞿子玖，极以为然，特不审曾告仁和否耳。（又记。）

【注】

［1］枭雄：此处指强横。《文选·陈琳〈为袁绍檄豫州〉》："而操豺狼野

心，潜包祸谋，乃欲摧挠栋梁，孤弱汉室，除灭忠正，专为枭雄。”〔唐〕张铣注：“枭，恶鸟也；雄，强也。”

［2］诗曰句：语出《诗·大雅·瞻卬》：“人之云亡，邦国殄瘁。”古时用来怀念那些为国事操劳，鞠躬尽瘁的贤人高士。

俄约私议下

（辛丑十月初六日作）

近得日本大阪新闻一则，以小村氏新简外相，劝其联俄。其大旨谓俄拥强盛之陆军于绝东事，得寸则寸，得尺则尺，恐将来处置无敌，英有利则相从，无利则投袂去，此其国古来之宗旨，其视我国直如儿戏，我不宜召俄怨，树一敌。日人于外交最慎，又与英协约，其料英情亦必真，窃尝反复观之，而益叹合肥联俄之计，其用意为甚深也。夫俄之欲逞志东方久矣，英如决与俄抗，则宜联日、美、德、法，起而相争必使关东三省为公地而后已，乃迁延十月之久，绝无举动，而惟怂恿江鄂，恫吓以画约，则瓜分之说其情见势绌，不欲抗俄可知。况英之贸易占中国三之二，诚瓜分之所得，几何弃数十年经营全境之贸易而争割据一隅不可必得之土地？吾知英之智，计断不为此也。合肥知其然，故欲速定俄约，与割旅顺同一阴谋，其亦兼虑日俄之协以谋我欤，然日与俄迫剥肤之势，虽或厌英，未必遽能联俄以形便与，俄亦所以速俄日之斗也，特恐英仍袖手旁观耳。

兴办团练[1]不若请粤督治盗议

吾粤财匮备虚，盗贼蜂起，乱机岌岌，杞漆同忧，乡缙绅不得已，大声疾呼，寄公函数十通，入京求设法办团练。仆，粤人也，庐墓[2]所在，敢漠然耶？然细绎公函所云，有未尽善者。夫朝廷以一省之权，畀之督抚，督抚而善一省食其福，督抚不善一省被其殃，此老生之常谈，亦不易之至论也。昔者吾粤尝患盗矣，李文忠[3]至，严饬武营，四出剿捕，巨憝闻之，远扬异域，境内帖然，如是者有年，兹非明效大验耶！今观公函所云，曰奏请钦派团练大臣也；曰学务处所储巨款，浪费无益，可拨用也。窥其用意，岂不曰今之粤督万不能治盗，非地方团练不可，欲兴团练官掣其肘，饷既无出，兵亦不集，非钦派不可诚蒙，钦派则官必筹的款，他所经费，皆可取携，吁其亦视事太易矣。请言其难，湘中之团练也，以发匪由粤而湘，由湘而鄂，所至无坚城，惟长沙未破。文宗虑其反噬，特派曾文正为团练大臣，非奏请也。吾粤乱机未萌，而欲奏请，钦派势必不行，一难也。曾文正之团练于长沙也，时湘抚为骆文忠，宜可与有为矣，然以一昏庸提督之鲍起，豹起而相难，文正不安也。乃退屯衡州，今不谋之督抚而率然奏请钦派，此即虚怀受善如，骆文忠恐亦难堪，况非其人耶！二难也。且团练之难，难于筹款，曾文正尝疏言之矣。[4]来函言安勇营规，每营五百人，每勇月饷四两三钱二分，加以营哨各弁薪水及军械旗帜等项，每营每年需银二万八千两，省团为全粤总汇，非三四营不足以壮声势，统计每年需银十万余两，此约略言之耳。今试取安勇营规核计之，每勇月饷四两三钱二分，一年十二月一营合计二万六千四百二十两，加以营哨各弁薪水，每营约千五百余两，即二万八千两矣。至于旗帜、刀矛、号衣、棚帐，初年备置，人约十两，又五千两矣。湘军营制分八队，一五抬枪，二四六八刀矛，三七小枪，枪械各半，当时所用之枪，皆土铸，价甚廉，来函言贼中皆用新式快响枪，今日团练亦非用新式快响枪不可，刀矛无用。湘军营制当酌为变通，非八成洋枪队不可，枪由外购，一枪计三十两，一营四百枪，又一万二千两矣。枪必素练，然后战时得其力，今使人日打把三枪，以八成洋枪队计之，一营一日计费弹子一千二百，一年练三百日，计费弹子三十六万，弹子一百值银四圆，计费一万四千四百圆，又一万两矣。是故一营经费初年约需五万五千两，常年约需四万两，省垣团练四营，初年计二十二万两，常年计十六万两，至局员薪水舟车，应酬燕会费若干两，尚未之计也。来函又言，省团既立，然后乡团、沙团次第举办而均受成于省局，今以一邑团练一营计之，一营岁费五万五千两，府十四属岁费约七八十万两，合之省会四营，岁将百万两，至外府州县团练费若干，尚未之计也。款巨如此，无论为官指拨，为绅士劝捐，而一皆出之于民。吾粤民穷财匮，今日已极，复何处筹此巨款耶？三难也。不特此也，湘昔团练将以剿贼，粤今团练将以防贼剿贼者，一可当十，贵精不贵多也。防贼者，百不能获一，不观今日防营乎，贼抵隙蹈瑕，出入肆劫，视之若无睹也。今欲其处处认真，不蹈防营之恶习，势必不能，四难也。至若办事必廉正，则难在人，招募必朴诚，则难在勇，饷糈不克扣，训练能认真，则难在将弁。枪械购之外洋则能精，弹子铸之内地则能继，则难在军械，姑不具论。即以上四难度之，奏请之难在上，而或可幸邀筹款，严防之难在下，而犹可力办。若和衷共济之，难在督抚。以今日粤督之任性妄为而欲其兵由我集饷由我用，不复阻挠，必无望矣。此仆所为焦思流涕而忧粤乱之将成也。夫朝廷以一省之权，畀之督抚，有督如此，何不入告，然赌博也，苛捐也，朝廷以赔款之重，兴学练兵之要，听粤督为之入告矣，不能撤也。粤西匪患蔓延三载，扫东饷以给西师，地方因而不靖入告矣，朝廷一视同仁，畛域之言不能用也。至粤督之不能治盗，此非惟粤人言之，诸臣亦言之矣。两宫以为粤督任劳任怨，一切参劾皆恩仇报复之辞，而又轸念前劳，冀收后效，虽以鹿之岳岳，入赞枢垣，且折其角，无如何也，此仆所为焦思流涕而忧粤乱之将成也。然则如之何，仆尝反复思维，以为无望于粤督者，仍不能不切望于粤督，何也？夫燎原而杀其焰则难，方櫱而折其芽则易。今吾粤之乱芽焉耳，诚得如李文忠者，严饬武营，使之缉盗，而又有如提督方兆轩、郑心泉，总兵邓保臣其人者为之用，盗之敢于拒捕者剿之，掳掠打单者悬赏购线，获而戮之，而又分东、西、北三路严办，清乡辅以文员，分别讯治有聚众拜会者，严惩之。吾知不数月间，粤中诸盗不死即逃，四境帖然矣。因已成之法收旋至之，效于绅民，不劳于地方，不费在粤督，一转移间耳。昔曾文正之办团练也，疏言有司，苟一日之安，积十年应杀不杀之人而任其横行，非纯用重典以锄强暴，即良民无生全之日。今之急务，在使通省无不破之案，有曾经抢掠、拜会、结盟者，请即用巡抚令旗恭请王命，立行正法。既蒙褒荅，于是立三等之法，重者斩，次杖毙，次鞭责，其行馆即訊者，经三月杀五十余人，当时文法吏大哗，不以为善，即骆文忠亦以为文正所行异于诸团练大臣，心诽之。特其受主，知有所陈奏，俱蒙俞允，未有以难耳。（以上见《湘军志·曾军篇》。）夫严办盗贼，虽非本治，而欲清内奸御外寇计，无急于此。顾以曾文正为之，文吏哗噪以为侵权，以李文忠为之武营战慄，悉皆用命，此亦可见团练大臣办盗不如督抚办盗之行所无事矣。且粤之督，吾父母也，吾有疾痛疴痒，不得不号呼泣诉于父母之前。为今之计，亦惟有吁请粤督如李文忠之严行办盗，又如谭陶两督之不开赌博，不行苛捐，以清盗之源如是焉已矣。如谓粤督全无心肝，我以为父母，而彼以我为草芥、为仇雠，是不徒酿吾粤之殷忧且亦将劳两宫之南顾，则惟有合粤中京官及诸缙绅，控之朝廷以去此民贼而已，何吁请治盗之足云？鄙见如此，敢以质吾粤士大夫之闳达者。

【注】

［1］兴办团练：清末广东社会动乱加剧，匪患严重，广东社会各界均以兴办团练为抵抗盗匪之途径。光绪三十年（1904）广东同乡京官曾联名上奏《广东同乡京官奏请实行清乡团练折》（《时报》1904 年 11 月 7 日）：“实行清乡团练事宜，以挽危局……尤必有团练，以佐声援，而要非兴复省团练，无以稽查、联络声势之助。”陈伯陶此文力陈办团练之弊端，以为办团练不如粤督

尽职守，不足以严惩盗贼。

［2］庐墓：古时服丧期间在墓旁搭建小屋以守护坟墓，谓之庐墓。〔北魏〕郦道元《水经注·泗水》："今泗水南有夫子冢……即子贡庐墓处也。"

［3］李文忠：指李鸿章，谥号文忠。李鸿章督粤时曾整顿保甲团防，制定治盗章程，严盗贼。胡钧《张文襄公年谱》（台北文海出版社1967年版）："（李鸿章）水陆并举，使匪无所托足。"

［4］且团练之难句：曾文正即曾国藩，谥号文正。曾国藩曾上疏曰财用之不足。曾国藩《议汰兵疏》："至于财用之不足，内外臣工，人人忧虑。自庚子至甲辰，五年之间，一耗于夷务，再耗于库案，三耗于河决，固已不胜其浩繁矣。乙巳以后，秦豫两年之旱，东南六省之水，计每年歉收，恒在千万以外，又发帑百万以振救之。天下财产安得不绌……至于岁出之数，兵饷为一大宗。"（《曾文正公全集》线装书局2014年版）

民　权[1]　辨

呜呼！泰西今日可谓一民权世界矣！其有君权特俄、德与土尔，考欧洲纪元以前，希腊、罗马即以民权立国，西人谓之"市府国家"。罗马分裂始变君权，然皆暴戾恣睢，肆行专制，迨华盛顿建邦美洲，名曰"合众"，欧人闻之风靡响应。法拿破仑假其名吞噬诸国，称雄一时，拿破仑败君权，复伸抗者益力。百年以来，政体渐更，盖人人皆苦君权而乐民权，若兽之走圹矣[2]。窃尝论之，欧人所以重民权者，厥有二端，一曰通商，一曰作战。自罗马分裂后，欧之为战国者，垂千余年，而其强者类皆以商立国，商利行远，远则非其国威之所及，故必立公司为保卫。英商务最盛，尝以一公司灭印度，故英之变民权最先，法及诸国其重商务者亦以次更焉，惟俄与土商务最微驯，至今不变。所谓以通商之故而变民权者，此其一。美之合众也，由英事战争而行苛税。法之革命也，由鲁意为无道而召外兵，盖既为战国，则以作战之故而重敛，以重敛之故而严刑，孟子称战国之民如水益深，如火益烈，欧人痛苦殆或过之，又其时暗主孱王，失地丧师，痛苦尤剧，不得已而互相纠合以图自救，故鲁索民约之论得以行乎！其间惟德威廉一战胜法，为欧洲雄主，亦驯，至今不变，所谓以作战之故而变民权者，此又其一。综而论之，作战以利国也。泰西多以商立国，其利国即以利商，故君权旁落，巨商富室即从而盗之，非尽公诸民也。今世之言变法者，谓中国欲图富强宜变民权，此大不然。中国以农立国者也，自三代以来迄于今，大都重农而抑商，不使之贫富相耀，而又一统之时多，分裂之时少，即偶有分裂，如七国、如三国、如六朝、如五代，其间作战，争地、争城而已，不以商务也。中国今日诚稍变其重农之旧制，讲求制造，与之商战，自不患于贫弱，何事民权？而或者又谓君权专制，于变法不宜，此亦不然。夫君者，群也。王者，众所归往也。中国圣经贤传类无不以立君为民为训，故曰："天视自我民视，天听自我民听。"[3]又曰："民之所好，好之。民之所恶，恶之。"[4]自三代以来迄于今，其间虽有辟王为之臣者，未尝不援古训以救正之。不若泰西之君暴戾恣睢，肆行专制也。且泰西所谓民权选总统耳，设代议院耳，然总统有施政之权，代议院长有出令之权，是皆有君道，而可行专制者也。故鲁索之论谓英人惟选举议员有自由权，选举事毕便为奴隶，诚如其说，非聚一国之民与之议政不得为民权，然势有所不行，故鲁索又谓全国人自行施政之权，苟非小国必不能，且有种种弊端，比诸君主政体其害更甚，推其用意，不过使君权别有所寄而已，不尽废也。中国之君自三代以来迄于今，未闻有专制如鲁意者，则又何事于废君权以为民权。不特此也，以中国今日商务之微，苟废君权，非富商所能有，吾意必有奸人若拿破仑者起而攘取之，否则四方群贼出而角逐之，其为祸乱比之欧洲尤剧，数百年而不能定，如是则民生日益困，而商务日益衰。势不至于列国瓜分不止，中国之亡即肇于此，何富强之足云？然则如之何？曰民权之说倡于美而被于欧，近且浸淫，及于中国，若洪水然，浩浩滔天，不能遏也，然其祸欧人先受之矣。是宜积诚入告，谓此之邪说，其所以煽诱吾民者，至利而易从，至险而可畏，非力循古圣贤立君为民之训不足以御之。因是而兢兢焉，克自抑畏，公其好恶于民，而又厉行保商之政以救贫弱而图富强，庶有瘳乎！如其不然，是天祸中国也，此则非予之所敢知也已。

光绪癸卯，民权之说盛行，余虑其若防川之溃也，思有以导之，遂疏请会议。当时新学家喜余言，谓为变民权之渐，余乃作此文为之辨正，以明用意之所存。阅十八年矣，近检敝簏，得之，自悲其不幸而言中也。因录存之，以志余慨。（庚申三月自记。）

【注】

［1］民权：中国近代民权思想起于1840年鸦片战争以后，国家积贫积弱，一些开明人士开始觉察西方民主制度的优越性。魏源认为美国的民主制度与中国式"古今官家之局"相比较优越，并赞瑞士之民主政治为"西土之桃花源"（详见魏源《海国图志》卷三十八、卷四十七）。郭嵩焘认为："西洋立国，有本有末，其本在朝廷政教。"（《郭嵩焘日记》第三卷，湖南人民出版社

1982年版）他摆脱了洋务派重“变事”之识，开始变政教、开议院的设计。此为近代早期民权思想之发端。甲午战败后，一些维新人士开始考察日本明治维新成果，提出仿行宪政，康有为《日本变政考》（卷六、卷七按语）：“人主之为治，以为民者……以名所乐举乐选者，使之议国政，治人民，其事至公，其理至顺。”此为近代民权思想之改良。自光绪三十年（1903）以来，民主革命思潮代替早期改良思想成为主流。陈伯陶此文正为应对当时“倡民权”之风潮而作，文中观点与陈炽《庸书·审机》颇为相似。陈炽《庸书·审机》云：“君为臣纲，古有明训，西人倡自主之说，置君如弃棋，其贤者尚守前规，不肖者不思自取……大乱方滋，隐忧未艾，此无君臣之伦者，不足以至太平也。”（《戊戌变法》第一册，上海人民出版社1957年版）

［2］兽之走圹矣：语出《孟子·离娄上》：“民之归仁也，犹水之就下，兽之走圹也。”

［3］故曰句：语出《尚书·泰誓中》：“天视自我民视，天听自我民听。百姓有过，在予一人，今朕必往。”

［4］又曰句：语出《礼记·大学第四十二》：“民之所好，好之；民之所恶，恶之，此之谓民之父母。”

自由辨

泰西耶教似墨，世多能言之，而其自由之说则同于杨氏之为我。杨氏之书不传，然其说略见于《列子·杨朱篇》：“禽子问杨朱曰：‘去子之一毛以济一世，汝为之乎？’杨子曰：‘世固非一毛之所济。’禽子曰：‘假济，为之乎？’杨子弗应。禽子出，语孟孙阳，孟孙阳曰：‘子不达夫！子之心吾请言之，有侵若肌肤获万金者，若为之乎？’曰：‘为之。’孟孙阳曰：‘有断若一节得一国，子为之乎？’禽子默然，有闲，孟孙阳曰：‘一毛微于肌肤，肌肤微于一节，省矣！然则积一毛以成肌肤，积肌肤以成一节，一毛固一体万分中之一物，奈何轻之乎？’”泰西自由之说谓他人侵我毫毛，则失其自由之权，即此意也。而或者谓自由精义在人人自由而以他人之自由为界，此亦同于杨氏之说。杨朱曰：“古之人损一毫利天下不与也，悉天下奉一身不取也。人人不损一毫，人人不利天下，天下治矣。”此亦所谓以他人之自由为界也。然为我自由，其大旨不外利身，孟子穷利国、利家、利身之弊，而谓为不夺不餍。杨氏之说曰：“恣吾体之所欲安，恣吾意之所欲行，如是而谓其不利天下，吾不之信。”泰西之说曰“自由贸易”，曰“自由行动”，如是而谓其以他人之自由为界，吾亦不之信也。是故充杨氏之为我，则为无君，而泰西自由党亦一变为无君党，吁可畏哉。

此亦癸卯岁作，泰西尝引伸其说，谓当为一国之自由，不当为一人之自由，其用意亦利吾国耳，未必其以他国之自由为界也。余官江宁时，值禁烟令下，端午桥制军委樊樊山方伯及余为总办，有潮州人私设贩烟店，首县没其货归公，时端制军调北洋，樊山权督篆，英领事来见，谓烟台条约贸易自由，此之行动实为悖约，樊山不能答，顾之笑，英领事怒，余语之曰：“禁烟之约，十年递减，近日唐大臣在印度与贵国所定也。他贸易可自由，鸦片既别立约，则不当自由，余禁私贩，遵十年递减之约尔，如谓印度约不可行，当由贵公使朱尔典君与总理衙门再议，我奉朝廷令，此我自由之行动，不当侵我权也。”英领事闻言色稍霁，徐曰：“予当电询朱公使。”遂去。嗟夫！贸易自由之约，中国被侵削多矣，所云以他国之自由为界，特饰词耳。予尝谓泰西诸学说大都本物竞天择，优胜劣败而言，其大旨不外言利，故溯其源，则曰人之性恶而穷其弊，则必肆其兼并之雄心。德人那特硁谓美国商人及制造家其利害相反，前者主张自由贸易，后者主张保护贸易，以是常相倾轧，英之地主派与商人派亦然，恐俱不免于腐败，西人于本国且如是，况他国乎！此当固拒，不宜误信之也。（庚申三月自记。）

又按杨氏之说，以为人者为治外，为我者为治内。《列子·杨朱篇》述公孙朝、公孙穆对子产之言，谓以若之治外，其法蹔行于一国，未合于人心，以我之治内，可推之于天下，而君臣之道息其意，谓人各自治，君权可废也。孟子言杨氏为我为无君，而泰西自由党亦一变而为无君党，其源皆出于此。然列子述杨朱见梁王，言治天下如运诸掌，梁王曰：“先生有一妻一妾而不能治，而言治天下如运诸掌，何也？”此对亦其饰辞。泰西惟行一夫一妻之制，而又不合意则离婚，故可言人人自由而以他人之自由为界。杨氏恣其意之欲行，而有妻妾之奉，谓悉天下奉一身不取固不可信，然有妻复有妾，使妻与妾各失自由，不能为我反唇相稽，将何辞以对？宜不能治也，此说似滑稽，然实中今人言自由之病。并记之。（又记。）

上国史馆总裁书[1]

总裁中堂大人阁下：

伯陶伏诵馆中兴办《儒林文苑》章程，其大要在采官书及私家记载，其有著作未显者，则行各省采访呈送，又云立传之人与传中之事初稿宜从宽从详，以备后日去取，盖将网罗一代通儒硕士以彰我朝文教之盛典至巨也。惟观馆旧传抉择太严，脱漏尚多，窃不自揆发箧中官私载籍，录其尤异者为之增辑，其各省已经呈送者亦并为采入。自去岁四月迄今，寒暑跌更，编次粗就，谨录以供裁择。伯陶学殖荒落，通人撰述，未测津涯[2]，深惭载笔[3]。然兹所纂辑，大都经前贤论定，其书久已风行四海内，间有幽潜，为之表著，亦非私意滥厕于其间，差可自信。谨并将增辑条例，附呈尊览，见闻浅陋，时日逼促，踳驳之愆，知不能免，伏乞。鉴定有不合者，进而教之，不胜感辛之至。

总纂陈伯陶谨上

【注】

［1］此文应作于清光绪三十一年（1905），陈伯陶《瓜庐诗剩》下有诗《七十述哀一百三十韵》自注曰："乙巳……八月，袁与南皮入奏，科举遂废。……余时自居顽鄙，拟纂《国史馆儒林传》《宋学》三十二卷，《汉学》四十卷，成由总裁奏进，后即乞假归。"即指此事。

［2］津涯：范围，边际。〔清〕王闿运《〈八代文粹〉序》："自余捋摭，莫识津涯。"

［3］载笔：本指携书具以记王事，后代指史官。《礼记注疏·曲礼》卷三："史载笔，士载言。"〔汉〕郑玄注："笔，谓书具之属。"〔唐〕孔颖达疏："史谓国史，书录王事者。王若举动，史必书之。王若行往，则史载书具而从之也。"

拟增辑《儒林文苑传》条例

一、乾隆时，四库馆开，书籍大备，凡我朝通人撰述，悉经御定，然后存录，类皆卓然可传，其或醇疵[1]互见者，则附之存目中，兹拟著录，诸人除子部兵家医家艺术家诸不在儒林文苑之列者，悉行采入至存目，诸人或经前贤论定，以为其书可传者，亦将其人采入。（钦定《皇朝文献通考》内“经籍考”一门，所载各书悉同提要且无著录、存目之分，然多采原书，序跋可补提要所未备，兹亦兼为采入。）

一、网罗一代文献，以近人《耆献类征》为大备，惟其书并蓄兼收，未经抉择，其余《文献征存录》《先正事略》等书，则互有详略，兹辑并为采摘，然必再三审酌，方始录入，至各家著述及各省通志，府州县志为类征等书所未及者，亦为录入。（《类征》等书咸同，后多不详。）但《类征》等书有讹误者亦间驳正。（原稿驳正语有夹注注明，可调取查核。）

一、儒林文苑诸传自当以著述为主，兹编所采，大都亲见其书，若其书经《四库》著录及诸大儒所褒许者，虽未得见，亦为录入。（理学家重在躬行，旧传有，虽无著述，亦为载入者，兹编间仿其例载入一二。）

一、我朝理学诸儒以彭尺木[2]（绍升）《儒行述》，江郑堂[3]（藩）《宋学渊源记》，唐确慎[4]（鉴）《学案小识》等书采辑为最备。然唐则尊程朱而辟陆王，彭与江则兼取陆王而浸淫佛老。窃以为程朱陆王俱法孔孟俱从祀庙庭，自明以后，笔舌互争，颇嫌偏狭。兹辑凡为程朱陆王之学者，悉行采入。其道咸以后，三书未载者，亦广为搜集，惟兼通释典若汪大绅[5]（缙），罗台山[6]（有高），彭尺木（绍升）等，昔人以为道学别派者，则入之“文苑传”中。（三人皆工古文，不愧文苑。）

一、《儒林旧传》于宋学家颇略，然汉学至乾嘉始盛，国初沿有明学派，大抵皆宋学家，其时名臣硕辅多以讲学名，故伏处草茅者亦多，兹辑广为搜集，以著我朝理学源流，故《旧传》外增加者，几过其半。（乾嘉时理学衰歇，至道咸间复兴，兹辑于咸同间人亦多采入。）

一、我朝经学超轶前代，江郑堂（藩）《汉学师承记》仅及乾嘉其后，张纬余（星鉴）《经学名儒记续》有增加，至近人《书目答问》所载汉学专门经学家，汉宋兼采，经学家姓氏几于略备，然亦间有漏略，兹辑广为搜集，其前书未及者亦为采入。

一、馆中旧传儒林分上下卷，上卷所载皆宋学家，下卷所载皆汉学家，考阮文达（元）《揅经室初集》所拟《国史馆儒林传序》，引《周礼》“师儒”为说，谓“师以德行，教民儒以六艺”，教民分合同异，周初已然。宋史以“道学”“儒林”分二传，此即《周礼·师儒》之异，后人创分而暗合，周道也，据此，则《馆传》分“儒林”上下，实始于文达。然《揅经室续集》所载“儒林传”凡例谓汉史始记儒林，宋史别出道学，其实讲经者岂可不立品行，讲学者岂可不治经史，强为分别，殊为偏狭。国朝修明史，混而一之总名“儒林”，诚为盛轨，故今理学各家与经学并重，一并同别，不必分歧致有轩轾，其说似前后相违。（据文达自注，凡例乃官漕督时，馆中调取旧稿，因并拟上，疑前序乃官翰林时作，故一载初集，一载续集也，然则文达亦自觉前说之非矣。）平心论之，国朝诸儒如黄梨洲（宗羲）、王船山（夫之）、江慎修（永）、汪双池（绂）辈大都汉宋兼通。近代通人如陈兰甫（澧），黄薇香（式三）等亦皆欲破除汉宋之见，盖汉宋分门，易启争端。乾嘉以后，汉学家多掊研宋儒，宋学家亦反唇以报之，文达称为偏狭，殊有远见。兹编姑仍旧传，厘分上下卷，如裁定不分上下，再行编次。

一、畴人之学[7]我朝自梅定九[8]（文鼎）后，通中西法者代不乏人。道咸之间，此学尤盛，阮文达（元）《畴人传》，罗古香（士琳）《续畴人传》及近人所纂《畴人传三编》搜辑几备，兹从三书酌为采入，惟算学与群经相表里，拟兼为平允，兹编增辑即仿其意。（旧传毛大可奇龄《人文苑》考阮文达传稿本入儒林下卷，兹依改其文苑旧传有应入儒林者亦并本其意，熟权轻重为之改附。）

一、儒林、文苑之分，谭叔裕（宗浚）《希古堂集》所拟条例谓理学经学家宜入儒林，史学词章家宜入文苑，其说亦允，兹本其意，为之分辑。

一、儒林、文苑旧传大都以简严为主，有寥寥数语即为一传者，考陈硕士（用光）《太乙舟文集》载《与史馆总裁书》云：“两汉书董江都、郑康成不入儒林，司马长卿不入文苑，今之列文苑者，异日苟有马班之才出焉，岂无特取而为专传者乎！”故用光谓今之为传不必以马班自居，而惟详列其事以待异日马班之采择，盖文章之事与世相嬗，今所为者草创云尔，其修饰润色不能不有待于后之人也。硕士此说最为有见，林苑虽重儒文，其政事亦必须兼纪。兹之增辑意在求详以俟后人采择，而不敢以史例自居。

一、儒林、文苑诸人大都未达者为多，故有欲采其事实而卒不可得者，然以一生心力瘁于著述，不可没也。兹辑于其学术及所著书特为详叙，以见其用力之深。（阮文达拟传稿每载其书精要语，兹辑多仿其例，或以为书已行世，不必载入，考史例载文者甚多。《宋史·道学传》亦载周子《太极图说》，似不必过拘也。)

一、学问各有源流，凡诸人传受交游，皆其得力之处，兹辑亦为详叙，以见其流派之分。

一、林苑云者，群材总萃之谓也。诸人学问所出不同，往往是丹非素，儒林有之，文苑亦然，所见未免偏狭，然持之有故，言之成理，要不能废也。兹辑不分门户，悉为采入。

一、儒林、文苑诸人必学行兼优，方登此传。是以多所嘉许，间有醇疵互见者，亦不为之曲讳。盖《提要》《经籍志》等书褒讥不隐。兹编所辑多录其语，其后儒评骘公允者亦为采入，然必再三审酌，不敢妄肆雌黄。

一、馆例大臣传以采官书为主，儒林、文苑诸人多有不见官书者，必当从私家著作搜集而成，故其体例与列传微有不同，阮文达旧例凡传语皆采之，各籍接续成文，不得杜撰一字。兹辑悉仿其例，不敢妄有所更。

一、馆例大臣传不称字，惟儒林文苑所采多私家著述，其原书悉皆称字，中有可改称名，亦有改之，而文气不合者兹于每人传中略载一字，以省引书改称之难。虽与大臣传例不同，然亦仿《四库提要》“皇朝经籍志”例也。(《提要·经籍志》于诸人皆举其字。)

一、儒林、文苑诸人以国初为断，旧传有明末人而为之立传者，(如管宗圣卒于明，严衍，江南人，卒于顺治二年，亦明人也。兹编概拟删削。)由未考其生卒故也。传中凡卒年可考者，必为载入。其明人而贰仕于国朝者，虽《贰臣传》未载，亦概不录。

一、《提要》中有其人，实属国朝而题作明人者，(如张自勋、施璜等提要皆作明人，考其人皆入国朝至康熙间卒。)盖因其著述成于明代，当时只据其书故也。然《提要》论其书，兹传其人，体例不同，今考其人，实属国朝者，仍为纂入。

一、编传前后宜因其生卒年月及科甲先后为之次序，旧传所编间有未当，兹为改订。

一、附传之例有因其师友渊源而附者，有因其时地相近而附者，有因其学术相同而附者，有因其出处相类而附者，兹沿其例，凡旧传所附，间有未允者，酌为改附。

【注】

[1] 醇疵：正确与错误。〔明〕方孝孺《答王仲缙书》之五：“使圣人之道世无知者，必待言而后明，犹当审其醇疵而后出之。”

[2] 彭尺木：彭绍升（1740—1796），字允初，号尺木，江苏长洲人。祖

父彭定求，康熙二十五年（1686）状元，官侍讲。父彭启丰雍正五年（1727）状元，官至兵部右侍郎。彭绍升自幼聪颖，乾隆二十一年（1756）诸生，次年举于乡，乾隆二十三年（1758）进士，后入佛寺。事见《清史列传·文苑传三》（中华书局1987年版，第5924页）。

［3］江郑堂：江藩（1761—1831），字子屏，号郑堂，晚号节甫，甘泉（今江苏扬州）人。清经学家、目录学家、藏书家。早年师余萧客、江声，览群经，师承惠栋，将经学分为汉学、宋学两派，精史事，曾任丽正书院山长，后至岭南为《广东通志》纂修官。著有《国朝经师经义目录》《周易述补》《尔雅小笺》《汉学师承记》《宋学渊源记》等。事见《清史列传·儒林传下二》（中华书局1987年版，第5610页）。

［4］唐确慎：唐鉴（1778—1861），字镜海，号翕泽。湖南善化人，自幼好学，嘉庆十四年（1809）进士，改翰林院庶吉士，后历任检讨、御史等，道光二十年（1840），内召为太常寺卿。唐鉴服膺程朱之学，为当时义理学派巨擘。著有《朱子年谱考异》《学案小识》等。事见《清史列传·儒林传上二》（中华书局1987年版，第5400页）。

［5］汪大绅：汪缙（1725—1792），字大绅，江苏吴县（今江苏苏州）人。乾隆贡生。及弱冠，试为文，为文百言立就，其学出入儒佛，工于古文，其诗宗陈子昂、杜甫，袁枚颇嘉许之。著有《汪子文录》《二录》《三录》《读书四十偈私记》，事见《清史列传·文苑传三》（中华书局1987年版，第5924页）。

［6］罗台山：罗有高（1733—1778），字台山，江西瑞金人。乾隆三十年（1765）举人。少时慕马周、张齐贤之为人，苦读兵书。后见来道原，聆其教，乃潜心理学。与彭绍升交好，相与习性命之学。事见《清史列传·文苑传三》（中华书局1987年版，第5924页）。

［7］畴人之学：指天文历算之学，古时父子世代相传为业，称为“畴人之学”。《史记·历书》：“幽厉后，周室微，陪臣执政，史不记时，君不告朔，故畴人子弟分散。”〔南朝宋〕裴骃《史记集解》引〔三国魏〕如淳曰：“家业世世相传为畴。”

［8］梅定九：梅文鼎（1633—1721），字定九，号勿庵，安徽宣城人。清初历算学家，著有《明史历志拟稿》《历学疑问》《古今历法通考》等。梁启超《中国近三百年学术史》：“我国科学最昌明者，惟天文算法。至清而尤盛，凡治经者多兼通之，其开山之祖，则宣城梅文鼎也。”事见《清史列传·儒林传下一》（中华书局1987年版，第5450页）。

上张野秋[1]尚书书（一）

昨谒崇阶，畅聆伟论，甚佩！甚佩！然谓科举为学堂阻力，虽三科递减，不若径废之，窃以为过矣。赋性拙讷，时又居宾座之末，不能尽其辞，今请为阁下再陈之。科举于国家有四利，而学堂适相反。何谓四利，一曰公，二曰溥，三曰不劳，四曰不费。试官衡文，暗中摸索，苞苴不行，囊锥自见，是谓公。少小读书，即图进取，拔尤一士，弦诵千家，是谓溥。负笈从学，陈箧揣摩，各务精勤，毋烦董劝，是谓不劳。辅轩博采，棘闱[2]合试，供亿无多，官私易办，是谓不费。若学堂则否，其教员习于学生，与其父兄事必不公；其校舍限于人数，与其经费势必不溥；其教授管理与学科必慎择而时督之，如是则必劳；其堂室器具与薪修必备设而丰给之，如是则必费。不特此也，教育之方期于普及，今试即一县五十万人，计之学童值十之二，则当得十万人，以一小学堂容百人，岁费五百圆计之，则一县当设小学堂千，岁费五十万圆，费巨如斯，即扫县中之官帑与公款为之，而亦不能给，然则学堂之不振，财力绌之，非科举梗之也。顾或者谓科举之策论，其腐败与八股文同，非学堂培养必不能得外国科举之人才，晚又以为不然，语云："城中好高髻，四方高一尺，城中好阔袖，四方全匹帛。"今诚即科举之制而变通之，令为科学者各占一科，为策论经义者亦占一科，揭晓之日为科学者十人中取五六人；为策论经义者千人中亦不过取五六人。人知科学之易售也，则父兄以是诏勉，师友以是观摩，私塾日增，游学日众，不数年间，而科学之人才不可胜用矣。至时因势利导，然后为之遍立学堂，则是抡才有公溥之休，而兴学无劳费之患，此计之得者也。晚尝谓腐败者科举之文而非科举之制，以其文废其制，是之谓因噎废食。日前梁崧生与晚言英国外交向用纨绔，屡误折冲[3]，后考查中国试士之法，归而变通行之，自是寒畯毕登，外交之才为诸国冠。阁下试询诸崧生，自得其详，非晚诳说也。然则科举之制，外人且则效之，我奈何遽废之乎？且世之谓科举为腐败者，以其偏重四书文耳，然自明洪武间，悬为定式。凡童而习之者，即在四书，四书之义理日沦其胸中，道德于是一，风俗于是同，易代之际，君臣上下视死如归，为前史所未有。故我朝之兴，因而不改，然则四书之文以图强国则不足，以正人心则有余，譬之乌附毒药，攻疾所需，而参术补剂，培元必要。阁下日筹救时之策，而又忧天演民权之邪说阴中于人心，此不可不深长思也。知者千虑或有一失，愚者千虑必有一得，阁下身为政务处大臣，张弛之宜，操于掌握，故敢竭其愚以备裁择焉，不宣。

日本报纸称载泽等奏各国富强由于立宪，现在我国亦宜采用宪法，为之颁布“俾大权统于朝廷，庶政衷诸舆论”等语。两宫览奏，遂开御前大会，七月十三日奉上谕，有“俟臣民通知立宪之善，再行采用各国宪法，酌定年限，更为宣布，钦此”等语，书中所云盖指此。近阅《光绪东华录》，是日乃无此谕，疑馆臣纂录删去之也。（庚申三月自记。）

【注】

［1］张野秋：见《太液同舟图寿张野秋尚书（百熙）六十》“张野秋”条。按：光绪三十一年（1905）八月，清廷接受张之洞、袁世凯等奏请，发布上谕停止科举取士，大力兴办学堂。在此之前，对于是否废除科举清廷内部多有争议。自鸦片战争以来，清王朝内忧外患，传统的科举取士已不能适应时代需求，维新之士纷纷寻求改革科举制度。光绪二十六年（1900）清廷废除武科科举考试，同年，下诏举行经济特科。光绪二十九年（1903）张之洞、袁世凯奏请科举有碍新式教育，要求按年递减科举额数。至光绪三十一年，清廷宣布彻底废除科举考试。参见《光绪宣统两朝上谕档》第三十一册（广西师范大学出版社1996年版）。又，陈伯陶《瓜庐诗剩》下《七十述哀诗一百三十韵》诗中自注曰：“科举之废，始于癸卯春袁世凯奏请减额。是冬，政务处大臣长沙张野秋百熙议准，分三科递。乙巳夏，袁复商之长沙南皮张制军之洞，请径废科举，勿令为学堂阻力。余谒长沙，极陈不可，复上书诤之，大致谓科举有四利：曰公、曰溥、曰不劳、曰不费，学堂则适相反。至教育之不能普及，财窘使然，非科举之咎。今欲求外国科学人才，不如变通科举，令为科学者各占一科，为策论经义者亦占一科。榜发，科学取十之五六，则士皆趋骛，私塾增而游学众。数年之后，人才辈出，学堂亦可因之遍立。长沙不谓然，语人曰：‘彼欲得试差耳。’以余于癸巳、丁酉、壬寅会典试滇、黔、山左也。八月，袁与南皮入奏，科举遂废。”此文即为诗注中所曰上书事。

［2］棘闱：古时科举考试的考场。唐时取士以棘围试院以防作弊，故称。

［3］折冲：指制敌取胜。《吕氏春秋·召类》：“夫修之于庙堂之上，而折冲乎千里之外者，其司城子罕之谓乎？”〔汉〕高诱注：“冲，车。所以冲突敌之军，能陷破之也……使欲攻己者折还其冲车于千里之外，不敢来也。”

上张野秋尚书书（二）

徂暑抵申，肃呈寸函，想登记室。近与同事东渡，业经一月，此间新政教育最善，此则法律，其工商发达比诸欧美尚逊一筹，大隈伯亦以为言不自讳饰。其所以战胜强俄者，该国学校于修身一科力倡尊君爱国之旨，而又行兵式体操阅二十年，且其天皇万世一系，兼以旧日藩阀，尊养武士，与平民阶级迥殊，而其武士以卫主为勇，敢死为荣，此风至今不改，具此性质，加以教育，宜其所向无前也。至所立宪法，其天皇有宪法上无限之大权，实为特色，其法律则以增进国家之利益为主义，欧亚诸国无可觊觎，目光所注，盖在于我，殊可怖畏。又其侦探我国情事甚悉，七月十三日谕旨，是夕即传单叫卖，其后连日报章评论我国立宪[1]，纷纷借借，颇有微词，伯陶得阅，邸抄甚迟，不知朝议若何？窃以为我国贫弱，宜以整理内政为先，宪法之议，实非急务，盖国力充然后可行宪法，非宪法立而国力遂可自充也，乞阁下与执政诸公熟筹之。敝邑东莞分厅一事，前在沪时谒少怀尚书手具说贴恳，仍旧贯蒙允转达台端想邀电。查闻近日京官复具呈政务处，此自公论，且于穗垣远控东江上游及虎门，形势亦实不相宜，希体查下情，叩祷之至，临楮无任主臣。不宣。

【注】

［1］立宪：指清末新政实行预备立宪事。光绪三十一年（1905），日俄东三省之战，日胜俄败，引起清廷的震惊。清廷认为日本以立宪而胜，俄国以专制而败。不数月间，立宪之议遍于全国。光绪三十一年（1905），清廷派遣端方等五大臣出洋考察，次年回国，上书指出立宪可行。光绪三十二年（1906）七月十三日，清廷发布《宣示预备立宪谕》，预备仿行立宪。参见《光绪宣统两朝上谕档》第三十二册（广西师范大学出版社 1996 年版）。又，陈伯陶《瓜庐诗剩》卷下《七十述哀诗一百三十韵》诗中自注："六月中，余至日本文部省，次官泽柳政太郎向余言，谓我国教育以忠君爱国为主，中学生革命排满思想非由各校中来，此饰说耳。日大学教员井上哲次郎告余，谓中国立宪必将生出狂潮，此盖有见。十月，余至宁，具以告匋斋，制军端方，逾年六月，果有皖省徐锡麟之变。匋斋乃奏称：'不逞之徒，倡言排满，宜速布告宪法，阴为消弭。'去岁匋斋与泽公考察政治，归奏请立宪者也。"可为佐证。

上戴少怀尚书书[1]

接诵手教，辱蒙奖饰，愧悚交并。伯陶东渡以来计已两月，此间学校林立，其教授之真挚，管理之严肃，设备之整齐，俱堪取法。然其宗旨则以为处生存竞争之世，非使人人有爱国之思想，有猛进之精神，不足以自立于大地间。故其教育以增长国势为目的，必达之而后已。其人民程度皆深知服从义务之为要，是其所长，然充其权力之见必将阴坏其昔日礼教之大防，亦其所短也。中国三千年以来以礼教治天下，虽力图富强如管子，而其言曰："礼义廉耻，国之四维，四维不张，国乃灭亡。"初不敢自坏，其礼教惟商君以六蝨之说佐秦，虎视卒以亡秦。今欲用富强之术而又明礼教之防，非管子天下才未易兼举，一或不慎，流毒无穷，非小故也。近晤大隈伯，言中国厉行宪法，将来政党不免冲突，因举明治维新事相告。我朝列圣向以朋党戒臣工，与该国情形不同，既有冲突或不致太甚，惟在下者多不得志，恐其托言爱国，阴煽排满之风潮。伯陶前论兴学以为人民，无国家思想不能发达，然欲使之有国家思想，则又虑其越轨物而纳于邪。今上谕既筹备立宪[2]，拟以忠君即爱国为教育宗旨，若潜行化导，息邪说而正人心，其于礼教或不无少补欤！江宁诸绅言各学堂颇有规模，尚乏成绩，伯陶莅任后当整顿而扩充之。惟顷学务处来函，称款项支绌，办理维艰，阁下与端午帅同任周咨，又称莫逆，希代致意，俾将来少获展布[3]，不胜感激之至。不宣。

【注】

[1] 此文作于陈伯陶出访日本考察学务期间，据前诗《七十述哀诗一百三十韵》中自注，陈于光绪三十二年（1906）约四月至十月间访日本，故此文应作于光绪三十二年约四月至十月间。

[2] 立宪：见《上张野秋尚书书（二）》"立宪"条。

[3] 展布：指陈述。《左传·哀公二十年》："今君在难，无恤不敢惮劳，非晋国之所能及也，使陪臣敢展布之。"

复戴少怀前辈书

承示大议，以六部裁书吏任司员，而又虑司员之不能久任，复于司员上添设左右丞参俾作升阶，将来尚侍缺出即以丞参擢补。其于变通官制，整顿部务，统筹兼顾，计划至深。然鄙见有足参未议者，我朝沿明制不设宰相，然有宰相之权者，国初在内阁，其后则在军机，军机乏人，大都取之尚侍。故为尚侍者，不欲其但知一部之务，必使之回翔各部，俾于内政兼综条贯，然后授以军机之任，可以措置而咸宜此。我朝之成法而亦即历代设官之精意也，今议以丞参升尚侍，盖冀其有益部务耳。然但知一部之益，此非惟不足任秉钧[1]之重，即于所管部亦恐有覆餗[2]之虞。试即户部言之，如多开捐纳所以补岁入也，而即碍于吏部铨选之制，扣留饷项所以节岁出也，而亦碍于兵部发给之期。至于行诏信股票，减百官俸廉，何尝不有裨库帑？而论者或以为失民信、坏官常矣，户部如是推之，各部何莫不然，今以嫉书吏之故尽裁之以专任司员，且俾之洊升，尚侍不知，司员久任其后亦必同于书吏。盖司员书吏皆刀笔筐箧之谋，非尚侍之职任也。尚侍之回翔各部，其于部务诚不若司员书吏之谙练，然能识大体，总大纲。刀笔筐箧自有其人，于部务要无不办。昔汉文帝问陈平："一岁决狱，钱穀几何？"平曰："有主者问主者为谁，曰陛下即问决狱，责廷尉，问钱穀责治粟内史。"当时以平所对为得宰相体，宰相然即尚侍何莫不然，况其后即畀以军机重任乎！如尚侍于部务太隔阂非所宜，但如从前刑部取一司员外任者入升，尚侍即已尽善，似不必设官更制之纷纷也。鄙见如此，伏乞卓裁。不宣。

【注】

［1］秉钧：比喻执政。《旧唐书·崔彦昭传》："秉钧之道，何所难哉。"

［2］覆餗：比喻力不胜任而败事。《周易·鼎卦》卷五："九四，鼎折足，覆公餗。"〔唐〕孔颖达疏："餗，糁也，八珍之膳，鼎之实也。"〔晋〕葛洪《抱朴子·臣节》："君必度能而授者，备乎覆餗之败；臣必量才而受者，故无流放之祸。"

上增制府书

顷蒙屈降轩舆，获聆矩晦，虚怀下问，感愧交兵，承示请全行禁赌[1]，电奏一通，具见台端，福我粤人直同生佛，阖省士民齐声欢跃，讵惟伯陶一人感戴之私，顶祝何极。然电奏内有当增人者，查赌饷为立宪国所无，国家税所不当有，现奉明诏厉行宪政，理应即日禁绝，俾除障碍，况土药税为度支收入一大宗，各省赔款所从出。朝廷为民除害一律禁种，不闻以筹抵而延期。赌害为粤东所独，粤人请禁，先后三年，以筹抵之，故宣示无期，使粤人疑，疆吏以此为延宕之文，尤非所以慰舆情而宣德意，又粤人急公甲于他省，如粤汉铁路招股一事，旬月之间四千余万一呼即集，筹抵之难由于不先期示禁，诚念粤人痛苦立沛，纶音[2]永行禁绝，民情踊跃，续行筹抵，谅亦非难，且与其纷纷呼吁，举派代表入京陈请，力争不已，何如即降谕旨使粤民胥戴皇仁。凡此数语如增入电奏内，尤足见我公为民请命之苦衷，或亦可以上回天听。刍荛之言[3]，乞采择，无任主臣。

【注】

［1］禁赌：见《电宪政编查馆请代奏修改粤东禁赌章程》“粤东禁赌”条。

［2］纶音：纶言，指帝王的诏令。〔唐〕刘禹锡《谢赐冬衣表》：“三军挟纩，俯听纶音，九月授衣，载驰天使。”

［3］刍荛之言：浅陋的见解，此处为自谦之词。《诗经·大雅·板》：“我言维服，勿以为笑。先民有言，询于刍荛。”〔汉〕毛氏传：“刍荛，采薪者。”〔汉〕郑玄注：“服，事也。我所言乃今之急事，女无笑之。古之贤者有言：‘有疑事当与薪采者谋之。’匹夫匹妇或知及之，况于我乎。”

与李柳溪侍郎书[1]

春明一别，倏已冬初，寅维道履安详，荩筹宏远，定叶颂私，伯陶奉母乡居，足不至穗垣，业经数月。本月十三日，因增制宪，复委派为会议厅审查科科员，到省晋谒辞职，值议员反对禁赌[2]，绅民痛愤，邀与维持，业经迭次电京，想蒙亮察安荣铺票内容及议员被运动情形，自治研究社号电调查至为真确。近日刘冕卿等复哓，哓致辨以为开一铺票而山票绝禁一铺票，铺票如故不知此，安荣铺票实乃违章，[3]影射非山票[4]、非铺票[5]，而又兼含围姓[6]白鸽票[7]性质之绝大，新赌博赌棍心计之工，流毒之巨，皆出人意外。闻十二日开收第一会，投者业数万票矣。刘冕卿等当时误会犹可，事后仍复狡辩，谓非被人运动，谁其信之？邓小赤宫保对于此事最为痛恨，当即函请制军方伯将安荣铺票禁止，十九日明伦堂集议士绅到者七百余人，旁听者数千人，后至皆拥挤不前，为从来所未有。伯陶以为赌棍利诱之工，百出不穷，但禁一安荣铺票无济于事，查赌饷岁六百万金。百金，中人之产。是岁，破产六万家。庚子弛禁到今十年，是业破产六十万家，一家八口，此十年中其破产而饥寒者计六百八十万人，除转死外但十之一流为盗贼，亦六十八万人。况赌商获利比赌饷不啻倍屣，其饥寒而盗贼者亦当不啻倍屣。粤东盗案每岁县数百宗，近乃掳人勒赎无地无之，李文忠督粤，以赌饷办盗囊，尝谓其适以酿盗，今果然矣。充斥如是，大乱即在目前，应即合词联请政府代奏，乞旨一律禁绝，以除祸本。现增兼督，业经入告，众意佥同，是以有十九日政府之电，续奉增制宪手谕，知制宪于十八日，电请禁绝，奉旨着度支部速议具奏，钦此。廿二日自治研究社集议。伯陶以为当复吁，乞度支部速行复奏，请将粤赌一律禁绝，众意复佥同，是以有廿二日度支部之电，此皆绅民连日奔走号呼实在情形，其辱骂议员之声不绝于路，报章具载，谅入明鉴中矣。议局为国会影子，议员为人民身家性命所托，今粤局议员之悖谬不啻，举人民身家性命而胥戕贼之，将来国会前途可以概见。鄙见以为应请澈底查办，严行惩罚以肃纪纲业，将粤赌当禁章程，当改号电馆中，电文简略，言不尽意，乞再将此函转呈察夺，不胜感祷。近日赌祸蔓延，西省自梧州溯江而上，山票、铺票、番摊[8]等日益蕃衍，涓涓不塞，流为江河，乞并呈小川、春卿两尚书，暨东西各同乡京官协力维持以期禁绝。至赌事为他省人所未解，附呈安荣铺票厂单，一纸借资众览，想明于利害者自可了然矣。伯陶以母老多病乞休，前月母亲咳血复作，调侍阅月，稍获安痊。穗垣小住不过旬日，即当返棹乡间，素叨挚爱，用敢附述，朔风懔厉，夙夜贤劳，诸惟为国自爱。不宣。

【注】

[1] 此文应作于宣统二年（1909）冬。文中曰：“伯陶以母老多病乞休，前月母亲咳血复作，调侍阅月，稍获安痊，穗垣小住不过旬日。”可知此文作于陈伯陶署江宁时因母病解任归乡期间。《瓜庐诗剩》下《七十述哀诗一百三

十韵》诗中自注："己酉五月，匋斋调北洋，樊护督印，余再署宁藩两阅月。六月，先慈在署得吐血疾，久乃痊。江督张安甫人骏至，余遂请终养，张不允，乃请假三月，送亲回籍，九月遂解任归。"此处解任应为解宁藩（即为江宁布政使）之任，据上述诗中自注，陈伯陶是在署江宁布政使时母病，但随后不久即接任江宁提学使。据《七十述哀诗一百三十韵》诗中自注："十一月，余奉旨着补授江宁提学使，并着来见。庚戌三月。余至都时，醇王摄政，诸亲贵出握重权，贪而瞶……余遂乞假省墓，五月即具呈粤督，袁海观树勋代奏，开缺养亲。"陈伯陶真正辞官还乡为庚戌年（1910）五月，前文有诗《庚戌五月陈请终养》可为佐证。

［2］禁赌：见《电宪政编查馆请代奏修改粤东禁赌章程》"粤东禁赌"条。

［3］安荣铺票实乃违章：见《电宪政编查馆请代奏修改粤东禁赌章程》"安荣铺票赌违章"条。

［4］山票：清末广东一带创制的一种彩票赌，注用《千家文》首篇一百二十字，买者每次以十五字为限，每次三十字，收票可至数十万字，每条一角五分，中字最多者得头彩。

［5］铺票：指以当地的商铺号为单位，向各商号捐借银款（假设为）十两银，须一百二十家家商铺认捐，共计一千二百两银水利基金。所认捐之商铺，均有商号刊于票底，如祥发、鸿业、裕民、广信等，称为"铺票"。流行于清末广东南海顺德一带。

［6］围姓：指古时利用科举考试考生姓氏而进行的赌博。票局立下规矩，只在规定的小姓中猜，在乡试、会试、岁考、科考之前，票局把参加考试的小姓公布，参赌者从中圈画二十个姓为一票，票价为一元，票局收票后发给参赌者一张号码凭据，作为揭榜后中彩领取彩金之用。票局以圈姓命中率高低决定是否中彩及彩金级别、彩金分等。

［7］白鸽票：清代一种赌博彩票，源于赌鸽。赌局把《千字文》前八十个字印在纸上（白鸽票），参赌者在票中圈出若干字号，再由赌局开出底子（中奖号码）若干，一般有五字以上相符合者，便可按不同等级中彩。

［8］番摊：古时一种赌博游戏，称"摊钱"。将数百枚制钱放在桌上，随意抓若干，用铜盅盖住，让人猜注，然后倒出钱，以四枚为一组，统计余数，以落注压的余数一、二、三、四为输赢。

与丁伯厚[1]前辈书

昨日过谈，畅聆大教，佩甚！《陈文忠行状》[2]荷蒙润色，已付钞矣。《大记》回环捧诵，略有所疑，返九龙后检阅诸书，敢举所闻以为质证，原钞本无行状名。鄙见以其与阮《通志》所引《文忠行状》同，故名之耳。作行状必其子孙或后辈及亲炙者，其事实采自本人著述及同时纪载为多，《大纪》云此状多采《文忠集》及《忠愍行述》，是也。惟叙苏观生事疑作者曾见《明史》，考《明史稿》，王鸿绪进表在康熙五十三年，《明史》张廷玉进表在乾隆中叶，作者生雍乾间，乃能见《明史》，此当为作传，不当为作行状。且状内忻城伯赵芝龙，《明史》作之龙（他俾史同《明史》，无作芝龙者）。虽当日传闻异词，然亦足为未见《明史》之证。《明史·苏观生传》数语当亦采之，稗史故偶相同，非作者剌取《明史》也。《大记》又以赠南海忠烈侯谓南番同会城，无大出入，考计六奇《明季南略》云文忠后封南海公，疑初封番禺，后封南海。《明史》于桂王时事多阙掠，故相歧异。《大记》又以忠烈侯[3]冠上，他书所无，且与文忠谥，复考《明史》“功臣世表”，凡追封公侯者多谥武，死难而追封公侯者多谥忠，无谥文者惟新建伯，卒后谥文成。盖二百余年仅见疑忠烈，系追封时初谥，后改谥文忠，故有二谥。“功臣世表”称荣国公张玉成祖追封，谥忠显，洪熙元年，追封王，改谥忠武，此其证。侍初得此状，窃怪文忠于福王时至南京事，他稗史俱未载。惟夏燮《明通鉴》载有崇祯十七年五月福王起，文忠为礼部尚书一语，今观此状所叙，有足补史者如福王生母邹氏，《明季南略》则云尊为仁寿皇太后。《小腆纪年》则云尊为恪贞仁寿皇太后。此状称慈禧皇太后，盖其后复加此二字，徽号也。马士英奔浙江时所挟皇太后，钱秉镫《所知录》谓系士英之母伪为太后，《小腆纪年》则真伪二说并存，然《明史·福王传》称奔浙江者为福王母妃，不谓为伪。此状称文忠接慈禧太后星驰还粤，集旅勤王懿旨，遂取道南还，其非伪无疑。凡此之类，皆足订正史书之阙误，鄙见以为此状必文忠子孙或其门人所作，闻见较真，不当臆断，特手笔稍弱，利钝互陈，诚如《大记》所云耳，末学寡闻，勉为就正，伏希惠教感辛。不宣。

【注】

［1］丁伯厚：丁仁长（1861—1926），字伯厚，晚号潜客，广东番禺人。

光绪九年（1883）进士，入选翰林院庶吉士。散馆授编修，国史馆协修。后历任贵州乡试正考官、顺天乡试同考官。光绪二十二年（1896）任日讲起居注官。后归粤主讲越华书院，任广东存古学堂监督。辛亥革命后迁居香港，民国初纂修《番禺县续县志》。著有《丁潜客先生遗诗》《毛诗传笺义例考证》等。

[2]《陈文忠行状》：陈伯陶辑《胜朝粤东遗民录》中附有陈文忠、张文烈、陈忠愍行状一卷［可参见《胜朝粤东遗民录》，民国十六年（1927）刻本，广东省立中山图书馆藏］。陈文忠：陈子壮（1596—1647），字集生，号秋涛，谥文忠。明末抗清将领，与陈邦彦、张家玉合称“岭南三忠”。广东南海人。万历四十七年（1619）进士。历官编修、累迁礼部右侍郎、南明弘光帝礼部尚书、永历帝东阁大学士兼兵部尚书，后起兵攻广州，兵败遇害。著有《云淙集》《练要堂稿》《南宫集》等。按：此为陈伯陶纂修《胜朝粤东遗民录》时与丁仁长商榷之作，丁仁长疑《胜朝粤东遗民录》中所收《陈文忠公行状》非其子孙门人亲炙，而采集陈子壮诗文集和他人行述。陈伯陶据史实考订行状应为其子孙门人所作，纪事可信。

[3] 忠烈侯：据陈伯陶所辑《胜朝粤东遗民录》中《陈文忠公行状》，陈子壮遇害后永明朝追赠“南海忠烈侯”，故曰。《陈文忠公行状》：“公殉节时年五十二岁。永明王命东阁大学士、吏部尚书吴贞毓设祭九坛，赠公太师、上柱国、中极殿大学士、吏兵二部尚书、南海忠烈侯，谥曰文忠。”

与萧绍庭书

来教称旧藏赵裕子画立轴，以仆所辑《胜朝粤东遗民录》“赵焞夫传”与题识稍不合，因影寄阇公俾再为考订。赵焞夫[1]，字裕子，明诸生，入国朝卒，人不甚显，画必非赝作，惟题识字有后人所赠考“康熙五十五年，丙申去天启四年，甲子计九十三年”，若康熙丙申年九十天启甲子时尚未生裕子，自识断无此谬误之理，此当为顺治十三年丙申，本用渊明书甲子之义，不题年号，康熙二字，浅人所加也，其云丙申二月，再加洗染，觉予两人发俱白矣者，顺治丙申去天启甲子三十三年，此当盛年所作，时将周甲，故为是感喟。若年九十，则作此画时已五十七，老将至矣，不应于大耋之期始着此慨语也。“九十翁识”四字所加，且识为结语，此横插在题款上，文气不贯，通人必不出此，浅人以“丙申”上空二格，赵上空数格，故补此六字，而不知其乃大误也。焞作惇者，此当于国变后易名。仆为传时，以独漉祭文作意子，故不敢采入传中，附之按语，诚恐其别为一人，既焞易为惇，然则裕子易为意子欤？独漉称其年六十或题此画，后未几卒也。文易自度二人不可考详，自度作石及识语，画当三人作，裕子工花卉，当作花卉，色久而渝，因再洗染，其墨竹则文易作也。考番禺梁启运[2]，字文震，副贡生，其画竹当时与顺德梁仲玉[3]（元柱）称为高手，裕子既从仲玉游，与文震又同里，疑竹即文震作，亦国变后改字文易也，文震亦遗民，其事迹仆已采入录中，然识语称两人不及自度或自度未及，国变而卒欤？千里相思疑义与析，因即鄙见所知，书以复命，希教正为幸。（九龙真逸）

【注】

［1］赵焞夫：字裕子，一字意子，广东番禺人。陈伯陶《胜朝粤东遗民录》："赵焞夫，字裕子，番禺人，少以诗名。梁元柱以疏劾魏阉归，与焞夫游。黎遂球、欧必元、李云龙、梁梦阳、戴柱、梁木公辈重开诃林净社，焞夫与焉。又与谢长文、韩宗騋相友善。工花卉，当时称为高手。遭乱后尝作《春望》诗。"（上海古籍出版社2011年版，第90页。）

［2］梁启运：陈伯陶《胜朝粤东遗民录》："梁启运，字文震，亦番禺人，万历副贡生。与国骅善，以女妻颛恺。启运少寓波罗，嗜读兵法、律历之书，与袁崇焕相往还，又尝与黎遂球又复明祚之志，后知事不可为，筑水云别墅，隐居不出。殁时，以别墅施僧。今番禺北亭水云寺是也。雅善鼓琴，其写竹与梁元柱皆称一时高手。"

［3］梁仲玉：〔清〕阮元《广东通志》卷四十五："梁元柱，字仲玉，顺德人，天启壬戌（1622）选庶吉士，迁陕西道御使。时副都御使杨涟首疏魏党二十四大罪，元柱继之，直声震天下，遂削籍去。崇祯改元，召还原职，至河间闻京师戒严，人多观望。元柱曰：'主忧臣辱，正当稽首伏阶，以笏画策君前，尚泄泄坐此耶！'闻者叹服。抵京，补福建道御使，监北京乡试。旋奉敕按云南，便道归省，连丁内外艰。起，补陕西参议，未赴卒，年四十八。"汪宗衍《岭南画人疑年录》亦载其事，陈邦彦《雪声堂集》收录有《七星岩书屋记（代梁赞善）》，可参阅。

与吴幼舫书[1]

承委作令先翁秋舫前辈墓表，久未报命，歉甚。近接读行状，谨勉为之。文成友人加以评点，谓足以传令先翁之真，中间伊郁凄凉，情文兼至，末语敦勉得立言之体，此奖借之词，姑述之，以待正然。仆于孤灯苦雨中一再读之，未尝不酸鼻也。禁赌一节行状有误，此系仆与令先翁同事，记忆极真。考《南海县续志·前事表》，光绪初张抚（兆栋）奏禁一切赌博，[2]甲申张文襄督粤始开闱姓[3]，庚子李文忠督粤复开番摊小闱姓[4]，小闱姓即白鸽票也。甲辰岑督春煊乃禁小闱姓，时令先翁殁矣，似别无禁白鸽票事，请再详核之苏军门元春，移军驻淮徐系阴奉朝命，所以令驻淮徐者。当变政时，康欲仿赵武灵王[5]故事，先易胡服，孝钦不悦，语先皇帝曰："予老矣，汝欲令予穿革履耶!"康之党谭嗣同闻之，谓非迫孝钦服从不可。时袁世凯亦附和新政，寓京中，谭遂为伪诏，令回小站带所练兵围颐和园而饵之，以侍郎袁伪允之，发其谋于直督荣禄，荣遣人驰告端王载漪，转奏孝钦，谭等遂伏法。自是孝钦训政，端王居中用事，锐意练兵，名其军为虎神营。京师詈外人曰洋鬼子，谓虎可食羊，神能治鬼也。己亥春召甘肃提督董福祥驻兵近畿。夏，苏元春陛见有朝马之宠，复令其驻兵淮徐，盖皆为驱逐外夷计。旋命刚毅为钦差，往江南粤东地筹饷，八月，刚至粤，筹得百六十余万，奏内有粤东地濒重洋，外夷凌逼，兼以比年盗贼充斥，不当竭泽而渔语。乙卯，同年方拱垣时在刚幕中，谓外夷句宜酌，刚操粤语答之曰："打其用意可见，特大阿哥立后，拳匪入畿南，乃爆发耳。"仆尝语令先翁，谓此皆人妖，盖国家将亡之兆，令先翁亦谓为然，今虽老病，犹一二记忆也。苏后因有人奏广西边防紧要，庚子夏复电令勿往江南，时李文忠将入都，复奏开小闱姓内有去年总理衙门饬令，酌办，前督抚力阻其行语。（李莅任即开番摊，其开小闱姓在去任时相隔只数月。）事皆见《光绪东华录》，金石之文，信令传后非得确据，仆亦不敢妄操笔也。变政事行状不欲斥言，然事隔廿余年，是非已定，无庸讳饰矣。足下以为何如?道里辽阔，不获面谈，谨布区区，伏希垂鉴，不宣。

【注】

[1] 陈伯陶《瓜庐文剩》卷四收录有《翰林院编修记名御使吴君秋舫墓表》一文，可与本文相互参看。

［2］光绪初张抚（兆栋）奏禁一切赌博：光绪四年（1878）三月时任两广总督广东巡抚张兆栋奏曰："广东各项赌博匪徒，请增重刑隶，加重治罪。闱姓花会、白鸽标、山标、田标、屋标、鹌鹑斗、蟋蟀斗八项赌博，起意为首之犯，俱实发云贵极边烟瘴充军。合伙出本之犯，拟发边远充军。帮同收标、收钱之犯，拟以杖一百，徒三年。日后另有巧立赌博名色者，首从各犯亦照此例科断。"事见《光绪朝东华录》（中华书局1984年版）、《清实录广东史料》（广东省地图出版社1995年版）

［3］张文襄督粤始开闱姓：张文襄，指张之洞。光绪十年（1884）五月，张之洞署粤，为应对中法战争，筹备军饷，遂大开赌禁，谓为充饷。光绪十一年（1884）四月，张之洞奏请开闱姓，借充军饷。参见苑书义编《张之洞全集》第一册卷十一《筹议闱姓利害暂请弛禁折》（河北人民出版社1998年版）

［4］李文忠督粤复开番摊小闱姓：光绪二十五年（1899）十一月，李鸿章署两广总督，因甲午战败巨额赔款，继续弛禁闱姓，并相继弛禁小闱姓、番摊等赌博。事见《光绪朝东华录》（中华书局1984年版）。

［5］赵武灵王：战国时期赵国国君，名雍。公元前307年进行军事改革，令将士改穿游牧民族服装，便于骑马射箭，史称"胡服骑射"。事见《史记·赵世家》。

致高云麓（振宵）书

云麓仁兄足下：

昨接李孔曼世兄函，中附足下致苏君幼宰书及批拙著《孝经说》中一段，捧诵之下深佩足下学术之正与相爱之深，感何可言然。此乃仆忧愤之作，本不足称。《说经》所以中著责君父一段者，则以欧洲民约狂澜[1]酿为大乱，而其借口则曰专制。（专制二字本以中文译西语，《大戴礼》云："妇人无专制。"《韩诗外传》云："孔子曰：'周公事文王事，无专制。'"《汉书·袁盎传》云："大臣专制，杨雄谏，不受。"《单于朝书》云："日逐呼韩，扶伏称臣，然尚羁縻之计，不专制。"此译语之典确者，故亦从通俗用之。）当日中国奸民知列圣仁厚，不能加以无道，遂亦借专制之说煽惑狂愚，以成其造乱之计。夫我中国数千年来君制之善始于尧舜而确定于孔子，而自秦汉以后，贤圣之君继作，尤莫盛于本朝，故辛亥禅位后，汹汹者遂进而诋諆孔子，使君制不复生而永绝我中兴之望。夫有君之利，智者知之，愚者不知也。而无君之害，今日共产即由是而生，其祸必更烈于洪水猛兽。仆因是惧，故反复求之于经。《论语》告齐景公曰："君君、臣臣，父父、子子。"此正名之义，圣言浑涵，本自无迹，而景公憬然曰："善哉！信如君不君，臣不臣，父不父，子不子，虽有粟，吾得而食诸。"[2]盖深悟言外之旨。仲弓游夏辑《论语》时，谓其言有当圣心，因附记之，以垂世戒，易之文言曰："积善之家必有余庆，积不善之家必有余殃。"臣弑其君，子弑其父，非一朝一夕之故，其所由来，渐矣。由辨之不早辩也，夫子既正名[3]，曰弑深著其罪恶矣。而复推原其故，曰不善余殃即寓有责君父之意。故子夏曰："《春秋纪》君不君，臣不臣，父不父，子不子者也，非一日之事也，有渐而至焉。"（见刘向《说苑》，拙著已引之。）盖即合论语文言之辞以申明夫子作春秋之本旨，左邱明受《经》仲尼，故于文公十六年宋人弑其君杵臼，《传》曰君无道也。宣公四年郑公子归生弑其君，《夷传》曰："凡弑君，君无道也。称臣，臣之罪也。"殆亦深明此旨，合数说观之，《春秋》之大义固深罪臣子，而其微言亦婉责君父，故曰微而显，婉而成章，此盖吾夫子大中至正之道不滞于一偏，所以维纲[4]常于不敝而为万世长治久安之策也。孟子学孔子者也，其言臣弑其君，子弑其父，孔子惧，作《春秋》，大义昭然矣。然又有言曰："闻诛一夫纣矣，未闻弑君也。"七篇中亦两存之荀卿学孔子而非孟子者也。而其《正论篇》则曰"汤武不弑君说"与孟子同，《左氏传》传自荀卿，此乃劝学篇所谓春秋之微，亦窥见邱明之本旨也。然邱明之传仍正名曰弑君，而孟荀乃并弑君之名辨之，故其义至汉辕固生与黄生争于景帝前而不能决，（见《汉书·儒林传》。）遂成为千古之疑义。窃谓此两义当并行不悖乃足以维万古之纲常，若滞于一偏，则黄生所云"冠虽敝，必加于首，履虽新，必贯于足"，合于孟子说春秋之义矣。然以之驳不弑君之说，不几于以子之矛陷子之盾耶！鄙见以为孟荀虽论汤武非论春秋，然其论弑君则同殆，亦谓两义当并行不悖也。来教谓孔子《春秋》专责臣子而作，责君父一义实为蛇足，此欲闲执谗慝之口而不知适足以扬其焰而助其澜。仆著此篇时细绎圣言，系有两义，前已详之矣，至责君父一义初亦虑阅者以为曲学阿世[5]，欲仿不食马肝[6]之意，删之。继思我朝得天下之正过于汤武，而其禅天下之公同符尧舜，三代而后，一姓之废兴夐乎！莫尚而累世深仁厚泽愚民犹到今，称之何嫌？何疑？而以专制为讳，今让国十余年矣！而大盗与暴民之专制日以益酷，势不至于人将相食不止。故窃以为倡民贵君轻之说于光宣之际，则设淫辞而助之攻，而严君父无道之防于百六之交，乃拨乱世而反之正。诚使今之居人上者有所畏忌，亦庶几少息其焰而挽其澜，而生民之祸或不至于不救，故再四思维仍著其说于篇中。来教又称杜预《释例》举此传文，创为奇论，借以迎合司马氏篡弑心理，此焦里堂[7]之说。（见《〈左传补疏〉

序》。）东塾先生亦采入《读书记》中，同年林君扬伯（国赓）因谓此为刘歆所窜入。鄙见以为《左氏传》《荀卿传》之张苍，《苍传》之贾谊，谊又为训，故授赵人贯公，传习不绝，非歆所能增益，又歆移书太常在，哀帝时莽恶，未著，且莽托伊周尧舜以篡汉，亦无须借无道一言为解免。惟杜氏《释例》确有是迎合意。里堂发其覆而诛其隐，所论极确。然不当以是疑邱明之传而谓其有异于经，盖传之发凡自是释经，况君臣父子之道。夫子日以诲人，弟子亦日切磋而不舍。（荀子《天论》云："无用之辨，不急之察，弃而不治。"若夫君臣之义，父子之亲，夫妇之别，则日切磋而不舍也。圣贤之学其切问近思，殆在于此。）邱明受经仲尼而此又经中要旨焉，有立说异经之理。来教云左氏发凡，是当时之史例，非孔子之经例，据《杜预序》则云："周公之志，仲尼从而明之。"又云其发凡以言例，皆经国之常制。周公之垂法史书之旧章，仲尼从而修之，以成一经之通体。孔颖达云："修者，治旧之名。"然则经例即史例也。如谓旧史一例，春秋经又一例，是夫子有异于周公，而左氏从史例而不从经例，实失夫子作经之意。窃所未安，希再详审之。（杜氏此言至确，不得因人而疑之。）来教云："左氏好奇炫博，故于各国纪载皆因事而备录之，凡所谓无道者，大约皆据当世乱贼加诬其上之辞，非实录也。"此则足下有为言之，但邱明为鲁太史，夫子言巧言令色，足恭慝怨而友其人，与之同耻，谓其嫉恶严经不云弑，而传载其弑事未必实，此则有之。（襄七年郑伯髡顽如会，未见诸侯，丙戌卒于鄵。昭元年楚子麇卒，哀十年齐侯阳生卒，《传》皆谓其被弑。）若谓乱贼加诬其上之辞而亦录之，论其学识不应不别黑白至此。来教云："杵臼、郑夷二事，左氏所详列者并无无道事实。公子鲍之阴谋，襄夫人之淫乱皆备列其事，而司马司城之握节效节，或死或奔，皆著其忠，何尝为乱贼，末减其罪，若郑夷不过食鼋一事，其事至微，岂足以为无道之铁证？"仆因来教寻绎传文，窃意当时乱贼赴告必有加诬其上之辞而邱明不录，故于杵臼事，但记公孙寿辞。司城告人曰："君无道，吾官近惧死焉。"一语郑夷事但记公怒欲杀子公一语，以着其无道之实。而释经称君君无道之旨，至公子鲍、襄夫人与子公、子家之罪恶，则具详列之。此乃邱明嫉恶之严而亦体夫子深罪臣子之意，犹之《经》不云弑而《传》记其弑。东塾先生谓此必当时记其事者有不同，孔子则从赴不以弑逆漫加于人。左氏则兼存弑逆之说，使与经并传于后，以此合证之。《传》之记与不记俱有深意于其间，盖责君父之言婉，而罪臣子之义严，邱明素臣，殆深会斯旨。拙著责君父一段仍归重罪臣子之意，以此质之，足下以为何如？仆老矣，衰病相缠，旦夕就木，自维海滨遁迹后，寸心耿耿，不忘本朝。而此篇又忧愤之作，虽据传说经不无纰缪，或不致贻曲学阿世之讥，而于圣人垂教之意庶几有合，此区区著说之意也，足下知我爱我，不远千里展转贻书而进教之，俾启发寓意，钦仰何极！故敢具陈之，秋高风冽，诸惟卫道自爱。不宣。

【注】

［1］欧洲民约狂澜：指卢梭《民约论》在晚清思想界造成的巨大影响。《民约论》又名《社会契约论》，为18世纪法国卢梭的著作，宣扬天赋人权、主权在民等民主思想。清末世乱，一些有识之士开始向西方学习，以求富强之路，很多人开始接受卢梭的学说，以为改革利器。一时之间，遂成狂澜。

［2］《论语》等句：语出《论语·颜渊》："齐景公问政于孔子。孔子对曰：'君君，臣臣，父父，子子。'公曰：'善哉！信如君不君，臣不臣，父不父，子不子，虽有粟，吾得而食诸。'"

［3］正名：辨正名称，使名实相符。《国语·晋语四》："举善援能，官方定物，正名育类。"〔三国吴〕韦昭注："正上下服位之名。"《旧唐书·韦凑传》："师古之道，必也正名，名之与实，故当相副。"

［4］维纲：指纲纪法度。〔汉〕桓宽《盐铁论·刺复》："夫维纲不张，礼义不行，公卿之忧也。"

［5］曲学阿世：歪曲自己以投世所好。《史记·儒林列传》："固曰：'公孙子，务正学以言，无曲学以阿世。'"

［6］不食马肝：马肝有毒，食之能致死。《汉书·儒林传·辕固》："食肉毋食马肝，未为不知味也；言学者毋言汤武受命，不为愚。"〔唐〕颜师古注："马肝有毒，食之憙杀人，幸得无食。言汤武为杀，是背经义，故以为喻也。"

［7］焦里堂：焦循（1763—1820），清经学家、历算学家，字里堂，江苏扬州人。嘉庆举乡试，与阮元齐名。后应礼部试不第，托足疾归隐。书楼名曰"雕菰楼"，读书著述其中。博闻强记，精于经史、历算、声韵、训诂之学。有《里堂学算记》《易章句》《易通释》《孟子正义》《古文尚书辨》《毛诗物名释》等。

与张寓公书

（乙卯腊月）

寓公足下：

奉读所撰《海上寓贤录》跋，评悬月旦[1]，义炳阳秋，孔稚圭勒北山之文，鲁仲连蹈东海之节，皭然[2]不滓，情见乎辞。续接手书于一二寓贤中，举彼篇章以为讪笑。华歆龙头[3]，拜司徒之职；阮籍鸾啸[4]，成劝进之笺。惟寂寞自投阁，爰清静作符命；昔之所僇，今以为荣。名士如斯可胜浩欢抑，仆尤有感者。夫东汉之世，节义相高，两晋以还，廉耻日丧，顾亭林以为建安丞相薄仁孝之风，正始名流蔑周孔之典，是以国亡于上，教沦于下，羌戎互僭，君臣屡易，斯昔贤之至论，亦后学所稔知。若夫李唐以后爰讫今，兹凡厥迁流，差堪商榷，慨自郑五[5]无能，朱三[6]肆虐，炽其凶焰，毒彼清流。然韦端已之依西蜀，冀复唐仇；司空图之隐中条，誓辞梁禄。高标松节，罗昭谏不履新朝；危捋虎须[7]，韩致光但称旧职。虽天运穷剥，世道陵夷，一行之传，惟有逍遥先生长乐之书，争羡痴顽老子而物极必反，宋儒遂兴。泰山濂洛[8]，倡绝学于前；涑水紫阳[9]，续大经于后。其间荆公异说，举世弗宗，谓伯夷不甘饿死，谓冯道实救众生，学僻而非折衷一是。流风所播，易代逾彰，迭山卖卜，即变姓名，深宁著书，不闻征辟。西台皋父击竹如意而悲歌南野，忆翁署铁函经而百拜。汪水云之随北狩，归老黄冠；唐玉潜之护诸陵，甘为行丐。斯并神伤杜宇，泪洒冬青，身历兴亡，心存名教。他若月泉吟侣，汐社[10]遗民，霁山樵唱之篇，清碧谷音之集，联翩偕隐，史册未书。匪惟死事之烈，气壮本朝；抑且肥遁之高，道光前代。将非道学之说，其入人者深乎！故自金元以讫，胜朝皆黜杨墨[11]而崇先圣，前徽未沫，正气常存。凡河汾逸老，湖泖高人，东林复社之贤，二曲[12]夏峰之学，俱敦道义，无事敷扬。乃若遗山则就觐世祖，铁崖则赴召高皇，东涧尚书竟修降表，梅村学士亦上征车。然而题诗仍谓布衣，献词乃称老妇。录吾炙一集，深契孤臣，著绝命小诗，缅怀奇节。苟白圭之有玷，终清夜之滋惭，从未有毁冠裂裳，膏唇拭舌，故人遇我，自比严陵，国史非公，竞称危素，又其甚者？乃谓诸夏亡君有臣何贰，倡为邪说，以误后生。岂新莽称摄逢萌，不必挂冠，董卓未篡，蔡邕非为失节乎；伊川野祭，周辛有已叹其亡；神州陆沉，王夷甫讵辞其责。斯又亭林所谓有亡国，有亡天下，姓号改易，谓之亡国；仁义充塞，谓之亡天下者也。呜呼！痛哉！且仆更为足下罕譬言之，夫息妫事楚，悯默无言；文姬入胡，流离自悼。乐昌公主抚破镜[13]而衔悲，花蕊夫人拜紫衣而饮泣。虽未比劓面，引鉴割鼻，援刀刎颈于强邻，断臂于逆旅，然大节纵亏，贞心未泯，或悲所遇，犹谅其人。乃若效齐国之邻女[14]，育七子而俱成，学河间之妇人[15]，聚群恶而相处，而犹侈言不嫁，自称未亡，似此厚颜，必当唾面。然则今之诸臣以无君为非贰者，毋乃昔之二妇亦无夫而非淫乎？嗟夫！文人无行，自古为然，贪夫徇财，于今尤烈。三纲既堕，四维不张，沦胥以亡，累劫莫复。仆与足下躬丁阳九，迹寄海滨，勉松柏之后凋，嗟风雨其如晦，亦惟有永矢弗过、永矢弗告而已。悠悠斯世，夫复何言？

真逸顿首

【注】

［1］评悬月旦：指评品人物。《后汉书·郭符许列传·许劭》："劭邑人李逵，壮直有高气，劭初善之，而后为隙，又与从兄靖不睦，时议以此少之。初，劭与靖俱有高名，好共核论乡党人物，每月辄更其品题，故汝南俗有'月旦评'焉。"

［2］皭然：洁白之貌。语出《史记·屈原贾生列传》："濯淖污泥之中，蝉蜕于浊秽，以浮游尘埃之外，不获世之滋垢，皭然泥而不滓者也。"

［3］龙头：《三国志·魏书·华歆传》："议论持平，终不毁伤人。"〔南朝宋〕裴松之注引〔三国魏〕鱼豢《魏略》："歆与北海邴原、管宁俱游学，三人相善，时人号三人为'一龙'，歆为龙头，原为龙腹，宁为龙尾。"

［4］鸾啸：古时谓文人高士志趣颇高。《晋书·阮籍传》："籍尝于苏门山遇孙登，与商略终古及栖神导气之术，登皆不应，籍因长啸而退。至半岭，闻有声若鸾凤之音，响乎岩谷，乃登之啸也。"

［5］郑五：唐郑綮，排行第五，故称。《旧唐书·郑綮传》："明日果制下，亲宾来贺，搔首言曰：'歇后郑五作宰相，时事可知矣。'累表逊让不获。"

［6］朱三：五代后梁朱温排行第三，因称。〔宋〕王应麟《困学纪闻·杂识》："后村诗谓：'未必朱三能跋扈，只因郑五欠经纶。'"

［7］捋虎须：语出《三国志·吴书·朱桓传》："臣疾当自愈。"〔南朝宋〕裴松之注引〔晋〕张勃《吴录》："桓奉觞曰：'臣当远去，愿一捋陛下须，无所复恨。'权冯几前席，桓进前捋须曰：'臣今日真可谓捋虎须也。'"

［8］濂洛：北宋理学的两个学派。"濂"指濂溪周敦颐，"洛"指洛阳程颢、程颐。〔清〕顾炎武《〈仪礼郑注句读〉序》："沿至于今，有坐皋比，称讲师，门徒数百，自拟濂洛，而终身未读此经一遍者。"

［9］紫阳：宋朱熹的别称。朱熹父朱松曾在紫阳山（今属安徽省歙县）读书。朱熹后居福建崇安，题厅事曰"紫阳书室"，以示不忘。后人因以"紫阳"为称。

［10］汐社：宋遗民谢翱所创文社。〔宋〕方凤《谢君翱行状》："（谢翱）后避地浙水东，留永嘉、括苍四年，往来鄞越复五年，大率不务为一世人所好，而独求故老与同志，以证其所得。会友之所名汐社，期晚而信，盖取诸

潮汐。”

［11］杨墨：杨朱、墨翟的学说。杨朱提倡为我，墨翟主张兼爱，皆与儒家所倡仁义道德相对立。《孟子·滕文公下》：“吾为此惧，闲先圣之道，距杨墨。放淫辞，邪说者不得作。”

［12］二曲：指清初学者李颙，尝自署名曰“二曲土室病夫”，学者称“二曲先生”。〔清〕江藩《汉学师承记·顾炎武》：“近日二曲以讲学得名，遂招逼迫，几致凶死。”

［13］破镜：比喻夫妻离散后重聚。事见〔唐〕孟棨《本事诗·情感》。

［14］齐国之邻女：《诗·邶风·凯风》：“凯风自南，吹彼棘心，棘心夭夭，母氏劬劳。凯风自南，吹彼棘薪，母氏圣善，我无令人。爰有寒泉，在浚之下，有子七人，母氏劳苦。睍睆黄鸟，载好其音，有子七人，莫慰母心。”

［15］河间之妇人：指淫妇。典出〔唐〕柳宗元《河间传》：“河间，淫妇人也，不欲言其姓，故以邑称。”

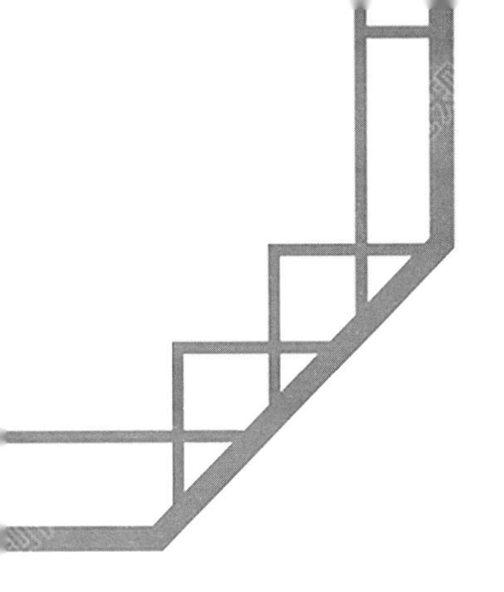

瓜庐文剩　卷二

谒江宁圣庙谕诸生文[1]

本学司今日虔谒圣庙，既为诸生宣讲圣谕广训及上谕所定教育宗旨矣，试更引而申之。夫古之学在六艺，《史记》称孔子弟子身通六艺者七十有二人。六艺之名曰：礼、乐、射、御、书、数。礼、乐者，修身之仪，则故君子无故不去身，德育之事也。射、御[2]者，尚武之精神，故士人执技以事上，体育之事也。六书者，国文之学，而训诂必求之尔雅[3]，则方国之语，在所兼通。九数者，算术之科，而知巧必用之考工，故胡粤之制，亦当取法，皆智育之事也。《大学》言“格物”，国朝李刚主先生谓物即六艺，盖本《周礼》“乡三物”之文，以《经》注《经》，其说至当。惟古之御侮，车马弓矢，而今则器械日新。古之重译，夷狄戎蛮[4]，而今则瀛环[5]无外。古之学适古之用，今之学亦当适今之用。使三古圣人生今之世，亦必自变其学科，盖学求致用，无古今中外，其理一也。然天不变道亦不变，变者，人事、学科是也；不变者，天道、学之宗旨是也。学科贵因乎时而宗旨必衷诸圣，诸生今日既谒庙而来，固愿学孔子者也。孔子言：“志在春秋，行在孝经。”春秋所诛，在乱臣贼子，而孝经所重，在移孝作忠。孟子私淑孔子而辟杨墨，其言曰：“杨氏为我，是无君也；墨子兼爱，是无父也，无君无父，是禽兽也。”诸生诚知学科虽变，宗旨不变，而息邪说，拒淫辞，一以孔孟为归本，学司有厚望焉。

【注】

[1] 此文应作于光绪三十二年（1906），陈伯陶署江宁提学到任时。文中曰：“本学司今日虔谒圣庙，既为诸生宣讲圣谕广训及上谕所定教育宗旨矣。”古时学官上任时须谒圣庙。陈宝琛《清故荣禄大夫江宁提学使陈文良公墓志铭》：“丙午，出署江宁提学使，以崇实学、正人心谕告诸生。”《七十述哀诗一百三十韵》诗中自注：“丙午四月二十日，余奉旨开缺，以道员用，着署理江宁提学使……余初莅官，谒庙为谕诸生文宣以崇实学、正人心为宗旨。”

[2] 射、御：本指射箭御马之事，古时六艺之一。此处指武事。〔唐〕陆贽《策问识洞韬略堪任将帅科》：“选士废射御之仪，教人无搜狩之礼。”

[3] 尔雅：此处指雅正。《史记·儒林列传》：“文章尔雅，训辞深厚。”〔唐〕司马贞《史记索隐》：“谓诏书文章雅正。”

[4] 夷狄戎蛮：古之四夷，华夏族对少数民族的蔑称。《尚书·毕命》：

"四夷左衽，罔不咸赖。"〔汉〕孔安国传："言东夷、西戎、南蛮、北狄，被发左衽之人，无不皆恃赖三君之德。"

［5］瀛环：指世界。〔清〕薛福成《出使四国日记·凡例》："述事之外，务恢新义，兼网旧闻。凡瀛环之形势，西学之源流，洋情之变幻，军械之更新，思议所及，往往稍述一二。"

江宁运动会颂[1]

光绪戊申十月八日，江宁学堂开联合运动大会时，伯陶官提学。令于众曰本日为皇太后万寿节[2]之前二日，制府端公开运动会以为之祝，而命鄙人为会长，鄙人不文，际兹盛举，不可无辞，敢作颂曰："我闻在昔，文武同途，士习射御，将敦诗书，惟我圣人，教育是普，煌煌明诏，宗旨尚武，江南之山，虎踞龙蟠，勖哉多士，其尚桓桓，合此大群，以争国步，予有奔走，予有御侮，恢我皇与，慈颜以愉，于万斯年，大清之都！"

【注】

［1］本文应作于光绪三十四年（1908）十月八日。

［2］万寿节：古时指君主的生日。《册府元龟·帝王·诞圣》："后唐庄宗以光启元年十月癸亥生于晋阳宫……同光元年十月壬辰万寿节，百官斋会于开封府。"

伯　夷[1]　颂

昌黎之颂伯夷[2]至矣，鄙意尤有感于以暴易暴，不知其非，二言因复，引申其意而为之颂。有殷纣之暴而世乃称周武为仁，谓仁之为暴，此伯夷之独见而即见嫉于率土之王臣，举世既无可与语，故宁饿死而不降其志与辱其身。故充其类，则耻食乎周粟而循其本，则恶浼于乡人其就养也。以服事殷，其进谏也。为臣伐君是不得执，王荆公之邪说[3]谓为前后之不伦，呜呼！纣之暴，亦伯夷所恶也，使其见后世之以暴易仁，莫知其非，吾知不待西山之立，槁而直蹈，死乎北海之滨，故伯夷曰以暴易暴，而孔子曰求仁得仁，且以冠古之逸民。

【注】

[1] 伯夷：商朝逸民，因不食周粟而饿死于首阳山。《史记·伯夷列传》："孔子曰：'伯夷、叔齐，不念旧恶，怨是用希。''求仁得仁，又何怨乎？'余悲伯夷之意，睹轶诗可异焉。其传曰：伯夷、叔齐，孤竹君之二子也。父欲立叔齐，及父卒，叔齐让伯夷。伯夷曰：'父命也。'遂逃去。叔齐亦不肯立而逃之。国人立其中子。于是伯夷、叔齐闻西伯昌善养老，盍往归焉。及至，西伯卒，武王载木主，号为文王，东伐纣。伯夷、叔齐叩马而谏曰：'父死不葬，爰及干戈，可谓孝乎？以臣弑君，可谓仁乎？'左右欲兵之。太公曰：'此义人也。'扶而去之。武王已平殷乱，天下宗周，而伯夷、叔齐耻之，义不食周粟，隐于首阳山，采薇而食之。及饿且死，作歌。其辞曰：'登彼西山兮，采其薇矣。以暴易暴兮，不知其非矣。神农、虞、夏忽焉没兮，我安适归矣？于嗟徂兮，命之衰矣！'遂饿死于首阳山。"

[2] 昌黎之颂伯夷：昌黎指唐韩愈，韩愈有《伯夷颂》一文，收于《韩昌黎文集》。

[3] 王荆公之邪说：王荆公指北宋王安石，王安石有《伯夷论》一文，收于《王安石文集》。

柳下惠[1]颂

夷与惠其揆一也，孟子称惠为圣之和，又谓之不恭，鄙意不谓然，因论其世而为之颂。夷则清矣而惠非和，观袒裼裸裎[2]之焉，浼此乃清之极。犹济清之不杂于河，其由由与偕不肯去父母之国，实其厄穷不悯而惧与他邦之枉道相委蛇，使其丁以暴易暴之，世亦将慨黄农虞夏而作歌，孟子称曰介是矣而谓之不恭则耶。呜呼！千载而下，降志辱身而谬托于逸多矣，彼所居国，父母之仇雠也，乃不为鲁男子之不可，势必与众人皆浊，淈其泥而扬其波，故后之学柳下惠者，世推彭泽；而其善学柳下惠者，吾称汨罗。

【注】

[1] 柳下惠：春秋时期鲁大夫展获，字季，曾为士师官，食邑柳下，谥惠，故称"柳下惠"。《荀子·大略》："子夏贫，衣若县鹑。人曰：'子何不仕？'曰：'诸侯之骄我者，吾不为臣；大夫之骄我者，吾不复见。柳下惠与后门者同衣而不见疑，非一日之闻也。'"〔唐〕杨倞注："'柳下惠，鲁贤人公

子展之后，名获字禽，居于柳下，谥惠，季其伯仲也。后门者，君子守后门至贱者。子夏言昔柳下惠衣之弊，恶与后门者同，时人尚无疑怪者，言安于贫贱，浑迹而人不知也。非一日之闻，言闻之久矣。'"

［2］袒裼裸裎：裸露身体，指粗鲁无礼。《孟子·公孙丑上》："尔为尔，我为我，虽袒裼裸裎于我侧，尔焉能浼我哉？"〔宋〕朱熹《孟子集注》："袒裼，露臂也。裸裎，露身也。"

游慈恩寺记[1]

光绪庚子，拳匪肇祸，两宫幸西安。逾年春，陶奔行在所，四月乃达，二十一日奉上谕择于七月十九日回銮，时和议将就绪矣。旅居多暇，乃约为访胜之游。五月初三日，偕谭君亦张及阴儿往游慈恩寺。寺在西安城南十里，唐高祖建永徽中，沙门玄奘复起浮图，武后与王公增造之计祟三百尺，亦名雁塔[2]。岑嘉州杜工部俱有诗，是日午刻，骑马出南门，望其前别有小雁塔，地峻不能上，因径造慈恩寺，寺芜废久矣，僧了缘出肃客，命小沙弥导登塔，塔门左右有褚河南圣教序二碑，石坚莹有光气，上刻如来四菩萨，二天王像，顶蟠双龙极工致，塔门石柱二，皆古刻，左为隶书，有"庆历"等字，右为真书，似苏文忠，有"赵沨""世规"等字，余多剥蚀不可读。既入二三丈许，黝黑不见掌，沙弥燃灯前导，梯三转，至第二层，窗四辟乃始开朗，嘉州所谓"磴道盘虚空"，工部所谓"初穿龙蛇窟"者，谓此。自是再登至第六层，乃穷塔顶。北面有佛龛，余三面可远眺，南望终南，甗锜巉削，白云滃其间，如神龙爪角，隐约迸露。东则冈峦紏纷，迤以平原。西则神区沃皋，极目千里，下第五层俯察西安，城中廛里端直，城北萦青缭白，溟蒙无际。工部诗："秦山忽破碎，泾渭不可求。俯视但一气，焉能辨皇州。"[3]真善穷物状也。沙弥携笔砚至，因题姓名岁月于壁。既下了缘言寺，东南为曲江池[4]，至则堙为平陆，村人导入山沟中，旁有土洞三，宛转相通，题曰"柳林古洞"，中一井，窈而深，俯窥鉴人。程大昌《曲江志》称隋宇文恺凿为池，又会黄渠，水自城外南来，为芙蓉池，疑沟即古黄渠水[5]也。唐自神龙以来，进士登科者，皆畅游曲江上，题名雁塔。见宋樊察所作《慈恩雁塔题名序》。寺内并有明至今题名碑，世儒以八股文腐败，欲并科举而废之，览兹遗址，知科目之贵，中于人心，自唐以来千余年不废，此必有道焉，未可轻议也。

【注】

[1] 据文中所言，此文作于光绪二十七年（1901）四月二十一日。时逢庚子事变，慈禧太后携光绪帝奔西安，陈伯陶因母病归粤，次年春，即从东莞赴西安随员，此文即为在西安随员期间所作。前文《七十述哀诗一百三十韵》诗中自注："旋闻两宫西幸长安，而仲夔弟书至，言先慈倚闾綦切，因挈家南归……余抵家后，禀命先慈，即赴行在，已启途矣。闻先慈病，复归。辛丑二月乃成行，四月始至长安。"又，本书附录有陈伯陶手稿《扈随日记》，记随员及两宫回銮事宜，可参看。慈恩寺：位于今陕西省西安市南，为唐贞观二十二年（648）太子李治为追念母亲文德皇后长孙氏而建，故名"慈恩寺"。为唐长安城内最华丽宏伟之佛寺，玄奘法师曾在此译经。参阅〔宋〕王溥《唐会要·寺》。

[2] 雁塔：塔名。位于陕西省西安市城南大慈恩寺内，为唐玄奘法师主持修建，后因在长安荐福寺有修建一座较小的雁塔，故称慈恩寺内为"大雁塔"，荐福寺内为"小雁塔"。唐时新科进士及第，一起在曲江、杏园游宴，并登雁塔，题壁留念，因称进士及第为"雁塔题名"。〔明〕朱国祯《涌幢小品·雁塔》："塔乃咸阳慈恩寺西浮图院也。沙门玄奘先起五层。永徽中，武后与王公舍钱重加营造，至七层，四周有缠腰。唐新进士同榜，题名塔上，有行次之列。唐韦、杜、裴、柳之家，兄弟同登，亦有雁行之列。故名'雁塔'。"

[3] 工部诗等句：语出杜甫《同诸公登慈恩寺塔》诗。

[4] 曲江池：在今陕西省西安市东南。因有河水水流曲折，故称。隋文帝时更名"芙蓉园"，唐复名"曲江"。开元中重新疏凿，为都人中和、上巳等节日游赏之地。参阅〔宋〕乐史《太平寰宇记·关西道一·雍州》。

[5] 黄渠水：为唐代曲江池一带重要水源。史念海、曹尔琴校注《游城南记校注》："黄渠水出义谷，北上少陵原，西北流经三像寺。鲍陂之东北今有亭子头，故巡渠亭子也。北流入鲍陂。鲍陂，隋改曰杜陂，以其杜陵也。自鲍陂西北流经蓬莱山，注之曲江。"（三秦出版社2006年版）

游终南五台[1]记

五台在咸阳南五十里，终南山麓峻处也。土人称"大五台"，以其下别有"小五台"故云。辛丑五月九日，与汪颂年、郑叔进、家简持往游，出西安城西门，南行至温国堡，堡有石梁跨滈水，复前行至子午镇。同乡陈耀南驻兵其地新会，邓景亭军门部将也。天阴雨，颂年、叔进不复往，简持谓此去小五台甚近，余随之行至斗姥宫，简持足软不能进。一沙弥导余行路，壁削蛇盘而上，东过玉皇阁，循山脊至南峰寺。寺新建，有五佛殿，僧慧全出迓，茶话片时，乃下偕简持还镇，耀南具酒膳叙饮，甚适。是夕伍叔葆约演法堂，僧雇山兜至叔葆，前曾游五台者。初十日简持返城中，余暨叔葆、颂年、叔进晨出镇东门，前行过白塔寺，寺芜废，仅存一大铜佛，前有石经幢，唐物也。复前行，过石鳖河至演法堂，堂与弥陀寺对宇，叔葆邀堂僧观印，前导自此入山谷中，幽涧泠泠，细若琴筑。循涧而上，过兴宝泉寺白衣堂、大悲堂至竹林寺，寺门外一碑，额书皇太子令旨重修大竹林寺，碑文已磨灭，寺后山尖处为送灯台，茂树蒙密，岚光穊朗，叔葆言大五台皆然，遂不复登。前行过胜宝泉寺小憩，复过一天门、二天门至三圣宫，俯视送灯台在脚底矣。复前行过火龙洞，闻六月间远近朝礼多集于此。道旁古柏阴森，奇石崒嵂[2]，侩寮、汤社高下相映，如厕身灵鹫[3]。间复前行，过三天门、四天门，山径险折，灌木攒倚兜，有时不能上，因得句云："林幽随鸟度，径险倩僧扶。"自此而上，为清凉台，复上为观音台。即《西安志》所称"观音寺南山佳丽处，惟此为最"者也。台广二亩许，中为观音殿，后为僧房，皆壁倚崖巘，下临无垠。北望西安，城小若盘盎，其前卓锥地上者，慈恩塔也；其后萦绕如丝者，渭河也；其间隐隐昂首而蹋尾者，龙首山也。南望太乙诸山，瘦削干云，横列如屏，日光所及，金碧照灼，至为瑰玮。台比四台为耸拔，北为普贤台，稍卑又北为灵应台，石峰如笋，势若争长。又北为舍身台，侧睨之悬崖万仞，肤战毛慄，合清凉为五台。自山下仰观五峰，如指上插霄汉，洵胜境也。杜工部诗"许生五台宾，业白出石壁"[4]当指此，注以为晋之五台山，盖误。寺僧具素麵至味，怪不能食，遂同下山，见寺前铁瓦坠地，僧取以引水，因拾一片归瓦有文云："明洪武间，副使陆同妻张氏造。"叔葆亦拾二片则嘉靖间秦藩造也。颂年叔进先下山，余与叔葆复鼓勇登灵应台，盘石壁数十丈，乃得至台，广只四五丈，寺逼仄，亦覆以铁瓦，寺僧谓山高风劲，非此不能御云。是夕颂年先回子午镇，僧观印，邀余与叔葆叔进宿演法堂。十一日晨起回镇，颂年已返城中，叔葆仍拉余及叔进游小五台，耀南亦往中途，叔进不乐，遂先归。余与叔葆复登南峰寺，寺西为子午峪，通汉中，余谓工部诗"故人今居子午峪，屋前太古元都坛"[5]当即斯地，适寺有新垩素壁，高丈许。余因倚梯书《元都坛歌》其上，叔葆亦集石门铭字书一联于旁，云"阳谷渊委栈道攸涉阴崖蔽亏元都所居"，书讫，相顾笑，谓此当阅百余年后人不察，或以为仙笔[6]也。时日欲暮，僧慧全与俱下至卧龙寺宿，晚饭毕，丸月东上，风生竹柏间，有声如波涛，叔葆畏寒，返僧室。余与耀南、慧全席地谈佛法至三更乃罢。连岁奔走，形神并疲，不意麻鞋汗垢中乃有此乐，真一服清凉散也。十二日晨起，叔葆先返城中，余至子午镇与耀南别，归途迂道里许游香积寺，寺已毁，惟塔与石佛存。

【注】

［1］终南五台：此处指南五台，位于西安城南，终南山中部，山上有清凉、文殊、舍身、灵应、观音五台，因与关中五台山相对，故称“南五台”，古称“太乙山”。按：文中言此文作于辛丑（1901）五月九日，据上文《游慈恩寺记》标题注，应为陈伯陶在西安随员期间所作。

［2］崒嵂：指山势高峻。〔宋〕陆游《大寒》诗：“为山傥勿休，会见高崒嵂。”

［3］灵鹫：山名，在古印度境内，山中多鹫，故名。佛教以为圣地。《古诗类苑》卷一〇二引〔晋〕庐山诸道人《游石门》诗序：“灵鹫邈矣，荒途日隔。”

［4］杜工部诗句：语出〔唐〕杜甫《夜听许十一诵诗爱而有作》诗。

［5］余谓工部诗句：语出〔唐〕杜甫《元都坛歌寄元逸人》诗。

［6］仙笔：仙人的笔迹。〔清〕纪昀《阅微草堂笔记·姑妄听之二》：“不知何日，杨君登城北关帝祠楼，戏书于壁，不署姓名，适有道士经过，遂传为仙笔。”

游韦曲[1]谒杜祠记

辛丑七月廿三日，简持回粤，余饯之寄梅别墅，简持本以献方物。至西安，席间谈及杜工部喜达行在诗，因言城南二十里有杜祠，亦胜地也。既别，余与区召闾策马往寻，出南门，行三十余里至杜曲，询居人，知祠在韦曲牛头寺东，此已过十余里，时日西坠，马饥乏困，觅客店宿焉。览其地，衡宇相望，后倚高阜，曲抱如绿玉环其前，对终南山，山下冈峦横列，几案潏水奔流案下，清冽见底，中开旷野，稻田蔬圃弥望，膏沃相宅，经所谓阴阳和会，富贵累世不绝者。昔唐杜岐公[2]佑居此，谓之北杜奕叶[3]。显仕与韦曲诸韦同，故唐人语曰“城南韦杜去天尺五”。工部与岐公同出当阳侯预[4]，据《宰相世系表》及《草堂集》，工部为岐公叔父，行其先，实居杜曲，故诗云：“杜曲幸有桑麻田，故将移往南山边。”王原叔注：“杜曲，公所居，意魂魄犹乐依此。”因口占一律云：“经过杜曲地，怅望终南山。荷芰一渠水，桑麻百顷田。相逢老农圃，因话好林泉。太息少陵叟，流离又剑川。”[5]今祠不建之杜曲而在韦曲，窃所未喻也。廿四日晨起策马徇故道至牛头寺，寺在山坡高处，佛殿前有龙爪槐，数百年物也。心空而节肿，虬枝下垂，南压一千符，六年石经幢殿后土穴三供诸佛菩萨，榜曰“圆觉洞”。寺僧言此乃唐圆觉庵，宋改牛头寺，国朝改福昌寺，然士人仍呼曰牛头云。寺南即古樊川，潏水贯其中，山川明秀与杜曲同。自汉以来，韦氏世居此，故名。韦曲至唐韦安世又筑别业，极林泉花木之胜，不特奕叶显仕也。寺东即工部祠，明张治道建，同治间毁于兵燹，陕藩林寿图重修，扁曰“俯视樊川”。余与召闾整衣入谒，龛旁有联云：“拾遗肯住否，词客未能忘。”又云：“旧俗还祠庙，杜陵有布衣。”皆集工部句。呜呼！工部生际乱离，忠爱之悃，一寓于诗，余同此忧患而才钝未能少吐胸臆，深自疚也。既出，信马西北行五里许，见一闸门，曰“皇子陂工部诗”，天清皇子陂即其地。日晌午，腹饥不暇周览，遂纵马回城中。

【注】

［1］韦曲：地名。唐时在长安城南，因韦氏世居于此而得名。〔唐〕杜甫《奉陪郑驸马韦曲》诗之一：“韦曲花无赖，家家恼杀人。”〔清〕仇兆鳌《杜诗详注》注曰：“《杜臆》：韦曲，在京城三十里，贵家园亭、侯王别墅，多在于此，乃行乐之胜地……钱笺：《雍录》：‘韦曲，在明德门外，韦后家在此，盖皇子陂之西也。’”按：据文中言此文作于辛丑（1901）七月二十三日，据上文《游慈恩寺记》标题注，应为陈伯陶在西安随员期间所作。

［2］杜岐公：杜佑（735—812），字君卿，唐代京兆万年（今陕西西安）人，历任济南参军、主客员外郎、抚州刺史、江淮水陆转运使、户部侍郎、饶州刺史、岭南节度使等职。贞元十九年（803），升任司空，后拜司徒、封岐国公。元和七年（812）以太保致仕，去世后谥号安简。撰有《通典》二百卷，创立史书编纂的新体例。事见《旧唐书·列传第九十七》《新唐书·列传第九十一》。

［3］奕叶：指累世。《隋书·礼仪志》：“宣尼制法，云行夏之时，乘殷之辂。奕叶共遵，理无可革。”

［4］当阳侯预：指杜预（222—285），字符凯，西晋京兆杜陵（今陕西西安东南）人，灭吴战争的统帅之一，因灭吴有功被封为当阳县侯。历任曹魏尚书郎、西晋河南尹、安西军司、镇南大将军，官至司隶校尉。勤学好思，博学多闻，于经学多有建树，时人称之为“杜武库”。撰有《春秋左氏经传集解》《春秋释例》等。逝后追赠征南大将军、开府仪同三司，谥号成侯。事见

《晋书·杜预传》。

[5] 因口占一律等句：《瓜庐诗剩》卷上收录有《过杜曲怀少陵》即为游韦曲所作此诗。

观骊山温泉[1]记

凡山川之美可以娱心志、悦耳目者，大都为骚人逸士所称赏，惟骊山为世诟病，谓周秦及唐借此游娱，皆亡国杀身相随属，虽涌温泉实祸水云。辛丑八月，两宫期廿四日回銮，孙寿州传相奏派陶为扈从，命下着先行。[2]二十日，陶与戴少怀、吴菊农暨荫儿同起程。是夕宿临潼县，闻县令改骊山驿馆为行宫，廿一日晨起随少怀往观。出县南半里，抵骊山麓，时朝日曈昽，草露沾濡，而山下溪流气蒸蒸若出炊爨，盖温泉下注处也。行宫南枕骊山，北向中三楹，备慈圣所居，其旁三楹，下俯一池，池之前亦三楹，备今上及皇后妃嫔所居。两旁亭榭回环，荫以嘉树，壁间嵌有宋皇佑元符等碑，其政和间谢彦子美诗刻云："自笑尘容去复来，骊山顶上看崔嵬。何人得向长安道，亲浴莲汤十二回。"书法磅礴，在米蔡之间。又有宋刻《张燕公温泉说》，文约百余字，前云玄冥氏之子曰壬夫安，祝融氏之女曰丁芊，俱成水仙，为温泉之神。考《辛氏三秦记》称神女唾始皇生疮，始皇谢之，为出温泉。燕公说不知所本，疑与辛氏同一附会，然末颇以淫乐为戒，若有先见者，温泉池在行宫后，凿石为长方形，深三尺许。盖即明以来所谓官池，非秦汉唐所甃石，今洁之，备两宫浴，自此下注别有池，备赐浴云。陶尝读陈鸿华《清汤池记》其述元宗制作之宏丽而谓其穷奢极欲，古今罕匹。鸿，唐人，乃不为尊者讳，然亦后王之龟鉴也。《传》曰："美疢不如恶石。"骊山之有温泉，虽美疢，亦恶石也。他日者两宫临幸，悚然于周秦及唐之所以失，然则行宫置此，其亦深得讽谏之义也夫。闻其地烽火台，坑儒谷，秦始皇葬处遗迹尚存，以车马将发，不暇访览。晚宿零口镇，因记之以示少怀、菊农。

【注】

[1] 骊山温泉：位于今西安临潼境内，唐时最盛，建有华清池。〔宋〕陈大昌《雍录》："骊山温汤在临潼县南一百五十步，直骊山之西北。"（中华书局2008年版）温泉见诸史籍甚早，古人很早就认识到温泉可以强身健体、去除疾病。秦始皇时就开始利用温泉沐浴（详见刘庆柱《三秦记·关中记辑

注》，三秦出版社 2006 年版），唐时骊山温泉为皇家浴场，行宫建置颇为奢华。〔宋〕钱易《南部新书》："玄宗于骊山置华清池，每年十月，舆驾自京而出，自春乃还，百官羽卫，并诸方朝集，商贾繁会，里闾阗咽焉。"（中华书局 2002 年版）开元年间骊山温泉极其繁盛，但随后安史之乱，唐王朝由盛而衰，故唐中期以后以其为君主之不祥之地。《资治通鉴》卷二百四十三："上欲幸骊山温汤，拾遗张权舆伏紫宸殿下……叩头谏曰：'昔周幽王幸骊山为犬戎所杀，秦始皇葬骊山国亡，玄宗宫骊山而禄山乱，先帝幸骊山而享年不长。'"可知后人将骊山温泉作为逸乐亡国之典范而以为戒。

［2］辛丑八月等句：据文中言此文作于辛丑（1901）八月，据上文《游慈恩寺记》标题注，应为陈伯陶在西安随员期间所作。本书附录有陈伯陶手稿《扈随日记》，记随员及慈禧太后、光绪帝回銮事宜，可参看。

游华山玉泉院记[1]

辛丑八月二十三日，陶与吴菊农发华州，午过敷水镇，道间东望华山三峰，尖巉似莲花，欲开而尚合，及将抵华阴城，则前后左右各峰壁立分析，若盛开。然其最高峰削成而四方，上作草角形，与莲蓬又相似。是夕宿城东五里之财神庙，遇罗孝豪随李伯瑜侍郎祀西岳回，谈玉泉院之胜。廿四日清晨与菊农往游院，在山麓有石洞，中卧陈希夷像，左为山荪亭，亭踞盘石上，云希夷所创。南望三峰，苍翠照眼，有"陕西转运副使游师雄元祐九年正月廿三日观太华三峰"廿三字，字大尺余，刻深寸许，书法雄厚苍劲。前有希夷遗冢，碑环以无忧树，大皆合抱，亦云希夷手植。树下有清泉，自石龙口喷出注为渠，又汇为一池，池中石船可坐十余人，秋风飒爽，拂衣对谈觉飘飘有仙气。院中间五楹，今上赐扁曰"古松万年"，其后亦五楹，供希夷像。慈圣赐扁曰"道崇清妙"，道士出肃客，言自此上二十里为青柯坪。又二十里至岳顶，道险峻，中为昌黎投书处[2]。菊农谓"投书"事不可信，陶谓此出《唐国史补》，《昌黎答张彻诗》[3]叙登华山事有悔狂，已咋指垂戒，仍镌铭语，或不诬也。既下二里许，过古云台观，观亦希夷隐居处，今已荒废。返寓后进谒岳庙，古柏阴森，皆千年物，两旁旧碑林立，多碎裂，惟北周西岳庙碑《唐述圣颂》尚完好，中殿供华山神，慈圣赐扁曰"仙掌凌云"，今上赐扁曰"灏灵万古"，后殿供圣祖仁皇帝牌位，昔巡幸所至也。后为万寿阁，登阁望东峰，仙掌日光灼射，细察之乃石壁间溜痕下垂分划而成，世以为巨灵所擘，非也。

菊农以王事有程速，陶下，旁午遂发。是夕宿潼关城。

【注】

[1] 此文作于光绪二十七年（1901）八月，据上文《游慈恩寺记》标题注，应为陈伯陶在西安随员期间所作。本书附录有陈伯陶手稿《扈随日记》，记随员及慈禧光绪回銮事宜，可参看。

[2] 昌黎投书处：在陕西省华阴市华山绝壁，在坡度极陡的名为“苍龙岭”的山脊两旁有千丈绝壁，仅有一条石脊通达对岸，崖壁上刻有“韩愈投书处”五字。

[3]《昌黎答张彻诗》：指〔唐〕韩愈《答张彻（愈为四门博士时作张彻愈门下士又愈之从子婿）》诗，《全唐文》卷三百三十七有收录。

游伊阙记[1]

伊阙即《春秋传》“阙塞”，一名龙门，在洛阳县西南三十里。伊水南来径其间，两山排峙，望之若阙，故名。[2]今称其西曰伊阙曰龙门，东曰香山者，误也。辛丑九月初四日，陶与吴菊农宿河南府城，仲恭太守为言龙门之胜，官车局韩章五亦备舆往游。初五日朝膳毕，出南门，渡洛水，经古洛、莽渠、大明渠，过关陵复前行八里许，至龙门之西麓。麓有潜溪寺，寺前有温泉，出石罅间，注为池，池之下喷洒若飞瀑。寺内三龛骈连，中为宾阳洞[3]，高七八丈。壁间琢佛菩萨阿罗汉像，巨者亦数丈，细或寸余，不可以数计。龛顶镌宝盖幡幢，极工巧。左右二龛同特毁剥，多不若中龛完好。耳龛右磨崖镌一穹碑，额篆伊阙佛龛之碑文，中有“文德皇后魏王”等字，前后损坏，无撰人、年月。欧阳修《集古录》载唐贞观十五年《三龛记》云“魏王泰为长孙皇后造，岑文本撰，褚遂良书”，即此碑也；[4]《唐书》称：“太子承干病蹇，泰以计倾之，及太子败，帝阴许立泰，岑文本，刘洎请遂立泰为太子，泰为母后作此大功德，乃夺嫡之谋，疑文本预之也。”三龛之北，别有一龛，前为斋祓堂，余石壁劖小佛龛，高下皆遍，若蜂窠然，真百千万亿化身矣。洛阳典史朱子干时奉太守命修龛前五楹，云备两宫临幸，子干又言此三龛唐造，其南有大石窟，则元魏时胡太后造。陶谓胡太后[5]笃信浮屠于伊阙，作石窟寺、永宁寺，迭次行幸。《迦蓝记》[6]称后造永宁寺为阎浮所无，其佞佛甚，至然。史言后称制十余年，中间为元叉所幽禁。及再临朝，母子之间嫌隙屡起，驯至朝政疏缓，文武解体，四方叛乱，鱼烂土崩，元魏之亡，祸实基此。今仲恭于跸路不经之地而亦备宸游，其殆将举魏王泰、胡太后之已事以相规诫欤？循西麓而南，所见诸佛龛不可胜纪，中间一龛左有唐武后如意元年石刻，广三四尺。明万历间巡按赵某镌“伊阙”二大字其上，文遂不全。南为老君洞，高约十丈，龛半壁及顶尽元魏时造像，近人所拓“龙门二十种”并在此，龛盖石窟寺遗址也。石窟之作，据《魏书》，在宣武帝景明元年至永平中，凡为三所，胡太后特因是为寺耳，非造窟者。其名老君洞，不知何始，疑唐赵归真、宋林灵素等废释教时所为。旁一龛有北齐武平间造像并治疾方凡百数十方，在孙思邈前必有验世无校刊者，可惜也。览毕渡伊水，游香山寺东麓，曰香山盖以寺名。唐李白武元衡诗皆题曰“龙门香山寺”，则其地本称龙门寺，内有高宗御笔五律二首，右为白香山祠堂，时亦重葺之，备临幸云。归途谒关陵，陵即曹操以王礼葬关壮缪处[7]。比回城时已昏黑矣。翌晨，匆匆上道，未及诣仲恭话别。仲恭名文悌，满洲世仆鄂伯诺费扬武之四世孙，尝官御史，有戆直声。

陶至汴后，闻两宫于十六日到河南府城，十九日诣伊阙潜溪寺、香山寺及关陵拈香。仲恭电汴府称：“召见一时之久，恳銮驾多驻数天。”两宫俞允。旋闻仲恭奏请五事：一、两宫回京素服哭庙，然后入；二、去岁在京之臣不能无罪，三品以上俱革职留任；三、广立王子。四、尚待不分满汉，为才是任；五、开垦牧地为八旗生计。亦言人所不能言者。（又记）

【注】

［1］据文中言此文作于光绪二十七年（1901）九月，据上文《游慈恩寺记》标题注，应为陈伯陶随慈禧太后、光绪帝回銮途中，途经洛阳，遂游伊阙。本书附录有陈伯陶手稿《扈随日记》，记随员及慈禧太后、光绪帝回銮事宜，可参看。

［2］伊水南来等句：〔北魏〕郦道元《水经注·伊水》：“昔大禹疏以通水，两山相对，望之若阙，伊水历其间北流，故谓之伊阙矣。”

［3］宾阳洞：河南洛阳龙门石窟内洞窟，北魏宣武帝时凿，又称“宾阳三洞”，分别为宾阳南洞、宾阳中洞、宾阳北洞。《魏书·释老志》：“景明初，世宗诏大长秋卿白整，准代京灵严寺石窟，于洛南伊阙山为高祖、文昭皇后营石窟二所。初建之始，窟顶去地三百一十尺。至正始二年中始出斩山二十三丈。至大长秋卿王质，谓斩山太高，费工难就，奏求下移就平，去地一百尺，南北一百四十尺。永平中，中伊刘腾为世宗复造石窟一，凡为三所。”

［4］欧阳修《集古录》等句：语出〔宋〕欧阳修《集古录》：“唐起居郎褚遂良书《三龛记》，字画犹奇伟，在河南龙门山，山夹伊水，东西可爱，壁间凿石为像。后魏及唐所造，惟此三龛像最大，乃魏王泰为长孙皇后造也。”（《欧阳修集》卷一三九）〔清〕顾炎武《金石文字记》：“龙门山镌石为佛像，

无虑万千，石窟最大者，今名宾阳洞，像犹高大……（右磨崖内碑）贞观十五年魏王泰为长孙皇后造。”（《四库全书·史部十四》）

[5] 胡太后：指北魏宣武灵皇后，安定临泾（今甘肃镇原）人，司徒胡国珍之女，北魏宣武帝元恪的妃子、北魏孝明帝元诩的生母。因孝明帝继位时尚年幼，胡太后曾临朝听政。事见《魏书·列传第一》。

[6] 《迦蓝记》：即〔北魏〕杨衒之《洛阳伽蓝记》，笔记类著作，主要记述北魏洛阳佛寺的兴衰以及相关历史人物旧事典实，为佛教文献，与〔北魏〕郦道元《水经注》、〔北朝齐〕颜之推《颜氏家训》齐名。

[7] 曹操以王礼葬关壮缪处：关壮缪，即关羽，字云长，三国时蜀国大将，死后谥壮缪侯。见《三国志·蜀书·关张马黄赵传》。《三国志·魏书·武帝纪》：“设牲醴祭祀，刻沉香木为躯，以王侯之礼，葬于洛阳南门外。”

吹台唱和记[1]

汴梁有吹台[2]，唐李杜、高适聚饮赋诗之所[3]也。辛丑九月十一日，陶与荫儿行至汴时，汪颂年、顾亚蘧、李柳溪先至，戴少怀续至。十月初二日，两宫幸汴，出城跪接，会崔盘石亦迎驾，自济宁至。五人者，陶馆中至契。于是晨夕过从，感昔之蓬征，幸今之萍合，相与游吹台。诸胜归为杯酌，以话夙怀。陶因言唐三贤游梁，在禄山未乱之前，余六人至汴，乃在端王启衅[4]之后，至可歔唈！时联军犹未尽退出京师也。越日，盘石作《满江红》一阕曰：“百感茫茫又万里，劫灰吹聚。空剩得满腔热血，头颅如许。负手尚吟梁苑月，伤心每忆蓬山雨。更那堪，徒倚信陵祠、夷门树。　功名事，成腐鼠。澄清志，徒画虎。叹危巢完卵，几人撑住。大局艰难堪痛哭，君王神武非虚语。愿二三豪俊，佐中兴，图伊吕。”颂年和云：“黄土抟风甚时节，吹残还聚。漫携手瓣香楼畔，皈依曾许。寒夜挑灯词散雪，空阶陨箨声疑雨。更一番，凭眺一回头，蓟门树。　莽何处，皆社鼠。是何事，如市虎。笑梁间双燕，凭谁去住。半局残楸随意掷，一铃孤塔伤心语。看龙彨衮衮，后车尘，谁周吕。”陶和云：“万里飘萍忽两地，因风偶聚。试回首东流西日，天涯何许。胡雁惊呼楼上月，秋花瘦损阑边雨。莽愁人，萧瑟叶辞枝，繁台树。　凭城社，忧狐鼠。扰关塞，悲豺虎。怅横流沧海，几人安住。辞汉铜仙空有泪，立朝金马终无语。听哀弦掩抑，孰更张，调钟吕。”颂年复和云：“是处销魂容易散，争如不聚。剩一角斜阳疏柳，凄迷如许。别意如抟春后雪，雄心迸碎窗前雨。把阑干，凭遍尽愁人，云和树。　身万里，愧饮鼠。心万劫，怕谈虎。

笑悠悠行脚，脚从何住。四十华年驹隙影，三千世界虫沙语。愿一年一醉，岳阳楼，追仙侣。”亚蘧和云：“昨夜天边闻说是，德星复聚。更难得眉飞色舞，魂交心许。乐府金梁今世月，秋衾铜辇前朝雨。问者番，何处最关情，隋堤树。　高楼下，俄坠鼠。绮筵上，争谈虎。怕雷轰霆骇，未容常住。狗监一言人得意，驴鸣片石吾无语。愿他年命驾，话相思，稽偕吕。”盘石得之，因命陶绘雅集图题诸词于后，柳溪作二律云：“重开尊酒话天涯，徙倚夷门夕照斜。剩有寒花能恋蝶，却怜疏柳不藏鸦。云飞艮岳无灵骨，龙去神亭空落霞。此是当年歌舞地，未堪沈醉拨琵琶。”二：“当筵折简不须呼，我亦天桥旧酒徒。异代萧条梁苑客，一官疏放步兵厨。拌教背世同聱叟，竟欲论交到狗屠。为报前盟松竹在，凭君写入岁寒图。”盘石亦命续题于后，时惟少怀科分最尊，又事冗不暇作。颂年私谓陶曰：“少怀相端厚有福气，异日当为太平宰相，如不死，国家前途或不至再扰攘，吾辈亦有瞰饭处也。”戊戌政变及庚子之乱，少怀皆以督学闽中，不及于难，故颂年云然。是月杪军机传谕：“十二月初四日两宫启銮回京，诸官非有要差者俟驾，行后八九日乃发迎銮，各员即回本省，并免跪送。”盘石闻之，乃定于初三日回济宁道署。陶约少怀五人于初二日在寓饯行，盘石迭前韵来谢云：“携手河梁问有散，何如不聚。谁酿得桃花流水，深情如许。落日徘徊盘马路，行踪约略分龙雨。算天涯，何处最难忘，槐厅树。　有博雅，如鼮鼠，有神解，知帝虎。羡人豪落落，玉堂留住。尊酒论文逢盛会，旗亭画壁传佳语。笑谪居犹得，近蓬莱，云干吕。”又迭前韵，云酒酣，以往忧愤不平，回首去年，竟成此解。云：“咄咄书空是怪事，一时都聚。竟能把六州大错，铸成如许。有窍心肝迷紫雾，无情血肉飞红雨。要流传，海外纪哀文，丰碑树。　伏肘腋，黠如鼠。添羽翼，猛如虎。问逼人太甚，住如何住。傀儡登场无好梦，邯郸学步徒谵语。算除非大地，点成金，逢仙吕。”陶和前一词云：“一曲骊驹问梁苑，何时重聚。况忽忽韶华半百，鬓丝如许。满地干戈愁古月，几年文酒论今雨。怅分飞，劳燕各西东，迷烟树。　大河上，堪饮鼠。南山下，须射虎。愿罗浮归去，茅庵小住。桥畔杜鹃空泪血，峰头白鹤能言语。待相从辟谷，学神仙，携钟吕。”又和后一词云：“回首都门九万里，豺狼并聚。叹一霎神兵尽散，沙虫几许。仓卒滹沱河上饭，凄凉巴蜀途间雨。恸翠华，西去路迢迢，秦中树。　山河蹙，牛角鼠。将帅玩，羊质虎。笑东南半壁，自云撑住。剜肉医疮谋国计，卧薪尝胆欺人语。怎纷纷保傅，宠头衔，同姬吕。”既集，陶出示二词，诸人读后一词皆击节曰：“崔灏在前，不能属和矣。”是夕各痛饮，颂年见陶影片曰：“貌有道气。”因题“砺道人四十有七小像”九字，复赞云：“不笠不履，非须非髯，不居承明之庭，而隐罗浮之巅。拂衣归去以全其天，后来者不可知而深悔从前，故题之曰四十有七年。”盘石亦题赞云：“眉棱闲有英气，鼻岳间有神渊，吾但知其学问之奥，经济之玄，所不可知者天。”少怀亦题八字云：“道其所道，玄之又玄。”诸人皆曰：“超超元箸也。”亚蘧题一诗云：“尚有乾坤容傲啸，可无尊酒话情亲。闭门漫草三千牍，坦腹真容数百人。晚岁凭谁历冰雪，高歌直欲动星辰。眼中萧瑟吾何与，珍重昂藏七尺身。”颂年复次韵题云：“患难流离成底事，一回相见一回亲。却怜梁苑萧条客，都是燕台氍毹人。浊酒千钟刚过卯，清时万劫不逢辰。与君几见桑成海，留取罗浮半截身。”柳溪亦次韵题云：“岂有张骞能鉴空，更无公主去和亲。坐看尘劫恒沙数，谁是逍遥方外人。欲注周官误分野，莫谈虞易问爻辰。罗浮今日萧条甚，我是梅花过去身。”盘石复次韵题云：“我是天涯最忧客，不知何处更情亲。中年哀乐成知己，与世浮沈大有人。难得清狂遇诸子，也知憔悴恋芳辰。一言总括无生诀，大患从来在此身。”题毕，少怀以醺醉，先归，五人者复留。漏三下，盘石取绍酒一坛，相与牛饮，且为七言联句一篇。比天明，皆大醉。仆人扶盘石登车去，陶不胜酒力，午方起，检联句稿，片片不全，字若蛇蚓，若鬼画符，不可读询，颂年三人都不记忆矣。及两宫启銮，陶与少怀诸人订初十日起程，亚蘧以家在汴稍缓，既而颂年病，少怀遂先行。陶过颂年寓，为诊治，见其案头有迭前韵一阕，云旅馆孤寒，百感交集，戏成此词云：“断雁南翔算定了，一年一聚。偏剩我船唇马腹，归来不许。世味薄于尝鲁酒，羁愁时复听湘雨。怕他年，一剑累亲知，延陵树。　夜寂寂，窃凭鼠。风恻恻，狂如虎。是这般滋味，怎叫人住。裘敝怕看慈母线，梦回疑有娇儿语。听南邻歌管，正嗷嘈，调商吕。”其词酸楚，不忍卒读。陶因和之以广其意，云：“宝剑宵鸣千里外，雌雄必聚。叹漉漉腰间血热，此身谁许。吾道废兴皆日月，世情翻覆多云雨。且盘根，共保岁寒身，青松树。　宦途上，鸦嗜鼠。要津里，狐假虎。这鸡群独鹤，何能久住。抚髀要存豪士志，呕肝莫作愁人语。待他年吉甫，佐周宣，为心吕。”十一日颂年病愈，陶命荫儿摒挡行箧，十二日与颂年柳溪同起行，陶作《归国遥》二阕，一云：“晨发，瘦马板桥残夜月，藐姑仙子罗袜，料知寒澈骨。　几处澹烟迷没，远山青一发。玉京天上金阙，梦中犹恍惚。”其二云：“呜咽，破帽黄尘经岁别，去时门外车辙，绿苔生又歇。　自断此生长诀，故山千万迭。那堪和泪和血，再寻青琐闼。”又作一律云：“一声晓角下城西，此去燕台路欲迷。万里风沙河上马，五更星月枕前鸡。行身尚自随书剑，绝塞微闻厌鼓鼙。草木变衰冰雪壮，长途差幸手同携。”时玄冬憯冽，口噤肤拆，颂年、柳溪谓途间宜饮酒，不宜作诗词，因不复和。晦日抵都门，乃汇录而为之记。后之览者知陶等吹台聚首与唐三贤不同，其词悲愤亦足慨云。

【注】

［1］此文作于光绪二十七年（1901）九月，据上文《游慈恩寺记》标题

注，应为陈伯陶随慈禧太后、光绪帝回銮途中，途经开封，遂游吹台。本书附录有陈伯陶手稿《扈随日记》，记随员及慈禧光绪回銮事宜，可参看。

［2］吹台：位于今开封城东南禹王台公园内，高一丈，占地数亩之土台，上有乾隆二十七年（1762）所题“古吹台”匾额。《郡国志》：“繁台，本吹台也。云仓颉师子野（师旷）所造。”（《太平御览》卷一百七十八引）《与地广记》：“东京开封府……有吹台，今日繁台，本师旷作之，（汉）梁孝王增筑焉。”（《渊鉴类函》卷三百四十九“居处部”之“吹台”注引）〔魏〕阮籍及〔宋〕梅尧臣认为开封吹台为战国梁惠王所建。梅尧臣《同江陵几龚辅之陈和叔登吹台有感》：“在昔梁惠王，筑台聚歌吹。笙箫无复闻，黄土化珠翠。当时秦兵强，今亦归厚地。”（《苑陵集》卷十八）

［3］唐李杜、高适聚饮赋诗之所：《新唐书·文艺传一》：“（杜甫）尝从白及高适过汴州，酒酣登吹台，慷慨怀古，人莫测也。”〔唐〕杜甫有《遣怀》诗：“昔我游宋中，惟梁孝王都。名今陈留亚……忆与高李辈，论交入酒垆。两公壮藻思，得我色敷腴。气酣登吹台，怀古视平芜。”

［4］启衅：挑起争端。《明史·梁震传》：“震曰：‘凡启衅者，谓寇不扰边，我横挑邀功也。今数深入，乃不思一挫之耶？’”

杭堇浦都门旧宅记[1]

光绪癸卯，伯陶官京师，居韩家潭宅，宅为广州会馆公产。检旧簏得乾隆七年三月典帖一纸，云钟竹园前将此屋按与栗兰溪，数年以来递按与杭堇浦居住，今钟尊三兄弟典与卫筠园等作为会馆。堇浦现在住内眷，急难迁移，约至乾隆癸亥二月出屋。癸亥，乾隆八年也。其后有堇浦手书两行，云四月二十日杭堇浦已收房价，当即出屋，前存合同因匆忙失去，既已收银，作为废纸。案：堇浦《道古堂文集·观鱼记》云：“循虎坊桥而东，有礼部钟君之赐第，余假馆焉。”韩家谭在虎坊桥东，帖所称钟竹园及尊三兄弟即礼部钟君也。堇浦于元年丙辰荐试鸿博授捡讨帖云：“数年以来，递按与堇浦居住。”《翰苑集·春日集·饮丁香花下》诗注云：“余自丁巳秋卜居迄今，三看花开矣。”是堇浦官翰苑之明年即居此宅也。龚定庵《堇浦逸事状》，乾隆癸未，堇浦以翰林保举御使，试日言朝廷用人宜泯满汉之见，奉旨交刑部，旋赦，归里。近日汪曾唯辨云：“《归耕集》有《甲子书怀诗》，堇浦获罪当在前一岁之癸亥，非癸未。”此帖亦云：“约至癸亥二月出屋，其后四月二十日交屋，所云‘合同因匆忙失去’者，盖因获罪之故。”《归耕集》诗云“十年薄宦头颅改”，堇浦《词科余话》言“乙卯辞家人入都”，至癸亥共九年，诗称“十年”，举成数也。洪稚存书《堇浦遗事》，许周生撰《堇浦别传》俱不详去官年月。《别传》称堇浦生康熙三十五年，卒乾隆三十七年，癸亥四年四十八矣。定庵状年月多舛，因记此以贻后之作年谱者。[2]

韩家潭宅面南，今以《道古堂集》考之，其北三楹为书堂，（《翰苑集》有“周宪阻雨书堂留饮起林上人过饭书堂赵一清杨炯文过访书堂各诗”。）亦曰“疏雨书堂”。（《翰苑集》有“雨后招同夏检讨之蓉金国薄焜金编修文淳张孝廉芸集疏雨书堂诗”。）堂东楹障之为无畏室，（《翰苑集》有“雨后集无畏室读画寒夜集无畏室共作禅语诗”）堂背有两枣树，（《翰苑集·扑枣诗》云：“堂背无杂花，劣有两树枣。一枝亚檐低，一枝出墙矫。”）堂南相去四丈许，架石为屏山。（《待月岩记》云：“书堂之南竦石架壑。”《翰苑集·吴城见过次其题壁诗》：“屏山数朵雨余出，斋树两株风后疏。”）其下崖洞庨豁跖擘为两，为待月岩。（《待月岩记》云：“有岩崒然，跖擘为两。”）岩东有亭，（《观鱼记》云：“有亭翼然，旁带崐崐礨。”）名未详。（《补史亭记》云：“先人庇屋，积有余材营度后圃，规为小亭。”考堇浦自编诗集，补史亭剩稿在赴召集之前，则亭当在其杭州故居。然记云：“史何补，补金史也。”《补金史》一书，今不传，盖未脱稿。堇浦居翰林时，仍当从事此编，疑其亭亦名补史也。）亭北面址高于堂，循级西下有小桥，桥下有池泉出于亭后之井，引渠注岩腹，渟滢夹镜，有鱼百头，为观鱼池。（《观鱼记》云：“循级而下，甘泉俯窥，觱沸不已，条鱼白头，堂策间作。”《待月岩记》云“灵泉贯腹”，《翰苑集》有“次马员外位观鱼韵”，又次韵“金吉士重过书堂诗”，汲井有香泉绕户。）池旁大树蔽牛（《观鱼记》云：“大树蔽牛，撑距日月。”）红薇、白菊、紫丁香植其间，（《翰苑集》有《待月岩下咏红薇》诗，又《金文淳裘曰修袁枚三吉士招同戴上舍廷熺小园看菊》诗云：“篱下丛菊花，有白无枯焦。”又于辂、汪沆有集，堇浦、寓斋看紫丁香，分赋诗，见《翰苑集》“三月十二日招诸公集丁香花下，醉后放歌，诗后附刊”。）为小园。（《翰苑集》有《王孝廉任湖下榻小园有诗次韵》）园西屋两楹，东面为红泉馆，（《翰苑集》有《红泉馆封雪诗》，又《雪中集红泉馆联句诗》。）又其西屋前后俱五楹，则眷属栖止处也。郡人相传此宅为李笠翁芥子园故址[3]，无有知为堇浦旧居者。京师人海去来如传舍，堇浦居此，逮今百六十余年，不知几易主矣，又何怪其然耶？然堇浦归田后主讲吾粤越秀书院，所刻《岭南集》，袁子才以为生平极盛之作。至其学问精博，王述庵所称继毛朱追黄顾者，非虚美也。伯陶五十无闻，仰止滋愧，吾郡后来之秀，有居斯者，庶几闻风兴起乎！

【注】

[1] 据文中所言，此文作于光绪二十九年（1903）。杭堇浦：指杭世骏。

张舜徽《清人文集别录》："世骏字大宗，又字堇浦，雍正二年（1724）举人，乾隆元年（1736）召试博学鸿词，授翰林院编修。尝预修《三礼义疏》，及校勘群经诸史。罢官后，主讲广东之粤秀，扬州之安定两书院。乾隆三十七年卒，年七十八。"（华中师范大学出版社2004年版）

［2］《别传》等句：关于杭世骏生卒年，应丰《杭大宗墓志铭》："以乾隆三十七年七月庚辰，考终里舍，寿七十有八。"（杭世骏《道古堂文集》卷首）文中称"别传"者，为清人许宗彦撰《杭太史别传》："太史生康熙三十五年，卒乾隆三十七年。"（杭世骏《道古堂文集》附录）推算可知享年七十七，与墓志铭所述有异。文中称"定庵状"者，为〔清〕龚自珍撰《杭大宗逸事状》："癸巳岁，纯皇帝南巡，大宗迎驾。名上，上顾左右曰：'杭世骏尚未死么。'大宗返舍，是夕卒。"（杭世骏《道古堂文集》附录）癸巳即乾隆三十八年（1773）。清人汪曾唯补刻《道古堂文集》附录《杭大宗逸事状》按语曰："先生卒于乾隆三十七年（壬辰），是癸巳（乾隆三十八年）前一岁，且高宗南巡六次：辛未（乾隆十六年）、丁丑（乾隆二十二年）、壬午（乾隆二十七年）、乙酉（乾隆三十年）、庚子（乾隆四十五年）、甲辰（乾隆四十九年）。并无癸巳之年，其曰：'大宗返舍，是夕卒。'当是传述之误。"（杭世骏《道古堂文集》，光绪十四年汪曾唯增修本）陈伯陶根据杭世骏旧宅典帖及《道古堂文集》考定许宗彦《杭太史别传》所载生卒年为确，当为可信。

［3］李笠翁芥子园故址：〔清〕吴长元辑《宸垣识略》："芥子园在韩家潭，康熙初年，钱塘李笠翁寓居，今为广东会馆。"吴长元按："笠翁芥子园在江宁省城……京寓亦仍是名。"陈伯陶考证亦为杭世骏旧宅。

日本雅乐[1]稽古所观舞记

光绪丙午，余与同事东渡考查学校，闻有雅乐稽古所，请往观焉。所在富士见町五丁目十四番地，时雅乐部长严夫式、副长松平赖和期八月十七日偕往。既至，演三舞。一名《久米舞》[2]，云日本皇宗神武天皇率九米部等军击贼于大和国免田县，平之后，天皇宴将士，亲作国歌，使共唱之。时将士中有应歌拔剑而舞作诛贼之状，以娱天皇者，其后像之为舞因名。演时乐人黄衣者二，扛一，长筝一，蓝衣者立抚之，又黄衣者三，蓝衣者四，各执萧笛及木笏旁立。俄四舞人出，赤袍前垂，大带如芾，手持笏，身佩长刀，皆日本古衣冠。初举笏对舞，舞数巡，插笏于腰，跪而拔刀，复起舞，作左右回旋斩斫之势，已跪而插刀，复举笏舞数巡乃毕。一名《春庭花》[3]，云传自唐时，日本调酌改易以写春庭爱花之状。演时乐人十二，袍服坐分前后两列：前列设大鼓，中左一人考击之，其左二人，一吹觱栗，一击羯鼓，中右一人手按龙笛以和鼓，其右二人，一吹笙，一击钲；后列六人，觱栗龙笛各三乐。既作，四舞人出，素袍绣团龙，佩刀，初两人对舞，已四人环舞，其舞蹈皆中鼓声，数巡乃毕。一名《兰陵王》[4]，云北齐兰陵王长恭才武而貌美，临敌必被假面，尝击周师金墉城下，勇冠三军，齐人壮之，因写其指麾击刺之状。演时乐人十二列坐如前，一舞人戴金面具，长鼻而垂颐状若龙头，首冠金兜鍪紫袍覆以甲，甲前后皆绣团龙，右手持金鞭，长尺许，纵横麾斥，兼妩媚之容，其舞蹈皆中鼓声，良久乃毕。三舞皆无歌而节以乐。《久米舞》筝笛相间，声和畅，而间《春庭花》《兰陵王》二舞，鼓渊，渊和以龙笛，诸乐声清亮而抗然，皆安徐跌宕，声律身度无嘈切错杂之音。考《刘贶太乐令壁记》云："破阵等八舞声乐皆立奏，乐府谓之立部，使余总谓之坐部。"《久米舞》虽日本旧舞，疑亦仿唐立部伎为之，贶又云坐部伎六，自长寿乐以下皆用龟兹乐，春庭花乃坐部伎，南卓《羯鼓录》记宫曲名有《春光好》，云明皇击羯鼓，柳杏含者皆拆，因制是曲。此舞有羯鼓，疑日本酌改之因，为是名《兰陵王》，见《北齐书》云当时武士歌谣之，谓之《兰陵王入阵曲》，则是舞本有歌，然段安节《乐府杂录》谓鼓架部乐有笛，拍板答鼓，即腰鼓也。两杖鼓戏有代面，始自北齐神武帝，戏者衣紫腰金，执鞭，又崔令钦《教坊记》谓"舞有软舞，健舞。兰陵王之属谓之软舞"。据此，则唐时《兰陵王》舞盖无歌，亦唐传也。雅乐所长，言尚有唐时数舞。是日将暮，不复演。既罢，观乐器大鼓，直立有柄，下支四，跗羯鼓两面而窄腰，当即安节所谓腰鼓。《唐书》言本戎羯之乐，故以羯名笙，十七竹，竹有孔，上无簧，龙笛横吹之，有八孔，其前一孔极大，盖吹处也。觱栗似箫而短，直吹之，吹处套以小扁管。其前面七孔后二孔。龙笛与觱栗皆手按诸孔使成腔，筝长如琴瑟，别有琵琶一器，盖皆传自唐，云中国自明以来，唐教坊乐不可复见矣。礼失而求诸野，然哉惜我朝汉学家如凌次仲家兰甫先生精研音律，未能一见之也。

【注】

[1] 日本雅乐：日本盛行于平安时代的一种传统音乐，为大规模合奏型音乐，以器乐曲为多，为日本的宫廷音乐，发端于奈良时代，多为中国朝鲜古曲和日本本土音乐融合产生日本雅乐。据《日本书纪》记载，早在允恭天皇时，宫廷中就演奏国风歌舞。

[2]《久米舞》：日本雅乐中国风歌舞的传统曲目。〔清〕吴庆坻《蕉廊脞录》卷八："日本相传有唐代歌舞，每岁天长节于宫中演之。先期演习，文部介绍于式部导余辈至所谓雅乐稽古所者，广厦九楹，陈设华美，外为舞台，

台正方二高，饰以青幛，其舞台有三。一曰《久米舞》。神武天皇率久米部之军，击土贼于大和国兔田县，平之。赐将士宴，作国歌，将士拔剑作诛贼之状，遂以为名。中立一人抚筝，左右二人举筝侍立，左四人绯衣执笏，右四人黄衣执笏，又吹笛者二人，击板者二人。歌半，四人者起舞，既而拔刀跪起而舞。舞罢，有举琴者，有吹箫吹笙者，合而歌，歌罢，徐徐而退。”

[3]《春庭花》：日本雅乐中经典曲目。〔清〕吴庆坻《蕉廊脞录》卷八：“日本相传有唐代歌舞，每岁天长节于宫中演之。先期演习，文部介绍于式部导余辈至所谓雅乐稽古所者，广厦九楹，陈设华美，外为舞台，台正方二高，饰以青幛，其舞台有三……一曰《春庭花》，自唐朝传来，台上凡二十人，列坐于地。一人击羯鼓，诸乐齐作，又四人作二列，东带佩剑，披绣衣，立而舞，乃击大鼓。既而四人拱立，乐止。少顷，乐再作，盘旋良久乃退。”

[4]《兰陵王》：亦作“陵王”，日本雅乐中经典曲目。〔清〕吴庆坻《蕉廊脞录》卷八：“日本相传有唐代歌舞，每岁天长节于宫中演之。先期演习，文部介绍于式部导余辈至所谓雅乐稽古所者，广厦九楹，陈设华美，外为舞台，台正方二高，饰以青幛，其舞台有三……一曰《兰陵王》，亦唐朝乐，北朝兰陵王长恭美容仪，常披假面临敌，击周师于金墉城下，齐人壮之，拟其智慧奋战之状作此舞也。一武士披赤甲，戴面具危冠舞蹈出，旁十二人吹管击鼓以应节。手执鞭，长裾拽地，盘辟作战状。久之亦徐徐而退。即此，知其国保存古制之一端也。”

游日本箱根[1]记

箱根，日本名山也。在神奈川县足柄下郡之西南，以汤泉著，旧有七泉，曰汤本，曰塔之泽，曰堂岛，曰宫之下，曰底仓，曰木贺，曰芦之汤。其新获者五泉，曰小涌谷，曰汤之花泽，曰强罗，曰仙石原，曰姥子。山顶有大湖曰芦之湖[2]，形如瓠，周四里许，深者四十六仞。日皇离宫跨其南，富士山揭其北，水北流从瓠蒂出，经仙石原，下流为早川，过塔之泽，汤本间东南注于海。光绪丙午八月十八日，黄仲弢前辈，柏高同年暨诸同事约观神奈川县中学校、足柄下郡小田原町小学校并游是山。午后四时，余同汪颂年同年自东京新桥乘火车至国府，津复乘电车至汤本，时阴雨天，漆黑，漏二下矣。自停车场步行过长桥，寓福住旅馆之万翠楼馆，有汤泉，云圣武帝天平十年释净定所发见，日医化析以为弱盐类，泉能起沉疴。余时患痣，饭毕，试浴，温而滑，因口占云：“昔过骊山道，华清艳李唐。如何至蓬岛，别自有莲汤。安乐非吾国，温柔是此乡。我心尘不染，且洗热中肠。”既就枕，风涛搅耳，如卧山谷中。十九日晨起，天稍霁，开窗凭眺，烟岚帀沓，松杉攒翠，其下涧石礌砢[3]，激湍雷轰，夹涧东，西式楼阁瑰玮照烂，与朝旭交晖，真仙馆也。地为箱根之东麓，下临早川、须云川，西来注之水石，林峦最为幽胜。昔北条氏于此建早云寺，寺旁为北条五世茔，北条氏亡寺亦颓毁，日人杉听雨《过早云寺诗》云：“英锋五世压关东，岂料蹉跎事业空。落日萧萧早云寺，一声猎笛度溪风。”兴废陈迹可以概见，是夕仲弢柏高等亦宿其地之铃木旅馆。朝膳毕，九时，遂同乘电车往观小田原町及神奈川县两校，校悬有国势膨胀图以教学童，日本及台湾、旅顺、库页半岛绘赤色，高丽淡红色，视之心悸。午后一时，仲弢柏高等径游芦之湖，余暨颂年返汤本，闻玉帘泷、树荫泷致佳，日人谓瀑曰“泷”。因乘人力车往，既至，入一园门，断崖壁削，上覆丛灌，一瀑泻岩间，飞沫四垂如晶帘，一瀑泻蓊荟间，中激石分为三，并下注成池，池有赤白鲤，冲波戏濑不畏人。秋气已深，树樠椮有寒，坐片刻即返。颂年谓夕当宿宫之下，复乘人力车起行一里许至塔之泽，层巘环缚，列肆骊属，中为大途，有二桥，桥跨早川，水淙淙作钲鼓声。过此，循早川西南麓行，水光山色，爽袭襟袂。六里许至大平台，憩富士见亭，亭北山缺处见富士山，因名。又三里许乃至宫之下，自塔之泽之宫之下，旧皆羊肠峻坂，明治十年始开为坦途，可通车。其地屋肆繁盛，与汤本塔之泽同，欧美人多避暑于此，有西式大旅馆，极宏丽，日会社所筑也。余二人所寓为奈良屋，亦修洁，旁有小园，广十余亩，花木亭沼，错杂其间。屋内汤泉三，曰三日月汤，曰熊野汤，曰明治汤，热度高于汤本。饭毕，试浴，体甚适。二十日朝膳毕，顾山兜往游芦之湖，山兜以两竹缚卧，具一木棍穿其上。行三里许，过小涌谷，盘高岭而上，道遇柏高，回云仲弢等已游芦之湖，遄返矣，独余后耳。复上四里许，过芦之汤。自宫之下至此，道险狭不通车，至是乃有车道。前行经二子駒岳两山坳，二子山双峰如丫髻，駒岳山横看若列屏，皆箱根山之最高者。复前行山麓间，日人削木题其上曰：“弘法大师石地藏之遗址。”望高处有大岩石刻佛像，其中相传为弘法所作，距今七百年矣。过此数百步，下瞰芦之湖，渟滢如鉴，循径而下，抵湖东岸。沿箱根村复沿而南至塔岛，日皇离宫在焉。计芦之汤至此约六里许，岸旁所见石佛甚伙，一铜佛三尺许，苍藓斑斓。相传斋明天皇时玄利老人于此建寺，逮文武天皇时吉备大臣玄坊复建南胜寺，今俱废。入离宫中，其北对富士山，形如青鸟家，所谓凤阁。山上半雪色皑皑，映日成采，倒影落湖。心湖四面皆山，南北约八里许，东西约三四里许，余二人憩离宫右之旅馆曰松坂楼。午膳毕，雇小舟泛湖上，湖边石磷磷，微风漾波，侧睨之如蛇皮斑。舟抵中流，恍置身太液池闲，望湖上山，藐姑神人[4]相顾拱揖，惟駒岳像弥勒佛坐瑠璃中。北至湖尻山，坡横堵无去处，舟人言西南有水闸，湖水从此出，又言从湖尻登岸可循姥子、仙石原、强罗至小涌谷。时西北风忽起，挂席南返，顷刻至楼下，回顾富士山，若白头老翁临水相送，复口占云：“芦湖一棹泛深秋，日落离宫生远愁。忽忆池底春草绿，南斋仙侣尚同舟。白头羁客更凭阑，雪色遥瞻富岳寒。何似西湖比西子，烟鬟雾鬓镜中看。”颂年以其地无汤泉可浴，复回芦之汤，宿松坂支店。店中汤泉日医化析谓为硫黄泉，浴之有臭气；店后倚高嶂为药师堂旧址，石佛十余尊，高二尺许，赞立榛莽间，碑刻亦剥蚀，惟石灯笼四面，镌西番字，尚可辨。即寝，觉夜气凄冽，盖其地拔海二千七百六十尺云。廿一日朝膳毕，雇人力车循他道而下，至小涌谷憩三河屋。屋内汤泉明治十五年榎本恭三所开鉴，日医化析以为酸性泉，热百八十度，色略浑，盖中含绿矾质也，云治痣有效，试浴之，亦甚适。屋踞山腰，左俯早川，地势坱圠，室庐错迕，即宫城野村，时霜林簌簌，屋主人言重阳后，观红叶尤佳。旁午复起，行车迅疾如骏马下坡，午后一时即至汤本，遂循来路返东京寓所。世称海上三神山[5]，即今日本古仙山也。迨六朝间林邑僧佛哲等东渡，象教[6]大兴，箱根畴昔傥亦所谓天下名山，僧占多者耶。今佛法又几废矣，余之此游，不能无俯仰今昔之感。若其云屋晧旰，蔚为胜区，足使骊山让美，华清掩嫭，或谓其国势膨胀使然，然非朘削我何以至此。因记之，以示仲弢、柏高、颂年暨诸同事，使自戒焉。

【注】

［1］箱根：山名，位于日本神奈川县西南，著名风景胜地，以温泉著称，有“箱根七汤”。康有为曾赴箱根，戊戌政变，流亡日本时寓居箱根，有《日暮登箱根顶浴芦之汤》诗：“茫茫睨故国，怅怅非吾土。”辛亥革命时期，又赴箱根，有《辛亥腊游箱根与梁任甫书》，《辛亥除夕前六日在日本箱根环翠楼阅报，适看玉帘泷还感赋》曰：“绝域深山看浦云，故京禅让写移文。玉棺未掩长陵土，版宇空归望帝魂。三百年终王气尽，亿千界遍劫灰焚。”参见《康南海先生诗集》、汤志钧《康有为政论集》。

［2］芦之湖：位于日本神奈川县箱根西部，为火山湖，背靠富士山，风景旖旎。

［3］礌砢：指聚集，众多。〔宋〕范成大《嘲峡石》诗：“礌砢包嬴蚌，淋漓锢铅锡。”

［4］藐姑神人：指神仙。《庄子·逍遥游》：“藐姑射之山，有神人居焉，肌肤若冰雪，淖约若处子。”

［5］海上三神山：传说中东海仙人所居之山。《史记·封禅书》：“自威、宣、燕昭使人入海求蓬莱、方丈、瀛洲。此三神山者，其传在勃海中，去人不远；患且至，则船风引而去。盖尝有至者，诸仙人及不死之药皆在焉。其物禽

兽尽白，而黄金银为宫阙。未至，望之如云；及到，三神山反居水下。临之，风辄引去，终莫能至云。世主莫不甘心焉。”

［6］象教：指佛教。释迦牟尼去世，诸弟子思念不已，刻木为佛，以形象教人，故名“象教”。〔宋〕陈师道《游鹊山院》诗：“顿慑尘缘尽，方知象教尊。”

青溪[1]草堂记

江宁淮青桥之东有织造旧署，岁丙午四月，陶奉天子命，提学是邦。逾年四月，制府端公改署为提学使，署陶迁居焉。其地以青溪水南入淮河得名。《建康志》所谓“青溪栅口，接于秦淮也”，姚姬传纂《江宁府志》称“青溪，发源钟山，北通潮沟”，自杨吴城金陵水分为二，其一自竹桥合于杨吴城濠之水，其一自内桥[2]四象桥至淮青桥与淮水合。据此则署之，左右皆青溪所萦绕，而其前则又青溪二流入淮处也。署西有屋三楹，盖会宾客接学徒之所，陶额之曰“青溪草堂”。考《南史·刘瓛传》，瓛住檀桥，瓦屋数间，上皆穿漏，学徒敬慕不敢指斥，呼为“青溪”。《姚志》称檀桥在青溪上，疑即今淮青桥，然则署盖瓛故居欤。瓛，经师大儒，世比曹郑，其对齐高帝问政曰：“政在孝经。”帝咨嗟曰：“儒者之信，可宝万世。”陶，何人斯！而敢方此，然夙夜孜孜，期以昌明经术，敦励士行，以毋负明诏兴学作人之意。诗曰：“高山仰止，景行行止。”聊用私淑云尔。

【注】

［1］青溪：位于南京，发源于紫金山，注入秦淮河。东吴都南京，在原来的清溪河上又凿一人工河流，北接潮沟，名曰“东渠”，又曰“青溪”。〔唐〕许嵩《建康实录·太祖下》：“冬十一月，诏凿东渠，名青溪，通城北堑潮沟。”东晋时，将青溪与玄武湖挖通，连绵十余里。五代时杨溥为筑城将青溪分为两段，城外青溪入杨吴城濠，城内河道渐堵塞。〔宋〕马光祖、周应和《建康志·山川志二·溪涧》：“（青溪）其在城中者岁久湮塞。”《建康志·疆域志二·桥航》：“在城内者悉皆湮塞，惟上元县治南迤逦而西，循府治东南出至府学墙下，皆青溪之旧，曲水通淮。”清时，城内河道大部分已湮没，惟有中秦淮东段存。

［2］内桥：指城内青溪河道上的桥。〔宋〕马光祖、周应和《建康志·山川志二·溪涧》：“（青溪）溪上有大桥四，皆马公光祖所作也。”

息 园 记

提学署西北有小园，旧题曰“澄怀别墅”，考姚姬传《江宁府志》云：“明刑部尚书顾璘[1]息园在淮青桥东北，察院之后。”今园与察院后堂邻比，盖息园旧址也。尚书《息园记》云：“筑园居室之后袤五十步，广半损之中，亭曰‘爱日’，宜饮宜读。西谋道轩三楹置诸孙读书，作载酒亭以待夫问字来憩者，东小轩曰‘促膝’，诸故人至，谈农圃医药，恒至移日。”今园广袤与《记》同。其北有屋三楹，南累石为小山，山上有亭。东轩三楹，背负水榭。西有门，通察院之东轩，与《记》亦相仿佛。陶既定居于北屋，仍名曰“爱日”。老母年八十，板舆侍养，借此为娱也。亭高与檐齐，丛木阴翳，仍名曰“载酒”，生徒以时至，可与答问也。西轩已入察院，东轩仍名曰“谋道”，后食之义也。水榭方丈许暇日促坐，开窗东眺，钟陵紫翠扑我襟袖。陶别名曰“割青”，取荆公“割取钟山一半青”语，而园则易旧名仍名之曰“息园”。噫！尚书文章道义负天下重望，始知开封以忤大珰下狱、谪全州，晚跻大位，卒困于讥谗，不竟其用。其营是园也，有息影之意焉！然史称洪永初南都风雅不振，自尚书主词坛，士夫景附，厥道大彰，相沿及于末造，风流未歇。其节则桢干于朝，其文则黼藻于乡，后进之师也。陶以不学窃禄养蝨于是邦，而幸得斯园为息游之地。古称仕优则学，其亦思藏焉修焉，与诸学子相黾勉而毋为书所诃也夫。

【注】

［1］顾璘（1476—1545）：字华玉，号东桥居士，明代长洲（今江苏省苏州市吴中区）人，寓居上元（今江苏省南京市），弘治间进士，授广平知县，累官至南京刑部尚书。以诗著称，与其同乡陈沂、王韦并称“金陵三俊”，著有《浮湘集》《山中集》《息园诗文稿》等。《广西通志·名宦》：“才质朗快，然政在平恕，犹以兴贤育材为首务，重建柳侯祠，增置亭宇，稗士子游息，风俗日兴。”（《四库全书》）按：今南京市博物馆藏有顾璘墓志，上书“明故资政大夫南京刑部尚书顾公之墓”。

三素斋记

陈子道穷，泥蟠港中，劬劳念母，若丧家狗，虚斋尘污，额曰“三素”。客曰：“诗人愿见素冠衣鞸，君方读礼，岂志此物耶?”陈子曰：“是固然矣，言非一端也。予丁患难，既贱且贫，窜居夷狄，用保其真，富贵浮云，春梦已酣，中庸之文，乃得其三，予安若素，人或不堪。”言未既，客累，欷而起，顾而揖曰：“呜呼！君子！予闻滋愧。”因记之以自矢焉，时癸丑六月朔日。

荔园精舍图记

荔园精舍者，招隐而未成之胜区也。其地北枕崇巘，石脉礌砢，吐为坡陀，南俯平畴，笏山横盘，坳为几案。东接九龙城，沧波荡潏，鲤门岈开，若耸阙焉。西邻杨侯庙[1]，丛木襞积，鹤岭[2]侧峙，若张翼焉。当夫阴雨溟蒙，山鳞谷钟则云戏神龙[3]；晴景晶明，鸟白螺青则日丽仙瀛。晞发[4]阳阿，流眺四扃，田庐桑竹，历历在目。信避喧之灵境而嘉遁[5]之盘陆也。土人因山势夷旷，樊为园广二十四亩，有荔子三十余树，百年物也。兹拟约同志数人，人输数百金，购其地，筑为精舍。此焉偕隐地，东南千余武，一小山濒海，有巨石，镌曰“宋王台”，相传宋端宗驻跸之所。异日者，褰裳戾止，相与读西台之记，诵谷音之诗，其亦有凭吊，累欷泪淋浪而不自知者乎，遗老尽矣。素心不违，爰绘斯图用当息壤，不审览者亦神往否?

【注】

［1］杨侯庙：即下文《九龙宋王台新筑石垣记》中所证为宋忠臣杨亮节庙。《九龙宋王台新筑石垣记》：“又台之西北有杨侯王庙，相传为宋季忠臣，不详其名。余考之史，知即为太妃弟亮节。”

［2］鹤岭：神仙所居的山岭。〔南朝梁〕萧纲《应令诗》：“临清波兮望石镜，瞻鹤岭兮睇仙庄。”

［3］神龙：指龙，因龙变化莫测，故称。《文选·张衡〈西京赋〉》：“若神龙之变化，章后皇之为贵。”〔三国吴〕薛综注：“龙出则升天，潜则泥蟠，故云变化。”

［4］唏发：见《避地香港作》“唏发”条。

［5］嘉遁：合乎时宜的隐遁。《易·遁》：“嘉遁贞吉，以正志也。”〔宋〕范仲淹《祭吕相公文》：“辞去台衡，命登公衮，以养高年，如处嘉遁。”

九龙宋王台新筑石垣记[1]

九龙为海舶往来孔道，东呀鲤门，南划香港，重峦蟠其西，严嶂揭其北，而其中有土戴石嵬然，下瞰海堧者，则崖巅石刻曰“宋王台”。予以壬子夏五养疴九龙，扶杖登眺，退而稽诸史乘，乃知斯地为古官富场，而台则宋景炎驻跸之所也。考钱士升《南宋书》云：“景炎元年十二月，帝次甲子门，二年二月次蓝蔚，四月进次官富场，九月刘深攻浅弯，帝走秀山。”计次官富场仅六阅月，然宋之亡也。诸臣闲关相从，有死无二。当次官富场时，张镇孙复广州，文天祥、赵时赏复吉赣诸县，进围赣州。张世杰复邵武军，淮兵在福州者，亦谋杀王积翁以应，似尚有可为者。吾意斯台也，宋之君臣拥旄北望，必有呼渡河与直抵黄龙者焉。而又规形势，缮宫室，千乘万骑散居山海间。其艑之辐辏，衢路之填委，邮传之交午，饷道之络绎，栉比鳞萃，虽不比故都，亦必成一都会焉。乃至今日而荒烟蔓草，樵童溪叟，踯躅于其间，漠然惟见海潮之澎湃与崖石之巑岏，盖相去已七百七十余年矣。微石刻又孰知为景炎之遗躅乎？李君瑞琴虑古迹之遂湮也，乃周台之麓缭以石垣，俾供游赏，而属予为之记。予谓《新安县志》称“台南上旧庙为宋行宫旧址”，今庙右有村名二王殿，元人修《宋史》以景炎祥兴附帝㬎后为“二王纪”，石刻村名盖皆传自元时。《县志》又云“台后有晋国公主墓，公主杨太妃女，死于溺，铸金身以葬，俗亦呼‘金夫人墓’”。又台之西北有杨侯王庙[2]，相传为宋季忠臣，不详其名。余考之史，知即为太妃弟亮节。是皆宜磨崖书石俾与斯台并传李君，曰唯因并记之以谂来者。李君，名炳，荣嘉应州人。

【注】

［1］宣统三年（1911），宋王台在李瑞琴、陈伯陶等在港华人的倡议下重修，四周围有石栏，山门建小牌楼，镌有对联：“一声望帝啼荒殿，百战河山见落晖。”〔清〕苏选楼辑有《宋台秋唱》，收重修宋王台时在港清遗老的唱和之作（民国十九年刻本，现藏广东省立中山图书馆）。陈伯陶此文即为此而作。

［2］杨侯王庙：据文中考证为宋忠臣杨亮节之庙。《九龙城侯王古庙重修

碑记》:“侯王神灵显赫善信，每遇疑难，恒事祷告，祈解迷津，处事不替，斯朝香火年深，经始之期厥在雍正八年（1730），计历二百五十八年于兹矣。考侯王庙所崇祀者，为宋末忠臣杨侯亮节。宋帝为元兵追逐，至于海隅九龙驻跸，亮节护驾，并御元军，旋杨侯婴疾，然军书旁午，仍运筹帷幄，求却强敌，带病从公，药石无灵，不幸薨逝，葬于城西，追封为王，其公忠体国之精神名垂青史。士人为崇功报德，遂建庙奉祀。借朝庇荫，每于农历六月十六日侯王宝诞，香火最盛，诚本区之圣境也。本庙先后重建多次，首为道光二年(1822)，次为咸丰九年（1859）。其时碑记有诗曰：‘左望珓杯之石，右瞻铜鼓之山，前皇台，后仙严，松风绕韵，涧水流香。’可见风水地，堂之佳也。近代陈伯陶氏亦于一九一七年集众重修。本会于一九二八年接管斯庙，曾加修葺，蔚为壮观，近以其殿宇残破，乃斥资五十五万港元，鸠工宅材，大兴土木，今瞻庙貌之巍峨，仰神灵之赫奕，凭兹灵爽，普获福庇，阛阓于焉，繁盛里阁，赖以安宁，是为记。”（陈绍南编《代代相传》影印本，广东省立中山图书馆藏）

崇和高等小学校记

光绪乙巳丙午间，朝廷兴教育，谋普及。余时提学江宁，献议于部中大臣，以为县之大者，无虑百万丁学童当十之二。若官为设学，力有不逮，《学记》:“古之教者，家有塾，党有庠，术有序，国有学。”郑注：“古者仕焉而已者，归教于乡里，然则除国学外，其曰塾，曰庠，曰序，皆大夫致仕者教之，亦皆大夫致仕者与乡里共设之也。”宜仿此意，颁示中外使乡里各筹立学，以副明诏。当是时，大江南北有捐千金立小学者，余亟奖之。微闻海外有输巨万者，不能详也。及宣统改元，余乞假归里，乃始知悉戴欣然都转乔梓[1]之贤。都转初奉明诏，时即独力筹设大埔永兴区高等小学，其后县立中学及四乡小学，并罄资相助而喆嗣芷亭，太守又为之整理完善，乡里彬彬皆向学矣。辛亥之变，太守弃官寓南洋，侍都转于槟榔屿，都转虑诸学堂之遂废也。岁癸丑，乱稍定，命太守旋里，太守乃改筑永兴区高等小学于琉璜棠，名曰崇和。《周礼》以乡三物教万民，一曰六德：知、仁、圣、义、忠、和，五德皆成于性，然以和为归，命名之义，盖取诸此。太守以余曾任提学，因求记于余。余惟五代之乱，天下无复学校，其时有曹诚者，首捐私钱建书院于宋城中，邀楚邱戚同文主之，复买田市书以待来者，后建太学诏取之，以参定学制，即其地为国子监。又南宋之季学宫鞠为榛莽[2]，吾粤增城有郑聪老者，富而好施，李肖龙以义说之，竟让其宅为学黉舍，弦诵彬然。《诗序》曰：“子衿刺学校，废也。乱世则学校不修焉，菁菁者，我乐育材也。君子能长育人材，则天下喜乐之矣。”都转太守力行兴学，不与时世为变迁，其风雨鸡鸣[3]，不改其度者欤！视曹诚郑聪老殆过之矣，太守言该校开办，建筑费先后合四万八千金，其昔年助诸学费，大埔第一模范高等小学三万五千金，旅潮大埔高等小学一万金，三河区公立高等小学五千金，在城区公立小学五千金，高陂区仰文高等小学一千金，戴氏家族小学五千金，其在外洋者新嘉坡大埔启发高等小学一万金，槟榔屿时中高等小学一万金。其因助学而兼及者，汕头大埔三河区百侯区四医局合两万一千金，凡一十五万金云。

【注】

［1］乔梓：指父子。典出《尚书大传》卷四：“伯禽与康叔见周公，三见而三笞之。康叔有骇色，谓伯禽曰：‘有商子者，贤人也。与子见之。’乃见商子而问焉。商子曰：‘南山之阳有木焉，名乔。’二三子往观之，见乔实高高然而上，反以告商子。商子曰：‘乔者，父道也。南山之阴有木焉，名梓。’二三子复往观焉，见梓实晋晋然而俯，反以告商子。商子曰：‘梓者，子道也。’二三子明日见周公，入门而趋，登堂而跪。周公迎拂其首，劳而食之，曰：‘尔安见君子乎？’”

［2］榛莽：指杂草丛生的荒地。〔清〕俞樾《春在堂随笔》卷二：“兵燹以来，名胜之地，化为榛莽。”

［3］风雨鸡鸣：指身处乱世却坚持操守。典出《诗经·郑风·风雨》：“风雨如晦，鸡鸣不已。”

壬戌北征记[1]

壬戌九月二十日，陶自九龙启程北上。先是闰五月间报载民国议员骆继汉有提议废止优待皇室[2]经费之说，六月时寓沪，郑苏龛（孝胥）等八人，王雪澄（秉恩）等二十二人先后函知各直省旧臣，请联名合电力争，续闻陈筱石制军（夔龙）等百二十余人致张绍轩军门（勋）函，谋反抗之方，后以骆议未经提出而止。陶以为世衰道微，四维[3]不张，横逆之加，势所必至。诸旧臣手无斧柯，舌争无益，且上深居简出，万一舐糠及米[4]，恐不能或跃在渊，此非得外援不可。因将此意函告梁攸侯亲家（用弧），决计于十月大婚朝贺入京，与梁崧生尚书（敦彦）等筹，所以接洽友邦求助之策。温毅夫副宪（肃）言皇室艰窘，此次大婚诸旧臣多进奉银两，因罄所有得大洋万于圆，先汇入京。时寓港诸旧臣进奉者凡十一员，合大洋五千六百圆，并托代献。（内广东劝业道署广东按察使陈望会一千圆，三品衔分部郎中陈汝南一千圆，盐运使衔试用知府罗元燮一千圆，布政使衔浙江即补道卢宝鉴五百圆，内阁中书苏志纲五百圆，选用知府陈应科二百圆，山西继宁道曹受培一百圆，翰林院编修赖际熙一百圆，三品衔分部郎中冯溥光一百圆，候选教谕章果一百圆。以上十人俱寓港，龙岩州知州署泉州府知府戴培基一千圆，戴前寓港，今居槟榔屿。）遂于二十一日晨携次儿良玉、一仆附花旗公司轮船往沪，二十三夜抵沪，寓东亚旅馆，沪上诸旧臣王雪澄、朱古薇（祖谋）、叶柏皋（尔恺）、张菊生（元济）、刘翰怡（承干）、张寓荃（其淦）等及江宁旧属同乡许奏云（炳璈）、邓白村（彦远）、陈子干（鸿才）俱获面，皆不仕民国者。询雪澄知骆议起时，贝勒载涛走天津商之张绍轩，绍轩言议若提出，宜先联合蒙藏议员为之反抗，并请英文师傅庄思敦预告驻京各公使，谓此优待条件载在盟府，布诸友邦，以是为再后之警告，事可中辍。其欲借外援制止所见略同。邑人梁克刚（创），布衣也，为沪水永安公司总理，闻诸旧臣进奉，亦托陶代献大洋五百圆，盖有心皇室者。二十八日由火车入京，途间病作。二十九夜抵津，寓中国旅馆，药攻之下燥矢十余枚，渐愈。三十日同乡黎露苑（湛枝）、商云汀（衍瀛）过访，两君皆寓津，丁巳复辟时居绍轩幕中者也。十一月初二日复由火车入京，住佽侯家。初三日与佽侯往访崧生，崧生方与公使团会商大婚日入觐事，公使团咨外交部，不允。（辛亥让国，袁世凯定约，此后皇室与各国往来必由民国外交部转达，时外交部总长谓入觐系旧制，故不允。）请个人私觌总长，不能拒，面许焉。而领袖公使惧为本国所责，必欲得外交部覆文，否则作罢论。崧生方虑事不成为民国所笑，陶曰此举关系甚大，外国以公使为耳目，事成则外国确知上英睿有为，必相扶助，事不成不独为民国所笑，亦失外援。个人私觌，交际之常礼，既经许可，何待咨文，宜再约各公使会议，怂恿一两国提倡决行，得多数赞成，领袖必难违众。崧生曰善，即用电话语庄思敦，请各公使明日再议。陶告退，往访内务府大臣宝瑞臣（熙）交陶所进奉大洋一万圆及诸代献，随谒陈弢庵太傅（宝琛）。年七十五矣，而精神不衰，自言夏间病殆，上往视，值昏迷失次，上哭而去。已而，复苏，病亦渐痊，盖天留以辅，圣躬也。初四日谒朱艾卿少保（益藩）并访内务府大臣绍越千（英），耆寿民（龄）俱不遇。晚过崧生询知入觌事，成云荷公使最为得力。当会议时，荷公使谓清帝让国与德国君主失位不同，民国既认清帝为外国之君，则外国使臣可行觐礼，况个人私觌耶！此交际常礼，既经面许，何待覆文，议遂定。陶闻之甚喜，旋具进奉折，及明晨跪安，折交内务府代递。夜间大雪，初五日晨自神武门冒雪行至乾清门西奏事处小歇。（神武门，乾清宫之后门也。乾清宫之南为保和殿，太和殿并划归民国，道不通，故出入俱有神武门，闻丁巳复辟时诸殿门洞开，未几，复被堵。）温毅夫亦于是日跪安，与越千寿，民瑞臣续至，谈片刻。上召陶见，南斋旧监郑懋泰扶掖升阶，入乾清门至养心殿东，偏揭帘进，上御南窗下长榻，陶望见，跪请圣安，进至上前榻前一机，（高与榻平，上幂以蓝缎垫。）上指令坐，即跪谢赐坐恩，叩首三不摘冠。（初次赐坐谢恩，以后即永有此坐不复谢，绍越千说。）坐定，上问自广东来否，言："宣统三年冬，臣避地香港之九龙租界，居十二年矣，此次由港起程来。"上问前居何官，对言："臣昔蒙孝钦皇太后及先帝恩由编修入直南书房，出任江宁提学使署江宁布政使。宣统二年，以母叶氏八旬多病，乞终养归。"（旧制召见军机处具履历进，此次内务府无档册，不具履历，故上有是问，对言其略。）上问丁巳复辟有来京否，对言："五年癸丑，母叶氏病终九龙，臣居忧成疾，积年不愈，当时未来。"上曰民国十一年以来，战争不息，民不聊生，各直省固不堪问，即将来京城亦虑有危险。语毕，两目泫然。对曰："京城为各国公使驻节地，当可无危险发生，且举国上下方有外忧，亦断不敢于京城发难，皇上不必疑虑。"上曰："俄国过激党现方得势，恐将来流入内地，大乱复生。"对曰："俄之劳农政府持均产主义，下流社会靡然成风，故赤塔党能战胜白党，杀白党几尽。惟闻赤塔党实行均产，无人肯为力作，弃利于地，亦群患饥寒，盖人人自顾其私，乃以成天下之公。唐柳宗元之言实为至当，不易均产，邪说只以酿乱，其后亦必归自杀。中国人素读圣经贤传，必不为所惑。且东三省张作霖辈亦必思遏其横流，不至浸淫内地也。"上曰："朕观外国科学书，实能发明物质，而其学说则足以败坏人心。"对曰："处今之世，当以外国科学图富强，以孔孟经说宏教育，管子谓礼义廉耻，国之四维，四维不张，国乃灭亡，不为无见。"上曰然。陶复奏言："臣三儿良士现入美洲康尔鲁大学习铁路工程专科，臣尝教良士谓中国战祸延长由于铁路未成，若成，则兵争自息。汝宜专心力学，以为世用。至欧美学说实为有毒，切勿中之以杀天下而杀其身。"上曰："如此甚好。"已复言："朕近阅报纸，逆伦之案迭见。"因历举京内外殴父詈母杀兄数事。对曰："此皆中陈独秀之毒，然亦由法律不足惩治，故肆其凶。"上曰："依从前法律，若辈岂不皆明正典刑。"上复言："辛亥之变，虽由党人邪说所煽，然亦缘庆亲王之贪。"对曰："庆亲王之贪，臣略有所闻，然不若今日官吏之甚，其居职未久，积赀动至千百万，贪横实比前百倍。"上又言："民国于优待经费久未发给，因是不得不行节俭。"对曰："俭实美德，闻此次大婚，皇上限内务府用不得过三十万圆。"上曰："从前大婚，同治朝用一千万余两，光绪朝用八百万余两，朕今日焉敢比先帝，现饬内务府极力省啬，用断不到三十万圆之多。"对曰："此实皇上圣德，臣昔读老子《道德经》云：‘我有三宝，一曰慈、二曰俭、三曰不敢为天下先。’慈故能勇，俭故能广，不敢为天下先故能成器，长此义甚精，臣请为皇上陈之，慈谓仁慈待下，以仁慈待下则能得众力。《大学》称‘慈者所以使众’，即其义。老子又言：‘圣人无常心，以百姓心为心，此即谓慈。’又言：‘夫慈，以战则胜，以守则固，天将救之，以慈卫之。’此即所谓慈故能勇也，俭谓省啬于己，省啬于己正所以博施于人。《尚书》称禹‘克俭于家，克勤于邦’，《论语》谓‘禹菲饮食而致孝乎鬼神，恶衣服而致美乎黼冕，卑宫室而尽力乎沟洫’，即其义，老子又言：‘治人事天，莫若啬。’此即谓俭，又言：‘孰能以有余奉天下，惟有道者。’此即所谓‘俭故能广也’。‘不敢为天下先’谓谦卑自牧而不自作聪明，谦卑自牧而不自作聪明则人乐推戴之为君长。《尚书》谓‘万方有罪，罪在朕躬，天听自我民听，天视自我民视’，此古帝王所以得民而易，谓谦尊而光，卑而不可逾此，乃成器长之义。老子又言：‘人之所恶，惟孤寡不穀，而王公独以为称。’此即谓不敢为天下先。又言：‘江海所以能为百谷王者，以其善下之，故能为白谷王。’又言‘受国之垢，是为社稷主；受国之不祥，是为天下王’。此即所谓‘不敢为天下先故能成器长也’。”上曰：“此真格言，朕之节俭亦为异日用财计也。老子书惜之未见。”对曰：“老子书四库有之，老子名聃，生孔子前。孔子年三十四岁适周问礼于聃，其书格言甚多，如云‘知其雄守其雌，知其白守其黑，知其荣守其辱’，又云‘柔胜刚弱胜强，鱼不可脱于渊，国之利器不可以示人’，以之处殷忧多难，尤宜。”上曰：“朕暇当取读其书。”已复言：“朕近欲游历外洋，以有阻力而止。”对曰：“中国将来有事必借外援，游历一节必不可少。英日本君主国，美虽共和，然以我禅让亦加爱敬，游历时与相款洽，则得道多助，可以弭患于无形。臣以为中国方失信义于外人，此时游历，浮议必多，宜稍俟机会，若得机会，先遣信使疏通，又出宫中重器为之投赠，如是则必加保护无危险之虞。臣近闻驻京公使团议于大婚日入觐，民国外交部阻之，改行私觌，届时入见，皇上诚谦卑自牧，与之款洽，其公使夫人等，皇后亦与之款洽。外国以公使为耳目，皇上接公使以礼，则外国君长爱敬有加，而游历亦必有机会矣。”上曰：“此梁敦彦谋，不审能成否?”对曰：“臣敦彦为此事筹议甚力，臣昨见之，知事已成。”上曰：“事成甚好。”已复言：“日本近令太子监国，汝昔曾至东洋，见其人否?”对曰：“臣昔以考查学务往东洋，当明治之世，今太子为明治孙，盖未之见。”上因起坐取窗间所悬日本太子相片令观。观毕，上复亲悬之窗间，已复言：“朕有相片当赏汝，汝有相片可进来。”对曰：“臣日间当即照一片呈进。”上复言：“香港地和暖，汝此行入京觉冷否?”对曰：“臣昔住京不畏寒，近居温带久，又血气衰，颇觉严冷。”上顾谓曰：“汝穿着不少，现年多少岁?”对曰：“臣实年六十八岁。”时奏对已阅一时之久，上微起，点首，令退。遂起坐，却行，揭帘出。（去岁三儿良士自美国来函，称该国人喧传上游历将至，适黎露苑，过港，询知庄思敦劝上出洋并告英美公使为之保护，旋以三宫虑有危险而止。寓沪时王雪澄言梁文忠鼎芬，语人谓丁巳复辟，文忠奏对，言目下官吏皆盗贼，不可用。上曰虽盗贼，若为朕用则亦用之，时上十二龄耳。文忠为叹服，顷梁攸侯亦语陶，谓上力行撙节，日前撤御膳房以祛积弊，内务府不可，陈太傅亦以为言。上笑曰："师傅虑在此授读无饭食耶？比撤膳乃更佳，盖预觅庖人定期入宫，然后乃撤也。此次入对，亲聆德音，乃知前言之不谬。"）至殿门，南斋旧监朱义方引至西廊懋勤殿，朱少保及袁珏生（励准），朱聘三（汝珍）俱在直，为书福寿字，备诸进奉回赐。（少保昔同直南斋，后兼毓庆宫行走，为师傅仍直南斋。珏生则于光绪乙巳与陶同考，直南斋者，自言国变后同直诸公。陆文端润庠以洪宪将改元，遇病不肯服药，遂薨。郑叔进沅则为洪宪内史。吴纲斋士鉴虽寓京，不入直，其父子修庆坻闻之，急招之归。惟少保昕夕相对耳，计十八年矣，聘三近以当实录馆纂辑，差有劳乃命直南斋，现有三人，旧制南斋遏侧如代书多件，则至懋勤殿，故三人俱值此。）询所奏对，为述大略且言各公使入觐事成，皆色喜，出过南书房。记前人入直时，张铁君（亨嘉）、吴纲斋（士鉴）合陶与珏生四人拍一照悬之壁间，今不存。询朱义，方云前数岁，上已收入卧内矣。出乾清门复至奏事处，知毅夫入见未出。陈太傅至，为述奏对语，及入觐事成，太傅亦喜。醇亲王传语在府候见，午后往谒，寒暄数语，并谢进奉巨款，会客至，别归。（宣统二年春，陶以补授提学使，入京陛见，时醇邸摄政，为痛言九年立宪之难不省，及是再见，谈论敷衍，无忧国之容，可叹也。）初六日访京中旧友，晤崔聘侯（登瀛），聘侯官宗人府主事，国变迄今仍居是职，皇室实官，汉人只此一缺而已。（宗人府丞为许稚筠秉琦，国变后稚筠病故，不复补，主事汉缺二人，一叶某已回江苏原籍。）自言事简而俸薄，以医为生，亦志节之士也。闻曾刚甫（习经）贫窘，过之，神气萧索，询知少子病笃，慰藉之，遂别。（刚甫国变后不复出，与攸侯同买天津军粮城潮田为归耕计，连岁亏折，遂贫。）晚赴越千、寿民、瑞臣酒酌，同席者孙慕韩（宝琦）、陈太傅、朱少保、温毅夫、胡琴初（嗣瑗）、黄宣廷（诰）、郭曾炘（春榆）。（慕韩前官山东巡抚，今充民国税务官，越千欲其设法给皇室经费，故邀之。首坐琴初于丁巳复辟时官阁丞，宣廷粤驻防皆以朝贺来京，春榆现充实录馆副总裁。）席散太傅奉上御容二方，一赐陶，一赐毅夫并祗受恳太傅代奏谢恩。少保传上语，云欲留陶当内廷差，陶告以衰老荒落，无补高深，且言入对时上亦知陶不耐苦寒，乞据情代奏。夜间回寓，开视御容，广额隆准，眉目疏秀，唇厚而颐张，比入见时益伟，诚天日之表也。（闻上为游历计，六月间已剪发，御容系照片，便衣不冠，细视之发短簇而齐平。）谨什袭藏椟中。初七日朱义方至，称晨奉上谕：

“陈伯陶、华世奎、瑞良、温肃、胡嗣瑗均着在紫禁城骑马，钦此。”旧制尚书总督方有是，赐陶官止三品，异数也。（华号壁臣，宣统初官内阁阁丞。瑞号鼎臣，宣统初官江西巡抚，时未至京。陶官较小，而谕旨陶居前，闻出上意。是日，上谕孙宝琦、唐在礼、朱泮藻亦均着在紫禁城骑马，孙、唐、朱皆民国官，故别降旨。）即具谢恩折，交朱义方于明晨呈递，晚过崧生询知各公使定十五日午前入觐。初八日晨与毅夫琴初诣乾清门谢恩，（是日冯玉祥亦谢赐紫禁城骑马恩。闻护卫皇宫前皆王维庆兵，王最恭顺，近换以冯玉祥兵，故赐冯以朝马。然是日冯未至，但具折而已，盖免其入谢也。琴初是日始具折跪安，上召见。）遂乘坐肩舆出神武门，（旧制赐朝马不能骑者，可乘坐二人肩舆，然必谢恩毕乃敢用。）往谒涛贝勒时，上命贝勒为大婚筹办处总理。询省俭之法，贝勒言用宫中所有，不采办珍物，葺后居敝坏不大，动工程后父不赐第，但高其门使通凤舆，均出上意，故费省而事办。陶告以各公使入觐实崧生之力，届时宜请崧生为御前接待使，贝勒曰：“然，当为上言之。”陈太傅邀广和居晚酌，同席者毅夫、琴初、宣廷、佽侯、杨伯典（瘦瑞），皆粤人。（琴初籍贵阳，原顺德人，伯典太傅门人诸生，此次亦朝贺入京，广和居，旧日小馆，子之最佳者。）初九日涛贝勒见过复传上语，留当内廷差俾常见，陶仍以衰老荒落辞，贝勒为首肯允代奏。朱少保邀本宅晚酌，同席者刘翰怡、汪甘卿（钟霖）、李振唐（之鼎）皆朝贺至京者。（甘卿言袁世凯谋即真时以二万圆赂缪小山荃荪令劝进，然所得只千圆耳。事后不之与也，时人嘲笑之。有谢恩前有樊三表劝进，今闻缪五哥语樊三谓樊樊山增祥，洪宪改元称臣最先，其自寿诗有“洪宪元年第一春，樊山七十一年人”句，可丑也。）初十日湘乡陈贻重（毅）至，亦寓佽侯家，贻重昔与佽侯同官邮传部，最相得。复辟时贻重升侍郎，佽侯升左丞。自言国变后走青岛、徐州，与张绍轩谋举事屡濒于险。袁世凯死，复游说徐世昌复辟，徐亦心动，后以机事不密，布置未周而败，语毕，深为叹惋。然其精悍之色见于眉宇，虽挫折，志节不衰，可敬也。又言绍轩亦同寓津，绍轩欲入京朝贺，涛贝勒虑嫌疑，止之，故不至。十一日毅夫、琴初访诒重过谈，毅夫言黎元洪进物八种，法琅器、四绸缎、二帐、一联一帖，称中华民国大总统黎元洪赠宣统大皇帝。联云：“汉瓦当文，延年益寿；周铜盘铭，富贵吉祥。”毅夫又言黎所遣使为黄开文，粤人前官奉天劝业道，亦赠物二种。十二日上升殿册立皇后。后与上同十七岁，奉天将军长顺之曾孙女，父名荣源，家素丰，荣又善居积，国变后居天津，购地起房屋获利数倍，累资过百万。后亦端慧通英文，旧制大婚立一后二妃，下复有嫔。上只选一妃，无嫔。妃亦十七岁，大学士锡珍孙女，家极贫，赁屋而居，上赐一四合房，始有安止处。是晨，陶随班入朝贺，至乾清门外，见所陈舆杖甚新，询知为袁世凯所造，袁即真未成贮銮舆卫中，故内务府取而用之，亦一快事也。已刻，上升殿受朝，陶与诸臣趋进。（旧制朝贺用朝冠朝裙披肩，上以诸臣多不备，令改用蟒袍补服。）至乾清宫甬道分东西序立，东为汉官陈太傅居前，西则满蒙诸王公居前，宫监依旧制鸣鞭唱满语，叩首三，诸臣跪兴叩首三次，讫各退。是日妃入宫，（此亦旧制。）夜漏三刻，上复升殿临遣凤舆，旧制有内廷差者亦入贺。陶未与，复与攸侯过崧生，谈至夜深乃回。十三日皇后入宫，妃出接相随入，诸臣多往瞻礼。陶亦未与，晚赴崔聘侯家小酌。十四日聘三及杨吉三（鼎元）并邀晚酌，吉三前官内阁中书，近充实录馆校对。（现皇室实官及有差事者汉人不过十员，粤居其四，聘三、聘侯、吉三及梁文忠之子彩胜劬也。文忠薨后，上念师傅恩，令官乾清门侍卫，聘侯、吉三近相从学道，欲归隐罗浮。）十五日与次儿良玉入朝贺，（良玉于光绪丁未以江北灾赈报效得布政司理问衔。）各带所领徽章进，（徽章如银钱式，一面双喜，一面号数洋文，陶与良玉所得八百余号矣。）至奏事处递职名，入乾清门，接待员引至南书房。诸臣续至，逼塞满座。见升吉甫制军（允）颓然老矣，足又弱，不良于行。闻前两日上召见，赐紫禁城骑马而不登宫门，钞避嫌疑也。（制军中如寓津之张安甫人骏，寓沪之陈筱石夔龙俱未入京朝贺，至者惟升一人。）太监进茶点。讫巳刻各国公使入觐，凡二百余人。既出，立东西廊观礼。午刻，上升殿受朝，诸臣趋进叩贺，如旧制，计千余人。民国瞻礼者在乾清门外，亦数百人。礼毕，各退。陶命良玉回寓与诒重、毅夫、露苑、吉三、攸侯集崧生宅，合拍一照。崧生留晚酌，言连日与庄思敦通告各公使，为定入觐礼节，甚忙碌，今晨上召见，询接待礼对毕，袖出所拟英文演说三份，上采用其词缛而谦者，随问曰："演说时可开视否？"对曰："不视更好。"及入觐，上御养心殿西暖阁，某国公使至前赞称某国公使，上则与之握手为礼，其非公使赞称某国某人，上则与之点头为礼，公使夫人至前行旗妇请安礼，皇后亦与之握手为礼，觐毕入席。上升阶持杯酒诵所拟英文不开视，大略谓贵客宠临，心甚愉快，此后交情日固，长毋相忘，并祝各所驻国君主总统暨各公使健康云云。上演说毕，举杯酒为礼。上退，各公使向余言，谓上英睿而谦和，熟习英语英文，皇后亦美而知礼，及观诸臣朝贺毕，并称赞啧啧，不置。崧生又言："上演说时，醇亲王亦往观。上退，公使即坐，余于丛人中望见醇邸即用英语告各公使，公使复起坐，随招醇邸，至前，与各公使道谢，幸不失礼。"又言："有熙斌者，旗人，昔在余驻德公使馆中效奔走之劳，此次余用之往来传递，而熙托宝瑞臣来言，而欲以西服充御前翻译，余曰清室自有衣冠，西服不为外人所笑耶！且上通英文，不用翻译也，熙遂悻悻而去，不复至，无识如此，可恨也。"陶曰："皇室与外邦隔绝十一年矣，公引令接洽俾复盘敦之交，异日必得援助，此第一功也。"崧生曰："上自聪睿又为，为外人礼重耳，余何力焉，顷闻民国进奉二万圆，上令发八旗生计处，其处置得宜，亦非臣下所及也。”毅夫回言：“此次进奉，徐世昌二万圆，张作霖一万圆，奉天省长以下合一万圆，吉林黑龙江两省各合一万圆，旧臣中张绍轩一万圆，师傅亦一万圆。（毅夫学道以陶为师，故称曰师傅。）初闻陈筱石李仲先（经义）、李季皋（经迈）、刘翰怡各一万圆，后知只各五千圆耳。然合诸进奉之计约二十余万圆，上前售奉天圈地得二十余万圆即以为大婚用，一切进奉提存汇丰银行，不动用一钱。”陶曰：“此殆为游历计也。”（九月时聘三与人书言今岁皇室经费只收到十万圆，于是报章腾说云售四库全书与日本得二百万圆，又云镕宫中金器得三十万圆，皆拨作大婚用，非也。上省俭而顾虑甚周，闻撤御膳房后，宫中饭食月不过四千圆，又珏生为陶言，今岁上命清理书画，自晋唐以来至国朝，凡九千余件，累十月乃尽，上皆珍藏之。）十六日关伯珩（冕钧）请陈太傅、朱少保酒酌，邀陶过陪。（伯珩前官编修，居比邻，光绪乙巳同考南书房，未用，戴文诚鸿慈考察政治出洋，陶荐之，为随员。入民国后颇得意，好书画窑器，所收藏值二十万圆，然初见时自称为四不像，又言今日余自摈于大清矣，亦悔心之萌也。）十七日罗叔颖（振玉）、柯凤孙（劭忞）、金拱北（梁）请各直省入京朝贺，诸人同拍照，陶与诒重不往。十八日题耆寿民独坐图卷，寿民于国变后不肯与民国诸人往来，故取杜少陵独立苍茫自咏诗意绘为卷，前太傅少保及诸遗老俱有诗。（陶诗云：“野旷天低望眼宽，更无人处自盘桓。秋原劲草知风疾，冬岭孤松阅岁寒。照水数茎添发白，轻扬一寸吐心丹。微闻日暮吟梁甫，莫作三闾泽畔看。”）十九日珏生邀晚酌，出议员邓元复提废除优待议与看，语极悖，文极不通，又诋及外人入觐，真无理取闹也。珏生言议无联署不能提出，曹琨亦电止之，令勿多事，想作罢论矣。席散与谈旧事，珏生言隆裕皇太后让国后袁尚称臣，上折跪安，数月后不复尔，隆裕皇太后知为袁所买，抑郁成疾。袁遣医诊视，用葶苈诸毒药攻之，遂崩。又言世伯轩中堂（续）时称其保护皇室有功，然世任内务府，让国后不为撙节，靡费而惟事讨好民国，有所请则与之。皇室今日之困难世，中堂咎也。又言梁文忠薨后，遗言葬梁格庄，余合诸旧臣为会葬，各有诗，今装为图卷，因取与观卷，前则曾刚甫作也，语沉痛，读之酸鼻。陶曰：“顷闻刚甫少子已病殁，遂无子，天道无知，岂信然耶？”（陶此行本欲一谒崇陵，并展梁文忠墓，以天寒路远而止，亦一憾事。）二十日叶湘南亲家（觉迈）约游图书馆，馆为旧日国子监南学地，储藏极富有。文津阁《四库全书》，又北宋版本数十种，燉煌石室唐人写经数百卷。晚诣崧生宅酒酌，崧生言各公使入觐后各电所驻国，深为赞美，中美电路透电尤佳。又言总税务司安格联近詈蔡成干谓我国积欠外债极巨，不思清理，惟事战争，将来西邻责言，有何应付？又言河南土匪聚党数万，专掳外人勒索，吴佩孚不能驰剿救援，各公使尤愤怒，其干涉内政势必不久。是日花衣期满，（大婚前后十二日，入直必穿蟒袍，俗称为花衣期，自初九起至是日始满。）陶拟于日间出京，即于崧生前辞行。二十一日诒重返津，有所谋，珍重而别。涛贝勒及内务府三大臣邀什刹海午酌，至者四十人，皆入京朝贺诸旧臣。席散，陶告贝勒及三大臣日间出京，并辞行。二十一日携所照片谒陈太傅，恳代奏呈，并言准二十五日出京，询用具折陛辞否？太傅曰：“并由余代奏可也。”谈片刻即辞行，随谒朱少保并过珏生聘三辞行，少保未遇。二十三日珏生聘三过别，珏生赠汉玉带钩一枚，聘三赠张瀞山真迹一轴。是日再谒朱少保，仍未遇。二十四日陈太傅奉上所赐七宝镶盖金盒至，（盒高一寸七分，长三寸四分，椭圆形，盖用碧犀、翠玉、红宝石、青金石等镶嵌，雕刻作瓜瓞形。）言今晨代奏出京，上曰：“伯陶万里趋朝，敷陈甚好，今兹南返，不获常见，朕本拟亲书四字扁额以赐仓猝，不及俟暇为之。”因取盒出，曰：“此高宗御用器，兹先赐之，以宠其行。”陶祗受即恳太傅代奏谢恩，因言上恩高厚，莫报涓埃。日前奏对诵老子三宝之说，上叹以为格言，老子之道，谦退柔弱，用晦而明，深合《大易》“尺蠖之屈，以求伸也，龙蛇之蛰，以全身也”[5]之义。南归后拟辑《老子格言略释》一篇进呈御览，太傅曰善，因言近人告上，谓外人来觐，在我固为可喜，然现政府失信义于友邦，外患日棘，其嫉视我必深，是宜引以为忧，日加惕厉，谨修身齐家之道，用晦而明。陶悚听曰：“太傅瞻言百里，虽休勿休，真所以养成圣德也。”午后复谒朱少保，仍不遇，留函告辞。（少保连日与内务府大臣筹进奉回赐事，故不在家。）晚间少保过别，陶适出门，未面。二十五日晨附京沪火车出京，聘三、聘侯、吉三、佽侯、湘南送登车。二十六夜抵沪，仍寓东亚旅馆，以劳顿冒寒，复病，将息数日，乃痊。寓沪诸旧臣余寿平（诚格）、王聘三（乃征）、康长素（有为）晤之。甘翰臣（作蕃）宅中左子异（孝同）、秦子质（炳直）、曹梅访（广桢）过谈观御容并赞颂，不置，三人前与王雪澄合电力争皇室经费者也。十一月初七日附庐州轮船返港。初十日抵汕头，十二日抵港，晚回九龙。是役也，往返凡五十二日。住京凡二十三日，虽极劳顿，然觇圣德之高深，睹邦交之辑睦，知优待条件可免他虞，因详纪之。十一月二十四日，皇上亲书“玉性松心”四字扁额赐臣伯陶，由毅夫带回九龙。（伯陶又记）

【注】

［1］此文所述为1922年溥仪大婚，时陈伯陶从香港赴北京亲往叩贺，并资助费用一万圆事。《瓜庐文剩》下《七十述哀诗一百三十韵》诗中自注：“壬戌十月，上大婚，余入京叩贺，报效一万洋圆，初五日，上召见，赐坐，谈一时许。上言近力行节俭，余因诵老子三宝，曰慈、曰俭、曰不为天下先之说，并数陈其义，上叹，以为格言。既出，命官监扶下阶，上旋赐御容一方及紫禁城骑马，复令贝勒载涛朱少保益藩传谕，留直内廷，余以老辞归。时上赐

高宗御用七宝金盒及御书‘玉性松心’匾额一方。先是，各公使议觐见民国外交部，援皇室无与外国往来，例阻之。余告梁崧生尚书敦彦谓礼有私觌，此个人交际，不在例内，可商之各公使，遂群入贺。自逊位后，外人隔绝十二年矣。其后闻民国中人颇有诋余为多事者。”可与本文相互参看。

［2］优待皇室：此处指辛亥革命时，作为清朝放弃政权的交换条件，“中华民国”南京临时政府参议院通过了《关于大清皇帝辞位之后优待之条件》(简称《优待条件》)，内容为：一、尊号仍存不废，中华民国以待各外国君主之礼相待。二、岁用四百万两，由中华民国拨用。三、暂居宫禁，日后移居颐和园。四、宗庙陵寝永远奉祀，由中华民国酌设卫兵妥慎保护等（参见张国福编《参议院议事录·参议院议决案汇编》，北京大学出版社 1989 年版）。1924 年冯玉祥发动政变，组成摄政内阁，发布《修正清室优待条件》（发布于《司法公报》第 199 期，1924 年 11 月），宣布废除皇帝尊号，将前清皇室逐出宫禁，并将优待经费每年四百万圆改成五十万圆，形同废止。

［3］四维：古代以礼、义、廉、耻为治国之四纲，称为“四维”。《管子·牧民》：“国有四维……何谓四维？一曰礼，二曰义，三曰廉，四曰耻。”

［4］舐糠及米：比喻蚕食。《史记·吴王濞列传》：“俚语有之‘舐糠及米’。吴与胶西，知名诸侯也，一时见察，恐不得安肆矣。”〔唐〕司马贞《史记索隐》：“言舐糠尽则至米，谓削土尽则至灭国也。”

［5］尺蠖之屈等句：尺蠖虫常屈伸而行，后以比喻先屈后伸。龙蛇古时比喻退隐。《易·系辞下》：“尺蠖之屈，以求信也；龙蛇之蛰，以存身也。”〔晋〕支遁《咏利城山居》：“迹从尺蠖屈，道与腾龙伸。”

盘 园 记

余窜伏九龙，得地于牛池湾之西，广一亩。有奇幽涧漩洄，注为小池。后枕崇阿，饶竹木之胜；前俯平陆，极烟岚之观。因樊之，名曰盘园。中构屋三椽，曰盘庐。取诗考盘义也，考盘三章首言硕人之宽，次言其薖，次言其轴。《毛传》：“考盘，乐也。薖，宽大貌。轴，进也。”《郑笺》谓：“硕人穷处成乐而宽然有虚乏之色，薖，饥意。轴，病也。”与毛异。《朱子集传》用毛说，云诗人美贤者隐处涧谷之中而硕大宽广无戚戚之意。考孔丛子述夫子之言曰：“吾于考盘见遁世之士而无闷于世。”孔丛伪书不足据，然固与毛合也。余生不辰，居海滨者十有三年矣，昔人嘲夷齐不食周粟而食周薇，惟兹租借地彼客而我主，固非首阳比也，而槁饿则同，余于郑说盖有取焉。呜呼！沧海横流，处处不安，王尼之悲，[1]复见今日。若兹地则逢子庆之浮海而戴瓦盆也；管幼安之居辽而穿藜榻[2]也。其空乏其身，不免于饥且病也，固宜，然视熏以象，烧膏以明，销者有间矣，此余所以独瘖寐其间而永矢弗谖弗过弗告也。若以为硕大宽广，无戚戚之意，则岂敢复为之诗曰：盘园何有兮，山泽之癯！嗟四方其靡骋兮！九夷与居扃，袁闳于土室兮！卧焦先于草庐，念天地悠悠兮！吾生须臾独穷处成乐兮！噫！斯其为古硕人之徒与。

【注】

［1］王尼之悲：《晋书·王尼传》："洛阳陷，避乱江夏。时王澄为荆州刺史，遇之甚厚。尼早丧妇，止有一子。无居宅，惟畜露车，有牛一头，每行，辄使子御之，暮则共宿车上。常叹曰：'沧海横流，处处不安也。'俄而澄卒，荆土饥荒。尼不得食，乃杀牛坏车，煮肉啖之。既尽，父子俱饿死。"

［2］藜榻：〔晋〕皇甫谧《高士传·管宁》："（管宁）常坐一木榻上，积五十五年未尝箕踞，榻上当膝皆穿。"

瓜庐文剩　卷三

《周礼》《孟子》公侯伯子男封地里数异同考

《周礼》云："诸公之地，封疆方五百里，其食者半；诸侯之地，封疆四百里，其食者参之一；诸伯之地，封疆方三百里，其食者参之一；诸子之地，封疆方二百里，其食者四之一；诸男之地，封疆方百里，其食者四之一。"《孟子》云："天子之制地方千里，公侯皆方百里，伯七十里，子男五十里。"谨按：《孟子》之说与《王制》同，与周礼异。郑注："《王制》以为公侯方百里者，周初之制，至周公摄政，斥大九州岛之界，封公地方五百里，侯四百里，伯三百里，子二百里，男百里。"附会《王制》以合《周礼》之说，其实非也。若如郑说，孟子何以不言周公加封之制，而惟举周初，因夏殷之制且地方五百里者，为方百里者二十五，方四百里为方百里者十六。若封一公，而并百里之国二十五，封一侯而并百里之国十六，或并或徙，天下岂不大扰，郑氏之说恐未足信。考《王制》，言"公侯田方百里"，《孟子》言"地方百里"，地即田也。《孟子》言"班禄"，禄出于田，其云百里、七十里、五十里者，自当是田之实数，非指其封域也。《王制》之书采《孟子》而成，观其改地为田，则《孟子》之言，其为纪田之实数，可知若《周礼》，则明言封疆方五百里，此当是举其封域，不纪其田。盖公侯之地虽有五百里、四百里之多，然附庸在封域[1]之中，不在其外。《论语》所谓"颛臾在邦域之中"，是也。除附庸之外，则公、侯、伯、子、男之地已觉渐狭，而又天子食其半，食其参之一，四之一，则其地当更狭。除天子所食之外，所余之地其中山川城郭，沟洫道路，占地尤多，且既井其田硗确[2]之地，又所不计，况一易再易三易。或两亩之田当一亩，或三亩之田当一亩，计公、侯之田当不过百里，伯、子、男之田亦当不过七十里、五十里矣。江慎修云："《周礼》就其虚宽者言之，孟子王制惟举土田，实封耳。"其说洵确，当不易。《左传·僖四年》管仲曰："昔召康公赐我先君履，东至于海，西至于河，南至于穆棱，北至于无棣。"穆棱，山名，今在沂水县。无棣，沟名，今在海丰庆云两县，南北相距数百里。（说见阎百诗《四书释地又续》。）又鲁颂云："泰山岩岩，鲁邦所詹，奄有龟蒙，遂荒大东，至于海邦，淮夷来同。"计泰山去海邦[3]淮夷[4]之处又数百里，然则谓诸侯封域无五百里、四百里者，非也。《左传·襄二十五年》子产曰："昔天子之地一圻，列国一同，自是以衰。"子产所言盖当举其田，而非举其封域，封域包附庸在内，晋人以侵小责之，自当不举附庸，其为言诸侯之田可知。且《司马法》井十为通，通十为成，十成为终，十终为同，则同固为井田之实数，然则谓诸侯之田不止于百里，七十里、五十里者，亦非也。至鲁欲使慎子为将军，章孟子言："地非不足，而俭于百里地。"字亦指田而言。观所云"不百里不足以守宗庙之典籍"。可见其云"今鲁有方百里者五，有王者作鲁必在所损"。盖言鲁兼附庸，而有田方百里者五，故以为在所损。其实鲁之田百里，而其封域则当有五百里也。后儒据《周礼》而疑《孟子》，又据《孟子》而疑《周礼》，实则《周礼》言其封疆，《孟子》言其田，其说似相背，而实相成，纷纷攻驳之说，皆不足据也。

【注】

［1］封域：封，〔清〕段玉裁《说文解字注》："爵诸侯之土也，谓爵命诸侯以是土也。《封人》注曰'聚土曰封'，谓壝埒及小封疆也。冢人注曰'王公曰丘。诸臣曰封'。"域，《说文解字》："域，邦也。"《汉书·韦元成传》："以保尔域。"注曰："谓封邑也。"

［2］硗确：硗，《玉篇》："坚硬也。"《孟子·告子上》："则地有肥硗。"赵岐曰："硗，薄也。"〔清〕段玉裁《说文解字注》："硗埆，谓多石瘠薄。"

［3］海邦：指近海之国。《诗·鲁颂·閟宫》："遂荒大东，至于海邦。"〔汉〕郑玄笺："海邦，近海之国也。"

［4］淮夷：古时指淮河流域的部落。《尚书·费誓》："徂兹淮夷，徐戎并兴。"《史记·周本纪》："召公为保，周公为师，东伐淮夷、残奄，迁其君薄姑。"

《礼记》所记虞夏殷礼考

孔子言："夏殷之礼，杞宋不足征。"而《礼记》所记虞夏殷礼致多，未尝不叹七十子之徒，其搜讨甚深也。殷去周近，故所记独详，夏则略矣，至于虞则更略矣。虞以上相去愈远，其制愈恍惚，不可知，则时代为之也。兹采录所载虞夏殷礼分而类编之，其郑孔所定为虞夏殷礼者，附列其间。郑不合者则略辨之，以著于各条之末。至虞夏殷之礼不专属一代者，亦并载于后焉。

《明堂位》："有虞氏官五十。"郑注："有虞氏宜六十。"《檀弓》："舜葬于苍梧之野，盖三妃未之从也。"郑注："帝喾立四妃象，后妃四星，其一明者为正妃，三小者为次妃。帝尧因焉，舜不告而取，不立正妃，但三妃而已，谓之三夫人。”《明堂位》：“米廪，有虞氏之庠也。”《王制》：“有虞氏养国老于上庠，养庶老于下庠。” 又云：“有虞氏深衣而养老。” 又云：“养老，有虞氏以燕礼。”《祭义》：“有虞氏贵德而尚齿。”《祭法》：“有虞氏褅黄帝而郊喾祖颛顼而宗尧。” 《郊特牲》：“有虞氏之祭也，尚用气血腥爓，祭用气也。”《王制》：“有虞氏皇而祭。” 郑注：“皇，冕属也，有虞氏十二章。” 《明堂位》：“有虞氏祭首。”《檀弓》：“有虞氏瓦棺。” 郑注：“始不用薪也，有虞氏上陶。” 《明堂位》：“有虞氏之绥。” 郑注：“绥，旌旗之属也，丧葬之饰。”《明堂位》：“鸾车，有虞氏之路也。” 又云：“有虞氏之旗。” 郑注：“有虞氏当言绥。”《明堂位》：“有虞氏服韨。” 郑注：“舜始作之以尊祭服。” 《明堂位》：“有虞氏之两敦。” 又云：“俎有虞氏以梡。” 又云：“泰，有虞氏之尊也。”《乐记》：“昔者舜作五弦之琴以歌南风[1]，夔始制乐以赏诸侯。” 又云：“韶，继也。” 郑注：“舜，乐名也。” 以上虞礼。

《礼运》孔子曰：“我欲观夏道，是故之杞而不足征也，吾得夏时焉。”《表记》：“夏道尊命，事鬼敬神而远之，近人而忠焉，先录而后威，先赏而后罚，亲而不尊。” 又云：“夏道未渎，辞不求备，不大望于民。” 《明堂位》：“夏后氏官百。” 郑注：“夏后氏宜百二十。” 《王制》：“天子三公九卿，二十七大夫，八十一元士。” 郑注：“此夏制也。” 又《昏义》：“天子立六官，三公九卿，二十七大夫，八十一元士，凡百二十。” 郑注亦云：“似夏时也。” 《王制》：“大国三卿，皆命于天子，下大夫五人，上士二十七人，次国三卿二卿命于天子，一卿命于其君，下大夫五人，上士二十七人，小国二卿皆命于其君，下大夫五人，上士二十七人。” 孔疏此一节论夏家天子命诸侯之国卿大夫及士之数。《王制》：“天子之县内，诸侯禄也。” 孔疏此言县内则夏法也。《檀弓》郑注：“舜三妃，夏后氏增以三三而九，合十二人。” 《春秋说》云：“天子取十二，即夏制也。” 明堂位序，夏后之序也。《王制》：“夏后氏养国老于东序，养庶老于西序。” 又云：“夏后氏燕衣而养老。” 又云：“养老，夏后氏以飨礼。”《祭义》：“夏后氏贵爵而尚齿。”《祭义》：“郊之祭大报天而主日配以月，夏后氏祭其暗。”《祭法》：“夏后氏褅黄帝而郊鲧祖颛顼而宗禹。”《王制》郑注：“夏五庙无太祖，禹与二昭二穆。” 《礼器》：“夏立户而卒祭。” 郑注：“夏礼，尸有事则坐。”《王制》：“夏后氏收而祭。” 《明堂位》：“夏后氏祭心。” 又云：“夏后氏尚明水[2]。” 《王制》：“天子诸侯无事则岁三田[3]。” 郑注：“三田者，夏不田，盖夏时也。”《檀弓》：“夏后氏殡于东阶之上，则犹在阼也。曾子问夏后氏，三年之丧，既殡而致命。” 《檀弓》：“夏后氏塈周。” 郑注或谓之土周，又云：“夏后氏用明器[4]。” 又云：“明器，鬼器也。” 又云：“绸练设旐，夏也。” 郑注：“此旐葬乘车所建也。” 又《明堂位》曰：“夏后之绸练。”《明堂位》：“夏后氏骆马黑鬣。”又云：“夏后氏牲尚黑。”《檀弓》：“夏后氏尚黑，大事敛用，昏戒事乘骊牲用丝。”《明堂位》：“钩车，夏后氏之路也。”又云：“夏后氏之绥。”郑注：“夏后氏当言旗。”《明堂位》：“夏后氏山。”（谓画山于韨也。）《郊特牲》：“毋追夏后氏之道也。”又云：“夏收。”《明堂位》：“夏后世之四连。”又云：“俎夏后世以嶡。”又云：“夏后世以揭豆。”又云：“山罍，夏后之尊也。”又云：“爵，夏后氏以盏。”又云：“灌尊，夏后氏以鸡夷。其勺，夏后世以龙勺。”又云：“大璜，天子之器也。”郑注：“大璜，夏后氏之璜。”《明堂位》：“夏后氏之鼓足。”又云：“夏后氏之龙簨虡[5]。”《乐记》：“夏，大也。”郑注：“禹，乐名也。”以上夏礼。

《礼运》孔子曰：“我欲观殷道，是故之宋而不足征也，吾得坤干焉。”《表记》：“殷人尊神，率民以事神，先鬼而后礼，先罚而后赏，尊而不亲。”又云：“殷人未渎礼而求备于民。”《檀弓》：“殷人作誓而明始畔。”《王制》：“爵人于朝，与众共之；刑人于市，与众弃之。是故公家不蓄刑人，大夫弗养士，遇之涂，弗与言也。屏之四方，唯其所之，不及以政示，弗故生也。”孔疏谓殷法也。《檀弓》：“微子舍其孙腯而立衍也。”郑注：“殷礼也。”《明堂位》：“殷二百（谓官也）。”郑注：“殷宜二百四十。”《曲礼》：“天子建天官，先六大曰大宰、大宗、大史、大祝、大士、大卜，典司六典。天子之五官，曰司徒、司马、司空、司士、司寇，典司五众。天子之六府，曰司土、司木、司水、司草、司器、司货，典司六职。天子之六工，曰土工、金工、石工、木工、兽工、草工，典制六材。五官致货日享。”郑注：“此盖殷时制也。”《王制》：“天子使其大夫为三监，监于方伯之国，国三人。”孔疏：“崔氏云此谓殷之方伯，皆有三人以辅之，佐其伯谓监所领之诸侯也。”《王制》：“天子之田方千里，公侯方百里，伯七十里，子男五十里。不能五十里者，不合于天子，附于诸侯曰附庸。”郑注：“此地殷所因夏爵三等之制也。”（谨案：《孟子》“周室班爵禄”章说与此同，但改地为田耳。窃以为《周礼》所言公五百里，侯四百里，盖指封疆大界而言，包附庸在内，《孟子》及《王制》俱实数，其田故不同，郑氏以为殷制，殆非也。）《王制》：“天子之县，内方百里之国九，七十里之国二十有一，五十里之国六十有三，凡九十三国。”郑注：“县内，夏时天子所居也，殷曰畿。”孔疏：“汤承夏末之后制，为九十三国，记者言县，明其承夏之余，国数是殷汤之制。”《王制》：“凡四海之内九州岛，州方千里，州建百里之国三十七，七十里之国六十五，十里之国百有二十，凡二百一十国。名山大泽不以封其余，以为附庸闲田。”郑注：“此殷法也。”《王制》：“凡九州岛，千七百七十三国，天子之元士，诸侯之附庸不与。”郑注：“禹会诸侯涂山，执玉帛者，万国要服[6]之，内地方七千里，乃能容之。

夏末夷狄内侵，土地减，殷汤承之，更制，中国方三千里之界，亦分为九州岛，而建此千七百七十三国焉。”（谨案：郑氏因《王制》“百里七十里之国”与《周礼》不合，并指为殷制，其说非也。禹涂山之会，执玉帛者万国当是，极言其多，不必立国至要服。至云“殷汤承夏之后更制，九州岛之界方三千里”，然三千里之内，其间名山大泽，沟洫道涂，当复不少，则公侯之国何由得有田方百里，方七十里乎？《王制》所言恐当俱属周制。）《王制》：“古者公田借而不税，市廛而不征，关讥而不征，林麓川泽以时入而不禁，夫圭田无征。”郑注：“古者谓殷时。”《檀弓》郑注：“舜三妃，夏后氏增以三三而九合十二人以夏，及周制差之，则殷又增以三九二十七合三十九人。”《王制》：“小学在公宫之左，大学在郊。”郑注：“此小学大学殷之制。”《明堂位》：“瞽宗，殷学也。”《王制》：“殷人养国老于右学，养庶老于左学。”又云：“殷人缟衣而养老。”又云：“养老，殷人以燕礼。”又云：“五十养于乡，六十养于国，七十养于学，达于诸侯。”郑注：“此殷制。”《祭义》：“殷人贵富而尚齿。”《曲礼》：“天子祭天地，祭四方，祭山川，祭五祀，岁遍。诸侯方祀，祭山川，祭五祀，岁遍。大夫祭五祀，岁遍。士祭其先。”郑注：“此盖殷时制也。”《祭义》：“殷人祭诸阳。”（谓郊之祭，报天而主日也。）《月令》：“立春之日，天子亲帅三公九卿诸侯大夫以迎春于东郊。”郑注：“盖殷礼也。”（谨案：玉藻丝端朝日于东门之外，《疏》引《朝事议》云：“冕而执镇圭，帅诸侯朝日于东郊。”疑此之迎春即玉藻之朝日，下云：“迎夏迎秋迎冬者，亦朝日也。”郑以为殷制恐非。《疏》又引《书传》云：“祀上帝于南郊即春迎日于东郊。”又云：“谓孟春据此与月令立春迎春之说尤相合。”）《祭法》：“殷人禘喾而郊冥，祖契而宗汤。”《王制》郑注：“殷六庙，契及汤与二昭二穆。”《礼器》：“殷坐尸。”《郊特牲》：“殷人尚声，嗅味未成，涤荡其声，乐三阕，然后出迎。”又云：“殷人先求诸阳。”《王制》：“殷人冔而祭。”《明堂位》：“殷祭肝。”又云：“殷尚醴，又祭统，殷人贵髀。”（谓骨也。）《檀弓》：“古者不降上下，各以其亲，滕伯文为孟虎齐衰，其叔父也，为孟皮齐衰，其叔父也。”郑注：“古谓殷时也。”《檀弓》：“拜而后稽颡，颓乎其顺也。”郑注：“此殷之丧拜也。”《檀弓》：“殷人奠于两楹之间。”《檀弓》：“殷朝而殡于祖。”《檀弓》：“掘中溜而浴，毁灶以缀足，及葬，毁宗躐行，出于大门。”殷道也。曾子问殷人既葬而致命，《檀弓》：“褚幕丹质，蚁结于四隅，殷士也。”又云：“殷人棺椁。”郑注：“椁大于棺也，殷人上梓。”《檀弓》：“殷既封而吊。”郑注：“封当为窆，窆，下棺也。”又《坊记》云：“殷人吊于圹。”《檀弓》：“殷人冔而葬。”《檀弓》：“古者墓而不坟。”郑注：“古谓殷时也。”《檀弓》：“殷主缀重焉。”又云：“殷练而祔。”《明堂位》：“殷之崇牙。”郑注：

"丧葬之饰。"《明堂位》:"殷人白马黑首。"又云:"殷白牡。"《檀弓》:"殷人尚白,大事敛用日中,戎事乘骊牲用白。"《月令》:"孟春之月,天子乘鸾,路驾苍龙,载青旗,衣青衣,服仓玉。"(下四时各衣其方色。)郑注:"此皆取于殷时而有变焉,非周制也。"(谨案:《月令》所记:"车马衣服当用于迎春,迎春即朝日也。曾子问云:'诸侯皆在而日食,则从天子救日,各以其方色与其兵,夫救日且各以其方色,则朝日安知不以其方色乎?'且月令多本阴阳家之说,此各依其方色与汉魏相传所议天子之服及后汉《祭祀志》'五郊迎气'服色尤相合,郑指为殷制恐非。")《郊特牲》:"乘素车,贵其质也。"郑注:"殷路也。"又《明堂位》云:"大路,殷路也。"又云:"殷之大白。"又《檀弓》云:"设崇殷也。"《郊特牲》:"章甫,殷道也。"又云殷冔。《明堂位》:"殷火。"(谓画火于韨。)《明堂位》:"殷之六瑚。"又云:"殷以椇。"又云:"殷玉豆。"又云:"著殷尊也。"又云:"爵殷以斝[7]。"又云:"灌尊殷以斝,其勺殷以疏勺。"《明堂位》:"殷楹鼓。"又云:"殷之崇牙。"《乐记》:"殷之乐尽矣。"郑注:"尽人事也。"以上殷礼。

《王制》:"天子五年一巡狩。"郑注:"五年者,虞夏之制也。"《月令》:"季冬之月,天子乃与公卿大夫共饬国典,论时令以待来岁之宜。"郑注:"《周礼》以正月为之今用,此月则所因于夏殷也。"《祭统》:"古者不使刑人守门。"郑注:"古者谓夏殷时。"《内则》:"三王有乞言。"又云:"三王亦宪既养老而后乞言,亦微其礼,皆有惇史[8]。"《文王世子》记曰:"虞夏商周有师保,有疑丞,设四辅及三公,不必备唯其人。"《王制》:"天子诸侯宗庙之祭,春曰礿,夏曰禘,秋曰尝,冬曰烝。"郑注:"此盖夏殷之祭名。"又《祭统》云:"春祭曰礿,夏祭曰禘,秋祭曰尝,冬祭曰烝。"郑注亦云谓夏殷时礼也。《郊特牲》:"郊之祭也,迎长日之至也。"郑注:"《易说》曰三王一用夏正。"《檀弓》:"葬于北方北首,三代之达礼也。"《郊特牲》:"古者生无爵死无谥。"郑注:"古谓殷以前也。"《礼器》:"天子之冕朱,绿藻。"郑注:"似夏殷制也。"《明堂位》:"拊搏、玉磬、揩击、大琴、大瑟、小琴、小瑟,四代之乐器也。"以上虞夏殷礼不专属一代者。

【注】

[1] 南风:《孔子家语·辨乐解》:"昔者舜弹五弦之琴,造《南风》之诗。其诗曰:'南风之熏兮,可以解吾民之愠兮;南风之时兮,可以阜吾民之财兮。'"

[2] 明水:《周礼·秋官·司烜氏》:"以鉴取明水于月。"〔清〕孙诒让正义:"窃意取明水,止是用鉴承露。"《逸周书·克殷》:"毛叔郑奉明水。"

〔清〕朱右曾校释："明水，元酒，取阴阳之洁气也。"

[3] 三田：《礼记·王制》："天子诸侯无事则岁三田，一为干豆，二为宾客，三为充君之庖。"〔唐〕孔颖达疏："一岁三时田猎。猎在田中，又为田除害，故称田也。"

[4] 明器：《礼记·檀弓下》："其曰明器，神明之也。涂车刍灵，自古有之，明器之道也。"

[5] 簨虡：《礼记·明堂位》："夏后氏之龙簨虡。"〔汉〕郑玄注："簨虡，所以悬钟鼓也。横曰簨，饰之以鳞属；植曰：'虡，饰之以赢属、羽属。'"

[6] 要服：《尚书·禹贡》："五百里要服。"〔汉〕孔安国传曰："绥服外之五百里，要束以文教者。"

[7] 斝：〔清〕段玉裁《说文解字注》："玉爵也。夏曰盏，殷曰斝，周曰爵。"

[8] 惇史：《礼记·内则》："凡养老，五帝宪，三王有乞言。五帝宪，养气体而不乞言，有善则记之为惇史。"〔唐〕孔颖达疏："言老人有善德行则纪录之，使众人法则，为惇厚之史。"

张仲景生卒时代考

张仲景生卒时代不可知，世但称为后汉人。而已然刺取诸书，亦可得其大概，兹条列于后。《太平御览》引《何颙别传》称仲景总角造颙，颙谓其后将为名医。[1]《后汉书》颙传称："永少游学洛阳，虽后进，而郭林宗、贾伟节等与之相好。"今按林宗卒于建宁二年，年四十二，颙于林宗为后进，则当小林宗十年以上，建宁二年，林宗年四十二，仲景时当二十许岁，以此推之，则当生于桓帝初年。皇甫谧《甲乙经序》称仲景见王仲宣时二十余，谓仲宣四十当眉落半年而死。[2]今按《三国志》"仲宣年十七依刘表，建安二十二年春卒，年四十一"，以此推之，则仲景见仲宣当在建安初年时，仲景五十余岁，同寓荆州。《后汉书·刘表传》："建安三年，长沙守张羡畔表，表破平之。"注引《英雄记》曰："羡，南阳人。"今按仲景亦南阳人，与羡当同族，仲景《伤寒论·序》末自称汉长沙守不知在羡前或羡后，序又称："建安纪元末，十稔宗族死亡三分有二，伤寒十居其七。"据此，则建安三年以后仲景时当为长沙守，不在南阳，日本丹波元简廉夫以为表破羡后使仲景代之说虽无考，或亦据此也。

王砅《素问注·序》称："周有秦公，汉有淳于公，魏有张公、华公。"今其为《伤寒论》序在建安十年，时盖罢官还南阳，年六十余岁矣。按：张谓仲景，华谓元化。南阳自建安十三年刘琮降后为曹操所有，十八年曹操自立为魏公，二十五年操卒，其冬丕篡，立国号曰魏。砅谓仲景为魏人，则卒在黄初以后，计其年必过八十。其卒时盖在南阳，故《南阳县志》称仲景墓在城东四里，然仲景未尝见操，岂以操恶已。稔元化又为所戮，因隐而不出欤！其作《伤寒论·序》痛斥乎贪利忘身之徒，盖有所指，末不署年月而自称汉长沙守，心固不知有魏矣，此亦管宁藜床、袁闳土室[3]之流亚也。

国朝桑芸《张仲景先生祠墓记》云："先生，涅阳人。"涅阳，昔隶宛，故先生为南阳人，郡东高阜处，相传为先生墓与故宅在焉，洪武初有指挥郭云仆其碑，墓遂没。崇祯戊辰，兰阳诸生冯应鳌感寒疾，几殆恍惚，有神人手抚其体，百节通活，问为谁，曰："我汉南阳张仲景也，城东四里许有祠，祠后七十七步有墓，岁久平芜，今将凿井其上，封之惟子。"忽不见。病良愈，应鳌走南阳，访祠墓不可得，谒三皇庙，有仲景像，因步庙后求墓，为祝县丞蔬圃矣。后数年，园丁掘井圃中丈余，得石碣，题曰"汉长沙守医圣张仲景墓"，碣下有石洞，幽窈闻风雷震撼声，惧而封之。顺治初应鳌得昆阳司训，入郡过先生墓，墓虽封，兆域未式廓。宛府丞张三闻其事，为表墓修祠焉。（见《图书集成·南阳府部》。）按：碑称医圣当宋元间立，然亦足见宋以前谓卒于南阳之证也。

【注】

［1］《太平御览》句：《太平御览》卷七二二引《何颙别传》："同郡张仲景总角造颙，颙谓曰：'君思精而韵不高，后将为良医。'卒如其言，颙先识独言，言无虚发。"又，《后汉书·灵帝纪》："初平元年二月，董卓迁汉都长安。"《后汉书·何颙传》："董卓逼何颙为长史，颙托病不就。五月，何颙系狱，忧愤卒。"

［2］皇甫谧《甲乙经序》句：〔晋〕皇甫谧《甲乙经序》云："仲景见侍中王仲宣（时年二十余），谓曰：'君有病，四十当眉落，眉落半年而死。'令服五石散可免，仲宣以其言忤，受汤勿服……后二十年果眉落，后一百八十七日死，果如其言。"《三国志·魏书·王粲传》："建安二十一年，从征吴。二十二年春，道病卒，时年四十一岁。"

［3］袁闳土室：《后汉书·袁安传》附《袁闳传》："闳字夏甫，彭之孙也。少励操行，苦身修节……延熹末，党事将作，闳遂散发绝世，欲投迹深

林。以母老不宜远遁，乃筑土室，四周于庭，不为户，自牖纳饮食而已。旦于室中东向拜母。母思闳，时往就视，母去，便自掩闭，兄弟妻子莫得见也。及母殁，不为制服设位，时莫能名，或以为狂生。潜身十八年，黄巾贼起，攻没郡县，百姓惊散，闳诵经不移。贼相约语不入其闾，卿人就闳避难，皆得全免。年五十七，卒于土室。”

寒食散[1]实出仲景考

巢元方《病源》引皇甫云：“寒食，药者，世莫知焉，或言华佗或曰仲景，考之于实，佗之精微[2]，方类单省，而仲景经有侯氏黑散紫石英，方皆数种相出入，节度略同，然则寒食草石二方出自仲景，非佗也。”又云：“近世尚书何晏耽声好色，始服此药，心加开朗，体力转强，京师翕然传以相授，历岁之困，皆不终朝而愈，众人喜于近利，莫睹后患，晏死之后，服者弥繁，于时不辍，或暴发不常，夭害年命。”（《病源》前一段称皇甫士安撰《解散说》当即此文。）案：《世说》称何平叔云服五石散非唯治病，亦觉精神开朗，刘孝标注引秦丞相《寒食散论》曰：“寒食散之方，虽出汉代，而用之者寡，靡有传焉，魏尚书何晏首获神效，由是大行于世。”据此，是寒食散亦称五石散也。《病源》不载其方，惟引江左道弘道人解散对治，知其方有钟乳术、海蛤、硫黄、防风、细辛、白石英、附子、紫石英、人参、赤石脂、桔梗、茯苓、干姜及栝蒌而已，捡仲景书及《千金翼方》乃备载之，然后知何晏所服者真出于仲景也，兹录其方，并略论于后。仲景治伤寒全愈不复紫石寒食散方。（见《金匮要略·杂疗方》第二十三，《千金翼·大补养》第二亦载之。）紫石英、白石英、赤石脂、钟乳（确炼）、栝蒌根、防风、桔梗、文蛤、鬼臼（各十分）、太乙余粮（十分烧）、干姜、附子（炮去皮）、桂心（去皮各四分），右十三味，杵为散，酒服方寸七。（案：《千金翼方》有人参共十四味，自紫石英至太乙余粮各二两半，余各一两。）《千金翼方》：“五石更生散，治男子五劳七伤虚羸者，休医不能治，服此无不愈，惟久病者服之。其年少不识事，不可妄服之，明于治理能得药，适可服之。年三十勿服，或肾冷、脱肛、阴肿服之，尤妙方。紫石英、白石英、赤石脂、钟乳、石硫黄、海蛤（并研）、栝蒌（各二两半）、白术（七分）、人参（四两）、桔梗、细辛、干姜、桂心（各五分）、附子（炮三分去皮）、防风，右一十五味捣筛为散，酒服方寸匕，日二中间，节量以意裁之。万无不起热烦闷，可冷水洗面及手足身体亦可。浑身洗若热欲去石硫黄、赤石脂，即名三石更生一方，言是寒食散方出何侯，一两分作三薄，日移一丈，再服，二丈，又服。”（按《三国志》注，何晏以尚主得赐爵为列侯，此云何侯即何晏也。）又“五石护命散治虚劳百病，羸瘦、咳逆短气、骨间有热、四肢烦疼或肠鸣、腹中绞痛、大小便不利、尿色赤黄、积时绕脐切痛急，眼眩胃闷，恶寒风痹，食饮不消，消渴呕逆，胸中胁下满气不得息，周体浮肿，痹重不得屈伸，唇口青，手足逆，齿牙疼，产妇中风，又大肠寒，年老目暗恶，风头着衣帽，厚衣对火，腰脊痛，百病皆治，不可悉记，甚良。能久服则气力强壮，延年益寿方。紫石英（取紫色头如樗蒲者上）、白石英（取如箭镞者上）、钟乳（极白乳色者上）、石硫黄（取干黄色烧有灰者）、赤石脂、海蛤、栝蒌（各二两半）、干姜、白术（各一两半）、人参、桔梗、细辛（各五分）、防风、黑附子（炮去皮）、桂心（各三分），右一十五味皆取真新好者各异，捣筛已乃出散，重二两为一剂，分三薄，净温淳酒服一薄，日移一丈，再服一薄，如此三薄尽，须臾，以寒水洗手足，药力行者痹便，自脱衣，冷水极浴，药力尽行，周体凉了，心意开明，所患即差羸困着床皆不终日愈矣”。（案：此文重二两为一剂，分三薄，以下《病源》引皇甫说同，此下言服散节度甚详，《病源》亦同，文多不录，据此，则前为何晏所服方，此则皇甫谧所服方也）今按：仲景紫石寒食散与《千金翼方》“五石更生散”云出自何侯者，大致相同，其异者，仲景五石一为太乙余粮，而何方易以石硫黄，考魏吴普云：“太乙余粮有甲，甲中有白，白中有黄，如鸡子，黄色。”唐苏恭云：“太乙余粮及禹余粮乃一物，其壳若瓷，方圆不定，初在壳中未凝结犹是黄水，名石中黄子。”抱朴子云：“石中黄子当未坚时饮之，不尔，便渐坚凝如石。”据此，则太乙余粮与石中黄子一物而二名也。何方用石硫黄或因石中黄而误，或石中黄子难得而以石硫黄代，俱未可知。然太乙余粮甘平无毒，石硫黄大热而有毒，（《别录》云大热，吴普云有毒。）其性迥异，失仲景方意。仲景方鬼臼何方易以细辛，考鬼臼、细辛性俱辛温，唐苏恭云：“鬼臼根肉皮须并似射干，今俗用多是射干，而江南别送一物，非真者。今荆州当阳县、峡州远安县、襄州荆山县山中并贡之，亦极难得。”据此，则何方易以细辛，或以鬼臼难得亦未可知，仲景方无人参、白术，何方有之，考《物类相感志》云：“服乳石忌参术，犯者多死。”《病源》引道弘道人解散对治称：“术动钟乳，胸塞短气，钟乳动术，头痛目疼，人参动紫石英，心急而痛，或惊悸不得眠卧，或恍惚忘悮，失性发狂，或黯黯欲眠，或愦愦喜瞋，或瘥或剧乍寒乍热，或耳聋目暗，紫石由防风而动人参，人参动亦心痛烦热，头项强。”据此，仲景方不用参术，盖有深意，何方益之，非也。

五石护命散当即皇甫谧所服药十五味，与何方同，特分两，稍异耳。《千金翼方》孙思邈论曰："凡是五石散，先名寒食散者，言此散寒食，冷水洗，取寒。"据此，则仲景方名紫石寒食散当即为何晏皇甫谧方之所从出，其所增易或仲景弟子为之，或出后人，盖投病家之所喜，而不知其毫厘千里也。又仲景立方本以治病非为服食也，其云"酒服方寸匕"，千金方言"一方寸匕"，散以蜜和，得如梧桐子大十丸，计不过今之一二钱，而何晏所服以一两为剂，皇甫谧以二两为剂，皆分三服，日移一丈，接服，药既加悍，剂又增重，而复以为服食之，方其为贼害可胜言耶！皇甫谧称族弟长互舌缩入喉，东海王良夫痈疽发背，陇西辛长绪脊肉烂溃，悉寒食散所为也。余亦豫焉，虽视息犹溺人之笑耳，其祸之烈如此。然仲景治病每云中病即止，不必尽剂，盖其慎也。何晏、皇甫谧诸人喜于近利，莫睹后患，非仲景之过。孙思邈曰："五石三石大寒食丸散等药，自非虚劳成就偏枯着床，惟向死近，无所控告者，乃可用之，斯诚可以起死人耳，平人无病不可造次，着手深宜慎忌。"斯言得仲景意矣。何晏非唯治病，是其初亦治病也，而服之神效乃至羸困着床者亦不终日而愈，仲景立方亦神矣哉！又按：《史记》淳于意："治齐王侍医遂病，自练五石服之，臣意往过之，遂谓意曰：'不肖有病，幸诊，遂也。'臣意即诊之，告曰：'公病中热，论曰中热不溲者，不可服五石，石之为药精悍，公服之不得，数溲亟，勿服，色将发痈。'遂曰：'扁鹊曰阴石以治阴病，阳石以治阳病，夫药石者，有阴阳水火之剂，故中热即为阴石，柔剂治之，中寒即为阳石，刚剂治之。'臣意曰：'公所论远矣，扁鹊虽言如是，然必审诊，起度量，立规矩，称权衡，合色脉，表里有余，不足顺逆之法，参其人动静与息相应，乃可以论。论曰阳疾处内，阴形应外者，不加悍药及镵石，夫悍药入中则邪气辟矣，而宛气愈深，诊法曰二阴应外，一阳接内者，不可以刚药，刚药入则动阳，阴气益衰，阳病益着，邪气流行为重困于俞，忿发为疽。'意告之后，百余日果为疽，发乳上入缺盆，死此。谓论之大体也，必有经纪，拙工有一不习文理，阴阳失矣。"据此，则五石治病亦本古人仲景，特神明变化耳。其所制紫石寒食散即扁鹊中寒为阳石刚剂治之之意，然非精于审诊不能无失，若阴外阳内者，服之则发疽如淳于言，魏晋诸人服寒食散至死，皆拙工不习文理阴阳者耳。

皇甫谧称仲景授王粲五石汤，粲受而勿服，此当即紫石寒食散。《太平御览》引《异苑》曰："魏武北征，见一岗不生百草，王粲曰：'如是古冢，此人在世服生礜石死，而石上热蒸在外，故草木燋灭'，令凿之，果得大墓，有礜石满茔，粲博识强记，皆类此也。"据此，则粲盖深知阳石刚药之精悍者，其受而勿服，盖以此。

皇甫谧又称仲景经有紫石英方，今本无之，当即紫石寒食散也，又称寒食草石，二方出自仲景，《千金翼方》载有草寒食散，主治略同，药十二味，五石栢用钟乳，余药与更生护命散同。

【注】

［1］寒食散：〔南朝宋〕秦承祖《寒食散论》："凡五石散，先名寒食散者。"又名"五石散"，因服散发病时必须寒食，故名"寒食散"。士人服食寒食散由何晏倡导，在魏晋时期极为盛行。余嘉锡在《余嘉锡论学杂著》中考证寒食散实为毒药，药性甚烈。〔隋〕巢元方《诸病源候总论》："族弟长互，舌缩入喉；东海良夫，痈疮陷背；陇西辛长绪，脊肉烂溃；蜀郡赵公列，中表六丧；悉寒食散之所为也。"（文渊阁《四库全书》第七百三十四册）史籍多有载古人服食寒食散引起中毒之事，然寒食散最初是被用于治疗中风和伤寒的良药，服食过量或不当皆引起中毒。〔唐〕孙思邈《千金翼方》："五劳七伤，虚羸着床，医不能治，服此（寒食散）无不愈……能久服，则气力强壮，延年益寿。"因服食量难以控制，唐以后遂弃，〔隋〕巢元方《诸病源候总论》："药虽良，令人气力兼倍，然甚难将息。"（文渊阁《四库全书》第七百三十四册）

［2］精微：精深微妙。《汉书·艺文志》："然惑者既失精微，而辟者又随时抑扬，违离道本，苟以哗众取宠。"

魏和公[1]游粤年月考

《钱林文献征存录》称和公两游粤[2]，不详何年，考《魏伯子诗集》有"庚子仲夏送季弟之广"诗，《魏叔子诗集》"送季弟入广"诗云："栖栖六月下重滩。"而《魏季子诗集》内有"南越送别董无休还会稽"诗云："天末起秋风，乃到海之陲。"然则和公庚子秋至粤也。次别无休诗后为纪王电辉义死诗，电辉即王兴，其死节在己亥八月，见僧今释所撰《平南王元功垂范》，和公盖至粤时始闻之，《独漉集序》云："庚子春，归自楚南，而诗有《送董无休归会稽歌》，有《王将军挽歌》皆庚子秋与和公同作也。"和公《别元孝诗》题云："季春四日，次之者为将之海南。"诗《元孝珠崖歌送和公》无月日，盖皆辛丑季春作，和公此行有海南道中诗三十首，极愤郁。考海南地接钦州之龙门岛，时为明靖氛将军邓耀所据，《屈翁山文集》云："岛中有两郡王、一巡抚、六部监司、知府以下数十人。"而《元功垂范》云："庚子年，剿龙门邓耀遁走。”疑和公承故人之招，欲往龙门岛，元孝知大兵已往剿，故《珠崖歌序》有“不能为谋，安能止之”语，诗则有愿祝安而往，速而还语，当时遗老行踪、心事如此。彭躬庵为和公诗序云：“和公有兄弟友朋文章之乐，恒郁郁不得志，则身之海南，更渡琼，既至，值兵变，杀人狼藉，祸汹汹且不得测，则阖户更为海南道中诗，其辞隐约不敢明言之耳。”《魏叔子诗集》有《辛丑季冬怀季弟在琼州》诗云：“一去十九月，绝不念乡里。”盖其冬和公仍寓琼州，不即返。而元孝《送和公归宁都》诗云：“穷海访人兵后去，孤身携剑雪中归。”则和公是岁季冬当返广州。躬庵《赠北田四子》序云：“壬寅，季子自粤归。”和公盖返广州，后未几，遂还宁都，其再至广州在乙丑，见魏昭士《赠北田诸先生·序》，然是岁即返不复逗遛。近日友人温毅夫[3]为《独漉年谱》询和公至粤事，因考其年月，录寄之以备采。

【注】

［1］魏和公：魏礼（1628—1693），字和公，江西省宁都人，魏禧之弟。“易堂九子”之一。性慷慨，工诗文，喜结交豪贤隐逸之士，晚年筑室于翠微峰左，自号吾庐。事见《清史稿·文苑传一》《国朝诗人征略》。

［2］和公两游粤：〔清〕魏僖《季弟五十述》：“父母既殁，季益事远游，之闽、广，渡海达琼州，北抵燕、过豫、适楚、入秦，上太华山，游龙门。”（《魏叔子文集·外编》，中华书局2003年版）

［3］温毅夫：指温肃，字毅夫，号檗庵，广东顺德人。光绪二十九年（1903）进士，改翰林院庶吉士。后散馆授编修、国史馆协修、湖北道监察御史。张勋复辟时被授都察院副都御史，失败后归乡。后曾奉旨在南书房行走。1939年病卒。谥文节。著有《温文节公集》等。按：温肃撰《陈独漉先生年谱》今收录于陈祖武编《清初名儒年谱》第十二册（北京图书馆出版社2006年版），可参看。

《水经注》罗浮山辨

后魏郦道元《水经·沔水注》云：“《山海经》曰：‘浮玉之山，北望具区，苕水出于其阴，北流注于具区。’言洞庭南口有罗浮山，高三千六百丈，浮山东石楼下，有两石鼓，叩之清越，所谓神钲者也。”事备《罗浮山记》。会稽山宜直湖南又有山阴溪水入焉，山阴西四十里有二溪，东溪广一丈九尺，冬暖夏冷，西溪广三丈五尺，冬冷夏暖。二溪北出行三里，至徐村合成一溪，广五丈余而温凉，又杂盖《山海经》所谓苕水也。北径罗浮山而下注于太湖，故言其阴入于具区也。湖中有大雷小雷三山，亦谓之三山湖，又谓之洞庭湖。按郦说罗浮山甚误，以今地理准之，盖指浙江之天目山为罗浮山。《太平寰宇记》云苕水在安吉县西南七十五里，据此，是天目山即山海经之浮玉山。故《东坡表忠观碑》称天目之山，苕水出焉，不云浮玉者，盖当时考定为一山也。（《杭州府志》引唐子霞说天目山又名浮玉山。）郦于渐江水下注云：“桐溪水出于潜县，北天目山，山极高峻，有浣龙池，池水南流，径县西为西溪，水又东南与紫溪合。”此言天目山之阳，其谓苕水，北径罗浮山而下注于太湖，此实在天目山之阴，郦不知浮玉即天目，而误以为罗浮。考郭璞注《山海经》“浮玉山”条下无一名罗浮语，不审郦所据出于何书，其引《罗浮山记》见《太平御览》，然《御览》别引《罗浮山记》云山在层城博罗之境，此当同出一书，似郦未深考也，细详郦说，盖缘《茅君内传》及谢灵运《罗浮山赋》而误考，《茅君内传》谓勾曲洞天，东通林屋，北通岱宗，西通峨眉，南通罗浮，乃指四远而言，非浮玉山相近之谓。谢灵运赋谓客夜梦见延陵茅山在京之东南，明日得洞经所载罗浮山事，云茅山是洞庭口，南通罗浮，正与梦中相会。所谓洞经，当即《茅君内传》，此乃梦游，故可神驰数千里外之罗浮，亦非谓洞庭南口之浮玉山也。《四库提要》言江南诸派，郦足迹所未经，不免于附会乖错，其以浙江妄合姚江，尤为失实，如此条以会稽山阴二溪水合流为苕水，而不知苕水实出天目山，与会稽山水中隔富春江，绝不相通，其误又不特罗浮山也。《图书集成》引《旧志》辨《闽中记》郭璞以福州霍同山即是罗浮之误，谓今惠州亦有霍山。（《太平寰宇记》：“河源县有霍山，山上有灵龛寺、兴宁寺。”陈振孙《书录解题》有《灵山记》一卷，宋林须撰唐曹松有“灵山诗”云：“七千七百七十丈，丈丈藤萝透碧天。西土文殊曾印迹，大中皇帝旧参禅。”盖亦名山也。其山在今龙川县东北，脉连罗浮，疑郭璞所谓即指此山，非霍童。）而郦氏之误未之及，故特正之。

张仲景“实则讝语虚则郑声郑声重语也”解

张仲景《伤寒论》多古字、古音、古义，后人不知，每不得其解。如《阳明病篇》“实则讝语[1]，虚则郑声，郑声[2]，重语也”，宋朱肱《活人书》云：“病人有讝语，有郑声。”二证，讝语为实，当须调胃，承气汤主之。郑声为虚，当用温药，白通汤主之。郑，重也，重语也。然讝语郑声亦相似难辨，须更用外证，与脉别之，若大小便利，手足冷，脉微细者，必郑声也；大便秘，小便赤，手足温，脉洪数者，必讝语也。以此相参，然后用药万全矣。金成无己注云：“《内经》曰：‘邪气盛则实，精气夺则虚。’讝语由邪气盛而神识昏也，郑声由精气夺而声不全也；讝语者，言语不次也；郑声者，郑音不正也。”《论语》云：“恶郑声之乱乐。”又曰：“放郑声，远佞人，郑声淫，佞人殆。”言郑声不正也。今新差气虚，人声转者，是所谓重语也。其所作《伤寒明理论》云：“经曰虚则郑声，今汗后或病久，人声转者是也。”以此为虚从可知矣。又郑声者，重语也，正为声转也，若声重则转其本音者是矣。昧者不知，妄以重为重迭之语，与讝语混而莫辨，遂止。以身热脉，数烦渴便难，而多言者为讝语；以身凉脉，小自利不渴而多言者为郑声。如此则有失仲景本意，仲景之书三百九十余证，曲尽伤寒形候，未有脱落而不言者，若是郑声为多言，则于三阴门中亦须条见，所以郑声别无证治者，是不与讝语为类也。详上二说，盖皆以讝为有多言义，而朱则读重为重迭，平声。成则驳朱说读重为重厚，上声，二说皆失之。考讝字始见于宋《集韵》云“之廉”切，疾而寐语也。又“女监”切，音近严，病人自语也。盖采仲景书唐以前字书如《说文·玉篇》《广韵》等俱无讝字，《说文》有“嚴”云“呻”也，从口严声，以此例之，则讝之义，乱言也。从言严声，知者唐孙思邈《千金翼方》引《伤寒论》，此文“讝”作“谵”，而《素问》亦有“谵”无“讝”，唐王冰注《素问》气交变大，论谵妄心痛，云“谵，乱语也”。又注《六元正纪大论》“战慄，谵妄云。谵，乱言也”。又注《热论》“不欲食谵言”，云“谵言谓谬妄而不次也”。据此，则《伤寒论》之“讝”，其当释为乱妄可知。“谵”亦不见《说文》，至《玉篇》始出其字，云“之阎”切，多言也，此詹字之俗。《说文》：“詹，多言也。”从言，从八，从产。詹既从言，而旁又加言，以此故知为俗，讝只为乱妄，无多言义，惟世所不识，故《素问》借作谵。王冰知其借，故所释不误。若隋杨上善注《黄帝太素》“热病，决不食谵言”，云：“谵，诸阎反，多言也。”此则以《玉篇》之谵释《伤寒论》之讝，而讝谵之义遂淆，朱与成之误盖由于此。“郑声，重语也”之“重”当读去声，与读上声平声不同，而其义为重复。魏张揖《广雅·释诂》四，复夹增移，积垒袭成，仍郑，履重也。重之义引伸之又为数为多，《左氏·襄四年传》“武不可重”，杜预注：“重犹数也。”《荀子·强国篇》“以重己之所有余”，杨倞注：“重，多也。”而郑重之义又引申之为频烦。《汉书·王莽传》中“非皇天所以郑重降符命之意”，颜师古注：“郑重犹频烦也。”仲景生张揖诸人前以重释郑，其义为最古，盖兼有多数频烦意，据隋曹宪音《广雅》：“重，直用切。”则重语之重当读去声，朱云：“郑重也，重语也。”盖谓重为重迭义，尚不谬，惟读为平声，则非成驳其说，读重为重厚，上声，谓声重则转其本音。

此盖牵于讝为多言之释而不知其义，固别也。然仲景此三语乃互相足，朱分为二证，成谓郑声别无证治，亦误。今以《阳明病篇》绎之如云："实则讝语，虚则郑声，实谓邪实，虚谓正虚。"成引《内经》"邪气盛则实，精气夺则虚，是也"，然邪实者正或未虚，故语止乱妄。若邪既实而正又虚则乱妄之，中其语必复数而频烦。仲景于《太阳病篇证》"象阳旦"一条下云："阳明内结，讝语烦乱。"烦乱二字即自释其讝语而兼郑声也。盖阳明之为病，为胃家实仲景虑人知其邪实而不知其正虚，故先揭此二语以为之纲，其下言讝语者凡十二条，多兼实与虚而言，如直视讝语发汗多者，若重发汗亡其阳。讝语下血，讝语腹满身重，难以转侧，口不仁，面垢，讝语遗尿诸条皆历举其虚之状与其病因。而虚又分表里，如汗出讝语者，以有燥屎在胃中，此为风也。须下者过经乃可下之，下之若早，语言必乱，以表虚里实故也，下之愈。一条：伤寒四五日脉沉而喘满，沉为在里，而反发其汗，津液越出，大便为难，表虚里实，久则讝语。一条：此则明言其表虚，又如阳明病，讝语发潮热，脉滑而疾者小，承气汤主之，因与承气汤一升，腹中转气者更服一升，若不转气，勿更与之。明日又不大便，脉反微涩者，里虚也，为难治，不可更与承气汤也。一条：此则明言其里虚，所以不复出。郑声者，以既着为虚，读者自当意会。汉文简质不似后世之繁杳也。朱分为二证，而出郑声为虚，当用温药一方，固失仲景意。成谓郑声别无证治，故不与讝语为类，亦未知其证治即在讝语各条中也。然则仲景郑声不用《论语》文，成引之非欤！曰《论语》郑声本有两解，汉许慎《五经异义》云："今《论语》说郑国之为俗，有溱洧之水，男女聚会，讴歌相感。"故云："郑声淫。"《左氏》说烦手淫声谓之郑声者，言烦手踯躅之声使淫过矣。谨案：郑诗二十一篇说妇人者十九，故郑声淫，而《公羊传》"庄十七年"何休解诂引放郑声，唐徐彦疏以为何氏云"郑声淫"与服君同，皆谓郑重其手而音淫过非郑国之郑也。据《后汉书·儒林传》，服君名庆，有《左氏传》解此，其解烦手淫声也。郑重许引作踯躅，亦频烦之意，其训淫为过，盖谓淫滥。服君郑声淫之说如此，仲景生东汉末，举孝廉于许，服书必所深通，此用《论语》文而申之曰："郑声，重语也。"盖从服义，所以别许氏郑国声淫之说也。成引《论语》文而不知有服义，宜其不可通矣。

余昔游东洋，得明赵开美重刻宋本《伤寒论》，前有"治平二年国子监"牒，附列诸臣衔名，及高保衡、孙奇、林亿校正。序篇中间有音注，又有林亿案语九条，此未经窜易[3]之本，尝欲采汉人音义略为之注。仿阮氏《十三经校勘记》例，附名卷后重梓之。今老矣，忧患余生恐不复能从事斯语，并记之以俟世之通汉学而究医术者。（壬戌八月）

【注】

［1］讝语：指说胡话。〔汉〕张仲景《伤寒论·阳明病》："阳明病，讝

语，发潮热，脉滑而疾者，小承气汤主之。”

[2] 郑声：中医病名。语言重复，声音低弱不连贯。《医宗金鉴·张仲景〈伤寒论·阳明病篇〉》：“夫实则谵语，虚则郑声。郑声者，重语也。”〔明〕戴元礼注曰：“郑声者，郑重频烦，语虽谬而谆谆不已。”〔清〕张锡驹注曰：“郑声者，神气虚不能自主，故声音不正而语言重复也。”

[3] 窜易：改动。〔明〕沈德符《野获编·词曲·太和记》：“曾见杨亲笔改定祝枝山咏月玉盘金饼一套，窜易甚多。”

书《过墟志》[1]后

《过墟志》记者为墅西逸叟，序称康熙丙辰（十五年），相去凡三十余年。其云黄亮功之死在丁亥十月（顺治四年），未几，妻刘被掳，入李成栋[2]宅，成栋叛[3]，与其眷羁江宁，为王所幸。考《东华录》顺治四年十月后至五年冬，无遣王贝勒往江南事，记者误也。果泉跋谓王为贝勒博洛，满洲贝勒贝子在王下公上，故塞思黑封贝子已称九王爷，考证颇确。（博洛后封端重亲王，此或从其后称之之词。）然云顺治二年博洛平两浙，四年为征南大将军，讨浙闽，即是志所谓浙西民叛。时六年挂定西印，讨姜瓖，《志》云“内召”当在是岁。考《宗室王公传》，博洛于三年二月复命为征南大将军，讨浙闽，五月至杭州，浙江既平，进趋福州，克之，遂驻福州。四年二月凯旋，无驻江宁事。且平浙闽非四年内召，亦非六年，跋所云亦误。今反复求之，知此为顺治二年秋间事，试刺取豫王入南京后，博洛及李成栋用兵江浙月日证之。

顺治二年五月二十四日，黄家鼎招抚至苏，二十九日杨文骢杀家鼎。（《苏城纪变》）豫王闻之，怒命贝勒以八万兵下苏杭。（《鹿樵纪闻·宗室王公传》：“豫王分兵半，以博洛领之，招抚常州，苏州，同镇国将军拜音图等趋杭州。”）六月初三日，杨文骢遁。初四日北兵至苏，（《苏城纪变》）李成栋随博洛分兵克太仓。（《鹿樵纪闻·逆臣传》：“贝勒定苏州，分兵驻太仓。”）初八日，北兵往取武林，（《苏城纪变》）留侍郎李延龄守苏州（《苏城纪变》）。十三日北兵至杭州，方国安与战不利，（《浙中纪略》）贝勒博洛以书招潞王，遂出降。（《明季南略》）闰六月初八日，李延龄遣李成栋镇守吴淞，（《东塘日札》《鹿樵纪闻》云：贝勒命成栋镇吴淞。盖博洛命而延龄遣之也。）是月贝勒所委降将陈梧据嘉兴叛，徐石麒与定盟，为城守计，贝勒在杭发披甲三千济师，梧走平湖，石麒缢死。（《鹿樵纪闻》《明史稿》：石麒之死在闰六月二十六日。）七月初一日，李成栋攻安定镇，掠美妇、处女数十人，分载入娄东。

初四日破嘉定，屠之。（《东塘日札》）八月初三日，大兵克松江（《三藩纪事》），成栋自吴淞袭擒吴志葵、黄蜚于泖湖，遂陷松江，屠其民。（《鹿樵纪闻》《按江上孤忠录》云：贝勒既定松江，乃悉所部，攻江阴，克之。考《宗室王公传》云："贝勒尼堪攻克江阴。"博洛传无之，魏源《圣武记》谓博洛旋师所克，盖误。《逆臣传》："成栋随博洛征浙，分克太仓、嘉定、南汇、上海，皆有功，不言松江，盖成栋隶于贝勒，故不之载也。"）是月，贝勒率杭镇陈洪范降抚，张秉贞拥潞王北去，留张存仁据守。（《浙东纪略》，按此事不日，疑在初旬。）明张国维复富阳。（《三藩纪事》按此事不日，疑在贝勒北归后，《明季南略》作七月。）九月初二日浙督张存仁奏叛贼方国安、王之仁从富阳渡江犯杭城，遣副将张杰、王定国往剿，斩四千级。余贼复踞富阳，又令定国往余杭防剿，至关头奋勇掩杀，追至小岭二十余里，擒国安子士衍等斩之。（《东华录》《通鉴辑览》记在八月盖九月乃奏闻也。）十月十五日豫王班师至京。（《东华录》）是月，贝勒博洛凯旋。（《宗室王公传》）据上所述，以此志考之，疑成栋隶博洛麾下，当时分克苏松各属，刘为成栋兵所掠故居成栋宅，及博洛自杭旋师，成栋献所得妇女，故刘入。《江宁志》称张媪语满姬，言前在松江，传闻李兵归后，复掠直塘一带，此则成栋克松江时事。《志》又称刘仲谓王，非他，乃当今王爷也。入关时为从龙第一功臣，至江南降宏光，平两浙贵戚而功高，贵重无比。此则博洛自杭归时事，《志》又称刘侍王后，王以浙西民叛，奉命往抚，未几归自浙，此则方国安自富阳犯杭城时事。（富阳、余杭俱在杭州西，故云"浙西民叛，博洛自杭归，复往抚"。诸书不详，疑未至杭而张存仁捷信至，往返无几日也。）《志》又称居无何，内召还京师，此则十月凯旋时事，详诸书所纪与《志》中语悉相符合，墅西序言摭拾旧闻，缀以张媪所述敷绎为之。盖张媪年耄，误记黄亮功之死在四年十月，墅西因附会为五年成栋叛家属被收时事。果泉不之考，又误以为博洛征浙闽时事，不知四年三月，博洛已自闽凯旋至京，十月而后安得有降宏光平两浙之王，驻节江宁，如其为降宏光，平两浙之王，此则二年八月博洛自杭旋师时，无可疑者。至志中称王妃忽喇氏薨于京邸，忽喇盖纳喇音译之讹。据《皇朝通志》，纳喇氏系叶赫裔八旗中贵族，男多尚主，女亦多为后妃，博洛为太祖高皇帝孙饶余敏郡王阿巴泰子，其元妃必取贵族或纳喇氏未可知。《志》又称王年四十，无子，惟有刘生有二子。据《宗室王公传》，博洛顺治九年薨，年四十。十二年王第八子齐克新袭封端重亲王，十四年王第四子塔尔纳封郡王，是年卒。年十五十六年追论博洛罪，降齐克新贝勒，削塔尔纳爵。十八年贝勒齐克新薨，年十二。爵除以生卒核之，博洛下江南时年只三十三，非四十，此或因薨年四十而误。塔尔纳生于崇德八年癸未，（即崇祯十六年。）时不得云王无子，然塔尔纳长不袭封，盖所出微，所云无子，或谓元妃无子也。（《皇朝通考》载博洛只二子，余盖不育，故齐克新薨，后爵遂除。）果泉跋言此志有二本，此冰玉居士本，较锡山钱啸楼钞本小有同异。钱本云刘在亮功家已有一女二子，盖传闻异词，至归旗后事不若是册详，然则此志又经后人删润为之，其误或不尽出墅西矣。

【注】

［1］《过墟志》：为清人笔记小说，分上下二卷，题墅西野叟撰，作者自序云："康熙岁次丙辰中秋望，墅西野叟书于坐忘轩。"毛祥麟根据其事改编为《孀姝殊遇》收录于《墨余录》，文后附载："康熙癸丑，张媪以年老南归，为述其颠末如此，曩余客金昌，尝于残书铺中得是事稿本，前后百纸，草率多讹，标面目《过墟志》，首篇即载任阳事，后半类日记，而无撰人名。近阅《纪载汇篇》，知曾采辑，则直目为《过墟志》，并有墅西野叟序。然系琉璃厂排版，刷以牟利者，仅赏新奇，一过即已。故其篇虽较稿本为约，而亦未遑裁剪。余以其非见闻所习也，因特删繁就简，且别其目为《孀姝殊遇》。其间虽尽有点窜，而无失本真，将广其传，后遂镌入是录也。"（〔清〕毛祥麟：《墨余录》，上海古籍出版社 1985 年版。）后《清朝野史大观》《古今小说》等多采编其事。

［2］李成栋（？—1649）：字廷贞，明末清初将领。早年参加农民起义，后降清，官至总兵，守徐州。顺治二年（1645）率部降清，从清军攻闽粤。清廷授以提督，李成栋因受总督佟养甲节制，对清廷大为失望。后参加反清，迎桂王于肇庆，出兵攻信丰、南安、赣州。顺治六年（1649），清军攻信丰，战败死。〔清〕徐鼒《小腆纪传·列传第五十八》载其"为人朴讷刚忍"，事详见〔清〕王夫之《永历实录·李成栋传》。

［3］成栋叛：指李成栋反清降明事。〔明〕钱澄之《所知录》卷中："（顺治五年）佟养甲命李成栋分兵两路进攻南宁，成栋辞以无饷，观望不进……三月二十七日黎明，成栋密令兵齐集教场，哗言无粮，欲为变。自诣总督，请养甲亲出拊循。养甲出城，铁骑布满城外，马步五万余，拥之大噪。成栋先取其总督印卧之，三军欢呼，同时割辫，养甲亦自割辫，即使出榜，以反正晓谕吏民，用永历年号。"（黄山书社 2006 年版）又，〔清〕王夫之《永历实录·金王李陈列传·李成栋》："六月朔，成栋易衣冠，望阙拜表，捕佟养甲亲标辽兵千余人屠之，胁养甲降，养甲不得已听命。成栋出所藏总制印，凡章奏檄移皆用之。发兵守岭，招耿献忠以梧州归顺，遂具疏迎驾亲征。上封成栋惠国公，总制江、广、闽、浙；养甲汉城侯兵部尚书；擢袁彭年都御史；洪天擢、曹晔、耿献忠俱列九卿。"

题文昌邢兰亭（文芳）所藏陈文忠[1]陈元孝真迹后

陈文忠为明末忠臣，其与张文烈[2]、陈忠愍[3]同举义师，牵制李成栋之兵使不得西厥，[4]功最伟。文忠殉节后，妾张为成栋所得，张怂恿成栋归明，成栋从之，遂自刎死，事载徐鼒舟《小腆纪年》。[5]文忠此札只四五语，无某某足下字，然云承教大义，敢不浣濯以完命，疑答文烈或忠愍之言。其云诚恐故锦残机与近时花样不相入耳者，盖隐语，谓身为亡国大夫，若以说诸降臣，恐不相入也，而其后张乃得之于成栋，岂文忠化之耶！陈元孝[6]为忠愍裔，忠愍殉节时年仅十七，及壮北游湘潭，欲从桂王于滇，道阻不得前，因顺流江汉间，至芜湖，友人温毅夫作元孝年谱。据《龙山陈氏族谱》云："己亥七月，元孝至芜湖谒郑，世子上奏记言事，与张立著、张书绅、朱子成参谋。"世子即成功也，二张及朱子成不知何人，余谓"立著"盖"玄著"之误。玄著，张煌言字，时率所部驻芜湖，进取徽宁，诸路成功，盖令元孝居玄著幕中也，此元孝大节，不可没者。余则著《胜朝粤东遗民录》未见《龙山谱》，故不之及。毅夫又据《独漉堂集·送朱子成之赣州诗》："义能存故友，分不见诸侯。"谓其人亦可想见，考《全谢山张尚书神道碑》云："玄著殉节前三日，妻董子万祺戮于镇江，时杭有举人朱璧者，初抗词作保状，以百口保万祺母子不得事。"与元孝诗合，疑子成即璧字，当再考之。元孝此诗不见集中，后云"题画奉祝而不着其人"，然诗云："谁写长松拟逸人，青山高寄谢红尘。根凝琥珀千千岁，枝应虬龙九九鳞。"则所赠亦子成流亚[7]也，兰亭得两公真迹，视为瑰宝，不以示人，而独嘱题于余。呜呼！两公丁阳九[8]而以忠节显，实余所景仰，然其轶事有史乘所未详者，因缀书于后且志余愧云。

【注】

[1] 陈文忠：陈子壮（1596—1647），字秋涛，明末抗清将领，广东南海人，与陈邦彦、张家玉合称"岭南三忠"，谥号文忠。万历四十七年（1619）进士。历编修，后迁礼部右侍郎、南明弘光帝礼部尚书、永历帝兵部尚书，起兵攻广州，兵败，遇害。参见〔清〕王夫之《永历实录·陈子壮传》。

[2] 张文烈：张家玉（1615—1647），字玄子，谥号文烈，广东东莞人，南明抗清将领，"岭南三忠"之一。明崇祯十六年（1643）进士，授为翰林院庶吉士。永历年间在岭东一带抗击清兵，与陈子壮、陈邦彦互为声势。后在增

城与清兵血战，战败投水而死。

[3] 陈忠愍：陈邦彦（1603—1647），字令斌，谥号忠愍。广东顺德龙山人。南明抗清将领，“岭南三忠”之一，陈恭尹之父。早年为南粤一带硕儒。明亡，上《中兴政要策论》万言书，并参加南明广东乡试，中举人。永历元年（1647）与陈子壮起兵攻广州，兵败入清远，城破被捕，遇害。

[4] 牵制句：〔明〕钱澄之《所知录》卷中：“广州陷……北抚佟养甲坚壁不出，檄成栋还师御之。兵部左侍郎张家玉、举人韩如璜起兵攻东莞，县令郑霖开门以应……兵科给事中陈邦彦亦起兵于高明，使其门人马应房以舟师围顺德。成栋既破余龙，遂趋顺德，应房迎战败死……七月，大学士陈子壮起兵九江村，与邦彦共攻广州。初，邦彦约城内诸降将内应，期于是月之七日三鼓内外并起。子壮先期以五百舟师薄城，谋泄，佟养甲捕诸内应者悉斩之，发大炮击舟，舟毁兵退。北风大作，养甲乘风追之。子壮退保九江，又弃去，入高明，与监军麦而炫、知县朱实莲婴城固守。邦彦亦退，会清远指挥白曹灿反正迎邦彦，邦彦率舟师赴之。成栋用四姓贼郑昌等为导至高明，发炮破其城，杀实莲于南门楼，子壮、而炫被执。成栋遂围家玉于博罗，城破，家玉走增城，急攻之。成栋赴救，内外夹击。家玉败，火药尽，乃与诸将痛饮，夜投濠死，将士数千人皆死，无降者……未数日，成栋破清远，邦彦率兵巷战，力屈赴水，北兵钩出之，与总兵曾天奇同槛送至广州。既至，亦大骂而死。陈子壮、张家玉、陈邦彦事虽不成，然义旗并举，牵制李成栋使不得西上，而桂林、武冈间犹得从容驻跸者，三人不为无功也。”（黄山书社2006年版）

[5] 文忠殉节等句：〔清〕王夫之《永历实录·金王李陈列传·李成栋》：“归署，有妾故松江院妓也，揣知之，劝成栋尤力，成栋不语而叹。妾曰：‘公如能举大义者，妾请先死尊前，以成君子之志。’遽拔刀自刎。成栋益感愤，命元胤迎袁彭年入卧内决策。”此文记载为松江院妓，并未说明为陈子壮妾。〔清〕徐鼒《小腆纪传·附考》有载：“爱妾张氏，陈子壮之妾也。艳而纳之年余，不欢，偶演剧，张氏见之而笑。成栋诘之，氏曰：‘为见台上威仪，触目相感。’成栋遽起着明官服，氏取镜照之，成栋欢跃。氏察知之，因怂恿焉。成栋抚几曰：‘怜此云间眷属也’。时成栋眷属犹在松江，故言及之。氏曰：‘我敢独享富贵乎！请先死以成君子之志。’遂自刎死。成栋大哭曰：‘女子乎是矣！’拜而殓之。”（中华书局2007年版）

[6] 陈元孝：陈恭尹（1631—1700），字符孝，晚号独漉子，广东顺德龙山人。明末抗清志士陈邦彦之子。清初诗人，与屈大均、梁佩兰同称“岭南三大家”。工书法，著有《独漉堂全集》。参见《清史列传·文苑传一》。

[7] 流亚：同一类的人物。〔宋〕陆游《达观堂诗序》：“朱公之逝甚异，世以为与尹先觉、谯天授、苏养直俱解化仙去，则吾景先亦其流亚欤?”

［8］阳九：此处指厄运。〔三国魏〕曹植《王仲宣诔》：“会遭阳九，炎光中蒙。世祖拨乱，爰建时雍。”

书《中国医学史》[1]后

戊辰春，章君珠垣携丹徒陈邦贤[2]所著《中国医学史》示予，中云光绪末，两江总督端方以医学一科有关生命，特札饬宁提学陈子砺学使，凡在省垣行医者须一律考试，其考试之法令各医生于内科、外科、女科、幼科及产科、痘科、眼科、牙科等仿大学选科例，任其择报一科或数科，听候考试。考时第观学术，不以文艺为先。所出之题就证候方药古今人治法不同之处及疑难奇僻之病证，游移争竞之学说，每科择要设为问题数条，能对若干条即判为若干分，数分列最优等、优等、中等、下等、最下等五等。考取中等以上者给予文凭，准其行医，其下等、最下等者不给文凭不准行医。并于中西医院附设一医学研究所，仍令考取中等以上，各生入所讲求，以冀深造，先后两次投考甚众。江督此举为昌明医学，慎重民命起见，惜去后被摈者旋即复业，即取者不能精益求精，相观而善，以致医学日趋退化云云。章君询考试法是予创立否？予曰：“然。”当时有名者皆取列最优等，十人中惟一朱某未录，端督匋斋疑有遗珠，予取其卷进，则十问十谬，文理亦不通，有用然字冠起句者。自是朱某不敢悬牌求诊者，术亦不效，时以为福，医运尽也。戊申，德宗不豫，召沪医陈莲舫入都，匋斋刺取其方论告予，请发最优等生，令各拟方论汇呈，抠垣以备采择。匋斋然之奏至未久而驾崩，匋斋深恨其晚。宣统己酉五月，匋斋调直督，粤督张安甫继任，未至，匋斋令藩司护督篆而令予署藩篆。藩司事繁予，幞被居署中，不及侍老母膳，会酷暑，老母嗜炰炙[3]，得吐血病，予邀诸医至诊，两手脉沉弱不与证应，皆谦让不肯处方，予按老母人迎脉浮大而数语诸医曰：“《素问》称九候[4]独大者，病独疾者，病人迎胃脉也，予拟进白虎汤[5]以平胃热，饮之生藕汁以止吐血，何如？”诸医曰：“善。”老母遂获痊。及安甫至，予卸藩篆，遂请终养，安甫不允，请送亲回籍，安甫曰：“无是例。”予曰：“有之，粤西藩司余寿平用是得请。”安甫遂代奏。是秋，奉准予奉母归里，逾年陈情终养，又逾年而国变矣！计匋斋去任至宁，垣破才两载余，于时一切新政随之灰灭，宁医之退化非端督去张督来之过也。章君名果，番禺人，尝官训导，国变前安甫召至宁为医局长。章君以乱将至不就，辛亥后避地港中，隐于医，活人无算，所著医说，能抉素灵精蕴，与予谈医最契。予夙患痔，今春痔血下，药注之虽止，而脉弦大而坚。章君为予处方，用东实西虚泻南补北法，遂渐平，论其齿少于予然，亦近古稀矣。

【注】

[1]《中国医学史》：此处指陈邦贤的著作《中国医学史》。该书撰成于1919年，1920年由上海医学书局出版，1929年再版。陈邦贤于20世纪30年代对《中国医学史》做了较大修订，1937年由上海商务印书馆再次出版。此书收录于王云五主编的《中国文化史丛书》第一辑第十四册。

[2] 陈邦贤（1889—1976）：字冶愚、也愚，晚号红杏老人，江苏镇江人。医史学家，自幼熟读中医经典，曾致信丁福保要求学习医学，毕生致力于中国医学史、疾病史、医学家传记、二十六史医学史料之研究，系中国医学通史研究的开拓者和医史教育的倡导者。

[3] 炰炙：指烧烤。〔汉〕枚乘《七发》："羞炰脍炙，以御宾客。"

[4] 九候：古频率诊的术语。切脉部位有上（头部）、中（手部）、下（足部）三部，每部各分天、地、人三候，共九候。

[5] 白虎汤：用石膏煎服的汤剂。〔清〕袁枚《随园诗话》卷二："君所患者，阳明经疟也。吕医误为太阳经，以升麻、羌活二味升提之，将君妄血逆流而上，惟白虎汤可治。然亦危矣！"

跋卫字瓦

朱氏《秦汉瓦图记》谓卫字瓦乃秦仿卫国作宫室之瓦，引《史记》"秦每破诸侯，写放其宫室，作之咸阳北阪上"及《长安志》云"瓦作楚字者，秦瓦也，秦作六国宫室，用其国号以别之"为证，考《史记·商君列传》称商君为筑冀阙[1]宫庭于咸阳，其告赵良则言大筑冀阙宫如鲁卫，以此为功。然则写放宫室作之咸阳自商君时已然，商君本卫之庶孽[2]公子，虽营如鲁卫意，采卫制者为多，顾卫自商君诛后阅十八年，当周慎靓王之元年，遂自贬号为君，其地只有濮阳。又七十八年，当始皇之五年，秦并濮阳为东郡，徙卫野王。又十五年，秦并天下时，卫君尚存。至二世，废为庶人，祀乃绝意。始皇之世卫之宫室必甚卑陋，未必写放之也。余谓卫字瓦当商君时作，盖秦瓦之最古者。

【注】

[1] 冀阙：古时宫庭外的门阙。《史记·商君列传》："居三年，作为筑冀阙宫庭于咸阳。"〔唐〕司马贞《史记索隐》："冀阙，即魏阙也。冀，记也。

出列教令，当记于此门阙。”

［2］庶孽：古时称妃妾所生之子。《公羊传·襄公二十七年》：“执铁锧，从君东西南北，则是臣仆庶孽之事也。”〔汉〕何休注：“庶孽，众贱子，犹树之有孽生。”《史记·商君列传》：“商君者，卫之诸庶孽公子也。”

跋延光残碑

北海相景君碑阴有“营陵是盛”“营陵是迁”，《后汉书·郡国志》：“营陵属北海国，盖今昌乐县与诸城县，同隶青州府。”此碑出于诸城，文云：“是吾，字安都，当与营陵是姓同为一族。”《三国·吴书》：“是仪，北海营陵人也，本姓氏，孔融嘲之曰：‘氏字，民无上。’乃遂改焉。”今以此碑及景君碑证之，字本作是，《吴书》非也，然以此知是姓实聚居于北海营陵。《广韵》云：“是，又虏，复姓四氏。”西魏有开府是云宝，[1]《后魏书》又有是运、是娄、是贲三氏。考《魏书·官氏志》：“是云氏后改为是氏。”此盖因有是姓而改，与营陵之是不同族。“延光四年”，下翁覃溪作八月二十一日庚戌，洪筠轩作六月卅日戌。以《通鉴》目录六月丙戌推之，则六月廿五日为庚戌，八月廿六日为庚戌，如小建则廿九日。疑《通鉴》误，姑记之以俟知者。

【注】

［1］西魏有开府是云宝：〔宋〕郑樵《通志》：“是云氏，改为是氏，西魏开府是云宝。”按：据《江苏是姓宗谱·姓氏志》（四维堂藏版）载，唐大历年间，三国是仪裔孙是光，官秘书监少监，有二子怀德、怀衡，子孙居山东，今常州是姓以是光为第一世。宋代有是彬、是标居武昌。明朱元璋时有是讷庵劝说莫天佑顺应大势，献城降明，是讷庵及其弟是敬庵居江苏吴江。是姓今分布在常州、江阴、宜兴等地，以常州为最多。

跋裴岑碑

碑在今巴里坤城[1]，北汉寿亭侯庙前。乾隆二十二年，裘文达[2]公按行西域，以拓本归，求者日众，土人重刻射利有数本，又有济宁关中重刻本。谢慕渔都督从左文襄[3]征西域归，以拓本见贻于诸家考据，有足辨证者。《后汉书·西域传》："阳嘉四年，北匈奴呼衍王率兵侵后部，帝以车师六国接近北虏，为西域蔽扞，乃令敦煌太守发诸国兵及玉门关候伊吾司马合六千三百骑掩击北虏于勒山，汉军不利。秋，呼衍王复将二千人攻后部，破之。"考阳嘉止于四年，明年即为永和，盖后部破后帝复命岑为敦煌太守，出师征西域，至二年，始平也。前此敦煌太守以六千余骑败，而岑能以三千人诛呼衍王，厥功甚伟，史不载其事。钱辛楣谓其时朝多秕政[4]，妨功害能者众，边部之文薄壅于上闻，理或然欤！《西域传》称建武时有敦煌太守裴遵，《新唐书·宰相世系表》言"遵自云中从光武，平陇蜀"，碑云"云中裴岑"，岑盖遵之后世，以武功显也。将郡下翁覃溪、王述庵诸家皆释作兵，今碑实作矦。《白虎通》《广雅》《周礼》郑注："侯，候也。"《光武纪》："建武二十二年罢边郡，亭候吏卒。"《西域传》又载有戊部候、玉门关候，古侯候二字通用，疢覃溪作疢，云即灾字，今碑实作海。徐星伯《新疆赋》注云："祁连山即巴里坤南山，山下临巴尔库勒淖尔，即汉蒲。"类海作海为切，当时真本不易得，疑诸家所见皆赝本也。慕渔都督并言碑石青色，坚如铁，以椎猛击之，声砰然质类玉云。

【注】

［1］巴里坤城：巴里坤汉满两城，建于清朝雍正九年（1731），由两个城垣毗连而成。西边的叫汉城，是因居民主要为汉族而得名，为宁远大将军岳钟琪军队所建造的"绿营兵城"。

［2］裘文达：裘曰修（1712—1773），字叔度，谥号文达，江西南昌新建人。乾隆四年（1739）进士，历任翰林院编修，吏部侍郎，军机处行走，礼、刑、工部尚书，太子少傅。曾奉命与鲁、豫、皖三省巡抚巡视黄河，划疏浚之策。主持编纂《热河志》《石渠宝笈》《钱录》等。

［3］左文襄：左宗棠（1812—1885），字季高，一字朴存，谥号文襄，晚清重臣，湘军将领，洋务派首领。二十岁乡试中举，后屡试不第。少时勤学，精于舆地、兵法，后官至东阁大学士、军机大臣，封二等恪靖侯。历经平定太平天国运动、实行洋务运动、平叛陕甘同治回乱和收复新疆等事件，去世后追赠太傅。事见《清史稿·列传一百九十九·左宗棠》。

［4］秕政：不良之政。《国语·晋语七》："公使祁午为军尉，殁平公，军无秕政。"

跋阳嘉二年三公山神碑

汉元初四年，祀三公山碑云："惟三公御，语山三条，别神迥在领西，吏民祷祀[1]，兴云肤寸，遍雨四维。"此碑晚出，漫漶[2]不可读。然元氏三公御，语山及诣山请雨，许得雨之文，皆极明显。汉碑如"嵩岳太室石阙铭"则云："触石兴云，雨我农桑，盖山岳配天，能致云雨，有功德于民，则祀之。"《诗》称"旱既太甚，靡神不举"。汉碑有"五官中郎将"。《鄢陵堂溪典》"熹平四年请雨崇高庙铭"亦此类。碑末有"相冯□"字，三公山在常山，□，盖常山相。惟与元初碑常山相，陇西冯君不知是一人或两人，计元初四年至阳嘉二年，相去十七年。元初碑冯君不名，此碑云冯□盖别一人也。

【注】

［1］祷祀：因事祈鬼神而祭。《史记·韩世家》："此秦所祷祀而求也。"

［2］漫漶：指模糊不可辨别。〔唐〕韩愈《新修滕王阁记》："于是栋楹梁桷板槛之腐黑挠折者，盖瓦级砖之破缺者，赤白之漫漶不鲜者，治之则已，无侈前人，无废后观。"

跋衡方碑

此碑自欧洪以下至国朝诸家，考据详矣。惟"诏选贤良，招先逸民，君务在□，失顺其文，举已从政者，退就敕巾，永康之末，君卫孝桓，建宁初政，朝用旧臣，留拜步兵校尉处六师□□"一段，诸家俱不得其解。庐抱经谓君务在下，缺者颇似寮字，失字上半剥泐[1]，实非失字，乃英字也。时诏书令选贤良，务先逸民，而衡君欲举其寮之贤者，又欲顺诏书之文，故下文云"已从政者，退就敕巾"，盖令其弃官而就举也，其说甚误。《后汉书·桓帝纪》："延熹八年春正月丙申晦，日有食之诏公卿校尉举贤良方正。"其事在永康之前二年，碑云："诏选贤良，招先逸民，即此。""君务在下"，《两汉金石记》读为"宽"字，谓今尚隐隐可辨。云"君务在宽，失顺其文，举已从政者"，盖诏选逸民，而衡所举太宽，惟已从政者，失诏书文意也。云"退就敕巾"者，盖衡君因是罢官敕巾，即饰巾。《后汉书·陈实传》："实久绝人事，饰巾待终而已。”又《赵咨传》：“太尉杨赐特辟使饰巾出入，请与讲议。”注云：“以辐巾为首饰，不加冠冕。”《吕览·贵公篇》曰：“醉而饰服。”注云：“饰读曰敕，饬敕音近，古相通借。”且碑文诏选以下十句，以民文巾桓臣为隔句韵，卢读“文举”句绝则非韵矣。又《洪文惠隶》释谓灵帝初立，更易朝士，衡君自九卿而作五校，殆是左迁[2]，此亦不然。衡君盖罢官后复起为宿卫，故碑云“永康之末，君卫孝桓”。永康只一年，其冬十二月，桓帝崩，灵帝立，碑云“建宁初政，朝用旧臣，拜步兵校尉”者，《后汉书·百官志》：“卫尉卿中二千石，掌宫门卫士步兵校尉，比二千石，掌宿卫兵。”衡君盖于灵帝初元由宿卫迁步兵校尉，以曾任卫尉，故云“旧臣”，非由九卿左迁也。“处六师”下王兰泉读为“之陣”二字，陣即将帅之帅，与尉韵。碑后又云：“受任浃洵，建宁二年二月五日卒。”盖即终于步兵校尉，洪谓碑首卫尉举其尊者而言，得之。

【注】

[1] 剥泐：指石料剥蚀断裂。〔清〕叶廷管《吹网录·二础云麾碑》：“更数百年，原石且剥泐不可辨。”

[2] 左迁：指贬官，降职。〔南朝梁〕沈约《立左降诏》：“是故减秩居官，前代通则；贬职左迁，往朝继轨。”

跋范式碑

王兰泉以碑考《范书独行传》，举其异同，甚详，然犹未尽。《范书》称式后迁庐江太守，有威名，卒于官。碑言：“拜冀州刺史，纠赐瑕慝，六教允施。翰飞[1]肃于鹰扬[2]，典刑□□轨□，帝□其勋，迁庐江太守。拟泰和以陶化[3]，昭八则以隆治[4]。弥□弘略，惠训亡倦。”据此，则式有威名，实在冀州。及迁庐江，盖施惠训其下，又云“以疾告辞，韬光潜曜”，又云“未亮三事□□□终”。式自庐江罢官后，乃卒，非卒于官，凡此，皆当据碑以正范书之误。

【注】

[1] 翰飞：高飞。《诗·小雅·小宛》：“宛彼鸣鸠，翰飞戾天。”

[2] 鹰扬：《诗·大雅·大明》：“维师尚父，时维鹰扬。”《毛传》：“鹰扬，如鹰之飞扬也。”

［3］陶化：陶冶化育。《淮南子·本经训》："天地之合和，阴阳之陶化万物，皆乘人气者也。"

［4］隆治：大治。《东周列国志》："于赫宣王，令德茂世。威震穷荒，变消鼎雉。外仲内姜，克襄隆治。"

跋汉鲁相置百石卒史碑

碑称孔龢修《春秋严氏经考》，泰山都尉孔宙碑亦云："治《严氏春秋经》宙卒于延熹六年，年六十一。"龢补《百石卒史》在永兴元年，计其时宙年五十一岁。此碑云"选年卌以上"，然则龢殆与宙同学欤！碑称与龢同试者为孔宪孔览，考韩敕碑阴题名有鲁孔宪仲则守庙百石，鲁孔恢圣文，韩敕碑立于永寿二年，去龢补官时前后四岁，乃孔宪尚存而守庙百石，则为孔恢盖龢已前卒也。此可以补《洪北江传经表》之阙。碑文"牛羊豕"，洪文惠谓豕即豕，顾南原言《说文》家从豕，古文作家从豕，豕与豕古盖通，其说甚确。段懋堂云家之本义乃豕之尻引申，段借以为人之尻字，《说文》家从豭，省声，此许氏曲说，以此碑证之，段说益信。又碑文"给犬酒"，直翁覃溪谓犬即发字，省发为犮，又省犮为犬。考《礼记》"士无故不杀犬豕"，《国语·越语》"生丈夫二壶酒，一犬"，古者牲牢犬豕并用，而酒与犬又馈送之常。碑云"给牛羊豕"，又云"给犬酒"，直疑汉时礼俗有是，不必破字[1]也。

【注】

［1］破字：古人注疏训诂字义的一种方法，用本字来改读古书中的假借字。《诗·鲁颂·泮水》："狄彼东南。"〔汉〕郑玄注："狄当作剔。"〔唐〕孔颖达疏："毛无破字之理，《瞻仰》传以狄为远，则北狄亦为远也。"

跋史晨飨孔庙后碑

碑称会庙堂有守庙百石，孔讃《阙里文献考》叙"褒成侯世系"云："孔子十三代霸，赐爵关内侯，食邑八百户，号褒成君，至十六代均晋封褒成侯。王莽时失爵均子志，建武十四年，仍袭褒成侯。志子损于和帝永元四年，徙封褒亭侯，损子曜袭封褒亭侯，曜子二完赞完袭封褒亭侯，邑百户，早卒，无子。”赞字符宾，守庙百石[1]，《卒史》其文比《范书·孔僖传》加详，惟僖传称献帝初，国绝阙里，考未之及。此碑称建宁元年四月，在灵帝初疑当为完袭封之时，前碑称褒成世享之封，四时来祭毕即归国，故此碑会飨无完名，完袭封褒亭，碑云褒成世享之封者，盖沿始封国名言之。褒亭地不在鲁国，故完命其弟赞居鲁为守庙百石，而赞因得会史晨之飨于庙堂也。钱晦之《后汉书》补表削徙封褒亭一节云：“洪适以为史误，熊方未之是正。”然《范书》及《阙里文献考》皆云“然”，当有所依据，未可尽非也。

【注】

[1] 庙百石：指孔子庙置百石卒史事。鲁相乙瑛请置庙百石以守孔庙，孔庙中有孔龢碑，碑记云：“诏书崇圣道，勉□艺，孔子作《春秋》，制《孝经》，□□五经，演《易·系辞》，经纬天地，幽赞神明，故特立庙，褒成侯四时来祠，事已即去。庙有礼器，无常人掌领，请置百石卒史一人，典主守庙，春秋飨礼。”

跋孔褒碑

碑无褒授命年月。考《范书》载孔融匿张俭事云：“时融年十六，以献帝纪建安十三年八月，曹操杀大中大夫孔融。”《融传》云：“时年五十六推之，融年十六当灵帝建宁元年。”史晨后碑载：“建宁元年四月，拜谒庙堂时处士孔褒文礼皆会，则融匿张俭之岁，即褒会史晨之岁也。”《范书》又言：“后事泄，褒与融及母争死。”当即在是岁秋冬间。缪筱山前辈编《孔北海年谱》以为事在建宁二年，又云：“融年十六当为十七。”盖以灵帝纪建宁二年冬十月中，常侍讽有司奏前司空虞放等皆为钩党下狱，而不知《党锢传》张俭乡人朱并承侯览意旨上书，告俭与同乡二十四人共为部党图，危社稷[1]。灵帝诏刊章捕俭等，其事盖在奏捕□党之前，当别一年也。惟史晨碑称褒处士，而此碑额题豫州从事，考碑文内有从事字，其下十余字复有固辞字，疑褒未就是官。又此碑元子下筱山前辈读为“北海相之元兄”六字，此拓北字甚明显，惜其下翦截无存续。《汉书》称融迁北海相年三十八，当献帝初平元年，碑疑融所立。在初平改元后，卢抱经考以为在中平初年，非也。呜呼！褒以爱弟故先融死，及操杀融，融二子见收，又以得见父母，延颈受刑，一门孝友惨戮无遗，至可哀痛。然褒之死，融犹得见其立碑，若融之大节后无表揭，二子之名史亦不传，赤伏[2]既衰，当涂[3]孔炽[4]。盖无有敢湔雪[5]之者矣。

【注】

[1] 社稷：本指土神和谷神。社，土神；稷，谷神。后以为国家的代称。《礼记·檀弓下》："能执干戈以卫社稷。"

[2] 赤伏："赤伏符"的简称。西汉末谶纬家所造符箓，谓刘秀应天命，可为帝，后亦指帝王受命的符瑞。《后汉书·光武帝纪上》："光武先在长安时同舍生强华自关中奉赤伏符，曰：'刘秀发兵捕不道，四夷云集龙斗野，四七之际火为主。'群臣因复奏曰：'受命之符，人应为大，万里合信，不议同情，周之白鱼，曷足比焉？今上无天子，海内淆乱，符瑞之应，昭然著闻，宜答天神，以塞群望。'"

[3] 当涂：指身居要职之人。《韩非子·三守》："何谓三守？人臣有议当途之失，用事之过，举臣之情。"

[4] 孔炽：很嚣张。《诗·小雅·六月》："玁狁孔炽，我是用急。"《毛传》："炽，盛也。"

[5] 湔雪：洗刷。《金史·循吏传·张特立》："近降赦恩，谋反大逆皆蒙湔雪。"

跋荡阴令张迁碑

宋郑庠分古韵为六部，而以真、文、元、寒、删、先为一部，段懋堂谓其说虽未合于周秦用韵，而于汉魏间韵则合。今按此碑"除于穆我君"一段隔句韵外，其余或一句一韵，或隔三四五句一韵，如张是辅汉以下（三句），爰既且于君（一句），盖其缠绵[1]（三句），不殒高问[2]（四句），艺于从畋（五句），声无细问（四句），不闭四门[3]（三句），八月荚民（三句），存恤高年（五句），斯县独全（四句），君崇其宽（二句），君隆其恩（二句），君垂其仁（四句），西门带弦（二句），能双其勋（四句），随送如云（四句），考父[4]颂殷（三句），后无述焉（四句），虽远犹近（二句），其命维新皆韵也。其惟中平，三年以下（四句），纪日上旬（二句），感思旧君（五句），以示后昆（二句），亿载万年亦皆用韵，且亦皆用真文，元寒删先一部读之殊奥驯。唐以后惟韩柳两家用韵之文得此意，金石存以艺于从畋，当作从政，谓用鲁论求也。艺于从政乎，何有然畋字用韵政则非韵？艺于从畋，盖谓娴于射御田狩之事，非用鲁论也。又考《汉碑》称颂如杨孟文颂，西狭颂，郙阁颂，全篇皆用韵。此碑额题张君表颂，其前叙张仲、张良、张释之、张骞等则表其家世，自张是辅汉以下，则颂其政绩表不必韵，颂则皆韵也，此亦足见汉文之体例。

【注】

[1] 缰缣：即蝉联，绵延不断。《史记·陈杞世家》〔唐〕司马贞述赞："蝉联血食，岂其苗裔?"

[2] 高问：很高的名声。〔汉〕应劭《风俗通·十反·太尉沛国刘矩》："叔方雅有高问，远近伟之，州郡辟请，未尝答命。"

[3] 四门：指明堂四方的门。《书·舜典》："宾于四门，四门穆穆。"《后汉书·列女传·曹世叔妻》："辟四门而开四聪。"

[4] 考父：指正考父，春秋时期宋国大夫，孔子的七世祖。博学多才，文武兼备，深受宋国国君倚重，官至上卿，但为人谦和简朴。正考父是宋闵公长子弗父何的曾孙，曾在家庙的鼎上铸下铭训："一命而偻，再命而伛，三命而俯。"事见《史记·孔子世家》。

跋曹全碑[1]

碑载全讨疏勒事与《范书》不合，世以为谀辞。考《范书·西域传》，凉州刺史孟佗遣戍己司马曹宽讨疏勒事在建宁三年。碑称建宁二年为戊部司马，则宽与全当即一人，疏勒今喀什噶尔、英吉沙尔二城，地去凉州绝远，全攻城野战卒，令疏勒王和德面缚归死，计其往返当逾二三年，史与碑不载，旋师年月盖在熹平初也。碑又称迁右扶风槐里令遭同产弟忧弃官，续遭禁冈潜隐家巷七年。叶九来《金石录补》谓全同产弟为永昌太守鸾。《灵帝纪》鸾以熹平五年坐讼党人弃市，诏党人父兄子弟在位者皆免官禁锢，熹平五年至光和六年恰七年，其事实年月与碑悉合。《党锢传》："帝掠杀鸾于槐里狱。"盖全莅官后亲见鸾死，故弃官归。然疏勒之功甚伟，而全仅迁槐里令者，宦官传孟佗諂事，张让得凉州刺史，疑当时佗掠其功。钱辛楣《跋裴岑碑》以为永和时朝多秕政，妨功害能者众，故边郡之文簿壅于上闻，全生桓灵之世[2]，昏暗又甚于永和。观李膺为度辽将军[3]，疏勒龟兹望风惧服，应奉上疏至乞原膺，以备不虞，而后卒，以钩党死，全为鸾兄，必不肯事阉宦，且与党人夙有往来，意亦有所疑畏而不敢自叙其功欤！至其所以宽全异名者，碑云："建宁二年举孝廉[4]。"又云："光和六年复举孝廉。"疑全本名宽，遭禁锢后出而应举，乃易名全也。朱竹垞谓蔚宗传闻失实，当以碑为正而未及当时情事，故为之详考之如此。

【注】

［1］曹全碑：指《合阳令曹全碑》。东汉碑刻，隶书，灵帝中平二年（185）立。记曹全爵里行谊及为西域戊部司马时与疏勒交战事。碑阴岐茂等题名、分书。参阅〔清〕顾炎武《金石文字记·合阳令曹全碑》。

［2］桓灵之世：东汉末桓帝与灵帝统治时期。〔三国蜀〕诸葛亮《出师表》："先帝在时，每与臣论此事，未尝不叹息痛恨于桓灵也。"〔南朝宋〕谢灵运《拟魏太子〈邺中集〉诗·王粲》："幽厉崩乱，桓灵今板荡。"

［3］度辽将军：西汉时设置的以经略乌桓为主要职能的职官名称，东汉时度辽将军为朝廷设置的一个机构。〔汉〕班固《汉书·昭帝纪》："辽东乌桓反，以中郎将范明友为度辽将军，将北边七郡，郡二千骑击之。"〔唐〕颜师古注引〔汉〕应劭曰："当度辽水往击之，故以度辽为官号。"（中华书局1998年版）东汉时复置度辽将军，为管理并州边区民族事务的机构。〔宋〕范晔《后汉书·明帝纪》卷二："初置度辽将军，屯五原曼柏……诏三公募郡国中都官死罪系囚，减罪一等，勿笞，诣度辽将军营，屯朔方、五原之边县。"（中华书局1998年版）后度辽将军主要为处理北方民族政务的重要机构。

［4］孝廉：孝，孝悌；廉，清廉。为统治阶级选拔人才的科目，始于汉，在东汉时为求仕者必经之途，后合为一科，后代指被推选的士人。《汉书·武帝纪》："元光元年冬十一月，初令郡国举孝廉各一人。"〔唐〕颜师古注："孝谓善事父母者，廉谓清洁有廉隅者。"

跋北海相景君碑

《说文》："農从晨，囟声"，小徐谓当从凶乃得声，段懋堂谓此为囟声之误者，明也。今按此碑以农与真身文民恩神韵，则汉时读农为囟声无疑，徐段之说似属穿凿也。

跋杨孟文颂

碑所称子午即古蚀中余谷，即今斜谷[1]，惟其云："后以子午□路歭难，更随围谷，复通堂光围谷堂。"光绪诸家俱未释。考关中入汉中有三道，曰褒斜，曰子午[2]，曰傥骆[3]，南北分列，南曰褒、曰午、曰傥，北曰斜、曰子、曰骆，亦称六谷。碑云："随围谷通堂。"光即骆傥也。《方舆纪要》："骆谷在盩厔县西南。"又"盩厔县，骆谷水下"。注云："韦谷渠在县西南三十五里，自南山流出，北入渭。"韦谷、骆谷地俱在盩厔西南，盖古名韦今名骆，韦围同音是围谷，即骆谷也。傥谷在今汉中府洋县北。堂、光、傥三字同部同音，盖古称堂光，后急读之成傥。三道六谷中，骆傥最险，魏曹爽侵蜀，入骆谷三百余里不得前，遂为费祎所败。五代以后此涂遂塞。碑称子午与围谷堂光垓鬲尤艰，至永平四年，诏书开余凿通石门。盖自汉而后迄于明，栈道多出褒斜、子午、傥骆，通者稀矣。

【注】

［1］斜谷：位于今陕西省终南山，谷有二口，南曰褒，北曰斜，亦称"褒斜谷"。全长四百七十里，两旁山势峻险，连通关陕川蜀，古时为军事要地。参阅〔清〕顾祖禹《读史方舆纪要·陕西五·汉中府》。

［2］子午：此处指子午谷。位于今陕西省秦岭，为川陕通道。据《长安志》载，谷长六百六十里，北口曰子，在西安府南百里；南口曰午，在汉中府洋县东一百六十里。

［3］傥骆：指骆谷，位于今陕西周至县西南，为关中通往汉中的交通要道。《三国志·魏书·曹爽传》："正始五年，爽乃西至长安，大发卒六七万人，从骆谷入……入谷行数百里，贼因山为固，兵不得进。"

跋孟广宗碑

此碑于光绪二十七年出云南昭通府南十里白泥井马氏舍。谢履庄（崇基）跋云："碑上断阙年代无考，以文字揆之，应在汉魏间。"门人恩安萧石斋（瑞麟）以拓本见赠，余细读之。碑当每行二十八字，上每缺七字，首行云：

“丙申月建临卯严道君曾孙武阳令之少息孟广宗卒。”丙申，纪其年月，建临卯，纪其月，敦煌长史武班碑首云：“建和元年大，岁在丁亥。”以此例之，碑当云：“永寿二年大，岁在丙申。”盖丙上缺七字也，知此为永寿丙申者。碑第二行云：“遂广四岁失母，十二随官授韩诗，兼通《孝经》二卷，博览。”第三行云：“改名为琁字，孝琚，闵其敦仁，为问蜀郡何彦珍女，未娶。”第四行云：“十月癸卯于茔西起坟，十一月乙卯蓺怀抱之恩心。”考《后汉书·儒林·杜抚传》：“抚，字叔和，犍为武阳人，授业于薛汉定《韩诗章句》，后归乡里，教授子弟千余人，建初中卒。”据此，则武阳人传抚《韩诗》者甚众，其学必数传不绝，广十二随官授韩诗，盖随父武阳，令之官授《韩诗》于武阳经师，广盖抚再三传弟子，其于何彦珍女问名而未娶，盖早卒也。十月癸卯起坟，十一月乙卯蓺下，下谓葬也，当即在丙申年。东汉丙申凡三一，建武十二年一，永元八年一，永寿二年。考宋刘义叟《长历》，建武永元，丙申十月，俱无癸卯日，惟永寿内申十月乙卯朔十九日为癸卯，十一月甲申朔，初二日为乙卯，与碑所言月日合。然则碑之丙申为桓帝永寿二年，当无疑义，谢以为汉魏间者，未详。考《耳碑》弟五行只“其辞曰”三字，弟六行云：“结四时不和，害气蕃溢，叹命何辜，独遭斯疾，中夜奄丧。”弟七行云：“茕忽然远游，将即幽都，归于电丘，凉雨渗淋，寒水北流。”弟八行云：“期痛我仁人，积德若兹，孔子大圣，抱道不施，尚困于世。”弟九行云：“渊亦遇此，畄守善不报，自古有之，非独孝琚，遭逢百离[1]。”弟十行云：“覆恨不伸志，翻扬隆洽[2]，身灭名存，美称修饬[3]，勉崇素意。”弟十一行云：“时流惠后，昆四时祭祀，烟火连延，万岁不绝，勖于后人。”详此辞，盖四字句，两句一韵，以此知每行上缺七字。碑弟十二行云：“失雏颜路哭回，孔尼鱼澹台忿怒投流河，世所不闵。”如此辞盖七字句。弟十三行无字，疑上缺处有“之何”二字，盖雏鱼二句一韵，河何二句一韵。然澹台灭明无投河事，据《后汉书·儒林·薛汉传》云：“汉淮阳人，世习韩诗，建武初为博士，永平中为千乘太守，后坐楚事辞相连，下狱死，弟子犍为杜抚，会稽澹台敬伯最知名。”考澹台姓见于史者只灭明与敬伯两人，疑此投河者为敬伯，盖忿其师薛汉以楚王英罪累，下狱死，怒而投河也。《韩诗外传》述申徒狄非其世抱石投河事[4]，末引诗曰：“天实为之，谓之何哉。”当时韩诗之教如是，故敬伯以此徇师，而武阳人亦称是，以哀广欤！碑第十四行、第十五行为立碑人题名，武阳主簿李桥字文梁书，佐黄羊仲与记，李昺字辅谋，铃下任骠凡四人，盖其时广之父尚在官，故李桥等为碑文，称严道君武阳令而不名严道县，属蜀郡，盖其先亦为严道令也。碑中月建临卯之卯上画不连，开门之象，癸卯、乙卯、之卯、作卯，上画连，闭门之象。《说文》“丣”，古文酉，此从古文而又省为卯，然义与叔重合。“蓺”作平，蓺即丕字。《吴志阚泽》所云蓺为丕也，蓺又省为平。《后汉书·耿秉传》“太医令吉平”，李贤注轡或作平，与此碑正合。雨作雨，从门，象天下冒，从云，即古云字，从川，象雨之形，此从古文䨝字，变省为之渊，作渊，渊之下半与景君碑石门颂同，惟上两画相连为异，然《说文》：“渊，回水也。”雨，古文从口水，则上画连，乃取渊回之义，亦古文之变体。“菑”作菑，与武班碑景君碑同州辅碑涅而不缁，缁作组，盖汉隶甾作𠙹，普通字也。至碑中“琁”字当读如琼，《说文》琼或从旋省广，改名旋字，孝琚用诗琼琚语，或《韩诗》作琁琚，与毛不同。“茕”字书无考，当即茕字，《诗》“茕茕在疚”，《文选注》引韩诗“茕茕在疚”，《尔雅》：“茕茕，忧也。”茕训忧，故从心，此当用韩义，故从心从茕，省作茕。百离即百罹，诗逢此百罹，释文：“罹本亦作离。”罹亦入韵，此云“百离”，或韩诗作离。翻扬即飞扬，《诗》“拚飞维鸟”，韩诗作“翻飞维鸟”，《文选注》引薛君《韩诗章句》“翻飞貌”，薛君章句，杜抚所定也。《后汉书·儒林传》称“山阴赵晔，少弃县吏，到犍为资中，诣抚受韩诗，积二十年，抚卒，乃归”。当时抚韩诗学为世所宗，故此碑引以为广重，而文又多用韩义也。又考汉犍为郡今四川眉州，地武阳县，今彭山县地，此碑出昭通府南，则汉牂牁郡地，以寒水北流语，考之今昭通曲靖诸水皆北流入金沙江。盖广曾祖以来，世居牂牁，广卒于武阳，其冬归葬，碑云“于茔西起坟，盖坿诸祖也”。《蜀志》：“建兴元年，牂牁太守朱褒反，益州大姓雍闿寺并叛，三年，丞相亮南征，其秋悉平。”裴注引《汉书春秋》云：“亮闻孟获为夷汉所服募，生致之七纵七擒，亮犹遣获，获止不去曰：‘公天威也，南人不复反矣。’”《华阳国志》云：“益州夷不从雍闿，闿使建宁孟获说夷叟，后越嶲叟帅部曲杀闿，获代为主，亮收获用为官属，官至御史中丞。”考蜀汉置建宁郡治味县，今曲靖府附郭南宁县地，其北数十里为宣威州，则汉牂牁地，宣威北，去昭通约二百里。据此碑则牂牁孟姓世有显学，疑获为严道君或武阳令之后，南徙建宁，故武侯欲得用之以镇夷汉欤！《华阳国志》又云：“亮移南中，劲卒于蜀，分其羸弱，配大姓雍爨孟等为部曲。晋泰始初，有建宁孟干孟通孟岳为交趾[5]将军，封侯。晋元帝世有建宁孟才为牂牁太守，李寿时有建宁太守孟彦率州人为晋。”而宋爨龙颜碑阴有“功曹参军建宁孟达伦主簿，建宁孟令县孟顺德，孟叔明书佐，建宁孟罗等”。此碑云：“四时祭祀烟火连延，万岁不绝，勖于后人。”则孟为牂牁大姓以爨龙颜碑云，出自班彪，因采邑于爨为氏，例之，知南中大姓并非夷族。建宁之孟亦当出严道君，特史家文阙，无从考证之耳。

【注】

[1] 百离：即百罹，不幸的遭遇。《诗经·王风·兔爰》：“我生之后，逢此百罹，尚寐无吪。”《毛传》：“罹，忧。”

［2］隆洽：隆盛周详。《汉书·王莽传上》："故在位更推荐之，游者为之谈说，虚誉隆洽，倾其诸父矣。"《资治通鉴·汉成帝永始元年》引此文，〔宋〕胡三省注曰："隆，盛也。洽，渐浃也，周遍也。"

［3］修饬：谨慎，合乎礼义。《荀子·君道》："修饬端正，尊法敬分而无倾侧之心。"

［4］申徒狄非其世抱石投河事：《韩诗外传》卷一："申徒狄非其世……遂抱石而自沉于河。"

［5］交趾：古代地名，泛指五岭以南。为汉武帝时所置十三刺史部之一，位于今广东、广西大部和越南北部、中部，东汉末改为交州。《礼记·王制》："南方曰蛮，雕题、交趾。"〔宋〕赵汝适《诸蕃志·交趾国》："交趾，古交州，东南薄海，接占城，西通白衣蛮，北抵钦州，历代置守不绝。"

跋魏公卿将军上尊号奏

《集古录》谓此碑《唐贤传》为梁鹄书，今人或谓钟繇书，《隶释》亦云相传为繇书，然未得确。据故《庚子销夏记》仍谓为梁鹄书。考宋章樵《古文苑》载有闻人牟准卫敬侯碑阴文云所著述，魏大飨碑群臣上尊号，奏及受禅石表文，并在许繁昌尊号奏钟元常书，卫敬候名觊。据碑阴文牟准为觊门生，以门生记先师著述，必不误，然则此碑真繇书也。特文为觊，作诸家尚未知之耳。文内以福海内欣戴之望，匡缪正，俗云"副贰之字本为福，从衣畐声"，书史假借，遂以副字代之，副义训劈，学者不知有福字，以副贰为正体。段懋堂谓颜说未确，凡副之，则一物成二，因仍谓之副，因之凡分而合者皆谓之副，训诂中如此者致多，福者虽见《龟策传》《东京赋》，然恐此字因副而制耳。郑仲师注《周礼》云："副，二也。"《史记》藏之名山，副在京师，《汉书》曰："藏诸宗庙，副在有司。"周人言二，汉人言副，古今语也，岂容废副用福。今考汉碑武荣碑爵不副德，史晨后碑副掾字皆作副，惟尹宙碑位不福德，始借福为副尹宙碑，立于熹平六年，去魏黄初之元计四十三年，时代不甚悬远，故此碑亦相沿作福，福字不见《说文》，盖叔重以为向壁虚造[1]，不可知之书矣，桂未谷跋此碑释福甚详，然尚未见及此。

【注】

［1］向壁虚造：〔汉〕许慎《〈说文解字〉序》："鲁恭王坏孔子宅，而得《礼记》《尚书》《春秋》《论语》《孝经》……而世人大共非訾，以为好奇者

也，故诡更正文，向壁虚造不可知之书，变乱常行，以耀于世。”〔清〕段玉裁注：“此谓世人不信壁中书为古文，非毁之，谓好奇者改易正字，向孔氏之壁凭空造此不可知之书，指为古文。”

跋魏受禅表

刘宾客嘉话以此碑为王朗文梁鹄书，《集古录》又谓颜真卿以为钟繇书。今按《古文苑》闻人牟准卫敬候碑阴文[1]称觊受禅石表文在许繁昌，觊并金错八分书《魏志·觊传》。觊，字伯儒，河东安邑人。文帝即王位徙为尚书，顷之还汉朝为侍郎，劝赞禅代之义为文诰之诏。当时文诰既出，觊手表[2]亦当作牟准，谓觊所著述，批注故训[3]及文笔等甚多皆以失坠，有《孝经》固章樵注以为故误，固然则觊盖通经术而兼能文章者。今观碑文中如玑作机，禋作烟，皆本故训，《尚书大传》“在旋机[4]玉衡[5]”，《传》曰：“旋者，还也。机者，几也，微也，其变几澂而所动者，大谓之旋机。”郑康成注：“浑仪中筒为旋机，外规为玉衡也。”又《大传》“烟于六宗”，郑康成注：“烟，祭也，字当作禋。”《周礼》“禋祀”，郑注：“禋之言烟，周人尚臭，烟气之臭，闻者也。”盖据《大传》之文以解礼。袁准正论曰：“禋者，烟气，烟煴也。”《说文》：“烟或作烟。”故此碑变文为烟。即二字观之，觊于尚书盖墨守伏郑，《三国志》称王朗子肃不好郑氏，采会同异，为尚书解，及撰定父朗所作《易传》，皆列学宫。又云：“肃尝作圣论以讥短康成，肃之学出于朗，朗于尚书亦当难郑文，非朗作。”此亦一证。又碑以挈为契，鹿为麓，《诗》“死生契阔，爰契我龟”，《释文》皆云“契本作挈”，而汉校官碑众俊挈圣史晨奏铭孝经援神挈，则以挈为契。《诗》“旱麓”，《释文》亦云本亦作鹿，而《春秋传》“沙鹿”，《风俗通·山泽篇》则引作麓，又陈球后碑“升大鹿”亦以鹿为麓，盖皆古字通借也，觊深于经术，此亦足见一班。《魏志》又云：“觊好古文，鸟篆隶草，无所不善。”晋卫恒四体书势称觊尝写邯郸淳古文后以示淳，而淳不别。此碑疑亦仿钟繇书，故与上尊号奏字体相近，其曰“金错八”，分书者，梦英，《十八体书》称韦诞作剪刀篆曰金错书，此碑是隶非篆，而横画之末皆成金错刀[6]形，金错八分书当以此。唐人不知文与书为觊作，由未见牟准碑阴文耳。

【注】

［1］碑阴文：碑背面的文字。汉代多为门生故吏的提名，唐代开始在碑

背面作题记。参阅〔明〕徐师曾《文体明辨序说·碑阴文》。

［2］手表：指亲手书写的书表、奏章。《资治通鉴·后周世宗显德五年》："辛丑，冯延鲁、钟谟来自唐，唐主手表谢恩。"

［3］故训：指训诂。〔清〕曾国藩《圣哲画像记》："百年以来，学者讲求形声故训，专治《说文》，多宗许郑，少谈杜马。"

［4］旋机：古时观测天文的仪器。《尚书·舜典》作"璇玑"。〔三国魏〕阮侃《释〈难宅无吉凶摄生论〉》："面边水而知天下之寒，察旋机而得日月之动。"

［5］玉衡：古时观测天文的仪器。《尚书·舜典》："在璇玑玉衡，以齐七政。"〔唐〕孔颖达疏引〔汉〕蔡邕曰："玉衡长八尺，孔径一寸，下端望之以视星辰。盖悬玑以象天而衡望之。"

［6］金错刀：古时书法绘画的一种笔体。《宣和画谱·李煜》："李氏能文，善书画。书作颤笔樛曲之状，遒劲如寒松霜竹，谓之金错刀。"

跋魏黄初孔子庙碑

东汉敦尚节义，浸成风俗，魏武觊觎神器[1]，故务破坏之以遂其私。顾亭林谓其下令再三至于求负污辱之名，见笑之，行不仁不孝而有治国用兵之术者，其用意可见。《范书·孔僖传》称褒成侯至献帝初国绝，此碑亦言大道衰废，礼学灭绝卅余年。魏武崇尚弛轻弃圣教，所以为奸雄[2]，魏文无其才略，故受禅之始特存三恪[3]封孔子后，冀以收海内之人心，洪文惠以为知所本者，非也。然自是廿余年间学者摈阙里之典经，习正始之余论，正学沦丧而魏祀亦忽诸矣。

【注】

［1］神器：此处指帝位、政权。《文选·左思〈魏都赋〉》："刘宗委驭，巽其神器。"〔唐〕吕延济注："神器，帝位。"

［2］奸雄：指窃取高位之人。语出《三国志·魏书·武帝纪》"玄谓太祖曰"，〔南朝宋〕裴松之注引〔晋〕孙盛《异同杂语》："尝问许子将：'我何如人？'子将不答，固问之，子将曰：'子治世之能臣，乱世之奸雄。'太祖大笑。"

［3］三恪：周朝封前三代王朝的后代，赠以王侯名号，称"三恪"。《左传·襄公二十五年》："昔虞阏父为周陶正，以服事我先王。我先王赖其利器

用也，与其神明之后也，庸以元女大姬配胡公，而封诸陈，以备三恪。”〔晋〕杜预注：“周得天下，封夏、殷二王后，又封舜后，谓之恪，并二王后为三国。其礼转降，示敬而已，故曰三恪。”

又 跋

汉人守家法故经籍多异文，金石亦然，此碑异文以所见汉碑证之。如踪作纵，则本之夏承绍“纵先轨鲁峻比纵豹产[1]”；班作斑，则本之张寿登斑叙优衡方斑叙郙阁虽昔鲁斑；恪作愘，则本之鲁峻“敬愘恭俭”；寝作寑，则本之衡方寑暗苫由，皆有所承。至于𢼸作徵，坤作巛，考汉碑“景君徵弱蒙恩，武荣广学甄徵”，白石神君解“徵孔龢，则象干巛，华山干巛定位衡方，威肃剥川”，史晨“干川所挺”，皆不依史书作𢼸坤，顾南原谓诸汉碑微皆不从人，又引《隶释》谓隶书未尝有坤字，此则当时师法相承，如是不得复执小篆，绳之矣。

【注】

[1] 豹产：子产和西门豹。《史记·滑稽列传》：“子产治郑，民不能欺……西门豹治邺，民不敢欺。”

跋魏黄初残碑

此碑分四石，利弟十三字一石亦称牧伯[1]。残碑本夏阳人家支灶物，国初王山史尝拓以遗叶九来，初置曹全碑旁，后归合阳康氏少昊。国为三石，乾隆初乃出土，藏合阳许氏，康与许为中表兄弟，故乾隆间屈耕野尝向两家拓之，以遗所知。端午桥制军藏此碑，无利弟一名，盖初出土时所拓，曹魏之世，碑禁甚严，此碑及曹真碑、王基碑、胶东令王君碑、西乡侯兄碣残石皆断缺不完，盖当时所碎。

【注】

[1] 牧伯：州郡长官。《尚书正义》：“《曲礼》曰，九州岛之长曰牧。《王制》曰，千里之外设方伯，八州八伯。然则牧、伯一也。伯者，主一州之长；牧者，言牧养下民。”〔汉〕郑玄曰：“殷之州牧曰伯，虞夏及周曰牧。后人称太守曰牧伯，本此。”

跋魏王基碑

《后汉书·郑康成传》称康成门人山阳郗虑、东莱王基、清河崔琰著名于世。《魏志·基传》但称入琅邪界游学而不云及康成[1]之门，则寿之疏略也。基所著述《隋志》有《毛诗驳》一卷，又《毛诗答问驳谱》合八卷，《唐志》有《杂义难》十卷，《经典释文》序录称基驳王肃申郑义诗芣苢疏引基驳肃说，宋王伯厚亦极称之。碑称基“元本道化，致思六经，剖判群言，综析[2]无形”，以此同时，驳肃说者有乐安孙炎，亦康成门人。至晋孙毓为《诗评》，朋于肃，而徐州刺史从事陈统，又难孙申郑，《隋唐志》载有统《毛诗表隐》二卷，盖皆闻基之风而起者。此碑初出土时上下截未刻朱书，宛然其后乃磨灭毕，秋帆武虚谷尝言之。《宋书·礼志》云：“建安十年，魏武帝禁立碑，高贵鄉公甘露二年，王伦卒，伦兄祇畏王典，不得为铭，撰录行事，就刊碑阴。”此则碑禁尚严也。基卒于景元二年，去甘露二年只四年，当时刻未峻事意，怵于禁令欤！

【注】

［1］康成：东汉郑玄字康成。《后汉书·郑玄传》：“郑玄，字康成，北海高密人也。”

［2］综析：指分合。《后汉书·蔡邕传》：“沉精重渊，抗志高冥，包括无外，综析无形，其已久矣。”

跋晋郛休碑

《姓氏急就篇》载郛字，云出《姓苑》，碑云：“王季之穆有虢叔者，以德建国，命氏为郛。”考郭姓亦出于虢，然郭为着姓，郛则罕见，疑郭或转为郛，犹韩之转为何。碑称休为东莱[1]曲成人，曲成，汉县，后汉改为侯国。《晋志》作“曲城”，碑称曲成者，时尚未改也。碑又称休始为新城太守，《晋志》无新城、有新城，当即一地，新城郡属荆州。刺史注云“魏置统县四房陵绥杨昌魏沶乡”，其地盖与巴东近，碑下文云：“吴人狂狡剧刘巴东，休斩将搴旗，积尸如京，封豕[2]远遁三巴用康。”《吴志》：“永安七年二月，陆抗步协留平盛曼围蜀巴东守将罗宪，魏使将军胡烈侵西陵，救宪。抗等引军退，盖吴师既遁，休追之，有所斩获也。”碑又称休为江夏太守，回临南乡。《晋志》无南乡郡，有顺阳郡，云太康中置，盖魏置南乡，至太康乃改江夏，南乡亦俱隶。荆州刺史碑下文云：“吴肆鲸鲵合寇襄阳，君以三千摧犬羊三万，陆抗奔北于南，施积舆尸，于□赫赫，振旅江夏攸宁。”《晋纪》：“泰始四年冬十月，吴将施积入江夏万郁，寇襄阳遣太尉义阳王望屯龙陂，荆州刺史胡烈击败郁，当时吴兵分两路，万郁向襄阳为烈所败，施积向江夏为休所败，史不言陆抗。”据碑则抗与绩偕行也，二人皆吴名将，而俱败于休，厥功甚伟，《晋纪》不书休，此可以补其阙。碑阴上方二十五人皆题故吏，下方六人三题义民，末一人题“义武猛掾武当华吴”，《晋职官志郡》有武猛从事等，武猛掾盖隶属于从事，加义者，华吴是官非民，故以义武猛掾称。鲁峻曹全碑阴称“义士”亦此例也。此石晚出，今为端午桥制军所藏，文多漫漶似经沙石磨治，惟碑阴尚完好。《宋书·礼志》云：“魏武帝禁立碑，至高贵乡公甘露二年，禁尚严，其后弛替，武帝咸宁四年，又诏禁断之犯者，虽会赦令，皆当毁坏。”碑称休卒于泰始五年八月末，题泰始六年十二月丙子立乃禁令弛替之时，既立之后逾八年，复值咸宁诏禁，因磨治之也，然刻颇深，虽磨灭五十余字，文尚可读。

【注】

［1］东莱：在今山东省北胶河以东地带。《国语·齐语》：“通齐国之鱼盬于东莱，使关市几而不征。”〔三国吴〕韦昭注：“东莱，齐东夷也。”

［2］封豕：比喻虐害。《文选·扬雄〈长杨赋〉》：“昔有强秦，封豕其士，窫窳其民。”〔唐〕李善注引〔汉〕李奇曰：“以喻秦贪婪，残食其人也。”

跋晋任城太守孙夫人碑

武虚谷桂末谷，考此碑谓夫人之父为孙邕确矣。其以邕曾为吏部尚书，则非也。碑文云：“父为渤海太守十余年，政化大行孤直□□□□□□意，时夫人见□在家止父令留而谓之□，功成而退，虽天之道，然事君不怼□，能□□闻□□□为吏部尚书，多用老成，先帝旧臣举口必不忘君，既而果举君为侍中，夫人□而□过穷理尽情，为父所异，皆此类也。”今以《魏志》考之，《鲍勋传》：“文帝征吴还，屯陈留郡界，太守孙邕见，出过勋，邕邪行，不从正道，刘曜欲推之，勋以堑垒未成，解大军还洛阳，曜有罪，勋奏绌遣，而曜密表勋私解邕事，遂诛勋，后二旬文帝亦崩。”据此，则黄初之末邕为太守勋以邕诛邕当罢黜。碑文孤直下意上缺五字，疑当是“孤直不容因是失意”，故下文夫人谓父有“功成而退，事君不怼[1]”语。又《卢毓传》：“青龙二年入为侍中，在职三年，多所驳诏，以毓为吏部尚书，使毓自选，代毓举郑冲阮武孙邕，帝于是用邕。”据此，邕以毓举，得为侍中，碑文闻字下为吏部尚书上缺三字，当作卢子家，子家，毓字也。毓举郑冲阮武及邕，故下文夫人又有“多用老成，先帝旧臣必不忘君”语，又《管宁传》：“正始二年，侍中孙邕荐宁。”正始二年去青龙末已阅五年而犹官侍中，又《齐王芳纪》“嘉平六年，芳避皇位”，注引《魏书》“群臣奏有光禄大夫关内侯臣邕嘉平六年”，去正始二年又阅十三年而云官光禄大夫，邕始终盖未为吏部尚书也。碑虽残缺，然寻其前后与魏志悉合，虚谷末谷未详审耳。

【注】

［1］不怼：不怨恨。《国语·周语上》：“事君者险而不怼，怨而不怒。”

跋隋范波若母人等造铜像

像为端午桥制军所藏，其文云：“唯大隋开皇十三年四月八日，母人等上为皇帝敬造，阿弥陀像一区范波若母，赵范海让母，赵范宝藏母，李范士陵母，赵范□季母，路范伯仁母，李范希若母，李范子希母。”冯考《隋书·帝纪》称帝王时有尼来，自河东将帝舍于别馆躬自抚养，咸淳《临安志》及《灵应寺旧志》则称尼名志仙尝私谓帝曰：“佛法暂废，赖汝而兴，贺德仁栖岩道场舍利塔。”碑则称有天女来，降现尼形像谓元明太后，曰此子当平一区宇光隆佛教，言毕不见。北周自建德三年废佛教至大象二年，文帝为大丞相始复，其后受禅乃普诏天下，任听出家仍令计口出钱营造佛像，《释法琳辨正论·奉佛篇》载开皇三年，诏曰：“朕钦崇圣教，念存神宇，其周期所废之寺可修复。”又开皇十一年，建安公构尼寺铭云：“皇帝乃诏州县各立僧尼二寺。”二诏不见于史，然皆足为文帝力兴象法之证。此像造于开皇十三年，乃诏立僧尼寺之后，其用四月八日以佛诞之期。王邵《舍利感应记》称“仁寿二年正月，帝出舍利[1]，分布五十一州，建立灵塔，期用四月八日午时合国化内，同下舍利封入石函”，意开皇时亦尝诏于是日造像欤！凡造像，多云上为皇帝，下为眷属，此云母人等上为皇帝敬造而不云眷属者，盖希旨为之，称母人者，对皇帝而言。周武成三年造七级佛图，《记》称他人等仰为元帝，造七级浮图即其例。当时范波若母赵等以志仙事举世争传，故乐为此功德也，然隋时佞佛[2]不独文帝，即炀帝世亦然。观大业三年，唐高祖为太宗于大海寺造石弥勒像一铺而云“以斯功德卫护弟子”，以一代开基雄主，仍复尔尔，他可知已。制军精拓此文，装为卷轴，王壬父跋未及征引，因论其世，以见隋政敝俗靡之一班。

【注】

［1］舍利：释迦牟尼佛遗体火化后结成的坚硬珠状物。《魏书·释老志》：“佛既谢世，香木焚尸。灵骨分碎，大小如粒，击之不坏，焚亦不燋，或有光明神验，胡言谓之‘舍利’。弟子收奉，置之宝瓶，竭香花，致敬慕，建宫宇，谓为‘塔’。”

［2］佞佛：指迷信佛教。《晋书·何充传》：“郗愔及弟昙奉天师道，而充与弟准崇信释氏，谢万讥之云：‘二郗谄于道，二何佞于佛。’”

跋宋拓本隋龙藏寺碑

端午桥制军藏此本《校金石萃编》多二十四字，真罕见瓌宝也。翁覃溪称碑字下开虞欧褚[1]法，细按之于褚尤近，张怀瓘书断称褚登善尝师史陵，陵所书禹庙残碑，今已佚。赵明诚谓其不减欧虞[2]，此碑岂亦陵所书耶！隋人书多具北朝之方整而带右军之姿媚，盖其时南北合并，故书法因而一变，且右军书时已重之，不独贞观间也，特太宗尤好之耳。

【注】

［1］欧褚：唐代书法家欧阳询、褚遂良。〔宋〕梅尧臣《同蔡君谟江邻几观宋中道书画》诗：“钟王真迹尚可睹，欧褚遗墨非因模。”

［2］欧虞：指唐代书法家欧阳询、虞世南。《新唐书·文艺传中·李白》：“后人论书，欧、虞、褚、陆，皆有异论。”

跋焦山佳处亭冰壶诗石刻

《焦山志》谓此宋赵溍诗，溍字符溍，衡山人，少师忠靖公葵之子。冰壶，其别号也。史无溍传，以宋元史考之，七年十二月，淮东统领兼知镇江府，赵溍乞祠禄，不允。此石题咸淳壬申夏六月盖在乞祠禄之后一年，至九年四月溍为淮西总领兼沿江制置，留守建康。德祐元年二月，贾似道、孙虎臣败奔扬州，元军次建康，溍南走。五月诏溍统军民，船屯江阴，七月，溍与张世杰、孙虎臣等陈舟师于焦山南北，为元阿术阿塔海所败。是月京学生刘九皋等伏阙上书，言陈宜中擅权，党似道庇赵溍潜说友，十月复趣溍及赵与可、郑镛所募兵，二年正月瀛国公[1]降元。五月陈宜中立昰于福州，命吴浚、赵溍等分道出兵。八月东莞人熊飞[2]守潮廉二州，闻溍至，即以兵应之，攻梁雄飞于广州，熊飞遁，溍入广州。十月，溍遣曾逢龙就熊飞御大军于南雄，逢龙、飞皆战死。十二月溍弃广州遁，其始末大略如此。《焦山志》又载有咸淳壬申九月，溍与山阳陆秀夫弟淮等题名，淮见《宋史·忠义传》，死事甚烈，亦葵子也。溍崎岖江浙闽广间，虽屡蹶尚不失臣节，惜如宜中之遁，占城，不及与秀夫弟淮并传耳。

【注】

［1］瀛国公：宋恭帝降元，被封为瀛国公。《宋史·瀛国公纪论》："瀛国四岁即位，而天兵渡江，六岁而群臣奉之入朝。"

［2］熊飞（？—1276）：南宁时广东东莞附城榴花村人，民族英雄。南宋德祐二年（1276），元军攻陷宋都临安，熊飞在宋宗室的支持下起兵勤王，于铜岭阻击元军，收复莞城，遂克广州。后因部下变节降元而殉难。

跋孙夏峰与汤文正论学书卷

国初称孙夏峰、黄梨洲、李二曲为三大儒，而夏峰门徒最盛，其学术亦最昌。居苏门时汤文正以参政乞养归，赁驴往受业门下，耿逸庵介亦以大名道，丁艰归，诣苏门请业[1]，与文正相切礴，后文正又访张仲诚，沐于内黄，仲诚因迎夏峰至署，与之阐明正学[2]，三人皆名臣循吏[3]，中州称曰"真儒"。此卷皆夏峰与文正论学书，书中称逸庵见地已明，担荷甚力。又称仲诚学问于逆处得力，二人并为夏峰所嘉许。文正序魏莲《陆雪亭梦语》谓："白雪盈山，孤灯午夜，上下古今，视千秋如旦暮，展读此卷，真令人想见苏门师友独立不惧气象。"至书中称吴冉老乃睢州吴淇，由进士官至镇江同知，赵锦帆乃阳武赵宾，以进士官刑部主事，皆与夏峰论学者。博儿即夏峰四子，君桥博雅，环溪即魏敏果象枢，其后荐文正出山者也。惟孙北海承泽以贰臣而讲学，与夏峰书札往来，夏峰不峻拒之，殊未免太邱道广耳。卷后有田篑山兰芳一跋，篑山睢州诸生，少豪放，自喜为人所疾，年四十乃悔其失，究心性理一以不自欺为根柢，问学于汤文正，张仲诚析疑辨惑，绝无一毫掩盖，文正甚称之。晚岁学益粹，从游者甚众，卒于康熙辛巳八月，年七十四，跋题辛巳季春，其卒前数月也。陶在国史馆曾为篑山立传，附儒林传窦敏修克勤之后，然近世罕有知者，盖道学之衰，久矣！

【注】

［1］请业：请教学业。《礼记·曲礼上》："请业则起，请教则起。"〔汉〕郑玄注："业，谓篇卷也。"

［2］正学：即儒学。汉武帝时独尊儒术，始以儒学为正学。《史记·儒林列传》："公孙子，务正学以言，无曲学以阿世！"

［3］循吏：守法循理的官吏。《史记·太史公自序》："奉法循理之吏，不伐功矜能，百姓无称，亦无过行。作《循吏列传》第五十九。"

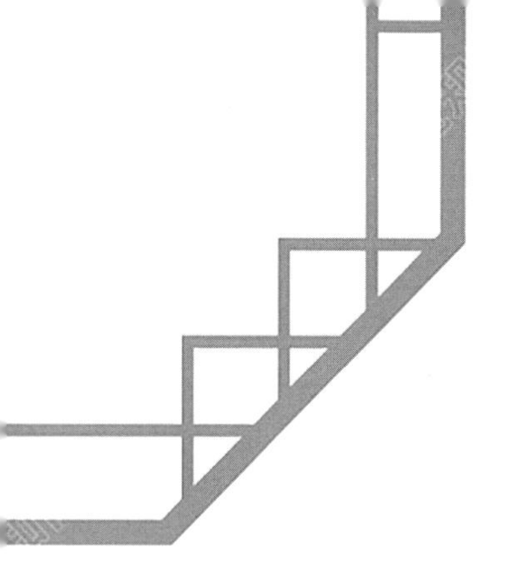

瓜庐文剩　卷四

山东乡试录后序

光绪二十有八年，补行庚子辛丑恩正并科直省乡试礼，臣以山东考官请得旨，命臣支恒荣为正考官，而以臣陈伯陶为之副。[1] 伏念臣海滨下士，章句小儒[2]，癸巳、甲午迭承恩，命主试滇黔，今复渥荷丝纶[3]，持衡山左，自维蹇劣，实切悚惶。谨偕臣恒荣星驰就道，斋袚入闱，取士如额，择其文之学识淹通者进呈御览，臣例得缀言简末。窃维科举之法与学校相表里者也，成周秀士选士[4]，俊士[5]进士[6]之制必论于乡大夫，司徒大乐正、而后以告于王，此实为科举之始。自汉以后，学校浸衰，逮隋唐之间，于是乎缙绅发轫，悉由科目，然相沿至今不能废者。盖士人既以科举为荣贵，将上无建学设官之费而下有家弦户诵之休，其鼓舞之也，有微权焉顾或者谓时文之弊，至今而极，不若废科举而返诸学校。以臣度之，亦视上之所好，何如耳语云："城中好高髻，四方高一尺，城中好广袖，四方全匹帛。"是故唐以诗赋试士，而士即工为诗赋，明以八股文试士，而士即工为八股文，由上之所好然也。今我皇上鉴文剩实衰之弊，而试之论策经义，一以博通中外为归，海内之士有不奋然兴起讲求有用之学乎！是固不待建学设官而自尔家弦户诵者也，是我皇上宏开学堂而仍不废科举之深心也。顾或者又谓泰西学堂，实事求是，其收效最广，胜于科举，以臣度之，泰西惟无科举固未知其益耳，其大小学堂之费不啻巨亿，非国家所能独举，然学成之后，彼未尝不汇而试之，是亦犹夫科举之意也，夫学校与科举相为表里者也。学校废而较以一日之短长，故科举之法不能无弊，若学校与科举并行，其得人之盛必有过于汉唐者，盖并育之，于学堂之中而分试之，以科举之目是，即成周秀士、选士、俊士、进士而论于乡大夫司徒大乐正之制也。山东齐鲁旧疆邦之士夫，莫不涵濡圣人之泽者，其趋向甚正，然风气或未尽开。臣悉心衡校，惟是恪遵谕旨，一以博通中外为归，使知我皇上之所好在此不在彼，庶几与学堂通为一而不复蹈时文空疏之陋习，是则臣区区图报之忱也夫！

【注】

[1] 光绪二十有八年等句：据文中所言，陈伯陶于光绪二十八年（1902）任山东乡试副考官。陈伯陶《瓜庐诗剩》卷下有诗《发济南留别闱中同事诸公》为从北京往济南时别同僚所作。又，《瓜庐诗剩》卷下有诗《岱顶观日出

同泰安令毛菽畇前辈（澄）》，毛澄于光绪二十八年（1902）任泰安令，光绪三十年（1904）调任诸城，陈伯陶出使山东时毛澄正为泰安令，故有此诗。《瓜庐诗剩》卷下《七十述哀诗一百三十韵》诗中自注："长沙不谓然，语人曰：'彼欲得试差耳。'以余于癸巳、丁酉、壬寅会典试滇、黔、山左也。"按：山左即山东，清末壬寅年即光绪二十八年（1902），据此亦可知陈伯陶光绪二十八年典试山东，与本文时间甚合。

［2］章句小儒：不能通达大义而拘泥于辨析章句的儒生。《汉书·夏侯胜传》："建所谓章句小儒，破碎大道。"

［3］丝纶：此处指皇帝诏书。《礼记·缁衣》："王言如丝，其出如纶。王言如纶，其出如綍。故大人不倡游言。"〔唐〕孔颖达疏："王言初出微细如丝，及其出行于外，言更渐大如似纶也。言纶粗于丝。王言如纶，其出如綍者，亦言渐大，出如綍也，綍又大于纶。"按：陈伯陶典试贵州时间应为光绪二十三年（1897），为丁酉年。《七十述哀诗一百三十韵》自注："长沙不谓然，语人曰：'彼欲得试差耳。'以余于癸巳、丁酉、壬寅会典试滇、黔、山左也。"据《瓜庐诗剩》卷上诗作顺序推，亦为丁酉年。《丁酉元旦早朝》一诗之后，为《陈简持观察（昭常）随张樵野侍郎（荫桓）奉使伦敦贺英主享国六十载之期回粤后即之官滇中赋赠》。据《清史稿》，英国维多利亚女王在位六十年之贺在光绪二十三年（1897）正月，随后《芦沟桥》一诗曰："万里輶轩天外去，八方冠盖日边来。弃繻谁识终童志，题柱人思犬子才。仆仆征尘今再过，道旁津吏莫相猜。"可知为出使地方事务。之后有诗《晚至良乡》、《张桓侯井》（在河北涿县）、《杨椒山先生墓》（在河北直隶容城）、《过赵佗故里》（在河北正定）、《汉光武庙中古柏歌》（在河南方城）、《襄阳道中望鹿门山怀庞公》（湖北襄阳）、《荆门陆象山祠堂》（湖北荆山）、《初入黔中》（贵州），观此次行程正为从京城至贵州路线，可为佐证。此处曰"癸巳、甲午迭承恩，命主试滇黔"疑为作者误记。

［4］秀士选士：《礼记·王制》："命乡论秀士，升之司徒，曰选士。"〔汉〕郑玄注："秀士，乡大夫所考，有德行道艺者。"

［5］俊士：周时称选取入太学者。《礼记·王制》："命乡论秀士，升之司徒，曰选士。司徒论选士之秀者，而升之学，曰俊士。"〔汉〕郑玄注："可使习礼者，学大学。"

［6］进士：《礼记·王制》："大乐正论造士之秀者，以告于王，而升诸司马，曰进士。"〔汉〕郑玄注："进士，可进受爵禄也。"

杨星垣公使[1]六十寿序

今之公使，古大行人[2]之职也。昔周公置重译，通道于九夷八蛮[3]，大行人一职，始见《周官》。春秋之世，兵革相寻，此职尤重，故郑之子产、宋之华元、齐之晏婴、吴之季札皆以专对显。迨汉而后，若陆贾之使南粤、邓芝之使东吴、富弼之使契丹、王伦之使女真，并皆能寻盟通好，永息干戈。前史所书，此尤其表表者也。然以彼其时，地不过九州岛，人不过四裔，其衔命往来亦不过旬月，终岁之期，从未有驻节彼都，淹留数载，总邦交[4]之策而膺治外之权。如今日所谓"公使"者，自寰瀛大通，轺车骆驿。今之公使，若郭筠仙侍郎、若曾劼刚袭侯、若薛叔耘副宪，实为中外所推服。然际中兴之世，振兵西域，摧敌南关，国威尚存，殊俗胥慑，为公使者，折冲樽俎，易见专长，从未有责任之重且难。如今日所谓日本公使者，念自甲午之媾合，继以庚子之肇乱，国步日弱，东邻日张。惟我星垣杨公使实持节于日本东京，阅今三年矣。[5]其间值日俄之战，白山黑水，杀人如麻。我兢兢焉，保守中立[6]，唯恐破坏，然终议和之日，未闻有以责言加我者。又其时锐意兴学，诸生东渡万有余人，以取缔条规，群起相哄，[7]然至于今，青衿学子弦诵依然，亦未闻有以责言加我者，然则我公周旋盘敦而弭患于无形概可知也。无赫赫之功而功更大，无四远之名而名自章，他日者入参台鼎出任封圻，凡责任之重且难，其殆有措之若盘石，固之若苞桑者欤！抑又闻之日本三岛世称蓬瀛，徐市之药，安期之枣，服之皆可长生。公始以译员随节来东京，其后为参赞，其后乃为公使，三履斯土，今岁丙午八月值公周甲之辰，仆以奉使乘槎，晤公节署，公朱颜鹤发若神仙中人，乃信其吸若木[8]之英而掇搏桑[9]之实者，盖有素也。然则公岂惟以功名著于时，其眉寿亦当无量，敢以此言为进，一觞可乎？

【注】

[1] 杨星垣公使：指清末驻日公使杨枢（1844—1917），字星垣，回族人，祖籍为辽东盛京（今沈阳）。同治九年（1870），由广州同文馆毕业，被分派到两广总督衙门任西文通事。光绪二十九年（1903）六月任日本公使，光绪三十三年（1907）卸任。

[2] 大行人：周职官名。《周礼·秋官·大行人》："大行人掌大宾之礼及大客之仪，以亲诸侯。"〔汉〕郑玄注："大宾，要服以内诸侯；大客，谓其

孤卿。”

［3］八蛮：南方八蛮之国，后指外族。《周礼·夏官·职方氏》：“辨其邦国、都、鄙、四夷、八蛮、七闽、九貉、五戎、六狄之人民。”

［4］邦交：指国与国之间的外交关系。《周礼·秋官·大行人》：“凡诸侯之邦交，岁相问也，殷相聘也，世相朝也。”〔唐〕贾公彦疏：“言诸侯邦交，谓同方岳者，一往一来为之交，谓已是小国，朝大国；已是大国，聘小国；若敌国则两君自相往来。”

［5］惟我星垣杨公使二句：杨枢于光绪二十九年（1903）六月任日本公使，光绪三十三年（1907）卸任，文中曰“阅今三年矣”。据此可知本文应作于光绪三十二年（1906）。

［6］保持中立：杨枢任日本公使期间正值东三省日俄之战，清政府宣布保持中立。为维护中立权，杨枢多次与日本官方交涉。日俄海战之中，俄军舰逃入中立港口，日本军舰以武力强行掳走，杨枢奉命与日方交涉，日本措辞狡辩，杨枢谓“俄艇为修补损伤进入烟台，不得谓侵犯中立”，并指责日本“轻视中立举动与局外之意大相径庭”，事见《使日杨枢致外务部日小村称旅顺舰队恐以烟台为循逃避难难认可》（王彦威纂辑：《清季外交史料》，书目文献出版社1987年版）。为避免日俄和谈侵犯中国主权利益，杨枢代表清政府对日方声明：“现在议和条款内，傥有牵涉中国事件，凡此次未经与中国商定者，一概不能承认。”（见《收驻日杨大臣致外务部电》，收录于王彦威纂辑《清季外交史料》，书目文献出版社1987年版。）

［7］诸生东渡等句：指1905年日本中国留学生反对《取缔规则》事件。日本政府表示顺应清政府约束留日学生革命活动要求，颁布《取缔规则》，中国留日学生持反对态度，后由留学生总会具禀，呈请杨枢向日本政府交涉将九、十两条取消，日本政府不允，各校留学生相继罢课。

［8］若木：神话中的树名。《山海经·大荒北经》：“大荒之中，有衡石山、九阴山、洞野之山，上有赤树，青叶，赤华，名曰若木。”

［9］搏桑：扶桑。借指日本。

东莱《左氏博议》[1]注序

吕东莱《左氏博议》一书，《宋史·艺文志》称有张成招标注《左氏纲目》一卷，四库所收麻沙本[2]每题之下附载传文，中间征引亦略为注释提要，疑当时书肆以成招注散入各篇。近人翻刻宋板足本，以旧注甚陋，隐文僻句多略而不释，悉删汰之初，学者病焉。吾友骆君叔颖因近试论策博议一书，足为圭臬，欲取足本遍注之，按其讹说，详其隐僻，使便初学，旋以友人敦促，先注坊本，刊既成，问序于余。余惟东莱此书本为课试而作，[3]后以诸生传播滂不可收，乃深悔著书之易比之痼疾求医。骆君此注亦为课试作也，虽付剞劂，其亦求医之意乎！骆君言他日再注，足本问世当拭目俟之也。

【注】

[1]《左氏博议》：指南宋理学家吕祖谦所著《左氏博议》一书，主要借助《左传》之事例发挥其理学观点。据年谱所载，乾道三年（1167）正月母曾氏安葬于明招山，五月，吕祖谦归明招山持丧，冬，在明招学子有来讲习者。乾道四年（1168）冬，授业曹家巷，始有《规约》及《左氏博议》（参阅杜海军《吕祖谦年谱》，中华书局2007年版）。

[2]麻沙本：古书版本名。福建建阳麻沙镇附近用榕树等质地松软的木材制版，所印书销行全国，然讹误极多，称“麻沙本”。〔宋〕周辉《清波杂志》卷八：“若麻沙本之差舛，误后学多矣。”

[3]余惟句：〔宋〕吕祖谦《左氏博议·序》：“凡《春秋》经旨，概不敢攒论，而枝辞赘喻，则举子所以资课试者也。”

松柏山房骈体文钞序[1]

张君豫泉，余同年友也，生同里长，同学，同膺秋荐[2]，同第，春官复先后同入词垣。自弱冠至强仕二十年间，切劘[3]至密，及君宰黎城[4]，余官京邸，虽音问不绝，踪迹稍疏，其后复同官大江南北。辛亥之变，余避地官富场中，君亦窜身春申浦上，则又同居异域。同作寓公忆君少从先君子游同学为诗，余时有志于考据之学，而君则肆力为骈俪之文，其趋向稍不同。今君出所为《骈体文钞》索余序，余学殖荒落，何足以序君文！然有不能已于言者，君之文规橅国朝诸大家，复由唐初四杰，上追徐庾[5]，扶质立干，灏瀚流转，不徒以鲸铿春丽见长。顾徐庾之文所以工者，躬丁厄运，拘留宾馆，颠沛江关，哀怆之词，凄心怵目。君辛丑八月间与余书，缅缅二千余言，身世之感，忠爱之忱，比孝穆在北齐与杨仆射书同一悲愤而风骨[6]过之。若复以危苦之词，述危亡之运，续为《哀江南赋》一篇，吾知其必与子山有合也，倘所谓文以穷而益工者欤！然余序君文历数余两人遭际相同者，盖又冀君之同保岁寒[7]而不欲如徐庾，古之夸人为王通《中说》所讥也。

【注】

［1］此文是陈伯陶为挚友张其淦著作《松柏山房骈体文钞》所写的序言，今收入《松柏山房骈体文钞》内，可参看。

［2］秋荐：指古时州省向朝廷推荐会试人员，一般于秋季举行，故称。《宋史·选举志二》："寒士于乡举千百取一之中，得预秋荐，以数千里之远，辛勤赴省；而省闱差官，乃当相避。"

［3］切劘：切磋相正。〔宋〕王安石《与王深父书》："自与足下别，日思规箴切劘之补，甚于饥渴。"

［4］君宰黎城：陈伯陶《瓜庐诗剩》卷下有诗《西山歌送张豫泉同年（其淦）之官黎城》，可参阅。

［5］徐庾：指南朝陈徐陵、庾信。〔清〕吴伟业《梅村诗话·陈子龙》："其四六跨徐庾，论策视二苏。"

［6］风骨：文学作品刚健遒劲的格调。〔唐〕陈子昂《修竹篇序》："汉魏风骨，晋宋莫传。"

［7］岁寒：指坚贞不屈的节操。《资治通鉴·陈宣帝太建十二年》："梁主奕叶委诚朝廷，当相与共保岁寒。"

胜朝粤东遗民录序

余与闇公避地海滨，闇公喜观《明季隐逸传》，窃叹耆献汇征所载吾粤遗民寥寥无几，暇因辑此录以示闇公，录成因为之序，曰明季士大夫敦尚节义[1]，死事之烈，为前史所未有，盛矣哉！而嘉遁尤盛，当时海内诸大儒若梨洲、亭林、夏峰、二曲、杨园、桴亭、船山、晚村辈未闻有如许，鲁斋之仕元者，吾粤虽无此魁硕之彦，而山林遗逸以今考之，凡二百九十余人，其书缺有间，不能得其本末者，尚不可更，仆数[2]也。盖明季吾粤风俗以殉死为荣，降附为耻，国王之后遂相率而不仕不试以自全其大节，其相劘以忠义亦有可称者何言之。自顺治丙戌冬李成栋、佟养甲以偏师袭广州，绍武遇害，逾年春，成栋复追桂王，及于桂林，势将殆矣。而粤之陈文忠、张文烈、陈忠愍三臣振臂一呼，义兵蜂起，于时破家沈族者踵相继也，养甲惧，遂令成栋旋师。[3]及三臣败死，山海诸义士犹拥残众，为复雠计会城之外。至于号令不行，李佟因是有反复为明之举，盖桂王所以延期残祚者，实维吾粤诸臣之力。至若何吾驺、黄士俊、王应华、曾道唯、李觉斯、关捷先等虽欠一死，后皆终老岩穴，无履新朝者，故《贰臣[4]传》中吾粤士大夫乃无一人，而吾驺、士俊以崇祯朝旧相出辅桂王，及平靖二王围广州，桂王西走，吾驺犹率众赴援士俊，亦坐阁不去，其苦心勤事，思保残局，比之《贰臣传》中冯铨、王铎等自当有间，而此诸人当时咸被乡人唾骂，至于不齿[5]，到今弗衰，此亦可见吾粤人心之正，其敦尚节义，浸成风俗者，实为他行省所未尝有也。呜呼！明季去今二百七十余年耳，今何如耶！序成，掷笔为之三叹不已。

【注】

[1] 节义：节操，义行。《管子·君臣上》："是以上之人务德，而下之人守节义。"

[2] 仆数：繁多，不可胜数。《礼记·儒行》："遽数之不能终其物，悉数之乃留，更仆未可终也。"〔元〕陈澔集说："卒遽而数之，则不能终言其事；详悉数之，非久留不可。仆，臣之摈相者。久则疲倦，虽更代其仆，亦未可得尽言之也。"

[3] 而粤之陈文忠等句：见《题文昌邢兰亭（文芳）所藏陈文忠陈元孝真迹后》"牵制李成栋之兵使不得西厥"条。

[4] 贰臣：在前朝做官，后又投降新朝做官的人。〔清〕朱圭《恭庆皇上御极六十年万寿文》："赐胜朝守节之谥，以显忠也；贰臣有传，以励贞也。"

[5] 不齿：不与同列，表示鄙视。《周礼·秋官·大司寇》："其能改过，反于中国，不齿三年。"〔汉〕郑玄注："不齿者，不得以年次列于平民。"

宋东莞遗民录序

辛亥季秋，余避地九龙，九龙，古官富场地，其海滨有宋王台焉，宋景炎驻跸之所也，地旧属东莞。《邑志》称宗室子秋晓（必瑑）[1]于国亡后西走大奚，东走甲子，每望崖山则伏地大哭。大奚山在官富场南。吾意当时邑之遗佚若秋晓者，必皆黄冠草屦，抚冬青之树，招朱鸟之魂，相与崎岖踯躅，哭拜于是间。宋亡逮今七百余载书缺有间，不可得而详已，余阅《邑志》知邑先达明袁莞沙（昌祚）尝仿程篁墩例采秋晓，及所与往还李春叟、陈庚、陈纪、翟龛辈又益以赵东山、何文季、邵绩三人摭其事行缀以遗文为《东莞宋八遗民录》，录已佚，惟邑儒刘磬石（鸿渐）序尚载志中序之言曰："同时有武夷谢翱者，事之本末悉与必瑑相类，乃翱以往来吴越，所结交多当世英豪，其人与文遂以大显，而必瑑退居岩邑，锢守荒邨，故天下无有知之者，所著《覆瓿集》[2]亦不传。”又曰：“昔吾祖处士公玉以家世仕宋，当崖山覆没，即与伯兄特奏进士，司法公宗退隐员山，而先生所录尚未之及，然则岁月既久，所谓遗民旧简云灭烟沉，虽有博雅君子，又安能一一网罗之也耶。”今《覆瓿集》已出，余暇稽志乘，考以他书，凡当时遗佚得二十余人，而所谓邵绩者遍搜之不可复得。盖旧简烟沉，去莞沙时又三百余载矣，呜呼！宋之亡也！吾邑熊将军飞以布衣起兵勤王，往隶文山麾下斩元将，姚文虎走，黄世雄、梁雄飞遂迎赵溍入广，进复韶州。[3]其后元吕师夔等将兵度岭飞巷战死，《志》称邑人从飞死者有许之鉴、伍凤诸人，然当飞起兵时，李用及子春叟咸激以忠义，而秋晓及翟龛辈又复周旋兵间。逮飞死后，秋晓复谒文山，于惠参其军，文山执弟璧降，乃不得已遁归。其以身许国之忠，百折不回实出谢翱上，不幸宗邦[4]沦丧，销声匿迹，肥遁[5]以终身。凡此二十余人者，此心同，此理同，虽姓氏无传，有所不恤，其自处如是，不亦重可哀耶！余尝登宋王台眺海山之苍苍，海水之茫茫，慨然想秋晓诸人往来邱墟禾黍间，未尝不俯仰古今，为之涕泗滂沱而不能已已也。因复辑此录，自为把玩，且以贻世之同志者。或曰子尝为《胜朝粤东遗民录》矣。当宋之季，吾粤区仕衡、李志道、马南宝、陈大震、廖金凤、李肖龙、石文光诸君子皆尽忠所事，穷佚以终者也，盍广为搜采，复撰《宋粤东遗民录》乎。余曰唯唯海滨，无书不能具也，请俟他日。

【注】

［1］宗室子秋晓（必瑑）：《宋史·宋室世系表》：“太宗九子，四商恭靖王元份，元份生濮安懿王允让。允让生太师建孝良王宗盖，宗盖生荣国孝节公仲的，仲的生赠少师和国公士慷，士慷生武翼大夫不羁，不羁生善企，善企生汝拾，汝拾生崇紬，崇紬生必瑑。”

［2］《覆瓿集》：宋遗民赵必瑑所著。陈伯陶《胜朝粤东遗民录·宋东莞遗民录·赵必瑑传》：“至元三十一年十二月卒，年五十，著有《覆瓿集》五卷。”（上海古籍出版社 2011 年版）

［3］吾邑熊将军飞等句：陈伯陶《胜朝粤东遗民录·宋东莞遗民录·赵必瑑传》：“会邑人熊飞以勤王兵溃归附，奉主率命自循、惠下招辑东广，而梁雄飞亦以招安自大庾岭下，先入城，飞与梁构兵，弗解。必瑑念欲为宗国，因以语中飞曰：‘师出无名，是为盗也。吾闻宋主舟在海中，将遣赵溍、方与制置安抚东广，不若建宋号，通二使，尊宋王，然后举兵入城。事成则可雄一方，不成亦足以垂不朽。’飞深然之。即日署宋旗，举兵向城，梁遁去，遂迎赵、方二人使入广。”（上海古籍出版社 2011 年版）

［4］宗邦：指国家。〔汉〕焦赣《易林·遁之既济》："出门东行，日利时良，步骑与驷，经历宗邦。"

［5］肥遁：指归隐。〔晋〕陶潜《自祭文》："寿涉百龄，身慕肥遁。"

增城县志序

增与莞为邻邑，莞之有志始于元县尹郭应木，而成之者，宋遗民陈庚也。增志不知始何时，据旧序称增故有志，历代绵远不可考，正统甲子，邑人李君修之。余谓此亦当始于宋之遗民，何者宋之亡也，吾粤士夫不食元粟惟莞与增为多。明袁昌祚尝辑《宋东莞八遗民录》，书已佚，余续搜辑之，自赵必瑑而下凡得二十余人，增则如陈希声侍郎（大震）、廖叔祥太尉（金凤）、李叔膺县尹（肖龙）皆首阳高蹈，大节凛然。他若郑聪老之私祀孔子，冀存正学；石文光之募兵交趾，归保维桑[1]，于易代后卓有表见。即叶野舟、陈息卿辈亦著书、乐道以终余年。而叔膺尤锐意撰述，莞李春叟所为墓志称其撰《易传编五》，教书菊坡，言行有编，见闻有录，皆所以植民彝、扶世教。然则增之有志，必叔膺等创为之可知也。自明而后，增志续有修纂，而崇祯辛巳及国朝康熙癸卯、癸丑三志总其役者，则卢休庵（弼）一人。休庵尝从唐王入闽，桂王时复官监察御史，国亡不仕，放浪山水间，因自号休庵，观所为癸卯、癸丑志序既自言身隐焉，文又自称编氓[2]朽质，其志节比之希声、叔祥固无多让，而于增志，独不惜以垂暮之年勉力为之者，其亦叔膺植民彝，扶世教之苦衷也欤！赖君荔垞[3]，余馆中旧友也，辛亥之后与余同窜迹海滨，昕夕聚首，时余方受邑人之托，为《莞志》未成，而赖君以所纂《增志》见示，且嘱为序言，以弁简端。余惟陈隋之世及宋开宝间，莞与增郡县治尝合，故风俗之醇朴与士夫之敦尚节义大略相同，而增则菊坡之勋业，甘泉之理学尤蔚然为世所宗。世道陵夷，异端蜂起，赖君生是乡，步先正之典刑，作中流之砥柱，其纂是编，盖与叔膺、休庵同此志也。若其搜采之勤，体裁之善，观所作例言，自知之，无俟余之赘述也已。

【注】

［1］维桑：代指故乡。《诗·小雅·小弁》："维桑与梓，必恭敬止。"《毛传》："父之所树，己尚不敢不恭敬。"

［2］编氓：指平民。〔明〕宋濂《金溪县义渡记》："有华以编氓能佐官政之不及，可不谓贤哉！"

［3］赖君荔垞：指赖际熙（1865—1937）。赖际熙字焕文，号荔垞，广东增城人。少时就读于广雅书院。清光绪十五年（1889）举人，光绪二十九年（1903）年进士，授翰林院庶吉士，后任翰林院编修、国史馆纂修、总纂，民国建立后移居香港。曾参与纂修《广东通志》，主持纂修《增城县志》。此文即为陈伯陶为《增城县志》所作序言。

横坑钟氏家志序

钟君碧峰出所为志相示，余少与君暨君兄椒朋同学，君兄弟互相师友，虽切偲而怡，怡心敬之。及读其先翁皋俞行述，内行尤笃，余既摭其事，为之传矣。今观家志乃知其先世守呆以垂老之年代犹子充军，为乡里所重，其后子孙则之无不孝友者，盖其家教然也。余尝慨近日末学小生溺于邪说，蔑视天常甚者，又创为家庭革命之说，悍然为夷狄禽兽之所不为，而犹大声疾呼曰："吾所爱者，四万万同胞也。"夫不爱其亲而爱他人者，谓之悖德，不敬其亲而敬他人者谓之悖礼，天下有薄其所厚而厚其所薄者乎！世衰道微，彝伦[1]攸斁，彼其祸烈乃禹周公孔子孟子之所不能救。君不得用于世而乃拳拳[2]然守其家教，以自教于其家，其志可尚，而其遇亦可悲已，因为序言以归之，后之观是志者有闻风而兴起焉，其亦庶几狂澜之少挽乎！

【注】

［1］彝伦：指伦常。《书·洪范》："王乃言曰：'呜呼，箕子！惟天阴骘下民，相协厥居，我不知其彝伦攸叙。'"〔宋〕蔡沉集传："彝，常也。伦，理也。"

［2］拳拳：诚挚貌。〔汉〕司马迁《报任安书》："拳拳之忠，终不能自列。"

增补陈琴轩《罗浮志》序

罗浮之有志，由来旧矣，然多不传。今所传者，康熙间长洲宋澄溪（广业）《罗浮山志会编》而已。《四库提要》称其"网罗阙逸事增旧者十之五"，诚然，然乖错芜杂，读者苦之。道光之季，南海伍紫垣（崇曜）得明本《陈琴轩罗浮志》，刻入岭南丛书中。据原序称本宋王是庵（胄）旧辑而编，中载是庵图志，跋则云：“集郭公之美谭公粹二家之善，编为成书。”是此志实本北宋人撰述，其书为最古，琴轩博洽[1]，其厘正删补，具有法度[2]，纪载亦最翔实。惟《艺文类聚》《太平御览》诸书未及搜罗，诚为缺憾，岂当时未见其书，抑以为年代悠邈，今昔不同，不复征引耶！琴轩而后续纂者有黄泰泉（佐），图经黎惟敬（民表），山志书虽未见，然《图书集成·山川典·罗浮山部》所载“汇考艺文纪事杂录外编五种”当即出是二书。以今考之，采摭比琴轩为博，然附会踳驳处亦多。洪容斋有言：“昔人所作神仙传，山经地志之类，大抵荒唐谬悠，殊不能略考引史乘，近世士大夫采一方传记及故老谈说，竞为图志，用心甚专，用力甚博，亦不能免抵牾[3]。”泰泉、惟敬二公似亦蹈斯病也。余少从先君子读书罗浮，先君子尝欲改辑《罗浮志》未成，仅成《罗浮山志》[4]五卷。近窜迹海滨，端忧多暇，因发箧中书，补琴轩此志，使之完备，虽荒唐谬悠仍不免为容斋所讥，然旧闻之误，略为是正，抵牾或稍少云。

【注】

［1］博洽：指学识广博。《后汉书·杜林传》：“京师士大夫，咸推其博洽。”〔唐〕李贤注：“博，广也。洽，遍也。言其所闻见广大也。”

［2］法度：指规范。〔唐〕韩愈《柳子厚墓志铭》：“其经承子厚口讲指画为文词者，悉有法度可观。”

［3］抵牾：抵触，矛盾。〔金〕王若虚《史记辨惑一》：“混淆差互，一至于此。盖不惟抵牾于经，而自相矛盾亦甚矣。”

［4］《罗浮山志》：陈伯陶辑《聚德堂丛书》（民国十八年刻本，广东省立中山图书馆藏）收录有其父陈铭珪的《浮山志》五卷。

明季东莞五忠传序

国朝之兴由一隅以有天下，其兵威之盛莫或敢遏，而其时抗我颜行卒以间死者，厥惟袁襄愍崇焕，然其先以奋门死辽浑间者，则陈忠愍策也。其后支撑唐桂间先后徇死者，则苏阁部观生，张文烈家玉，陈侍郎象明，五人皆东莞人，故邑人称曰“五忠”，五忠《明史》皆有传，而皆失其实。余尝读朱竹垞史馆《上总裁书》谓袁崇焕之死负天下之至冤，党人恨不食其肉，非睹《实录》无由知为反间。因请暂假录副，令纂修者得以参详同异。又尝读方望溪

《论明史无任邱李少师傅传》，谓昔诧万季野于吴会间人多列传，而他省远方灼灼在耳目者反阙，季野言他省远方人状、志、家传百不一二，致郡州县志，皆略举大凡，虽知其名其行谊[1]事，实不可凿空而构，欲特立一传，无由摭拾成章，此所谓不可如何也。然则五忠传之失其实，一由实录之未尽睹，一由家乘之未搜罗，不得已摭拾野史，附会成章，而当时野史又未尽出，其纰谬舛讹[2]无从考核，此真不可如何之事，非修史者之过也。余昔官京师于官书私乘幸得窥寻，近修《邑志》，又征取其家传，状志乃仿阮文达例，重辑《五忠传》以订《明史》之误，传成，详为之注，并疏通而证明之，九万九千余言，因思世之读《明史》者于五忠行事或未究其详，遂别板行之，名之曰《明季东莞五忠传》。夫五忠以身许国，初不为名计，然操史笔者不能扫除野史，诋诃之私见，使后之人犹叹以为白璧微瑕[3]，斯亦后死者之责也。传中所引虽多秘籍，然海内具存览者绎之，庶几信余言之不谬乎！

【注】

［1］行谊：事迹行为。〔清〕方苞《书曹太学传后》：“其行谊之详，则见于昆绳之文而无为更举也。”

［2］舛讹：错乱。〔明〕胡应麟《少室山房笔丛·四部正讹上》：“当西汉末，符命盛行，俗儒增益，舛讹日繁。”

［3］白璧微瑕：比喻美中不足。〔唐〕吴兢《贞观政要·公平》：“君子小过，盖白玉之微瑕；小人小善，乃铅刀之一割。铅刀一割，良工之所不重，小善不足以掩众恶也；白玉微瑕，善贾之所不弃，小疵不足以妨大美也。”

送温毅夫副宪回京入直南书房序

南书房者，圣祖读书之所也。康熙十六年十月，上以近侍无博学善书之人，始令翰林院诸员入直，而张文端（英）为选首，文端固经筵讲官也。[1]当是时吴三桂自滇黔进陷长沙，以故明号召四方，耿尚二藩及诸将叛，应之江汉以南，实阻声教，王师奋伐未克，罙入军报，日凡数至，庙谟指画曾无几暇之时，而上既日御经筵复设南书房，逾年正月复谕举鸿博，此岂真以文事润色太平哉！诸葛武侯《出师表》云：“亲贤臣远小人，此先汉所以兴隆也。”伏读十七年九月上谕讲官陈文贞（廷敬）等曰：“自古君臣必一德一心至诚，感孚为上者，实心纳听以收明目达聪之益，为臣者实心献替以尽责难，陈善之忠然后主德，进于光大化理跻于隆平大哉。”圣言此可窥见当时戡乱之显谟承烈也已。今上癸亥三月朔诏以毅夫暨杨子勤（钟羲）、景明久（方利）、王静庵（国维）同值南书房。[2]伯陶昔曾入值，耳孰能详兹之，诏令其有法，祖之思乎！毅夫道香江造九龙瓜庐与伯陶别，去岁伯陶以朝贺天喜，匍匐入都，蒙今上传谕，贝勒（载涛），朱少保（益藩）令复直内廷，自维衰朽荒落，无补高深，乞代奏。《辞杜工部》诗云："青眼高歌[3]望吾子眼中之人。"吾老矣，每一讽诵，为之抚然，抵京日为语同值诸公，伯陶老病侵寻，殆将死海滨矣。

【注】

［1］康熙十六年十月等句：康熙十六年（1677）十月，谕大学士勒德洪、明珠，曰："今欲于翰林内择博学善书者二员，常侍左右，讲究文义……今着于城内拨给房屋，停其升转，在内侍从，几年之后酌量优用。"十一月，康熙帝正式令张英、高士奇在内供奉，内务府拨给房屋居住，并告诫二人："当谨慎勤劳，后必优用，勿干预外事。"（《康熙起居注》第一册，中华书局1984年版）张英《南书房记注》所记事亦从十月开始。吴振棫《养吉斋从录》卷四："章疏票拟，主之内阁。军国机要，主之议政处。若特颁诏旨，由南书房翰林视草。"（《近代中国史料丛刊》第一编）南书房翰林本为皇帝的文学侍从，但实际上康熙朝时还参与决策，撰写密谕。《啸亭续录·南书房》卷一："康熙中谕旨，皆其（南书房）拟进。"（《历代史料笔记丛刊》，中华书局1980年版）雍正以后设军机处，参与机要国政，南书房遂成为纯粹的文学侍从机构。

［2］今上癸亥三月朔等句：指1923年溥仪谕旨杨钟羲、景方利、温肃、王国维着在南书房行走一事。

［3］青眼高歌：指对人喜爱或敬重。〔唐〕杜甫《短歌行·赠王郎司直》："仲宣楼头春色深，青眼高歌望吾子。"

东莞诗录序

粤东诗人以篇什传者，始陈刘正简删，至唐而张文献（九龄），以勋业显，陈嵩伯（陶）以节操称其诗，世推大家，虽或初或晚，正变不同，皆选唐诗所必录者也。吾莞于唐代人物，旧志失载，故无以诗传者，逮宋之季，赵秋晓（必瑑）以天潢贵胄[1]慷慨从军，不幸宗社沦亡，隐居终老，所著《覆瓿集》悲歌当泣，如"一雨鸣蛙乱，深夜数声啼，鸟怨斜阳"诸句，《四库提要》特称之。而其时与相唱和者则张恕斋（登晨），陈淡交（纪）

并云龙追逐不相上下，今所存数十篇，皆卓卓可传。明时风雅蔚兴，作家林立，然开其先者则陈琴轩（琏），殿其后者则张文烈（家玉）。顺德温谦山（汝能）选《粤东诗海》，琴轩诗《铙歌鼓吹》笔墨奇丽，各体亦豪宕清超[2]，可称正轨；文烈诗则愚忠所激，研泪和麋，虽无意求工，自然法立，斯亦时会使然，犹初与晚之不同者耶！沿及国朝二百数十年间，师友相承，规模先正，自士大夫以至韦布，各以集行。惟陈献孟（阿平）《钵山堂集》十九卷，四库采之入存目中而称其"东风归故国，孤烛对高楼。明月又将满，秋风吹别离"，诸联饶有风味。余尝欲求其集读之不可得，然则诸家著作其散佚不传者多矣！同年张君寓荃，文献弟九皋之后、恕斋之裔孙，而文烈则其族祖也，夙承其先大夫介愚家学工于声律，童时介愚年伯命从先君子游，先君子一见即决其以诗鸣。其所著《梦痕仙馆集》久已行世，近作《五代咏史诗》尤脍炙人口，以余辑《淡交吟稿》入《宋东莞遗民录》，又刻《琴轩集》《献孟遗诗》于《聚德堂丛书》中，君亦搜集遗亡为《东莞诗录》，凡卷书成，属余为之序。余惟《宝安诗录》创，自琴轩其后，祁致和（顺）续之为后录，国朝蔡平叔（均）因之为《东莞诗集》，邓仆庵（淳）又增选之为《宝安诗正》，君之此编博收精择，冀以延一邑诗人之血脉，比前诸录为尤备，而又各为小序，述其行谊，俾诗与人并传，其用心甚勤，至昔致和。为后录序言"吾宝安诗人为岭南称首"，语虽稍过，然世之阅是编者，知吾莞能诗者众，而又皆本文献嵩伯正变之遗，渊源有自，则岂特君与余族乘有光云乎哉。

【注】

［1］天潢贵胄：皇族后裔。〔清〕阮葵生《茶余客话》卷七："天潢贵胄，大臣礼当致敬。"

［2］清超：高超、清雅。〔清〕袁枚《随园诗话》卷九："同年李竹溪棠，性诚悫，而诗独清超。"

黄田陈氏重修族谱序

山龙宗人信之馆于黄田，为黄田重修族谱成，属陶序，陶诺之久矣。世乱道梗，故乡祠茔不获展谒[1]，积忧成病，用是不果。今岁丁卯八月信之复以为请，且言黄田与山龙宗族同出于江右泰和之柳溪，至彦约公始入粤，彦约公七子长晦叔、次宏叔返居江右，三世华、四世宁、五世清、六世昌、七世盛皆从居番禺凤翔，世宁公子孙后徙居山龙，余所自出也。世盛公二子长子和次子高后徙居黄田，而子高祖裔复分居清远、南海、瓜绵、椒衍，凡南海、番禺、东莞、增城、清远各属不下数万人，惟子和祖裔独留居黄田，然逮今亦三十余世矣。兹之为黄田修谱，与余所为山龙谱同自彦约而上溯之黄帝本江右谱，备录之凡百十五传，名曰“谱源”。自彦约而下派分七支，本江右凤翔谱详叙之，至十世而止，称曰族系，盖将使吾山龙及黄田子孙知吾祖之所自出，复知吾族之所由分意者，于古人尊祖敬宗收族之意，庶有合乎，呜呼！若信之者其用心可谓勤至也已。陶尝闻诸先君子曰：“乡之有谱，必数十年一修，否则一经丧乱，宗系失传，子孙必忘其祖。”吾乡凤冲陈氏出自彦约孙子高七，传至友成祖，自增城仙村徙居邑之水南，友成生达观，达观生天元，天元有子耕于凰涌下沙，生德智，德智生道兴，是为吾乡始迁祖，然天元子德智父旧谱不详其名，考之凤翔，谱云：“友成之裔分居东莞水南白市凤冲。”其分自何祖亦未之及，盖其时当元末明初，邑中大乱，王成与何真构难，凡十余载始平，子孙分散，谱牒失传，是以中阙也。不谓时至今日，复丁厄运乱更甚于元明间。陶窜迹海滨，大惧后嗣之忘祖也，因为辑家谱一篇备详其世。今信之不顾干戈之扰攘，衣食之艰难而遑遑焉，惟统绪失传之是惧，且定谱源修族系，使彦约公后裔得以上追祖德而世笃宗盟[2]，此真仁人孝子之用心，而亦拨乱世。反之正之一事乎！是为序。

【注】

［1］展谒：指拜见、拜谒。〔清〕方文《荆溪道中偕周颖侯》诗：“到城先展谒，贤祖孝侯祠。”

［2］宗盟：此处指同族。〔唐〕骆宾王《代徐敬业传檄天下文》：“君之爱子，幽之于别宫；贼之宗盟，委之以重任。”

张仲景传

张仲景，名机，南阳涅阳人，仲景乃其字也。后汉灵帝时举孝廉官至长沙太守。（《名医录》林亿校定《伤寒论序》《襄阳府志》。）总角时同郡何颙有《人伦鉴》（《太平御览·人事》），尝称颍川荀彧王佐之器（《后汉书·颙传》），仲景造颙谓曰：“君用思精而韵不高，后将为名医。”（《太平御览·方术》）始受术于同郡张伯祖，（《名医录》林亿校定《伤寒论序》。）伯祖性志沈简精明，脉证疗病十全，为时所重（《古今医统》）。仲景识用精微过其师，

(《名医录》林亿校定《伤寒论序》。)与客游洛阳，颙谓人曰："仲景之术精于伯祖也。"(《襄阳府志》)山阳王粲年十七，以西京扰乱之荆州依刘表，粲体弱(《三国志·粲传》)，仲景见粲时年二十余，谓曰："君有病，四十当眉落，半年而死，今服五石汤可已。"粲嫌其言忤，(皇甫谧《甲乙经序》)实远(《太平御览·疾病》)，受汤勿服。居三日，见粲，谓曰："服汤否?"粲曰："已服。"仲景曰："色候固，非服汤之诊，君何轻命也。"粲犹不治。后二十年，果眉落后一百八十七日而死，终如其言。[1](皇甫谧《甲乙经序》案：《太平御览》引《何颙别传》谓仲景过山阳，见仲宣，谓曰："君年三十，当眉落。"仲宣时年十七，以其实远，不治。后至三十，果落眉。考《三国志》，仲宣卒于建安二十二年，年四十一，士安所言，当得其实，颙别传误也。)尝一日入桐柏山采药遇一病者求治，仲景诊之，云："子腕有兽脉，何也?"其人曰："我峄山穴中老猿也。"仲景出囊中药畀之，辄愈。明日，其人肩一巨木至曰："此万年古桐柳，聊以为报。"仲景斫为二琴，一曰古猿，一曰万年(李日华《六砚斋二笔》)。时沛国华佗(《三国志·佗传》)善医(《独异志》)，佗之为治或刳断肠胃，涤洗五藏，不纯任方(巢元方《病源》)。仲景善诊脉，明气候以意消息之(陶《隐居别录序例》)，亦妙绝众医(巢元方《病源》解散病诸候)，世称其开胸纳赤饼(《初学记·素问》王砅注)，其他奇方异治施世者多不能尽记其本末(皇甫谧《甲乙经》)。仲景宗族素多，向余二百，建元纪年以来未十稔，死亡者三分有二，伤寒十居其七。感往昔之沦丧，伤夭横之莫救，乃勤求古训，博采众方，撰用《素问》九卷八十一难《阴阳大论·胎胪》，(案：胪当颅之讹，胎颅谓妇人胎藏小儿颅顿等书。)《药录》并《平脉辨证》为《伤寒杂病论》合十六卷(仲景《伤寒卒病论集序》)，所著论其言精而奥，其法简而详，非浅见寡闻者所能及(林亿校定《伤寒论序》)，华佗读而喜曰："此真活人书也"(《襄阳府志》)，又有《伤寒身验方》一卷，《黄素方》二十五卷，《评病要方》二卷(《七录》)，《疗妇人方》二卷(《隋志》)，张仲景方十五卷(《隋志》《旧新唐志》)，《脉经》五藏，《荣卫论》五藏，《论疗黄经》《口齿论》各一卷(《宋志》)，江南诸师秘仲景要方不传(《千金方》)，今世但传《伤寒论》十卷(林亿校定《金匮要略序》)，又杂病方三卷，名曰《金匮方论》(《金匮要略》元邓珍序)。本草三卷旧称神农，然所出郡县多后汉时制，世亦以为仲景所记(陶《隐居别录序》)。弟子卫汎、杜度(《古今医统》)，汎好医术，少师仲景，有才识，撰四逆三部，《厥经》及《妇人胎藏经》《小儿颅顿方》三卷行于世(《太平御览·方术》引张仲景方序)。度识见宏敏，淡于矫矜，尚于救济，得仲景禁方，皆名著当时(《古今医统》)。魏何晏体弱不胜重衣(《世说》)，服寒食散，心加开朗，体力转强，京师翕然传以相授。历岁之困皆不众朝而愈(巢元方《病源》)。寒食散[2]者，言此散宜寒食冷水洗取寒（《千金翼方》)，世莫之知，或言华佗或言仲景，考之于实，佗之精微，方类单省，而仲景经有侯氏黑散紫石英方皆数种，相出入节度略同，盖出自仲景云。(巢元方《病源》解散病诸侯引皇甫士安语。)

【注】

［1］后二十年等句：参见《张仲景生卒时代考》“皇甫谧《甲乙经序》句”条。

［2］寒食散：参见《寒食散实出仲景考》“寒食散”条。

陈建传[1]

陈建，字廷肇，号清澜（阮元《通志》)，亦号清澜钓叟（明《瞿九思墓志铭》)，东莞亭头乡人（明张二果《东莞志》)。父恩字宏济，宏治己酉举人，官南安训导，秩满，铨选天下教职，第一历升广南府知府，卒于官（明黄佐《通志》)，生四子，建其季也。宏治十年丁巳八月二十日诞于南安之学署(《墓志》)，自幼纯心笃学，年十九丁父忧，服未阕，有劝随俗权娶者，弗听。二十三补邑弟子员试，辄居首，巡按督学余涂欧、萧四公咸器异之。嘉靖戊子领乡荐，两上春官皆中乙榜。年三十六选授侯官教谕（家传)，勤于训，迪士之贫者赡之堂，斋中无虚席，与诸生论文谓文有九善九弊，因作《滥竽录》与巡抚白贲论李四涯乐府，因作《西涯乐府通考》。督学汪以达命校《十三经注疏》，因代作进呈疏上于朝，遂颁行天下(《广州乡贤传》)，又代海道汪某作海防长策奏疏（明郭棐《粤大记》)。七载迁临江府教授，部使者皆重其才，称先生而不名(《广州乡贤传》)，两任间聘考江西广西湖广云南乡试，所取皆名士（邓淳《粤东名儒言行录》)，如都御使王士翘大参易宽太守钱邦，偁蒋时行蒙宰严清，其卓著者也(《家传》)。然不汲汲仕进，闻有引荐，则力辞，循资升阳信令，至则以教养为急，劝课农桑，申明条约，不事蒲鞭而邑大治(《广州乡贤传》)。又以其暇颁小学古训，令家诵而人习之(《家传》)。以母老乞养邑，攀留三详，力请乃得归，时年四十八。(《广州乡贤传》按《粤东名儒言行录》载建第三次详文云：“看得通县里民留职之情故切，而卑职归养之念更殷，怀邑先年罹乱，卑职奉令提兵，躬擐甲胄，登山涉水，或抚或擒。今绿林寂无啸聚矣，各峒猺蛮不复反矣。丧乱既平，嗷嗷之哀鸿虽百堵未集，然安宅有期矣，四民渐皆复业，即残野荒郊，职亦多方劝谕，源源开辟矣。后来任斯土者，自有良牧，职鲁钝迂儒，教养乏术，奚当众民攀留。况职哀求终养，实为老母年逼桑榆，倚闾西望，度日如年，非图后日补用，乞亟。据题俾得早归一日，永戴二天。”详文出，即缴印弃官归。据此，则建似由阳信调广西之怀远或怀集，平峒蛮后乃乞终养，而家传墓志及他书皆只称其为阳信令不半载告归，无官怀邑事，姑记之以备考。）建貌寒素，人望而轻之，然性缜密（《宝翰堂藏书考》），博闻强记（《福建通志》），究心学术邪正之分及国家因革治乱之故（《粤大记》）。归后构草堂于郭北（《广州乡贤传》），益锐志著述（《阮通志》）。丙午母终，（《谢邦信墓志》。按志，母顾氏，恩继室，年八十九。）遂隐不出。先是建官南安，与督学潘潢论朱陆异同，作朱陆编年（《广州乡贤传》），及官临江，复辑《周子全书》《程氏遗书类编》，因朱子所表章者而益表章之（《学部通辨终编》），以裨来学（《广州乡贤传》）。时王守仁所辑《朱子晚年定论》，罗钦顺虽尝贻书与辨，然学者多信之（顾炎武《日知录》），会揭阳薛侃[2]学于守仁，请祀陆九渊庙廷（《明史·薛侃传》），建忧学脉日紊（《洛闽源流录》），以前所著朱陆之辨非，所以拔本塞源也（明顾宪成《通辨》序）。乃取朱子年谱、行状、文集、语类及与陆氏兄弟往来书札逐年编辑（《日知录》），因编年二编讨论修改，探究根极，列为前后续终四编（《通辨》末自识），凡阅十年至戊申夏乃成，名曰《学蔀通辨》，共十二卷（《通辨·自序》）。《自序》称佛学近似惑人，为蔀已非一日，象山陆氏假其似，以乱吾儒之真，又援儒言以掩佛学之实，于是改头换面，阳儒阴释之蔀炽矣，幸而朱子深察其弊而终身力排之，其言昭如也。不意近世一种造为早晚之说，乃谓朱子初年所见未定，晚始悔悟而与象山合其说，盖萌于赵东山之对江右六君子策，而成于程篁墩之道一编。王阳明因之又集为朱子晚年定论，后人不暇复考，一切据信，而不知其颠倒早晚，矫诬朱子以弥缝陆学也，其为蔀益甚矣。建为此惧，慨然发愤，究心通辨，专明一实，以抉三蔀。前编明朱陆早同晚异之实，后编明象山阳儒阴释之实，续编明佛学近似惑人之实，而以圣贤正学不可妄议之实终焉（《通辨总序》）。其书破阳明之说而批祸根于横浦，证变派于江门（《洛闽源流录》），终编载心图心说，明人心道心之辨，吾儒所以异于禅佛。又着朱子教人之法在于敬义交修，知行兼尽及著书明道，辟邪反正之有大功于世（《通辨终编·自序》），当时压于王氏不得传（周天成《东莞志》），至万历间无锡顾宪成[3]悟心体无善无恶之非，作《证性篇》以诋守仁（明高攀龙《泾阳先生行状》），盱眙吴令因梓是篇，宪成序之，谓其忧深虑远，肫恳迫切，如拯溺救焚，声色俱变（顾宪成《通辨序》），自是始行于世（《粤大记》）。建成是书时，王氏之学流弊未及（《张志》），故建只论象山师弟颠倒错乱，颠狂失心之弊，以为禅病昭然（《通辨后编·自序》）。其后王门高弟为王艮王畿，艮之学一传而为颜均，再传而为罗汝芳、赵贞吉，畿之学一传而为何心隐，再传而为李贽、陶望龄，论者谓李斯乱天下至于焚书坑儒，皆出于其师荀卿高谈异论而不顾者也。罗钦顺《困知记》及建是书并今日中流砥柱云（《日知录》）。建又以本朝之法积久弊滋，着《治安要议》六卷，言宗藩、赏功、取士、任官、制兵、备边（《要议·自序》及目录），务于变通以救其弊。（《粤大记·自序》称嘉靖戊申与《通辨》皆是年成书，时年五十二。）莆田林润为都御使，修葺宗藩条例即采其说（《粤大记》），初著《皇明启运录》，香山黄佐见之，谓汉中叶有荀悦《汉纪》，宋中叶有李焘《长编》，我朝自太祖开基垂二百禩而未有纪者，宜纂述以成昭代不刊之典（《通纪自序》），乃哀辑洪武以来迄于正德为《皇明通纪》三十四卷（《阮通志》），其书载录信，是非公，文义简畅（明《岳元声通纪序》），号称直笔（《瞿九思谒墓文》）。乙卯书成（《通纪·自序》按建时年五十九），遂为海内宗宝（《岳元声序》），庚申湖南瞿九思得是书，自譬为国家聋瞽，至是始有目有耳，后入粤拜建墓，徒跣行数十步为谒墓文并焚所著书以献（《谒墓文》），他著有《古今至鉴》《经世宏词》《明朝捷录》《陈氏文献录》等书（《粤大纪》），隆庆元年丁卯，以上书终于南都之留城，年七十一（《墓志》）。建学识温醇，议论纯正，至于崇正黜邪，则毅然贲育莫之夺（《粤大纪》），尝曰士君子得其时行其道则无所为，书身后虚名亦何益耶（《家传》）！其所著述盖为天下万世虑也（《墓志》），巡抚陈联芳、侍郎万士和、恭顺侯吴继爵、都御使李义壮均称建明体达用，可以开古今未决之疑，立百王不易之法，其为时所重如此（《粤大纪》）。吾粤有新会之学，有增城之学，至建书出世，称之为东莞学，学者称清澜先生（《周志》）。

论曰："余读顾亭林《日知录》，其论阳明之学之流弊，而谓清澜通辨，比罗文庄《困知记》尤精详，足称中流砥柱。"其推许至矣，及读张杨园、陆清献书，乃知杨园初讲蕺山慎独之学，后得《通辨》，深叹夫功夫枉用，老而无成，而清献与友人论学书必举《通辨》令阅，晚欲为《四书困勉录》，乃谓陆王禅学，《通辨》已详，不必多辨，其服膺如是。然则杨园清献之学，清澜导之也，清献《答徐健庵论明史书》谓清澜立传，最足为考亭干城，而《明史稿》无清澜传，岂万季野删之耶！文庄亭、林杨园、清献今皆从祀，《庙廷史》既无清澜传，而二百余年来亦无以其学术奏闻于朝者，则《通纪》一书累之也。《通纪》列禁书目之首，当时功令森严，故嘉庆初修邑志时不敢道清澜一字，然《明通纪》二十七卷续十卷，陈建撰，《明史·艺文志》载之矣。原书迄于正德时，我朝固未兴也，特海内风行续之者，众禁书目所列如高汝栻、陈龙可辈皆续至隆万间，而余所见岳元声、袁黄、董其昌本有续至天启七年者，其语多触悖续者有之，清澜无是也。清澜自序谓："是书之作，考据群籍，直书垂鉴，不敢虚美隐恶。"故世推直笔，以荀悦、李焘书例之，自当与正史并行，乃因禁毁之故，并其学术之正而亦不敢以闻，倘太史公所谓“岩穴之士”趋舍有时耶！或疑清澜之诋象山未免过激，不知清澜为程朱学时，象山尚未从祀。至嘉靖九年，阳明门人揭阳薛中离奏请报可，时清澜年三十三矣。清澜究象山禅学流弊而预知阳明流弊之所必至，语虽过激，此乃其卫道之苦心，未可议也。孟子言诵诗读书，必论其世，余故表而出之，以俟夫后之议先儒祀典者。

【注】

[1] 此文已收录于陈伯陶编《东莞县志》（民国十六年刻本）。明隆庆以后，陈建《皇明通纪》被列为禁书，故嘉庆版《东莞县志》无载录陈建事迹，民国时陈伯陶纂修《东莞县志》，始为陈建立传。陈建（1497—1567），字廷肇，号清澜，东莞人。明嘉靖七年（1528）举人。后参加会试，中副榜，为福建侯官县教谕，曾作《朱陆编年》二编、《西涯乐府》、《西涯乐府通考》二卷，奉命校《十三经注疏》，后升山东阳信知县，著《小学古训》。嘉靖二十三年（1544），以母老辞归，归后修改《朱陆编年》，成《学蔀通辨》十二卷、《治安要议》六卷、《皇明通纪》二十四卷。

[2] 揭阳薛侃：薛侃（1486—1546），字尚谦，明代潮州揭阳人（今潮州市潮安区）人，世人称“中离先生”。明正德五年（1510）举人，正德十二年（1517）进士，授行人司行人，后丁母忧，居中离山，与士子讲学。嘉靖七年（1528）补故官，为行人司司正，后在江西赣州得王阳明亲炙，因上疏言事而去职。后曾游江浙之间，至罗浮，讲学于永福寺，东莞学者迎其居玉壶洞，又居惠州，后归里，卒于家。有《薛中离先生全书》二十卷。

[3] 无锡顾宪成：顾宪成（1550—1612），字叔时，号泾阳，江苏无锡人。明代思想家，东林党领袖，世称“东林先生”。万历八年（1580）进士，后任户部主事。因为上疏申辩，贬为桂阳州判官。万历二十一年（1593），任吏部文选司郎中。万历二十二年（1594），革职归乡。归后维修东林书院，与高攀龙等讲学其中，并宣讲政局时事，讽议朝政，逐渐形成一个政治集团“东林党”。著有《小心斋札记》《泾皋藏稿》等。

陈王道传

陈王道，字登三，广东新宁文村人。文村南临巨海，东西北万山合抱，鸟道才通入，中间田畴沃衍，错居十余村，而陈族最大，几万口。王道少劬学，登天启四年乡荐，性抗直，有智略，为乡里所推。甲申国变，土寇蜂起，贼酋张酒尾司徒割箅等肆略诸村，王道知祸至，令族人环村筑寨，誓死守。时恩平王兴以财雄一方，借恢复名劫乡民附己而苛抽其赋，又胁取其娥姣为姬侍，恩平、开平、阳江、新宁民皆苦之。兴短而悍，时号绣花针贼，兴贻书王道欲与联盟，王道嫉之，拒弗从。丁亥，兴掠新宁诸村，进攻文村，王道御却之，戊子大饥。兴复来攻，王道擒内应者十余人，败其游师。兴怒，乃率大众至壅水灌其寨。王道设伏北濠，诱以羸卒，兴骁将李爱国八人逐之，伏发皆死，斩五百余级，兴惧逃去。诸村闻之，皆筑堡捍贼，约王道为声援。庚寅春，平南定，南二王入粤，桂王走梧州，遣督粮道姚继舜召兴，道经文村，王道疑之，为言兴不法状，然兴亦不赴召。是冬平南定，南破广州，逾年分定诸郡县，兴穷蹙思得文村为据守，计连岁流劫[1]左右诸村，王道力援之，兴不得逞。甲午安西王李定国由粤西乘胜举高雷进围新会，闻王道名，贻书令起义，桂王亦檄王道助饷并出谒定国图兴复。王道泣告众曰："吾志欲出图吾君，而效忠无路，今不得复顾乡里矣，诸公好为之。"遂投袂行甫，出寨门，舆杠折，乡人以为不详，力阻之，王道不为止。至广海卫闻定国败去，乃遵海道归，中途为都督汪大捷所得。时兴屠大隆扃，拟逼文村，乃贿大捷以王道归，锢之北泥，厚宴之，王道骂不休，而阴谕乡人为之备，乡人持巨资往赎，兴党说兴勿与而急攻文村。乙未六月十五夜，文村陷，兴屠之，免者仅百余人。王道闻之，愤惋口占曰："赤族无能除贼害，黄泉有路话乡愁。"七月四日遂自缢死，年七十余矣。子际升亦遇害。兴据文村奉聿善为主，己亥平南王遣将围攻之，兴举家自焚死，聿善亦吞片脑而亡。事平，族人返故居，逮今二百余年，蕃衍复几万口，其寨垣尚存。

陈伯陶曰："明季诸稗史[2]纪粤中事多误，如谓兴之先以世勋开镇海疆驻文村为藩篱之臣，此尤大谬。兴一无赖贼耳，然其心为明死事亦烈，故陈独漉诗极称之。平心而论，盖李定国之流亚也，王道以保乡里，故与兴仇，竟死于兴，世罕知者，顾其心亦何尝不为明哉！余得文村人所为治乱记，记兴据文村年月及王道事綦详，因撰次为传，以传其人，且以贻世之考兴事者。"

【注】

[1] 流劫：流窜行劫。〔明〕唐顺之《休宁陈氏墓庐记》："正德癸酉间，峒源姚贼群起，流劫徽郡。"

[2] 稗史：与正史不同，主要记录民间轶事。〔唐〕高彦休《〈唐阙史〉序》："故自武德、贞观而后，吮笔为小说、小录、稗史、野史、杂录、杂纪者多矣。"

道士李明彻传

李明彻，字大纲，一字飞云，号青来，番禺人。年十二入罗浮冲虚观为黄冠，深悟道妙，兼通推步之术。尝走京师谒钦天监，监正得其传授，又以澳门为诸国夷舶所集，通译者，多复与欧洲人阐以天度，计地里之法，著《圜天图说》四卷，晚居粤秀山龙王庙为司祝。时江右黄一桂僦寓庙中，与语大惊，言之粮道卢元伟会粤督阮元修《通志》，以古人不曰志而曰图经，故图为重思，得精测绘者为之，而难其人。元伟以明彻对，急招之。明彻献所著书，元阅之，谓为隋张宾、唐傅仁均后崛起一人，令主绘图事。明彻以近世作图者第知开方，不明经纬度，乃以京师北极出地三十六度子午线为中度，直至潮州止为南北经度，自二十五度至十八度止为东西纬度，每方一度六十分为里，二百五十天。体浑圆，地球亦浑圆。自二十三度至二十五度之线为弧线，使观者知所以有偏西之度。由总图析之，为府为州图每方六十二里有半；又析之为县图，每方二里有半。为方不同而积分求度，按度计里，其致则一。凡为图百有五，又以中国当赤道之北，北极常见，南极常隐，南行二百五十里则北极低一度，南极高一度。北行二百五十里则北极高一度，南极低一度，北极高度即南北里差也；东西偏度则东西里差也。南北经度易测，东西纬度难知，经度测二极之低昂，纬度测月食之早晚。欲定东西偏度必于两地同测一月食，较其时刻，若早六十分时之二则为偏西一度，迟六十分时之二则为偏东一度。广州府度分昔曾实测，其各处未能测验者，以舆图经纬度数计之，虽秒数不可知，亦能得偏分度数。乃为之表，定某县几度几分，偏西几度几分。明彻又创为广东北极，出地图谓象限三百六十度，每三度四十五分为一刻，每三十度为一时，地球与天体同为三百六十度，图则以广东北极出地二十三度为主，分昼夜十二时，时各八刻。又分二十四节气，中为子午线，南北极为斜络线，平线为地平，中为地球，地平下为朦影，太阳未出之先已入之，后距地平大圈度为朦影，限赤道大圜其度阔。自赤道而南北皆距等圈，其度狭近二分以阔度，当阔度刻分少近二至以狭度，当阔度刻分多，所以朦影冬夏二至必长于春秋二分。时因以大圈十八度为率，日出朦影在寅正卯初，日入在酉初酉正，朦影以上为昼时，朦影以下为夜时。末附广东朦影刻分表，定某节气几刻几分以为晨昏之候，又创广东晷景图，谓广东去北极渐远，去南极渐近，北极出地二十三度半。以外臬表测景有春秋分景，冬至景，无夏至景。又据《钦定仪象考》成为近南极，星图谓近南极一百三十星及外增二十星，有常见者，有或隐或见者。其常见之六十六星依列宿之次为图，附牛虚昴毕[1]井鬼轸宿，下其或隐或现者别为一图。末言南极下诸星，星行之度近北极则见，近南极则隐。若浮海至大浪山，南北极出地三十六度，或隐或见之星则无不见，其图说皆前志所未有。元大嘉赏并序其《圜天图说》，破例载《通志·艺文略》中。明彻别绘有《大清一统经纬舆图》《浑天恒星全图》皆梓以行世。后桐城姚莹得《圜天图说》谓所载地球正背面图与《南怀仁坤舆图》形势无异，因采入《康辅纪行》中。道光甲申，明彻购地漱珠冈万松山为纯阳观，而苦无资。元闻之，捐俸以倡并令建汉议郎孚祠且饬新兴训导曹谟为劝募。既成，元为书观额，又题其后礼斗台为颐云坛。丙戌春，彗星见南方，元疑粤有兵起，问之以旱对，问可禳[2]否，曰禳无益，当备旱。先是甲申岁，元因明彻言奏免洋米入口之税，以关使虑税短，故米船出口货仍照征，明彻因复言夷人嗜利，如并免其出口货税，米当大至，虽旱无害。元如其言，是秋旱，米价反平，自后粤虽旱潦不洊饥，明彻发之也。明彻虽为当道所重，然清静自守，有请托者，辄以世外人拒之。他著有《道德经注》二卷，《黄庭经注》一卷，《证道书》一卷，《修真诗歌》三卷。壬辰八月望日卒，年七十八，其徒林至亮等瘗之于三元里松柏岭中。

陈伯陶曰："吾粤精算术者，世推邹征君（伯奇），征君善测量所制仪器，多创解，与西人重光学化学相连，故其绘《南海县志》诸图密合无间，然征君绘舆地全图其经度无盈缩，纬度渐狭成滂沱四隤之形，其法与明彻无以异也。明彻生征君前，匿迹黄冠，为绝学，非阮文达赏之谁复知者。余窃怪甘泉罗氏（士琳）所为续《畴人传》，文达序之，而明彻不之及。近日钱塘诸氏（可宝）为《畴人传》三编，搜及闺媛而明彻亦不之及，岂皆未见其书耶！余得明彻之徒所为事实，求其书不获，因考《通志》及他书，摭而为传以传其人。至粤食洋米一事，世颂文达，明彻与有力焉，仁言利溥[3]，真有道之士哉！"

【注】

［1］昴毕：指昴宿、毕宿，属白虎七宿。古时以昴毕为冀州的分野。《史记·天官书》："奎、娄、胃，徐州。昴、毕，冀州。"

［2］禳：指去除邪恶之祭。《仪礼·聘礼》："禳乃入。"注曰："祭名也。"

［3］仁言利溥：指有德之人说的话作用大。语出《左传·昭公三年》："君子曰：'仁人之言，其利博哉！晏子一言而齐侯省刑。'"

王同春传

王同春，字睿英，号熙甫，东莞厚街人。父大猷武举性慷慨，喜赒人急，海贼张保乱作，募团以卫乡闾，贼不敢犯。延师教子十年不易，师老辞退仍岁馈馆榖终其身。同春少聪慧，力学有经世之志，领道光乙未乡荐以大挑一等，署云南罗次知县。县处万山中，故多盗，然皆潜自外境来。同春悬重赏令樵者侦缉，盗至，辄获，咸惊为神。县结社曰牛丛约盗一丝一粟即菅焚，屡禁不止。同春严谕之，俗遂革任三年，刁棍蠹役咸敛迹。补保山调署永平，永平当汉回仇杀[1]后凋敝甚，同春抚疮痍，减徭役，宽刑薄赋，民得苏息，旋以清厘回产。调赵州，先是丙午岁赵州回民居弥渡者为乱[2]，总督林则徐督兵歼之，驱其老幼妇女境外而售田庐于汉民，官为定价。回素贪狡，其魁武举某尤凶横不尊约，同春密擒之。回谋劫于路，同春命役露刃夹行，曰有图劫者即断某首，群回遥望莫敢发。至系诸狱，徐谕以情理，某感动，率众领价去。会邻邑宾川有变，檄之往署。宾川富饶巨镇二，曰宾居，曰牛井，为陕回贸易处。其蜀人耕山田号四外人多不法，至是与陕回斗杀，陕回殆尽。同春星驰至，阅城中兵仅数十人，曰是安所用之，遂单骑率役，驰赴牛井，四外人数百持械将复斗。同春徒步入其队，挺身示之曰："我同春也，欲斗先杀我。"众愕然退散，乃徐捕大憝数十人置诸法事，遂平。年余调署永北直隶厅，地与蜀接壤，为奸民逋逃薮，前牧多用重典。同春研鞫详慎，疑即释之，不戮一人，贼亦敛迹。未几，回宾川，念四外人与宾川民积仇，巨猾潜其中，乃借行保甲义仓密侦其渠。咸丰甲寅三月，以卓异调补昆明。四外人瞰其去，其渠谢某遂聚党杀掠，官军进剿，俘数百人。谢某终逸去，卒以保甲法行得蒇事，宾川民益思同春，不置。时云南汉回互攻，[3]巡抚舒兴阿定议痛杀回民，通谕州县。同春泣请于藩司藩楷曰："汉回皆赤子，奈何玉石不分乎！愿以一身为万众请命。"楷韪其言，同春即详督抚并函告各州县曰："滇省汉回互斗非一日矣，林文忠只分良歹，不论汉回之谕深得要领，自来军务无不分别首从而以安抚收场，无尽灭之理，况回务乎！愚谓欲保汉先安回，欲安回还宜驭汉，如顾通省全局，不宜以杀回为能，而以能使汉不杀回，回不杀汉，未动者始终相安，已动者迅行了结为上。滇人无识，好事者又喜造谣言，若为所惑，必误大事，恐祸乱无已时也。"时学使吴存义得其书，叹为卓识。方省民之大杀回民也。同春泣，谕曰："回民凶横毋怪尔，仇杀惟良歹不齐，吾当拘讯之，然后肆诸市。"乃拘诸回民，居仓房。阅半年，民怒息，释六七百人，咸涕泣。罗拜去，旋题升蒙化直隶同知仍留署昆明。丁巳闰五月，回目马得新句结澄江临安等处，回匪万余人攻扑省城，肆行焚毁。总督恒春命同春募勇分驻城外要隘，六月朔恒春以堵截计穷，愤急自尽。同春益奋厉募粤勇百余人悬重赏，协同助剿，亲率督战，累挫贼锋。逾年正月，巡抚桑春荣以省城兵单，回匪盘据东北，路饷道绝，问能抚者，同春请行曰："某当以一身救全省生灵，且毋使悍回笑汉官怯也。"即单骑往谕，回感其恩，遂将东北路营垒撤退，饷道复通。未几，狡回盘巨江右馆，复肆行焚杀，势颇猖獗。时春荣以病去，张亮基升任巡抚，命同春力筹饷械，督练兵，昼夜分防，寻奏请以同知即补，并加知府衔，赏戴花翎。同春心力交瘁，于七月十二日卒于营次，年五十三。临终呓语惟谋画兵饷，无一言及家事。亮基入哭，复亲制联挽之，有"艰难期共楫，回汉尽沾襟"语，昆明人拟建祠以祀，后因回务纠纷戕及总督不果。光绪初，回乱平，总督岑毓英请恤赠知府荫一子，家荫入监期满，以州判铨用。同春清正饶干，济当官而行死生置度外，尤精藻鉴。道光己酉、咸丰辛亥两为同考官所得，皆知名士，解元石虎臣亦出其门，后以壬子进士出宰贵州，别时同春勉以忠孝大义，猺匪之乱，虎臣遂骂贼死。

陈伯陶曰："余昔典试至滇，滇人言昔回乱时，其初由潘方伯（楷）听昆明王令之言，汉人不服，令台官劾潘袒庇，请去潘而痛剿之，遂以酿乱凡十余年。其后岑襄勤借抚回目马如龙之力分别首从，以次削平，卒如王令言。近得襄勤请恤疏及黄侍郎（琮）撰传，读之乃知王君非惟远见亦慈惠之师也。因复采其家乘参以《东华续录》诸书为之传，使后之传循吏者有所考焉。"

【注】

[1] 永平当汉回仇杀：〔清〕李玉振《滇事述闻》（光绪二十八年版）："二十八年春正月，则徐率师出省……三月，师至永平，哨民惧甚……则徐乃派兵搜拿首祸者四百六十余人，计骈诛一百四十余人……则徐虑回汉不能相安，择腾、永交界之官乃山，督令永昌回民易产迁居，并捕诛滋事回民百余人，以清余孽。"

[2] 赵州回民居弥渡者为乱：《弥渡县志》（民国版）："二十八年，则徐督兵进剿，途次，闻赵州之弥渡有客勾结土匪滋事，遂就近移兵剿之，破其栅，歼匪数百，并抚恤受害良民，赵州定。"光绪《永昌府志》："二十八年戊申正月，总督文忠公林则徐奏调滇黔两省官兵，分布进剿。时值回匪窃居弥渡城，遂攻克弥渡率师驻师弥渡城。"按：文中言赵州回乱时间为丙午岁，丙午岁为道光二十六年（1846），而《弥渡县志》《永昌府志》均记为道光二十八年（1848），且〔清〕李玉振《滇事述闻》（光绪二十八年版）亦载："二十八年春正月，则徐率师出省。二月，定弥渡之乱。"故此处疑为作者误记。

[3] 时云南汉回互攻：此指咸丰四年（1854）宾川回汉互斗事。〔清〕李玉振《滇事述闻》（光绪二十八年版）："甲寅四年春三月，宾川回匪、川匪互斗，提督文祥遣兵剿办川匪。陕回横行宾川州乡里，以历年所。酋长杨长寿党众，复出没于平川、古底诸山谷，与火山川匪谢老十等有隙，植党相攻，宾民患之，集团勇助老十击败回众。回人入大理捏控，祥不及查，遽遣中军守备马春芳领兵渡海，剿办川匪，老十逸去。"

先师李文诚公传

光绪甲午日人构衅牙山，平壤既失，[1]大东沟之战海军又败，奉天告急。时疆臣李鸿章不欲战，枢臣礼亲王又惑于其所欺饰，因应失宜，中外岌岌。八月二十七日，先生忽召余往，既见则呜咽流涕不能言，徐曰："今日之事亟矣，非恭亲王出任军机不可救，昨宵余具奏冒死请晨直南斋，出示野秋诸君皆列衔，惟伯葵以差事未入直，不与奏上。余待罪直中，已而伯葵至，言今晨差竣召对。上曰：'南书房李文田等请起用恭亲王折[2]，尔曷不列名？'对以'臣未入直'。上曰：'此折朕持告皇太后婉转陈言。'方始蒙允。既出，皇太后复传谕且止尔，宜补折并告在廷诸臣多上数折，事方有济。"先生言至此，复呜咽流涕。野秋，张百熙字；伯葵，陆宝忠字也。旋探怀中出奏稿相示，奏曰："倭患之贻误于前日者，不足言矣。此际前茅失利，藩篱全溃，疆臣无囊底之智，当轴穷发踪之方。夫同一李鸿章，何以往时犯台湾而不利，今日战高丽而无前，外廷诸臣皆病政府非才不知，以事势揆之，固然其无足怪也。夫以礼亲王世铎之才思平庸，其不足以驾驭，李鸿章亦明矣。领袖如此，余人之退听可知政府如此总督之禀承，又可知此次军务遂至仰烦宸廑，添派大臣，会议既添派，安用政府，政府不足恃，会议又安有权，无惑乎其无功也。夫事势至今日，无人不知恭亲王之当弃瑕录用矣，然而政府不敢言，外廷以言之未必用且罪在不测也，时事艰危而犹避不测之罪，国家养士又安用哉！夫恭亲王之过失自在皇太后、皇上洞鉴中，臣等亦无劳多渎，特念咸丰末年时事之难有逾今日，计其才具在当日实收指臂之助，揆以当日之成效，责以今日之时艰，以皇太后之圣明，臣知其不敢再有负乘以辜天恩，速官谤。臣愚以为今日者允宜开张圣听，豁除瑕颣庶收其识涂之效以赎其往日之衍，如得请于皇太后，则国家之福。实式凭之语曰：'君子不施其亲。'又曰：'故旧无大故则不弃。'其于今日事理若合符节。诗曰：'发言盈廷，谁敢执其咎。'今枢廷无执咎之人而筑室有道谋之患，臣实耻之，臣实痛之，计皇太后、皇上圣虑崇深，未必不曾纾宸眷，但愿早收一日之用或早成一日之功，若迟久而后用，无论挽回匪易，纵使及事，所伤实多。”余读未竟，先生呜咽流涕，言曰：“自古批鳞进谏，前赴后继，莫回天听者盖有之矣，未闻有要臣工上疏如今日圣明者也。老弟与少怀善盍请其具奏，老弟与同乡同馆诸人亦可列名其间。”余曰：“唯。”（少怀，戴鸿慈字也。）余走告戴，并告两粤诸同馆得十余人，已而六部九卿及翰詹科道皆同日联衔入奏，凡百余人。[3]九月朔日遂谕令恭亲王会同办理军务，十月初八日复命为军机大臣，自恭亲王出，赏罚严明，军事始有绪，先生力也。先生字若农，一字仲约，广东顺德人，咸丰己未，一甲第三名进士，授编修。同治甲子入直南斋，丁卯典试四川，戊辰正月升赞善洊升侍讲，庚午典试浙江，是岁督学江西。在任历升左庶子侍讲学士，侍读学士。甲戌三月，差竣回京，仍直南斋。时方修缮圆明园为两宫颐养，先生奏请停止，不报，六月遂乞养归。[4]归后一月即有工程浩大，物力艰难着即停修之谕。当是时恭亲王总枢轴又值穆宗亲政，孜孜求治，故先生奏虽不报，逾月卒行。然恭亲王亦以是获谴谕停修之，次日革去亲王爵，又逾日乃复。先生归后至光绪壬午，徐太夫人弃养，乙酉服阕入京供职，仍直南斋。戊子典试江南，己丑升少詹事，典试浙江，庚寅晋内阁学士，旋擢礼部右侍郎。辛卯，督学顺天，甲午七月，差竣回京，仍直南斋，逾月兼署工部右侍郎，先生虽以文学受上知，然忧国致身之忱，不避嫌疑，不计祸害，迨是月杪遂又起用恭亲王之请。呜呼！国家之祸，成于甲午，而实源于甲申。当同治初元，恭亲王手夷大难，聿启中兴，然以屡得罪于孝钦皇太后。中法事起，获谴遂归，虽其时中兴诸元老尚在，师武臣力，镇南关一捷，法人乞和。然余闻湘中人言自中法和后，丙戌英法使臣曾纪泽回国，皇太后询以外情，曾对称三十年可保无事，嗣是而颐和园之工复起。醇亲王又献海军衙门经费以侈成之驯，至兵舰不增，戎器不备，日人轻侮，失地丧师，遂成大辱。当马关议和日，李鸿章电奏称伊藤言别来十年，中国豪未改变成法，以至于此，意盖有所指也。然则先生两奏，其系于国家存亡者，岂浅鲜哉！先生奏起用恭亲王后，时皇太后六旬万寿已谕于宫中举行其颐和园受贺事宜，着即停办，而内务府诸员仍请点景，先生复具折密奏吁乞停止，此皆犯颜陈说者，其召对语先生不言不得知也。乙未和约成，赔款二万万。枢臣孙毓汶采英人赫德之说，谓中国四万万人，人赋一金，可得四万万金。先生以税民偿倭之非，计有五不可行之奏。又闻北洋裁撤防兵，专用淮军，先生有湘淮并峙，不宜偏重之奏，折皆留中，然事亦卒不行。先生素精相术，既以前所陈奏屡拂皇太后意，居恒忧国，色常不怡，一日忽览镜，诧叹语人曰：“余容貌改易，今岁不革官则必死。”九月二十九日，派管理户部三库事务。十月先生查库感寒疾，十七日阅邸报，谕旨称侍郎汪鸣銮长麟上年召对，信口妄言，迹近离间，着革职，先生遂不复治病。[5]余往视疾，询所苦，亦默不一言，至二十夜遂卒，[6]年六十二。先生于是岁春典礼闱，南海康有为获售，康于座主不执弟子礼，惟独具门下士贴谒先生，冀得词馆朝考。先生抑置二等，授工部主事，康失望乃为万言书，求堂官代奏，先生复抑之，使不得上，康遂南归。[7]先生卒后三年，恭亲王薨，薨后十余日，康以徐致靖荐得召对，于是有戊戌变政之事，世谓恭亲王在，必不令披猖至此。然使先生在，亦岂有此哉！先生学博洽，尤长于《元史》，著述宏富，而《元秘史注》十五卷，《皇元圣武亲征录校注》一卷，考据精核，尤见称于时，书由唐碑入北魏，自成一家。同时南斋中称硕学者推潘祖荫与先生，而先生书法过之。后余值南斋，张百熙为余言，皇太后谓先生书同直诸臣皆不及，以其能用卧笔也。故先生卒后仍赐恤如例子渊硕，亦赏员外郎。谕中有学问渊通，克勤厥职语，逮宣统甲寅，予谥文诚，谕亦有品学素优语。世之重先生者，多以此，其忠谠大节不尽知也。先生迭掌文衡，所赏拔皆名下士，士亦多归之。而袁先生昶王懿荣过从尤密，每以节义相期许袁先生，先生所得士王则成进士出先生门人缪荃孙房，于先生为小门生。辛卯，余馆先生家获亲炙两人。壬辰通籍实出袁先生房，而王为馆中前辈，又为乙卯乡试同年。王尝言先生入直南斋，寒暑无间。甲午冬任京城团防大臣，每于直中语余谓倭寇至南海，子桥边吾死所也。南斋本在乾清宫门右，上居南海则直庐在海东时，王亦直南斋故云。其后庚子拳匪之乱，袁先生以忤端王载漪刑于市。联军入京，王亦于宅中蹈井死。先生卒时渊硕尚幼，近出《国史馆传》示余，事多不详，余因举见闻所及荦荦大者为之传以贻渊硕，且使后之载笔者有所考焉。

【注】

［1］光绪甲午二句：见《奏请起用恭亲王折》“牙山平壤迭次退守”条。

［2］起用恭亲王折：光绪二十年（1894），中日甲午战争爆发，在朝鲜的清兵运兵舰船受挫，北洋舰队遭受重创，为挽救危局，慈禧太后及光绪帝决定起用恭亲王。同年九月，慈禧太后和光绪帝召见庆亲王奕劻及翁同龢、李鸿藻，翁、李根据工部右侍郎李文田等联奏，认为恭亲王应予起用。据《陆文慎公年谱》：“八月二十七日清晨，至万喜侧直庐，与竹铭同年，莹秋往复相酌，谋诸李若农前辈文田，若老忠义奋发，愿不辞谴责，联衔入告。即与同志诸人到若老宅，由伊定稿，即日缮写，傍晚封口，明晨呈递。列名者为李文田、陆宝忠、张百熙、张仁黼、曹鸿勋、高庆恩。”（《近代中国史料丛刊》第一编）又，李渊硕《顺德李文诚公行状》（民国十八年本）：“八月二十七日于是有《奏请起用恭忠亲王之疏》。南斋同寅张百熙、吴树梅、陆润庠皆请同列衔名……疏且上，公虑天威不测愿独任其咎，折末有臣文田主稿语，张吴诸公固不许，乃删之。”

[3] 余走告戴等句：参阅《奏请起用恭亲王折》一文，即为此事而奏。

[4] 时方修缮圆明园等句：同治十三年（1874）六月七日，李文田上疏请停圆明园工程，即《奏为上天垂像可畏，请敕下明诏停园工事疏》（《清代档案史料圆明园》，上海古籍出版社 1991 年版）。李渊硕《顺德李文诚公行状》（民国十八年本）："其时孝钦显皇后拟修缮圆明园，公以外夷内患敉平未久，库藏空虚，国事隐忧，方大拜折谏止，留中不发。"

[5] 九月二十九日等句：李渊硕《顺德李文诚公行状》（民国十八年本）："九月二十九日。命公管理户部三库事务。十月初天气严冷，连日查察三库遂感寒疾，喘病大作……殁之前三日，侍郎汪鸣銮（长麟）被黜。旨称上年召对信口妄言迹近离间。公见邸钞咨嗟太息，不复语，不饮药，然梦中譐譐呓语皆朝廷天下事也。"

[6] 至二十夜遂卒：李渊硕《顺德李文诚公行状》（民国十八年本）："十月二十日，戌时病终，官舍年六十有二。"又，《翁同龢日记》（十月二十一日）："方饭，闻李若农于昨日戌刻长逝，为之哽塞。本拟出城，腹痛数日不下，始下，气衰矣，因偃卧良久。"

[7] 先生于是岁春典礼闱等句：《康南海自定义年谱》："殿试朝考皆直言时事，读卷大臣李文田与先中承公宿嫌，又以吾不认座主，力相排。殿试徐寿蘅侍郎树名本置第一，各阅卷大臣皆圈矣，惟李文田不圈，并加黄圈焉，将至二甲四十八名。"（文海出版社 1972 年版）此事可参见茅海建《从甲午到戊戌：康有为〈我史〉鉴注》（生活·读书·新知三联书店 2009 年版）。

张介愚先生家传

先生名端，字载熙，本号介如。蒋太史理祥尝谓先生介而愚，因改号介愚。唐殿中监九皋之裔，十七世祖一凤明崇祯间官副使，十八世祖俌绍武时官佥都御使，后隐篁村恬介涌。父会辰，字静轩，以医名，年六十六生。先生九岁而孤，母叶以贫故令习巫及贾，泣不肯往。邻人助之读，年十九，补邑庠[1]。先生性刚直，勇于赴义。咸丰辛亥，邑令邱才颖逮生员黎子骅诬以抗粮，毙之狱，同学大愤，举人何鲲令诸生联名控诸大府，先生书名在前列。大府罗织入奏，褫鲲及先生，由是三科不得与，乡试后蒙昭雪中。同治壬戌未几，举人方某以挟嫌与邑沙田局构讼。沙田，邑公产[2]也。时主局事者为何直刺仁山，方欲刺杀之，先生愤，首控其凶戾，欲破公产，匍匐与之对簿。方怒，嗾盗劫先生家，斧斫先生额，几殆。逾数年，方瘐死于狱，讼始结。同治辛未以大挑得知县分发四川时，先生已垂垂老矣！自以屡经忧患，淡于名利，遂不赴官。先生方面丰颐，声若洪钟，立身廉侥，干济才人咸惜之。然性至孝，以少孤，父无遗容，每言及必泣下。母病，足卧床褥，躬进汤药，为之洁裙腧。居乡修始祖墓大宗祠，重新副使佥都两祖及翠屏乐隐祖祠，又创建逸耕祖祠及愚甫家塾，设恬介涌义仓祖祠内义学篁村、博厦、新基三乡，聚族万余人教之礼让，遂成善俗。乡人至今称之布衣。殷介仁，少同学，英夷入广州之役复同患难，晚依先生推宅居之，为之取妾，至老不去。族人建棠曾助先生读者，其子与人构讼，家几破，有性命忧，先生力为调停，讼得解。尝告诸子曰："圣经一章末，以厚薄垂训，宜三致意，人人归于厚，则天下治；人人趋于薄，则天下乱矣。"先生虽未膺民社，论其行谊亦施于有政，云与先生游者，蒋太史理祥、邓廉访蓉镜俱极推挹张方伯敬修，尤重先生命子振烈，执业门下。而何直刺仁山交先生最挚，易箦前以所作诗为先生书扇，遂称绝笔先生。晚脱屣尘累，隐罗浮山建茶山黄仙祠，后继先君子主持酥醪观，光绪丙午卒于家，年六十四，著有《梯云馆诗文集》。伯陶少随先君子谒先生，屡蒙奖借[3]，后与先生哲嗣名其淦，号豫泉者为乡会同年，交最密。先生卒后族人祀之名贤祠，伯陶为书楹联，有"用之不尽其才成瘾君子，没而可祭于社是古先生"语。今豫泉复属为作家传，伯陶不文，何足以传先生，然义不可辞，姑次其事实以着景行之私云尔。

【注】

［1］邑庠：指古时县学。《剪灯余话·月夜弹琴记》："到任三日，祗谒先圣于邑庠。"

［2］公产：公有的产业。《清史稿·食货志一》："雍正初，清理旗地，令颁帑赎回。凡不自首与私授受者，胥入官为公产。"

［3］奖借：勉励推许。〔宋〕司马光《答彭寂朝议书》："辱书奖借太过，期待太厚，且愧且惧！"

钟皋俞家传

太学生钟君，讳禹言，字拜昌，号皋俞，邑之横坑人。考曙堂生二子一女，君其季也。生平孝于亲，恭于兄姊。亲殁后闻有称述古孝子逮养者则感而终夕，流涕不寐，如儿子嗥然。先代遗产微君与长兄世昌析箸，后始以懋迁增置田数十亩。会兄丧配犹，子良才幼，君悯焉，复邀与同爨，其后兄续娶欲分居，君割腴产相让，听自择。兄卒，良才尚幼，君饮食、教诲、抚育逾于所生，故君卒时良才为之服斩衰。姊适袁姓，贫而寡，有子二人，女三人，君经纪其家，逮于婚嫁。君性好施济，凡建祖祠、置尝业、修道路及一切赈饥，施药焚券诸善事皆悉力以赴。至老不衰，卒年五十有八，娶李氏，子三，岳英、菁华、蘅芳。陈伯陶曰：陶少与岳英、菁华同学，见其兄弟互相攻苦摩厉[1]，刻意于为文。因悉君少而贫，于学有歉，其望二子也切，故二子体其志无稍怠。其后闻君老且病，命二子侍侧读史鉴，与商榷古今贤奸成败，娓娓不倦，其深嗜于学，天性然也。君殁后读君行述，复悉君内行纯备，无愧于儒，其奋于学而窥其大者耶！陶因摭其事为之传，使着诸家乘俾后之人有所观感焉。

【注】

［1］摩厉：切磋，磨炼。〔清〕姚鼐《朱竹君先生传》："是时皆年二十余，相聚慷慨论事，摩厉讲学，其志诚伟矣。"

陈梦岩先生墓志铭

先生讳霖，字志亨，一字梦岩，东莞温塘乡人。祖父高攀，太学生，父匡。时先生生甫，逾岁而父殁，时祖父虽在家，赤贫，母林氏茹檗提抱俾克成立。既长，焠掌劬学，欲早博一衿以慰祖父及母心。迨试得佾生，祖父殁，越六年乃补弟子员，每清夜饮泣，恨祖父不及见也。事母尤孝，母年五十余，念其劳苦，力为之请旌节孝于朝。既而母病足不能行，躬率妻子左右扶持十余年，母乃殁。生平借馆穀，为养所至，循循善诱，多所裁定。陶童丱时从先生游，先生目短视，终日伏案，点窜文字，鼻去纸不及寸，然坐皋比，讲诵声琅琅然，若振铎[1]警聋也。性嗜酒，每夕必小饮微醺即止，尝自言谨守卧碑，惟此不能戒耳。先生生道光庚寅六月初三日未时，终光绪辛丑三月三十日午时，年七十二。配翟氏，同邑翟冚乡铭新次女，有阃德，生道光壬辰六月十九日未时，终光绪丁丑七月初三日辰时，年四十六。簉室[2]叶氏。子三人：长春元，翟出；次财海、康远，叶出。孙男七人，松禧、松茂、汝铨、炜昭、越顺、耀祖、耀宗。岁辛酉，春元以改窆母翟合于先生武骨猪乾山巽兼亥巳之原，而修其墓，因乞铭于陶，铭曰：啬于遇，丰于年，劳于形，德则全，马鬣[3]巍然，先生之阡。

【注】

［1］振铎：古代宣布政教法令时，振铎以警众。铎，有舌的大铃。《周

礼·夏官·大司马》："司马振铎，群吏作旗，车徒皆作。"〔汉〕郑玄注："振铎以作众。作，起也。"

［2］篷室：古时指妾。〔清〕俞正燮《癸巳类稿·释小补楚语笄内则总角义》："小妻曰妾，曰孀，曰姬，曰侧室，曰篷室。"

［3］马鬣：坟墓封土的一种形状，亦指坟墓。〔唐〕李白《上留田行》："蓬科马鬣今已平，昔之弟死兄不葬。"

先师李文诚公像赞

甲午倭侮，疏起亲贤。批鳞[1]未答，语我潸然。忧国肫诚，逮于易箦[2]。闻谴郎亭，张目咋唶。早年时誉，伯仲南皮。国步蔑资，呜呼我师！

【注】

［1］批鳞：直言犯上。《陈书·后主纪》："若逢廷折，无惮批鳞。"

［2］易箦：指人病重将死。《礼记·檀弓上》："曾子寝疾，病，乐正子春坐于床下，曾元、曾申坐于足，童子隅坐而执烛。童子曰：'华而睆，大夫之箦与？'……曾子曰：'然。斯季孙之赐也，我未之能易也。元，起易箦！'"

先师袁忠节像赞

庚子神拳，厥惟祸始。师独廷诤，寇深身死。昔师语我，眢井是求。尸于柴市[1]，我涕横流。维浙三忠，师实佼佼。国瘁人亡，痛心狂狡。

【注】

［1］柴市：南宋文天祥就义处。其地当即今北京市宣武门外菜市口。〔清〕黄遵宪《和平里行》："公魂归天在柴市，今日邻军犹设祭。"

谢慕渔将军画像赞

慕渔名遇奇，邑之南社人，以武进士起家。从左文襄西征回逆，统炮营，克复金积堡及玛纳斯诸城，积功至副将，赏音德本巴图鲁花翎。南归后补香山协副将，调漳州镇及南韶连镇总兵，所至绝馈，遗清盗贼，地方德之。国变后弃官归，不复预世事。丁卯春，年八十七矣。其嗣亦渔以画像属为赞，赞曰：昔在中兴，四方削平。蠢尔回檗，西陲弄兵。桓桓左侯，授钺[1]讨伐。投笔[2]伊谁，公奋自粤。公将炮车，如霆如雷。天山南北，靡敌弗摧。猰貐授首，罗刹震悚。三字拔都，承帝之宠。玉门凯旋，貂帽虎靴。莅官于南，守正不阿。闽漳粤韶，实薮奸慝。苞苴[3]既绝，萑苻[4]自息。帝高禅让，臣甘隐沦。饰巾待终，明哲保身。惟公与我，同兹仕止。匪曰面谀，实彰内美。

【注】

［1］授钺：古时君王授将军斧钺，表示授以兵权。《三国志·吴书·陆抗传》：“纣作淫虐，而周武授钺。”

［2］投笔：多指弃文就武。〔唐〕魏徵《述怀》诗：“中原初逐鹿，投笔事戎轩。”

［3］苞苴：此处指贿赂。《荀子·大略》：“汤旱而祷曰：‘……苞苴行与？谗夫兴与？何以不雨至斯极也！’”〔唐〕杨倞注：“货贿必以物苞裹，故总谓之苞苴。”

［4］萑苻：此处指盗贼。《明史·李俊传》：“尸骸枕籍，流亡日多，萑苻可虑。”

汉太邱长文范先生像赞

吾宗陈姓，郡望颍川，稽诸谱牒，大都出自汉太邱长文范先生。据《后汉书》注引《先贤行状》云：“豫州百姓皆图画形像。”故其遗容迄今犹有存者。此像新会宗人翼栩见之河南旧家，年深黯剥，用显微镜窥之，形神尚得八九。因令善绘者摩之，其衣冠不作汉官威仪者。先生晚辞征命，自言饰巾[1]待终，野服[2]表志节也。范蔚宗论先生谓“据于德故物不犯，安于仁故不离群，行成于身而道训天下，故凶邪不能以权夺，王公不能以贵骄，所以声教废于上而风俗清乎下也”，此吾族人生今世所当法则者。翼栩属为之赞，赞曰：奥广其德，渊默[3]其容。时惛道泰，用式吾宗。

【注】

［1］饰巾：指不加冠，隐居。〔汉〕蔡邕《陈太丘碑》：“大将军何公、司徒袁公前后招辟……先生（陈寔）曰：‘绝望已久，饰巾待期而已。’皆遂不至。”

［2］野服：指平民的衣装。《礼记·郊特牲》：“大罗氏，天子之掌鸟兽者也，诸侯贡属焉。草笠而至，尊野服也。”〔唐〕孔颖达疏：“尊野服也者，草笠是野人之服。今岁终功成，是由野人而得，故重其事而尊其服。”

［3］渊默：沉静、深远。《庄子·在宥》：“尸居而龙见，渊默而雷声。”

莫镜川墓表

吾莞理学自温陵、许钝斋得晦庵之传，来为邑令。邑人李竹隐闻而兴起，令子梅外授业为弟子，故竹隐所著《论语解》，梅外补之为《论语传说》，大都撮晦庵要语成书。至明中叶，白沙倡道江门，入其室者厥惟吾邑林南川。然白沙之学源出象山，吾邑陈清澜著《学蔀通辨》颇讥以为禅，自是邑中讲学有程朱、陆王两家。若钟宝潭，若林艾陵，则宗陆王而私淑白沙者也；若刘盘石，若陈伯衡则宗程朱而墨守清澜者也。入国朝后，理学稍衰，嘉道间邑人邓朴庵始复为程朱之学[1]，然所著《主一斋随笔》《粤东名儒言行录》则通陆王而一之，盖朴庵所重在躬行[2]，一言一动必曰书之为干惕录，邑人或笑其迂，不恤也。余生晚不及见仆庵，而喜得见吾友莫君镜川。君长余十一岁，光绪乙亥余游于庠，君试高等食饩[3]，余重君操履端谨，与之论学，无门户之见，心敬其为人。时余方从东塾游，为汉学未究所造也。已卯余举于乡，君未售然，不以介意。庚辰余会试归，闻君已于二月卒，余甚惜之。宣统改元，君之子友虓持行实及所著《诫子庸言》，乞为墓表，去君殁三十年矣！君讳启智，字毓奇，号镜川，邑之麻□人，系出封川，宋时徙居莞。曾祖德孚，祖帝泽考魁盛皆有隐，德君少劬学，年二十四补诸生，生平孝友忠信，族党无间。言其为学不欺，暗室夕则书其昼之所为以自省，名曰《日省录》。其论学以程朱为归而兼取陆王及诸儒，先之说《诫子庸言》一编，虽曰家训，实讲道之书也。余卒读之，因是知君所造之深而粹，同于仆庵，然仆庵寿逾古稀而君卒年仅三十有七。友篪称君所著有《尚书正义考证》《读礼管见》《程朱绪论日钞》《学海一勺》《正宜堂全集札记》，皆未成书。呜呼！以君之深粹而不获假年，岂天不欲吾莞复昌理学耶！然君有子三人，长岁贡生伯埙即友篪，次太学生伯璇，次诸生伯骥皆能读君书，遵所诫勉，为端人君，亦可以无憾也已。余因述邑中理学渊源与君所学荦荦[4]大者，揭诸墓使后之人有所矜式焉。

【注】

[1] 程朱之学：北宋程颢、程颐及南宋朱熹的学说，为宋代理学的主要派别。提倡性理，认为理为宇宙之本原，人性为理的体现，主张“穷天理，去人欲”。

[2] 躬行：亲自实行。《论语·述而》：“躬行君子，则吾未之有得。”

[3] 食饩：指明清时对取得廪生资格的生员供给廪膳补贴。〔清〕纪昀《阅微草堂笔记·槐西杂志三》：“泰兴有贾生者，食饩于庠，而癖好符箓禁咒事。”

[4] 荦荦：指卓绝。〔宋〕曾巩《祭欧阳少师文》：“维公荦荦，德义撰述，为后世法，终天不没。”

荣禄大夫补用道新架坡总领事官
戴君忻然墓志铭

宣统己未，四月十六日，戴君忻然卒于槟榔屿，余既为文祭之矣。其孤培基等于十一月二十六日葬槟城之南山天德园，已亥向兼巽干之原。既葬，书来乞铭。余昔提学江宁创暨南学堂以教南洋学子，其时至者俱道君之贤，后归里，培基从余游于君，行谊益稔。君讳春荣，字忻然，广东潮州大埔人。曾祖应中，祖阡辉，父教裕，俱以君贵，赠荣禄大夫。君少好学，家贫走槟榔屿，以商起家，然益研经世之学，日手朱大兴、曾湘乡诸文集不辍。南洋侨民多鄙僿，又咸同以来中国日积孱，光绪庚子拳匪乱作，外人益藐我为野蛮，于是侨民乃大戚，君曰：“此下无学所致也。”辛丑，朝旨命各省遍设学堂，君遂罄其资助立潮州大埔及新架坡槟榔屿十余校，凡十五万金。考察政治大臣戴文诚公到南洋，闻君名叹曰：“汉卜式以天子忧边，尽输其家财，时以为非人情，君乃出至诚，殆将过之！”戊申，特疏荐君，奉旨以道员分省补用并加二品衔。辛亥，驻英使臣刘玉麟复奏派君由槟榔屿领事官，盖以君毁家兴学为侨民所信仰故也。君生有至性，九岁，母彭夫人见背，事父及继母唐夫人孝谨。弟春和，唐出也，君为之谋教诲、立产业、毕婚娶、图仕进以博两亲欢。父年八十三卒于家，君奔丧万里擗踊[1]，逾恒人。自奉俭薄而广施与，遇他省灾荒必捐巨帑助赈。丙午大埔饥，输粟数十万石为平粜，虽邻省贫民就籴，不吝，又捐助北京及潮埔医局凡三万余金。其他睦姻任恤[2]，知无不为，岭海称焉。《汉书》言卜式以田宅财物分少弟，又持钱二十万给河南迁徙贫民。以君方之，殆毋多让然，在君为细行，其可传尚不在此。君国变后即谢事不复出，逾八年卒，距生于道光己酉八月初五日，寿七十有一。子五人，长培基以诸生官福建知宁洋县及龙岩州有循声擢知府，次培元法部员外郎、槟榔屿领事，次克光保，生金元，孙男八人，树林、建麟、庶全、建龙、庶昌、祖迈、奕昌、继昌。君之卒也，乡邦耆旧暨诸学人胥往哭奠，有大老徂谢之悲，比葬，复来会君之所，以感人者可知矣。铭曰：南溟群岛环粤疆，重离[3]火日为文明。其中一屿曰槟榔，君往贾焉家是乡。外族鲸呿震八纮[4]，嗟我不学成晦盲。韪哉君立校序庠，阴霾解驳天为章。中兴未遂国步更，君不复留咸涕滂。槟城南山君所藏，我为铭之示景行。后有过者式此茔。

【注】

［1］擗踊：捶胸顿地，极度哀伤。《孝经·丧亲》：“擗踊哭泣，哀以送之。”

［2］睦姻任恤：语出《周礼·地官·大司徒》：“二曰六行：孝、友、睦、姻、任、恤。”〔汉〕郑玄注：“睦，亲于九族。姻，亲于外亲。任，信于友道。恤，振忧贫者。”

［3］重离：指太阳。《易·离》：“明两作离，大人以继明照于四方。”〔唐〕孔颖达疏：“明两作离者，离为日，日为明。”

［4］八纮：八方极远之地。《淮南子·墬形训》：“九州岛之外，乃有八殥……八殥之外，而有八纮，亦方千里。”〔汉〕高诱注：“纮，维也。维落天地而为之表，故曰纮也。”

御赏福寿字四品卿衔吴君理卿墓碑铭

君讳梓材，字季材，号理卿，福建泉州府晋江县灵水乡人。先世侨厦门，自君父迁梧贯，因籍焉。君生而奇慧，腹具八卦文，年十九，失怙，家赤贫，母命贾于南洋。南洋群岛以万数漳泉之民侨是间者，毋虑数十万人自康熙初海禁严不得归，流寓之久或数百年，然垦辟经营不遗余力，其积资之巨亦或数百万。乾嘉以后，泰西人役属群岛，于是侨民苦于无告喁喁，思内向君。贾南洋十余载，凡新嘉坡、槟榔屿、苏门答腊、婆罗洲诸大埠无不至，遂以起其家。顾于侨民之无告，则痛心蹙额，思有以达于朝。光绪甲午，日人肇衅，李傅相（鸿藻）遣余往南洋觇侨民向背。[1]余道香港语君，君年已六十，奋起偕行抵新嘉坡，则鸠漳水诸侨民筹，所以报效。逾年，余入都力言其事于李傅相，暨许尚书（应骙），及尚书督闽，因是有厦门保商局之设。[2]丁未杨侍郎（士琦）奉命往南洋考察商务，闻君名，持王部丞（清穆）函访君香港。[3]君时年七十三，老且病，不能随侍郎行，则为之陈侨民疾苦与商务之所以兴废，并致函南洋诸旧识，鼓舞其忠爱。故侍郎奏称臣所历新嘉坡、槟榔屿、苏门答腊、菲猎滨、爪哇、西贡、曼谷诸埠皆家设香案，户悬国徽，额手嵩呼，欢声雷动，即外人旁睹亦为改容。旋即奏保君人才，恳恩录用，奉旨赏四品卿衔，事具《东华续录》中。其后侍郎言君老病，上复赐福寿字以宠之，盖君之所以报国与求所以俾侨民及于宽政者，至是乃少酬云。君之曾祖书绅，祖积臣，父次惠俱以侍郎奏给三代封典，赠荣禄大夫。君性至孝，以父不逮养，事母逾谨，又推其敬爱，筑先茔，建祖祠，瞻宗族，复创修灵水梧贯吴氏族谱，费逾万金。英人摩地倡建香港大学堂以教华人，商于君，君慨然助五万金，大学堂遂成，此皆可称述者。宣统辛亥之变，余避地香港晤君，君时益老且病，然愤悒见于辞色，逾二年遂卒。君生道光乙未八月十五日，终癸丑十一月初八日，年七十九。原配林氏，继配黄氏，有壸德，并赠封夫人，子五人，长启东，次启龄，林出。次启瑞，次启荣，黄出。次启俊，篷室出。孙三人，碧石、植锐、炳光，曾孙二人，永祺、永彬。丙辰二月，奉葬于香港华人永远坟场，向兼之原。其孤具行状来请铭，余与君旧，乌可辞，“铭曰：海氛[4]恶岛，民缚天恩。渥岛民跃，宣德谁臣。士琦周爰，咨荐君才。”嗟陵谷丰碑矗铭，无愿过者读。

【注】

[1] 光绪甲午等句：陈伯陶《瓜庐文剩》卷下《七十述哀诗一百三十韵》诗中自注曰：“甲午夏日……时高阳李先生鸿藻闻英人助日，命余往南洋觇之，且拟奏遣余不可谓此密侦事，当备资微服往。十月抵新嘉坡，具得英人实情，电告高阳。诸侨民亦踊跃助饷，以英人阴禁之，乃止。”即指此事。

[2] 逾年等句：清末，福建厦门一带民风强悍，敲诈勒索归国侨民的风气日益严重，地方械斗持续不断。为改变此状况，闽浙总督许应揆于光绪二十四年（1898）奏请成立厦门保商局，保护归国侨民，并制定章程曰：“凡出洋回籍之人，均令赴局报照，即为之照料还乡。”（《清朝续文献通考》卷三百九十）

[3] 丁未杨侍郎等句：光绪三十三年（1907），工商部左丞相杨士琦赴南

洋考察商务，并试图引资回国，谕曰：“可当面许诺如有慨集巨资回华振兴大宗商务者，除从优予以爵赏外，定饬地方官妥为保护。以重实业而惠侨民。”杨士琦后保荐华侨资本家花翎盐运使衔胡国廉，赏给三品卿衔，花翎侯选道吴梓材，赏给四品卿衔。事见朱寿朋《光绪朝东华录》（五）（中华书局1958年版，第5708、5717页）

［4］海氛：此处指海疆动乱。〔明〕唐顺之《与胡梅林总督书》：“海氛清净，东南赖以无虞。”

副贡生方公瑚洲改窆志[1]

姻伯方公瑚洲改窆[2]，后三阅月，其犹子子峻（维尧）偕其玄孙进松不远数百里跋涉而来，嘱余为之志。余惟公与先君至交，又申以姻亲之好，虽不文，安敢辞？公讳文炳，字荣君，一字瑚洲，邑之珊美人。道光乙未，顺天副榜贡生，貌愧伟而性严毅，勇于赴义。邑向无公产，南沙村之西南为万顷洋沙，潮退始见，族人仪辉及南沙朱国英以告公，公曰：“此大利，当公之邑学。”因告何耘劬（鲲）及陈云亭（龙安），会陈百木（荣光）亦持沙图至。时香山势家谋侵占，讼之官，势家怒，侦公四人舟泊南沙，炮击之，百木坠水，乃掳公三人解香署[3]，公侃侃与争，屡濒于厄。讼数年，势家知理屈，啖以重赀，弗顾，卒成一邑美利，今邑人建邑祀，柏令（贵）张令（继邻）及公四人，名曰报功，昭其懿也。公晚岁与先君同隐罗浮，居酥醪观，为之完逋负肃道规。同治戊辰返里，未几卒，年六十五，初葬邑城外大象岭，不吉，季子维基欲改扦，不果而殁。宣统壬戌二月，子峻乃与其孙曾等合窆于石马山，配王恭人墓左。忆余十岁时，公与族人方竹铭（应锡）过先生馆中为夜饮，公见余读，以“半夜读书灯火细”属对，余应曰：“三更饮酒月轮高。”公顾竹铭曰：“此佳婿也。”因谓先君曰：“竹铭嘱觅婿，即以次女配，而儿可乎？”先君曰：“诺。”已复曰：“吾两人至好，闻君女柔顺，若不鄙，维基童騃，申以葭莩，何如？”先君曰：“诺。”又四年，余出应童试，获交子峻，子峻尝从先君游，形癯而道腴，余心敬其人。是岁，子峻补邑庠，方还里而公逝，世距今五十五年矣，先茔木拱，泰山复颓，余妻妹并妹婿维基又皆化为异物，惟子峻及余尚存，子峻今年八十一，余亦六十八矣。回首前尘，恍如隔世，海滨相见，何以为情耶！嗟乎！子峻以先叔父故，年虽耄，犹越山海而嘱余为文，此余所以心敬其人也，因撮公荦荦大者。及余之蒙盼睐，与子峻之笃于亲谊，书之以告其后人，若其家世子姓生卒日月具载碑石，不复书。

【注】

［1］文中言“余亦六十八矣”，因陈伯陶生年为咸丰乙卯年（1855），可知此文应作于1924年。

［2］改窆：指改葬。《陈书·许亨传》：“初，僧辩之诛也，所司收僧辩及其子頠尸，于方山同坎埋瘗，至是无敢言者。亨以故吏，抗表请葬之……凡七柩皆改窆焉。”

［3］香署：指京城、省城的官署。〔唐〕钱起《过孙员外蓝田山居》诗：“不知香署客，谢病翠微间。”

翰林院编修记名御使吴君秋舫墓表

君讳桂丹，字万程，一字秋舫，广东肇庆府高要县水坑乡人。祖凤鸣，考福年，有潜德。君生咸丰乙卯十月二十二日，光绪丙子补郡庠，已卯举于乡，己丑成进士，选庶吉士。壬辰散馆授编修，历充国史馆协修，功臣馆纂修官，辛丑记名御使，壬寅六月二十日卒于京邸，年四十八。子远基扶柩回籍，葬宋隆岭脚村虎山之原。宣统乙丑远基以墓石未立乞余为表，去君殁二十有三年矣。君与余生同庚，乡试同榜，又同官，翰林寓京时，居对门，昕夕过从，君之行谊，余知之最稔，不敢以不文辞。君短小精悍，性倜傥[1]，有远见，酒酣耳热论天下事，侃侃[2]不阿，常惊其座人。先皇帝鉴甲午之败欲图自强，戊戌春，康主事有为以变法说进，日聚诸僚友演说于粤东会馆中，君独窥其微匿，不往见，语余曰：“此必贾祸，祸且中于国家。”已而事败，康逃海外，君谓祸犹未艾。及大阿哥立康阴斜，海外侨民电争，各友邦亦有烦言，端王恶之，遂激成庚子之乱。联军至，两宫西狩，君与余奔赴不及，流离京北荒县中，几不免于难。是冬，余南归，旋赴行在，君独留京师。辛丑冬，余随员入都，君时考御使记名矣，翰林清班为公辅回翔地，多不肯为御使，然非讲官不得上书言事，言则由掌院代递。君愤时掌院者阘茸[3]无识，非仇视外夷，则唯阿新政，思欲为台谏[4]，一陈天下大计，使意气少发抒，乃未真除而卒。其后朝廷锐意变法，练新军，设学堂，开议院，卒酿辛亥革军之变。君若稍永年，必有一二补救闳议见奏疏中，惜乎其赍志殁也。余年越古稀，比君为寿，自君殁后，余知时事不可为，遂乞终养归。归逾年而国变，余窜海滨，历诸惨毒，至于祈死而不可得。呜呼！君亦幸，前死耳，使其健在，其相对恻怆，又当何如耶！君内行之笃，余夙闻之。据状，君八岁失怙，哀毁如成人，侍母陈孝谨，癸未，母殁，既窆，每晨犹哭于墓。事叔父云屏如父亲，教其诸子掇高第，为通材。母家及仲姊贫，月赡之钱米。见里中穷窘，不吝施与。鼠疫起，倡立忠圣医局，以活乡人。然余闻君家居时授徒自给，乏则告贷，亲友非饶于财也。君遇事持正，议尤审于大利大害，甲午中日之役，海疆戒严，李制军瀚章箚各属团练，君时在籍以郡濒西江为两粤咽喉，力为倡办会。余亦回里于县中举行之为虎门后劲，君贻书商榷，谓购枪械为第一要着，事平后乡间得资之御盗，以迄于今。己亥夏，广西提督苏元春陛见，朝议令增兵移驻淮徐间，粤中赌商因怂恿其奏开番摊、小闱姓以饷军，总理衙门王大臣允之咨粤督酌行，君以告余谓粤人嗜赌，害最大，禁不可驰，余因具疏吁掌院奏。闻君亦合同僚致书谭制军、钟麟，极言其害，事得寝，二事皆缘君起，余相与绸缪者。君有丈夫子四人，长远基，丁酉拔贡生，署曲周县知县；次国基，辛丑并行庚子恩科举人，随使美国，奏补直隶州知州；次绵基，国学生，皆配室何出；次配基，留学德国柏林大学工科毕业生，侧室梁出。并有志行，类君之为人。国基、配基惜未展所学，相继后君卒，而远基亦于国变后弃其官，与绵基守穷约若将终身，盖皆毋忝所生云。

【注】

［1］倜傥：此处指不同寻常。〔汉〕司马迁《报任安书》："古者富贵而名摩灭，不可胜纪，惟倜傥非常之人称焉。"

［2］侃侃：此处指刚直。〔唐〕柳宗元《柳常侍行状》："立诚之节，侃侃焉无所屈也。"

［3］阘茸：指庸碌低劣。〔汉〕桓宽《盐铁论·利议》："诸生阘茸无行，多言而不用，情貌不相副。"

［4］台谏：唐宋时以负责纠察、弹劾的御史为台官，以负责对皇帝进言的给事中、谏议大夫等为谏官。职责时有相混之处，后以"台谏"称之。〔宋〕李纲《上渊圣皇帝实言封事》："立乎殿陛之间与天子争是非者，台谏也。"

赵植三墓志铭

余弱冠时读书道家山，邑中同人招余为文社。同社者二十余人，而赵君植三年最长，好读宋儒书，学期实践不欲以文义见长，余心敬之。其后社中人多蜚声庠序，而君试不利于有司，泊如也。国变后诸人皆前卒，存者惟君及钟子碧峰、李子冀南、卢子金门暨余五人。未几金门亦卒，余时避地九龙，谢绝人世，而君偕碧峰、冀南过，相存问，谈昔日升平文燕之乐，唏嘘久之。君时七十矣，布衣杖藜，寒素如旧，而神明焕然，端坐掀髯，论明季诸儒节义事，以忠孝相勖。余因检箧中孙夏峰、李二曲著述数种赠君，君去后复挈其孙鉴钊数过余，信宿乃归。乙丑五月后，道梗不通，君不复能至，丁卯正月，君以去岁十一月二十六日卒于家，余为之惘然。君讳槐，邑之戎，属平山人。天性至孝，亲在时养则具酒肉必亲爨，病则侍汤药必先尝。及殁，哭之恸，水浆不入口者三日，既葬，宿灵前，寝苫枕块[1]，不入内凡三年。自后遇忌日闭户悲泣，祀必虔，至老不少衰。有庶弟俊夫不析产，爱之如亲。存家本贫，岁中修脯所入不过百余金。然廉静寡欲而勇于义，凡先世之祠茔待修建者，族中之羸老须周恤者，即至乡邻之争斗，必资助之，始和解者，君则罄所入以为倡，不少吝。其设教于乡，一遵先儒学规，以故从之游者，皆为端士。卒之日无远迩胥往哭奠，而其门弟子尤心丧[2]不忘。呜呼！君服膺宋儒书而躬行，有得如是其殆，孟子所谓“修天爵者”耶！君生道光丁未腊八日，寿八十，子桃寿先君卒。孙二人，鉴钊、焕彬，俱已成立。君七十时，余为诗寿君曰：“参里名俱重，南川学独传。”邑孝子晋黄舒所居名参里，而白沙高弟邑儒明林光世所称南川先生也，当时碧峰、冀南见余诗皆以为实录。碧峰名菁华，邑廪贡生，孝友与君亚；冀南名祖漳，邑庠生，内行致修，而并皆重君。余闻君卒，致书碧峰、冀南曰：“社中人又弱一个矣。”时碧峰年七十四，冀南年七十三，与余同岁，世乱道阻，而又皆衰老，不获聚首，亦各自悲也。君门弟子赵璧山来九龙乞余志君墓，余因叙平昔与君交游之雅及君学行之笃而系之铭，铭曰：科学取士重文史兮，真士行己贵有耻兮。社盟伊始用相砥兮，肫肫践履彼君子兮。平山逶迤世仰止兮，修名不死耀蒿里兮。

【注】

[1] 寝苫枕块：古时父母丧时须铺草苫，枕土块。《仪礼·既夕礼》：“居倚庐，寝苫枕块。”〔唐〕贾公彦疏：“孝子寝卧之时，寝于苫以块枕头，必寝苫者，哀亲之在草；枕块者，哀亲之在土云。”

[2] 心丧：指古时老师去世，弟子守丧，无丧服而心存哀戚。《礼记·檀弓上》：“事师无犯无隐，左右就养无方，服勤至死，心丧三年。”〔汉〕郑玄注：“心丧，戚容如父而无服也。”

诰授荣禄大夫广东劝业道陈公[1]墓碑铭

岁己巳，省三陈公重燕鹿鸣，御赐“鹿苹赓雅”匾额，余赋诗驰贺，方拟抠衣登堂，鞠跽上寿，而公讣至，余既更贺而吊矣。逾年，公嗣曾琪奉安窀穸毕，乞余为墓碑。公官吾粤久，有善政，及隐香港，与余过从最密，义不敢辞。公讳望曾，省三其字，闽之漳浦人，以先世经商家台湾。曾祖、祖父志仁，俱有隐德，后以公贵，赠如其官。公少颖，异劬于学。年十三，失怙，母曾夫人茹苦佐读，学益进，年十八举于乡，逾四年，成进士。官中书以母故乞假归，旋改官知府，迎母至粤，署雷州、韶州、广州等府，补广州府知府荐升劝业道，署按察使及提学使，所历诸任承流宣化，吏肃而民安，教行而政举。粤为财富薮，同光间平发、平捻、平回诸役咸资粤饷以济。旧设有海防兼善后总局，岁出入以千万计，日久弊生。大吏委公提调局务，公稽核厘剔，御下若束湿，宿弊悉清，岁增饷百余万。自甲午而后，军需日亟，新政亦日繁，公筹措裕如[2]，历任大吏咸倚公为左右手。计任糈局凡二十余年，劳勚比其他卓著。辛亥湖北事起，余造谒公，唏嘘蹙頞，谓时事不可为，遂避地香港，然江湖魏阙日廑于怀，遇有庆典必出资附献，以故历蒙御赐福寿大幅字，“永享年寿”春条，及“风规自远”匾额，此尤公志节之大者。公事母至孝，辛丑母殁，哀毁逾恒人。弟望霖，白首同居，友爱如一。日台湾之割，公举所积产分给内外诸亲，不少吝，其笃于内行又如此。公生咸丰癸丑四月初七日，殁己巳七月二十八日，子男一人曾琪，孙男六人，祖恩、祖安、祖健、祖荫、祖康、祖颐。以庚午正月日葬香港华人永远坟场，向之原从公志也。

铭曰：公产于闽世称白眉，公宦于粤道载口碑，而乃生不能返北海管宁之宅，殁不能起桐乡朱邑[3]之祠，运厄阳九而止于斯。昔吴札有言骨肉归复于土命也，若魂气则无不之也，吾知公之神长往来于闽海之湾与粤江之湄，呜呼！噫嘻！

【注】

［1］陈公：指陈望曾（1853—1929），字省三，祖籍福建漳浦，生于台湾台南。清朝同治十三年（1874）进士，授内阁中书，后署广东雷州、韶州知府，曾参加崇正社。后历任广州府知府，整顿粤海关关务处的提调，广东劝业道，按察使。后曾任广东省实业厅厅长。

［2］裕如：丰足，有余。〔宋〕罗大经《鹤林玉露》卷七：“百亩之收，

平岁为米五十石，上熟之岁，为米百石，二夫以之养数口之家，盖裕如矣。”

［3］桐乡朱邑：指官吏在任时行仁政，故后人追怀之。《汉书·循吏传·朱邑》：“（朱邑）少时为舒桐乡啬夫，廉平不苛，以爱利为行，未尝笞辱人，存问耆老孤寡，遇之有恩，所部吏民爱敬焉……初邑病且死，属其子曰：‘我故为桐乡吏，其民爱我，必葬我桐乡。后世子孙奉尝我，不如桐乡民。’及死，其子葬之桐乡西郭外，民果共为邑起冢立祠，岁时祠祭。”

清劳公朗心墓志铭

南海布衣劳公朗心以积善闻于乡里，国变后隐澳门，命二子栉发勿变服，余敬其为人，因以第八女许其长子应根为室，未几，公殁。阅数载，应根与其弟应光葬公于广州城北蟹冈，向之原而请铭于余。公讳守慎，字品端，一字朗心，劳边乡威显公第二十三世孙，父智堂，母万氏，并好施与。公少笃学，以家贫弃而服贾，及父殁，公察时变，操奇计赢[1]，遂以起家，然能继先志，亲族中有贫病及婚葬不能举者，推解不少吝。既而读张子《西铭》曰：“民吾同胞，物吾与也。凡天下疲癃残疾，茕独[2]孤寡，皆吾兄弟之颠连而无告者也。”因恍然识仁之体，自是一切善举知无不为。甲午后时疫流行，公制丸药分送，并刊送恶核良方，无虑千万。张遇贫而染疫者，则赠以金，存活无算。又辑《济众录四善合编》《痘疹辑要》等书，散诸穷乡，然皆隐其名，不令世知。戊申，粤东西北三江大涨，田庐悉没，公与广仁善堂同人筹设救灾，公所同人以为难，公奋然起，出巨资，辨急赈，并通电海外诸侨民协助，已而款大集，遂名曰“省港澳合辨救荒总公所”，自是求赈及请款修围者沓至，凡拨款至数百万，粤民遂苏。公尝语人谓：“是举期于破产，然非诸侨民踊跃无济于事，以此见好善亦人心之所同。”然其见义勇为如此，他可知矣！公自奉俭约而性谨畏，暗室中如对神明，生平好读书，明于大义。辛亥壬子之交，举国若狂，公独立不惧尤士大夫所难能，此志节之大者。生同治甲子四月二十二日，终丁巳十月初三日，年五十四。以少膺痼疾，故寿不长，然其性善，则得于天子者独全云。子二人，应根、应光，女二人，长适朱景祥，次守贞不字，孙男三人，家庆、家荣、家沛。

铭曰：老子有言，天道无亲，常与善人。公之好善，不于其身，必于其子孙。我为此铭以勉后昆，且以觇昔贤之所云。

【注】

［1］操奇计赢：指商人居奇牟利。语本《汉书·食货志上》：“商贾大者

积贮倍息，小者坐列贩卖，操其奇赢。”〔唐〕颜师古注：“奇赢，谓有余财而蓄聚奇异之物也。”

［2］茕独：指孤苦之人。《诗经·小雅·正月》：“哿矣富人，哀此茕独。”

先妣叶太夫人墓志

呜呼！不孝伯陶！逮今日乃克葬吾母叶太夫人而志其墓也，可胜痛哉！忆咸丰甲寅，不孝在妊时，红巾贼何六破邑城，先君赴制军告变，贼怒，购先君三千金，母因奉祖母刘跄踉奔避增城之仙村。[1]其冬邑令华廷杰命先君练乡团办贼，地方稍靖。逾岁，母返里，三月，不孝生焉。逮光绪庚子，不孝官京师，值拳匪之变，两宫西狩，不孝欲奔行在，不得进，次于怀柔，盗杀怀柔，令不孝阖门几及于难，以母之倚闾也，跄踉回粤。母愠曰：“食人禄者忧人忧，尔弟在家，尔待我何为不孝？”因复赴行在，遂随员还京师。[2]宣统辛亥湖北变起，时不孝乞养回籍。九月，革军入邑城围居第，不孝因复跄踉奉母奔避于香港。越二年，母病笃，语不孝曰：“我年八十五，死无所恨，惟尔以我故不能效忠国家，至为隐憾，然孔子云：‘行在孝经。’我所愿子孙不仕，咸敦孝道而已。”言毕，遂逝。呜呼痛哉！母，同邑道教乡芝茂公女，年二十归先君。先君家素贫，虽举壬子乡贡，常授徒远方，母养姑睦娣，家政井井，祖母刘每语不孝，啧啧称母贤。光绪辛巳，祖母刘弃世，先君旋以毁见背，母皆抱持号恸，不孝泣挽之，不肯释也。壬辰，不孝通籍。甲午，弟仲夔复举于乡，母家居，荆布操作如平时。及寓香港，谈甲寅避乱事，坦坦自若。或语母曰：“尔子负经世才，何不出济屯难？”母曰：“王陵徐庶趋向不同，各行其是而已。”母生于道光己丑七月十八日戌时，宣统改元，不孝官江宁，覃恩褒其先世先君，赠荣禄大夫，母封一品夫人。终于癸丑二月初七日申时，以乱故不克归葬。乙卯乱稍定，不孝乃扶柩返里，卜葬于邑缺口司东埔村后山，亥山巳兼乾巽之原。呜呼痛哉！昔柳州之志河东太君以为天降之酷而有恶子，今不孝之生既苦吾母，而又躬丁阳九，俾吾母流离异域以终，天乎！人乎！虽获临视[3]，窀穸[4]哀可穷乎！呜呼痛哉！母所出子男二，长不孝伯陶，次仲夔，先母一年卒。女二，长适方，次适王，并前卒。孙男五，祖荫、良玉、良士、良耜，伯陶出。良璧，仲夔出。曾孙绍舜，祖荫出。天福，良璧出。葬之日，会者犹千人，时宣统乙卯三月十八日也。

【注】

［1］忆咸丰甲寅等句：陈伯陶《瓜庐文剩》卷下《七十述哀诗一百三十

韵》诗中自注曰：“咸丰甲寅五月，红巾贼何六陷邑城，先严往省告变，闰七月，贼焚我乡居。先慈奉祖慈窜增城之仙村，会邑令华樵云廷杰击贼中堂墟，招先严出办团练，搜积匪百余人，戮之，地方遂靖。乙卯正月，先慈乃返里。”可参看。

［2］逮光绪庚子等句：陈伯陶《瓜庐文剩》卷下《七十述哀诗一百三十韵》诗中自注曰：“开战后，余料两宫必西狩，先寄孥于京北之怀柔县。联军至，余只身出至怀柔，急欲随员而丧其资，怀柔令焦聚五立奎，山东人，颇礼余，因求假三百金，焦诺而款不时至。焦恶县中拳匪甚，捕不获。八月杪，匪酋张贯一与其党拔贡解某夜窬城，戕焦及官眷幕友凡十八人，余梦中惊觉，谓合家不免矣。侵晨，城守项桐封维扬至，余偕出晤绅民，告以祸福，令殓焦待检验，而命典史某报霸昌道兼请兵，兵未至，匪啸聚城中，日遣人持刀监余，不令出城。闰八月，总兵冯义和往剿匪，逃散。余告冯谓戕令者张解二人，即日斩解，已复擒张，弃于市。余被困计十八日，旋闻两宫西幸长安，而仲夔弟书至，言先慈倚闾綦切，因挈家南归。”可参看。

［3］临视：亲临省视。《汉书·萧何传》：“上亲自临视何病。”

［4］窀穸：指埋葬。〔南朝宋〕谢惠连《祭古冢文》：“轮移北隍，窀穸东麓，圹即新营，棺仍旧木。”

陈母曾太夫人暨蒙妇刘夫人合葬墓碑

宣统改元，陈君省三官粤东，奉恩诏赠其母曾及封其妻刘并为一品夫人，时曾太夫人殁九年矣，未克葬。辛亥之变，省三扶榇挈家，避地香港。越三年，刘夫人卒，神州陆沉，豺虎构难，故乡不可怀而身又垂老，乃于己未阳月合葬于香港华人永远坟场。寅申向兼甲庚之原，以旅穴鳞次不可无墓碣以揭之也，因具状谒余为文。余自庚戌乞养归里，值禁赌事起，为力陈其害于制府。制府以闻部议令筹抵赌饷六百万，谋诸商人，除议加盐饷三百万外，复加烟酒饷三百万以足其数，逾年遂邀俞旨，时赞画其间者，省三力为多。读状乃知其出曾太夫人之教，太夫人为同安金门望族，父讳国章，以武科洊官台湾营将，殁于王事，因家焉。年十八归赠荣禄大夫，讳志仁府君，事姑孝，相夫教子尤有礼法。性慈善，台俗嫁婢不以时，有丫角老者，太夫人曰：“是非人情。”逮岁，即为择配。光绪乙未就养来粤，居广州府署中，署设谳局，谳全省要狱，时复裁缉捕局，归署鞫訊无虚日。太夫人每闻笞扑声则恻怛不怡，语省三曰：“狱，大命所寄，毋恃三木也，委员思以能见，宜婉戒之。囚虽服罪，汝宜亲研审之务，令得情，则我心安矣。”广属为东、西、北三江交汇，夏秋潦盛则堤溃成泽国，省三每巡视不即归，太夫人念昏垫之惨于愁霖中，恒露祷达旦。又时出私积市粟及饼饵俾振灾民，惟最恶赌，家人无敢为樗蒲戏[1]者。粤赌甲他省，咸同以来，大吏屡禁之不能绝，中法启衅以海防筹饷，因是大弛。省三有老仆素朴诚，忽以赌负逃去，太夫人曰：“害一至此乎！吾闻粤多盗，赌为盗源，欲靖盗，宜先革赌也，汝其勉之。”辛亥春，赌禁令下，省三辄累欷痛太夫人不及见也。太夫人抚子妇以恩于刘夫人，尤钟爱。刘夫人生长名门，归省三，四十年相敬如一日，事姑至孝，故省三附葬于太夫人之茔右，从其志也。太夫人生道光戊子四月十二日，终光绪辛丑四月初十日，寿七十有三。子二，长望曾，字省三，由进士知广州府洊升劝业道；次望霖。刘夫人生咸丰甲寅七月二十四日，终宣统甲寅正月初十日，寿六十有一。子一曾琪；女二，黄锡及林侍郎维源子亦准其婿也；孙男二，大根、茂根。始太夫人于割台湾时自以世受国恩，不当隶日籍，弃其室庐挈望霖及诸妇来粤。及殁，省三体老母志，求宅兆于原籍漳泉间，展转不得，当已购地广州之郭北，葬有期矣，又以国难中辍。香港，故粤岛也，道光间英以通商故于我乎借，今又划为我坟场，此固干净土也，两夫人其得所归宅也已。

【注】

［1］樗蒲戏：古代一种博戏，后指赌博。〔晋〕葛洪《抱朴子・百里》：“或有围棋樗蒲而废政务者矣，或有田猎游饮而忘庶事者矣。”

诰封夫人张母钟夫人墓志铭

宣统辛亥之变，粤乱日亟，同年张君寓荃窜居沪上。丙辰，土寇攻莞城，其哲嗣伯豫、仲豫奉其母钟夫人避地九龙。九龙地濒海所居，逼侧复低湿，夫人感微疾，余往诊视。见其颜色怡然似安之若素者，余于是叹夫人之贤，而伯豫、仲豫之孝，为不可及也。然夫人卒以是得风痹[1]疾，及返里，至己未闰七月初四日申时遂以不起。既葬，伯豫仲豫持行状泣请为铭。按状，夫人系邑之横坑乡都戎鳌峰公长女，少闲静寡言，习女红、通书算，佐母伊恭人理家务，故为两亲所钟爱。年十八归张君寓荃，张君时已进邑庠刻励攻苦，未遑家居，夫人奉事尊章唯谨。张君于光绪己卯举于乡，壬辰成进士，甲午授翰林院庶吉士，散馆改知县，丁酉出宰晋之黎城，夫人以姑黎太夫人春秋高留家侍养。庚子拳匪乱作，张君禁民从乱，力卫诸教士出境，既出，为邻盗所杀，晋抚锡良、岑春煊俱贤，张君聘之入幕，后岑信谗间，劾张君不能保教，因罢官归。张君既归，翛然有终隐志，夫人安之。其后晋抚宝棻知张君贤，奏复原官，夫人因劝张君出而用世。丙午张君以道员改官皖署提学使，武昌事起，弃官旅于沪，徘徊瞻顾不即归。及夫人病笃，伯豫仲豫侍汤药唯谨，促张君归仍不果，然夫人安之若素也。夫人出子四人，长次皆殇，三景韩即伯豫，四景宗即仲豫，夫人亲教之并克成立，尤能推螽斯[2]之爱。篷室所出景谦、景丰、景履、景干、景观凡五男子皆头角崭新，兰其茁芽。张君名其淦，与余交莫逆，每以节义相期许。辛亥后余居九龙，张君居沪，俱不能返里，然音讯不绝。及夫人至九龙，余获一见，读状因益叹夫人之贤而伯豫、仲豫之孝为不可及也。夫人生咸丰戊午年正月初七日戌时，享寿六十有二，卒后十余日葬邑城南雷公岭艮向之原。

铭曰：昔在钟琰，出于贵门。闺门具礼，为世所尊。夫人则之，妇道克敦。既素富贵，又宜子孙。晚丁阳九，藁砧在申。国难家屯，遗恨九泉。雷公之岭，峨峨新阡。张君归来，庶感斯文。

【注】

[1] 风痹：中医病名，指因风寒湿侵袭而引起的肢节疼痛或麻木的病症。《灵枢经·寿夭刚柔》："病在阳者命曰风病，在阴者命曰痹病，阴阳俱病，命曰风痹病。"

[2] 螽斯：《诗经》篇名，后指多子。《诗·周南·螽斯序》："螽斯，后妃子孙众多也，言若螽斯不妒忌，则子孙众多也。"

黄母余孺人墓表

黄子君式葬其母余孺人有年矣，以墓石未立，乞余为文。君式尝从余游，孺人又有贤行谊，不可辞。孺人新宁太学生硕文之长女，归番禺黄君梅溪，事舅姑孝，舅病蛊，孺人侍汤药衣不解带者数月，舅殁，诸妇析爨[1]，孺人独任养姑。梅溪故居新宁之某乡，以贫故，谋食于广州。咸丰七年冬，英人陷广州，梅溪走增城，时新宁客贼大起，道梗讯不通，居民被焚掠，斗米千钱，有鬻子女求活者。孺人生一子，数岁矣，瓶无储粟，忍饥以奉姑，子不得饱。或告之曰："昔郭巨埋儿，世称为孝，盍鬻子以全姑乎？且鬻而生较之埋，固慈也。"孺人泣曰："吾姑爱是孙，孙鬻姑闻必大恸不忍食，恐终不全尔，吾当力作以全姑及子。"乃昼夜操苦，求所以养姑而以其余食子，虽病不休，或不给，则乞糠核杂芋蕨为食而已，恒二三日不得餐。逾年乱稍定，梅溪返，姑与子卒两全，梅溪持孺人泣曰："微汝吾孝慈几有憾。"其后梅溪家渐裕，治宅于广州城，孺人不肯往，独居乡奉姑以终其身。呜呼！郭巨事[2]非天赐之金，母与儿必不全，故世讥巨为不孝不慈，不可以训。孺人，弱女子耳，其识之闳远，行之苦卓非巨所能及。老子曰："慈固能勇，况于至孝。"倘所谓人定胜天者耶！孺人生道光癸巳十一月五日，终光绪丙午二月二十一日，以某年月日葬某某原。子二，长某，即不肯鬻者；次玉度，字君式，诸生。孙二，祖荫、祖蕙，曾孙二，端揆、端枢。孺人他壶德俱可称，特表其大者，俾为世法云。

【注】

［1］析爨：指分家。〔明〕宋濂《故潜峰先生朱府君墓志铭》："兄以先生不事生产作业，力求析爨。"

［2］郭巨事：指郭巨埋儿之事。《太平御览》卷四一一引〔汉〕刘向《孝子图》："郭巨……甚富。父没，分财二千万为两，分与两弟，己独取母供养……妻产男，虑养之则妨供养，乃令妻抱儿，欲掘地埋之。于土中得金一釜，上有铁券云：'赐孝子郭巨。'巨还宅主，宅主不敢受，遂以闻官，官以券题还巨，遂得兼养儿。"

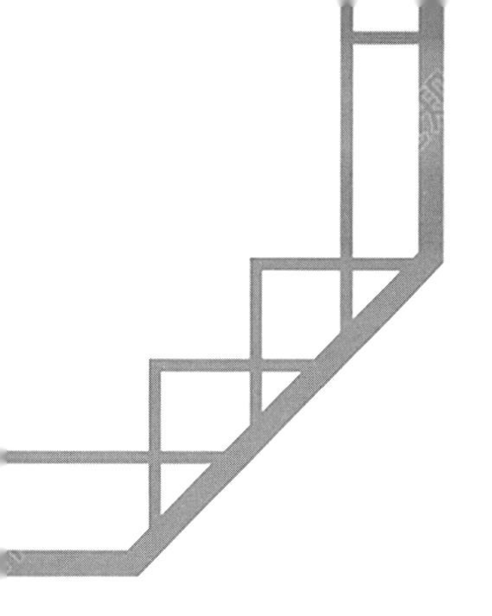

瓜庐文剩　外编

壬辰殿试策

（钦定一甲第三名）

殿试举人臣陈伯陶，年三十五岁。广东广州府东莞县人，由附生应光绪五年本省乡试中式第一名。由举人咸安宫教习记名内阁中书，应十八年会试中式。恭应殿试，谨将三代脚色开具于后。曾祖允道，未仕，故。祖梦松，未仕，故。父铭珪，未仕，故。①

奉天承运，皇帝制曰：朕纂承大宝今十八年，仰诵列朝圣训，亲奉皇太后明教，期与薄海内外极养治之道，一以爱民为心，以钦若天命。每于边围之要，朝觐[1]之仪，仓庾之储，兵屯之制，咸据旧以鉴新，将执中而立极，嘉与宇内之士，共臻上理尔。多士其进谋诵志，以沃朕心。西藏屏蔽，川滇为古吐蕃地，何时始通？朝贡地分四部，由中国入藏有三路，幅员广狭奚若？试详言之。元置吐蕃宣慰司[2]，及碉门等处宣抚司复置，乌斯藏郡县以八思巴领之，其沿革若何？唐时吐蕃建牙何地？阿耨达当今何山其相近？大山有几雅鲁藏布江为藏中巨川，而澜沧江潞江之属亦发源藏境，能究其原委欤？由藏至天竺程途远近何如？中隔部落几许？亦考边备者所宜知也。五礼之目，宾居其一，《周礼·大宗伯》以宾礼亲邦国，其别有八，而朝之别又居其四，其说若何？《书》“五载一巡守，群后四朝”与《礼记·王制》不同，而《秋官》“行人六服”与《周语》“五服”又相抵牾，其说果可通欤？《郊特牲》“旅币无方”一节，盖诸侯朝天子庭实之礼于他书有可证否？朝位宾主之闲，儒者讲说不一，何以辨之？古诸侯朝天子礼，自《周官》外存于今者尚有遗篇欤？自秦罢侯置守无复古仪，杜氏《通典》分为四条，其目若何？于义当否，可详说之。《周官》仓人主藏九谷，廪人主藏九谷之数赒赐稍食，即今京通仓之制所昉也，后世有治粟内史，搜粟都尉仓部郎等官专司其事，其官名沿革，时代先后尚可考也。明初置京通仓，以户部司员经理之，其以尚书侍郎专督仓场始于何年？所属更有何官，与今制若何能悉数之欤？前代良法积久弊生，偷漏之私，烂蒸之患欲彻底清厘果有尽善之策欤？三代之盛，寓兵于农，因井田以供军实，自秦以来，法坏矣，汉文帝募民耕塞下，于是始有屯田[3]之法，盖犹具兵农合一遗意，历代相沿，大端莫易，而汉时行于西域者，为较详，车师、渠犁、乌孙、伊循等名，今为何地？校尉都护等官置于何时？傅介子、常惠、郑吉诸人所屯者为当时何地？赵充国屯田一疏经画周详，所陈便宜十二事能举起要否？自时厥后，六朝唐宋言屯田者皆沿汉法或以民屯或以兵屯，能援古证今，究极利弊而详陈之欤？此皆御世之要图经国之大业也。朕嘉先圣之道，修古帝王之行事，凡以求于生民有济。汉武有言："君者，心也。民犹肢体，夫广仁益智莫善于问乘事，演道莫善于对其言也，典其致也，博策之谓也。"多士勤学洽闻能宣究其意者，勿泛勿隐，朕将亲览焉。

臣对：臣闻汉申培之言曰："为治不在多言，顾力行何如耳。自古圣哲之君，执挈握枢，储思垂务，举凡修德以绥边，定仪以莅众，储财以保国，足食以给军类，皆本忧勤惕厉之深心，相与力行而不怠。盖法天出治固以实而不以文也。"《管子・七法》篇曰："不远道里，故能威绝域之民。"《晏子・谏上》篇曰："饬法修礼，以治国政。"《荀子・富国》篇曰："节用爱民，而善藏其余。"《孙子・作战》篇："因粮于敌，故军食可足。"统是四者而力行持之，所为恢张圣理，浚发神功者，此道得焉耳。钦惟皇帝陛下智原天锡，敬乃日跻，兢兢然旰食宵衣以勉臻乎！修内攘外之治者，固已敕几则戒其逸，敷政则着其优矣！乃圣怀冲挹，俯切咨询，欲公听以达聪，期集思而广益。进臣等于廷而策之以固圉临、积粟、营田诸大政，如臣之梼昧何补高深，顾念凝旒[4]听政之初必有止辇受言之美，况复恭绎。谕旨勖以毋泛毋隐，其敢不敬，献刍言效壤流之一助乎！伏读制策有曰："西藏屏蔽，川滇为古吐蕃地。"而因详考郡县职官之制，山川道里之形，此诚柔远之大经也。臣谨案：汉武帝欲通西南夷阻于昆明，故其地未通。中国唐时，吐蕃始大，贞观八年，遣使入朝，此当为西藏朝贡之始，其地分四部，东西袤广而南北稍狭。由中国入藏有三路，一陕西之西宁府，一四川之打箭炉厅，一云南之丽江府。元宪宗时，始于河州置吐蕃宣慰司，又于碉门鱼通黎雅长河西宁远置六宣抚司，世祖时复郡县，其地以僧八思巴领之。明洪武六年置乌斯藏都指挥司，七年置长河西鱼通宁远宣慰司，此官司沿革之可考者也。吐蕃建牙之所，《唐书》言居跋布川或逻娑川皆在今前藏地。阿褥达大山即冈底斯山，其相近有四大山，四水出焉，雅鲁藏布江源出于达木楚克，哈巴布山亦其一也。澜沧江源出喀木北境，潞江源出喀萨北境，与雅鲁藏布江皆南流入海。天竺即汉身毒元曰忻都，今谓之印度，由藏往印度约程二十日，中隔廓尔喀及哲孟雄诸小部，然印度与藏人皆奉佛，势弱而易衰，印已为英有，如藏地者其亦须修德以来之，耀兵以震之欤！皇上详询险要以求柔远之经，威德并行，庶几屏藩永固也已。

制策又以"五礼之目，宾居其一"而因进考朝觐之仪，此诚临莅四方之首务也。臣谨案：《周礼・大宗伯》以宾礼亲邦国、朝宗觐、遇会同问视其别有八，然宗觐遇皆可言朝，故朝之别又居其四。《书》"五载一巡狩，群后四朝"与《礼记・王制》不同，郑康成以为夏殷之礼，然五年一朝当并巡狩之年数之实，与《虞书》不异。《秋官·行人》六服即《大司马》之九服，《周语》之五服盖分之为九，合之为五也。《郊特牲》“旅币无方”一节证以《礼器·大飨》，其王事与之文，盖为诸侯庭实之礼，朝位宾主之闲，先儒讲说不一。熊氏谓：“朝无迎法，享则有之。”其说最长。古诸侯朝天子礼今惟存《仪礼·觐礼》一篇，然如《朱子经传通解》及杜佑《通典》，马端临《通考》等书，其采掇尚为详赡。《通典》又言秦罢侯置守，无复古仪所分四目，如诸侯遣使来聘，有三代下无其礼者，然礼因时制要，可酌用于今也。皇上讲求礼制以为临莅之方，岂惟藩服即邦交亦寓其中已。

制策又以《周官》仓人、廪人为今京通仓所由昉，而因进求尽善之策，此诚足国人之要图也。臣谨案：仓人掌粟入之藏，廪人掌九谷之数，《周官》所载其制綦详。自时厥后，秦有治粟内史，汉有治粟都尉，武帝时复置搜粟都尉。《食货志》所称以赵过能为代田使，为搜粟都尉是也。魏时有仓部郎，后魏为太仓尚书，隋初为仓部侍郎。唐龙朔中改为司庾，天宝中改为司储，盖时代既异，故官名沿革不同。明永乐中迁都北京，乃置京通仓，以户部司员经理之。宣德五年，始命李昶为户部尚书，专督其事，厥后或以尚书或以侍郎，遂沿为定制。仓场属官《明史·职官志》不详载，然以《食货志》考之，攒运则有郎中，监仓则有主事，此则今日之坐粮厅及仓监督也。夫前代良法，行之既久，实亦不能无弊。《明史》称粮长搀沙水米中，往往蒸湿浥烂至不可食，而仓场额外科取，岁至十四万，使苟非任用得人，则典守者既肆为偷漏，而稽查者亦惮而不敢发，又何以使之彻底清厘也乎！皇上留心天庾，借为足国之图亦慎选其人，而务祛其弊而已。

制策又以三代之盛寓兵于农而因究其屯田之制，此尤务农讲武之大端也。臣谨案：汉文帝用晁错之议，募民耕塞，下始有屯田之法。其内通田作，外成卒伍，盖犹有古兵农合一遗意。厥后屯田西域者，傅介子刺杀楼兰王，后乃田伊循城则在今哈密东南地，常惠将三校，屯乌孙、赤谷，则在今阿克苏东北地。郑吉屯田渠犁及车师，渠犁在轮台之西，则今喀喇沙尔所属库尔勒地，车师前后国则今吐鲁番、济木萨地也。中垒校尉掌西域，武帝初置，元帝时复置戊己校尉。西域都护宣帝地节二年置，据《西域列传》，其名盖始于郑吉、赵充，国屯田十二便大要，不外因田致谷，威德并行，而其省费省役尤为最善。六朝唐宋言屯田者皆沿汉法或以兵屯，或以民屯，然如魏枣只屯田，许下邓艾屯田寿春，唐郭子仪屯田河中，韩重华屯田振武，皆能收其利者也。若夫行之不善或侵占民田，或差借耨夫，甚或屯军戍旅，不习耕锄，得不偿费，盖其弊有不可胜穷矣。皇上整顿营屯以筹战耕之备，知徒法不能自行，庶收实效乎！夫是四者，措之在堂阶之近，而推之及海宇而遥。《韩婴诗外传》曰：“道虽近，不行不至；事虽小，不为不成。”惟裕乎保邦制治之谟并守乎！无倦以忠之训将蜚英声腾茂，实人君之所以永保鸿名而常为称首者，即在于斯矣。臣尤伏愿皇上慎终如始，图易思艰，不以金汤[5]为己固，而更事抚绥；不以盘敦为己修，而愈思晋接；不以仓庾为己充，而屡殷察核；不以糗粮为己备，而务广耕耘。本所谓力行近仁者，黾勉以赴之，于以加劳三皇，勖勤五帝，畅九垓[6]而浉八埏[7]，则我国家亿万年有道之长基此矣。臣，末学新进，罔识忌讳，干冒宸严，不胜战慄，陨越之至。臣谨对。

【校】

①殿试举人段：底本无，据《殿试策》抄稿补。

【注】

［1］朝觐：大臣朝见君王。《礼记·乐记》：“朝觐，然后诸侯知所以臣，耕借，然后诸侯知所以敬。”

［2］宣慰司：元代设宣慰使司，管理军民事务，分道掌管郡县，为行省和郡县间的承转机关，明清时主要存在于土司。参阅《清朝文献通考》卷六十。

［3］屯田：利用戍卒或农民、商人垦殖荒地。汉代以后历代政府都有屯田措施以取得军饷和税粮。有军屯、民屯、商屯之分。《汉书·西域传下·渠犁》：“自武帝初通西域，置校尉，屯田渠犁。”

［4］凝旒：指帝王态度严肃专一。〔前蜀〕韦庄《和郑拾遗秋日感事一百韵》诗：“负扆劳天眷，凝旒念国章。”

［5］金汤：金城汤池，指坚固的城池。《汉书·蒯通传》：“必将婴城固守，皆为金城汤池，不可攻也。”〔唐〕颜师古注：“金以喻坚，汤喻沸热不可近。”

［6］九垓：中央至八极之地。〔晋〕葛洪《抱朴子·审举》：“今普天一统，九垓同风。”

［7］八埏：《汉书·司马相如传下》：“上畅九垓，下浉八埏。”〔唐〕颜师古注引〔三国魏〕孟康曰：“埏，地之八际也。言德上达于九重之天，下流于地之八际。”

谢恩赏钦定书经图说奏

奏为恭谢天恩事，本月十八日蒙恩颁赏《钦定书经图说》，谨跪领讫。伏念臣等功疏，缉柳[1]志切，倾葵[2]簪笔[3]，承明慕诚悬之进谏，校书中秘惭子政之传经，方思鉴纂千秋，箴陈大宝，冀将流壤，少助高深，忽奉恩纶，特颁《经注图》。披无逸方阎相，而尤工说阐今文，拟伏生而更畅，祗承之下，钦佩莫名。伏惟我皇太后、皇上稽古同天，观民监水，考畴咨于尧典；师锡盈廷，念吁戚于盘庚。矢言播众，以至范陈箕子，谋及庶人，诰作元公，告兹多士。参之戴礼，则舜好问而察迩言；证以周官，则王致民而询大事。凡兹先哲，垂咨之至意实，即泰西立宪之良规，诚能布以新猷，复诸古制，宫府联为一体，环球示以同风。将见化洽九垓，德侔三代。执中一十六字，何必删梅赜之伪书；资治千四百年，且远媲温公之通鉴。所有臣等感激下忱，谨缮折恭谢。天恩伏乞，皇太后、皇上圣鉴谨奏。

【注】

[1] 缉柳：编柳叶以为书，指勤学。《文选·任昉〈为萧扬州荐士表〉》："至乃集萤映雪，编蒲缉柳。"

[2] 倾葵：指忠诚。〔三国魏〕曹植《求通亲亲表》："若葵藿之倾叶太阳，虽不为之回光，然终向之者，诚也。"

[3] 簪笔：至插笔于冠。《晋书·舆服志》："笏者，有事则书之，故常簪笔。今之白笔是其遗象……手版即古笏矣。尚书令、仆射、尚书手版头复有白笔，以紫皮裹之，名曰笏。"

恭慰大孝奏

奏为恭慰大孝仰祈圣鉴事，本月二十一日、二十二日大行太皇太后、大行皇帝后先升遐，薄海臣民同深哀恸，谨遵制，素服哭临三日。伏念臣昔值南斋，荷恩施之稠，迭逮辞北阙，蒙诰诫之殷拳矧丁。此天崩地拆之时，仰思乎圣德神功之盛，攀髯[1]莫及，泣血[2]逾增。伏惟我皇上亲奉纶音，诞膺宝阼，冲龄惩毖，远媲于周王；孺慕呼号，同符于虞帝。当负扆而朝之日，申谅暗以听之，怀遏密如丧，就瞻弥切。臣伏愿我皇上念仔肩至重，时事多艰，勉节哀思，上承先训，并仰体我皇太后劬劳至德，悲痛贞忱，勤依恋于慈闱，慎敷言于皇极。庶使新使新猷，远布副九，年立宪之期，典学[3]无荒，慰两圣在天之望。臣悽悽愚诚之不胜哀慕吁恳之至，谨缮折具陈，伏乞皇上圣鉴谨奏。

【注】

［1］攀髯：此处指哀悼皇帝去世。见《叶令仙人歌》“攀髯”条。

［2］泣血：见《饥儿行》“泣血”条。

［3］典学：多指皇族子弟致力于学。《书·说命下》：“念终始典于学。”〔唐〕孔颖达疏：“念终念始，常在于学。”

恭贺登极奏

奏为恭贺登极事，十一月初九日辛卯午初初刻，我皇上举行登极颁诏巨典，改明年为宣统元年，薄海臣民深欣戴。臣诚欢诚忭，顿首！顿首！伏惟我皇上肆在冲龄，诞膺[1]大宝，继十朝之嫡嗣，为二圣之兼祧，讵惟作述之相承。实亦天人之交赞际，此蓂图辑瑞，松栋[2]开祥，一阳当复见之时，初九备乾元之德，光流复旦，如卯日之方升；位正当阳，更午门之大启。乃颁明诏，改建元年，宣德无违，颂曾孙之有道，统天而治欣，兆姓之诚和而且偿。金刚返于东溟，活佛恰来于西藏。南洋群岛，咸切嵩呼；北徼诸藩，正修岁贡。合九万里寰球之君长，共效讴歌；集五大洲轺节于京畿，争思朝觐。波澄鲸海，知中国之有圣人；音革鸮林，识庶民之归皇极。此皆我皇上秉有虞之大孝，宏汉帝之深仁。负扆而朝诸侯，周家德显；总已而听蒙宰，殷后言雍。上慰两宫，付托之忱远。绵九庙灵长之祚，祖有功而宗有德，万年巩盘石之基，仁如天而智如神，四海洽云霓之望。臣诚欢诚忭，顿首！顿首！谨缮折具陈，伏乞皇上圣鉴，谨奏。

【注】

［1］诞膺：指接受帝位。《书·武成》：“我文考文王，克成厥勋，诞膺天命，以抚方夏。”孔传：“大当天命。”

［2］松栋：指华屋。〔清〕顾炎武《尧庙》诗：“土阶依玉座，松栋冠平田。”

大婚趋朝进奉奏

为恭值大婚趋朝进奉事，窃臣生从东粤入直南斋。衡文历滇黔泰岱之邦，提学莅淮海维扬之地。记宠施之稠迭，愧报最之无由。嗣因老母八旬乞恩归养，旋以我朝三让[1]，守节穷居处海滨者十一年，望京华兮八千里。今幸我皇上尊时养晦，及岁论婚。臣景迫桑榆[2]，已臻暮齿。而心同葵藿，思觐天颜。重念昔年膏泽之深，弥思此日涓埃之报，谨将平素俸廉所得及节缩所存共大洋银一万圆，敢竭愚诚，赍呈御用。匪颁有式，庶少资天府之泉流；贡献无多，聊自比野人之暄负。所有微臣趋朝进奉缘由，谨缮折具陈，伏祈皇上圣鉴谨奏。宣统年月日。

【注】

［1］三让：此处指清帝退位事。《论语·泰伯》："泰伯，其可谓至德也已矣！三以天下让，民无得而称焉。"〔宋〕邢昺疏引〔汉〕郑玄注云："泰伯，周太王之长子，次子仲雍，次子季历。太王见季历贤，又生文王，有圣人表，故欲立之。而未有命。太王疾，太伯因适吴采药，太王殁而不返。季历为丧主，一让也；季历赴之，不来奔丧，二让也；免丧之后，遂断发文身，三让也。"

［2］桑榆：垂老之年。《文选·曹植〈赠白马王彪〉诗》："年在桑榆间，影响不能追。"〔唐〕李善注："日在桑榆，以喻人之将老。"

谢恩赐朝马奏

为恭谢天恩事，本月初七日奉谕旨："陈伯陶着在紫禁城骑马，钦此。"窃臣远从海角入觐天颜，自维马齿之加赠，复睹凤城之佳丽，官殊骑省，幸毕罄乎丹忱。身入禁垣，喜重瞻乎紫气，虽年华之已迈，策筋力而忘疲，兹复渥荷。圣慈赐之朝马，城阛雪霁，获预连骑，禁御尘清，不须徒步。材非骐骥，乃得邀晋接[1]之荣；质类驽愧，未任驱驰之报。所有微臣感悚下忱，谨缮折具陈，伏祈皇上圣鉴谨奏。宣统年月日。

【注】

[1] 晋接：进见；接见。语本《易·晋》："晋，康侯用锡马蕃庶，昼日三接。"〔唐〕孔颖达疏："'昼日三接'者，言非惟蒙赐蕃多，又被亲宠频数，一昼之间，三度接见也。"

谢恩赐御笔至诚通神直幅奏

奏为恭谢天恩事，六月初一日，臣朱汝珍自津至港，赍至御笔至诚通神，赐陈伯陶直幅字"谨望"。阙叩头祗领，讫伏念臣受性至愚，不知通变，荷蒙褒宠，弥增汗颜。惟有益励笃诚，始终如一，以期无负纶言[1]而已。所有感悚下忱，谨具折附陈，伏惟圣鉴谨奏。宣统年月日。

【笺注】

[1] 纶言：指帝王诏令。《礼记·缁衣》："王言如丝，其出如纶；王言如纶，其出如綍。"〔汉〕郑玄注："言言出弥大也。"

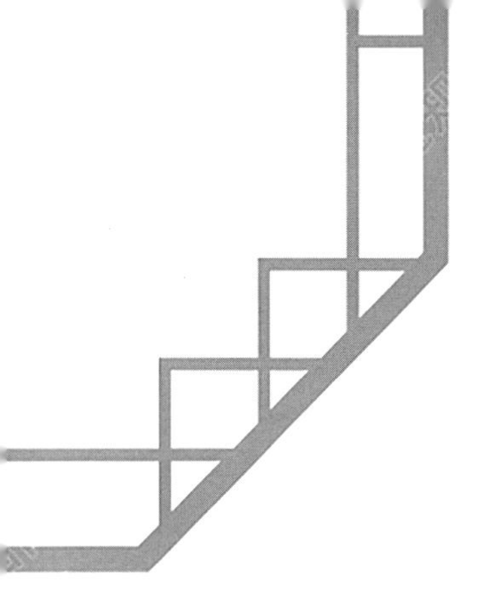

附录一
《瓜庐诗剩》集外诗

冬日田园杂兴　三首

幽居颇自适，绕舍搀半亩。朔风扑林木，落叶随石走。乃知摧折易，人生贵有守。行将与吾徒，共结岁寒友。

筑圃收晚禾，晚禾今已熟。惟有檐前雀，绕场啄余粟。人来群雀飞，门外起黄犊。老农荷锸至，编草盖茅屋。为言卒岁易，转瞬鸣布谷。殷勤具豚啼，为把丰年祝。荒畦值□菜，霜重黄芽肥。青青鸭脚葵，弄影还依稀。

物匪其人谁护惜，坡公翰墨世传诵。挫节盘根文郁窣，有如元气入心脾。方外留题等瑶册，千秋景慕曾瓣香。正合低头拜遗石，螭文龟纽屹相誉。再历沧桑龙岗缺，倘云彝影人共尊。须会功德世称说，不然与君试入邵公堂，余芳犹爱蓬蒿宅。

秋　　夜

伏案闷摊卷，静中忽生扰。风狂四壁动，窗罅一灯小。放书搀下阶，星斗挂林杪。林幽月昏黄，惊我啼鹏鸟。嗒然归故居，中夜魂悄悄。

游白云山夜坐龙仁寺

忽作跏趺坐，心闻百虑澄。花狸蹲破壁，木魅语昏烂。异地浮沤客，空山入定僧。犀魔令我嘣，嗟莫唤还应。

秋日登凤凰台

绕城山色黯莓苔，佳日登临剧可哀。衰草一堤蝉几枝，不知何处凤凰台。

我时返棹方引嫌，绿波如梦愁猒猒。水亭萧瑟响苍蒹，仄岸微白露气沾。夜窗一卷参楞严。

与卢子（熠秋）夜话

旅馆女墙阴，相逢恰夜深。残灯一席话，倾盖两人心。茗栀醒余梦，诗筒检旧吟。清谈风月好，无事问升沉。

秋草　六首

何处青郊绕夕霏，秋来草色认依稀。已知南浦浑无奈，底事王孙当未归。前路待听鹦鸠唱，隔堤难觅鹧鸪飞。芦花枫叶销魂甚，一例萧条吊落晖。

荒寒亭院费徘徊，金谷园中采劫灰。三月莺花拼□散，六朝裙屐可重来。啼螀冷落回廊峭，瘦蝶飘零扣砌摧。闻说佳人曾拾挈，连宵风雨黯楼台。

一堆遗瓦锁烟萝，幽径萋萋客自过。行遍绿苔秦殿少，扫残黄叶汉宫多。暮萤飞去谁家院，秋蝉吟来几处坡。烽火消沉荆棘满，不须流涕哭铜驼。

阙河迢递露初灵，游子天涯梦已醒。秋水马蹄南北路，夕阳人影短长亭。沙痕漠漠车轮没，霜晕蒙蒙屐□停。一片寒芜离别日，不堪重过柳条青。

玉门关外莽萧萧，白骨蓬蒿久寂寥。古戍烟连沙幕直，战场火入野营烧。云低塞外飞磷泣，日落原野猎马骄。堪叹明妃投朔漠，年年青冢伴寒宵。

绿减青凋犹可怜，晚凉无处不寒烟。持将送别江淹赋，赢得悲秋宋玉篇。帽影鞭丝霜外野，豆篱瓜架雨余天。荒原曳杖知何事，回首春晖又一年。

虎门观潮

世无枚乘笔，广陵之涛黯无色。世无钱王弩，吴越堤高潮有力。伟哉天地成巨观，虎门屹立山岏岏。朔风吹沙荡丸月，作势未许螭龙蟠。初如一线走天末，长鲸吸波吐微沫。倏然龟鼓纷砰訇，十里五里闻雷轰。潮高十丈如山立，郁浪怒争龙穴入。龙穴潜掀老蛟泣，素车白鸟恍相迎。绮塍绣壤嗟何及，我时乘兴登海门。直接天瓢翻重楼，高踞大小虎山势。恍挟寒涛声，归来荡舟弄清影，南极一星光冏冏。

行路难

烟蒙蒙，雨凄凄，四山萧飒云容底，草间泥淖没马蹄。狐狸跳我东，豺虎嗥我西。蝮蛇蜿蜒高差堤，披罗带荔山鬼出。倏远倏近啾啾啼，挥鞭重回顾日暮。徒凄恻，公无渡河河澌澌，水深桥绝路亦迷。枥前老骥教长嘶，鸢鸱得鼠忍相吓。凤凰尔去将安栖，行路难！行路难！羊肠之坂何盘盘！执鞭踟蹰河梁间，对此使我摧心肝。

过梅花村寻赵师雄梦美人处用东坡暾字韵

穷年寄迹桑柘村，幽香几枝凄吟魂。蓬莱青鸟导我去，罢此始览风叶昏。我闻师雄自高卧，蘧蘧一梦同漆园。林间绿衣肯相舞，遂使寒艳如玉温。参横月落忽回顾，汵谷已复明初暾。朔风猎猎旧时路，冷雪点点谁家门。迩来前村颇寂寞，花如桃李曾无言。冰魂雪质忍索笑，篱边且复开芳樽。

再用前韵

何人访古罗浮村，罗浮路远□销魂。缟衣摇落自深夜，翠羽啁啾旋朝昏。空山无人雪如掌，蜡屐愁踏数亩园。美人名士两寂寞，田翁野叟谁寒温。宵来元鹤忽飞舞，月光皎皎如清炖。彤云一片坠瑶砌，雨玉千点黏柴门。我从花间强起立，是花是我偏忘言。明朝披雪折枝去，不须更倒花前尊。

老马　三首

锦条银勒渐消磨，蹀躞偏从峻坂过。伏枥只须逢伯乐，据鞍犹望用廉颇。战场牧去刍茭少，异域归来汗血多。为说长城秋草阔，夕阳沙碛逐明驼。

记曾掣电走巳氐，一片黄云塞外嘶。秋竹固宜批锐耳，桃花仍自拥奋蹄。骁腾竞说临洮北，斛饬谁过大宛西。我欲千金留骏骨，识涂何事重骣骊。

闻道骐骥此降精，夕趋犹待刷幽并。霜寒绝塞焦毛卷，草坡横桥病眼惊。共说风沙迷瀚海，几层冰雪蹴辽城。龙须凤□凭谁顾，愁绝荒原放队行。

望罗浮

东南一气腾空蒙，峰山出没云海中。山尖云脚咫尺不复辨，钦此四百青芙蓉。重峦倒照日轮赤，翏翏万壑吹长风。云阴渐高山渐小，尺幅金碧涂玲珑。去年托迹罗浮居，罗浮之境摩峪嵷。阳阿晞发泉濯足，绝顶直欲跨晴虹。空林长啸走猿鹤，幽谷万籁酣笙钟。鸟还云出偶无定，名山一别淹尘容。□人山中屡招手，奈此茧缚蚕丝同。迩来买隐情匆匆，几两蜡屐七尺筇。在山泉清出山浊，丹砂可饵追葛洪。烟霞试泛谷口蝶，风雨几认坛前松。开眸且复问林壑，白云深处谁寻踪。尘间可望不可即，幽境颇讶蓬莱宫。何当前导叱喑虎，踏此荒云上界之高峰。

古　镜

菱花断蚀铜腥涩，影括虚堂骷髅泣。尘沙浩劫一千年，玉匣人间今始出。忆昔当年铸镜时，太乙下摄元冥窥。铸成表里镂七宝，鸳鸾对舞蟠青螭。临春结绮得清玩，顾影自媚无人知。绮阁慵梳理凤钏，妆台巧画匀蛾眉。蛾眉已老冰蜍没，鬼阚朱门狐踞宅。美人钟鼓散如烟，苍茫几阅金镫窟。君不见，刘王墓田奋成穴，宝镜青荧铄人骨。金人泪洒玉鱼愁，砥室耕锄碎明月。流传人世亦匪易，砚瓦苔砖增爱惜。会须留照古须眉，尽洗从前土花碧。

梦（并小序）　五首

寒庭积雨，灯影摇绿，攲枕霜冷，梦乃坠泱漭间。魂恐魄怖，惊喜不常，乃知游心之乐不足贵也。庄子曰："至人无梦。"又曰："有大梦而后有大觉。"旨哉！言乎！作梦诗五首。

我欲从之梦玉京，蕊宫闪烁开云軿。金支翠旗光缈冥，九霄咳唾珠茎轻。南州俯瞰不见底，鹤背倒听笙箫□。瑶花瑶草耕烟地，一瞬千龄何足记。碧天如水月光寒，白玉楼高魂欲悸。仙人拍手紫云端，赤鸾扑翼尘间坠。

我欲从之梦水府，江湖水深蛟龙怒。鲸嘘龟吼浪连天，倒卷长虹作飞雨。赤霞缭绕龙王宫，水晶碾翠珊瑚红。灵妃顾笑启玉齿，手把十二青芙蓉。飘龙相从越鳌眷，回看贝阙烟蒙蒙。失足乃堕洪涛中。

我欲茫茫梦瀛洲，稳跨瑶象笞玉虬。逍遥五城十二楼，青台手持白鸾尾。紫雾夜扫银台幽，桃花缀实春如许。霞帔霓裳杂歌舞。朝与余游兮阳之阿，夕余游兮瑶之圃。灵瑟兮鸾车，仙之人兮步容舆。回顾沧海已桑田，弱水三千路修阻。

忽然披发下大荒，梦为蝴蝶如凤凰。五色绚烂扬文章，倏然流风荡回雪。散为蠛蠓乱飘瞥，迷虫倒晕金银阙。长人九首来天阙，赤豹黑虎右盘旋。左拂扶桑枝，右踏蓬莱山。瞋目呼我魂来前。缚我虹霓腾九天，望空一掷投雷渊。

雷渊沉沉路深黑，罗刹之都夜叉国。往来侁侁择人食，我□呼天呼不得。面如血腥鲜人色，巫阳召我返我魂。诏我恶梦心烦冤，上帝昨夜恩言宣。赐汝白兔新捣之药方，使汝后天而老同灵椿。汝其收视反听全其真，毋使呓语闻天阍。天阍悠悠不可论。

题对弈图

一局楸平碧楼间，鸟鸣花落水潺湲。橘中春老宜幽隐，松下雪沵许往还。岂有飞仙弹日月，可曾别墅走河山。烂枝折屐寻常事，冷眼看来总是闲。

修补旧书

古人于读书，每苦书难得。拌收右手视，抄此一寸帙。今人苦书多，□诣亦不力。徒然庋高阁，饱作蠹鱼食。我生二十年，不学而操笔。尘函裹蛛网，旧轴黯无色。青箱本世业，岂忍供散佚。简册虽不完，补缀自宜亟。因思古人书，白首勤著述。虽未传诸人，亦欲藏石室。偶然覆酱瓿，残缺不复识。遂令考古心，抚卷增太息。况闻六经余，本自秦灰出。焉知千年后，载籍非迹熄。要须挹遗编，掇拾当羽翼。秋凉檐花坠，灯火破沵黑。修缉方有成，伏案恣占毕。岂无富缥缃，而反荒学殖。古人贵专精，新勉在笃实。束置何足云，作诗以自劾。

题困学记闻

人生不困学，修绠未能汲。学专而不精，毋宁掇与拾。伟哉王伯厚，暮景肆研习。群书割精髓，珍贵比瑶笈。五经及杂识，卷帙排二十。考史既详赡，评文无固执。渊源绍濂洛，空言非此及。根柢由汉唐，剿说亦无制。回思遇艰屯，范范百感集。块肉掷崖山，海陵风雨泣。闭门用伏腊，惭愧南冠絷。发愤徒著书，国难时于邑。抱遗有昭父，趋庭慰独立。宏浉泣玉海，玩绎诚宜急。阎何恣奥博，考证递编入。厚宅此诤友，罅漏烦补辑。我今读遗篇，俭腹频取给。何当探赜微，遍洒金壶汁。

丁丑八月由省城往香港舟中览虎门诸胜有感

澄江为练贾帆来，破浪乘风亦快哉。山势直盘龙穴去，潮教难憾虎门开。淤轮孰逞杨公志，击楫犹思祖逖才。今日升平一回首，重城烽火万家哀。

送友人从军

我说涖军乐，君应倾耳听。日浮兵气白，风刮战场腥。生死随营将，饥寒辱汉庭。还乡绣衣锦，谁抚鬓毛青。

微　雨

微雨忽然作，澹云时复明。井华合夜气，庭树撼秋声。困极虚名贱，愁多白发生。邻鸡啼不曙，危坐数寒更。

寓居金绳寺睡起有作

新莲初胎柳花落，池畔鸣蛙声关关。僧房遇语长莓苔，一枕黄粱梦方觉。匡床兀坐同枯槎，日影渐落风幡斜。井华汲汲槐叶暗，斋厨隔火烹新茶。生平习静如痂嗜，闭户消闻无个事。昔年瘦马走燕京，翻怪饥鸾尘网坠。归来拂拭罗浮居，□情尽洗幽怀舒。千山云气供临画，万壑泉声和渍书。今春为补姜家被，（时偕舍弟嘉，陶养病寺中。）拄杖□鞋扣萧寺。弥勒龛前灯火深，蹁跹喜托蒲团地。忽闻剥啄客在门，杜门谢客客见瞋。呼童出应与客言，先生住此为避喧。入门挥尘两开士，为乞心经书一纸。欣然卷袂吮枯豪，□幕春寒砚生水。

金绳寺罗汉松

何年证果阿罗汉，种下灵根成铁□。黛皮臃肿雪花欺，绀叶虽披风片□。侧卧龛前数百年，劫灰几阅人间换。虬龙刳腹曝朝日，角落牙摧指爪断。苦遭蝼蚁困心空，又被鸺鹠啄木半。徒然黑夜雷声作，创痕渐合藤松绊。雨点坠石苍髯垂，电光烁火紫鳞烂。蜿蜒直上欲拏空，一朵彩云扶砌畔。是时破壁召谁知，老僧咒钵昂头看。我来丈室住经月，两手摩挲得奇玩。阴森况直春浓时，残滴筛窗绿侵幔。传闻资福寺中柏，再生曾获东坡赞。兹松不死亦不生，我虽欲赞惭染翰。降龙尊在寐无言，此义谁收告乃难。

金绳寺前散步口占

庵前十笏任婆娑，叹饱馋酣倚绿柯。远树倒浮春涨满，荒陂斜受夕阳多。幡垂不动僧初去，磬寐无声鸟自歌。如此风光禅味好，咸须经藏究陀罗。

憩南茂才（家凤）新构船屋塘边与余昔日梦游之境恍惚相似也

我昔梦魂中，飞堕泱漭溪。澄潭泻净绿，宁镜揩玻璃。油油长风号，黯黯颓云凄。萧萧落叶聚，灼灼幽花底。戢戢上鲦鱼，拍拍鸣凫鹥。乘枯弄细荪，坐滑弄轻苇。哦诗秋月明，抱瑟寒蝉嘶。□生洞豪发，大造弄粉赍。飘飘倏过眼，枕坠路已迷。花来访何子，方塘结幽栖。碧瓦荫丛条，红栏俯流澌。是时春夏交，新晴被长堤。纵目一以眺，恍然梦中溪。浮生大梦耳，真幻理亦齐。幻真真复幻，孰能穷端倪。安知黑甜乡，不到此扳跻。坐久波生鳞，闪烁金盘西。欠伸遂高卧，座客且莫诋。

别

壮游从此远，临别泪沾巾。马倦长途客，衾寒独寐人。羁怀日渐变，归梦夜还新。但得身长健，家书慰母亲。

澄海道中

东风飒飒洒郊原，稳坐篮舆倦眼昏。殊俗久闻消剑戟，方言仍待采辅轩。黄鱼入馔新成市，乌鸦衔巢近傍村。闻说病躯宜水土，（澄海水土颇热。）不须归梦忆家园。

闻周鉴湖座师谪戍黑龙江

永忆缁帷一怆神，修门去后触边尘。涂穷□宦须眉改，梦入高堂涕泪新。（时太师母尚存。）祖席未能伸弟谊，赐环洊待感皇仁。雪花如掌河水黑，此去迢迢善保身。

白桃花

粉墙高处奠烟平，开春桃花两眼惊。照水忽迷黎影后，倚风斜衬柳绵轻。别来空忆刘郎面，老去徒伤白傅情。我亦武陵待归隐，不知雪鬓一时生。

去秋一病几殆今春始愈晨兴理发脱落颇多视镜面亦黧黑矣因作长句以自责

去秋一病百余日，寸步户庭俱不出。布被无棱自掩身，床有缝皆穿膝。犹忆重阳初作时，万苦千辛难遽述。筋烦骨殆靠溪藤，吻燥喉干想崖宁。自知九脏蒸炎瘴，谁料四肢更烦热。有如猎围纵飞燎，又似洪烟煎积雪。鲋鱼涸辙不终朝，水□西江那可活。医师束手愧无能，良药乞灵吁未达。山穷泽曲置弗用，梨汁蔗浆空自啜。杜甫诗存鬼应寻，陈琳檄在头风疾。遂拌贱体饲蝼蚁，那计敝裈得虮虱。昏昏瞑眩不知时，忽忽流光频阅月。岂知犹复到今年，一病能疗百忧失。睡里无鹭角枕抛，饥时乍喜饭甑溢。衣笥商量易狐貉，药菰□点兼参求。会看枯树得春生，不似柔条畏秋杀。朝来自视又惊诧，病去谁知过攻伐。镜里朱颜惜已凋，梳中乱发悲全脱。行年三十未为衰，何乃霜摧成朽质。人生住事本大梦，生眷死尻原倏忽。已空泡影悟□相，自可彭殇齐□物。鼠肝虫臂听通然，驼背□□知不必。就令再活五十年，要与浮沤同灭没。但念吾生本贫娄，须知即死尤呜咽。先人窀穸未即安，老母飧食谁与恤。伏几言之涕泗流，拥衾忆及肝肠裂。由来修短有定数，未必调剂无善术。古人尺寸养肌肤，不比寻常恣淫佚。蛾眉甘脆互惩创，□尾冰渊常凛栗。纵教六气可为灾，要使七情能中即。术士虽无不死方，庖丁实解长生诀。我今改病岂无□，后辙前车贵心怵。莫令吴质伤鬓白，且免相如忧肺渴。作诗自责非自宽，此后余年须慎疾。

甲申春日有感

（时寓澄海县城南）

八方无事洗戈□，城南□□效贡先。九省渐恢柔远略，百蛮偏丑中兴年。汾阳单骑期相信，道济长城本自坚。况复陆梁何所取，敢收铜柱□南天。

宸衷能独□陆梁何侍逞垓埏　三首

交趾□□门虎豺，黑山□骑计仍乖。火焚象阵空城诀，破击狼机巨舰霾。贡献昔曾登玉府，抚绥难任弃珠崖。神州右诩多形胜，肖撤藩篱与敌皆。

百感茫茫与谁论，出愤填胸一剑存。三春浪涌南溟阔，五夜星渺北极尊。但使楼船惊下濑，莫教烽火照重阍。军情虚实原无定，岂独□□扼海门。

一卷阴符校未终，异乡如粤感飘蓬。谁知文豹思□雾，不是爰居为邀风。谢傅围棋终退敌，班超投笔愧从戎。于今睿巽无遗策，且自信杯问太空。

洛中见桃花

异地春寒怯倚阑。忽忆故园三两树，照窗如绮定谁看。

题海阳家寿吾茂才小照

我从穗垣来，芥舟渡南溟。长鲸呼腥风，鱁浪吁可惊。嗒然忽丧我，性命鸿毛轻。到潮阅两月，执贽来宗盟。（谓名□老友）携图丐新诗，云是父同生。图开见烟海，似我来时程。中有身外身，谈笑指沧瀛。颇疑泛颖篇，须眉镜浏清。散为百东坡，影□层漪明。涉险我忘我，达观心自冥。跨流采大化，而君影答形。何当一觌面，真幻相与评。

题家竹阴课读图

写就闲居乐，琅玗屋外稠。一经能教子，千亩拟封侯。意气倾同甫，风流接太邱。他时来看竹，须问主人不。

夜　　坐

飘然凉气洒中庭，新卧鳏鱼两眼醒。荷盖欹时倾晴露，瓜棚缺处见疎星。巢屋自笑春前燕，物变须惊雨后□。幸有书影慰岑寂，隔空光闪一灯青。

自　　笑

自笑生平百不能，一丝□累总难腾。徐行狎似忘机鸟，小坐清□入定僧。世事下阶频扫叶，召时挥扇却驱蝇。道心闲静何曾碍，秋浸寒潭皎日升。

秋日复至潮州别舍弟子□　二首

秋凉幞被唤變童，寒日江头候好风。鸿雁南来人北往，相逢翻笑两匆匆。

□□有弟话分□，屈指为期迈岁除。满地干戈游子远，平安时寄一封书。

晓行途中

平野鸡鸣客独过，秋风萧瑟暗明河。五更残漏催霜早，一径寒林落叶多。凉露侵肩山皆疲，晓风刮面剑相磨。阕心最是瞳昽日，终上枝头鸟已预。

题蔡恪生茂才小照

曾向华筵睹令姿，披图□爱费寻鱼。大瓷浸水兰花放，极见尘间擢秀时。

初秋感事　四首

海气难靖剑重磨，闻说交州又约和。鬼蜮阴谋休过信，鲸鲵题战当无多。翻疑五鬴遍增币，可召刘琨梦枕戈。战议未成河已渡，南朝殷鉴竟如何。

闽中一夜水犀惊，险厄方逾遂败盟。胜箕未能掺斗收，奇功敢信出书生。震天雷炮宁无济，横海楼船枉有名。兵法用长非用短，刍荛谁为献公卿。

消息传来恐未真，泉乡如鹭散纷纷。沙虫终向闽江化，风鹤何堪梁海闻。胶柱竟令叹赵括，请缨长愿学终军。□公具有济时策，底事宸衷吁食勤。

谁恤疮痍慰远民，福星照处野回春。名臣勋业周方□，何收风流汉紫遵。见说敌人皆破胆，由来志士本凭身。昏霾洗寒桅枪落，好听铙歌奏海滨。

重阳日登莲花山作诗调及门徒游□子

潮州东界莲花峰，数峰合蕊如芙蓉。凉秋九月花不落，金茎承露云霄中。我闻其名惜未睹，得遂探幽幽兴浓。明河未曙星睒睒，笋舆数队冲寒风。烟销日出岚影现，黛光闪烁金银宫。阴晴翕开近忽变，嶙峋怪石摩苍穹。试从山麓跨山脊，俯视一气近鸿蒙。东瀛远水（入杯勺）绕襟带，南澳群山森剑锋。长沙黯□□鸟波，风帆不动明镜台。惜哉叹仄不易上，未获绝顶拄青筇。若今钧天酣一梦，（山顶有庙，祈梦甚灵。）呼吸或与帝座通。君不闻，太华峰头作重九，昔贤自昔矜豪雄。如船之藕花十丈，浩歌长号倾千钟。花山挺出压培楼，□蓄灵秀开荒蒙。相携□□酸嘉节，壮观得此亦已丰。愿言□堂二三子，作诗漫莫嗟困穷，且看佳气腾郁葱。

题家亨小学照

南溟□里，柔佛一隅，炎洲要道，禅瀛陾区。千□所共，集百货所交趋；公往茫茫，召贾胡操奇制。羸居市间，坐累巨采，非豪铢经酣年，□呼摴蒱。吹蠡击缶，叹呜呜异乡之乐，聊兴娱粹然无叹得充符，饮公坐化殊凡夫，昔之避地东海，居奇五湖，魏则有王烈，越则有陶朱，呜呼！公傥其徒欤！

竹节砚铭

削劘石骨成竹片，礲之砻之节愈见。（陈子砺字□砚。）

秋日登楼

高楼遥望隔乡阙，客久能谙世事艰。生计渐疏惭剑铗，归心难遣望日环。潇潇细雨迷前路，黯黯寒云恋故山。但使溪田粮稻足，倦禽何事不知还。

幽居晓望

疏松高柳映篱根，临水人家自结村。我正窗前侵晓望，不知北舍已开门。

夜坐有怀舍弟子□

凉宵客闷坐，霜气来蒙蒙。忽听荒鸡唱，空庭月正中。故居千里隔，清况两人同。频嚏因何事，相思梦未通。

潮州谒韩文公祠　二首

一表千秋重，能使佛法除。何乃天子怒，迁谪揭阳居。当日崎岖至，残年五十余。鹧鸪频向客，蚝蛤并愁予。雪拥蓝关后，涛翻恶水初。南行增懺慌，北望动唏嘘。愆过思泷吏，精诚感鳞鱼。曾称□□教，讵与大□书。天遗开荒服，人教式故庐。嘉盖荐蕉荔，遗像肃琼琚。李杜文俱盛，荀杨学已疏。髯苏碑当在，趺坐读徐徐。

龙门鲸吞日月昏，穷荒旋旌动吟魂。禅瀛地广谈驺衍，辽海人归重邴原。书剑当余身外物，波涛犹作耳中喧。乘风破浪微豪气，一卷新诗敢漫谝。

□题寿吾尊兄玉照

我从穗垣来，芥舟渡南溟。长鲸呼腥风，鱍浪吁可惊。嗒然忽丧我，性命鸿毛轻。到潮阅两月，执贽来宗盟。携图丐新诗，云是父同生。图开见烟海，似我来时程。中有身外身，谈笑指沧瀛。颇疑从颖篇，须眉镜浏清。散为百东坡，影飞层涨明。涉险我忘我，达观心自冥。临流归大化，而君影答形。何当一睹面，真幻相与评。（寿吾□兄大人玉照并希吟臣，弟陈伯陶甫槀。）

赋得青梅只今将饮马

（得今字五言八韵）

戡乱穷青海，氐羌圣武钦。牧驹闻自昔，饮马计从今。铁骑衔枚出，银河洗甲临。尘看西极静，窟比朔方寻。龙种千群健，鲸波万丈深。功宜成血汗，泽想竭蹄涔。传箭销边警，投鞭报捷音。策动丹阙至，鸾驾更骎骎。

赋得令严钟鼓三更月

（得更字五言八韵）

月色三霄正，貔貅肃御营。鲸钟传禁令，龟鼓答严更。命风生帐师，容火列□城。钦钦淮水韵，皎皎汉河情。玉佩丁冬和，珠尘午夜清。群鸟飞有影，万马听无声。乐奏嵩宫阏，轮悬朵殿明。圣心廑飨帝，初日九韶成。

（以上据《陈文良公集》中《陈文良公诗》手稿整理）

无题　三首

昔过骊山道，华清艳李唐。如何至蓬岛，别自有莲汤。安乐非吾国，温柔是此乡。我心尘不染，且洗热中肠。

芦湖一棹泛深秋，日落离宫生远愁。忽忆池底春草绿，南斋仙侣尚同舟。白头羁客更凭阑，雪色遥瞻富岳寒。何似西湖比西子，烟鬟雾鬓镜中看。

野旷天低望眼宽，更无人处自盘桓。秋原劲草知风疾，冬岭孤松阅岁寒。照水数茎添发白，轻扬一寸吐心丹。微闻日暮吟梁甫，莫作三闾泽畔看。

（载《瓜庐文剩》卷二《游日本箱根》）

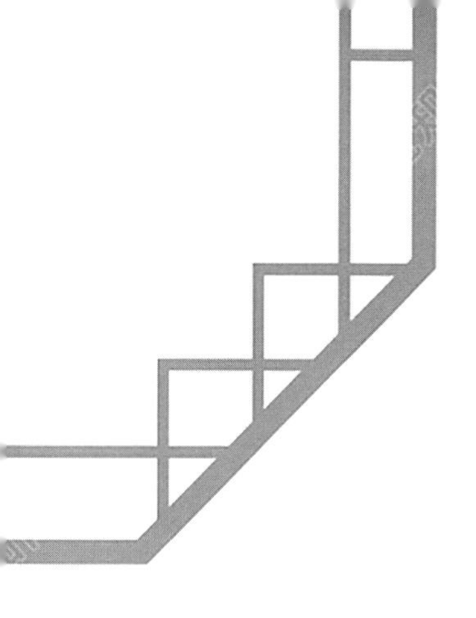

附录二　扈随日记

扈随日记

由西安起程。二十里灞桥尖，三十里临潼县宿。二十里新丰镇尖，二十里□□镇宿。二十里丹店县尖，二十里渭南县宿。二十里赤水镇尖，二十五里华阴县宿。二十里柳子镇尖，二十里敷□□茶尖，卅里□阴县宿。五里□□□尖，卅五里潼关□二里半第一关尖，二十里关弟镇宿。（□□□□□□□□□□□。）二十里盘头镇尖，（左旗马队都司□□□。）二十里阌乡县宿。（左旗提督□□□。）二十里杨家集尖，（中旗马队□□□□□。）二十里古村驿茶尖，入函谷关，二十五里灵宝县宿。（右旗马队都司穆向元。）二十里曲沃镇尖，二十五里桥头沟茶尖，（祝军帮常游击马□□。）十五里陕州宿。（以上俱志腾军。）三十里磁钟镇尖（夏军），廿五里张茅镇宿。二十里峡石驿尖，廿五里观音塘宿。二十里英濠镇尖，廿五里渑池县宿。二十里石河镇尖，（铁门、新安、磁涧三处尖宿，但未定。）二十里义昌茶尖，二十里铁门镇宿尖，（以上夏军。）三十里新安县尖，三十里磁涧宿。（西军安前营步游击马忠孝，右旗马都马□□。）十五里谷水铺茶尖，廿五里洛阳县宿。（右营步队都司马□。）四十里义津铺尖，（中旗马队都司马进福。）三十里偃师县宿。（左营游击马占奎。）三十里黑石关尖，（右旗马游击马永祥。）卅五里巩县宿。（亲军都司安普祥。）三十里老犍坡尖，（前旗马队知县马遂良安定营，以上西军。）卅五里汜水县宿。（忠武后营总兵李学文。）四十里荥阳县宿。（忠武前营游击刘玉魁。）三十里赵村尖，（忠武左旗马队都司□□建。）四十里郑州。（左营□□陈正魁。）三十里圃田村尖，（邓忠武中军札中营游击邓振□。）四十里中牟县宿。（左营游击王辎文。）三十里韩庄尖，（亲军游击雷洪春。）四十里开封府驻跸。

由洛阳不进开封，往北京路。廿五里平栾寨尖，二十里孟津宿。八里下孟口（渡黄河），二十里干沟桥茶尖，二十里孟县宿。三十里崇义寨尖，二十里怀庆府宿。二十里二十里铺尖，二十里德化镇宿尖，三十里宁郭駊宿。三十里李记寨尖，二十里修武县宿。三十里狮子□尖，二十里□□县宿。廿五里大店营尖，廿五里新乡县宿。廿五里临清店尖，廿五里术辉府宿。二十里顿坊店尖，三十里淇县宿。廿五里高村桥尖，廿五里宜沟駊宿。廿五里汤阴县尖，三十里魏家营茶尖，十五里彰德府宿。二十里二十里铺尖，二十里丰栾镇宿。

由汴梁回銮至北京路程

十一月初四日汴梁起程，二十五里柳园口渡河，五里新店宿。初五日，二十里封邱城尖，十八里大村集茶尖，廿七里延津宿。初六日驻跸。初七日，廿五里塔儿铺尖，廿八里王端铺茶尖，十七里汲县宿。初八日，三十里常屯尖，二十里淇县宿。初九日，二十五里高村桥尖，三十里汤阴宜沟驿宿。初十日，二十五里汤阴尖，三十里魏家营茶尖，十五里安阳宿。十一日驻跸。十二日，二十里二十里铺尖，二十里丰栾镇宿，二十五里磁州宿。十三日，二十五里琉璃镇尖，二十五里张二庄茶尖，二十里邯郸宿。十四日，十五里黄粱镇尖，二十五里临潼关宿。十五日，三十五里沙河尖，三十里邢台宿。十六日住。十七日，二十里蓝阳村尖，三十三里内邱宿。十八日，二十里张村尖，三十三里柏乡宿。十九日，二十里固城尖，二十里沙河店茶尖，二十里赵州宿。二十日，二十里贾店尖，二十里栾城宿。二十一日，治河铺尖，三十五里二十里铺茶尖，二十里正定府宿。廿二、廿三日住，由此坐火车。廿四日，定州尖，廿五、廿六日保定宿，涿州尖。廿八日，北京驻跸。

两宫启銮驻跸日期

八月廿四日启銮，临潼宿。廿五日零口宿。廿六日渭南宿。廿七日华州宿。廿八日华阴宿。廿九日华阴驻跸一天。九月初一日岳广拈香，潼关宿。初二日、初三日、初四日潼关驻跸三天。初五日阌底宿。初六日闵乡宿。初七日灵宝宿。初八日灵宝驻跸一天。初九日陕州宿。初十日张茅宿。十一日观音塘宿。十二日雨，观音堂驻跸一天。十三日渑池宿。十四日铁门宿。十五日新安宿。十六日洛陵宿。十七、十八日洛阳驻跸。十九日关陵龙门香山拈香回，驻洛阳。二十二、二十三日驻跸洛阳。二十四偃师宿。廿五日巩县宿。廿六日汜水宿。廿七日荥阳宿。廿八日郑州宿。廿九三十日郑州驻跸。十月初一日中牟宿。初二日驻跸汴梁。

自四月二十日到行在，陶即决意随员入京。七月时，孙寿州夫子派入扈从。因回銮日百官相随人众，分命先期起程。本拟八月初五日偕陈苏生前辈，汪颂年、顾亚蘧两同年，李柳溪兄同行，以荫儿滞下未痊，改约吴菊农兄，订二十日起程。戴少怀前辈亦于是日启途期，遂从。二十日清晨，陶暨荫儿二仆及陕西，一小子（姓刘）起程赴汴。荫儿坐驮轿，二仆一骑马、一坐大车（小子亦坐大车）先行。陶俟梁节庵前辈谢恩召见，下谈至午刻，乃独骑一马出城。菊农亦同行出城，后以菊农坐车太迟，遂策马前进。十里浐桥，十里灞桥，二十里斜口镇，十里临潼县城内宿。是日，至湘子庙街，约菊农同行，循南城根至东南隅有汉董江都祠，出东门过八仙庵，庵新架，敕建牌坊。（闻慈圣回銮时过此，小坐乃行。）再出东关门，门外新修御路，循路边行至浐桥，桥有东西两牌坊，其下即浐水也。灞桥，桥极长阔，下为灞水。至临潼时日已西下，行台则知县预备，（约有二三十行台。）办差者极殷勤，菜饭亦丰腆。少怀前辈寓横渠书院，陶寓一旧家宅子，约明日清晨至温泉洗澡。温泉在临潼城北门外数十步，源出骊山下，唐华清池故址也。昔为驿馆，今改行宫，池馆园亭颇擅幽致。

二十一日由临潼起程，二十里新丰镇，二十里零口铺宿。是日清晨，少怀、召闾（少怀友人，同行在姓区，名孝达）、陶暨荫儿四人同游行宫，宫北向，南枕骊山。（骊山在临潼南。行宫北向，则东南等字似误。）朝北三间慈圣所居，其东三间皇后所居，南俯一池，池中两亭相向，又其南有一桥，桥南向。北三间则今上所居也。两游廊环绕，林木掩映，风景极佳。游毕，入汤池洗浴，水极温，凑肌理，和脏腑，相传病者浴之即痊，理或然也。四人俱浴毕，后盘桓片时许，见壁间嵌有宋皇祐、元符、政和数碑，其政和间谢彦子美诗一首云："自笑尘□去复来，骊山顶上看崔嵬，何人得向长安道，亲浴莲汤十二回。"书法颇磅礴，在二蔡之间。又一宋碑书张燕公《温泉说》，约百余字，起云："玄冥氏之子曰壬夫安，祝融氏之女曰丁革，俱成水仙，为温泉之神。"余碑不复记忆矣。浴后体颇轻快，回寓食麵即起程，过新丰镇有大碑云："鸿门楚霸王宴汉高帝处。"《水经注》："新丰古城东有阪，长二里余，堑原通道，南北洞开如门，谓之鸿门，有鸿门亭，当即其地。零口镇东有桥，桥之下水浅而浑，即零水。"《方舆纪要》称："镇去县东三十里，即零水入渭处是也。"镇东有行宫，迴窄而旧，虽经修饰，然颇嫌草草。

骊山 三首

居然赫赫灭宗周，南望骊山涕泗流。裂帛有声娱艳妇，举烽无计召群侯。龙漦孕姒童谣验，鹑首分秦帝眷休。太息孱王迁雒后，苍天如梦总悠悠。

阿房突兀忆秦时，宫女如花乐不支。仙术长生蓬岛误，鬼谋将死镐池知。金棺未许重泉锢，玉玺俄惊轵道驰。惟有儒坑遗骨在，千秋樵牧护残碑。

温泉赐浴属唐家，一曲霓裳过客嗟。湫底黄虬方喷雪，苑中白鹿自衔花。倾城在昔怜飞燕，坠井何人笑丽华。惆怅马嵬坡上路，金钗钿合委尘沙。

发西安度灞桥作

又别长安去，秋风度灞桥。飞蓬声簌簌，垂柳影萧萧。日暵帷宫丽，尘吹辇路遥。独行徐按马，未许四蹄骄。

温　泉　行

女丁士壬成水仙，帝命骊山掌温泉。泉芳而滑宜洗湔，阴火潜沸清泠渊。凑肤泄汗沉疴痊，在昔李唐天宝年。君臣娱乐纷流连，华清宫殿凌紫烟。三十六所莲汤莲，君来十月靡龙旃。太真妃子黄金钿，秦虢二姨珠翠鲜。绥绥雄狐相后先，猪龙无角丐洗钱。同川而浴吁可怜，金蟆已化长虬跧。瑶池郁律犹管弦，祸水如血腥闻天。帝使二神纠其愆，投畀豺虎南山边。黑龙云气空中旋，荡涤垢秽成清涟。我行过之心惘然，此说有味前贤传（张燕公温泉说深以淫乐为戒，似有先见者）。濯肌沐发岂不便，慎勿亵此流涓涓。

二十二日由零口镇起程，二十里升店，二十里渭南县城尖，二十四里赤水镇，二十六里华州城宿。是日清晨七点钟起程，十一点到渭南县城，城西门外有万里墙，下为湭水，浅而浑。少怀前辈即住渭南，以时只晌午，菊农兄约到华州住，一点半钟复起程。陶骑马独先往，未到赤水镇三四里，有唐郭汾阳王神道碑，下款称阖族人等重修，盖其族人当聚居此地也。南望山坡上有墓基二，上有小房屋，疑即郭墓。赤水镇东西有大桥，其东为大赤水镇，西有台门，题“周处故里”。遇此则两行新柳夹道成荫，斜照西风，飒爽可喜，直至华州。州西门外有明殉难知县姬忠烈公祠，已残毁，穹碑当存，又有“寇莱公故里碑”，又有井玉峰先生文学碑。入老西门，两旁屋宇倾剥，景象颇荒凉，行三里许，入一小北门，往南数百步，询知一行台，固宿于此。时已昏黑矣，华州城颇阔大，然居民寥落，疑改筑城南为一小城也。

周处故里

力除三害慰乡邻，周处当年勇有神。今日读书已无益，斩蛟射虎更何人？

二十三日由华州起行，十里罗纹镇，十二里柳子铺，十八里敷水镇尖，二十里长城铺，十里华阴县城，五里岳庙宿。是日清晨，入华州治一行，州治颇宽厂，今改行宫。大堂前有唐潼县陇西军陇右节度使右仆射兼御使大夫武康郡王李公懋功昭德颂碑，李元谅也。张蒙撰，韩秀弼书，李彝篆额，后题“贞元二年某月某日建”，二字中间剥蚀相连，或为五字。碑高丈余，阔六七尺，八分书，书法似汉百石卒史碑，刻划当完好，然尘垢渍污似久未经摹拓者。览毕，登东门楼一，望其南，华岳诸峰，槎枒雄伟，环列如屏，堪舆家所称廉贞火化为新楼风阁者也。州中屡出伟人，当以此欤！七点钟由州城起行数里，有唐汾阳王祠，旧屋三间，规□极逼侧。又数里，有郭汾阳王故里碑，过罗纹镇，见“陈希夷先生堕驴处”碑。过柳子铺六里，为华州、华阴县分界处。（道旁有界碑二。）至敷水镇，在行宫内少歇。（其地无办差者，一切麺食俱买之饭店。）过敷水镇后，东望太华，如莲花将开仍合，三峰峻削，高出云表。将到华阴，则太华前后左右各峰壁立，分擘如莲花尽放，其最高峰四方削成上丱角，古所称“巨灵擘”，太华岂真有是事耶？详其形状，乃恍惚似之矣！华阴西门外有明兵部尚书郭良故里碑，又有汉神医华佗之墓碑。华阴县城极小，民居颇修饰，有关西夫子祠，县治令改行宫。城东有华封三祝处碑，有圣人福寿多男子碑，盖雍正间忝祝万寿时立。近知县刘林立以回銮在即，亦建有多福多寿多孙子碑，然改男为孙，究嫌杜撰也。到岳庙后，因寻办差不得，至昏黑乃觅得财神庙，止宿，适罗少豪兄随李伯瑜侍郎（绂藻）祀西岳，寓岳庙东，因偕菊农兄到彼处晚饭。少豪适与王伟臣（名士仪，河南进士）仪部游华山玉泉院，回谈其佳处，因约菊农兄明晨往游。

华州道中

寥落州城少华边，茫茫今昔叹前贤。荒祠郭令生秋草，故里莱公起暮烟。扪虱孰谈王霸略，堕驴人想太平年。无端百感心头集，惆怅东流见渭川。

二十四日由岳庙起行，三十五里吊桥，十里潼关县城宿。是日清晨，偕菊农兄往游华山，至山麓玉泉院，为陈希夷修道之所。有石洞、石斫，希夷卧像置其中，其左有山荪亭，为希夷卧处。上擕一大石，石间有“陕西转运副使游师雄元佑九年正月廿五日观太华三峰”廿三字，大尺余，深寸许，书法雄厚而苍劲。旁有文冈登览四大字，约大二尺许，下款书“壬午以秋，官郎恤刑过此”，此当为明嘉靖壬午。文冈姓陈，以劖石刻三峰隽秀，下款书：“嘉靖壬午文冈陈□书。”知之也。其前有希夷遗冢一碑，希夷盖葬于此地。前后左右有无忧树四五棵，树身与紫薇花树同而大，皆两人合抱，枝柯卷曲，数百年物也。或言是希夷所手植，但其木不材，取名无忧，盖当以此。其前有清泉，由西阁龙口喷出，注为一渠，又汇为一池，中一大石船，船内可坐十余人。余石多有劖刻，皆近代，不足记也。同乡黎璧侯前辈刻有八分书“枕流漱石”四字。自此再上，入一月门，中大厅五间，预备驻跸，上悬今上赐扁一方，曰“古松万年”。厅后五间中仅希夷像，慈圣赐扁一方，曰“道崇清妙”。道人出，款客，问上华山峰顶路径，据云二十里至青柯坪，道当可行。又二十里至峰顶，则奇险方收，登降极难，中为昌黎投书处，相传昌黎登后不敢下，投书以别家人也。又云华山顶上三峰，东峰之下石壁仙人掌在焉。（初往时，见东峰石纹似掌形。因石壁下削，水汉上流，数痕黑色，余皆白色，黑白相间如五指。其下黑痕不到，如掌也。）西峰亦名莲花峰，南峰双顶，东为落雁峰，西有仰天池，此皆最高处也。（东峰稍低于西，西稍低于南。）本拟鼓勇一登，因是日拟宿潼关，遂止。道人留食素麺，赏钱一千文。十点钟乃下，下二里许，为古云台观（李白有《送西岳云台子歌》）。观正间为玉皇殿，倾倒过半，殊不足观。十二点回，至岳庙。早饭毕，嘱大车、驮轿先行，陶暨菊农入岳庙一游。庙极大，石碑林立，汉唐诸碑所存，多破碎，惟大周西岳庙碑及唐述圣颂当完好耳。庙正间宏厂如宫殿，在华山之神（今上赐扁曰“灏灵万古”，慈圣赐扁曰“仙掌凌云”）后，一殿在圣祖仁皇帝牌位后，为万寿阁中，在皇帝万岁万万岁牌位阁二层，登之南望华山，苍翠照眼，诸峰历历可数，盘桓数刻乃下。庙中柏树数十株，青葱奇古，道人指为周柏、秦柏，皆千年物也。道人出拓本各碑见示，购得数种，共钱三千文。两点半钟由岳庙起程，过吊桥（旧云杨桥铺县），东约一里有汉关西夫子墓，前一石牌坊，内百余步为享堂，三间中在汉关西夫子神位右，注曰“公讳震，字伯起，陕西华阴人”。壁间嵌有明嘉靖万历二碑，享堂前左一明碑，右一康熙年碑，然围墙倒塌，草棘丛生，殊觉荒秽。堂后百余步有土堆三四，疑即太尉坟也。至潼关城寓考院内，时已昏黑矣。（知县赵乃普潼商道为谭芝耘同年，初拟往见，以饭毕夜已弥黑，遂不果。）

谒岳庙

莲花峰下启崇祠，行客经过有所思。学道陈抟刚醒后，献书李靖尚微时。风霜已蚀秦朝柏，缣璧谁收汉代碑。犹忆先皇巡幸日，羽林摩戛盛威仪。

游华山玉泉院

侵晨入华山，策马越榛莽。旭日射阳崖，溜痕划仙掌。逶迤至阴麓，琳宇惬幽赏。树卧山亭高，泉奔石船响。惜哉希夷翁，瞑睡遂长往。生平快登眺，道术诚所向。回首望峰尖，金萼凌泱漭。天梯悬铁锁，径险不可杖。叹息遽言旋，征途掉尘鞅。

望　西　岳

太一终南远势遒，峥嵘西岳压（俯）秦州。晴空半挂苍龙雨，灏气高乘白帝秋。十丈瑞莲窥玉井，千年灵药访丹邱。金风凉冷罗云卷，好上天门汗漫游。

杨太尉墓

西风十里华阴程，太尉荒坟草棘青。大鸟有时栖墓树，夕阳无语下邮亭。辞金暮夜人应笑，请剑昏朝帝岂听。寂寂飨堂谁遣祭，空将汉诏勒碑铭。（墓前有飨堂三间甚逼窄。）

二十五日由潼关起行，二里半第一阕，（过此入河南界。）二十里阌底镇尖，二十里盘头镇，二十里阌乡县城宿。（是日所行里数极长，土人称是加五谓十里即十五里也，计行约九十里矣。）是日清晨，骑马往俟谭芝耘同年，门房称当未起，不获晤。出东阙，由山沟行至第一关，关门据一山坡上，地势颇高，北临黄河。回銮路程称在第一关尖，然未见行宫，疑别开一道在山上也。由此下坡后，山沟行约数里，骑马入。山坡上见一御道，颇宽平，循之至阌底镇，本旧阌乡县城镇，所设行宫铺陈极华丽，比陕西几胜十倍，办差者言一路俱佳，洛阳府尤胜。尖毕起行约十里，道旁一碑曰“汉台风雨”，《方舆纪要》称汉武思子台在皇天原，疑即其地。至盘头镇，以时当早，后赶至阌乡城内荆山书院宿。知县邓华林（号舒文，广州惠州龙川县人，癸□科优贡，教习尽先知县）。

潼关道中

形势天然锁钥牢，秦封百二称神皋。涡盘千里黄河曲，壁削三峰华岳高。沃野铺菜开夏甸，雄关穿线入秋毫。连云战略逾飞鸟，今古兴亡首重搔。

二十六日由阌乡起行，二十里达子营宿。是日清晨换车马，装车毕，因往候知县邓舒文，适公出，未晤，其弟香谷及袁铁生大令出见。县署已改行宫，顺往一玩，铺陈华丽，与阌底镇一律。十二点乃起行，至达子营已两点，询知前途至灵宝，路极遥，且中间无可歇处，因遂宿于此。（香谷派一小队到营，适道台经过，办差人贾诚在此，并嘱其招呼房店□食。闻两宫廿四日启銮，是夜，驻跸八仙庵。）

荆山　二首

荆山铸鼎记轩辕，炼食丹砂上帝阍。闻道乌号弃黎首，乘鸾归去有婵媛。

鼎湖流水碧弯环，当日骑龙去不还。何事万灵风雨夜，又将弓剑拜桥山。

二十七日由达子营起行，二十里稠桑，二十里灵宝县城宿。（自潼关至灵宝里数极长，每十里约加四五里。）是日清晨七点半起程，一路多行山沟中，数里入灵宝县界。稠桑，古驿名，（春秋虢公败戎于桑田，当即其地。）《方舆纪要》称“在阌乡县东三十里，今属灵宝”，其地店户寥寥，无可栖止，过此再入山沟中。函谷关去灵宝西二里，关门跨两山之间，山不甚高，有大碑，刻“古函关”三字，东临宏农，涧之水清浅，北注黄河，两堤维阔，然水流处极狭，新造一桥设有红栏杆，盖跸路所经也。过河即灵宝县城，至时已过午矣。灵宝为古宏农地，有宏农书院，南门额曰“通虢县”，署颇宽厂，今改行宫，铺陈一如阌乡。

函 谷 关

我来桃林塞，东过函谷关。关门倚绝岸，下有涧水环。缅想六国时，聚兵构秦患。秦王利长距，虎视崤渑间。逡巡不敢进，兵甲一何孱。岂无鸡鸣客，偷盗防诘奸。亦有怀璧夫，间道趋连山。当时重关隘，雄戟森豺貘。时平险亦失，戍守安且闲。吁彼抗尘子，辘辘车轮殷。

二十六日由灵宝起行，二十里曲沃镇，十五里温塘，五里辛店，五里桥头沟，十里南关卡，五里陕州城宿。是日清晨七点半起行，过明名臣四太保许公祠，出灵宝城东门约二三里，有明许庄敏公墓碑，前又有明少师许文简公神道碑，又前，有明太保兵部尚书许恭襄公神道碑。过曲沃镇，入一寨内，行出寨外约十里，始至温塘桥头沟。人家寥落，曲沃桥头两处行宫俱新建，房舍维不甚宽敞，铺陈亦颇整洁。过南关卡，度青龙河，入陕州南门，门有“甘棠旧治”扁，盖周召分陕地也。一点半至憩堂馆宿，（馆额南海黄璟书。）陕州城西北濒河，州治后园近城墙，据一山上。下临黄河，望隔河平陆县城如指诸掌。《方舆纪要》称羊角山在州城西北隅，当即其地。行宫以道署为之，颇宏丽，旁有图引，涧水注其中，为两小池，池旁有晚香畦，仰华坡诸胜。（询电报局，称两宫廿四日起程。是晚，住临潼，知县一切备办，措手不及，□中丞具折参奏，且自请处分，□旨临潼县知县交部□处，□□着恩免□。廿七日两宫驻跸华州，计程今日当到华阴云。）

陕 州 夜 雨

孤馆陕州城，萧条客自惊。暗云沈岭阪，飞雨挟河声。东道驰千里，西风憾五更。鸡鸣前路去，怅望是朝晴。

二十九日由陕州起行，五里瓦窑，二十五里磁钟镇尖，十七里八里店，八里张茅镇，十五里庙沟，五里峡石驿宿。二十八夜雨，是日清晨稍晴，然霏微不绝。七点半起行，遇宋李忠烈公祠，出东门有周召公治处碑，瓦窑人家甚少，磁钟镇店户数十家，有行宫。（张茅镇为两宫宿处，行宫颇壮观。）入张茅镇后，一路行山阪中，山多石戴土者，石铁色，有矿质。至庙沟，山骨渐露大道中，时有巨石坟起如眠牛羊，其地去黄河稍远，然山脉当北注河壖，作三门砥柱，□险。过庙沟前有关门，自潼关至函谷关皆土坡，维车行沟中，出观坡上坦平，弥望未足称绝险也。自张茅至峡石，则山径盘纡，冈峦环抱，当为用兵戍守之要区。峡石即古崤陵关，东通渑池，西通函谷，天然险隘。崔浩云“东自崤山，西至潼津，皆名函谷”，然则函谷之险不特灵宝一阕门也。汉贾生称“崤函之固”，观此信然。峡石驿人家寥寥，有行宫，至时六点，晚住一客店中。（是日午后，稍开霁，晚间复下雨。）

客途晚霁

远山开晚霁，客路骋吟鞭。积雨润流涧，晴云低下田。飞尘随地尽，垂柳得天怜。极目昏鸦集，人家起暮烟。

峡　石　驿

群山如群蛇，腾踔啮河腋。其北雄砥柱，其南盘峡石。关门层峦抱，轨道两崖擘。古来争战地，崤陵此其厄。我行风雨交，单骑惊险窄。颓云压嵯峨，恍若列战栅。危砠积铁黑，崩岸坠骨白。山鬼时复嗥，阴森舌犹咋。渑池真翼奋，函谷亦吭搤。戍守更中央，谁能抵其隙。太息墙垒倾，萧条过荒驿。

九月初一日由峡石起行，二十五里观音堂镇尖，二十里英豪镇宿。二十九夜雨，清晨后晴，八点钟起行。出峡石上一高岗顶上行，俯视峡石如在井底，一路冈峦重迭。道上见人家挖煤，煤颇佳。观音堂亦称堂镇，人家不多，新建行宫自张茅至此，俱属险隘，出观音堂，则皆土坡，坡路渐平坦。十里入渑池界，有界坊，郡守文仲恭悌建上书“西有崤陵函谷之固”八字，其东面书“河南府渑池县分界”八字。英豪镇有行宫，尚未修拾停妥，知县邱君于六月间始接任，故一切忙迫，不及妥办也。到英豪镇时已四点，有小雨。至晚后晴，宿一店中。（是日雨后，路泥泞难行。）

崤陵道中杂诗

山泥已滑滑，山阪更绵绵。驽骀负重载，踯躅安得前。客子盼秋晴，农人盼秋雨。天公两不管，风怒狂如虎。疲马向风鸣，朝来困几程。仆夫殊自乐，度曲妙秦声。磊磊山上石，迢迢山下坡。今古此长陂，行人奈若何。

初二日由英豪镇起行，二十五里渑池县城尖，十里塔泥街，十里二十里铺，一里石河镇，二十里义昌驿，十里崤店，十里铁门镇宿。是日清晨七点起行，至渑池城外，有秦赵会盟处碑，渑池城南环渑水，尖处在城内韶山书院之内，有存书记碑。张君景楼捐资购书，以惠学者，而山长刘君三记之也（记文极庸滥）。塔泥、石河、义昌三处，人家店户极寥寥。义昌驿有三老台，盖三老董公□说汉王为义帝丛丧处。本拟在义昌歇宿，以无店可住，无办差照料复行，幸路坦而平，六点钟至铁门其地，两山环抱如门，商山顶上有庆寨，出崤店即望见也。《方舆纪要》称“白起城在县西三十里”，疑即此寨铁门，《方舆纪要》称为“缺门”。山一名扼山，山阜不相接者里余。开元八年，契丹寇莹州，丛关中卒援之，宿缺门莹谷水上，夜半山水暴至，万余人溺死。今其地有二石碑大书“铁门”二字，然则古名“缺门”今名“铁门”欤？又将到，时望山隼，若相接也。

过渑池秦赵会盟处怀蔺相如

渑池鼓瑟邯郸女，秦王如虎赵王鼠。鸣鸣瓦缶刑徒拊，秦王如鼠相如虎。虎臣岂避廉将军，强秦所畏惟两人。当时璧返身在秦，汤镬宁复爱此身。此身智谋兼勇决，十步匪徒溅颈血。不然卤莽何足为，君不见，荆轲匕首张良椎。

初三日由铁门起行，十五里克昌村，三里嶥山村，十二里新安县城尖，二十里二十里铺，十里磁涧宿。是日清晨七点半起程，出铁门东，一涧水从北来，即榖水也。从此前行，南北两山相去里许，中开大道，极平坦。嶥山村人家不多，有石碑镌“嶥山铺”三字。过嶥山铺东望，山上有塔，至塔下二里许，过一涧，有桥设红栏，凡一路新修桥梁，多设红栏杆，跸路所经地也。过此到新安城，城跨山为墙，山上无似有塔。行宫以县治为之，出新安城西门不及里许，有关门，上题“秦函谷关”四字。秦杨仆数有战功，耻为关外人，上书乞以家财东徙关，武帝为徙于此，为称函谷新关。自此前行约七八里，至一地，名火虫驿，复行十余里，乃至二十里铺，人家寥落。自新安至磁涧，一路俱沿涧水东行，即书所称。涧水，东之涧水也，水极清洌，比前所遇诸水稍宽阔。涧中白石磊磊，圆如弹丸，磁涧为作慈涧。《水经注》所云“少水出新安南山中，东流注于穀”者，即此水也。至磁涧，时二点半钟，磁涧人家店户不多，行宫收拾已妥帖。（闻两宫廿八日到华阴，九月初一日到岳庙拈香，初二日到潼关，或云初一日到潼关，在潼关驻跸三天，然后起行。大约廿九日往游华山玉泉院也。两宫在潼关驻跸，称是办事或雨后难行，亦未可知。）

初四日由磁涧起行，十五里谷水铺，二十五里洛阳县宿。是日清晨起行，约十里过王祥河，又五里至谷水铺。谷水无名，孝水以王祥卧冰为名，前所过王祥河即此水也。《方舆纪要》称“谷山在洛阳县城西南三十里，谷水出焉”，然则谷水盖在磁涧之南矣。过此前行，有木牌坊曰“洛阳县界”，□到洛阳道旁，有明总督宣大山西等处军务前溪张公神道碑。又有宋翰林□□赠尚书钱□□神道碑，以匆匆而过，不及细观。入城西关，路北有二程夫子祠，邵子祠。入城南门，从北直行，复绕而东，至洛阳县治南寓，一人家令改公馆（公馆条称是于友文家）。县治即在河南府城内，城颇大，行宫以府署为之，后有土山，令改为房屋五间，前后俱有花，栏旁有莲池，知府文仲恭手改，极雅饰。晚间与菊农兄往观仲恭暨其弟慎之，相见畅谈片时许乃返。（闻两宫驻跸潼关，初五日乃起行，在西安未启銮时荣王、两中堂俱赐紫□。）晚间菊农同年韩章五（胪云）到寓，章五办官车局，因约菊农兄往游伊阙，章五兄给轿车二辆。

过孝水

（俗称王祥河，以王祥卧冰为名）

卧冰求鲤熟童蒙，至行须移孝作忠。当日佩刀荣贵甚，暮年翻列晋三公。

洛阳道中杂感 二首

洛邑天中大道开，峥嵘宫观绝尘埃。函观望气清牛去，竺国驮经白马来。柱史千言身外绪，迦蓝一记劫余灰。茫茫二鸟今何在，景教遗碑出草莱。

回首蒿邙别恨赊，名都佳丽付尘沙。瑶光寺里悲秋草，金谷园中剩落花。洛水惊鸿宁再世，缑山归鹤已无家。遗民苦说金轮帝，伊阙岧峣驻翠华。

初五日往游伊阙香山，归途谒关陵，仍回洛阳县宿。是日清晨八点，官车车至，偕菊农兄同出南门，约里许，至洛水阳，水清而岸阔。时久无大雨，过时深不没车轴，渡水后一望，平畴沃衍，颇以南方支渠穿贯，足称上腴。行十里许，渠边一碑曰“古洛莽渠”。又二里许，一碑曰“太明渠”。又七八里，乃至其地，西为龙门，东为香山，伊水自南来，穿两山之间，北注于洛龙门山。有潜溪寺，前有温泉从石间涌出，蓄为一池，池下喷泉如□。寺内四佛龛中，其北一龛之前有亭，上题“斋祓堂”。其南三龛相连，中为宾阳洞，洞高约四丈，因山石镌刻诸佛，皆高数丈。石壁中镌诸比邱美男子、善女人等，容貌壮美，衣服极古雅。上刻旛幢宝盒诸形并无甚损坏，深可爱玩，洞门外二大尊神，其右因山石镌一大碑，额题“伊阙佛龛”，碑字大约二寸，书法似诸河南，或以为即河南书。左右二洞深阔，与中洞等所镌佛亦高数丈，然颇有倾塌，不似中洞之完好矣。洞外石壁上下左右俱劚佛像，大小不等如列蜂巢。洞前有厅五间，时正兴修，以备两宫临幸。洛阳典史朱子梓监工，因在厅内扳谈片刻，子梓称此三龛唐时所凿，其元魏时所凿者在山之南，即所称魏碑龙门二十种者，是也。因偕菊农兄往观，循山麓而南，佛龛大小无虑数百处，皆北魏隋唐间镌刻。龛旁多刻某年月某人造像，书法益佳，有已经摹拓者，有未经摹拓者，扪壁细观，剥落模糊，不可尽记，大约皆唐武后以前年号。其间一大龛，佛、菩萨、金刚皆高十丈有余，地势极阔，在山腰上有唐时三面碑，无完好，然拓者颇少。又一间龛左有唐武后如意五年碑，阔三四尺，万历间河南巡按赵某镌“伊阙”二大字其上，文遂不全，殊令人作恶。复前行二百余步，一佛龛作名老君洞，其上皆刻元魏时造像碑，即所称二十种者。考魏景明初，尝遣宦者白整凿二佛龛于龙门，其后宦者刘胜复凿一龛，皆高百尺。今此龛高约十丈，碑或在龛顶，或在龛之半壁，非架木不能摹，然则魏景明时所凿即此龛欤？其旁一龛之门两边，镌药方无数，北齐时所刻，自此以南，佛龛当多，以时已未刻，不复往览。遂折回，渡伊水，往游香山寺，时无兴修，无可歇坐，其最高处有高宗御笔五律诗二三首。碑亭右有白香山祠堂，和尚言白香山墓在其北，临水一岗，远望之土堆巍然，前有一二碑，看日已西坠，不得往观也。香山有佛龛不多，盖龙门石皆碑材，香山则否，故镌刻者少。寺之南有一寺，亦无所诏，香山十寺岂兵燹后经已残毁耶？回潜溪寺后，子梓留便饭，饭毕即回车。归途入谒关陵，陵有三殿，正殿甚宏壮，前有钟鼓亭，亭侧有碑，皆明以后立。第三殿有关壮缪三像，一玩如意，一卧像，一观春秋。殿后即园陵，有石坊上刻"秦寿亭侯墓"五字，旁一厅云"郎北"，当年欝圣陵首回伊阙，魂回汉阙洛南，此处埋忠骨地。在天中心在人中，旁书"康熙丙午□夏，礼垣都谏在，命典试滇南，闽中粘本盛重刊"，其何人所作则不可知矣。览毕即行至寓，已七点半钟。（闻两宫初五日由潼关启銮，是晚住阙第镇。）

游伊阙龙门山

连冈横玉几，中断若双阙。香山倏东靡，伊水恣北突。其西名龙门，相斗出嶒崒。面披既疑削，足插恍遭刖。缅昔元魏初，造像穿石窟。千人运鬼斧，万穴镌佛骨。金轮起御宇，继踵复劖劂。蜂巢积层层，云窦高兀兀。穷荒本混沌，凿窍真儵忽。想当全盛时，布施竞檀越。神京贱金钱，乐国迷宝筏。含灵思正觉，燃指并截发。琳宫灼飞霞，瑞相开满月。遂使中州民，低头拜胡羯。蹉跎二千载，此事渐销歇。如来尽支解，象狮亦芜没。摧颓叹珠林，铲削愁玉碣。惟有神禹功，两崖独昭揭。

游香山寺有怀白太傅

（寺右有白太傅祠堂）

洗心佛祖放姬蛮，白傅风流岂易攀。遗老固应尊洛社，大名长自占香山。唱酬笑尔微之弱，出处赢他玉局间。诗卷未须藏寺内，而今传诵遍人间。

初六日由洛阳起行，十里分金沟，十里白马寺，十里金墉镇，十里义井铺尖，五里庙庄，十五里新寨镇，十里偃师城宿。是日清晨八点半起行，出东门有元圣祠。旁有圣庙，庙旁一碑曰：“孔子入周问礼乐至此。”复前行，为千祥庵，庵旁为存古阁，河南古碑百余种俱存此间，拟往一观，以太守文仲恭家眷寓内，遂止。前为宋太祖庙，旁二碑曰：“夹马营宋太祖诞生处也。”白马寺汉明帝时建，中国佛寺始于此，寺极大，然望之颇坍塌。寺东有塔，寺塔之间道旁有土坟，坟前有唐忠臣狄梁公墓碑。金墉镇即金墉城故址，今城址犹存。义井铺疑即古尸乡地，《方舆纪要》称偃师县西三十里有尸乡，汉初田横来传诣洛阳至尸乡，厩置，遂自刎。今有田横墓，然车过时不见有墓碑，不审确否也。将至偃师五里，有唐睢阳太守许远墓碑，城西又有黄大王故里碑，黄大王不知何人，疑即河神。城内人家店户颇稠密，行宫以县治为之，甚宏厂，闻买其右邻署后民居以广地，一切皆新建，故规模颇阔。知县潘毓岱，号砺庵，江苏溧阳人，盖能窥伺上意者。

邙山道中作　二首

松柏摧残已作薪，珠襦玉匣出荒榛。邙山多少英雄骨，都化三川路上尘。

平田何处葬金棺，禾黍秋风石碣残。惟有道旁翁仲在，长身搢笏惠文冠。

初七日由偃师起行，二十里孙家湾，十五里黑石关，二十五里巩县城内尖，三十里老撻坡宿。是日清晨七点起程，出偃师东门约一二里许，道旁有偃师伯王辅嗣墓碑（魏王弼）。十里道左有周苌大夫墓碑，又有谒周苌宏墓诗碑，（诗以七律草书，匆匆一过，不能卒读也。）其右有化碧村一碑。孙家湾人家极盛，约行五六里许，乃过其东，为石家庄。复前行为偃师、巩县分界处，有界碑云：“西至偃师三十里，东至巩县三十里。”自洛阳至偃师以东，皆沿洛水东行，平原旷荡，去水涯当远。过孙家湾后，山势渐束缚，时或行山沟中，或出洛水边黑石关，亦名黑石渡。至此乃渡洛水，其地两山环夹，嘉树成行，人家倚崖麓而居，柳绿柿红，互相点缀，风景颇佳。洛水边缆舟为梁，两旁夹以彩栏，以备銮驾平行而过，其余车马仍用船渡，不许驰走，渡水数十步，为行宫朱扉，碧瓦与林木相掩映，隔水望之，极为绮丽。过此行山沟中，殊少平旷。巩县城四山逼压，地势颇隘，大道在城南门外，绕而东约一二里，至一市镇，店户稍繁盛，有木坊上书“古东周”三字，市东有唐工部杜甫故里碑。过此以渐上坡，远望两山相连而中微凹者，则坡顶也。坡约二十里，无人家店户，坡顶店四五家，有官店三椽，凿山为屋如城门间，至时已六点，即宿于此。其地新建行宫在最高处，西眺洛口，北俯黄河，南睎嵩岭，极为壮阔，土人言望巩县、汜水两城历历可数。时夕阳西坠，暮霭苍然，未能尽览其胜也。办差言此地无水泉，由山下数里肩挑而至，然泉味颇佳。

王辅嗣墓

汉易崇图纬，先生独不同。凭将玄妙理，一任廓清功。庄老虽游外，程朱得折中。至今遗墓下，千载式儒风。

渡洛水

（地名黑石渡）

洛水日夜东，荡衍成膏腴。巩山逼相陀，崖岸郁以纡。坡陀黑石渡，佳景开画图。柳色扬翠旗，峰势群龙趋。宓妃出游戏，跳荡双明珠。帐殿何嶙峋，朱扉映山隅。方舟驾彩虹，坐待金辂驱。瑶水有巡幸，玄圃足欢娱。谁述傒汭歌，雕墙重嗟吁。

初八日由老揵坡顶起行，三十里汜水县城尖，十里上街，十里二十里铺，十里三十里铺，十里荥阳县城宿。是日清晨八点，由老揵坡起行一里许，至巩关，自此皆下坡。又二三里，见一木坊上书“河南府巩县东分界”，其向东一面书“东有虎牢成皋之险”。去汜水西二里半，其地为虎牢关，亦名西关，关城圮毁，遗迹渐湮。有三义庙，庙颇大。有成皋书院，堂屋悉倾塌（《方舆纪要》：“古崤关即虎牢县二里。”《志》云：“一名车从关。”），今览其形势亦上老犍坡扼守要处也。（《方舆纪要》又云：“罂子谷在县西。”即成皋关大曲山县西二里，有吕布城，盖皆在其左右。）过此渡河至城东，城西、北、南三面凭山，惟开一东门，城内人家寥落，荒地占十之七八。行宫以县治为之，前后左右俱无民居，惟其西圣庙，相去百余步。办差称县最瘠苦，所辖多山岭，无甚田畴，雨稍大，汜水即泛滥为灾。城内今尚有积潦，语当不虚。然行宫多新建，房屋宽敞，陈设亦佳。前闻松中丞谓河南各县办差，汜水最劣，以今观之，与各县亦不相上下也。知县胡金淦，扬州人，到寓处拜会，未见。由汜水起行，一路皆行山沟中。其上街二十里铺、三十里铺等处俱无甚店户，至荥阳时已五点半钟矣。行宫以县治为之，颇宽敞。大堂前有汉碑，碑额题“汉循吏极闻憙长韩仁铭”，篆书。碑文称“熹平四年”，隶书，下缺一角，中穿一孔盖正大年间得之京索间者。东门内有纪公祠，甚偏小，疑祀汉时纪信也。

老 犍 坡

（行宫在坡顶）

迢迢老犍坡，直上三十里。危峰当落日，极目穷远迩。冈峦悉破碎，草树互披靡。河水从北来，丝带流弥弥。布帆若鸥鹭，的的泛涯涘。缅想五老游，星飞去何驶。回首望嵩岳，二室并南峙。三呼若可闻，苍茫暮烟紫。成皋与洛口，东西有遗垒。升平今几载，铲削遂如砥。层宫入青云，凭眺天颜喜。所虑秋风凉，霜露侵剑履。瑶台岂不乐，莫漫羁騄駬。安得一封书，为报青鸟使。

宿老犍坡上土室

长坡村店少，土室凿崇冈。置榻旁开穴，当门夹筑墙。短檠灯敛暗，高格月延光。坐久心弥怯，侵肌夜气凉。

虎 牢 关

初九日由荥阳起行，二十里遇隆镇，二十里溮水镇尖，十五里三官庙，十五里郑州城西关宿。是日清晨七点半起行，出东门渡索水，十里至十里铺，又十里至二十里铺，有寨如城，门额曰“遇隆镇”。《方舆纪要》称宅阳城在县东十七里，疑即其地。（是日所行里数颇短。）溴水镇亦有寨如城，《方舆纪要》曰：“溴水城云溴水，自此入京水，而名一镇。”人家颇盛，地无行宫，行宫在赵村。去此约十里，以此路多山沟，辇道改从坡上行，故绕至赵村也。三官庙有函谷观，观门二石狮，颇高大，然门外金碧剥落，想亦荒残矣。出三官庙后，渐行平原，中旷浪，弥望惟其南有远山如几案。郑州城行宫以州治为之，甬道极长，堂屋亦高广，然收拾颇草率，墙柱多欹侧，知州李元桢盖代理者，费已三万金，闻帮理不甚约。人云城中有电报局，在十字街西南盐店之后。（闻两宫初八日到阌乡，初七日到灵宝，初八日驻跸一天，初九日到陕州。荣中堂儿子在潼关病故，请假三天。那王家人在潼关起行时收去铺垫各物，典史某追问，为其痛打。升中丞据实参奏，上谕那王交部□处，家人着交出惩办。）

九日次郑州

尽日奔驰出郑州，伤心重九此淹留。一尊酩酊逢佳节，万里飘零作远游。倦马东嘶长路夕，惊鸿南向故园秋。遥怜母弟音书断，极目寒云自倚楼。

初十日由郑州起行，三十里圃田集尖，四十里中牟县城内宿。是日清晨七点半起行，出东门有魏忠节祠，祠垣已圮，沿路平畴，弥望惟南方远见小山。圃田集人家不多，忠武中军驻此，同乡邓游戎，名振邦，景亭军门之弟，留营内便饭，酒颇佳。过此皆沙路，车马难行，三点半乃至中牟县，城内四角多积水，云是十三年决口所灌，灾甚大，幸城未圮耳。行宫一切皆新建，规格颇阔，林梅贞农部（景贤，福建人）亦随员，行至此间，谈片时许，乃返。

中牟道中

中牟一百里，浩荡见寒芜。烟柳围平野，风沙拥大途。决河思往日，此地半成湖。耕稼今何似，人家竞纳租。

十一日由中牟起行，十五里板桥，十五里韩庄尖，二十里红牛铺，二十里河南省城内宿。是日清晨七点起行，一路皆平原，板桥村店不多，有石桥三眼，甚高。韩庄有行宫，一切新建，店只有两三家，红牛铺亦有行宫，随员各官郊迎在此。到汴梁入西门，时已三点，住学院门两广会馆。晚间李柳溪兄邀至山景楼便饭，同坐者汪颂年同年。八点始回寓，顺拜访李岩大令（名汝弼，三水人，癸未举人，庚寅大排到省，曾补渑池□□，黄去年交卸，回汴梁），谈片时乃返。（会馆地不大，房子亦少，南海李方岩照相馆寓内。供给局送一品窝并爨具、椅桌、布帘等物，然一切苟简不全，不备，多讨亦不与，会馆一切未糊裱，供给局丛匠人至，亦草草糊窗格而已。）十二日是日往谒孙中堂，顺拜柳溪、颂年、亚蘧、曹梅访同年，并同乡姚西朋（黄仲衡）、李肖岩、彭石门诸公，兼拜杨少泉、陈苏生两前辈。供给局总办朱曼伯观□（寿镛），晚间李肖岩大令邀晚饭，更后始回寓。

十三日午后，颂年柳溪约游二曾祠，祠为文正、忠襄兄弟建大门，联云："弟兄皆许国，出入冠诸公。"祠旁有北宋名臣祠（所供约百余人），十贤祠（仅邹阳、枚乘、司马相如、杜甫、李白、高适、韩愈、元好问、李梦阳、何景明），许公祠（仅河□许仙振祎），办香楼，迭波亭，光渌亭，柳西鱼艇诸胜。瓣香楼筑台约高八九尺，上起大楼，北览积潦诸区，光渌沦绮，旷浪可喜。中间有新亭，上盖黄瓦，相传宋故宫遗址。明末李自成决黄河，开封陷为涂潭。故其地四面山洼下，终年不干，夏秋间积雨数旬，则水高八九尺，远望之颇空眼界，惜树木寥寥，稍欠点缀耳。许仙屏任何□时几于无日不至，一切联扁多其撰，书有不署款者。游毕柳溪邀至南书店街古玩店一观，阅数家，所购皆石，就因约柳溪颂年到山景楼便饭，晚间九点始回寓。是日叶小莲、黄仲衡、彭石门、曹梅访到坐，姚西朋回办，以出游未晤。（闻伦贝子行台预备在二曾祠。）

十四日是日不出门，朱曼伯、李肖岩及周菅同年（云），王仲培观督（维翰）到坐，晚间颂年菊农亦到□。十五日是日清晨菊农约游行宫，张少伯大令嘉淦导往行宫（有高宗时故址新□）。东西华门四面兵卡环居，与北京无异，特稍小耳。大门前一大照壁，大门内两边为朝房，其东为军机处，二门内两边房所中为正殿五间，朱漆炜煌，盖引见召见之地。（旧行宫只存此殿而已，余皆新建。）其后大殿五间，陈设华丽，慈圣所居。又其后正殿五间，今上所居。又其后环以小房，则内监宫女等住处也。正殿东有偏殿三间，两边有厢房，前有朝厅，另为一院，其后亦环以小房。偏殿南旧为大梁书院，今圈入行宫内，有亭有池，北有厅三间，可以游玩，共计大小房屋五六百间。五月时动工，刻已工峻，特铺陈未定耳。西殿一宝座锦褥坐垫一块，小方杌四张，皆乾隆时物。宝座用楠木为之，涂以髹漆，画以金龙，精妙绝伦。锦褥绣金龙九，皆极细微。观此数事，想高宗时物力之厚，南巡之盛，其行宫一切铺陈非今日之比。游毕少伯约第一轩酒馆便酌，午后始回。未刻颂年到坐，约南书店街一行，买后明瓷印色合一件，价一刃。晚间颂年请山景楼便酌，同坐者黄册龕前辈、柳溪，二更乃回寓。十六日是日曹东寅到坐，送有《淇县舆地图说》一本，图极精，一切山水城市桥路皆仿西法绘画。说能举户口多寡，土产丰歉，山川条理，风俗利病，真仅见之作，东寅任淇不过五六数月，政事之暇遂能成此书，其见识精力有过人者，可敬之至。然上游不甚□重，本实缺，禹州知州不能到任，真咄咄怪事也。午后出门拜客，多未遇，到少怀前辈、召闾兄处谈片刻乃返。（寄弟十一号家信。）十七日清晨拜客毕，往寻菊农，不知处，因过少怀、召闾处一谈。午后少怀、召闾、少豪、亚蘧、柳溪、颂年俱到谈，亚蘧约晚间山景楼小酌，同坐者册龕、颂年、柳溪及罗石帆（名维垣）比部，王丙清比部（名世琪）。十八日清晨，李肖岩之四世兄请诊脉治病，属风水故脚肿骨节痛，转侧不便，按金匮宜治以黄耆防已汤。午后遇普太和、莫汝梅并福兰堂端甫，顺访少豪，同游南书店街，晚间菊农到谈。（闻两宫十六日洛阳住五天，文仲恭太守电汴称召见一时之久，请两宫多住数日，颇蒙心许。嘱藩司拨款至河南府，俾得广为预备。闻北京俄使已电抚，新旧俄使与合肥接晤时，合肥称：“东三省何久不议条约？”旧使称：“新使到即为此。”近日已开议。庆王本拟十五日起程来汴，因开议故，再延五日起程。又闻东三省云“可作公地”，此似各国与俄使改订之约，恐俄人未必遽允也。）十九日，是日大风不能出门，午后风愈甚，极凛冷，因过访菊农，邀至义和园小酌，并邀肖岩至饮，酒约斤许饮毕，门外雪深一尺矣，因雇车回寓。

二十日清晨，雪后极严冷，午间邀李凤台世兄同游相国寺。（寺规模极大，门外有石坊曰“敕建相国寺”。）乾隆年间敕建，迦南殿之后为四大金刚，殿后为大雄宝殿，中悬高宗书“古汴名蓝”扁，后为五百罗汉。堂中有千手寿宴菩萨像，像四面如一，为之雕木，高约二三丈，毫发无损。寺僧云唐时所造，不审确否也。其后为藏经阁，阁前有相公、相婆立像。相传为唐太宗游地狱时布施，无资。相公相婆者，业豆腐为生，皈依佛道有赢余，则市冥□□之，冥间积资过数十万，太宗借用之。后访得在，还，不受，因为建此寺。小说家言，恐不足信也。阁颇高，汴城四面俯视了了，南为繁塔，在南门、宋门之外。北为铁塔，在东北隅。其北为二曾祠、新亭，皆历在目，时积雪未消，万室一白，青瓦绿树，点敷成图，浏览片时许乃下。因遍游斋，遇方丈，与方丈仅某谈顷时，始返。柳溪邀福隆园晚酌，同席颂年、亚蘧，饭毕顺访普太和、曹汝梅兄。二更后回寓。

秋日登大梁城楼

（时九月二十日，大雪初晴）

梁苑萧条客远游，闲身无赖此登楼。万家雪色催寒景，千里云阴拥暮秋。燕市虎豺方构患，汴河鱼鳖夙担忧。休论赵宋兴亡事，朝士西来总白头。

二十一日午后邀召庆游南书店街古玩店，晚间曹东梅访，请山景楼便酌，同席者颂年、柳溪、亚蘧、周世臣、罗石帆、王丙青。二十二日午后召庆至，偕游古玩店市，得龙泉小水池一件，小铜佛一尊（钱三百文）。

二十三日清晨颂年到谈，留便饭。巳刻召庆至，因同往城外市菊花，出宋门（在城东南隅，亦曰东门），绕而北，至怡怡别墅，墅为同乡黄小宋仲衡昆季花园（本张中丞旧园，以四百金购得），竹篱茅舍，风致颇不俗，有联云："三百朵海棠花，老于乔木；四十年梁苑客，令作主人。"其西一草亭曰小兰亭，种花人住其东寓，因与买菊花三十二盆（盆大者六十文，盆小者四十五文），召庆买亦同，送脚每盆三四文之间。买毕因偕游禹皇台，台高丈余，在城东南隅外，去城约里许，黄墙绿树，掩映成画图。入门一木坊曰"古吹台"，两庑供河南省自汉至国朝名官乡贤，中殿供嵩山、淮济、岳渎三神，其后为禹皇殿，壁间有李鹤年《惠济河记》。殿东为三贤祠，中供高适、杜甫、李白及李空同、何大复、高子业六诗人。摅碑，初只供高、杜、李，后增李何，后再增高子业曰三贤，仍其旧也。诸人皆游梁者，然元遗山亦服官汴京，其诗亦上游，李杜下挹李何而不闻□□何也，岂谓崔立之乱不能奋身一决，遂至污伪职纳降款，其人为不足道耶！祠有数碑，一李空同作。殿之西为水德祠，仅历代名臣治水有功者，然只一牌位而已。殿后有高宗御制诗碑亭，诗为五言排律，盖南巡时所制也。览毕复游繁塔寺，寺在禹皇台西，相去数百步，亦名国相寺，然颇颓废，多放棺柩。塔三层六面，皆嵌砖，治佛像，像各不同，高约一尺。下层一面约五百像，计六面，约三千像，上二层稍狭，像多少不可数，塔中间供大佛像十余丈，壁间亦嵌砖。佛有宋赵仁书金刚多心□经，碑颇完好。召庆约共登塔顶，惜入梯洞后漆黑不见，无烛不能上也。塔之北枕二程夫子祠，亦名明道书院，因复往游。中为讲易堂，学使者邹松年书其前。有明大梁书院，碑集褚河南书，极佳，亦有摹拓之者。后为二程神祠，其余两旁俱书斋，有性道、经济、春风立雪、辨志等名，然山长不在院，斋亦似无学徒。览毕遂纵马入城，时已黄昏矣，晚间无客至，独酌数杯乃睡。

独酌后偶吟

乐趣酒微酣，无人只自谙。爪香留蟹腻，舌滑过茶甘。古画看逾信，新诗读每贪。闲身随处好，此味待禅参。

二十四日，是日晚间约柳溪、少豪、召庆隅间赏菊轰，饮大醉，客散不及送。二十五日颂年至，求看脉，午间过侯召间、少豪。晚间菊农招饮山景楼，同席者颂年、柳溪、亚蘧。二十六日清晨不出门，饭后颂年至，午间同往戏园看戏，晚间柳溪、颂年在寓小酌，更后乃散。二十七日清晨潘晟初观誉（广西平乐人）乃光到坐，饭后周比临绍昌到，拜会，颂年、柳溪至。午间少怀约晚饭，未刻往少豪家，亦在坐。饭毕少豪约山景楼小酌，同席在刘少岩仪部（河南人，丙戌进士）果，柳溪、召庆二更始回寓，电报局约李合肥薨逝消息。（是日午刻薨，电传谥文正，后见上口谕乃谥文忠。派王文诏署理全权大臣，袁世凯署理北洋大臣，直隶总督未到任以前周馥护理，张人骏补授山东巡抚，皆即日电报也。）二十八日清晨□□□到坐，过访鸿仪不遇，后于道上匆匆一晤，始乃合肥薨逝确信。顺过菊农处一谈，因悉合肥恤典，照大学士例赐恤，赏陀罗经被，派恭王带侍卫十负奠醊，赠太傅，予谥文忠，晋封一等侯爵，入祀贤良祠。其饰经典礼再降旨，并称合肥易箦时嘱此后和约交涉事件，每日报知行在，各国闻合肥薨即致电到本国，当未见回电，各国使馆关口炮台战船商船俱下半旗为举哀（约本月三十日下半旗）。又称合肥近月精神已恍惚，每日上电后有两时许清明。（或言二十日已吐血，且甚多，洋医面生，看后言过两礼拜乃敢下药。）其何以得病遂薨，未见确信也。饭后回办，各客并到黄册庵前辈处道喜，晚饭时始回寓。（寄十二号家信。）二十九日午后，颂年、亚蘧、柳溪、菊农同往二曾祠照相，荫儿亦与至，照毕同往山景楼便酌，二更始回寓。

三十日午后走遇薛芸法师，至时已卒（午刻仙游），因入抚其户，哭而出。王翰臣至，晚间郑鸿仪请仓鱼生，同席者柳溪、少豪、召庆、杨斗南、叶少莲、曹汝梅，荫儿亦与，至饭毕回寓，与翰臣谈至三更乃寝。（群臣言有七国，每国使臣带有四人，无军队。使臣至孟津时，两京在洛阳。合肥电请觐见，荣相请□去电未上，合肥再三电至，王中堂呈与荣商，乃呈电两宫。遂着松中丞寿派道员前往，见使臣亦在，有国书出于至诚，入觐，并逼驾，并无他意。军机传谕请其回去，不必入见，其国书交全权代递。又言英国送有头等车，送与两宫以备回銮，时在火车坐，合肥电请照用，亦未允。又言六日电至，称合肥吐血病重，电上曰慰问，复电称："臣自甲午以来，所办和约事多不合于千万臣民之心，近时乃愈难办，亦不能清，然息尚存，当尽心力，为之病无要紧，不必忧，请两宫路上珍重。"越日凶闻遂至。又言盛宣怀杭州来电，称俄约已中变。庆王亦来电，称东三省俄已增兵千人，各国兵下船在复回天津。又电荣相，称全权所定公约，并未大定，不过望两宫卑日回銮，故如此说耳。闻庆王至汤阴，电促折回，庆王言有要事面圣，当程至汴，计初一日可到。）

十月初一日清晨，颂年、菊农至，留便饭之后，召庆、鸿仪至，鸿仪称周馥电合肥薨时情节。盛宣怀特电各省督抚，电文云："傅相十九日由俄使馆归，颇闷，呕血大碗，病剧，犹视事。廿六早危急，馥戌刻至京，呼之犹应。廿七日午刻手已凉，目不闭，馥等呼曰：'未了事我辈可了，请放心。'猝口张目动，遂瞑，伤哉！廿八日辰刻，已殡，馥艳。"（三十日电也）宣特、鸿仪又言庆王两子由北京至汴。未刻，薛芸法师入殓，因往奠，顺访少怀不遇。晚间肖岩请过叙，同席周比部（绍昌）、肖岩座师周□卿冠之世兄也，余为柳溪、少豪、召庆，更后乃回寓。（是日日食。）

闻李合肥傅相薨逝感赋

大厦原难一木支，伤心元老更骑箕。河山孤注方危急，将相中兴泣憖遗。功罪已成身后案，输赢谁下劫余棋。茫茫天意从堪识，极目神州想共悲。

初二日清晨早饭之后，偕荫儿往南门外御道旁接驾。各当官及随员诸负毕，至每署用一职，名单列当司各员，衔名下书。跪迎圣驾（用臣某字）各员亦自备职名三纸（亦全程跪迎），跪在御道旁沟外。（有跪在御道旁沟内者地方官也，寿州以为不合规矩。）侯至三点半钟，扈驾大臣溥兴、邝增等至，（马队相随。）续有满字马队至，然后今上黄舆至（舆上盖有孔雀毛）。太后黄舆至时，北风甚大，马蹄蹴湲，尘土飞扬，舆行甚速。见今上坐舆内顾盼，太后在舆内似呼太监收职名，一太监过沟到取职名，诸人纷纷递上，有不及递者，次日补递，太后一一阅视。次为大总管李车马，余车马甚多，不辨何人。少顷，皇后黄舆至，瑾妃、大阿哥、□□轿续至。两宫、皇后俱跪迎，余则否。（是日，男女往观者填塞道旁。驾至，皆冠跪。）过后坐车入南门回寓，柳溪约山景楼便酌。适崔盘石前辈亦迎驾，自济宁州至，同席者盘石、颂年、亚蘧、菊农、少豪，饮至大醉乃返。（是晚，两宫召见庆王，宋庆闻江鄂两督电至，称东三省约勿速定，须俟公论。又言俄所议四大款俱不可从，约有千余言。闻派仁和全权，时仁和力辞，言不能胜任，皇上称："朕予尔以事，如何敢辞?"荣相特□其间，乃改为署理云。）

俄约私议一首

（初三日作）

俄人以枭雄之姿，借虎视之势，既不得志于西，乃逞志于东。竭一国之财力，筑西伯利亚铁路以达于海，其窥视我东三省非一日矣。英人忌之，乃煽日本并吞高丽以为北拒，于是有甲午之役。既而俄人调停其间，扶高丽自主，令中国加偿三千万，收回旅顺、大连湾诸地，日人不能违也。俄岂爱中国哉！其意不过自为而已。合肥知俄之强必遂其□，（合肥与旅顺，常熟极□□，俱争之，闻之梁君镇东。）于是联俄与为盟好，俄取旅顺，毅然与之而不恤，知俄之可以制英日也。若英、日奋然不解，起而兴之为难，则中国得以休息而自存，其谋盖以斗英、日、俄三国，使之两虎俱伤耳。观英取威海，合肥亦与之，其用意可以想见，至幸中国祸首诸人□成大忧。去秋一役，几于无可收拾，此非合肥所及料也。不得已而求成各国，各国乘战胜之威，顾望极奢，势难尽给。于是注意于俄，与之阴订东三省之约，盖收以散合纵之心，使联者不联，然后公约不至于悬棘。盖其所以速画俄约者，则乃斗英、日、俄之故，智也。江鄂二督不知合肥之阴谋，受英、日之怂恿，起而相争。日人又恃其嚣张之气，迫俄废约，于是俄约遂止。俄非□英日者，曷为至是?仆尝私揣其事，以为俄之谋议必出万全，日人肆其咆哮，时近春暮，天气渐温，可以于东三省一战。又俄兵驻东者一切草创，规□未定，战而不利，垂成之功败于一旦，计不如俟布置停妥以候于时再议，可以为所欲为。阴险狡诈中国、英、日俱堕其计中而不知，即合肥亦未必能窥及也。迨公约稍定，七八月间再定俄约，俄使之议忽易忽难。近传闻俄皇自定四大款，嘱画约后再议，四大款不知如何?闻江鄂二督电报，以为必不可从，不幸而合肥又呕血而死，改派全权。此后江鄂始□力守前说，必□启俄人之疑而触其怒，不至于尽失东三省。不止英人新敝于特又表其旧主，国内不和，万不能与俄争，日人失英之助，且时近严冬，嚣张之气亦必再衰而三竭。全权无合肥之高识重望，苟且支撑，顾此失彼，又必□启英日之疑而触其怒，英、日不敢与俄争，不得已而取偿于中国，以为拒俄之计。中国之大乱从此始矣！诗云"谋藏不从，不藏覆用"，又云"人之云已，邦国殄瘁”，天乎！人乎！吾不得而知之矣。

初三日清晨，宿酲未解，饭后作私议一首。午间召庆至，约访少豪同游相国寺，登藏经楼，一眺全城。晚间盘石请山景楼便酌，同席者颂年、亚蘧、菊农、少豪、柳溪，饮至后醉。

初四日清晨邓景亭军门、戴少怀前辈到办，会见。饭后回办，景亭军门、林诒书学使、崔盘石前辈俱得见。晚间接□□七月初九信，即写第十三号家信，即□军门信送柳溪处，托粤差带去。（闻北京来电称大雪尺余，此间无雪，然天气甚寒冷。闻庆王、仁和初七日回京。闻慈圣召见庆王，王请早回京，慈圣说俟王与全权到京议俄约有成说，再来汴接驾，然后起行。王以为稍迟，慈圣说到时从电至亦可。闻慈圣嘱豫抚预备车辆。闻邓军门说俄约四大款甚秘，外人不得知。闻北京今日有两电至，呈两宫后未从出。）

初五日清晨遇访菊农兄谈片时许，饭后张大令（嘉淦，号少白）到，拜会。晚间周世臣同年请晚酌，同席者汪伯唐（名大燮）、农部徐博泉（名宗溥）部颂年、亚蘧、梅访、柳溪暨外官二人，二更后乃返寓。（俄约四大款：一为俄兵驻东三省者，就地筹款作饷，中国练兵须与俄人商酌，且必有限制。一为铁路归俄管理，中国亦许行走，矿务归俄承办，中国亦许干预，各国则否。一为两宫回銮后退还辽南各地，奉天一省明年退兵，东三省俟三年后商酌退还。一为山海关所驻俄兵永远不退，此疑其大纲，不审确否？闻两宫居汴，慈圣居中殿，今上居东殿，皇后、瑾妃、大阿哥同居西殿，慈圣后一殿未审何人所居。闻宫门礼五竿。闻两宫至太原时军机毕跪，今上斥退载漪、刚毅等，独留仁和诏之曰：“尔最明白，此次上议宜添上伊等‘开罪邻邦，贻忧宗社’八字，伊等不在侧，尔可直说。”仁和叩首谢，称开罪二字可否改为□□，今上曰：“亦好。”仁和顾慈圣，慈圣四□□，事亦不特，载漪等为然。少顷，今上到仁和前曰：“尔说登电全权，俟复电定夺，宜即从电。”仁和曰是，乃出。又，十月初在西安时，军机请举行万寿典礼，慈圣不允。请庆贺，亦不允。今上遂下座跪求请受贺，蒙允，乃起。）

（录日本大阪新闻一则。加藤之为外相，自英国公使而升，其为亲英主义皎然可见，故其对英、德协谋之事全无异辞，于北清举动与英无殊一辙，此无足怪。幸而无所磋跌，得与伊藤内相同辞职去，其后外交当路，内外受动虽多，然方针无甚懋异。未几，而北清事件又见告矣，此后能永执亲英主义耶！有识者初疑之，然试问小村外相与其同事诸人，召此等人是否采亲英主义，安得不变而亲俄乎？今对绝东问题即欧洲问题，对欧洲问题即英、俄、德、法问题，则如英、俄、德、法中不可不默结一二，以为援手而□攫得此机，在非熟悉彼强内情与外交之关系不能然。今所诏通此等之事情在以□所见，语之则如法国报。曾言于绝东可有占土之望，清德扩充其山东之权利。骎乎有侵入扬子江之势，是亦可望占土矣，英则不主割地而主开通门户者，岂复有占土之念乎！更就他处论之，则近来德于近东欧亚土耳其大放手腕，英于南何之经营亦终日不遑，安有余力以助日本与俄争衡。法据东京之基虽固，而□之利源入其掌握，通商之业日兴。当难骀改，独俄于欧洲与法相左右，操纵自如，无后顾之患。虽其国民革命之机已萌，资力当非充足，然当拥雄盛之陆军，确守历世相传，对绝东之政策宛如根据盘石，得寸则寸，得尺则尺。而时时舒其灵腕，不独既占之地，即于满洲蒙古新疆亦染指，且东临朝鲜，西招波斯中威，挟印度与阿富汗，雄视北方，其野心奢望恐□未于绝东事。其处置无敌可赖，以为同志，在舍俄无与也。而或者疑我之与国盟誓具在，殊不知彼英者以利害为去就，不自今日始也。有利则相从，无利则投袂而去，此其国古来之宗旨。人世所诏义与不义，正与不正，皆不屑措意。彼所以拥强大之海军而确守孤立之主义，在诚知可饰也。且彼之视我，第表其同情而已。其视我国事真如儿戏，故□国感其好意，以为其厚于绝东即厚于□国之根本。既受此惑，则□于德国种种利益，种之事业，空无所收，不过徒召俄怨，树一敌而已。且英于此时万一知与俄争轧，于绝东徒为无益，以德国德地之大，并立亦所可容。各求大欲，势无用争此机。一则英俄协商之说不崇朝而定，我虽欲舍英而联素怨之俄，已□不及，法德又不定□，谁与共此绝东事乎！今□小村外相当为韩国公使，值日俄协商之时，著有历史，又自英调俄后，乃为德国使臣者，当以亲俄为主义也。此段由上海九月初四日新闻报特录，时日本新闻小村氏为外相云。）

大阪新闻书后

（初六日作）

日本于外交之情最审，近因小村氏新简外相，大阪乃著新闻一则，论绝东事。其言英人以利害为去就，义与不义，正与不正皆不屑措意，可谓洞悉敌情矣。然谓俄人雄视北方，其野心奢望恐将来于绝东事，其处置无敌，于是欲以昔之亲英者政而亲俄，何亦但计利害而不知义与正也？至其所论英、俄、德、法之情势，尤为洞见症结，窃当反复观之，而深为中国惧。且叹合肥之识为不可及而惜乎事机不顺，贻误至今也。合肥为东三省之约欲速为画押，东南争之谓画押则瓜分之局成，然合肥不恤者，盖以瓜分之局以英为主，英之贸易大半寄于中国，诚取中国而瓜分之，中国之民必相率而为乱，非大逞其兵威不能遽定。弃数十年前经营夔州之贸易，而争数十年后用兵，不必得之土地，自知英之智计不出此也。今大阪新闻之言曰：“英则不主割地，而主开通门户者，岂复有占土之念乎！”得其情矣。合肥知之，于是欲饱俄人之欲，与之联好。德法睦于俄者也善，其占土则吁俄以折眼之。英日不服，则称约已经画，不可复挽，又知其不能占土也，因而使与俄斗。英、日、俄相斗于是乎，中国得以休息而自存，此合肥之阴谋也。无乃事机不密，英、日悉先知之，怂恿中国之民及东南两督抗疏力争，而俄约遂不能画。合肥岂不知数千里丛祥之地不可轻与人哉！蝮蛇螫指，猛士斫腕，较其利害盖不得不如此也。约既不画，合肥之阴谋毕露而东事棘于是。日之欲拒俄者，今则欲改而亲俄矣！且诏英之不主割地者，万一英于此时知与俄相轧为无益，或因而协谋欲求大欲矣！夫英与日皆以利害为去就，而不屑措意于义与正也！况英以南阿之故，兵疲财竭，势不能与俄争，日人又欲引而去之。然则英之为中国利权计者，虽不至如大阪之议，遽与俄合，安其阴贼险诈，欲以取偿于中国，恐亦非意料所能及，而况乎德法之欲占土者又群起而相噬也，悲夫！

国手之下棋也，着之争先。若俄于东方之事可诏得先着矣！英与日着之落后，皆自救者也。日既知前着之误，而欲亲俄以自救。若英者，既不能占中国之地，又不能与俄争轧于东方，岂遂视全局俱输，而不思自救乎！窃尝料之，今日之俄志吞东三省，英如能与俄抗，则联日及美或德法，起而与争，必使作公地而后已，乃迁延十月之久而绝无动静，惟怂恿中国以不当画约，恫吓以瓜分之说。英之不敢抗俄，其情可见。日人窥之，遂欲弃英而亲俄，其岌岌自危之心如不终日，亦可慨见矣！英日之情如此，俄盖无所忌惮。日弹丸耳，不必论英，岂遂无应着耶！吾意英之诡谋必诏，俄得东三省后欲保全中国贸易者，非侵中国自主之权，一切号令得行，不可诚厄其重权，则中国可以无变，俄人不至南下。即德与法少与之利益而亦无碍，为其不然。中国不能自立，俄之包举并吞愈不可制德、法及日，又从而蚕食之。中国既坏，英之贸易亦一扫而空矣。故俄志吞东三省之土地，而英则志侵中国自主之权。如下棋然，先着如彼，后之应着必如此，可无疑者。合肥联俄之说当有所见，为东南联英日之说则恐未□，呜呼！俄虎狼之国也，为英日德法诸国，惟利是视者也。合肥之联俄未敢遂以高者，今合肥死矣，后之人其□何以了此残局哉！初六日灯下再书。书此文既毕，忽自笑曰：杞人之忧，天乎苍苍者，何以终古不坠也？言而不中，是为失言。虽然，我宁受失言之咎，而不愿受谈言微中之称也。且勿特此示人，聊以志之，以为我躬阅历之一事可乎？初六日灯下再书。

（八月二十七日，新闻报北省洋兵近情一则。京师联军撤退后欲保护使馆之兵，英、德、俄、法、日、意六国各约二百名，意、奥二国共约三百名，日本以兵房当未竣工，暂居庄王府内。保定法兵业已全退，自京师至山海关，守护铁路之兵黄村系意国兵，杨村郎房系德国兵，军粮城塘沽系法国兵，芦台唐山系英国兵，滦州昌黎系日本兵，各处约三百名上下。天津除俄兵外，各国驻兵约计六千，山海关秦皇岛驻二千。总之，自北京至山海关，仅就英、德、法、日四国之兵，计之已有一万二千名矣。又九月初四日，《新闻报》云："海参威函云，外间传言中国东方铁路于本月初三日当可告成，由俄京至海参威、旅顺口，铁路则于廿三日可以开行。"又云："伦敦廿九日电云，法国某报载及俄兵之在东三省不退，在实因上年所定俄约中国不肯签押之故。"又九月初六日《新闻报》云："京津铁路现仍英国管理，闻日内已遂归还。")

初六日饭后召庆到坐，午后张少白到坐，请看脉。病为风搔瘾疹，用外台方，不审验否也。晚间细阅新闻报，作有大阪新闻报书后三篇。初七日清晨不出门，午后颂年、柳溪、亚蘧、菊农到坐，约再照相，以李方楼已出门，遂罢。晚间山景楼公请盘石前辈便酌，回寓后与少豪谈片时许，何子衡至，匆匆一谈遂散。(庆王本日北旋，王仁和闻十五日乃回京。)初八日饭后，回拜颜小夏及盘石前辈并各客，晚间始回寓。初九日饭后过访少怀前辈，谈至午后始返。(已允简弟托件。)初十日清晨与小儿同到宫门贺万寿节，顺往贻蔼人同年处道喜，并过邓军门、少怀前辈。少怀留早饭，饮数杯，微醉，谈至午后始回。

十一日午后盘石前辈、颂年、亚蘧、菊农、柳溪、少豪至，在寓请李方楼同照一相，荫儿亦与。晚间山景楼便酌，大醉，二更后始回寓。(盘石前辈以志议陈之当道，得台议与余次帅，俱以为然。又前日以前议一篇陈之瞿瞿，大以为然，其是否真知灼见，未敢议也。)

十二日清晨施伯逵孝廉（默瑄）至，霍山，今施星南建弼之令郎也。二十年前与嘉弟同在简慎卿馆读书，其弟默勷今科丛解。饭后回访伯逵不遇，晚间菊农携节庵前辈函及送来二扇，至即作复函，托菊农寄上，并写简持观祭函，托王群臣寄节差交上海，二摆渡生和泰特呈。(闻□廷请回銮有定期二十三日之说。十三请旨，闻鄂督来电，称法领事会晤时说及东抚张人骏，虑其不通洋务，不堪东抚之任。万一愤及山东不便，即法租界亦受累，请仍派袁慰亨兼理。因援雍正十年何台兼豫抚之例，不报。闻江督电，徐州土匪张松林滋事，现闻张松林窜逃豫省之鹿邑县，请豫抚访拿。)

十三日午刻回拜邓敬斋大令（博龙），顺往怡园赴林诒书学使开幕席，同席者陆凤石、少宗伯朱桂卿、司业陈瑶甫、少司徒汪颂年、汪伯唐、汪水部。怡园即小宋怡之别墅也。有联云："息影居民岳夷门外，怡情在吹台繁塔间。"四点回寓，柳溪邀第一轩小酌，同席颂年、召庆晚间，九点始回寓。(闻各国丛人来汴探听五事，一、圣躬安否？二、两宫和否？三、回銮确否？四变、法认□否？五、荣李附会拳民否？闻宅门费已许四万，当短二万未能定。慈圣不豫，嗽而作泻，廿三回銮之说已定，请未降旨。)

十四日日间未出门，晚赴敬斋大令席，同席者胡俊卿、张舜静、周世臣、叶少莲、李肖岩，皆汴省官知县者。京官则少豪及陶二人而已，八点钟乃散。十五日清晨盘石前辈至，邀义和园早饭，兼约召庆及小儿，饭毕同游南书店街。盘石前辈购淳化阁贴一套，有贾似道图□，版心有银锭刻样，所谓银锭本也。计银十五两。陶购粉定小碟一件，铜镶边，惜已残耳，价六百。晚间召庆在寓用饭之后，过访少怀前辈，谈至十一点乃返寓。（闻陶方帅口参苏元春，称苏一日不去广西，广西一日不安。议另附片保举马盛治，上议着夏毓秀补，与苏元春换补，未到任，篆马盛治署。少怀是日上封书。）

十六日清晨黄荣（璟）到拜，会饭后又送点心。至未刻，颂年、柳溪到谈。晚间赴杨少泉前辈福聚园局，同席者徐菊人前辈、颂年、柳溪、菊农、仓同卿（树滋）、石寿田。适亚蘧请黄册庵前辈亦在福聚园，因邀到叙，与颂年、柳溪、册庵、亚蘧痛饮二更乃回寓。（闻慈圣十五日召见军机，谈六刻钟之久，□极佤小，后荣相之□□不□□跪，明日再说，罢，因各下去，不知所谈何事也。闻今上亦有小恙。十四日慈圣本可召见，今上虑其太劳，力求稍缓，乃撤牌子，俟廿日后再办，闻庆□廿日到北京，仁和定廿七日到北京，不审确否？闻文仲恭太守上条陈三事，前云十二条，今亦并为三条云。）

十七日，是日午前不出门，午后盘石、柳溪、颂年、亚蘧到坐。晚间同到福聚园便酌，二更乃散。（闻珍妃于去年七月破城时，慈圣将西幸，嘱珍妃赴井，求不获，已遂死井中。）十八日清晨为汝梅画扇，巳刻到小宋宅子赴席，主人小宋昆仲、希朋、肖岩、石门、少适、少莲、敬斋、抚辰，同席者少怀、柳溪、林殊男。另席邓景亭军门、盘石、晟初、少豪。三点钟席散，到柳溪寓所一谈，乃返。周世臣同年到拜，会见。晚间斗南到坐，谈片时许。（闻崔二总管十九日回京。邓军门所带队伍及节制各军，共二十营，拟明日开驻河北，自术辉至直隶之西定府。闻定期廿八日回銮。闻行宫近着人种树。闻醇邸来汴，已行至保定，本日电报。）

十九日饭后，往吊薛云法师，午后回寓。晚间少怀、盘石、颂年、亚蘧、柳溪、少豪、召庆同至，留鱼生便酌，二更后乃散。（闻二总管已回京。闻十一月初四日启銮入京，军机交片各衙门，嘱各官非随员者起銮后八九日乃回京。）

二十日饭后再往吊薛云法师，午后遇访少怀。晚间柳溪、菊农至，谈片时许乃散。（大阿哥降为入八分公，懿旨下。闻文仲恭上书五车，一请广立王子；二请回京日素服哭庙；三请当侍不分满汉，为才是任；四请开垦牧地，为八旗生计；五请未出在京百官不能无罪，宜三品以上俱革职留任。闻大阿哥出室后，在八旗全馆居住。闻津贴随员各官银两，再丛一月，编修应领九十两。闻各州县行宫内送来各物已多带回京。闻所补各官，分日召见，计五人。廿三日起至廿七日止。闻万寿前二三日，有人西□，回銮后洋人要三事，一废大阿哥，二杀董福祥，三点首相有袁姓者。董私人也，首相嘱知会董，俾自行逃避，董回语云："朝廷诛杀所不敢辞，如洋人来，拼死一战而已。"逃避之语不能信也。）

题元画高僧像

（图左下角款字磨灭，然尚有"延佑三年十一月日题"九字可辨，商邱陈邦燮审定，以为元祐者，误也。光绪辛丑十月随员东来，得之大梁肆上，因漫题此）

九州岛风雪双行脚，前世高僧我何作。开图忽睹老头陀，竹杖棕鞋无住着。顶圆似瓠偏嶙峋，眸子炯然光有神。疏眉高鼻口无齿，环穿大耳如车轮。袈裟挂身足不袜，偏袒左肩露胸骨。辛苦疑从雪岭来，蒲团石上随安歇。吴生仙后龙眠死，白描罗汉谁能此。国师苦忆八思巴，延祐三年题纸尾。当时海岛勤远征，佛钵舍利来占城。剧怜印度今末劫，金字经文填火坑。西藏犬牙争猰貐，达利班禅空作祖。试寻菩萨洛迦山，景教流行遍东土。君不见，国初蒋虎臣，峨眉老衲称前身。地水火风何世界，卷图归去罗浮春。

二十一日午后盘石、柳溪、颂年至，晚间叶少莲请鱼生便酌，同席者黄小宋仲衡昆季、姚少适、邓敬斋、谭抚辰、柳溪、少豪。六点后盘石邀山景楼小饮，同席者少豪、柳溪、颂年、荫儿亦与，至大醉乃散。颂年等悉醉，拉柳溪盘石暨荫儿游戏，不云何去也。

二十二日清晨邓舒文大令到拜，会见，饭后不出门。晚间周世臣同年至。二十三日清晨写各联扇，午后始毕。晚间颂年在本寓请鱼生局，盘石亦携菜四色至，同席者少怀、召庆、少豪、柳溪、侯顾五，亚蘧不至，饮大醉乃散。二十四日日间不出门，晚间少豪、柳溪、李肖严大令在寓小酌。

二十五日清晨不出门，午后盘石至，携所作词二首，嘱绘梁园雅集图，词云："百感茫茫，又万里劫灰吹聚空，胜得满腔热血，头颅如许。负手当如梁苑月，伤心每忆蓬山雨。更那堪，徒倚信陵祠，夷门树。　功名事，成腐鼠。澄清志，徒画虎。叹危巢完卵，几人撑住。大局艰难堪痛哭，君王神武非虚语。顾二三豪俊，佐中兴，图伊吕。"（右调《满江红》。）未刻菊农、柳溪至，晚间少怀召庆处招饮，同席者盘石、柳溪、颂年、亚蘧、少豪、肖岩，二更乃返寓。

二十六日清晨，汪颂年送至苏台本事诗四绝，诗云："苏台影事敬如烟，零落红颜剧可怜。怪底不知家国恨，又装鑚石覆花钿。"（□西鑚石得此宠于十万缠头。）“埃皮西的谁家子，袖窄腰纤发故长。我有偕言鹦鹉在，强调簧舌门诸郎。”（能通方言，去年为翻译。）“宫树依依旧上阳，蝉影黄叶总凄凉。悬知凝碧池头宴，不听胡笳也断肠。”（谓瓦德西事。）“飞絮飞花一例殊，较量茵溷涕汍澜。妾虽□命休憎妾，曾并维多利亚看。”（昔与英皇同拍照，今苏人犹见之。）又和盘石《满江红》词云：“黄土抟风甚时节，吹残还聚，漫携手瓣香楼畔，皈依曾许空夜秋，烂词散雪，空阶陨落叶，教凝雨，更一番凭眺，一回叹，蓟门树。　莽何处，皆社鼠。是何事，如画虎。笑梁间双燕，凭谁去住。半局残楸随意掷，一铃孤塔伤心语。看龙髟衮衮，□后车尘，问陵庙何时荐，□□调宫吕。”宋自评云：“自谓不减宋人□意云。”饭后出门拜客周世臣处，后半点许并到前路粮台。十月廿四日起，一月津贴川资九十两。申刻，柳溪至，晚间少豪招饮山景楼，同席者钱铭伯，观誉（肇桢）与寿山、何□安、柳溪、颂年、盘石、召庆，二更乃散。（如寿山言，七月二十一日两宫出城时，慈圣穿世布大衫，今上穿纺绸长衫。由后门往西直门出城，皆坐车。皇后亦坐车，瑾妃步行数里乃得小骡。至贯市，乃得晚饭。李家送驮轿三，两宫亦坐，瑾妃仍坐车至岔道口。后遇一河，大雨，山水暴涨，两宫驮轿勉强过河，轿内水浛一尺，衣服皆湿。过河后两宫席地坐，随员跪请速行，乃从。至怀来县，知县吴永同。两宫至，亟往迎接，问后来者知已过去，因追上。两宫衣服极单，吴永出衣更换，慈圣衣汉装，内外仍盖以世布大衫。越日起行，始更以轿。两宫嘱吴永扈随，乃置印大□□而去。又言初出西直门后遇天大雨，极寒，两宫俱瑟缩，得昆常衣服穿上，道中无所食，至一家得小米熬粥，数人方聚会。今上见之，因跪献一碗，今上极以为德云。又言大阿哥出宫时慈圣为痛哭，赐银三千两，至八旗会馆，祥符县所送只海参桌。汉人以为不堪，大爷则称甚好，可食。又言大爷近上献数物，荣相请到京代皇储，后且缓，大爷即大阿哥出宫后改称。录九月十一、十二日申报一则。友人究俄芬兰埠者寄函云去秋俄皇在里海得玄中使杨子通，虽往商，撤驻京，俄兵事初意不甚拒，星使因劝其早还东三省，以免各国借为口实，俄户部大臣法特氏谓时当未可。适冬间，俄王爵吴克氏至京师，与全权李傅相会晤，词意之间亦当平善，傅相即电请俄廷派吴克氏为交还东三省专使，在京立约。嗣以情形多所窒碍，遂不果。此时东三省拳匪滋扰方甚，黑龙江将军增祺力不暇顾，不得已派员与俄官私定保护章程。于是中外喧传诏中俄有立订密约事，既而废之。实则即此保护之私议也。嗣中国政府以东三省事本须与俄人订立专条，遂令杨星使在圣彼得堡另议公约，俄廷允之。星使初意俄既允废私议，则另立公约，必较和平，不意初晤法特氏口述公约各款，苛索万分。其一，废金州自主之权。其二，满洲蒙古西藏处金矿不得谋他人开挖，铁路亦不得由他人承造。其三，中国北方水军不得请他人训练。其四，由山海关起，另造一铁路以达京师。其五，东三省当留俄兵保护铁路，中国官军当限有定数。其六，收军左右设俄官监察，如有不合之处，请准罢黜。其七，东三省税关归俄人管理。星使以照此办理，则中国兵权、吏权、利权已尽失去，实难照，乃请朝廷，暂作罢。派星使为全权大臣之国出已违，不能中止，屡次电请全权，历陈为难情节于□。经中国政府往返参酌，迭寄国书，商议公约，遂颇有更改之处，然在俄人诏，已让无可让，因之最后寄递之国书竟至杭不肯受。方拟画押，而江鄂两督及盛杏荪丞堂均发电阻止，其最后一电云："中国士大夫恨诏私主密约，已多咎公，此约如遽画押，则中外之人如矢集鹄，窃为公危之，盖虑俄人威逼星使，□从也。"至傅相来电，则嘱星使酌量画押，而政府之意则已摇动，故迄无电旨议令遂改。星使亦病不能视事，遂致迁延，俄人愤言我无言可告，但请观将来如何耳。此事决裂之由实为日本挟索还辽东，旧恨多方煽惑，上海某报从而附和之，诏各国将干预此事，绘影绘教一如信而有征，实则俱系架空之词。各国并无此意，而好事者更采机簧鼓，迭次纠人演说甚，且当众足踏俄旗以辱之，盖亦为日人所惑也。方事急，时星使当电请我国出使大臣，遍询政府，皆无决词以对，盖无一国肯出为调信者。全权亦当以此事询诸驻京日使，诏何如满洲之约，果不画押。俄必驻兵永据，贵国究竟有何主见，能为中朝臂助否？日使馆有所答，语极含糊，傅相因电告星使，诏曰日人狡猾可恨。既而驻俄美使告星使曰："以我观之，中外之好未复，安召人愿出兵力以相助，不如姑且画押之，为使□意。"美使此语但据事势酌之，未必果利俄而损华也。去年英法制定新约之际，清政府宣言不欲干涉满洲事，英则召宜注意，然英人之力已疲于南非洲，故俄户部法特氏诏英不值一唾。其无所顾忌，盖已可知日本非力能阻俄，亦非有忧于俄，不过欲俄人厌其纠缠，许在高丽多得利益耳，此意外洋各报近皆昌言之。俄人诏东省之衅自我而开，俄以兵力取之，按之公德，无人可以干预。中朝既不能画押，当驻兵据守，静待异时，此言于决裂后见之于俄国官报。适杨星使告病，朝廷欲调出使德国，吕镜宇星使在，俄人不允，观此知旧案不久可了，但恐约款未必能大加删改耳。近日俄皇与法总统相见，俄外部大臣主事，外间谣传为满洲立约事，西藏亦遣使至俄，我使署中人有往观在见俄武员伺候于旁。藏使操俄语问答，形迹亦颇可疑。法特氏年未五十，而操政柄者已十年，其人手辣心敏，系桑孔一流人。满洲之约为俄财政所系，故立约之事户部得与闻，至近日俄外部诸臣则性皆平易，当易筹商，惜乎权不专属耳。再者俄近日贷财于法，颇取之外府。法外部大臣今春至，俄法特夫人陪宴，极尽联络之术。按：法特系犹太族，宫廷筵宴向不参与，盖俄使轻贱犹太故也；色极美丽，工于测度银市，号称智妇。故俄京人咸诏其家甚富，其财多积于美国，在闺中时即与法特氏相识，后以礼娶为正室，此亦通国所共知之也。）

二十七日清晨，颂年索改前词，并复填一阕词云："是处魂销容易散，争如不聚。胜一角，斜阳疏柳凄清，天涯乃如许。别意如抟春后雪，雄心迸碎窗前雨。到将来，怎倚遍阑干，但烟树，腹不如偃鼠色，不须谈吊。笑悠悠行年四十，都无脚住。长剑影随龙伯，化短檠，聊共山灵雨。算只有，飞过洞庭湖，追仙侣。"午后盘石、颂年召庆至，召庆约游北土街，买得小图章一件，程君房御墨一块，《草决辨识》一本。晚间曹东寅，梅访招饮本宅，同席者王荩臣同年、良弼、周林舜，余人未甚相识。

满　江　红

（盘石前辈绘梁园雅集图并先示一阕，抚时感事，情动于中，不能自已，因依元韵作答）

万里飘萍忽两地，因风偶聚。试回首，东流西日，天涯何许。故呼楼上夜月，黄花瘦损栏边雨。且相将凭吊，汴宫城头云千树。　城社忧狐鼠，扰关塞上豹。问横流沧海，几人安住。辞汉铜仙空有泪，陪陵石马终无语。叹么弦掩柳，孰更新调宫吕。

二十八日清晨为盘石绘梁园雅集图。午后少怀、召闾、亚蘧、肖岩、柳溪、少豪、盘石暨陶八人在会馆照一相，颂年以来迟未与照相。后肖岩暨陶同请少怀等七八人在会馆清叙，共饮二十七斤，大醉乃散。客散时陶熟睡不管，大有我醉叹视君且去之乐。

二十九日清晨不出门，因醒后极倦故也。午后到望肖岩、少怀、少豪、颂年酒醉，仆呼之醒，谈片时许。晚间柳溪至，同赴谭抚辰大令抬饮之局，同席者张部予、王季□、□□叶少莲、柳溪。

三十日是日清晨作画，午后出门拜客。晚间回寓，颂年柳溪在座，因留便饭，颂年出所作词，已更改安帖，书在画上。亚蘧和作亦书上，词云："昨夜天边，闻说是流星复水。更难得，眉飞色舞竟交心。许栾高台，梁亦无月，秋衾铜辇□软雨，问者番，何处最关情？隋堤柳，高楼下，俄坠岚，绮筵上，争凌虎。怕处雷霆该未究，常住狗监，一无人得意。□鸣片时吾无语，顾他年命驾，话相思，嵇偕吕。"又柳溪诗云："重开樽酒话天涯，从倚夷门夕照斜。剩召寒花能恋蝶，却怜新柳不藏鸦。云飞艮石无灵骨，龙去神亭安落露。此是从乎影舞地，未□沉醉拨琵琶。当筵□简不烦呼，我亦天际旧酒徒。异代萧条梁苑客，一官议放步兵厨。拌教肖世同攀叟，竟顾遍交到狗屠。为招前盟松竹在，凭君写入消寒图。”是夜，召间亦至，斗麻雀牌，二更后乃散。

十一月初一日清晨，盘石不再迭前，均作词二首，传介送至，题云：“同人于初二日复召公饮之，举三迭，均以志□□。”词云：“携手河梁，问有教，何如亦□□。酿得槐花谭水，深情亦许。落日徘徊，盘马□乃踪，约略分龙雨。算天涯何处，最难忘□□□。有博雅如□□，召神解去帝虎。羡人□落落，玉堂留住。□□□又逢春，会旗亭画壁传佳语。笑谪仙，犹得近蓬莱，云干吕。”又题云：“酒酣以往，忧愤不平，回首去年，竟成此解。”词云：“咄咄业空是怪事，一时□□，竟□把□□，大错铸成如许。召窍心肝迷紫雾，无情血肉就红雨。要经传海外，纪哀文丰碑，极伏肘腋，黠如鼠。深羽翼，猛如虎。问逼人太甚，住如何住？傀儡登场无好梦，邯郸学步徒谗语。算深飞大地，点成金，逢仙侣。”午后与汝梅往游新亭（亦作新庭），亭在城西小河，四面皆积水成谭，南面一大河，其南为午□门街和一牌坊，扁曰“万寿无疆”。从此行至大门之内，两旁有伏虎台、重轮坛二神。院中一牌坊南书曰“惟至则天”，北书曰“尊无二上”。院之东北角一石碑，沕高宗赐河南巡抚雅示图，回任诗云：“□□来魏阙，回续指常州。借尔丹城罄，俾予恺泽流。农业图治本，□□为民谋。数治□□要，端惟亦竞綵。”从此上阶梯十余级为真武殿，殿后复上七八十级为玉皇殿，阶中排石版，其两旁乃有级，玉皇殿为最高处，俯视全城，历历在目。玉皇神座一方石，四面皆刻龙，高七八尺，阔四尺余，广中等，人以为赵太祖□极坐石，此谬说也。其实新亭为雍正时所建，万寿宫石当为御座，供龙牌之用，不知何年供此玉皇真武神，然玉皇殿仍有万岁牌位也。殿下两廊有石碑，东为东河总督王士俊所作，万寿宝殿右为“中州灵雨”四大字。不知谁出，碑石亦渐磨灭，特字大，隐约可见，览毕乃返。柳溪来坐，称亚蘧约同至酒馆便酌，俟至八点，渺无音耗，柳溪去时已十一点钟矣。（闻□□□已到汴，召见时已称去年洋兵入城，各国意不可测，今年和约定，各国皆悔，言便宜中国，使新加洋税云。）是日天气阴定有酿雪，等傍晚稍晴，夜间星斗皆见。

盘石前辈韵惜别三迭前词和作一首

一曲骊驹，问梁苑何时重采，况忽忽华年半百，鬓丝如许。满地干戈愁古月，几年文经于今雨。纷飞劳燕各西东，迷烟楼。　大河上，堪饮鼠。南山下，须射虎。自罗浮归去，茆庵小住。桥畔杜鹃频血泪，峰头白雀总言语。相从辟谷，学神仙，携钟吕。

戏答盘老怒愤之作

回首都门九万里，豺狼并聚。叹一霎神兵尽散，虫沙几许。仓卒浮沱亭上粥，凄凉巴蜀途间雨。惝翠盖西幸路迢迢，秦中极。　山河蹙，牛角鼠。将帅玩羊质虎。笑东南半壁，自云撑住。剜肉医疮谋国计，卧薪尝胆欺人语。怎纷纷□傅，宠须衔，同姬吕。（此词颇为盘石颂年所赏。）

初二清晨写家书第十四号，又简弟信一函。（内书有二十八日。）午后公请盘石前辈暨肖岩大令、召闾兄，主人少怀、颂年、亚蘧、柳溪、少豪暨陶共六人。在东寓饮酒，大醉。颂年□相片题曰："砺道人四十有七小像。"又题赞云："不笠不复，非须非髯。永居承明之庭，而隐罗浮之巅。拂衣归去，以全其天。复来去不可云，而深悔从前。"故题之曰："四十有七年。"盘石题云："眉棱间召英气，鼻岳间有神润。吾但称其学问之博，经济之系亦不可测者天。"颂年复题云："天机不可泄，道乃人之贼，亦定于人而得于道，道其何道，而吾宁默默。"柳溪题云："藐然中处，岂曰□□，而如妇去归，而为黍谋十亩之田。"少怀题云："道其无道，玄之又玄。"亚蘧题云："当有乾坤客笑傲，可无尊酒话情亲。闲门漫灭三千牍，坦腹真容数百人。晚岁凭谁历冰雪，高影直欲动星辰。眼中萧瑟吾得与，珍重昂藏七尺身。"题至相片，无隙地矣。颂年复和亚蘧均题其背后，诗云："杰难流离成应车，一回相见一回亲。却怜梁苑萧条客，都是燕台□□人。浊清千钟刚遇卯，清时万劫不逢辰。与君相见桑成海，留取罗浮半截身。"柳溪改和云："岂有张骞新凿空，更无公主去和亲。坐看世界恒沙漏，谁是逍遥方外人。欲注周官漫分野，重谈灵易问爻辰。罗浮今日柔条在，尔是梅花过去身。"亚蘧复和云："蜀地鱼蚕休再说，汉人豺虎未究亲。闻鸡夜半谁如□，击楫中流自召人。此日华头但持爵，他年龙尾重占辰。须欲寒极春将至，扰转乾坤仗此身。"盘石和云："我是天涯最忧客，尔欲何处更情亲。中年哀乐成□己，与世浮沈大有人。难为清狂遇诸子，也知憔悴恋芳辰。一言总括无生诀，大杰从来在此身。"诸公皆醉，笔淋漓，顷刻立就，各吐其胸中所欲言，真一时乐事也。题后少怀、召闾、肖岩各散，少豪醉吐茵席间，亦续散去。唯盘石、柳溪、颂年留，时已三鼓，谈片刻许，乃复命厨房取酒菜复酌，改饮绍酒三四斤，陶醉不可仰。而盘石颂年柳溪三人复联句成一七古，计三四十韵，起句云："一月之聚此刻别。"□云："诗成酒醒天已明，几道干旌愁孑孑。"稿字纵横如蛇蚓，如鬼画符，不可复识。时已五鼓，盘石已定初三日回济宁，因各散去。（是日清晨为盘石作梁园雅集图。）初三日接舍弟九月家信，因复收家信开拆，并寄回相片一件，并简持信同交粤差带回。（乃舍弟子时信，胡地风初急，梁园雪正泠，巢空鸟哺，瘁□响雁死沈漂泊。）是日天色阴寒，有欲雪意，昨夜余醉眊到午，四肢疲软，因不复出门。午后王群臣兄随员返燕，先行渡河，因圣驾明日启途，河船不复客别人渡故也。

初四日清晨身颇不快不及送圣驾，午间柳溪至，约同至，出店街一并邀颂年，约晚间山景楼小酌，同席者顾□□、□□、亚蘧、菊农、柳溪。（菊农称清晨到河边送驾，是日天气极晴暖，河水平漫。今上先至河边下轿，俟慈圣，至同祭河神，然后相随下船，今上随慈圣在船上谈少许。今上颜色和栾，慈圣颜色亦和霁。船开时松中丞在慈圣船上不及下岸，甚惶恐，慈圣命立在船边一同过河。两岸百姓跪送，慈圣船头上立看良久，乃入舱云。柳溪称是日送驾者陈兰圃、贻霭人未至，同衙门者到亦不多，因本无谕令必送故也。）

初五日清晨少豪题陶小像诗云："公如云鹤□风格，乔仙刘云托世亲。出画米家复绝品，赋诗陶令一高人。京华帐系依北斗，瀛岛归来□北辰。大梦罗浮天地□，神仙梅尉是前身。"午后颂年柳溪约戏园看戏，门前红菊花者，甚佳。（是日□佛门点□。）晚间在寓小酌，饮至微醉乃散。

初六日午间，柳溪至福陛楼看戏，红菊花溃影桥亭。晚间邀召闾、李柳溪、汪颂年在寓围灯小酌，亚蘧到时席已散，召闾大醉。颂年订十一日起行，并代到车马局多领轿车一辆。柳溪送麸料票至，因荫儿买李方楼马，共三马，马干不谷故也。

初七日清晨收拾行李，巳刻颂年至，称十一日不佳，拟改初十或十二，未约定。并嘱写信曹东寅同年，要饭票一纸，未见复音。未刻，连涵季文阙、阳秀峰（锦江）、郑耀汀（炳章）、同少莲到坐。莲为仲林之弟郑□同年，三人皆少莲乙酉同年，同官汴省。（郑寓袁家街杨庙侯家胡同，连寓黄家胡同。）晚间颂年召寓中小酌，夜深乃散，顺往曹汝梅、郑鸿仪、刘辅臣、郑端甫处辞行，三更乃始回寓。

题沈石田山水小幅

空江澹悠悠，绝巘森古木。高人乐萧散，欹岸架茆屋。凭阑日无事，水石寄遐瞩。前峰削如笋，亭亭媚幽独。想彼盘礴初，寥天恣游目。神光入苍茫，墨妙洗凡俗。毋亦白石翁，脱影在尺幅。我行风尘里，对此乱心曲。何日江上田，归耕逐樵牧。

初八日清晨在寓写各联扇，午间颂年柳溪至，柳溪同往赴姚西□席，同席者少怀、晟初、林□、舒文、少莲。席散，同柳溪赴少莲席，未入席即告辞，至山景楼赴□希前辈席，同席者颂年、菊农、柳溪、亚蘧。

初九日清晨往各处辞行，顺往颂年处看脉，颂年病，似伤风，服桂枝汤二贴，未痊。晚间复至看脉，方用麻桂加神曲、吴莱英、葱白本桦。初十日起行，以颂年病未痊，改十二日。（是日荫儿到车马局领车马，计轿车大车各一轿，车夫名赵二。）初十日清晨，过颂年处诊脉，去已发汉，改用四逆温中，因于读其《满江红》。题云："饭馆孤宦，百感交集。"戏指前均成此词云："影雁南翔，等定了一去一来，剩我船否。鸟腹归来，不许世味，落于尝鲁。经羁愁，时复耽湘雨。怕他年一剑累亲，知延陵□夜□。窃凭岚风，恻恻狂如□。是这般滋味，怎教人住。衣散怕看慈线梦，回疑有娇儿语。□南邻□□正嗷嘈，调商吕。"其词酸楚，不忍卒读也。午后颂年复约到诊，兼留柳溪同吃炸酱面，晚间始回寓。

颂老旅馆作酸楚，不堪卒读，因迭前韵，用广其意。"宝剑宵鸣千里外，雌雄必□叹漉漉。腰间血热，此身谁许。吾造废兴□□。世情翻覆多灵雨，且盘招共□，□□□青松楼，□涂上，鸦嗜鼠。要津□狐，何用问□□□□□□久住。抚碑但存豪士志，呕心亦作愁人语。看明冬回阙，观蛮夷，鸣钟吕。"

初十日饭后复过颂年一谈，亚蘧亦在座，病已痊，不诊脉。午后石门至，谈片刻，因命仆人捆扎行李，以便明晨起，仍二更乃寐。

归　国　遥

晨发瘦马，板桥殊夜月。藐姑仙子罗袜，料去空澈骨。几岁澹烟迷没，远山青一发。玉京天上金阙，梦中犹恍惚。呜咽破帽黄尘，经岁则去，门外车辙。绿苔生又歇，自叹此生长诀，故山千万迭，那堪和泪和血，舟寻青琐闼。

十二日清晨六点由汴梁起程，出漕门，三十五里封丘县城宿。是日五更，颂年车马至，因谈片刻，天已渐明，遂起行，并着仆人知会柳溪同起行。出漕门外，柳溪未至，命荫儿等候。至柳园口，颂年先过河，柳溪荫儿续至，因往支局所领大车，骡子瘦驹不能上，沙坡候。至午刻不至，柳溪亦先过河。□点半大车至，即下船，船过河时天阴无风，顺流而下，约□点钟许始至北岸，时近四点半矣。本应往新店（过河五里），因与柳溪约往封邱赶，过河后里许，新店与封邱即分过。半边夜色凄然，而有朦胧月可辨路歧。至时已七点半，颂年到已久，柳溪亦刚至，（因谈新店多十余里，故到迟。）同寓县衙之西所。（县衙已改行宫，云驾行后故可借住。）知县黄□□，名迟芝，到谈，饭时饮洋酒三杯，微有醉意，即寐。

汴　　城

汴城北望水沄沄，汴宋兴亡感暮云。三省竞崇王氏学，两河虚忆岳家军。金缯社稷无长计，花石园亭有异勋。痛饮黄龙真恨事，幽燕胡马日成群。

汴梁晓发简汪颂年编修（诒书）李柳溪编修（家驹）

一声晓角汴城西，此去燕台路欲迷。万里风沙河上马，五更星月枕前鸡。行身尚自随书剑，绝塞微闻压鼓鼙。草木变衰冰雪长，长途差辛手同携。

渡　黄　河

雪意黯寒空，河流去不穷。冰棱漂碎白，沙脊露浑红。树远低浮水，帆攲侧爱风。乱流人急济，伫立与谁同。

十三日清晨六点半起程，四五里延津县城尖，廿五里塔儿铺宿。是日出封邱城北门，一望皆平旷，然沙道当少车马，易行。所行皆非辇路，不经大村集，十一点至延津县城东，有石马，前仲甚伟，不知乃何人坟墓。望城东南隅有高关，城中又有高塔。入城东门尖毕，出北门绕而西行，不经辇道□。至时望东南边一塔，忽绕而东，乃至塔儿铺，寓行宫之东厅。行宫之西为广唐寺，寺废弛，有“唐渭州酸枣县建福寺记元和九年仅契明书”一小碑，长一尺八寸，高一尺三四寸，嵌东廊壁上，书法甚佳，有晋人意趣。寺大门有大钟，称寺为大觉寺，明正德年间铸。寺后一塔，高七层，无顶，塔下层中一石佛，高如人，其后有“重修白马塔”一碑，明进士浙江按察司副使宋守志撰文，进士户部山东司主事承选书。丹云寺建于梁天监，丁酉年在故酸枣城之西门，后城移延津，故相去二十余里。塔名白马塔，屹立然，不知何以一篑之未覆。考汉文之世何屡决酸枣，疑后人建寺塔以鉴之，故历千余年尚存云，宋书明嘉靖四十二年立。塔之北十余步，一舍利塔，高约丈许，其东土冈连绵，疑即酸枣旧城址也。时飞雪遍地，高下一白，登岗极望林木，寒林栖鸦瑟缩，相与点缀其间，大有似李丰邱画境。晚饭后雪愈大，二更时出门一睹，雪景大佳，十一点始睡。

延津道中遇雪

漠漠荒原起暮鸦，漫天寒雪舞交加。平铺大道飞长练，碎点疏林着细花。毡帽冲风怜客子，绳床烘火见人家。频年奔走成何事，清镜明朝感鬓华。

十一月十三夜宿塔儿铺行宫之东同颂年柳溪玩雪

万木槎枒如植铁，群鸦不飞踏枝折。茆檐风定峭无声，窗外平铺三寸雪。围炉煮酒不觉冷，共起开门看残月。月光晾地讶无影，仰视始知星斗没。深巷寒犬吠还歇，长途漫漫人迹灭。剧怜百室正酣眠，剩我三人耐严冽。行宫殿西塔势高，（西为大觉寺，唐之建福寺也，寺中有白马塔。）七宝层层纷点缀。金爵觚棱冻欲栖，阶前石兽垂丝缬。翠华去后无人扫，一片虚明真玉阙。近闻驻跸在邯郸，楼宇高寒想清绝。滹沱北接燕山路，河冰欲合厚地裂。忆昔中兴铜马帝，豆粥亭边有仓卒。我皇神武继周宣，启圣殷忧何用说。归来倚壁合眼睡，灯影不明炉不热。梦回酒醒雪已晴，试整毡车待晨发。

十四日四更三点即起，四点起车，一路循辇道行，四十五里汲县尖，淇县宿。是日起程后，雪晴无风，五更时稍寒，卧轿车中。天明已行二十里，又十五里到松□坟堡，亦名十里铺。又十里至卫辉府城尖，后入南门，十二点起程，出北门之外，店户极繁盛，约三里许，至北阔门，乃尽前行。二十里至房军屯，又八里顿坊店，又十里至淇县界交界处，道多□石，其西十余里有连山，疑山涧水从此流出也。又二十里至淇县城。

途中观销雪感赋

中州土瘠□□饥，豫大丰亨异昔时。满地金银容易尽，更将何物活刍儿。

十五日清晨六点起行，二十五里高村镇，三十里宜沟驿尖，二十五里汤阴县宿。高村镇南关额曰“淇水关”，镇内人家颇盛，北关有石桥，桥下为淇水，水极大，有□凉然。过桥为浚县界，宜沟驿（汤阴管）有行宫。到时住店，自买面食，因办差不肯招呼故也。尖毕已□点钟，到汤阴已五点，知县褚辉祖，湖北人，夜间拜会见。（宜沟驿一办差有卜姓，尝师，即极不讲理，可恨之至，褚令竟不肯告其名，可怪也。）

过淇水　二首

淇水汤汤响晚风，石桥一曲卧长虹。两岸绿竹填河尽，谁忆当年卫武公。

水清石瘦鲫鱼肥，袅袅修竿下钓矶。我亦莼鲈秋兴发，可怜卫女苦思归。（淇县鲫鱼，著名佳品。）

十六日清晨六点半起行，十二里入安阳界，十八里魏家营，十五里新丰府城宿。十五夜三更，浑身颤战，似中伤风，诊脉，午时茶姜葱，稍安。起程后犹有瑟缩意，闭车帘独寐，一无可见收。到府城见有韩魏公故里碑、重修万金渠碑，又楼门额曰“古相州”。入城南门，额曰“镇远门”，前行为鼓楼，如一公馆，即出差时所居正所，有横额题曰“蒋径全州”，蒋珣书。到后再服桂枝汤，病渐痊矣。（府城内一庙有吴道子画，府在□封，以病未果往。）

十七日清晨六点起行，二十里二十里铺，二十里丰栾尖，二十五里磁州城内宿。是晨天气极严寒，颂年、柳溪五点起行，因病初痊，俟至天明始行。出城后霜风如割，手足皆冷澈，首因闭车帘独坐。九点半至丰乐镇，在行宫西偏尖，十一点起行，过漳河新造三桥，中过御道寺，两桥扈随各官员所行。过桥入直隶磁州界，十里过槐荫铺，十五里至磁州城，入南门，额曰“临漳”。寓皇华馆。

安阳道中　二首

霜风猎猎袭重裘，独卧骡车出相州。残雪已消冰未合，板桥低处见漳流。

荒村画境有无间，柳色萧条草色斑。一角夕阳明灭处，墨痕遥扫太行山。

十八日清晨六点起行，二十里杜村尖，六十里邯郸县城宿。是晨天气严寒，出城后由大道行，尖站石预备，自行料理，共计费亦一千余。过杜村行二十里，约计有三十里之远，至邯郸康邯山书院，院省藏书颇丰，亦宿此。有“西园主人辛丑冬至后一日宿此”题壁。到时两点余，因登署中正门一望，城中颇寥落。

途中柳树半皆枯老感赋　四首

长条髡尽复生稊，寥落垂丝涴地低。攀折几经春雨后，婆娑多在夕阳西。湘累去国颜憔悴，汉节还朝意惨凄。回首河桥千万树，晓莺群散夜乌啼。

记曾络绎羽书来，系马枝条一半摧。雁背经霜寒有信，鸦巢失火劫成灰。上林起立知无望，大树飘零亦可哀。惟有寸心刳不尽，金城流涕盼春回。

脱叶哀蝉岂忍闻，浮萍飞絮最怜君。移根怕说灵和殿，舒眼愁看灞上军。焦尾枯桐鸾鹤操，苦心老柏麝兰熏。不材自分沟中断，一例摧残渭水濆。

征途相送入幽燕，曲罢皇荂倍黯然。瘦节固宜歌栲栳，纤腰无复舞回旋。滹沱暮雪迷前路，汾水秋风怅去年。稍喜依依来往地，行人重眺旧山川。

十九日清晨六点起程，二十里黄粱镇，二十五里临洺关尖，二十五里沙河县城内宿。是晨极寒，口鼻气黏须作冰，黄粱镇行宫在邯郸观东观，扫除一新，壁间题句悉已墁垒，惟刻石数碑当存。（有明张□，国朝魏象□、清保等诗嵌壁上。）观前者有明少保、户兵两部，当出肥乡，张公神道碑万历年建。过此十里许，至界河店，有邯郸县北界碑，永平县南界碑。临洺关有冉庙，红墉绿瓦，沙河县城人家寥落，一切供应归支应局代理，无马干，且饭菜极不佳。

过邯郸观　二首

（余两过邯郸观，俱在梦中，今似略醒矣）

丧乱经年白发催，劳劳车马走尘埃。荆天棘地无逃处，岂为功名入梦来。

十亩归耕愿已违，穷途指点费仙机。几时梦醒罗浮去，不（管）省人间有是非。

二十日清晨五点起行，三十里顺德府城宿。是晨起行后，道中寒冷无所见，至顺德府城，入南关，过城门二重，至城南门，闻孙中望、戴少怀以宋祝三军门所统毅军。是日晚起，乃至内邱，太□□，不复前往。道逢陆伯葵侍郎，言内邱一切被抢，知县李元昌四川县人，逃去，经已革职，（自河南起程，一路州县被抢者甚多，新店、汲县、□沟、内邱，其可知者。）即信于此。顺德府署东有一饭馆，颂年、柳溪暨荫儿同往便饭，饭毕入府署一观，署已改行宫大堂，极阔伟，上房三间新造，颇雅饬。并过少怀及刘子豪□军，王炳青、曹梅访，□一谈，晚间周林殊、曹梅访，邀召闾同往东大寺一游，过三文贞公祠。（城内又有西大寺，有赵子昂一碑，不反往观。）祠为魏文贞征，宋文贞璟，刘文贞栾忠建，三公皆顺德人，然祠极逼仄，且已破败，无可观也。东大寺扁曰："古开元寺。"极阔，大寺有宋大观四年"圆照塔记碑"，陈振□、晁咏之书。又有金大定五年"圆照塔记碑"，刘仲尹撰，张天龢书，阎崧篆额。又有元至正□年"大开元寺资戒坛记碑"，王盘撰，商挺书，耶律铸篆额。三碑皆完好，书法俱佳。晁书犹得唐人三昧，文则未及读也。后又有元碑数种，一碑称成吉思皇帝马儿年、羊儿年，一碑称鸡儿年，其余称至正年号。一小碑嵌后殿外壁西，无年号，称蒙哥皇帝护必烈大王，护必烈即忽必烈译语，同书盖亦元太宗时碑也。其余明碑为多，中殿檐间四石柱，磬龙蛇蚪结之形，每柱有正德十三年某某等名，当即施此柱者。寺内柏极古，盖宋元年间物。寺后一舍利塔，高约七八丈，当完好，前有二碑，称□安恩公塔，一碑有史天泽名。时已昏黑，不及细玩，即回。至酒馆小酌，同席者梅访、林殊、召闾、炳青、柳溪、颂年暨荫儿，召闾饮至大醉，回寓后定明日赶至柏乡，即寐。

沙河旅舍中夜月

亭亭窗上月，窥我窗下睡。窗棂纸如镜，簌簌响寒吹。布衾振霜棱，展转不得寐。开门问汝月，汝曷知我意。知我趱长途，催我起幞被。霜天群木冷，鉴我转幽媚。岭南万里外，清辉了无异。独惜闺中人，对汝翻流泪。沈吟倚剑坐，酒薄不能醉。登车见晨色，残雪犹在地。缺月殊有情，相送出途次。

开 元 寺

（寺在顺德府城内东北隅）

寂寂开元寺，森森古柏旁。经传狮子国，碑记马儿年。雪覆坛阴净，烟扶塔影圆。废兴弹指过，无事问金仙。

二十一日丑初起行（时只□点），五十五里内丘县城尖，二十里张村，三十五里柏乡城宿。是晨起行三十里余，天始明，至内邱买羊肉面包，食毕，即行。过张村后约十里，过尹村复前行，入柏乡界二十余里，至相乡城。未至数里，有宫傅大学士魏公荃石坊，又魏氏先茔石坊，皆极宽敞，□□□仲神道神林立，疑即魏公裔介坟墓也。城内有魏裔介石坊，又有吕兆熊（兵科给事中）石坊。时毅军即住城中，闻一路颇扰民居。

邢台道中雪叠前韵

残月城边噪晓鸦，朔风吹面峭寒加。荒陂汹涌雪成浪，老树葳蕤冰作花。粉墨披图开画本，尖叉斗韵忆诗家。青青松柏知何似，终竟调零阅岁华。

过昔人墓道下

十里长楸道，累累古墓攒。霜磨翠柏瘦，风战白杨干。藏魄棺应化，铭勋石未刊。悬知学仙者，含笑立云端。

二十二日清晨四点起行，六十里赵州，四十里栾城县宿。二十一日夜在柏乡公馆为炭火所烤，颂年、柳溪俱头疼，陶及阴儿亦然。起时痛当未上，服绿豆汤、如意油等物，乃起行，二十里天始明，痛亦渐止。赵州城极阔大，然皆土筑，且多倾圮，惟城门用砖尔。城内人家寥落，房屋多破败，空地极广。入南门，见街中一石塔，高约十丈许，六面，南一面篆书，字大三寸许，有□造，余面字约寸许，疑皆书佛经，匆匆一遇，不及细看也。东北隅有一塔，高数十丈，远望甚完好，尖处与邓澄鲜（振邦）公馆相邻。澄鲜请公便饭，其弟佐邦出陪酒菜，颇佳，饱餐一顿，乃起行至梁城。何子衡、袁车芝俱到谈，称正定无公馆可住。圣驾廿四日乃起行，因请其派勇明日往探，俟得信后斟酌前往。

闻李苾园师赐环喜赋　二首

玉门迢递暮云深，惆怅缁帷泪不禁。变法自关天下计，爱才应鉴老臣心。奸谋世岂知安石，直道人犹重展禽。今日赐环觇帝意，莫悲霜雪鬓毛侵。

回首离亭载酒过，天涯岁暮恸如何。十年京国虚传业，万里山川更荷戈。妖贼黄巾皇运厄，诤臣碧血旧交多。塞翁祸福原无定，且勿忧伤失养和。

途中晓行

月落荒原影渐微，晨烟如织望依稀。霜林篝火妖狐出，雪地寻粮野鸽飞。耳殷雷声惊吼吹，须凝冰点凛寒威。不知村老缘何事，欲乞壶浆懒启扉。

二十三日栾城住，栾城南门内西边有顺年侯祠，两旁为柯刘二公生祠。据碑，二公为明末栾城旧令尹，法施于民而民服，故为主祠，不详何名也。北门外西边有唐公祠，唐名盛昊，际□山西朔州人，道光丙申进士，任栾城县知县。癸丑□发□破栾城，胁唐降，唐称放百姓出城乃从，贼允之。居民去后，唐骂贼，死贼手。请于朝，乃为立祠。旁附典史陈赓飏，亦死于是难者，陈名虎臣，浙江钱塘人。其旁即大土庙，内有铜观音一尊，高三尺许，又碎铜佛一尊，石佛一尊，极古雅，因请北庙僧携归。城中儒学署前有太湖石一块，高七八尺，立如人，后有石刻“爨舍湖山”四大字，内有木坊“教敷五教”四字，雍正间学使吴应棻书。栾城内人家颇□□，其地出棉花，城中有龙图书院，以地有似龙岗而名。有桂超□丹监重修书院碑，又重治洨河，工峻，纪事诗一碑嵌壁间。

二十四日栾城住，是日少怀、少豪、炳青、梅访至。晚间梅访处便饭，闻两宫本日五点起行，往保定。（邓军门赏头祇顶戴，前已有，是重赏者，邓军门闻要遣散，两宫召见。邓军门大兴荣杠亦定，军门决意□迢矣。大总管上大车，时为洋人所鞭，王公大臣多受辱者。）

二十五日清晨五点半起程，六十五里过滹沱河，正定府城宿。滹沱河时当未冰，桥下有流冲过处共□，桥约长四五丈。正定府城墙有四五塔，极古。疑宋元间物。到时只十点，问火车起程，知县称晚间七点始开，以夜里不便而止。二十六日正定府城住，午刻知县探马报称火车十二点至，一点开行，已匆匆束装出城，后探马复报本日火车不到，遂返。颂年以火车起行无定，恐匆遽，上下不便，改由车马驰驿。前往与县相量，一切车马价极洽，并送一流单俾，到时驿站供应极为妥帖。午后少怀等至，申刻到龙兴寺一游，适贻蔼人同年住此，因谈片刻乃返。是晨往谒邓军门见，晚间复往谈，兼访谢伯骢廷兰。军门称慈圣至磁州，召见袁慰亭三次，即大不高兴，鞭挞客监。

廿二日军门请训，慈圣云甚不欲告，但朝廷亦□□云云耳。言毕即下泪，如是者三。军门蒙赏头祇顶戴，然从前经已蒙赏，余赐各食物，亦不多。军门称此次回防兼到，固原即遣散忠补军，皆外人意，故赏赐不敢破格云。二十三日上谕董衲祥永远监禁。大总管上火车时为洋人痛骂，两宫坐火车内，洋人即在前，乃走，此是洋人巡工之例，闻见两宫仍除帽为礼。二十七日清晨起行，四十里龙城铺尖，五十里新栾县城内宿。龙城铺即伏城驿尖，□□自备，□□亦三千余，启家等帐不贵，实则所食无多也。□至新栾过一河，河甚广，水当未冰。其西为铁路桥梁，长数十丈。至时寓景义书院，院为光绪二十四年知县雷鹤鸣所建，有大碑二。雷撰称新栾城门曰“望尧”，西门曰“景义”，以其西有伏羲画卦台而名，故所以名书院云。碑文极长，约三千余字，颇诋外洋之教，亦有心人也。书院近文庙，去年但为洋兵为占，今年八月间乃迁文庙内，有大元加号之碑，上半截蒙古字，下半截楷书宋。有大德十一年月日字，又蒙古国之纲译字，所译圣旨即于我父子之亲，君臣之义，永为重教之尊，天地之大，日月之明，奚罄名言之妙一篇也。

二十八日清晨四点起行，五十里定州尖，六十里望都县城宿。是日大风，道上无所见。定州尖在州衙，知州王忠荫望都在县衙宿。（其地有尧母庙，县以尧母庆都得名。）

二十九日清晨五点起行，四十五里泾阳驿尖，四十五里保定府城宿。是日无风，天气极暖，保定饱经兵灾，繁庶依然，行宫以县署为之。廿八日两宫已达京署，遂改加装饰，□经赏还也。有莲池书院，□文忠绮殉难处。（袁军、宋军、自强军当扎城内。）三十日清晨四点上火车，八点开行，两点半到京，寓东莞饭店。

郑州（州为高辛氏大臣祝融之墟，周初封管村于此，又为虢郐之地。郑武公灭两国而有其地，韩灭郑又徙都之东，置三川郡。汉属河南郡，晋分置荥阳郡，后周置荥州，后改郑州），管城庆县（即今州治），衍氏城（州北三十里），武疆城（州东三十一里曹参击项羽，破衍氏，遂攻武疆城，即此），故市城（州北三十五里，建安五年曹操将徐晃击袁绍，烧其辎重处也），□城（州东六里），郑水（州东二十五里，源出梅山），湏水（州西），大小回湖（州东三十里），仆射陂（州东南四里，元魏文帝赐仆射李冲，因名。唐天宝六年更名广仁池），万岁亭（州东荀彧封万岁亭侯，即此），管城驿（州城西南），荥阳县（古东虢国地），荥阳城（县北），京城（县东南三十里郑邑，庄公封弟段于京。秦二年与楚战荥阳京索间，□通曰：“楚人起彭城，转斗至荥阳，威震天下，然兵困于京索间，迫西山而不敢进。”谓此也），大索城（故京城西二十里，东北四里为小索城，京相璠曰：“京县有大索小索亭，昔索氏兄弟居此，故有大小之称。”），垂陇城（县东），宅阳城（县东十七里），平桃城（县东北二十里），湏水城（县东三十里，以湏水自此入京水而名），嵩□山（县东南二十五里，一名小陆山，亦名周山，《水经注》以为黄堆山也。京索二水出此。），灵源山（县治西山，多灵秀。又西有檀山，多檀木），鸿沟

（在县南楚汉分境处），冯池（县西，战国时韩有宛冯之剑，盖宛人铸剑于冯池，故名），金堤关（县东□怀太子曰："汴自荥阳，首受河所诏。"石门在荥阳山北一里，过汴而东，积石为堤，诏之金堤，成帝阳嘉中所作也。案：汉文十三年河溃，酸枣东溃金堤，金堤非始于成帝时矣），汜水县（汜读曰□□□，呼曰似水，古东虢国郑之制邑，又名虎牢城。今城西，自古戍守处也。通典："城侧有广武城在，魏将陆子章增筑虎牢城，其城萦常山阜，北临黄河绝岸，峻涯以为险固，城西北隅有小城，周三里皆面临河，直上升眺，势尽川庐。刘宋永初，宋毛□祖守虎牢，魏奚斤等攻围二百余日，毁其外城。□祖于内更筑三重城以拒之，魏又毁其二重，□祖惟保一城，昼夜抗拒，久之援绝乃陷。"），方山（县南四十里，汜水出焉，或诏之玉仙山），九曲山（县西二里有吕布城），罂子谷（县西即成皋之关口），汜水（源出方山北径，虎牢城东，又北注于河），板渚（县东四十里），竹芦渡（县东。建炎二年，岳飞败金人于汜水关，驻兵于此。与敌□□，选精锐三百人前，山下令缚刍为交炬，爇四端而举之，金人疑援兵至鹭，溃），古峭关（即虎牢县西二里，志云"一名车从关"），黄鸟关（县西十五里，盖关在黄鸟阪，因名），旋门关（县西十里即旋门阪，汉灵帝时河南八关之一，自旌门而东，至板城渚口，皆成皋关之道），巩县（周巩伯邑，战国时诏之，东周、秦置县），巩城（县西南三十里，汉三年项羽拔成皋欲西，汉兵拒之巩，令其不得西），訾城（县西南四十里，晋咸和三年，石勒击刘曜于洛阳，至成皋，卷甲衔枚，诡道兼行，出于巩訾之间，即此。亦曰訾袭），鄩城（县西南八十五里，周鄩邑也），洛口仓城（县东隋大业二年于巩东南筑仓城，周边二十余里穿三千窖，窖八千石，亦曰兴洛仓。十二年以盗贼充斥，命移兵守洛口仓，明年李密说翟让曰："洛口仓多，积粟去都百里余，先无预备，取之如拾遗耳。"遂袭克之。密称："魏公命田茂广筑洛口城，方四十里居之，又临洛水，筑偃月城，与仓城相应。"开元二十一年复置仓），永安城（县西南四十里，宋太祖父昭武帝葬于此，曰永安陵，后为永安军），王桀城（县东北，滨河，高齐时戍守处），轘辕山（县西南七十里，其阪有十二曲，收去复还，故名。孔颖达曰："轘辕在缑氏东南，道路险厄，控守之处。"），寒战山（县东南五里），黑龙山（县西四十里，相传汤祷雨处），横岭（县东三十里，接汜水界），百花谷（县东南三十余里），岑原邱（县西北三十里，《水经注》："山□大河下□穴，诏之巩穴，潜通淮浦，北达于河，直穴有渚诏之鲔渚。"），洛水（县城西，《汉志》："太康五弟仆丁此。"杜预曰："洛汭在巩县南，水曲流为汭。"），鄩谷水（县北亦诏之什谷，即洛口也），石子河（县东南二十里，或谓之玉仙河），九曲溪（县西即洛阳之千金埸），五社津（县北），黑石渡（县西南二十里），石窟寺（县西南），偃师县（帝誉所都古亳邑也，亦曰西亳。成汤都□为三亳之一，又盘庚自耿徙此，改号曰殷。武王伐纣，回师息戎，因名偃师），亳城（县西十四里，古西亳也，春秋为郑地。《汉志》："偃师有尸乡，汤所都。"《水经注》："尸乡故汤所居，亦曰汤亭，今在县西三十里太康地。"《记》："尸乡东有桐城太甲所放处，汉初田横秉传诣洛阳至尸乡，厩置，遂自到今有田横墓，又曹参还击□收赵贲于尸北，破之。"）缑氏城（县南二十里古滑国，战国时为东周之邑），胥靡城（县东南四十里，□六年郑伐胥靡），缑氏山（县南四十里，一名覆釜堆，王子晋升仙之所），首阳山（县西北二十里，杜佑曰："夷齐葬于此。"），景山（县南二十里，商颂景贞濉河），凤台山（县东二十里，本名訾王山，宋天圣八年建，太祖、太宗、真宗会圣宫于上，改名），通济渠（县南故阳渠也，隋时尝修导之，亦曰"通津渠"），通山沟（县西北十里，深二丈。阔百尺，南起邙山，北通孟津），延寿关（县南三十五里），刘袭（故缑氏城南十五里，三面临涧甚险固，周畿内刘子国也），柏谷坞（县东南十五里，元熙初司马楚之□刘裕逃至河南屯柏谷坞），袁术固（县西南三十五里，袁术所筑，四周绝涧，迢递百仞，广四五里，有一水渊而不流，即公路涧也。隋设缑氏县于公路涧西），石关（县西二十五里当作石关，胡氏曰："偃师西山召汉广野君郦食其，广东又二石关。"），孝义桥（县东三十里），河阳仓（县北隋开皇三年置河阳仓），夏台（县西相传桀囚汤于此）。

河南府（吴起诏魏武侯曰："夏桀之居左。"河济右太华，伊阙在南，羊肠在北。汉元帝时□在上□□徙都成周，左据成皋，右阻渑池，前向崧高，后介大河，东压诸侯之权，西远姜戎之难。晋永嘉五年，洛阳为刘曜所陷，王弥说曜以为都邑，曜不用弥策而禁之，弥骂曰："屠□子岂有帝王意耶!"孔颖达曰："洛阳处天下之中，天地交会，北有太行之险，南□宛叶之饶，东压江淮，食湖海之利，西驰崤渑，据关河之势。"今府城隋大业初所营东都也，前直伊阙之口，后依郎山之塞，东出瀍水之东，西据涧水之中，象河汉也。自靖康而后，翟泉再出苍鹫，铜驼又沈荆棘，黍离麦秀之悲，千秋一辙矣!）。

洛阳县（附郭）洛阳故城（府东北二十里秦都，此政路为雒。鱼豢曰："秦火□火忌水，故去水加□，魏复改为洛，魏于行次为土，土水之牡也。"故除隹加水，《洛阳记》："晋时城中有铜驼街，在宫南。"），河南故城（府城西北，周之王城，亦曰郑邑，平王都此），金墉城（故洛阳城西北隅也，魏明帝筑城，魏晋间庆置，皆徙居金墉城。《洛阳志》："金墉城有瑶光寺，魏太和中庆居冯氏延昌，宋太后高氏皆徙居于此。"），新城（府南七十里，戎蛮子邑战国时，诏之新城。汉二年汉王至洛阳新城，三老董公遮说是也。东南有蛮城），高都城（新城西南），前城（城西南五十里。服虔曰："前读为泉，戎地在伊阙南。"），穀城（府西北十八里），北邙山（府北十里，山连偃师、巩、孟津三县。县四百余里，古陵寝多在其上，魏明帝常欲平北邙于上，作台观望孟津，以辛毗练而止。魏太和二十年，命代人迁洛者悉葬邙山。《志》云："太和谷在邙山东，垂魏宣武陵，北魏主恪陵也，亦曰景陵。在邙山上近府城西北隅。"），阙塞山（府西南三十里，亦曰龙门山，亦曰伊阙山，又为龙门龛。《志》云："山之东曰香山，西曰龙门，大禹路以通水，两山对峙，望之如阙，伊水历其门。"魏景明初当遗宦者白整凿二佛龛于龙门，其后宦者刘腾复凿一龛，皆高百尺，用工数十万。又正始初，魏之幸伊阙。熙平初胡太后作石窟寺于伊阙口，极土木之美。唐武后屏东都，数游龙门。宋祁田、伊阙、洛阳南面之险也，自汝颖北出，必道伊阙，其间山谷相连，阻厄可恃），委粟山（府东三十里，魏国邱地），首阳山（城东北，曹丕黄初三年，□首阳山□为寿陵），大石山（府东南四十里，亦名大石岭，一名万安山。山阿有魏明帝陵，曰高平陵。曹爽从魏主芳，谒高平陵，司马懿因之诛爽），周山（城南十五里），大谷（府东南五十里，灵帝时八关之一也），白司马阪（府东北三十里，邙山东北岳也），郏鄏陌（在故河南城西，或诏之郏山），洛水（府南十五里，又有韩公堤，在今城南宋韩镇伊洛，时筑此以障洛水），伊水（府东南十六里，旧有堰，唐天宝十载，河南尹裴迥自龙门山东抵天津桥，为石堰以遏水），瀍水（府北汉明帝作千金堨于故河南县城东十五里，盖堰穀洛之水会于瀍水，而经洛阳城北，诏之千金渠），阳渠（府东），金谷涧（府东北七里，石崇故居也），甄官井（故洛阳城中，晋为甄官署，孙坚进洛阳，乃传国玺于井），上林苑（府城东），华林园（故洛城内东北隅），三王陵（府西有周景悼敬三王陵），石梁坞豆田壁（俱在故洛城东），张方垒（故洛城西七里），凌云台（金墉城，西魏文帝黄初三年筑。周公台在故洛阳县治东），天津桥（府西南洛水上。隋大业初迁都，以洛水贯都，有天汉之象，为建此桥曰天津），洛中桥（在天津东，唐武后时李□□所造），夕阳亭（府西南。贾充出镇长安，荀勖、冯沈等饯送于夕阳亭。邹子诏晋宝之祸，成于夕阳亭，一言在也。唐更名河亭），夹马营（府东北二十里，宋太祖诞于此。真宗时建为应天寺，又改丛祥寺），白马寺（故洛城西，汉明帝时建，中国佛寺始于此。唐垂拱初武后复修之，太后建于宫侧，极土木之美，有九级浮图高百丈，最为壮观）。

新安县（战国时西周地，东曰新安），新安城（在今梁西，项羽夜击坑降卒二十余万人于新安城南，盖在其地。汉建武二年，赤眉自三辅引而东，帝遣军分屯宜阳、新安。唐为穀州治），八关城（县东北，后汉灵帝中平元年，以黄巾至，京师震动，置八关都尉。杜佑曰："函谷为八关之首。"故此城总名八关城。白起城，县西三十里），缺门山（县西三十里，名挖山，山阜不相接里余，穀水经其间。开元八年，契丹寇莹州，从关中卒援之，宿缺门营穀水上，夜半山水暴至，万余人皆溺死），慕容山（县治后，相传慕容垂常屯兵于此），八特阪（县东。水经注："涧水经新安县东南，东北流经函谷东阪，诏之八特阪。”是也。□大□二年，刘曜将刘黑大破石虎将石聪于八特阪，即此地)，穀水（在城南），涧水（自渑池流入泾县东，而合穀水），慈涧（县东三十里，《水经注》：“少水出新安南山中，援引泉流，积以成川，东流注于穀，世诏之慈涧。”隋大业九年，杨元感围东都，分兵守慈涧道。唐武德三年罗士信围慈涧，王世充使其子元应救之，既而世民进兵至慈涧，世充拔慈涧之戍归洛阳)，阜涧（县东三里注于穀水），函谷新关（县东二里，汉楼船将军杨仆数有战功，耻为关外人，上书乞以家财东徙关，武帝为徙于此。周主邑保定，五年以函谷关城为通洛防)，硖石堡（县西四十里，《水经注》：“穀水东经雍安溪，石路阻峡，故有峡石之称。”）渑池县（本韩地，后属秦），渑池城（县西南。汉初平二年，董卓为孙坚所败，自洛阳欲屯于渑池，聚兵于陕，坚入洛阳，分兵出新安渑池，间以要卓，既而卓使董越屯渑池，引还长安），蠡城(县西四十里，曹魏贾逵为渑池令，治此姚秦，以弘农太守戍守。刘裕伐秦，王镇恶进军渑池，遣毛德祖击□秦，收尹雉于蠡城，是也），俱利城（在县西，相传秦昭王会赵惠文王处，云秦赵俱利也。又有会盟台），广阳山（县东北三十里，源出三崤东马头山之谷阳谷），天池（在□南，贞观十八年畋于渑池之天池），紫桂宫（县西五里，唐仪凤五年置，调露二年，改曰避暑宫，永淳初又改芳桂宫，明年，庆万泉芳桂在天宫，高帝遗诏也），南村关（县西北九十里，今有迎简司），义昌镇（县东四十里。《志》云：“汉三老董公于此□说汉王为义帝丛丧，因名。”），陕州（周公分陕之所，春秋时虢地。州内屏关中，外维河洛，覆崤阪而戴华山，负大河而肘函谷，贾生所诏崤函之固也。崔浩曰：“东自崤山，西至潼津，通名函谷，号为天险。所诏‘秦乃百二在’。”此地是也。东西魏之争，宇文深劝宇文泰速取陕州，为兼并关中之计。唐初克长安，刘文静等收兵出潼关，克弘农，略定新安以西，而东洛已有削平之势。达奚抱晖之乱，李□以单车定之，曰：“陕州三面险绝，攻之未可，等月下也。”刘知远自晋阳举兵，保义帅赵晖以陕州附汉，汉主奇曰：“挈咽喉之地以归我，天下不是定。”关盖据关河之肘腋，扼四方之襟要，先得为强，后至为败，古今不□易也），庆陕县（今州治），陕石关（古之崤陵关也，州东南七十里，东通渑池，西通函谷），曲沃城（州西南三十一里，因曲沃水为名，水经注：“弘农县东十三里，有好阳亭，又东，为曲沃城。”），焦城（州南二里），砥柱山（州东四十里，鸡足山，州西南二里，山临河如鸡足。又羊角山，州城西北隅高百尺。又州东有熊平山），三䟌山（州东五十里山有三峰），礓子阪（州东南五十里），北崦（在州西），利人渠（有南北二渠，北渠在州北，南渠在州东南），好阳涧（州西四十五里，本曰曹阳陈涉将围击秦，为章邯所败，止，屯曹阳。曹操改曰好阳涧），七里涧（州西南七里，今石桥沟），漫涧（在州东，即橐水也），弘农宫（在州城内，杨元感欲西图关中，蔡王智积恐成其计，□使攻城，不克，遣兵士，遂及于败），雁翎关（在州东南），干壕镇（在州西往来所经处也。后唐潞王从珂入陕州，唐主以唐诚御之，至干壕，降于从珂），大阳津（即茅津州西北七里），灵宝县（古函谷关地，唐天宝初得符宝于关旁，因改今名），恒农城（县西南三十里，春秋时虢地），窦门城（函谷关南七里，汉武徼行柏□，遇辱窦门，即此），岘山（县东三十五里，山连陕州，形似襄阳岘山，因名），西原（县西南五十里，哥舒翰与贼将干佑战败处也），门水（县西十里），柏□水（在县西南），弘农涧（在县治西，会崤渑□水，北入于河。汉兴平二年，李傕、郭汜共追乘舆，大战于弘农东涧，董□等大败，即是处），马牧泽（在县西，《水经注》："桃林之塞，湖水出其中，多野马。"），函谷故关（县南十里，秦置关于此，汉初设关校尉，荀卿子曰："秦有松柏之塞，诏函谷关也。"汉元年沛公入秦，或说沛公守函谷关无内□侯兵，项羽欲入关，关闭，羽怒，攻破函谷关遂□戏。《志》云："关旁有望气、鸡鸣二台遗址，以老聃、田文而传，望气台亦曰'尹喜台'，即喜候老子处。"唐天宝初，言得符宝处也），洪关（县西南四十里），蓩乡（县西南三十里），桃林驿（县西，明初置）。

阌乡县，湖城（县东四十里，秦曰湖关，王稽载范雎入秦，至湖关，即此。汉武帝更名湖县，以黄帝鼎湖而名，城中有武帝鼎湖。邓禹从关中还洛阳，自河北度玉湖，邀冯异共攻赤眉处。又，魏修邂高欢，西夺关中，至湖城），盘豆城（县西南二十里。魏大统三年，宇文泰使于谨为前锋，攻盘豆，拔之，进至弘农。其东为皇天原，隋大业九年，杨玄感攻东都，不克收，西图关中，至阌乡，隋兵追及之于皇天原，玄感上盘豆□陈亙五十里，且战且行，一日三败处也），皇天原（在县西，《水经注》："玉涧水南出玉溪，北流径皇天原，原上有汉武思子台，又有全鸠涧，子出南山□经，皇天原东。皇天原西有盘豆城，西为董杜原。"杨玄感上盘豆，又败走董杜原，是也），夸父山（县东南二十五里，北有林，名曰桃林），荆山（县南二十五里，《志》云："山下有铸鼎原，即轩辕采首阳之铜铸鼎处。"），湖水（在□湖城县西门外，源出夸父山，北流入河），盘涧水（湖城西二十五里，源出夸父山，北流入河），平吴台（县西北二十三里，赫连勃之取关中，攻克朱□石之兵，于此筑台□），曹公垒（县西二十里，魏武征马起韩，遂连兵于此。旁有李典营，刘武七营亦在县西，刘裕伐姚泓，檀道济、王镇恶滨河常险，造大小七营，是也），稠桑驿（县东三十里，春秋虢公败戎于桑田，即此。唐高祖诏李密招抚山东，至稠桑驿，复止之，密因入桃林以叛。王思村在县东，后魏主修玉湖城，王思村民以麦饭壶浆献，帝悦，复一村），泉鸠里（县东南十里，汉戾太子□匿处，有泉鸠涧，北流入河。戾冢在涧东，又有归来望思台址）。

《陕西通志》所记路程

西安府咸宁县治（十里），东苑铺（过龙首渠，龙首渠原十里）。浐河铺（过灞桥，下为灞水）十里，灞桥铺（十里），豁口铺（邵平店，过斜口河，临潼界，斜口镇）十里。建平铺，入临潼界（过水碓河，又过石涧河，过潼河，即温泉下流）十里。临潼县治（过临河，过险盘河），□阴铺十里，新丰镇（新丰河贯其中）十里，戏河铺（过戏河）十里，零口镇（北为新街镇，过口水，入渭南界，盛店镇）十里，灵阳铺十里，过杜化桥（下为杜化水），张村铺（过万里桥，下为大湭河）十里，渭南县治十里（光明岭桥），西阳铺（西阳桥，东阳桥）十里，赤水镇（赤水桥，下为大赤水）十里，白园铺（入华州界，过遇仙桥，下为乔峪水），过西石桥（下为西石桥水），石桥铺（郑桓公墓，过叶王桥，下为西溪水）十里。华州治（过太平桥，下为太平桥水，过罗纹桥，下为罗纹桥水）十里，罗纹镇（过疏水河）十里，柳子铺（过东石桥，过方山谷水）十里，台□镇（过葱谷水）十里，敷水镇（入□□县界，过敷水，过良余水）十里，新壮铺（过页桥，下为黄酸水）十里，长城铺（过长城桥，下为车箱水，过洗马桥，下为长涧水）十里，叶阴县治（过东平桥，下为大涧水，岳庙）十里，杨花铺（过蒲谷水，过灵应泉）十里，泉店铺（过沪泉水）十里，杨桥铺（后为杨太尉墓，满城，入潼关县界，过杨家河，有桥）十里。潼关县治（山高坌，峪水、潼水贯城中，东南角为麒麟山，即台山，西南角为凤皇山、象山。城中央有潼津桥。过原望沟，禹王庙，古桃林，金徒阙，入河南阙乡县界）七里。河南闵乡县七里铺，咸宁县治东至临潼界四十五里，至县治五十里。

临潼县治东至渭南界十七里，至县治八十里（临潼，骊山竖起阳，渭水环其阴，鸿门接其左，灞陵接其右）。渭南县治至华州界二十三里，至州治五十里（渭南，南面秦岭，北带渭河，少华峙其左，湭水绕其右，左控仓堡，右厄青原）。华州治东至华阴界四十四里，至县治七十里（华州前据华阴，后临泾渭）。华阴县治东至潼关县界三十五里，至县治四十里（华阴，太华为屏，首阳为卫，左据潼关雄镇，右引下挂洪流）。潼关县治东至河南闵乡界五里，至县治七十里（潼关南据连山，北限大河，东连鼎湖，西接太华，秦岭障其南）。

汴梁各京官住址

荣中堂，江□坡，户部县角路西，政务处，文昌宫。

王中堂，浙江金陵，外务部，大坑治路东，内阁，大坑沿路东。

鹿大人，□□角路东，军机处八旗□街路西，吏部，馆驿街路口。

瞿大人，黄大□门路北，兵部，城隍庙街路西，察院黄策安，翰林院汪大人同上。

孙中堂，出□馆（翰林院李大人同上）。

邓军门，县□路西，陆大人（户部，凤石）、陈大人（吏部，盛圃），同上。

薛大人（元升），江菜全馆西边。

李大人（伯瑜），两湖会馆。

詹事府文大人（华），瓣香书院。

国子监周大人，馆驿街路北。

贻大人，瓣香书院，粮台，官书局。

戴大人（鸿慈），吹鼓台路北，国子监，行宫东路北。吴浚弟四巷。

汴梁省城两广同乡住址单

黄大人（璟，小宋），双龙巷。

谈大人（国政，抚宸），旗毒街。挑大老爷（诗富，少适），后炒米胡同。

黄二大人（玑，仲衡）。彭大老爷（运鲸，石门），□家胡同。

姚大老爷（诗聪，德口），对堵广门。李大老爷，学院门。姚大老爷（礼坤，希朋），祥符县。邓大老爷（伯龙，数斋），新五龙宫门。郑师老爷（康□，鸿仪，家眷住普太和电报局），普太和药店，北土街路西。莫老爷（汝梅，普太和药店当事，麻涌人），福兰老药店，北土街西。刘棣华，堂栈（刘□□辅臣佣人寓内），北二街永兴店内。江德和，恒土栈，南土街路口。江同茂，土栈，行宫路西。以上东省。

王大人（维翰，仲培），幼霞之兄，粮道。业大老爷（承祖），南土街路东。唐大老爷（桐森，凤□），东棚板街赁馆。

（据《陈文良公集》中《扈随日记》手稿整理）

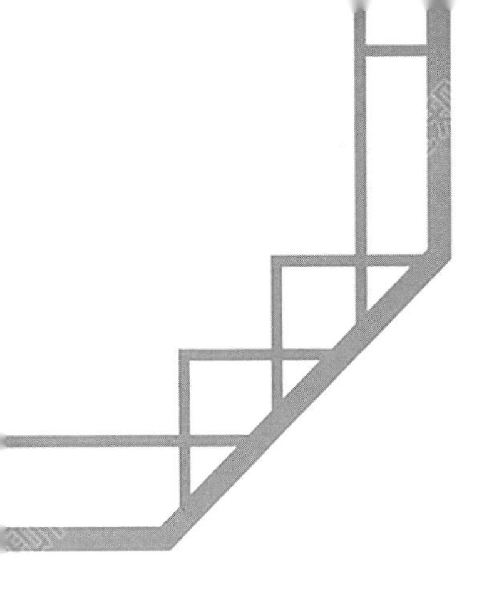

附录三　年表、传记、序文、墓志

陈伯陶年表

卢晓丽整理

公讳伯陶，字象华，一字子砺，姓陈氏，广东东莞中堂凤涌乡人。曾祖父允道，未仕。祖梦松，未仕。父铭珪，清咸丰壬子副贡生。陈铭珪，字京瑜，一字友珊，早年就读于越秀书院，为顺德梁章冉先生弟子，咸丰二年（1852）副贡生。咸丰四年（1854）五月，红巾军何六陷邑城，陈铭珪急告变，谒时越秀书院院长苏廷魁，后巡抚黄者华率兵驰剿，城赖以全。何六恨之，购其三千金，时家人避地增城之仙村。事平，以居家授徒为业，邑人何息深、张其淦、梁用弧俱出其门。中年以后隐居罗浮，创建梅花仙院，修复酥醪观并为主持，自号“酥醪洞主”。

据陈伯陶《殿试策》抄稿、陈宝琛《清故荣禄大夫江宁提学使陈文良公墓志铭》（以下称《墓志》）、张学华《江宁提学使陈文良公传》（以下称《传》）、陈伯陶《东莞县志·人物略·陈铭珪》（民国十六年版，以下称《东莞县志》）、《长春道教源流·罗浮酥醪洞主陈先生像赞》（《聚德堂丛书》民国十六年版）、《七十述哀一百三十韵》（以下称《述哀诗》）。

清咸丰五年（1855），乙卯，三月二十七日，公生。公父陈铭珪，生于道光四年（1824），是年三十二岁。公母叶氏，生于道光九年（1829）七月十八日，是年二十七岁。叶氏所出二子二女，公为长子，次子仲夔。女二，长适方，次适王。

据《墓志》、《传》、陈伯陶《东莞县志》、《长春道教源流·罗浮酥醪洞主陈先生像赞》（《聚德堂丛书》民国十六年刻本）、《先妣叶太夫人墓志》（以下称《叶氏墓志》）、《述哀诗》。

清咸丰九年（1859），己未，公五岁。

《述哀诗》：“五岁出就传，读书尽一纸。”

清同治二年（1864），甲子，公十岁。通五经。

《述哀诗》：“十岁通五经，亦略知微旨。”《述哀诗》诗中自注：“陈东塾先生澧与先严交好，先生掌教邑之龙溪书院，先严命执贽为弟子。生平经学词章，略知门径，亲炙于先生为多。”《传》：“十岁毕五经。”

清光绪元年（1875），乙亥，公二十一岁。补县学生。

《传》：“光绪乙亥，补县学生。”《述哀诗》：“乙亥游于庠。”

清光绪五年（1876），己卯，公二十二岁。举乡荐第一。

《墓志》："光绪己卯，领乡荐第一。"《传》："己卯，举乡试第一。"《述哀诗》："乙亥游于庠，己卯乡大比。褎然为举首，宾燕惊倒屣。"诗中自注："余赴乡燕时，监临裕泽生宽、学使吴子实宝恕颇垂青眼。东塾先生亦赠余联云：'文章高似罗浮顶，科第连登会状元。'以余曾读书罗浮，而粤西陈莲史继昌亦于己卯、庚辰连捷三元也。"

清光绪七年（1881），辛巳，公二十七岁。是年仲冬，祖母刘氏、父陈铭珪先后去世。

《述哀诗》诗中自注："辛巳仲冬，祖慈弃世，先严哀毁骨立，遂见背，相去只十五日。"

清光绪十五年（1889），己丑，公三十五岁。复出会试，考取内阁中书。

《墓志》："己丑，考取内阁中书。"《传》："己丑，考取内阁中书，充咸安宫教习，馆顺德李文诚公家。"《述哀诗》自注："余以所得馆榖为仲夔弟及季妹完婚嫁，乃复出会试，己丑试中书。"《瓜庐诗剩》卷上有诗《乙丑腊月入值内阁道中遇雪》。

清光绪十八年（1892），壬辰，公三十八岁。进士及第一甲第三名，授翰林院编修。

《墓志》："壬辰，一甲第三名进士，授编修。"《传》："壬辰，成进士，廷试一甲第三人及第，授翰林院编修。"《述哀诗》："壬辰成进士。廷对居第三，执笔官太史。"自注："壬辰廷试初置第一，后以宣抚司误书宣慰司抑十本外，翁叔平先生同龢诤之，谓此积学士，乃改列第三。"

清光绪十九年（1893），癸巳，公三十九岁。奉命出任云南乡试副考官。是年五月十一由京城起行，八月初二到达云南皇华馆。

据陈伯陶《瓜庐诗剩》卷上《癸巳五月初一日闻典试滇南之命恭纪》、《八月初二日至云南省城皇华馆》二诗及《翁同龢日记》第五册（中华书局2006年版）。

清光绪二十年（1894），甲午，公四十岁。是年李文田上疏请起用恭亲王，公亦同馆内数人请戴鸿慈领衔入奏，八月二十九日上《奏请起用恭亲王》一折。十月，微服出行新加坡。

《述哀诗》自注："甲午夏，日人瞰我无备，攻朝鲜……先生因疏劾军机礼王世铎及北洋大臣李鸿章，而请起用恭王奕訢，余亦合同馆十余人请戴少怀学士鸿慈领衔入奏。越日，恭王遂出总军机……时高阳李先生鸿藻闻英人助日，命余往南洋觇之，且拟奏遣余不可谓此密侦事，当备资微服往。十月抵新嘉坡，具得英人实情，电告高阳。诸侨民亦踊跃助饷，以英人阴禁之，乃止。”《墓志》：“甲午边事，亟戴学士鸿慈合同馆数十人奏请起用恭忠亲王，君实主之。”《瓜庐文剩》卷一有《奏请起用恭亲王折》一文。

清光绪二十一年（1895），乙未，公四十一岁。是年五月，由粤返京。

《述哀诗》自注：“旋闻旅顺、威海俱陷，日覆我海军，余遂返粤。南洋酷热，余得暑湿病。乙未五月，病愈还京，时马关已签约矣。”

清光绪二十三年（1897），丁酉，公四十三岁。出任贵州乡试副考官。

《述哀诗》自注：“长沙不谓然，语人曰：‘彼欲得试差耳。’以余于癸巳、丁酉、壬寅曾典试滇、黔、山左也。”

据陈伯陶《瓜庐诗剩》卷上《丁酉元旦早朝》《初入黔中》等诗。按：《瓜庐诗剩》上下卷均以成诗时间排列，《丁酉元旦早朝》一诗之后，为《陈简持观察（昭常）随张樵野侍郎（荫桓）奉使伦敦贺英主享国六十载之期回粤后即之官滇中赋赠》，据《清史稿》，英国建国六十年之贺在光绪二十三年（1897）正月，随后《芦沟桥》一诗曰：“万里輶轩天外去，八方冠盖日边来。弃繻谁识终童志，题柱人思犬子才。仆仆征尘今再过，道旁津吏莫相猜。”可知为出使地方事务。之后有诗《晚至良乡》、《张桓侯井》（在河北涿县）、《杨椒山先生墓》（在河北直隶容城）、《过赵佗故里》（在河北正定）、《汉光武庙中古柏歌》（在河南方城）、《襄阳道中望鹿门山怀庞公》（湖北襄阳）、《荆门陆象山祠堂》（湖北荆山）、《初入黔中》（贵州），此次行程正为从京城至贵州路线，可为佐证。

清光绪二十四年（1898），戊戌，公四十四岁。自贵州典试回京，工部主事某召公入保国会，公匿而不见。

《述哀诗》自注：“戊戌春，工部主事某倡保国会，日演说于粤东馆中。时余自贵州典试回，某招余入会，余匿不见。”

清光绪二十六年（1900），庚子，公四十六岁。是年庚子国变，八国联军入京，慈禧携光绪帝往西安，公至京郊怀柔县避乱，欲随员而丧其资，十月，归粤。

《述哀诗》：“庚子建亥月，还家母前跪。谓当问官守，未敢安床笫。先慈顾语我，忠孝理应尔。为我缝征衣，为我幞行被。”自注：“七月二十日联军入京师，逾晨，两宫遂西出德胜门，宿昌平州之贯市……开战后，余料两宫必西狩，先寄孥于京北之怀柔县。联军至，余只身出至怀柔，急欲随员而丧其资……余被困计十八日，旋闻两宫西幸长安，而仲夔弟书至，言先慈倚闾綦切，因挈家南归。”《瓜庐诗剩》卷上有《庚子七月感事》《初秋避地怀柔县中》二诗。

清光绪二十七年（1901），辛丑，公四十七岁。是年二月，公由广东东莞起程，四月二十日至西安随员。五月三日，游西安慈恩寺。五月九日，游终南山五台。六月，奏请经营关内为陪京。七月二十三日，游韦曲杜祠。八月二十日，派为慈禧光绪回銮扈从，由西安入京起程。八月二十一日，游骊山。八月二十三日，游华山玉泉院。九月四日，游洛阳龙门。九月十一日，游开封吹台。

据陈伯陶手稿《扈随日记》。《述哀诗》："启途涉冬春，去去飞鸿驶。吴江溯汗漫，秦岭登𡻕嵬。麻鞋抵长安，负担乃得弛。"自注："余抵家后，禀命先慈，即赴行在。已启途矣，闻先慈病，复归。辛丑二月乃成行，四月始至长安……余因草奏请经营关内为陪京，呈掌院寿州孙先生家鼐代递，寿州谓和议大纲已定，外人又日促回銮，此策必不能行，抑不上。六月，戴侍郎鸿慈至行在，余告之故，戴复为疏，请立长安江陵为两陪都，而划分二十二行省为六大藩镇，疏入亦留中。"《瓜庐诗剩》卷上有诗《圣驾西巡歌十首》。《瓜庐文剩》卷二有《游慈恩寺记》《游终南五台记》《游韦曲谒杜祠记》《观骊山温泉记》《游华山玉泉院记》《游伊阙记》《吹台唱和记》。

清光绪二十八年（1902），壬寅，公四十八岁，出任山东乡试副考官。

据《瓜庐文剩》卷四《山东乡试录后序》。《述哀诗》自注："长沙不谓然，语人曰：'彼欲得试差耳。'以余于癸巳、丁酉、壬寅曾典试滇、黔、山左也。"《瓜庐诗剩》卷下有诗《发济南留别闱中同事诸公》《岱顶观日出同泰安令毛菽畇前辈（澄）》。

清光绪三十年（1904），甲辰，公五十岁，奏请推广会议政务处。

《述哀诗》自注："迨甲辰冬，伍秩庸侍郎廷芳拟请开上下议院，商之南海戴侍郎鸿慈。戴以询余，余曰：'中国民智未开，下议院成则横议蜂起，国事不可为矣！即上议院亦恐有流弊，不若因会议政务处而变通之，凡内政外交要件，政务处摘由片行，阁部九卿、翰林科道酌议，并传知属官论列代递。现谈新政者，侈言开议院，子产所谓防川大决，伤人必多，不如小决使导也。'戴是余言，令代拟奏稿，大致言会议有四益，曰收群策、曰励人才、曰折敌谋、曰息众谤，奏上允行。"《瓜庐文剩》卷一《请推广会议事例折》。

清光绪三十一年（1905），乙巳，公五十一岁。是年六月十六日，奉旨入值南书房。

《墓志》："乙巳，命在南书房行走。"《传》："乙巳，入值南书房，以淹雅称。退值后，时手一编，纂修国史，儒林文苑，传综条流，考核精当，缪编修荃孙极推许之。"《述哀诗》自注："六月十六日，奉旨着在南书房行走。"

清光绪三十二年（1906），丙午，公五十二岁。是年四月二十日，署江宁提学使，不久即奉命出使日本，考察三月。

《墓志》："丙午，出署江宁提学使。"《传》："丙午，学部奏派赴日本考察学务，署江宁学史，莅任。"《述哀诗》："丙午四月二十日，余奉旨开缺，以道员用，着署理江宁提学使，旋命往日本考察三月……六月中，余至日本文部省……十月，余至宁，具以告匋斋制军端方。"

清光绪三十四年（1908），戊申，公五十四岁。是年七月，署江宁布政使。

《述哀诗》："戊申七月，莲溪继昌升皖抚，余署宁藩凡三阅月。"《墓志》："戊申七月，署江宁布政使。"

清宣统元年（1909），己酉，公五十五岁。是年五月，再署江宁布政使。十一月补授江宁提学使。

《墓志》："己酉五月，再署布政使。十一月实授江宁提学使。"《传》："两署江宁布政史加二品衔，赏戴花翎。宣统乙酉，补授江宁提学使。"《述哀诗》自注："己酉五月，匋斋调北洋，樊护督印，余再署宁藩两阅月。六月，先慈在署得吐血疾，久乃痊。江督张安甫人骏至，余遂请终养，张不允，乃请假三月，送亲回籍，九月遂解任归……十一月，余奉旨着补授江宁提学使，并着来见。"

清宣统二年（1910），庚戌，公五十六岁。是年三月，入都觐见。五月，陈请开缺养亲，归乡。

《墓志》："庚戌三月入觐，时摄政王监国，君有所陈，不之省，请假修墓，旋由粤督代奏，开缺养亲。"《述哀诗》自注："庚戌三月，余至都……余遂乞假省墓。五月即具呈粤督袁海观树勋代奏，开缺养亲。"《瓜庐诗剩》卷下有诗《庚戌五月陈请终养》。

清宣统三年（1911），辛亥，公五十七岁。是年三月，粤督张鸣岐招公入幕，以母老辞。九月，辛亥事起，张督逃，公奉母奔香港红磡，后移居九龙。

《墓志》："辛亥九月奉母避地九龙，养亲事毕，遂居焉，自号九龙真逸。"《传》："九月，广州城陷，党人蜂起，汹汹欲致，公乃走避香港，奉母居红磡。寻，丁母忧，移居九龙城。"《述哀诗》自注："张督逃后，革军至，余被困邑城三日，既得闲，即奉先慈窜香港之九龙。"《瓜庐诗剩》卷下有诗《避地香港作》《红磡新居成移家感赋二首》。

民国元年（1912），壬子，公五十八岁。四月，弟仲夔卒。

《述哀诗》自注："壬子四月，仲夔弟以疫卒。"

民国二年（1913），癸丑，公五十九岁。二月，母叶氏卒。同年，张鸣岐为粤省长，致函见招，不答。

《传》："公屏迹隐居，熊希龄、龙济光欲挽之出，皆绝，弗与通。聘修省志，亦不就。着明遗民录以见志，顾于世道人心，无日忘也，尤拳拳于故国。"《述哀诗》自注："先慈吐血复作，癸丑二月见背。余时欲从殉，念旅榇未归，乃止。同年，熊秉三希龄为内阁总理，龙济光为粤督军，张鸣岐为粤省长，时并致函电见招，以利禄饵余，余不之答。幽忧无聊，因著书见志。"

民国五年（1916），丙辰，公六十二岁。与在港故旧苏选楼、吴道镕、丁仁长等聚宋王台祭祀南宋遗民赵秋晓。

苏选楼《宋台秋唱·序》："丙辰秋，真逸以祝宋遗民玉渊子生日，大集同志于兹台。"《东莞县志·赵必瑑》《胜朝粤东遗民录·宋东莞遗民录》中收录有《赵必瑑传》。

民国六年（1917），丁巳，公六十三岁，集众重修九龙宋王台之上杨侯王庙。

《九龙城侯王古庙重修碑记》："近代陈伯陶氏亦于一九一七年集众重修。"（陈绍南编《代代相传》影印本，藏广东省立中山图书馆）

民国十一年（1922），壬戌，公六十八岁。是年十月，溥仪大婚，公报效一万圆，入京叩贺。

《墓志》："壬戌十月，赍万金入京，贺上大婚，因于召对，进老子三宝，曰慈、曰俭、曰不敢为天下先之说，上叹许久之，赏赉有佳。自乘舆播迁，迄东陵之变，衰癃不能奔问，迭进巨金，且涕泣为文，告海内外劝输修陵费。尝欲撰老子格言略释及注疏进呈，以病不果。"《传》："壬戌，大婚礼成，海上遗民多报效经费，公倡贡万元，趋叩阙廷。"《述哀诗》自注："壬戌十月，上大婚，余入京叩贺，报效一万洋圆。初五日，上召见，赐坐，谈一时许。上言近力行节俭，余因诵老子三宝，曰慈、曰俭、曰不为天下先之说，并数陈其义，上叹，以为格言。既出，命宫监扶下阶，上旋赐御容一方及紫禁城骑马，复令贝勒载涛朱少保益藩传谕，留直内廷，余以老辞归。时上赐高宗御用七宝金盒及御书'玉性松心'匾额一方。"《瓜庐文剩》卷二有文《壬戌北征记》。

民国十七年（1928），戊辰，公七十四岁。是年清东陵被盗，公电请当事，缉匪严办。

《传》："及戊辰，东陵被盗，公又电请当事，缉匪严办。亟筹修，复奏进巨款，移书海外侨民，历陈累朝恩泽，翼有所感动，或怵以恐遭时忌，弗顾也。"

民国十九年（1930），庚午，八月二十日，公卒，享年七十六岁，谥文良。妻方氏，妾徐氏、龙氏、李氏。子四人，祖荫方出，前卒。良玉龙出，良士李出，良耜徐出。女九人，孙七人。

《墓志》："庚午八月廿日卒，春秋七十有六。上轸悼，赏给陀罗经被，予谥文良……配方夫人，子四，祖荫前卒，良玉，良士，良耜，女十人，孙八人，绍舜，绍昌，绍骞，绍乐，绍澧，绍吉，绍羲，绍龢。”《传》：“庚午八月二十日，以病卒于九龙寓邸，春秋七十有六。上闻悼惜，赐谥文良，赐陀罗经被，异数也……妻方氏，妾徐氏、龙氏、李氏。子四，祖荫方出，前卒。良玉龙出，良士李出，良耜徐出。女九人，孙七人。”按：《墓志》曰“女十人，孙八人”，而《传》曰“女九人，孙七人”，陈绍南编《代代相传·陈氏族谱》（影印本，藏于省立中山图书馆）中所载为“女九人，孙九人”，且《墓志》中所载孙八人之名与《代代相传·陈氏族谱》不同，《陈氏族谱》为“绍舜、绍骞、绍勋、绍瑀、绍绩、绍昌、绍澧、绍唐、绍南”。

江宁提学使陈文良公传

番禺张学华拜撰

公讳伯陶，字子砺，姓陈氏，广东东莞凤涌乡人。曾祖允道，祖梦松，父铭珪，咸丰壬子副贡，皆以公贵，赠荣禄大夫，赠公邃于学，为顺德梁章冉先生高第，具有渊源。公少禀庭训，十岁毕五经。稍长，从陈东塾先生游学，益进。光绪乙亥，补县学生。己卯，举乡试第一。己丑，考取内阁中书，充咸安宫教习，馆顺德李文诚公家。壬辰，成进士，廷试一甲第三人及第，授翰林院编修。历充国史馆协修、纂修、总纂、编书处纂修、起居注协修、文渊阁校理，武英殿协修、纂修，云南、贵州、山东乡试副考官。庚子，景庙西巡，奔赴行在。请于西安建立陪都，虽未行，世伟其议。旋随员回京。乙巳，入值南书房，以淹雅称。退值后，时手一编，纂修国史，儒林文苑，传综条流，考核精当，缪编修荃孙极推许之。今史稿告成，两传多本于公之手笔也。长沙张文达公议废科举，公言学堂庞杂，科举不宜遽废，当分科取士，以广登进，文达不能用。丙午，学部奏派赴日本考察学务，署江宁学史，莅任。后崇实学，黜邪说，首以忠义劝导，务端士习。两署江宁布政史加二品衔，赏戴花翎。宣统乙酉，补授江宁提学使。公先迎养母太夫人在署，至是送亲归粤，入都陛见。时方厉行宪法，而异党潜滋，阴谋煽惑，公见时事日非，私忧窃叹，又以母老多病，遂乞终养归里。辛亥，武昌难作。九月，广州城陷，党人蜂起，汹汹欲致，公乃走避香港，奉母居红磡。寻，丁母忧，移居九龙城。九龙，古官富场，为宋帝驻跸地。公登宋王台，赋诗凭吊，感慨唏嘘。署所居曰“瓜庐”，坐卧一小楼，湫隘人不能堪，布衣芒屦，日行田野中，村人咸知有陈探花。公屏迹隐居，熊希龄、龙济光欲挽之出，皆绝，弗与通。聘修省志，亦不就。着明遗民录以见志，顾于世道人心，无日忘也，尤拳拳于故国。壬戌，大婚礼成，海上遗民多报效经费，公倡贡万元，趋叩阙廷。因与梁尚书、敦彦谋款接外宾，各国使臣入觐如平时。召见养心殿，温谕有加，赐紫禁城骑马，赏带膝貂褂。及南归，上赐高宗御用七宝金盒，御容一幅，御书玉性松心匾额以宠其行。甲子，乘舆蒙尘，公忧愤成疾，不能奔问，驰电中外，力争优待条件。两疏请车驾出洋游历，凡数千言。及戊辰，东陵被盗，公又电请当事，缉匪严办。亟筹修，复奏进巨款，移书海外侨民，历陈累朝恩泽，冀有所感动，或怵以恐遭时忌，弗顾也。公十余年来忠愤郁积，志气未衰，而危疑日迫。上久驻天津，虑轻燥，喜事者妄有陈说，贻朝廷忧，复剀切上言，力请遵养时晦，以策安全。终引老子三宝，一曰慈、二曰俭、三曰不为天下先，上嘉纳焉。御书“忠肝古谊”匾额赐之，公感激恩遇而心弥苦矣。呜呼！公以爱君爱国之诚，不幸遭逢晚季，变故迭乘，既天时人事之交穷，乃独苦思焦虑，以求一当而卒，无救于世运之迁流，此公之隐痛而亦海内遗民所为同声一哭者也。庚午八月二十日，以病卒于九龙寓邸，春秋七十有六。上闻悼惜，赐谥文良，赐陀罗经被，异数也。公好学深思，博闻强记，每论一事，皆能举其本末。词翰书画旁及医术地理无所不能，负经济才不究其用。早岁随赠公读书罗浮酥醪观，因注籍观中。国变后托于黄冠，潜心著述，成《孝经说》三卷，《胜朝粤东遗民录》四卷，《宋东莞遗民录》二卷，《明东莞五忠传》二卷，又辑《袁督师遗稿》三卷，附《东江考》四卷，《西部考》二卷，又增补《陈琴轩罗浮志》五卷，重纂《东莞县志》九十八卷，所作诗文有《瓜庐文剩》四卷外编一卷，《瓜庐诗剩》四卷，《宋台秋唱》一卷，皆行于世。妻方氏，妾徐氏、龙氏、李氏。子四，祖荫方出，前卒。良玉龙出，良士李出，良耜徐出。女九人，孙七人。

论曰：“公曩与余同避地香港，晨夕过从，每有撰著，必以见示。间述生平行事，感慨系之，故知公较详。洎余归里，甲子戊辰，两遭奇变，公忠义愤发，往复商榷，一日数函，至今盈箧，偶一检视，怆恨无已。公尝戏语：‘余他日为我作墓铭。’余悚谢不敢当，追念故旧，日就凋零，余亦老病侵寻矣。今为公作传以存梗概，刊石之文，俟诸大雅君子焉。”

（载《瓜庐诗剩》卷上卷首）

陈伯陶先生传略

陈伯陶（1855—1930），字象华，号子砺，晚号永焘，又号九龙真逸，广东东莞县凤翀乡人，清咸丰五年（1855）生。十岁能通五经，为顺德梁章冉先生高足。稍长从陈澧（兰甫）东塾先生执经问业，其学益进。年二十五，光绪五年（1877）补县学生，举乡试第一。己丑年（1889）考取内阁中书，充咸安教习，馆李文田家中。光绪十八年（1892）壬辰科成进士，同榜者有蔡元培、张元济、赵熙、汤寿潜等。以一甲第三名及第（探花），授翰林院编修，历任国史馆协修、纂修、总纂，文渊阁校理，武英殿协修、纂修，及云南贵州山东乡试副考官等职。庚子年（1900）光绪与西太后赴陕西，先生赴行在所，请于西安建立陪都，虽未实行，世伟其议。光绪三十一年（1905）入直南书房，以淹博称。

光绪三十二年（1906），学部奏派赴日本考察学务，先生与焉。回国后，出任江宁提学使。宣统三年（1911）出任广东教育总会会长。辛亥（1911）武昌起义，广州继之，先生乃奉母命居香港红磡。迨民国建立，清帝退位，先生以遗老自居，移居九龙城。其地即晚宋之时官富场，曾为二宋帝驻跸之地。因就其地筑室而居，署一小楼曰“瓜庐”，盖以东陵侯种瓜青门外以自况，号九龙真逸。

自鼎革后，先生托于黄冠，潜心著述，并著《遗民录》以见志。民国四年（1915），港府拟将宋王台址出投变售，幸得赖际熙、李瑞琴等呈请港督亨利梅爵士收回成命，梅督允之，并准于台之四周，砌筑石垣，以保存古迹。事成，先生为撰《九龙宋王台新筑石垣记》。宋王台位于九龙海滨，先生考为宋帝昺行宫故址，因招诸遗老时相唱和，以敬故国之思，后由苏泽东辑为《宋台秋唱》一册，复由伍德彝绘《宋王台秋唱图》以志其盛。先生晚年居港与赖际熙、张学华、陈庆桂、吴道镕、桂坫等合称“岭南九老”。

先生著遗留传后世者，有《孝经说》三卷、《东江考》四卷、《西部考》二卷、《考子约》一卷、《宋东莞遗民录》二卷、《明东莞五忠传》二卷、《胜朝粤东遗民录》四卷、《重修东莞县志》九十八卷附《沙田志》四卷、《增补罗浮志》五卷、《罗浮指南》一卷、《瓜庐文存》四卷、《瓜庐文剩外编》一卷、《瓜庐诗草》四卷、《葵诚草》一卷、《宋台秋唱》一卷、《九龙真逸七十述哀诗》一卷、《袁督师遗稿》三卷。

（此传略资料采自陈绍南编《代代相传》）

瓜庐诗剩序

张学华

陈文良公《瓜庐诗剩》二卷，哲嗣眉世兄将以付刊，而属为之序。公平生大节不必以诗传，晚年著述亦不欲以诗传。顾其出处踪迹略可考见，当夫人值承明出膺使命，辅轩所历，两入滇黔，一登泰岱，凭眺山川，流连吊古，皆以助其摅写。洎车驾西巡，麻鞋奔问，涉华岳，渡河洛，足迹半天下。情来兴往，纸墨遂多，此一时也。甲午庚子而后，海波澒洞，朝局蜩螗。社稷忧乱之篇，香山感时之作，俯仰太息，情见乎词。及视学金陵敷政之余，吟事不废，而积薪厝火，隐患已深。九讽忧时，五噫去国，此又一时也。辛亥以远，桑海既易。管宁避地，焦先结庐。栖迟寂寞之乡，闻讯渔樵之侣，时与二三故旧登宋王之台，访杨侯之庙，野哭唏嘘，谷音亢慨。尝击竹而碎石，或呵壁而问天，此又一时也。嗟乎！春明回首，陵谷惊心。只此数十年间，世运之迁流，人事之变幻，皆得于公诗。见之如读梦华之录，陈迹都非；若谱冬青之吟，悲凉欲绝。综公一生，烛先几，则为长沙之痛哭；坚晚节，则为表圣之归休。忠爱缠绵，苍茫感喟，且唯导扬风雅，模拟骚辩而已耶！公尝语余："早岁学诗，得东塾先生指授，始解诗法。"东塾少好为诗，晚而弃去，公隐居后注《孝经》以讽世，录遗民而见志。凡所撰著，咸具微恉，诗亦其绪余耳。不辞谫陋，辄为喤引，世之读公诗者，当不能无风雨如晦，鸡鸣不已之感也。辛未十月番禺张学华序。

（载《瓜庐诗剩》卷上卷首）

慈禧太后西狩、回銮与陈伯陶先生手稿《扈随日记》

陈福霖撰

光绪二十六年（庚子，公元1900年）五月二十五日，慈禧太后误信佞言，向英、美、法、日、俄、德、奥、意等八国宣战。七月二十日，联军攻入北京。二十一日黎明，慈禧挈光绪及后妃苍皇出总胜门向西北逃窜，经昌平，过居庸关。据协办大学士王文韶护驾西狩时寄出之家书所云，两宫出京之首三日，沿途“睡火炕，无被褥，无替换衣服，亦无饭吃，吃小米粥”。二十三日，抵达怀来县，知事吴永殷勤接驾，受到慈禧赏识，恩准随员，襄办粮台事务。多年以后，吴永口述之《西狩丛谈》，即纪载是次两宫蒙尘之经过。

二十七日，两宫经沙城抵达宣化府，继往张家口，然后转向南行，于八月六日到达山西大同，稍作停歇，以纾劳瘁。八月初十日，再度启哔，路经雁门关，十七日，至太原府。慈禧住巡抚衙门，帷幄陈设，较北京之宫廷有过之而无不及，心情始感安定。闰八月初八日，离太原，经霍州、赵城、平阳、临晋、蒲州、潼关、华阴、华州、临潼。最后于九月初六日移幸西安，全程历时七十三日。

随后三百四十五日，慈禧在西安设立行在政府。百官挥霍纳贿，声色歌舞，漠视列强还在北京驻军之国耻。光绪二十七年（辛丑，公元1901年）八月二十四日，两宫离西安启程回京。出狩之时，身无长物。此次回銮，竟要动用三千多车辆装载箱笼。从西安经河南到直隶，沿途修筑御道，建设行宫，费用更不可计算。十一月初四日，从开封乘特备之渡船过黄河北上，仅是犒赏水手，也用去二千五百两银子。

陈伯陶先生诞生于咸丰五年（乙卯，公元1855年）。光绪十八年（壬辰，公元1892年），与蔡元培同膺进士之荣誉，并以一甲第三名及第，授翰林院编修。民国创立后，退居九龙，伯陶先生著作等身，多已出版。遗稿《扈随日记》记述慈禧太后回銮史实，应与吴永之《西狩丛谈》前后呼应，却不知何故，从未公诸于世，对研究清末历史之学者，乃一大损失。幸喜文稿即将付印，使沧海遗珠，可供世人欣赏，实史学界之喜事。

根据其文稿，伯陶先生在光绪二十六年四月二十日抵达西安，与两宫回銮日期，相差四月有余。因此，文稿前段之日记，与扈随无关。此外，伯陶先生奉命先行，未能陪伴两宫左右，故对慈禧回銮途中之起居，亦无目睹。不过，先生利用工余时间，博览各地之历史遗迹。且每到一处，必留诗寄意，缅怀古人之情，溢于言表。先生之文采，岂一般学者所能仿效?《扈随日记》非仅是重要之历史文献，更属文学之巨著，故特为推介。

（载《陈文良公集》卷首）

题　　辞

番禺汪兆镛

清切金门彦，栖迟衡泌身。泪枯将母意，心死避秦人。秋碧痕空在，冬青恨未申。宋王台畔柳，凄悴若为春。

薇蕨空山冷，著书长闭门。贞夷同栗里，研核过篁墩。耆旧风流尽，篇章手泽存。无穷师友感，检校与谁论。（昔编辑东塾先生遗诗，每与公商榷，今将汇成，而公归道山，何胜泫然。）

（载《瓜庐诗剩》卷上卷首）

清故荣禄大夫江宁提学使陈文良公墓志铭

闽县陈宝琛撰

君讳伯陶，字象华，一字子砺，东莞陈氏。曾祖允道，祖梦松，父铭珪，咸丰壬子副贡。尝佐县令练乡兵歼贼，城赖以全，三代皆以君贵，赠如其官，母叶封一品夫人。君天资肫笃，早岁熟诸经，及游陈兰甫先生之门，所诣益邃。光绪己卯，领乡荐第一。己丑，考取内阁中书。壬辰，一甲第三名进士，授编修。历充云南、贵州、山东副考官，武英殿纂修，起居注协修，文渊阁校理，国史馆总纂。甲午边事，亟戴学士鸿慈合同馆数十人奏请起用恭忠亲王，君实主之。庚子乱作，两宫西狩，君随员不及，展转达行在。变法议起，或请开上下议院。戴侍郎以咨君。君曰："不若。"因会议政务处而变通之，为拟奏稿列会议四益，曰收群策、曰励人才、曰折敌谋、曰息众谤，疏人报可。逾年，苏淮分省及日俄和成，收复东三省事皆下会议。乙巳，命在南书房行走。丙午，出署江宁提学使，以崇实学、正人心谕告诸生，省各校浮费十余万两，推广实业方言各学堂。戊申七月，署江宁布政使，立岁计表，钩稽出纳，岁绌银九万两，叹曰："新政繁兴，此后耗财且不止此矣！"是冬，两宫晏驾总督，适统军会操湖北，皖省告警，僚列窘急无策。君请电调张提督勋军驻下关，扬言皖乱已定，人心始安。己酉五月，再署布政使。十一月实授江宁提学使，庚戌三月入觐，时摄政王监国，君有所陈，不之省，请假修墓，旋由粤督代奏，开缺养亲。辛亥九月奉母避地九龙，养亲事毕，遂居焉，自号九龙真逸。壬戌十月，赍万金入京，贺上大婚，因于召对，进老子三宝，曰慈、曰俭、曰不敢为天下先之说，上叹许久之，赏赉有佳。自乘舆播迁，迄东陵之变，衰癃不能奔问，迭进巨金，且涕泣为文，告海内外劝输修陵费。尝欲撰老子格言略释及注疏进呈，以病不果。庚午八月廿日卒，春秋七十有六。上轸悼，赏给陀罗经被，予谥文良。著有《瓜庐文剩》《诗剩》各四卷，《宋台秋唱》一卷，其余宋明粤东遗民录及传志之属凡百余卷余。所见者惟《孝经说》三卷，其下卷论《孟子》本《孝经》以辟杨墨，末辩《礼运》大同之言，谓非出孔子，皆有益于世道。配方夫人，子四，祖荫前卒，良玉，良士，良耜。女十人，孙八人，绍舜、绍昌、绍骞、绍乐、绍澧、绍吉、绍羲、绍龢，以某年某月某日卜，葬君于某山之阳，具状乞铭。余识君晚而相知也深，且君之学术忠节皆有足书者，不辞而为之铭。

铭曰：惟圣畏渐，履霜知冰，诐淫之辞，皆有繇兴，畴昔变制，议厖听荧，熄雅用夷，大憝斯乘，君谋虽藏，一谔群讙，威弧不弦，日车遂翻，遁江海，揆义天，泽述会，准孟麾，斥杨墨，务反大经。已存人纪，忍视蒸民。终沦蚍豖，郁郁松心，真宰潜通，英灵千载，閟此幽宫。

（载《瓜庐诗剩》卷上卷首）

参考文献

一、著作

[1] 陈伯陶. 明季东莞五忠传［M］. 广东省立中山图书馆藏，1923（民国十二年）.
[2] 陈伯陶. 东莞县志［M］. 广东省立中山图书馆藏，1927（民国十六年）.
[3] 陈伯陶. 聚德堂丛书［M］. 广东省立中山图书馆藏，1929（民国十八年）.
[4] 陈伯陶. 瓜庐诗剩［M］. 广东省立中山图书馆藏，1931（民国二十年）.
[5] 陈伯陶. 瓜庐文剩［M］. 广东省立中山图书馆藏，1931（民国二十年）.
[6] 陈伯陶. 陈文良公集［M］. 手稿影印本. 香港：香港学海书楼，2001.
[7] 陈伯陶. 胜朝粤东遗民录·宋东莞遗民录［M］. 谢创志整理. 上海：上海古籍出版社，2011.
[8] 陈建华. 广州市文物普查汇编·萝岗区卷［M］. 广州：广州出版社，2008.
[9] 陈铭珪. 长春道教源流［M］//聚德堂丛书. 广东省立中山图书馆藏，1929（民国十八年）.
[10] 陈铭珪. 浮山志［M］//聚德堂丛书. 广东省立中山图书馆藏，1929（民国十八年）.
[11] 陈绍南. 代代相传：陈伯陶纪念集［M］. 影印本，1997.
[12] 陈义杰. 翁同龢日记［M］. 北京：中华书局，2006.
[13] 戴肇辰. 广州府志［M］. 粤秀书院刊本，1879（光绪五年）.
[14] 杜海军. 吕祖谦年谱［M］. 北京：中华书局，2007.
[15] 顾祖禹. 读史方舆要［M］. 北京：中华书局，2005.
[16] 杭世骏. 道古堂文集［M］//清代诗文集汇编. 上海：上海古籍出版社，2010.
[17] 李瀚章. 曾文正公全集［M］. 北京：线装书局，2014.
[18] 李玉振. 滇事述闻［M］//荆德新，编. 云南回民起义史料. 昆明：云南民族出版社，1986.

[19] 林志宏. 民国乃敌国也：政治文化转型下的清遗民［M］. 北京：中华书局，2013.
[20] 陆宝忠. 陆文慎公年谱［M］//近代中国史料丛刊（第一编）. 台北：文海出版社，1966.
[21] 茅海建. 从甲午到戊戌：康有为《我史》鉴注［M］. 北京：生活·读书·新知三联书店，2009.
[22] 南通市图书馆. 张謇全集［M］. 南京：江苏古籍出版社，1994.
[23] 彭海玲. 汪兆镛与近代粤澳文化［M］. 广州：广东人民出版社，2004.
[24] 钱澄之. 所知录［M］. 合肥：黄山书社，2006.
[25] 秦国经. 清代官员履历档案全编［M］. 上海：华东师范大学出版社，1997.
[26] 清光绪朝中法交涉史料［M］//沈云龙. 近代中国史料丛刊（第一编）. 台北：文海出版社，1966.
[27] 清实录［M］. 北京：中华书局，1986.
[28] 阮元. 广东通志［M］. 刻本，1822（道光二年）.
[29] 沈桐生. 光绪政要［M］. 台北：文海出版社，1969.
[30] 盛宣怀档案数据选辑·甲午中日战争［M］. 上海：上海人民出版社，1980.
[31] 苏泽东. 宋台秋唱［M］//沈云龙. 近代中国史料丛刊（续编）. 台北：文海出版社，1980.
[32] 汤志钧. 戊戌变法人物传稿［M］. 北京：中华书局，1961.
[33] 汤志钧. 康有为政论集［M］. 北京：中华书局，1981.
[34] 汪兆镛. 碑传记三编［M］//沈云龙. 近代中国史料丛刊（续编）. 台北：文海出版社，1980.
[35] 汪兆镛. 微尚老人自订年谱［M］. 影印本. 广东省立中山图书馆藏，1999.
[36] 王夫之. 永历实录［M］. 北京：中华书局，2007.
[37] 王钟翰. 清史列传·儒林传［M］. 北京：中华书局，1987.
[38] 魏禧. 魏叔子文集［M］. 北京：中华书局，2003.
[39] 吴道镕，张学华. 广东文征［M］. 香港：香港中文大学出版部，1973—1978.
[40] 吴道镕. 澹庵诗存［M］. 铅印本，1937（民国二十六年）.
[41] 吴道镕. 澹庵文存［M］. 铅印本，1937（民国二十六年）.
[42] 吴庆坻. 蕉廊脞录［M］//清代史料笔记丛刊. 北京：中华书局，1990.

[43] 吴振棫. 养吉斋从录 [M] // 沈云龙. 近代中国史料丛刊（第一编）. 台北：文海出版社，1966.
[44] 徐珂. 清稗类钞 [M]. 北京：中华书局，1986.
[45] 徐鼒. 小腆纪传 [M] // 台湾文献史料丛刊（第五辑）. 台北：大通书局，1987.
[46] 苑书义. 张之洞全集 [M]. 石家庄：河北人民出版社，1998.
[47] 张舜徽. 清人文集别录 [M]. 武汉：华中师范大学出版社，2004.
[48] 昭梿. 啸亭续录 [M] // 历代史料笔记丛刊. 北京：中华书局，1980.
[49] 赵尔巽，等. 清史稿 [M]. 北京：中华书局，1977.
[50] 郑梦玉. 南海县续志 [M]. 广东省立中山图书馆藏. 同治版翰元楼刻本.
[51] 中国第一历史档案馆. 清代档案史料圆明园 [M]. 上海：上海古籍出版社，1991.
[52] 中国第一历史档案馆. 光绪宣统两朝上谕档 [M]. 桂林：广西师范大学出版社，1996.
[53] 中国近代史资料丛刊·中日战争：二 [M]. 上海：上海人民出版社，2000.
[54] 朱寿明. 光绪朝东华录 [M]. 北京：中华书局，1984.

二、期刊论文

[1] 焦蓓蓓. 清季遗民陈伯陶（1855—1930）研究 [D]. 广州：暨南大学，2012.
[2] 容肇祖. 学海堂考 [J]. 岭南学报. 1934，3（4）.
[3] 桑兵. 民国学界的老辈 [J]. 历史研究，2005（6）.
[4] 郑师许. 龙溪书院考略 [J]. 岭南学报. 1935，4（1）.

后　记

《陈伯陶诗文集校注》是在我的硕士学位论文（以下称“初稿”）的基础上，经过将近一年时间的校对、修改、打磨而最终定稿的。在此期间，中山大学出版社的编辑与我就完善初稿的校对、注释等问题多次沟通商讨，力争呈现一份文字精准、材料严谨、注释考证精确的书稿：从2021年初本书的责编着手将初稿与原始文献进行校对，到六七月间返稿给我就存在的问题进行核对，再到后来陆陆续续修正注释、校对文字，到最后交稿时已经是岭外深秋。文稿拿在手里沉重而厚实，它让我从琐碎的现实中挣脱出来，回到了曾经心无旁骛、沉静踏实的学习时光，也想起了初入华南师范大学的那个秋天。南方之秋，碧空如洗，花木葱茏，全然没有北方梧桐落叶、萧条苍黄的景象。

在华师大学城校区文一栋406室，我第一次见到了业师左鹏军老师和各位同年入学的同门，从此有幸入读老师门下，开始了为期三年的读研时光。现在回想起来，那些当时看起来很平常的课堂、讲座、活动等，都是人生中不可复制的、也不能再有的记忆。其中，最怀念的便是读经课，老师与门下三个年级的博士生、硕士生，偶尔也会有慕名而来的本科生，围坐一堂。每次由一人主讲，每个人所讲的内容按照十三经的顺序依次进行，以《十三经注疏》为主，综合其他各家注解，疏通原典，析文疑义，相与探讨。讲完之后是提问环节，然后是评课环节，最后是老师总结点评环节。最期待的就是老师的点评，左师总能发现我们忽略的细节，他也会因为我们的用心准备给予或幽默或亲切的鼓励，更会在不经意之间引出一些对文献的质疑和思考。如果说我在后来的教学工作中能够严谨踏实地对待自己的工作上的问题，那么这主要得益于研究生三年老师严格细致的学术训练。那些在对古文原典的细致研读与相互探讨中碰撞出的思维火花彼此交织，留在了大学城文一栋四楼的一方斗室之中，和楼下每逢秋日便蓬勃怒放的紫荆花和异木棉一起，装点了我的求学岁月。

对于古典文献专业的学生来说，毕业论文（即本书初稿）的撰写不是件容易的事，特别是确定选题之后要进行漫长而艰难的文献搜集工作。陈伯陶诗文的原始文献因为一直以来都没有人进行系统地整理，所以分散于各地，搜求不易。每每觉得山穷水尽、线索全无之时，总是不假思索地求助于老师，他总能发现契机，指点迷津，就如同暗夜航行中的灯塔，指引我前进的方向，让我看到彼岸的灯火。犹记得原始文献的一个版本藏于香港中文大学图书馆，需要我亲自去核实。但当时手头拮据，正犯难去香港的舟车之费，老师知晓之后，及时联系香港中文大学的朋友，拍照寄送，使我得以及时收集不同版本的信息。去东莞市图书馆查找文献资料时，老师也及时提供在该馆工作的师姐的联系方式，为我的文献搜集工作提供了极大的便利。在本书初稿的后期撰写中，老师又予以悉心指导，细心审读修改初稿。没有这些，我无法完成数十万字初稿的整理、校注和研究。

古籍整理卷帙之浩繁、倾注心力之巨、所费时间之久使得我不可能轻松快捷地完成文稿的撰写，但我也因此获得了专业上的提升与磨练。在那些与佶屈聱牙的古文和看似保守迂腐的古代学人打交道的时光中，在那些爬梳古籍的清冷的白日和黑夜里，我带着自己全部的智识、思考、经验、阅历和情感，力求走进那样一个融合了硝烟与侵凌、反抗与受辱、激情与激愤的时代，去接近或者探寻一个在艰难时世中秉持儒家理想、坚守气节风骨的最后一代士人的内心。尽管历史滔天巨变，但他的初心却永远定格在他的文字当中。而这些，需要有心之人从繁多的、毁损的古籍刻本、抄本、手稿本中去挖掘和整理，使之昭著于后世。当我在广州酷热的暑假带着棉衣穿行于省图冰冷的地下古籍库时，正是怀着这样的心情和想法，虽不合于流俗，却自珍之。

本书的责编为本书的出版倾注了大量的心力，包括协助校对、及时反馈注释中存在的问题，以及引用文献的审定核实。本书初稿的完成，也得益于众多师友、同学和家人的帮助、支持、鼓励。特别是我的家人在此期间给予了我最大的宽容和支持，在此对他们表示真诚的感谢。限于本书原始文献字数浩繁而时间有限，再加上本人学识浅陋，对文献的整理研究常常心有余而力不足，因而本书或有不少失实、错讹、舛误之处，恳请各位读者指正，不胜感激！搁笔至此，又忆起那些年在华师求学时充实而美好的岁月，以诗记之。

三更灯火隐夜城，月移星转总无痕。
数卷未释春意了，百年高卧首阳林。
空余银瓜青门外，几度寒山旧波臣。
蜀魄夜来可入梦？一纸诗笺付秋声。

卢晓丽
2021 年 11 月 14 日于东莞